Sigrid Ramge

Maifrost

Roman

Silberburg-Verlag

Sigrid Ramge, geboren in Bad Köstritz in Thüringen, studierte Musik, später Gartenarchitektur und ist seit über dreißig Jahren in Stuttgart zu Hause. Sie leitete zehn Jahre lang die Schreibwerkstatt an der Universität Stuttgart/Studium Generale und ist Mitglied des Schriftstellerverbandes Baden-Württemberg. Neben Jugendromanen und Erzählungsbänden hat sie mehrere Kriminalromane veröffentlicht. »Maifrost« ist ihr zehntes Buch. Von Sigrid Ramge sind im Silberburg-Verlag die Stuttgart-Krimis »Tod im Trollinger«, »Cannstatter Zuckerle«, »Lemberger Leiche« und »Das Riesling-Ritual« erschienen.
www.sigrid-ramge.de

1. Auflage 2016

Umschlaggestaltung: Anette Wenzel, Tübingen.
Foto Seite 18: Sigrid Ramge.
Lektorat: Gertrud Menczel, Böblingen.
Druck: Gulde-Druck, Tübingen.
Printed in Germany.

ISBN 978-3-8425-1464-5

Prolog

Samstag, 13. Mai 1995

Hiobsbotschaft

Der Maihimmel hängt wie blassblaue Seide über dem Albtrauf. Auf den Wiesen und Koppeln rings um die Pferdeklinik glitzert der Tau in der aufgehenden Sonne. Der neue Tag verspricht heiß zu werden.

Die junge Tierärztin Katja war um vier Uhr früh zum Bereitschaftsdienst gerufen worden. Die Notoperation des Ponys verlief problemlos, das Tier lag bereits in einer Box der Intensivstation. Spätestens heute Abend würde es wieder auf den Beinen stehen.

Mit diesem beruhigenden Gedanken will Katja nach Hause fahren, als ihr Handy klingelt. Sie versteht zuerst nicht, worum es geht. Was will die Kriminalpolizei von ihr?

»Ja«, sagt Katja, »Anne Stanbek ist meine Mutter.« Sie presst das Handy ein paar Minuten lang ans Ohr und hört angespannt zu. Dann stammelt sie: »Aber wieso? – Warum ist meine Mutter in Polizeigewahrsam?«

Nachdem sie eine weitere Minute gelauscht hat, ruft sie erschrocken: »Was sagen Sie da? Mordverdacht?!« Gleich darauf wird ihre Stimme ratlos. »Das muss ein Irrtum sein«, sagt sie leise. Und dann keucht sie: »Ich komme.«

Katja läuft im Sturmschritt über den Hof der Tierklinik, vorbei an den Außenboxen und der Reithalle bis zum Parkplatz. Sie verwirft den Gedanken, die drei Kilometer nach Kirchheim zu ihrer Wohnung zu fahren, um eine Reisetasche zu packen. Morgen ist Sonntag, denkt sie, und Montag werde ich schon zurück sein.

Überzeugt, dass sich das Ganze als Irrtum herausstellen wird, steigt sie entschlossen in ihren VW Polo und macht sich auf die weite Reise nach Jena in Thüringen. In die Stadt, in der ihre Mutter in Polizeigewahrsam sitzt.

Bevor Katja die Autobahn erreicht, sieht sie von einer Anhöhe aus am Horizont die Burg Teck. Ein paar Minuten lang denkt Katja nicht mehr an ihre Mutter, sondern an die Landschaft, die sich dort oben hinter dem 400 Meter hohen Bergkamm erstreckt: die Schwäbische Alb.

Katja ist in Stuttgart aufgewachsen und hat ihre Studienjahre in München verbracht. Seit zwei Jahren lebt sie in Kirchheim und sehnt sich nicht nach dem Großstadtleben. Sie hat dieses Städtchen, das eingebettet ins Vorland des Albtraufs aus fernen Höhen von der Burg Teck bewacht wird, ins Herz geschlossen. In ihrer Freizeit lässt sich Katja von der Schwäbischen Alb verzaubern: Erst allein, später mit ihrem Freund Ralf, den sie auf einer ihrer Wanderungen kennengelernt hat, streift sie durch Dörfer und kleine Städte, die verträumt zwischen Äckern, Wiesen und Wäldern hocken; steigt auf Bergkegel zu Burgruinen, die von vergangenen Zeiten erzählen; stapft durch Höhlen, in denen einst Steinzeitmenschen lebten, und bewundert unterirdische Labyrinthe, die unzählige Tropfsteine in Feenpaläste verwandelt haben.

Im Sommer nach langen Wanderungen rasten Katja und Ralf auf Wacholderheiden, sitzen zwischen Silberdisteln, Fingerkraut und Enzian und schauen den Schäfern und ihren grasenden Herden zu.

Katja liebt die Alb auch deswegen, weil in einem der kleinen Dörfer das Geburtshaus ihrer Großmutter Charlotte steht. Charlotte, die diese Heimat sehr jung verlassen musste und später zum Mittelpunkt der Familie Stanbek geworden war.

Reise ostwärts

Katja lässt das Albvorland hinter sich und fährt auf der A8 in Richtung Stuttgart. Obwohl diese Strecke voller Baustellen ist, erreicht sie das Leonberger Dreieck ohne Stau. Schon eine knappe Stunde nach ihrem Aufbruch fädelt sie sich auf die Autobahn nach Heilbronn ein.

Vor dem Weinsberger Kreuz drängen Rebhänge bis an die Leitplanken. Auf dem höchsten Hügel taucht die sagenumwobene Burg Weibertreu auf, die Katja heute kaum wahrnimmt. Auch nachdem sie auf die Autobahn nach Nürnberg gewechselt ist, starrt sie weiter auf die Fahrspur und grübelt: Warum wollte Mam mir nicht sagen, weswegen sie so plötzlich nach Birka fahren musste? Was hatte sie dort noch so Wichtiges zu erledigen? Mit dem Zug von Stuttgart nach Thüringen ist es schließlich kein Katzensprung!

Katja streicht sich eine Haarsträhne aus der Stirn, die wieder nach vorn fällt und an der feuchten Stirn kleben bleibt.

Wenn ich wenigstens Marek erreichen könnte, denkt sie. Aber Marek, der Lebensgefährte ihrer Mutter, ist auf einer Architekten-Tagung in Kanada. Katja weiß nicht einmal genau, wo. War es Toronto oder Ottawa?

»Ich werde das auch allein schaffen«, murmelt sie vor sich hin, »es wird sich alles aufklären, wenn ich erst bei Mam bin.«

Kurz vor Nürnberg macht Katja eine Pause in einer Autobahnraststätte. Sie frühstückt und schickt Ralf eine SMS, um ihm mitzuteilen, warum der für Sonntag geplante Ausflug rund um die Geislinger Steige ausfallen muss. Danach geht ihre Fahrt weiter, vorbei an Bayreuth, über Rudolphstein und Hirschberg. Die abgeholzte Waldschneise, der Todesstreifen, der sich am ehemaligen Grenzübergang zur DDR den Berg hinaufgezogen hat, ist fast zugewachsen. Obwohl nichts mehr an die Abfertigungsbaracken und Autoschleusen erinnert, die hier noch vor sechs Jahren den Osten von der Freiheit getrennt haben, will Katja diese Gegend schnell hinter sich lassen.

Als Kind hat sie diese Reise von West nach Ost, von Stuttgart nach Jena und zurück, jedes Jahr mit ihrer Mutter gemacht. Sie meint noch die barschen Stimmen der Grenzpolizisten zu hören: »Devisen? Druckerzeugnisse? Rauschgift? Haben Sie Waffen? – Ausweis! Führerschein! Kofferraum ausräumen! – Ja, alles!«

Katja erinnert sich an die fahrigen Hände ihrer Mutter, die Koffer und Taschen auspackten. Sie sieht sich als kleines Mädchen im Auto sitzen und auf das Kinn ihrer Mutter schielen, das auch nach dem Grenzübergang angespannt vorgeschoben blieb und zitterte. Die Hände krampften sich am Lenkrad fest, während das Auto über die schadhafte Fahrbahn rumpelte, auf der man nur 60 oder gar 40 Stundenkilometer fahren durfte.

Die gleiche Strecke fährt nun Katja über neue Asphaltbeläge und muss das Tempo nur an den Baustellen, die sich *Verkehrsprojekt Deutsche Einheit* nennen, verringern. Aber Katja ist nicht minder nervös als ihre Mutter damals während ihrer DDR-Fahrten.

Endlich Hermsdorfer Kreuz und runter von der Autobahn. Kurvige Landstraßen. Berg- und Talfahrt. Die Welt ist grün und gelb: Wiesen und Rapsfelder. Die Waldränder säumen blühende Wildkirschen. Der Frühling läuft auf Hochtouren, obwohl er sich hier später als in Stuttgart einstellt.

Nach fast sechsstündiger Fahrt hat Katja Jena erreicht. Sie steht vor einem klotzigen Backsteingebäude und blickt zu vergitterten Fenstern hinauf. Schweren Herzens wendet sie sich der Pforte zu. Wenig später sitzt sie ihrer Mutter gegenüber.

Katja hat befürchtet, ihre Mutter in Anstaltskleidung zu sehen. Aber Anne Stanbek trägt Jeans und eine weiße Bluse. Ihr kurz geschnittenes, aschblondes Haar wirkt frisch gewaschen, und sie hat wie immer dezentes Make-up aufgelegt. Trotzdem kommt es Katja vor, als sei ihre Mutter älter geworden. Katja bemerkt dunkle Ringe unter ihren Augen und schlaffe Haut am Hals.

»Danke, dass du gekommen bist, Katja. Konntest du denn so einfach aus der Tierklinik weg?«

»Ich hatte heute früh Bereitschaftsdient im OP, dafür habe ich bis Montag frei.«

»Wieder einen Hund gerettet, der unters Auto gekommen ist?«

»Nein, ein Pony mit einer schweren Kolik. Es ging schneller, als ich geglaubt habe. Narkose. Bauch auf. Därme raus. Alles neu sortiert, wieder eingepackt und zugenäht. Der Professor sagt, das Pony wird durchkommen.«

»Dass du so viel Blut sehen kannst!«

»Jetzt lenk nicht ab, Mam.« Katja greift über den Tisch nach der Hand ihrer Mutter und sagt: »Das kann doch nicht wahr sein.«

»Keinen Körperkontakt! Vorschrift«, brummt der Polizist, der an der Wand lehnt und sie beobachtet.

Katja wirft ihm einen giftigen Blick zu und zieht die Hand zurück. Leise sagt sie: »Was ist denn nur los, Mam?«

Anne Stanbek wirkt gelassen, fast zufrieden. Sie lächelt und sagt: »Bruno ist tot! Ich stehe unter Verdacht, ihn umgebracht zu haben.«

Katja braucht einige Zeit, um diese Mitteilung zu verkraften. Sie weiß, dass ihre Mutter Bruno immer gehasst hat. Immer? Oder erst, nachdem er vor sechs Jahren Lisa, Mams jüngere Schwester, geheiratet hat und in die alte, herrschaftliche Villa, den Stammsitz der Stanbeks, eingezogen ist?

Seitdem ist Mam nur noch Oma Charlotte zuliebe in ihr Elternhaus gefahren. Das letzte Mal zu Omas Beerdigung. Mam hatte behauptet, sie könne es mit Bruno nicht unter einem Dach aushalten. Aber vor drei Tagen ist sie dann doch wieder nach Birka gefahren und hat unterm gleichen Dach wie Bruno übernachtet – und jetzt ist er tot!

Katja versucht, sich ihre Bestürzung nicht anmerken zu lassen. Dann fragt sie: »Wann?«

Und Anne antwortet: »Gestern früh um zehn. Ich war allein mit ihm im Haus.«

Katja beugt sich zu ihrer Mutter und sagt beschwörend: »Du brauchst einen Anwalt, Mam!«

»Hab ich. Martin Rose, ein Jugendfreund. Er meint, er wird mich hier rausholen. – Mach dir keine Sorgen, Katja.«

»Mach ich mir aber.«

»Fahr nach Birka in die Villa Aline; du kannst in Omas Wohnung übernachten. Morgen sehen wir dann weiter.«

Katja seufzt und sagt entmutigt: »Okay.«

»Du kannst den vorderen Eingang benutzen«, sagt Anne. »Omas Wohnung ist wieder über die Diele zugänglich. Die Polizei hat die von Bruno verrammelten Türen geöffnet.«

»Liegt der Haustürschlüssel am gewohnten Platz?«

»Ja«, sagt Anne. »Aber wundere dich bitte nicht über das Chaos im Salon.«

Katja reißt entsetzt die Augen auf. »Hausdurchsuchung?«

»Ja«, sagt Anne. »Aber die Spurensicherer haben ordentlich gearbeitet, das Tohuwabohu vor dem Bücherschrank hat Bruno angerichtet.«

»Sag mir doch bitte endlich, was genau passiert ist!«, drängt Katja nun doch noch einmal.

»Die Besuchszeit ist zu Ende«, mahnt der Polizist.

Bevor Katja geht, sagt Anne: »Wenn du Hunger hast, mein Kind: Im Eisschrank liegt eine Pizza im Gefrierfach.«

Katja spürt, dass ihre Mutter mit diesem Satz etwas ganz anderes sagen will, etwas, das der Polizist nicht verstehen soll. Aber was nur?

Birka liegt wenige Kilometer östlich von Jena. Von einem Höhenzug aus sieht Katja das Dorf. Es ist an den Hang geschmiegt, dahinter weitet sich das Tal in eine fruchtbare Ebene. In der Ferne ragt ein Fabrikschornstein zwischen Pappeln in den Himmel. Dort ist Katjas Ziel.

Der Wagen holpert an dem kleinen Fluss entlang. An seinen Ufern hocken Kopfweiden wie knorrige Kobolde. Auf beiden Seiten der Dorfstraße reihen sich Fachwerkhäuser, aus denen

kleine Fenster gähnen. Birka schläft in der Abendsonne, scheint verlassen und menschenleer. Als Katja das Dorf hinter sich gelassen hat, biegt sie in den Akazienweg ein. Am Ende dieser kurzen Sackgasse steht das Elternhaus ihrer Mutter.

Der Polo hält vor einem hohen, schmiedeeisernen Tor, hinter dem ein gepflasterter Hof liegt. Er ist hufeisenförmig von der seitlichen Hausfassade und den früheren Stallgebäuden umgeben. Vom Hof aus geht ein Nebeneingang ins Haus, der zum Kontor und dem hinteren Treppenhaus führt. Diese frühere Dienstbotentreppe verbindet alle drei Stockwerke und führt hinter einer Tür über eine schmale Stiege hinauf zum Dachboden.

Wenn jemand zuhause ist, steht die Tür des Hofeingangs immer sperrangelweit offen. Jetzt ist sie geschlossen. Also ist niemand daheim. Katja drückt mehrmals auf die Hupe. Weder Tante Lisa noch Bruno, die in der ersten Etage wohnen, lassen sich blicken.

»Ach so«, flüstert Katja vor sich hin, »Bruno ist doch tot! Und meine Mutter soll ihn umgebracht haben.«

Verwirrt wendet Katja den Blick von dem geschlossenen Hoftor ab. Dem Haus gegenüber auf der anderen Straßenseite liegt das Fabrikgelände. Auch das Tor mit dem Schild *Keramikfabrik Stanbek* ist zu. Kein Rauch über dem Schornstein.

Zögernd steigt Katja aus dem Auto und atmet tief durch. Ein Windhauch trägt ihr Fliederduft zu. Die Hecke aus wildem Flieder umgibt das Haus und den dahinterliegenden Obstgarten. Mit den vertrauten Düften überkommt Katja ein tröstliches Gefühl. Sie breitet die Arme aus, als wolle sie etwas Wiedergefundenes umarmen. Dann massiert sie ihren Nacken und löst die Spange, mit der sie ihr Haar festgesteckt hat. Sie wirft die kupferfarbene Mähne zurück, dreht sie mit geübtem Griff zusammen und bändigt sie wieder auf dem Hinterkopf.

Langsam geht sie an der Fliederhecke entlang zum vorderen Hauseingang. Das Haus wirkt dunkler und wuchtiger, als Katja es in Erinnerung hat. An den Fassaden klettert wilder Wein bis zu dem mächtigen, ziegelbraunen Mansardendach. Die Fenster in den Dachgauben blinzeln wie Augen. Eine Freitreppe führt zur Veranda, auf der runde Säulen einen Balkon tragen. In einen Steinfries über der zweiflügeligen Eichentür hat Katjas Urgroßvater, der Bildhauer Alfred Stanbek, ein Relief eingemeißelt: Schneewittchen und die sieben Zwerge. Katja weiß, dass dieses Schneewittchen die Gestalt und die Gesichtszüge ihrer Urgroßmutter Aline hat. Darunter steht: VILLA ALINE – ANNO 1913.

Katja steigt über die Freitreppe zur Veranda bis vor die Eichentür, die wie zu Alines Zeiten noch immer der Herrschaftseingang genannt wird. Zwischen den Säulen stehen Blumenkästen aus gebranntem Ton. Früher haben Geranien darin geblüht. Seit Omas Tod hat sich Unkraut breitgemacht. Katja tastet zwischen Brennnesseln und Giersch und findet den Schlüssel am altbekannten Platz. Sie angelt ihn hervor und schließt die schwere Tür auf. Langsam, fast ängstlich durchquert Katja das kleine Foyer und eine geräumige Diele, von der eine breite Eichentreppe zur ersten Etage führt.

Katja betritt Omas Küche. Doch dieser Raum, den sie mit Erinnerungen an brutzelndes Fleisch und Hefekuchen verbindet, wirkt fremd und unbenutzt. Nur in einer Ecke scheint der Geruch von Spiegeleiern hängen geblieben zu sein.

Vor dem Fenster steht die alte Linde, und Katja meint, honigwarmen Blütenduft zu riechen, obwohl das jetzt, Mitte Mai, noch nicht sein kann. Sie schließt die Augen und sieht Oma Charlotte auf einer Leiter zwischen den Ästen balancieren, Blüten abzupfen und in einen Henkelkorb legen. Später hat die duftende Ernte auf Zeitungspapier ausgebreitet zum Trocknen in einer Dachkammer gelegen. Lindenblütentee, darauf schwor Charlotte, schütze vor jeder Krankheit.

Hier in Omas Küche beschleicht Katja das Gefühl, in ihre Kindheit zurückgekehrt zu sein, aber nichts mehr so vorzufinden, wie es einmal gewesen war. – Wie oft hat sie früher über das flackernde Feuer in dem Kohleherd gestaunt? Der Herd steht neben dem Fenster, blitzblank wie einst, aber heute kalt wie ein Museumsstück.

Katja erinnert sich, wie Oma Charlotte an diesem Herd hantierte. Wie sie Wasser auf einen Braten goss und die Küche zischend in Nebeln verschwamm. Wehmütig denkt Katja an ihre kindliche Verwunderung, dass dieses knusprige braune Ding noch vor einer Stunde ein nacktes, geköpftes Hähnchen gewesen war, aus dessen Leib Omas geschickte Finger die Eingeweide gerissen hatten: rosa Därme mit honiggelbem Fett, schwarzglitschige Leberlappen, ein rotbraunes Herz und goldene Eierstöcke. Oma Charlotte mit blutigen Händen und lachendem Gesicht.

Das Tick-Tack der Küchenuhr hackt sich in Katjas Gedanken und bringt sie in die Gegenwart zurück. Die Sorgen um ihre Mutter, die seit heute Morgen ununterbrochen in ihrem Kopf schwelen, drängen hoch. Mam kann doch niemanden umbringen, denkt Katja, schon gar nicht einen fast zwei Meter großen Muskelprotz wie Bruno.

Katjas Magen knurrt und ihr Hals ist rau vor Durst. Sie öffnet die Tür zur Speisekammer. Der alte Eisschrank summt asthmatisch wie einst. Er enthält Butter und Scheibenkäse und eine Sechserpackung Eier, in der zwei fehlen. Im Regal stehen drei Sprudelflaschen, von denen eine leer ist. – Ein Beweis, dass Mam hier war! Aber was hatte sie nur mit der Pizza gemeint? Katja guckt ins Gefrierfach und findet darin eine braune Mappe mit der Aufschrift: *Die Geschichte der Familie Stanbek.*

Bevor Anne Stanbek vor drei Tagen nach Birka aufgebrochen war, hatte sie zu Katja gesagt: »Nun werde ich meine Geschichte abschließen können – es fehlt nur noch das letzte Kapitel.«

Katja weiß, dass ihre Mutter seit einigen Jahren bei jedem ihrer Besuche in der Villa Aline an dieser Geschichte geschrieben hat. Niemand hat bisher eine Zeile lesen dürfen. Auch Katja nicht. Aber nun ist sie sich sicher, dass ihre Mutter möchte, dass sie die Familiensaga liest.

Sonst hätte mir Mam ja nicht den Tipp gegeben, wo sie die Mappe versteckt hat. Versteckt vor Bruno oder vor der Polizei? Vielleicht steht darin die Lösung des Rätsels, wie Mam in diese Situation geraten ist?

Katja klemmt sich die eiskalte Mappe unter den Arm, greift sich hastig eine Sprudelflasche vom Regal, nimmt zwei Scheiben Brot aus dem emaillierten Kasten und geht zurück in die Diele. Von dort betritt sie durch eine raumhohe Flügeltür Oma Charlottes Wohnzimmer, den früheren Salon. Trotz der drei großen Fenster herrscht hier Schummerlicht. Das liegt an der Blutbuche, die dicht an der Hausecke steht, eine Buche, so alt und wuchtig wie die Villa. Im Frühling sind die Triebe purpurn, und die Sonne wirft rosafarbenes Flimmern durch die Fenster. Aber später wird das Laub fast schwarz und verbreitet dämmerbraune Düsternis.

Als Katja auf den Lichtschalter drückt und der Kronleuchter aufstrahlt, erschrickt sie. Alle Türen des Bücherschrankes stehen offen. Davor liegen dutzende Bücher und Bildbände, dazwischen Notizhefte, Fotoalben und Briefe, alles kreuz und quer durcheinander. Inmitten dieses Tohuwabohus entdeckt Katja die Reiseschreibmaschine ihrer Mutter.

Der alte Bücherschrank, ein drei Meter breiter, mannshoher Koloss, ruht auf gedrechselten Füßen und strahlt eine seltsame Würde aus. Der Schrank mit seinen mehr als tausend Bänden – Klassiker, Romane, geschichtliche Wälzer, Gedichtbände und auch neue Taschenbücher – ist das Heiligtum von Katjas Großvater Ewald, Charlottes Mann, gewesen. Früher hat der Schrank seinem Freund Max Goldau gehört. Katja versucht, sich die Geschichte über diesen Max, über seine Frau Miriam und die kleine Gita ins Gedächtnis zu rufen. Sie entsinnt sich an etwas Grauenvolles, wovon sie vor langer Zeit gehört hat. Ich werde Mam danach fragen, nimmt sie sich vor.

Katja kniet sich vor den Bücherschrank und beginnt halbherzig aufzuräumen. Doch dann lässt sie alles stehen und liegen, schnappt sich die braune Mappe, hockt sich im Schneidersitz unter die Stehlampe und blättert: 280 eng beschriebene Seiten!

Es ist sieben Uhr abends. Die Blutbuche wirft zitternde Schatten ins Zimmer. Das Haus ist so still, als läge es im Dornröschenschlaf. Katja setzt sich mit der Mappe an den Tisch und beginnt zu lesen.

Die Geschichte der Familie Stanbek

AUFGEZEICHNET VON ANNE STANBEK

Birka, im August 1990

Ich sitze im früheren Salon der Villa Aline, in der ich vor zweiundfünfzig Jahren geboren worden bin. Vor mir steht meine Schreibmaschine, daneben liegen ein Packen weißer Bögen und ein Stapel vollgeschriebener Schulhefte. In diesen Heften habe ich meine Erinnerungen gesammelt. Auf Sesseln, dem Sofa und dem Büfett sind Notizzettel, Fotoalben, Tagebücher, Briefe und ein Leitzordner mit alten Zeitungsartikeln bereitgelegt.

Die weit zurückliegenden Begebenheiten aus meiner Kindheit erzählte mir meine Mutter Charlotte. Manches davon, als sie schon fast achtzig war. Obwohl sie damals ständig nach irgendetwas suchte und sich nicht mehr viel merken konnte, verblüffte sie mich mit ihrem perfekten Langzeitgedächtnis. Nachts, wenn sie schlief, schrieb ich auf, was sie mir erzählt hatte.

Heute werde ich damit beginnen, aus diesen Mosaiksteinen die Vergangenheit zusammenzusetzen.

I. Die Ahnen

1907 bis 1938

Meine Großeltern

Die Geschichte meiner Großeltern Alfred und Aline klingt wie ein schönes Märchen mit traurigem Ende. Achtzehnjährig heiratete die hübsche Aline den um elf Jahre älteren Bildhauer Alfred Stanbek. Alfred war ein begabter Künstler, für dessen abstrakte Keramik-Skulpturen damals niemand Verständnis hatte. Inzwischen stehen viele seiner Werke in Museen, werden anerkannt und bewundert.

Als Alfred und Aline sich kennenlernten, verdiente er seinen Lebensunterhalt mit bemaltem Tongeschirr, das er in einem selbstgebauten Ofen brannte.

Es war Alines Idee, statt Tellern und Tassen Gartenzwerge zu fabrizieren. Das Geschäft mit den drolligen Gnomen blühte! Um die Jahrhundertwende hatte das Kaiserreich unter Wilhelm II. einen wirtschaftlichen Aufschwung erreicht, in dem es von Unternehmern wimmelte. Diese reichen Leute dekorierten ihre Gärten mit Zwergen! Sogar ins Ausland wurden die Figuren verkauft!

Alfred machte ein Vermögen damit. Nach ein paar Jahren hatte er genug Geld verdient, um die Villa bauen zu lassen und einige Hektar umliegendes Ackerland zu kaufen.

Aber Alines und Alfreds Glück währte nur neun Jahre. Als Alfred bei Verdun fiel, waren seine vier Söhne noch Kinder und das Töchterchen lag noch in der Wiege.

In den schweren Zeiten nach dem Ersten Weltkrieg brauchte Aline all ihre Kraft, um die Kinder großzuziehen und die Keramikfabrik für die nächste Generation zu erhalten. Aline ist nur zweiundvierzig Jahre alt geworden.

Meine Eltern

Nach Alines Tod im Jahre 1931 übernahm ihr ältester Sohn Ewald die Fabrik. Doch in der allgemeinen Not nach dem Börsenkrach interessierte sich niemand mehr für Gartenzwerge. Ewald stellte die Produktion auf glasiertes Steingutgeschirr um.

Er hatte zwar nicht das künstlerische Genie Alfreds, aber Alines ausgeprägten Sinn für gute Geschäfte geerbt. Als Ewald Stanbek Charlotte Gerlinger heiratete, hatte er die Firma bereits vor dem Bankrott gerettet.

Charlotte sprach nie über ihre Kindheit und Jugend. Es schien, als ob ihr Leben erst begonnen hätte, nachdem sie Ewald geheiratet hatte. Sie betrachtete Thüringen als ihre Heimat.

Mir, Charlottes ältester Tochter, geht es umgekehrt genauso. Mich hat es, kaum dass ich erwachsen war, nach Stuttgart verschlagen, und diese Stadt ist mir Heimat geworden.

Als ich schon einige Jahre in Stuttgart lebte, habe ich auf der Schwäbischen Alb das Dorf aufgesucht, in dem meine Mutter Charlotte geboren worden war. Von ihren Vorfahren fand ich dort niemand mehr. Aber ein alter Bauer konnte sich noch an Lore Gerlinger, Charlottes Mutter, erinnern: Ein fleißiges Mädchen sei die Lore gewesen, das aber eben leider in Schande geraten sei. Mit ihrem unehelichen Kind habe Lore weder Arbeit noch feste Unterkunft bekommen. Gebettelt habe sie – ja, gebettelt und zuletzt sogar rumgehurt. Aber das habe die Lore nicht lange überlebt. Sie sei nicht viel älter als zwanzig geworden.

Der Rest war kein Familiengeheimnis: Charlotte war erst fünf Jahre alt, als sie Waise wurde und mangels anderer Verwandtschaft zu Tante Elsbeth gebracht wurde. Elsbeth, Lores ältere Schwester, hatte nach Jena geheiratet, sie war kinderlos und, als Charlotte zu ihr kam, bereits Witwe. Sie erzog die ihr anvertraute kleine Nichte lieblos und sittenstreng.

Mit vierzehn Jahren verließ Charlotte die Schule und begann eine Lehre in einem Modegeschäft in Jena. Auf Jugendfotos trägt sie kniekurze Charlestonkleider, und ihre Hüte sitzen wie Pralinenschachteln auf einer Pagenfrisur. Zu Silvester 1937 lernte sie Ewald Stanbek kennen. Im darauffolgenden März haben sie geheiratet.

Wenn ich den Erzählungen der Alten glauben soll, die Charlottes Einzug ins Dorf miterlebt haben, gab damals keiner einen Pfifferling dafür, dass diese elegante Stadtpflanze sich hier einleben würde. Aber Charlotte verwandelte sich in kurzer Zeit in eine perfekte Landfrau. Ich glaube, dieses Wunder haben Mamas bäuerliche Gene bewirkt.

»Villa Aline«, anno 1913.

II. Im Krieg

1938 bis 1945

Erste Kindheitsjahre

Ich wurde am 9. November 1938 geboren. Es war die Nacht, in der in den deutschen Städten die Synagogen brannten. Die Villa Aline, in der ich zur Welt kam, war für Alfreds und Alines große Familie gebaut worden. Der Krieg veränderte alles. Im Laufe meiner Kindheit wurden die vielen Räume immer neu an immer andere Bewohner verteilt. Nicht nur die Menschen, sondern auch Kummer und Glück lösten sich ab.

In diesem Haus, auf dem Hof und in dem dahinterliegenden Obstgarten wuchs ich mit meinem Bruder Michael unbekümmert wie Unkraut heran.

Auf einem Foto aus dem Jahre 1942 wirken meine Eltern Ewald und Charlotte mit uns Kindern wie eine Farmerfamilie. Der Vater mit dichtem, etwas zerzaustem schwarzem Haar, blickt mit wachen, tief liegenden Augen in die Ferne. Sein Lächeln ist verhalten, fast wehmütig. Einen Arm hat er um die Schultern meiner Mutter gelegt, mit der anderen Hand hält er die Hand eines kleinen Mädchens. Das Mädchen bin ich, im Alter von dreieinhalb Jahren. Ein Träger meines getupften Röckchens ist heruntergerutscht. Meine Locken kringeln sich über den Ohren, die oberen Strähnen sind zu einem Hahnenkamm gerollt.

Mutters Gesicht ist ernst und nachdenklich. Ihr Haar ist zurückgekämmt und im Nacken als dicker Knoten festgesteckt. Die eleganten Kleider, die sie auf Jugendfotos trägt, hat ein schlichtes

Dirndl abgelöst. Auf ihren Armen hält sie meinen Bruder Michael, einen verschmitzt blickenden Zweijährigen. Sein nacktes Ärmchen zeigt in die Richtung, in die wir alle schauen. Ich weiß nicht mehr, was es dort zu sehen gab an diesem Sommertag in unserem Obstgarten hinter dem Haus. Es könnte ein Vogel gewesen sein oder vielleicht auch der Hund Caruso, der nach einem Schmetterling jagte. Heile Welt auf Hochglanz, bei der man vergisst, dass damals Krieg herrschte.

Bis zu meinem sechsten Lebensjahr glaubte ich, der Krieg existiere nur in den Köpfen der Erwachsenen, er fände irgendwo weit von uns entfernt statt und hätte nicht das Geringste mit mir zu tun.

Ich wusste auch nicht, dass die fremden Männer, die auf unseren Feldern arbeiteten, Zwangsarbeiter aus Polen waren. Mein Vater und andere Bauern holten sie jeden Morgen ab, und nach Feierabend wurden sie zurück in ihr Quartier gebracht, in den Gesindeflügel des Rittergutes. Vor diesen Männern in zerlumpter Kleidung und mit kurz geschorenen Haaren hatte ich anfangs Angst. Aber Vater sagte, sie seien fleißige Arbeiter, arme Kerle, die Sehnsucht nach zu Hause hätten und an dem ganzen lausigen Krieg keine Schuld trügen.

Die Gefangenen aßen wie wir jeden Mittag Kohlrüben- oder Kartoffelsuppe. Bei Kälte oder Regen saßen sie in unserer Küche. Das durfte ich niemandem erzählen, denn es war verboten, mit Gefangenen an einem Tisch zu sitzen. Die Männer saßen auf den verwaisten Plätzen meiner Onkel, die an der Front waren. Auch Tante Hanna fehlte am Mittagstisch, sie arbeitete als Stenotypistin bei den Zeiss-Werken in Jena und kam erst abends nach Hause.

Im Sommer war der Essplatz der Gefangenen in der Hofecke unter der Linde. Sie hockten auf der Umrandung des Kindersandkastens, hielten ihre Teller auf den Knien und teilten sich den Inhalt des Topfes, der in der Mitte auf einem Stein stand. Die Männer löffelten andächtig und schweigend. Wenn Mutter das leere Geschirr abholte, sagten sie »dschinkuje«. Micha und ich durften in der Mittagspause mit Jerozcewitsch, Igor, Stanislaw und Boris im Sandkasten sitzen. Manchmal sangen sie. Es waren wilde Rhythmen oder schwermütige Weisen. Obwohl ich die Texte nicht verstand, gefielen mir die Lieder. Stanislaw schnitzte für mich eine Flöte aus Holunderholz, auf der ich richtige Melodien spielen konnte.

Eines, so erinnere ich mich, hatten die fremden Männer gemeinsam: Es waren junge Burschen, ihre Augen blickten oft traurig in irgendeine Ferne, und sie waren immer hungrig.

»Bei der Verpflegung im Straflager kann kein Mensch schwer arbeiten«, hatte meine Mutter kurzerhand entschieden und den Männern jeden Abend, bevor sie in ihr armseliges Nachtquartier abzogen, etwas Brot und Obst zugesteckt.

Sie berichtete mir erst viele Jahre später von Vaters Verbitterung, weil er deswegen einen strengen Verweis von Ortsgruppenleiter Haring bekommen hatte. Dieses Vergehen hatte Frau Rübe angezeigt. Sie war die Frau unseres Blockwartes, dem alles zugetragen wurde, was er nicht selbst herausfand.

Aber damals war ich noch zu klein – mein Verstand konnte weder die Ereignisse auf den Schlachtfeldern fassen noch die Machenschaften und Bespitzelungen durch die SS, die sich tagtäglich an unserer so genannten Heimatfront ereigneten.

Die meisten Informationen über diese Zeit erhielt ich später von meiner Mutter. Wie immer, wenn ich das Gespräch auf vergangene Zeiten brachte, wurde sie quicklebendig, erzählte forsch drauflos und berichtete über jahrzehntelang zurückliegende Ereignisse, als ob sie erst gestern passiert wären.

»Vor dem Krieg«, so begann eine ihrer Erzählungen, »liefen die Geschäfte mit der Keramik recht ordentlich. Aber weil Ewald nicht in die Partei eintreten wollte, bekam er keine großen Aufträge mehr.« Der letzte Satz klang grimmig, und ich merkte, wie Mutter diese Ungerechtigkeit heute noch wurmte. Doch gleich danach wurden ihre Augen schlitzig vor Vergnügen und ihr Gesicht überzog sich mit Schmunzelrunzeln: »Aber dann ließ

Ewald statt Blumentöpfen und Geschirr wieder Gartenzwerge herstellen. Und wie zu Zeiten deiner Großmutter Aline waren sie bei den Neureichen heiß begehrt. Denn inzwischen ließen sich die Nazi-Bonzen vornehme Häuser bauen und schöne Gärten anlegen.«

»Die Gartenzwerge sind anscheinend die guten Geister unserer Familie«, sagte ich lachend.

Mama zeigte auf das Ölporträt, das über dem Sofa hing. »Eigentlich war Aline der gute Geist der Familie. Die Zwerge waren ihre Idee.«

Ich sah das Bild zum ersten Mal genauer an: Meine Großmutter Aline mochte darauf etwa fünfundzwanzig Jahre alt sein. Sie lächelte mit leicht zur Seite geneigtem Kopf aus einem geschnitzten Goldrahmen. Ein Teil ihrer Haare war über den Ohren zurückgenommen und am Hinterkopf festgesteckt. Meine Tochter Katja trägt fast die gleiche Frisur, sie hat die gleichen grünen Augen mit goldenen Pünktchen und auch diese kupferfarbenen Locken. Die Ähnlichkeit war noch nie so offensichtlich wie gerade jetzt, da Katja im gleichen Alter war, in dem ihre Urgroßmutter porträtiert wurde.

Während ich das Bild betrachtete, weilten Mutters Gedanken noch in der Vergangenheit und sie erzählte weiter: »Als der Krieg ausbrach, wurde zuerst Ewalds Bruder Rudolf eingezogen, dann die Zwillinge, Heiner und Frieder. Ein Jahr später haben sie auch deinen Vater geholt. Gott sei Dank musste Ewald nicht nach Russland wie seine Brüder. Er kam vorerst in ein Ausbildungslager nach Norddeutschland. Ich war ganz allein mit dir und Micha und wusste vor Arbeit nicht ein und aus. Ich hatte ja damals noch keine Ahnung von Ackerbau und Viehzucht. Mein Versuch, einen Teil unseres Ackerlandes zu verpachten, scheiterte, weil die Bauern an der Front standen und ihre Frauen genauso auf sich allein gestellt waren wie ich.«

»Aber Vater ist doch bald zurückgekommen. Wieso eigentlich?«

»Das lag daran, dass du und Michael Masern hattet.«

»Aber Mama!?«

Sie lachte mit diesen unverwechselbaren Gluckstönen, die mit den Jahren zwar tiefer geworden waren, aber immer noch ansteckend wirkten.

»Na ja, weil ihr krank gewesen seid, musste ich Doktor Rose holen. Der hat euch nicht nur auskuriert, sondern er erklärte mir auch ein Gesetz.«

»Welches Gesetz?«

»Darin stand, es dürfen nicht alle Männer einer Familie eingezogen werden. ›Meine liebe Frau Stanbek‹, hat Doktor Rose gesagt, ›Ihre Landwirtschaft ist Grund genug, dass einer der Brüder vom Kriegsdienst freigestellt werden muss. Schließlich schreit dieser Goebbels doch dauernd, die Versorgung der Heimatfront müsse gesichert werden!‹«

Und dann erzählte Mutter, wie sie von Behörde zu Behörde gelaufen ist, um zu beweisen, dass ihr Ewald »UK«, unabkömmlich an der Heimatfront, sei. Mutters alte Augen begannen ein halbes Jahrhundert nach diesem Erfolg vor Stolz zu funkeln. Sie verdrehte sie himmelwärts und sagte: »Gott sei Dank durfte Ewald wieder nach Hause.«

Ich drückte ihre Hand. Die Hand, die so viel gearbeitet hatte, die zart sein konnte, wenn sie mich als Kind getröstet hat, aber auch hart und bestimmt, wenn sie strafend meine Wange traf. Diese Hand, von einem Muster brauner Flecken und tintenblauer Adern überzogen, lag federleicht in meiner.

Mutter stieß einen befreiten Seufzer aus, schickte aber sofort einen bekümmerten nach. »Doch sobald dein Vater wieder daheim war, quälten ihn Schuldgefühle, weil Rudolf, Heiner und Frieder noch an der Front standen.«

»Schuldgefühle? Das sieht Vater ähnlich!«

»Ja, so war er eben. Niemand kann aus seiner Haut. Allerdings ist er vor lauter Arbeit kaum zum Nachdenken gekommen. Er schuftete von früh bis abends mit den Zwangsarbeitern auf den Feldern, um die Kriegsabgaben zu erfüllen. Wir bekamen genaue Auflagen, was wir anbauen mussten. Erst waren es Buschtomaten und später Kartoffeln. Das war ausgerechnet in den Jahren mit der Kartoffelkäferplage. Hitlers Propagandaschreier behaupteten, feindliche Flugzeuge hätten die Larven abgeworfen. In den Schulen fiel der Unterricht aus. Die Kinder wurden auf die Felder geschickt, um die Käfer abzusammeln.«

»Das weiß ich noch. Du hast Micha und mich jeden Tag auf unseren Kartoffelacker mitgenommen. Wir haben die Käfer durch ein kleines Loch in Kartons gesteckt. Hübsch waren sie: goldgelb mit schwarzen Streifen auf den Flügeln.«

»Du hast geweint, weil ich sie den Hühnern verfüttert habe. Aber was hätte ich denn sonst damit tun sollen? Ich musste mich ganz schön ins Zeug legen, um alle satt zu bekommen – auch die Hühner.«

»Und die Fabrik?«, fragte ich.

»Gott sei Dank war Meister Schratt wegen seines Herzleidens nicht eingezogen worden. Gemeinsam mit zwei alten Männern und einem Lehrling hielt er die Keramikproduktion einigermaßen am Laufen.«

»Hat denn im Krieg noch jemand Gartenzwerge gekauft?«

»I wo! Da Mangel an den einfachsten Haushaltsgegenständen herrschte, mussten wir Essgeschirr herstellen, Geschirr ohne Kinkerlitzchen. Gebrauchswaren für die Heimatfront! Wegen des Russlandfeldzuges wurden fast alle Fabriken und auch Handwerksbetriebe auf Waffenproduktion umgestellt. Dein Vater hat damals oft gesagt: ›Welch ein Glück, dass sich aus Ton keine Granaten drehen lassen!‹«

Als ich fünf oder sechs Jahre alt war, schickte mich meine Mutter hin und wieder zum Einkaufen. Ich ging gern in Krautwurms Kolonialwarenladen, weil dort aller Dorfklatsch breitgetreten wurde. Einmal schnappte ich auf, was die Frau unseres Blockwarts Rübe über meine Mutter sagte: »Heutzutage muss sich jeder den Verhältnissen anpassen, um an der Heimatfront seinen Mann zu stehen. Sogar aus Charlotte Stanbek, dieser eleganten Stadtpflanze, ist eine richtige Bäuerin geworden.«

»Das liegt ihr wahrscheinlich im Blut«, sagte Frau Krautwurm. »Meine Cousine aus Jena hat die Tante gekannt, bei der Charlotte aufgewachsen ist. Diese Tante Elsbeth hat ihr erzählt, Charlottes Vater wäre der reichste Bauer auf der Schwäbischen Alb gewesen.«

»Schwäbische Alb? Wo ist das denn?«, fragte eine der Frauen.

»Im Süden unseres Deutschen Reichs!«, posaunte Frau Rübe, »gleich hinter Stuttgart.«

Frau Krautwurm räumte in den Regalen herum, als ob es da viel zu ordnen gäbe. Das Warenangebot bestand aus dunklem Mehl, das hundertgrammweise in Tüten abgefüllt wurde, einem Sack Zucker, von dem noch kleinere Portionen verteilt wurden, Kaffee-Ersatz und einem Korb mit wurmstichigen Äpfeln. Als Frau Krautwurm ihre Waren lange genug hin- und hergeschoben hatte, wurde das Palaver wieder aufgenommen.

Da ich damals noch recht klein war, tauchte ich meistens hinter dem Gurkenfass ab, wo man mich vergaß. Dann wurde frei von der Leber weg schwadroniert. Hier erfuhr ich, was daheim von mir ferngehalten wurde: dass Schuster Neubart verhaftet worden war, weil er die SS eine Spitzelbande genannt hatte; dass ein Sohn vom Gärtner Busch an der Westfront gefallen war und der andere, der Leo, im Lazarett lag und nur noch ein Bein hatte; dass die Juden Blutsauger wären und viele andere Dinge, die ich zwar meist nicht verstand, aber trotzdem sehr interessant fand.

In einem hatten die Klatschtanten recht: Meine Mutter war eine richtige Bäuerin geworden. Sie konnte Kühe melken und Hühner schlachten. Ich weiß noch, wie ich heimlich zusah, als Mama zum ersten Mal ein Huhn köpfte. Erst hielt sie ihm eine Rede: »Einer muss es ja machen, und wenn meine Kinder nicht verhungern sollen, werde ich das jetzt tun, ob's dir gefällt oder nicht.« Dann kniff sie die Augen zu Schlitzen, nahm Maß und zielte mit dem Beil auf den Hühnerhals. Der Kopf fiel vom Hackklotz, und Mama ließ vor Schreck das Huhn los. Das geköpfte Vieh flatterte hoch – es stieß mit dem Halsstumpf gegen die Stallmauer und verkleckerte die Fassade mit Blutflecken, die noch jahrelang zu sehen waren. Endlich landete der Vogel mit einem dumpfen Platsch auf dem Pflaster. Mama griff ihn und sagte, wie um sich selbst Mut zu machen: »So, mein Guter, nun wirst du gerupft und dann ab in den Suppentopf!«

Meine Mutter bekam Übung im Töten. Auch als Vater wieder daheim war, verrichtete sie diese mörderischen Dinge weiter, weil mein Vater nicht mal einer Maus etwas zu Leide tun konnte.

Während er auf den Feldern arbeitete, wirtschaftete Mama unermüdlich in Haus und Hof. Sie versorgte nicht nur das Federvieh, das Mastschwein und die Kühe, sondern ich entsinne mich, wie sie gemeinsam mit Micha und mir im Obstgarten Kirschen, Äpfel und Birnen erntete und dann stundenlang Marmelade rührte. Sie half dem Metzger beim Sauschlachten, salzte Fleisch ein und konservierte Leber- und Blutwurst in Dosen. Zwar musste von allem ein großer Teil an staatlichen Sammelstellen abgeliefert werden, aber wir hatten trotzdem mehr zu essen als andere, die nur auf ihre Lebensmittelkarten angewiesen waren. Vater sah es nicht gern, wenn Mama mit diesen Abgaben schummelte. Sie tat das, weil sie davon überzeugt war, die besten Happen verschwänden in den Mägen der Parteigenossen.

Mama verteilte großzügig an jeden, der mit hungrigem Blick im Haus erschien. Kinder, die mit der Frage »Frau Stanbek, ham Se was gebacken?« um Kuchen bettelten, oder Mütter, die mit einem Krug im Kuhstall auftauchten, erhielten, was sie wünschten.

Wanda

Nach mehreren vergeblichen Anträgen bekam meine Mutter eine Hilfe für die Hauswirtschaft.

»Haben Sie Stanbeks Pflichtjahrmädel schon gesehen?«, hörte ich die Kundinnen in Frau Krautwurms Laden tuscheln. »So ein junges Ding und schon so einen drallen Busen! Und diese Wurstlocken, als ob sie jede Nacht mit Wickeln schläft. Auf die muss die Stanbek aber aufpassen!«

Die Frauen kicherten und zählten nebenbei die Bezugsmarken auf ihren Lebensmittelkarten.

Als Wanda von Berlin zu uns kam, war sie siebzehn und hatte gerade ihre Schneiderlehre beendet. Mama entrümpelte die frühere Kutscherkammer, die im Erdgeschoss neben dem Kontor lag. Das Fenster ging über den Hof zu den Ställen. In dieses Zimmerchen stellte Mama ein Bett, eine Kommode, einen Tisch und einen Stuhl. Wanda jubelte: »Du meene Jüte, ick hab noch nie 'n eijenes Zimmer jehabt.«

Das Jubeln verging ihr, als sie melken lernen sollte. Es gelang ihr nicht, auch nur einen Viertelliter aus den Eutern zu quetschen, und sie geriet in Panik, wenn ihr ein Kuhschwanz um die Ohren flog. Mama gab schließlich nach und beschäftigte Wanda in der Küche und im Gemüsegarten.

Ich freute mich, dass Wanda bei uns war. Ihr Lachen klang wie Vogelgezwitscher, und da sie über alles und jedes in Gelächter ausbrach, schien mir das Leben mit Wanda viel fröhlicher. Auch dass sie »ick« statt »ich« sagte und »det« statt »das« und außerdem eine Menge komischer Sprüche kannte, fand ich lustig. Allerdings wurde Vaters Gesicht kreidebleich, als ich ihm einen Reim aufsagte, den ich von Wanda gelernt hatte: »Der Hitler hat keine Frau, der Bauer hat keine Sau, der Bäcker keinen Kuchenteich, das heißt bei uns – das Dritte Reich.«

Vater rieb seine Stirn, als ob er Kopfweh hätte. »Für solche Sprüche sind schon welche aufgehängt worden«, flüsterte er. »Gärtner Busch ist wegen einem Hitlerwitz denunziert worden, sie haben ihn abgeholt und …« Vater brach den Satz ab und flehte Wanda an, uns Kindern nicht derartige Verse beizubringen.

Wenn Wanda auch übermütig war und nicht zum Kühemelken taugte, so bewährte sie sich mit ihrem Schneidertalent. Zwar gab es keine neuen Kleider zu nähen, sondern nur welche zu ändern oder auszubessern, aber Wanda, froh, nicht mehr in den Kuhstall zu müssen, gab sich dieser Aufgabe mit viel Geduld und erfolgreich hin. So bekamen wir Kinder Wintermäntel aus alten Wolldecken. Für Mutter schneiderte Wanda ein Kleid aus einer gestreiften Übergardine. Es war seit Jahren Mutters erstes neues Kleid. Sie drehte sich vor dem Dielenspiegel: »So was Elegantes hab ich, seit ich in Konfektion war, nicht mehr angehabt.«

Meine Mutter sagte nie: »Ich war Verkäuferin«, sondern immer: »Ich war im Modehaus Blumberg in Konfektion.« Und während sie betrübt erzählte, dass Steine in die Schaufenster des noblen Geschäftshauses geflogen waren und ihr Chef mit seiner Familie von der Gestapo abgeholt worden war, steckte Wanda den Saum ab.

»Von Mode hab ick halt Ahnung«, nuschelte sie, zupfte die letzte Stecknadel von ihren Lippen, prüfte ihr Werk und sagte: »Schnieke sehn Se aus!«

Außerdem verfiel Wanda der Leidenschaft, alte Pullover und Strümpfe aufzudröseln und aus der Wolle Neues zu stricken. Deswegen waren wir in den Kriegswintern mit so kostbaren Dingen wie Pullis, Handschuhen und Socken bestens ausstaffiert.

Trotz der Fliegeralarme, trotz magerer Kost, klobiger Holzschuhe und abgetragener, x-mal geänderter Kleider waren Micha und ich überzeugt davon, Sonntagskinder zu sein. Aber ich spürte, wie das Leben unserer Familie mehr und mehr überschattet wurde von den Sorgen meines Vaters um seine Brüder.

Vaters Brüder

In der letzten Märzwoche 1942 kam Onkel Rudolf aus Russland heim. Er humpelte an hölzernen Krücken, weil seine Fußzehen erfroren waren. Ich meine, mich noch an den Gestank zu erinnern, wenn Mutter den Verband erneuerte.

»Du lieber Himmel!«, rief sie, während sie zum ersten Mal die dreckigen Binden abwickelte, »das sieht aber schlimm aus!«

Onkel Rudolf antwortete nur: »Aber wenigstens bin ich davongekommen.«

Erst als ich einige Jahre älter war, erzählte mir meine Mutter, was Rudolf in der Zeit, als sie seine erfrorenen Füße pflegte, im Wundfieber alles geredet hatte: »Bei Fritz und Heinrich fällt das Fleisch ab. Die Knochen gucken raus.« – »Feldwebel Siegfried, der Heil-Hitler-Schreier, kommt ins Lazarett, wir anderen müssen weitermarschieren.« – »Ferdinand, überrede mich nicht mehr zum Weitergehen! Ich will hier liegen bleiben. Der Schnee ist so schön weich!« – »Ferdinand, lass mich, zieh mich nicht hoch. Du kannst ja selbst kaum noch.« – »Also gut, ich versuch's. Ich komme.«

Onkel Rudolfs Füße heilten, und im September musste er zurück zum Rest seiner Kompanie, die nach Frankreich versetzt worden war. Von dort wurde er Anfang März an die nächste Front abkommandiert.

In der Mappe mit der Feldpost, die mein Vater abgeheftet hat, fand ich Rudolfs Brief, in dem er über die Bahnfahrt von Marseille nach Neapel berichtet:

Unser Zug fuhr die meiste Zeit am Mittelmeer entlang. Das Wasser schimmerte im Mondschein. Gestern Abend haben wir Neapel erreicht. Am achten Dezember wird unser Funktrupp nach Tunis eingeschifft. Wir sollen die Truppen gegen die Engländer verstärken.

Das war Rudolfs letztes Lebenszeichen. Seitdem fehlte jede Spur von ihm. Er galt als vermisst. Ich konnte mir unter vermisst oder gefallen nichts vorstellen. In meinem Herzen nährte ich die kindliche Hoffnung, mein Onkel sei nur gefallen, weil ich dachte, er könne dann wieder aufstehen.

Es wurde Weihnachten, und wir hatten immer noch nichts von Rudolf gehört.

Auch von Heiner und Frieder, die an der Ostfront auf Stalingrad vorrückten, war keine Post gekommen. Anfang Februar 1943 hatte uns ein Feldpostbrief von Frieder erreicht, der schon im Dezember des vorigen Jahres geschrieben worden war.

Meine Lieben daheim! Ich wünsche, dass wenigstens Ihr ein gesegnetes Weihnachtsfest habt. Heiner ist in ein anderes Regiment verlegt worden. Ich weiß nicht, wie es ihm geht. Er fehlt mir sehr. Unser Regiment kämpft sich durch die Ukraine, und wir sind seit zwei Tagen unter Granatwerferbeschuss. Aber der eisige Wind, der über die Ebene pfeift, setzt uns fast genauso zu. Der Boden ist steinhart, und wir müssen uns mit kleinen Spaten bis zu frostfreien Erdschichten durcharbeiten, um uns in Löcher ducken zu können. Die Schreie der getroffenen Kameraden sind unerträglich ...

Den Brief hat Vater uns Kindern damals nicht vorgelesen, aber ich sehe noch sein verzweifeltes Gesicht, als er ihn wieder zusammenfaltete.

Als Frieders Brief bei uns ankam, waren er und sein Zwillingsbruder Heiner schon gefallen. Mein Vater wird es geahnt haben. Wie ich heute weiß, hörten damals fast alle Leute den verbotenen Sender BBC. Vater wusste, dass die 6. deutsche Armee Anfang Februar kapituliert hatte.

Als dieses Debakel offenkundig wurde, hofften viele, so wie meine Eltern, der Krieg ginge nun zu Ende. Aber das war weit gefehlt. Vater hielt sich die Ohren zu, als Goebbels nach der Niederlage bei Stalingrad »Wollt ihr den totalen Krieg?« aus dem Volksempfänger brüllte – und ein tausendstimmiger Chor mit »Jaaa!« antwortete.

Vaters Schwester

Vater machte sich auch Sorgen um seine Schwester. Hanna arbeitete seit Kriegsbeginn als Sekretärin bei Zeiss in Jena. Sie wohnte nach wie vor bei uns in der Mansarde, aber wir sahen sie nur abends zum Nachtessen. Nun wollte Hanna wegziehen. Micha und ich liebten unsere Tante. Die Spaziergänge mit ihr waren Abenteuer. Wir erkundeten Höhlen, in denen Zwerge hausten, und pflückten Margeriten von Wiesen, auf denen nachts Elfen tanzten.

Für Micha und mich war der Abschied von Tante Hanna schmerzlich. Die Gründe, aus denen sie uns plötzlich verließ, erfuhr ich wie so manches andere, was ich als Kind nicht verstanden habe, später von meiner Mutter.

Vaters Sorgen um seine Schwester begannen, als Hanna sich in Fritz Jäger verliebte. Fritz war in der NSDAP und hatte einen leitenden Posten in der Abteilung, in der Hanna Briefe tippte. Er zog Hanna nicht nur mit seinem gewinnenden Lächeln in seinen Bann, sondern mehr noch durch sein zackiges Auftreten und seine nationalsozialistische Anschauung, die er so überzeugend wie Goebbels vortragen konnte. Fritz überredete Hanna, dem *Bund Deutscher Mädel* beizutreten. Und da sie, wenn sie sich für etwas begeisterte, keine halben Sachen machte, ließ sie sich auf die Reichsführerinnenschule des BDM nach Potsdam delegieren. Nach dieser Ausbildung sagte sie nicht mehr »Guten Tag«, sondern »Heil Hitler«.

Es gibt ein Foto von Hanna, auf dem sie eine Baskenmütze trägt, unter der ihr Zopf hervorbaumelt. Der Rock lässt ein Stück ihrer Waden sehen und ihre Füße stecken in flachen Schnürschuhen. Unter dem Kragen der weißen Bluse ist ein Dreieckstuch aus Leder verknotet, und darüber trägt sie eine Weste, an der das Gauabzeichen ihrer Mädchengruppe und das HJ-Abzeichen prangen.

Tante Hanna hielt Micha und mir stolze Reden über ihre Berufung, junge Mädchen für Aufgaben des Führers zu erziehen. Sie erklärte uns, Frauen und Mütter seien die Trägerinnen erbgesunder, blutreiner Familien und des deutschen Volkstums. Hanna sagte: »Ihr zwei könnt stolz auf eure arische Abstammung sein!«

Von Hanna erfuhr ich auch von Untermenschen, die nicht zur deutschen Herrenrasse gehörten, und dass die Juden Volksfeinde seien. Vor meinen Eltern durfte Hanna diese Parolen nicht ausposaunen. Vater stöhnte dann und sagte, sie solle diese idiotischen Sprüche für sich behalten.

Hanna sang keine Kinderlieder mehr mit uns, sondern brachte uns Kampflieder bei. Als Micha und ich mit geschulterten Stöcken über den Hof stapften und lauthals das Horst-Wessel-Lied sangen, nahm Vater uns die Stöcke weg, und wir bezogen die erste Tracht Prügel unseres Lebens.

Vater schlug uns sonst nie. Er war bestimmt, aber immer sanft. Wenn er ein bisschen schimpfte, streichelte er dabei über unsere Köpfe. Mamas Hand rutschte leichter aus. Sie war der Ansicht, Kinder wollten ihre Grenzen kennen, und man müsse sie ihnen abstecken. Ihre Devise war: Eine leichte Ohrfeige fördert das Denkvermögen.

Micha brüllte, aber ich hielt mir nur den Po, schielte unsicher zu Vater hinauf und sah ihm an, dass er bereits bereute, uns geschlagen zu haben. Er ging mit hängenden Schultern ins Haus.

Micha und ich liefen zu Mama. Sie war mit Tante Hanna in der Diele. Hanna saß vor dem Spiegel und Mama flocht ihr die Haare. Selbstgefällig schaute Hanna sich in die blauen Augen: »Ich wünschte, ich hätte so blonde Haare wie du, Charlotte, dann wäre ich ein perfekt arischer Typ.«

Mama zuckte die Schultern, band einen Wollfaden um das Zopfende und sagte zu Hanna, sie solle doch auf Ewald hören und lieber hierbleiben. Tante Hanna sah in den Spiegel und lachte. »Habe ich dafür meine Prüfung in Potsdam mit einer Eins bestanden?«

Am nächsten Tag fuhr Hanna wieder nach Berlin, um dort junge Mädchen im Sinne des Führers zu erziehen.

Familie Dobmaier

Im November 1943, nachdem die britische Bombenoffensive auf Berlin begonnen hatte, zog die Familie Dobmaier in unser Haus ein. In die Herrschaftsetage, wie die erste Etage von uns genannt wurde. Ortsgruppenleiter Haring hatte befunden, dass unsere Familie zu viel Wohnraum habe. Meine Eltern hatten keine Chance, sich gegen die Beschlagnahmung ihrer Räume zu wehren, da sie sonst als Staatsfeinde gebrandmarkt und wegen Wehrkraftzersetzung angeklagt worden wären.

Frau Dobmaier, eine stabile Brünette, die mit einwärts gedrehten Füßen lief und deren Lieblingswort »fürchterbar« war, erklärte meiner Mutter: »Mein Mann ist unabkömmlich in der Reichshauptstadt. Aber verstehen Sie, meine Liebe, bevor ich mich und meine Kinder dem fürchterbaren Terror der Alliiertenbomben aussetze, ist so ein Landaufenthalt das kleinere Übel.«

Rolf, der ältere Sohn der Dobmaiers, war ein pickeliger Sechzehnjähriger. Bruno war damals sechs, ein Jahr älter als ich. Seine Mutter vergötterte ihn. Sie erzählte jedem, ob er es hören wollte oder nicht, wie sie am 6. Juli 1940 Hitlers Jubelfeier nach dem Sieg über Frankreich miterlebt hatte: »Ganz Berlin war mit Fahnen, Girlanden und Blumen geschmückt. Unsere Wehrmacht und die Formationen der NSDAP kamen durchs Brandenburger Tor marschiert. Dieser Jubel! – Nicht zu beschreiben. Ein Meer erhobener Arme. Pausenlos brauste dem Führer ›Sieg Heil!‹ entgegen. Die Hitlerjugend schwenkte Hakenkreuzfahnen. Und mitten durch diesen Jubel – der Führer in seinem offenen Mercedes! Mit Bruno auf dem Arm habe ich mich mit eisernem Willen nach vorn durchgekämpft. Nichts hätte mich aufhalten können! Und dann habe ich meinen Bruno hochgehoben und dem Führer entgegengehalten. Und was tat unser Führer? Sie werden's nicht glauben! Er streichelte Bruno über die blonden Locken, lächelte und sagte: ›Welch ein schönes deutsches Kind!‹ – Jawoll, das hat er gesagt.«

Nach diesem Bericht vergoss Frau Dobmaier stets ein paar Rührungstränen. Es war für sie der glanzvollste Tag, den sie je erlebt hatte, und sie war sehr stolz darauf. Sie war auch stolz auf ihren hübschen Bruno, stolz auf ihren Mann, der wichtige Aufgaben im Reich erfüllte, und stolz, weil ihr Sohn Rolf ein fanatischer Hitlerjunge war.

Ab und zu kam Frau Dobmaier zu meiner Mutter und fragte nach Kochrezepten. Die Frauen saßen in unserer Küche, tranken Malzkaffee und plauderten über Mode und neue Schlager. Am liebsten redete Frau Dobmaier über ihr Leben in Berlin. Mir gefiel, was sie erzählte. Das Haus, in dem sie gewohnt hatten, war ein Schloss, der Garten ein Park. Mit dem Personal habe sie immer Pech gehabt. Der Gärtner habe nichts getaugt und die Dienstmädchen seien faul gewesen.

Besonders ausführlich erzählte sie von den Gesellschaften, die sie für die Parteifreunde ihres Mannes gegeben hatte. Wenn sie die Schinkenbraten und Buttercremetorten beschrieb, lief mir die Spucke im Mund zusammen. Ich stellte mir die festlich gekleideten Gäste vor, wie sie in den vornehm eingerichteten Zimmern speisten und bis in die Morgenstunden tanzten, tranken und sangen.

Wenn dann Frau Dobmaier abschließend zu meiner Mutter sagte: »Da können Sie sich vielleicht vorstellen, meine Liebe, wie fürchterbar primitiv ich es hier finde und wie langweilig mir ist«, verzog Mama gequält das Gesicht und sagte, sie müsse jetzt in den Kuhstall, um auszumisten.

Wenn wir Frau Dobmaier auch nicht jeden Tag sahen, so hörten wir sie stattdessen. Sie spielte Klavier und sang dazu aus vollem Halse Schlager oder Operettenarien. An manchen Tagen drangen aber auch perlende Tonleitern und danach Melodien zu uns herunter, bei denen Vater aufhorchte und uns erklärte, das seien Mozartsonaten. Danach sagte er immer: »Der Kleine kann besser Klavier spielen als seine Mutter.«

Mehr als einmal hatte Frau Dobmaier meiner Mutter erzählt, Bruno sei in Berlin von einem Meisterpianisten unterrichtet worden. Sie behauptete: »Mein Bruno ist ein musikalisches Wunderkind!«

Das glaubte ich nicht, aber als ich eines Tages ein Backrezept zu Frau Dobmaier brachte, traute ich meinen Ohren und dann meinen Augen nicht. Bruno saß am Klavier. Ich blieb an der Tür stehen, und er bemerkte mich nicht, da er vollkommen in sein Spiel versunken war. Sein verklärtes Gesicht ähnelte dem kleinen Engel, der in unserer Kirche aus dem Altarbild schaute. Bruno spielte eine Melodie, die mir zu Herzen ging. Ich hätte gern noch länger zugehört. Doch als Frau Dobmaier aus dem Nebenzimmer kam und »mein kleiner Mozart!« flötete, hörte Bruno abrupt auf. Als er mich sah, wurde er rot.

»Es hat mir gefallen«, sagte ich schüchtern.

Brunos hellblaue Augen wurden dunkler. Er biss auf seine etwas zu dicke Unterlippe. »Ich spiele nicht für jeden«, sagte er, »wenn ich groß bin, werde ich berühmt. Dann trete ich in riesigen Konzertsälen auf, und tausend Leute werden mir zuhören und mich bewundern.«

»Spiel noch was, bitte!«

Er setzte sich so selbstgefällig in Pose, dass ich hinter mir den großen Saal fühlte, die tausend Menschen, für die Bruno nun spielen würde. Als er begann, nahm sein Gesicht wieder den verklärten Ausdruck an.

Seitdem lud mich Bruno fast jeden Tag als Publikum ein. Damals war ich in ihn verliebt, vielleicht aber auch nur in seine Musik und seine Begabung, die ich grenzenlos bewunderte.

Manchmal kam Bruno auf den Hof oder in den Obstgarten, wo ich mit den Dorfkindern Verstecken oder Fußball spielte. Auch Martin Rose, der Sohn unseres Hausarztes, war meistens dabei. An den Wochenenden gesellte sich noch Gita dazu. Ihre Eltern, Max und Miriam Goldau, waren die besten Freunde meiner Eltern. Sie wohnten in Jena und besuchten uns fast jeden Sonntag. Auf unserem Hof oder im Garten wuselten immer mindestens ein Dutzend Kinder herum. Bruno wollte mitspielen, aber er ertrug es schwer, bei Wettspielen nicht der Beste zu sein. Bruno konnte nicht verlieren.

Lieber, als mit Bruno zu spielen, saß ich mit ihm auf den Treppenstufen des Hofeingangs und hörte mir Geschichten über Berlin an. Während er von seinem Klavierlehrer erzählte, bekamen seine Augen den gleichen Glanz wie die seiner Mutter, wenn sie von Hitler sprach. Bruno zeigte mir Fotos, auf denen er in Rüschenhemd und Samtanzug wie der junge Mozart vor einem

Flügel saß oder sich vor Publikum verneigte. Nebenbei erfuhr ich auch, dass das Märchen von dem Schloss und dem Park, das Frau Dobmaier erzählt hatte, nur eine kurze Episode in Brunos Leben gewesen war. Er beschrieb mir eine dunkle Hinterhauswohnung, in der er aufgewachsen war. Erst als sein Vater SS-Karriere gemacht hatte, waren sie in ein schönes, großes Haus mit Garten gezogen. Vorher hätte eine Judenfamilie darin gewohnt.

»Meine Mami will nie wieder in ein Hinterhaus, das könnte sie nicht ertragen. Und ich auch nicht«, sagte Bruno.

Das konnte ich gut verstehen. Ich nickte. »Ihr habt's ja jetzt gut hier bei uns.«

»Aber es ist eben nicht unser Haus«, jammerte Bruno. »In Berlin war es schöner. Wenn ich erst ein berühmter Pianist bin, kaufe ich Mami ein Schloss.« Ich sah Bruno an, wie ernst er das meinte. Offensichtlich vergötterte er seine Mutter mit der gleichen Affenliebe wie sie ihn. Auch das gefiel mir an ihm.

Den Rest der Familie Dobmaier konnte ich nicht leiden. Wenn Herr Dobmaier bei seiner Familie zu Besuch war, trug er meistens Uniform. Mir flößten seine Tellermütze mit dem Totenkopf und die Hakenkreuzbinde an seinem Jackenärmel Angst ein. Wenn er mit glänzenden Stiefeln absatzknallend die Freitreppe herunterkam, versteckte ich mich in der Fliederhecke. Micha behauptete, Herr Dobmaier hätte einen Dolch in der Hosentasche.

»Ist Herr Dobmaier Polizist?«, fragte ich Vater.

»Ja, so kann man sagen«, brummte er. »Herr Dobmaier ist SS-Oberscharführer.«

»Was ist SS?«

»Das bedeutet Schutz-Staffel. Sie ist die Polizei von Adolf Hitler. Sie regelt alles nach seinen Vorschriften.«

»Was regelt die SS denn?«

»Ich weiß nicht«, sagte Vater. »Jedenfalls nichts zum Guten.« Er presste die Lippen zusammen, als hätte er das lieber nicht sagen sollen, und dann bat er mich, Herrn Dobmaier aus dem Weg zu gehen und auch Micha von ihm fernzuhalten.

»Tu ich ja«, sagte ich wahrheitsgemäß.

Mir war damals nicht bewusst, dass unsere Familie wie in einer Konservendose lebte, während Dobmaiers die ganze erste Etage bewohnten. Außer der früheren Servierküche gehörten fünf Zimmer dazu, die sich um die obere Diele gruppierten.

Meine Mutter vermisste ihr Lieblingszimmer, die Loggia. Diesen Raum trennte eine hohe Glastür von einem Erkerzimmer, das an zwei Seiten Fenster statt Wände hatte. Die Blutbuche breitete ihre Äste wie schützende Arme um diese Hausecke. Ihr Laub vermochte die Loggia nicht zu verdunkeln wie den darunterliegenden Salon, sondern sorgte im Sommer für rotsilbrige Kühle. Im Winter brach das Licht durch die Zweige und gab dem Raum mit seinen Korbmöbeln und Zimmerpalmen ein südliches Flair.

Da Dobmaiers den »Herrschaftseingang« über die Freitreppe für sich beanspruchten, war auch die untere Diele für uns tabu, weil von dort die geschwungene Eichentreppe zur ersten Etage führte.

Wir benutzten den Hofeingang. Uns waren nur die große Wirtschaftsküche, das kleine Esszimmer und der frühere Salon geblieben, dessen Flügeltür zur Diele mit schalldämpfenden Pappmaché-Platten zugenagelt worden war. Wenn wir in den Salon wollten, war das nur durch eine Tür von dem schmalen Flur aus möglich, der die Küche mit dem Esszimmer verband. Wegen seiner Größe und weil wir ihn nicht heizen konnten, da der Kamin nicht mehr funktionierte, diente uns der Salon als Familienschlafzimmer. Zwischen Kleiderschrank, Kommode und Betten war so viel Platz, dass Wanda, wenn sie die Betten machte und von der oberen Etage Schlagermusik heruntertönte, übermütig durch den Raum tanzte.

Unser Leben spielte sich in der Küche ab, in der wir auch die Mahlzeiten einnahmen. Das frühere Esszimmer war nun unsere Wohnstube. Darin stand ein Tisch vor einem Sofa, unter dem in Pappkisten unser Kinderspielzeug lag. Die gegenüberliegende Wand nahm ein Regal ein, in dem ein Teil von Vaters Büchern und ein Volksempfänger untergebracht waren. Für die polierten Wohnzimmermöbel, die meine Mutter mit in die Ehe gebracht hatte, war kein Platz, sie lagerten mit Säcken zugedeckt in der Remise.

Das Bad lag im ersten Stock und gehörte nun auch zu Dobmaiers Wohnung. Wir wuschen uns in der Küche. Im Winter badeten wir samstags in einer Zinkwanne und im Sommer fand diese Zeremonie in der Waschküche statt.

»Es werden schon irgendwann bessere Zeiten kommen, in denen wir wieder ein Bad und ein größeres Wohnzimmer haben«, tröstete uns Mama. »Aber so, wie es jetzt ist, sparen wir wenigstens Heizung.«

Alltag

Meine Mutter war vollauf damit beschäftigt, jeden Tag aufs Neue das Kunststück fertigzubringen, etwas auf den Tisch zu zaubern. Die Zuteilungen über die Lebensmittelkarten wurden immer knapper. Und die Abgaben von dem, was wir auf den Feldern ernteten, erhöhten sich ständig. Die Versorgung des Viehs und auch der Waschtag kosteten Mamas ganze Kraft. Wenn Wanda ihr nicht bei allen Hausarbeiten so tatkräftig geholfen hätte, wäre für Mama alles noch viel schwerer gewesen. Für uns Kinder fand sie auch immer weniger Zeit und zankte mit uns, wenn wir mit schmutzigen oder zerrissenen Kleidern vom Spielen kamen.

An mir sei ein Lausbub verloren gegangen, schimpfte Mama oft, denn ich konnte nie langsam gehen und hatte immer irgendwo Schrammen und oft blutige Knie. Im Sommer kletterte ich jeden Tag bis in die Spitze der Blutbuche, wo mich niemand entdecken, ich aber alles beobachten konnte. Ich beneidete Michael, weil er ein Junge war. Aber mein kleiner Bruder war ein sanftes Kind und konnte sich still beschäftigen. Stundenlang sortierte er seine Schätze aus rostigen Schrauben, krummen Nägeln, Korken und Garnrollen, aus denen er seltsame Gebilde bastelte, die er zu Autos, Flugzeugen oder Maschinen erklärte. Trotz unserer unterschiedlichen Temperamente vertrugen wir uns gut und hielten zusammen, wenn einer von uns etwas ausgefressen hatte.

Im Winter, wenn wir nicht im Freien spielen konnten, besuchten wir Meister Schratt in seiner Werkstatt. Wir schauten zu, wie sich feuchte Tonklumpen in Teller, Schalen und Krüge verwandelten. Danach stand die Ware auf Paletten im Trockenraum, bis sie nach einigen Tagen fest war. Jedes Keramikteil wurde in Glasur getaucht und kam anschließend in den Brennofen. Ja, der Brennofen! Wenn Micha dieses fauchende, knisternde Ungetüm nur von weitem sah, popelte er in der Nase. Das tat er immer, wenn er sich vor etwas fürchtete. Auch ich hielt respektvoll Abstand, denn Meister Schratt behauptete, im Inneren des Ofens seien mehr als 1000 Grad Hitze.

Wenn er besonders gute Laune hatte, knetete er für uns kleine Tierfiguren, Katzen, Igel oder Vögel, die kamen ohne Glasur in den Ofen. Herr Schratt nannte sie Terrakotten. »Solche Figuren, nur viel größer und künstlerischer«, sagte er, »hat euer Großvater Alfred, der Bildhauer, modelliert.« Er lachte. »Na ja, aber das große Geld brachten erst die Gartenzwerge.«

Die Krönung eines solchen Fabrikbesuches war für uns, wenn Meister Schratt einen Schrank öffnete und uns die Modelle der Gartenzwerge unseres Opas zeigte. Sie sahen so lebendig aus, dass ich immer erwartete, sie würden sich gleich bewegen und aus dem Schrank klettern. Obwohl wir diesen Opa nie gekannt hatten, umgab ihn in unserer Phantasie die Aura eines Zauberers, und seine Frau Aline erschien uns wie eine geheimnisvolle Fee.

Micha verband unsere Besuche in der Fabrik mit Kohlenklau. Immer hatte er ein paar Brikettbrocken in der Hosentasche, wenn er zurückkam. Als Vater ihn erwischte und ihm eine sanftstrenge Strafpredigt hielt, verteidigte ich meinen kleinen Bruder: »Micha will ja nur, dass uns die Ohren nicht abfrieren!«

Und Mama sagte: »Wenn wir die Küche nicht heizen können, sitzen wir bald in einem Eispalast, und ohne Feuer kann ich auch das bisschen Essen nicht mehr kochen!«

»Sei doch vernünftig, Charlotte! Die Kohle ist der Fabrik zugeteilt.«

»Ja, ja, ich weiß schon: damit der Geschirrbedarf an der Heimatfront gedeckt wird«, sagte Mama spöttisch.

»Charlotte! Willst du vor den Volksgerichtshof kommen? Dafür genügen kleinere Schandtaten, als ein paar Eierbriketts zu klauen.«

Weder Micha noch ich verstanden das, aber Micha klaute keine Briketts mehr. Stattdessen gingen wir in den Wald, um Holz zu sammeln. Aber da das fast jeder aus dem Dorf tat, war dort nicht viel zu holen.

Wenn Micha und ich uns weiter vom Haus entfernten, galt das ungeschriebene Gesetz, dass uns unser Hofhund, ein Mischlingsterrier mit braunem Zottelfell, begleitete. Seiner Stimme wegen hatte Mama ihn Caruso getauft. »Unser Caruso kommt locker bis zum hohen C«, behauptete sie. In Vollmondnächten mussten wir ihn ins Haus sperren, weil bei seinen Arien, die er gen Himmel schickte, kein Mensch schlafen konnte. Noch eindringlicher als Carusos Mondscheingesang war sein Spektakel bei Fliegeralarm. Sobald die Sirenen losheulten, heulte er mit. Aber wenn Caruso keinen Grund zu jammervollen Klagekonzerten hatte, war er verspielt und gutmütig. Ich war überzeugt, niemand liebte Caruso so wie ich, und Caruso liebte niemanden mehr als mich. Caruso konnte ich alles erzählen, er hörte genau zu. Micha brauchte ihn nicht so nötig wie ich, denn mein kleiner Bruder erzählte alles mir und konnte damit rechnen, dass ich ihm aus jeder Patsche half.

Familie Goldau

Auch im Frühling 1944 bemerkten Micha und ich nicht viel vom Krieg. Dass es fast jeden Tag Kohlrüben gab und wir keine neuen Kleider oder Schuhe bekamen, hatten wir nie anders gekannt. Doch dass sich dieser Krieg über die halbe Welt ausgebreitet hatte und immer grausamer und sinnloser wurde, wussten wir Kinder nicht. Mir schien damals, als liefe das Leben unserer Familie in geregelten und friedlichen Bahnen. Mich irritierte nur, dass sich meine Eltern oft stritten, was früher nie vorgekommen war. Worum es bei den Wortgefechten ging, verstand ich damals nicht.

Meine Mutter erzählte mir viele Jahre später, dass mein Vater in dieser Zeit zunehmend schwermütig geworden war. »Dein Vater fühlte sich schuldig«, sagte Mama, »aber nicht nur wegen seiner Brüder, sondern auch wegen anderer Dinge, die ich lange nicht begriffen habe. Als ich versuchte, ihm seine Schuldgefühle auszureden, wurde er ärgerlich. ›Keine Schuld?!‹, hat er geklagt. ›Niemand will schuld sein! Jeder sieht weg. Keiner will wissen, was in Deutschland vor sich geht. Stolz sollen wir sein, dass unsere Jungs an der Front sterben, stolz sein auf die, die als Krüppel zurückkommen. Meinst du das, Charlotte? Du bist nicht anders als alle: Scheuklappen vor den Augen, Stöpsel in den Ohren und ja nicht nachdenken!‹«

Mama sagte, sie habe zur Decke gezeigt und geflüstert, er solle um Gottes willen leise sprechen. Da sagte er: »Der Herr Oberscharführer hat mir gestern mitgeteilt, dass er von Gauleiter Sauckel persönlich befördert und in ein Arbeitslager nach Polen abkommandiert worden ist.«

Und dann, so erzählte Mutter, hätte mein Vater seinen Schmerz aus sich herausgeschrien: »Während unsere Soldaten an der Front verbluten, erledigen der Führer und seine Henkersknechte ihre sogenannte ethnische Säuberung. Du hast doch die Reden von Himmler gehört, Charlotte, hast du nicht begriffen, was das heißt: ›Endlösung‹?«

Nach seinem Gefühlsausbruch teilte er meiner Mutter etwas mit, was ihr völlig neu war: »Miriam Goldau ist Jüdin! – Max hat einen Auswanderungsantrag gestellt und wartet auf das Visum. Sie wollen zu Miriams Eltern nach Amerika.«

Mutter sagte, Max sei doch bei Zeiss unentbehrlich und Goldaus könnten doch nicht einfach ihr Haus aufgeben. Vaters

Antwort war, dass es nicht mehr um ein Haus ginge, sondern ums nackte Überleben. Goldaus müssten Deutschland so schnell wie möglich verlassen und könnten nichts mitnehmen.

»Deswegen hole ich heute Nacht Max' Bücher mitsamt dem Schrank«, sagte Vater. »Es ist das Einzige, was er den SS-Schurken nicht überlassen will.«

Meine Mutter erzählte mir, wie sie gezetert habe: »Goldaus riesigen Bücherschrank! Zu uns? Ewald, es ist verboten, Juden zu helfen, das weißt du! Mach das rückgängig, ich flehe dich an. – Sie werden uns alle ...«

An dieser Stelle hat meine Mutter ihren Bericht unterbrochen, geseufzt und mich angesehen: »Begreifst du, Anne, wie feige ich war? Damals war ich noch nicht bereit, jemandem zu helfen. Ich hatte Angst, unsere Familie in Gefahr zu bringen.«

Mutter begann, ihre Finger nacheinander langzuziehen, bis sie knackten. Als sie damit fertig war, erzählte sie weiter: »Ewald verließ wortlos die Küche und ging mir den ganzen Tag aus dem Weg. Abends hörte ich den Traktor wegfahren. Erst nach Mitternacht kam er zurück. Die Ladung des Anhängers war mit einer Zeltplane verdeckt, und Ewald schob ihn rückwärts in die Remise. Ab diesem Zeitpunkt besserte sich seine bedrückte Stimmung. Dein Vater arbeitete wieder regelmäßig auf den Feldern, und abends war er damit beschäftigt, die Bücher und Schrankbretter zu nummerieren und in den Ställen und Schuppen zu verstecken.«

Das erzählte mir meine Mutter, als wir auf der Veranda oberhalb der Freitreppe auf ihrer Bank saßen und zwischen den Säulen hinüber zur Fabrik schauten. Aus dem Schornstein stieg eine schwarze Rauchfahne in den wolkenlosen Augusthimmel.

»Ich kann mich so gut an diese Auseinandersetzung erinnern«, sagte Mama leise, »weil ich immer, wenn ich unseren Schornstein rauchen sehe, daran denken musste. An diesem Tag waren für mich die Gerüchte über die Judenvernichtung, die sich nur wenige mutige Leute hinter vorgehaltener Hand zuflüsterten, mit einem Schlag grausame Wahrheit geworden.«

Abends, nachdem meine Mutter ins Bett gegangen war, saß ich noch zwei Stunden am Tisch und schrieb auf, was sie mir erzählt hatte.

Miriam und Gita

Am Tag, an dem die Gestapo Goldaus abholen wollte, hatte Max mit seiner Familie sein Haus in Jena schon verlassen. Nie haben wir erfahren, wer der Gestapo verraten hat, dass Goldaus bei uns waren. Max saß mit meinem Vater in der Küche, um Abschied zu nehmen. Mama war mit mir, Miriam und der kleinen Gita auf den Dachboden gestiegen, um noch einige Habseligkeiten zu verstecken, die wir für Goldaus verwahren wollten.

Wir hörten im Haus Geschrei und Türen knallen, dann Stiefel die Treppe hochstampfen. Miriam und Gita huschten in die hinterste Bodenkammer. Mama machte rasch den Schrank zu, in den sie flache Lederkästen eingeräumt hatte. Als zwei Gestapomänner oben auftauchten, war Mama bereits damit beschäftigt, Wäsche abzunehmen. Ich hielt das Körbchen, in das sie die Klammern warf.

Auf die barsche Frage, wo die Judenfrau und das Kind von dem Goldau seien, sagte Mama, sie habe sie seit Wochen nicht gesehen.

»Dieser feine Dr. Goldau saß mit Ihrem Mann in der Küche und rauchte«, donnerte der Ältere.

Ich erinnere mich, dass er mir wie ein Riese vorkam und ich unentwegt seine großen Schuhe angestarrt habe.

»Der Goldau ist schon abtransportiert!«, sagte der andere und bemühte sich, seinem Babygesicht Wichtigkeit zu verleihen.

Der mit den großen Füßen riss den Schrank auf, schmiss Bücher und Bildbände heraus und holte die drei Lederkästen dahinter hervor. »Ah – Silber!« Sein Mund verzog sich zu einem befriedigten Grinsen, und der nächste Satz klang, als stände hinter jedem Wort ein Fragezeichen: »Ist das womöglich das Tafelsilber der Goldau-Juden?«

»Es ist unser Familiensilber«, sagte Mama und faltete scheinbar seelenruhig ein Bettlaken zusammen.

»Das geht mit«, sagte der Mann, klemmte die Kästen unter den Arm und sah meine Mutter an: »Was hat der Goldau in Ihrer Küche zu suchen gehabt?«

Mama zog eine Unschuldsmiene. »Na ja, mein Mann und er, sie waren Schulfreunde. Sie wollten sich verabschieden. Herr Goldau hat doch ein Ausreisevisum.«

»Aus-reise-visum!«, spottete der Riese und spuckte auf den Boden. »Ausgereist ist er nun – eben nur nicht dahin, wo er hinwollte. Und wenn er nicht sagt, wo seine Judengattin und ihr Kind sind, wird er auch nicht wieder einreisen!« Er stellte sich dicht vor meine Mutter. »Eine deutsche Frau gibt sich nicht mit Juden ab«, sagte er. Dann zeigte er auf mich: »Gehört das Mädel Ihnen?«

»Ja, das ist meine Tochter Anne.« Mama nahm meinen Zopf, der sich gelöst hatte, und begann ihn neu zu flechten. Ich spürte, wie ihre Hände zitterten.

»Wie alt bist du?«, fragte er.

»Ich werd bald sechs«, brachte ich mühsam heraus.

Der mit dem Babygesicht griente: »Das Alter könnte stimmen. Aber so 'n Blondschopf kann wohl nicht zu 'ner Jüdin gehören.«

Mama ließ meinen Zopf los und nahm mich fest an der Hand. Ihre Fingernägel gruben sich in meine Haut.

»Heil Hitler«, sagten die beiden, und dann polterten sie die steile Bodentreppe hinunter. Mama ließ mich los, drückte beide Hände auf den Mund und atmete rasch und abgehackt durch die Finger.

Als unten die Haustür ins Schloss fiel, ging Mama in die hintere Bodenkammer. Ich lief ihr nach und sah, wie sich der schwere gewölbte Deckel einer Truhe hob. Noch heute sehe ich Miriams Augen vor mir. Sie glühten vor Angst.

»Komm raus, sie sind weg«, sagte Mama leise.

»Sie haben Max mitgenommen«, flüsterte Miriam und stieg hastig aus der Truhe. »Sie haben ›abtransportiert‹ gesagt.« Und dann japste sie atemlos: »Habt ihr Gita gesehen?«

In diesem Moment tauchte ein schwarzer Lockenkopf hinter der Holzverschalung unter dem Dachfenster auf. Miriam schluchzte auf und half Gita auf die Beine. Das kleine Mädchen klammerte sich an ihre Mutter und wisperte: »Wo ist Papa?«

Miriam presste Gita an sich. »Papa ist schon weg.«

»Wohin?«

»Ich weiß nicht«, Miriams Stimme bebte, »wir müssen für ihn beten.«

Mama nahm mich wieder an der Hand. »Wir gehen jetzt runter«, sagte sie zu Miriam und Gita. »Ihr bleibt erst mal hier. Ich muss mit Ewald reden. Macht kein Licht an.«

Als Mama und ich in die Küche kamen, stand mein Vater mit hängenden Armen und geballten Fäusten vor dem Fenster. »Max hat sich nicht gewehrt«, sagte er, ohne sich umzuwenden. »Seine ganze Sorge galt Miriam und Gita. Ich musste zusehen, wie sie Max abgeführt haben. Noch nie in meinem ganzen Leben bin ich mir so feige vorgekommen!«

Mama sagte: »Miriam und Gita sind noch auf dem Dachboden. Die Kerle haben das Silber gefunden, das hat sie abgelenkt. Miriam bleibt mit Gita oben, so lange, bis alles vorüber ist. Mein Gott, dieser Wahnsinn muss doch mal aufhören!«

»Hoffentlich haben Dobmaiers nichts gemerkt«, sagte Vater.

»Sie sind im Landhaus ihres Parteifreundes. Sie kommen erst nächste Woche wieder«, beruhigte ihn Mama. »Aber dann müssen wir vorsichtig sein.«

Seit Miriam und Gita auf dem Dachboden versteckt waren, seit wir ihnen eine Matratze und Decken in die große Truhe gelegt hatten und heimlich Essen hinaufbrachten, stritten meine Eltern nie mehr. Vater schloss sich nicht mehr im Kontor ein und lief nachts nicht mehr in der Gegend umher. Abends, wenn er vom Feld kam, fragte er: »Wie geht's?«, und Mama antwortete: »Alles in Ordnung.«

Das stimmte aber nicht. Miriam weinte oft. Selbst Gita vermochte ihre Mutter selten aus ihrer verzweifelten Stimmung zu reißen. Während der ersten Tage war Gita leise und vergnügt auf dem Dachboden umhergehuscht, sie hatte diese ungewohnte Umgebung aufregend und abenteuerlich gefunden. Hier gab es neben alten Möbeln ein Schaukelpferd, das Puppenhaus, den Kaufmannsladen und ein Kasperletheater: Herrlichkeiten, die das Herz eines kleinen Mädchens höher schlagen ließen.

Aber schon nach ein paar Tagen bekam Gita eine schlimme Erkältung. Ihr trockener Husten klang wie Hundegebell und musste unterdrückt oder in Kissen erstickt werden. Jedes Geräusch vom Dachboden war gefährlich, weil Dobmaiers Verdacht schöpfen konnten. Meine Eltern hofften, die Gestapo würde kein Haus durchsuchen, in dem die Familie eines SS-Oberscharführers wohnt. Frau Dobmaier hörten wir jeden Tag mehrere Stunden Klavier spielen und Operettenarien schmettern. Mama versuchte meinen Vater zu beruhigen: »Die Dobmaier hat die Weisheit nicht mit Löffeln gefressen! – Ich hab ihr weisgemacht, auf dem Oberboden wimmelt es von Fledermäusen. Losgekreischt hat die, als ob ihr die Mäuschen schon um den Kopf schwirren. Ich denke, freiwillig wird sie nicht hinaufgehen. Wir schließen immer die Tür ab, und wenn wir oben bei Miriam sind, legen wir den Riegel von innen vor.«

»Und Bruno?«, fragte Vater.

Mama klimperte mit den Fingern in der Luft. »Bruno hat nur seine Tonleitern im Kopf. Der ist harmlos.«

»Aber Rolf!« Vater rieb seine Stirn. »Wenn Rolf nicht mit seiner HJ-Gruppe unterwegs ist, schnüffelt er im Haus und in den Ställen rum.«

Mama wurde bleich. »Wir müssen sehr aufpassen, dass niemand im Treppenhaus ist, wenn jemand von uns hinaufgeht.

Den Schlüssel hängen wir lieber nicht mehr ans Brett in der Küche, jeder kann ihn dort wegnehmen.« Sie hielt sich die Faust vor den Mund, überlegte einen Moment und flüsterte: »Wir schieben ihn künftig hinter die lockere Scheuerleiste neben der Tür zum Dachboden.«

Da Dobmaiers den Herrschaftseingang benutzten, konnten wir unbemerkt übers hintere Treppenhaus auf den Dachboden gelangen. Mama trug das Essen in einem Wäschekorb unter Handtüchern versteckt hinauf. Auf dem Klosett, das im Vorflur zu der Mansardenwohnung lag, füllte Mama jeden Tag einen Krug mit frischem Wasser, damit sich Miriam und Gita waschen konnten. In dieses Klo leerte sie auch den Deckeleimer, auf dem die beiden ihre Notdurft verrichteten.

Als wir uns sicherer fühlten, durfte auch ich hin und wieder das Essen hinaufbringen und dann ein Weilchen mit Gita spielen. Wenn ich an diese Zeit zurückdenke, erscheint es mir seltsam, dass mir nie eingeschärft wurde, von dem Geheimnis der Bodenkammer niemanden etwas zu verraten. Aber es wäre nicht nötig gewesen, denn der Anblick von Miriams Augen, als sie aus der Truhe aufgetaucht war, hatte mir den Mund für immer verschlossen.

Nie kam ich in Versuchung, jemandem etwas davon zu erzählen. Ich spürte, meine Eltern vertrauten mir, und außerdem litt ich mit an der Einsamkeit von Miriam und Gita. Mit Eifer und einer Art frommem Verantwortungsgefühl half ich, ihr Leid zu mildern. Allerdings war es ein Kunststück, Micha von meinen heimlichen Botengängen fernzuhalten. Wenn jemand zu Miriam und Gita ging, musste Micha abgelenkt werden. Wanda war eingeweiht. Sie hatte sich inzwischen unserer Familie wie eine Tochter angeschlossen, und da sie selbst keine Mutter mehr hatte, liebte sie meine, als sei sie ihre eigene. Auf Wandas Verschwiegenheit konnten wir bauen.

An sonnigen Tagen rückte Miriam den alten Lehnstuhl unter die Fensterluken. Sie hielt Gita auf dem Schoß und beide reckten ihr Gesicht den warmen Strahlen entgegen. Bei warmem Wetter war der Dachboden erträglich. Aber Miriam bedrückte es sehr, nutzlos herumzusitzen und uns zur Last zu fallen. Schließlich brachte Mama Strümpfe zum Stopfen und Flickwäsche hinauf. Diese Beschäftigung beruhigte Miriam. Außerdem lehrte sie Gita Lesen und Schreiben, und auch ich durfte an diesem Unterricht teilnehmen. Ich war sehr eifrig, denn im nächsten Frühjahr würde ich zur Schule kommen. Unsere Angst, Miriams und Gitas Versteck könnte entdeckt werden, ließ mit der Zeit etwas nach. Aber dann erlebte ich etwas, wodurch ich begriff, was die beiden erwartete, wenn jemand ihr Versteck verraten würde.

Wanda hatte mit Micha und mir in der Nähe des halbverfallenen Forsthauses Pilze gesucht. Durch den Wald drang nichts als das Knacken der Äste unter unseren Füßen und ab und zu Michas Jubeln, wenn er einen Pilz, einen Ameisenhaufen oder einen Käfer gefunden hatte. Doch plötzlich hörten wir Motorenlärm. Über den Forstweg kamen ein Jeep und ein Lastwagen angerattert. Wanda zog uns ins Gebüsch. Wir konnten durch die Zweige sehen, wie die Autos vor dem Forsthaus hielten. Gestapo-Männer sprangen heraus, und hinter ihnen kletterte Rolf Dobmaier aus dem Wagen und zeigte auf das Forsthaus.

Ortsgruppenleiter Haring trommelte mit einem Knüppel gegen die Tür. »Aufmachen! Auf-ma-chen!!«, hallte es durch den Wald.

Auch Blockwart Rübe war dabei und schrie: »Ich weiß, dass ihr hier seid!« Er brach die Tür mit einem Beil auf.

Wenig später schleppten zwei Uniformierte einen Mann aus der Haustür. Ihnen folgten mit erhobenen Händen eine Frau und zwei Kinder. Als der Mann sich unerwartet erbittert wehrte, fing Micha zu schreien an. Wanda presste ihre Hand auf seinen Mund und sagte so flehend »still«, dass er sofort verstummte. Doch wegen des lauten Tumults vor dem Forsthaus hatte ihn keiner gehört. Wanda zog uns noch tiefer unter die Sträucher. Sie versuchte, uns die Augen zuzuhalten, damit wir nicht sähen, wie der Mann zusammengeschlagen wurde. Aber wir sahen es doch. Schließlich hielt sich Micha selbst die Augen zu und wimmerte. Die Gestapo trieb den Mann, der humpelte und aus der Nase blutete, auf den offenen Lastwagen, wo schon die Frau mit den Kindern saß. Danach wurden noch vier Leute aus dem Haus geholt, die, ohne Widerstand zu leisten, auf den Wagen stiegen. Ortsgruppenleiter Haring klopfte Rolf lobend auf die Schulter.

Als sie weggefahren waren, ging Wanda mit uns heim. Sie rannte, als würde sie verfolgt. Wir kamen völlig atemlos zu Hause an. Da wir alle drei durcheinanderredeten, verstanden meine Eltern erst nach einer Weile, was wir ihnen zu erzählen versuchten.

»So eine Schurkerei«, schluchzte Wanda, »die Frau war hochschwanger. Wo wird det Kleene zur Welt komm'?«

»Gar nicht.« Vaters Stimme klang mutlos, wie ich sie noch nie gehört hatte. Er rieb seine Stirn und ließ die Hand kraftlos sinken: »Seid um Gottes willen vorsichtig, wenn ihr zu Miriam geht. Immerzu werden noch Verstecke verraten. Jeden Tag hört man Schlimmeres. Es ist Wahnsinn! Wahnsinn! – Die Gestapo transportiert Juden nach Auschwitz. Waggonweise, wie Vieh.«

»Woher weißt du das?«, fragte Mama.

Vater presste die Lippen zusammen, bevor er sagte: »Ich weiß es eben. Andere wissen es auch, aber kaum einer wagt, darüber zu sprechen.«

Wir beschlossen, den Gong zu schlagen, wenn Gefahr für Miriam und Gita drohte. Der Gong, der zu Großmutter Alines Zeiten die große Familie zum Essen gerufen hatte, hing neben der Küchentür. Er wurde nie benutzt und seit Jahren nur noch geputzt, weil Mama seine goldene Messingfarbe liebte.

»Ja«, sagte Miriam, »ich hab's verstanden. Wenn wir den Gong hören, kriechen wir in die Truhe, klappen den Deckel zu und rühren uns nicht.«

Obwohl ich manches, das ich aufschnappte, gemeinsam mit dem Essen nach oben zu Miriam und Gita trug, wusste ich allmählich die Nachrichten zu unterscheiden. Das Erlebnis am Forsthaus, und dass Rolf dabei war, erzählte ich Miriam nicht.

Auch nicht, was Vater von Auschwitz gesagt hatte, weil in dem Zusammenhang das Wort Jude gefallen war. Ich wusste, dass Miriam Jüdin war, konnte mir aber nicht erklären, warum sie sich deswegen mit Gita verstecken musste. Ich rätselte herum, weshalb die Juden verfolgt und weggeschleppt wurden. Aber ich war sicher: Miriam und Gita waren Freunde, keine Feinde.

Die Russen hielt ich für Feinde, sie hatten meine Onkel totgeschossen. Aber wieso wirkte Vater nun fast erleichtert, als er sagte, die Russen jagten die Deutschen aus der Ukraine? Ich spitzte die Ohren bei allem, was über den Krieg erzählt wurde. Nicht nur, weil ich eine Jungfer Naseweis war, wie mich Vater manchmal nannte, sondern weil Miriam jedes Mal, wenn ich auf den Speicher kam, fragte, ob ich was gehört hätte, ob der Krieg bald aus sei?

»Die Engländer sind mit Schiffen übers Meer gekommen und laden ihre Panzer ab. Vater hat es mir auf der Landkarte gezeigt, die Küste heißt Normandie«, hatte ich ihr Anfang Juni verkündet. »Meinst du, das ist gut?«, fragte ich unsicher. Miriam nickte.

Im Juli berichtete ich Miriam: »Vater sagt, es ist ein Attentat auf Hitler verübt worden.«

Miriam sprang hoch und fing an, sich im Kreis zu drehen, immer schneller. Ich dachte, ihr sei schwindelig, als sie auf die Knie fiel. Aber sie reckte die gefalteten Hände hoch und flüsterte: »Gott sei Dank. Gott sei Dank.«

»Er ist aber nicht tot.« Das sagte ich mehrmals, und dann sagte es Gita nach, bis Miriam es verstand. Sie sackte vornüber und weinte in ihren Schoß.

Irgendwann meldete ich Miriam den Satz, der in aller Munde war und ängstlich ausgesprochen wurde: »Die Russen kommen.«

»Mir ist alles recht«, sagte sie. »Wenn ich nur hier herauskomme und endlich nach Max suchen kann.«

An einem heißen Augusttag, an dem Micha und ich barfuß laufen durften, hörte ich Vater zu Mama sagen: »Paris ist befreit.« Anfang September sagte er: »Die Alliierten sind in Brüssel.«

Die Hoffnung, der Krieg gehe bald zu Ende, war allgegenwärtig und überwog die Angst vor dem, was dann kommen würde. Die Russen rückten unaufhaltsam näher. Und sie würden zuerst bei uns sein, weil unser Dorf im Osten Deutschlands lag.

Familie Kächele

In diesem schwierigen Jahr 1944 wurde meine Mutter völlig unerwartet mit ihrer Herkunft und ihrer verdrängten Kindheit konfrontiert.

An einem nebligen Tag Ende September standen Kächeles vor unserer Haustür. Mama, Wanda und ich, die in den Hof gelaufen waren, um zu fragen, was die Ankömmlinge wollten, sahen diesen an, dass sie tagelang unterwegs gewesen waren.

Sie kamen aus dem zerbombten Stuttgart.

Die Wortführerin der sechsköpfigen Familie war eine stramme, etwa fünfzigjährige Frau, die mühsam an zwei Handstöcken lief, aber dafür umso redegewandter war. Frau Kächele stellte wortreich ihren Schwiegervater und zwei erwachsene Töchter vor. Helga, die Älteste, hielt ein Baby auf dem Arm. Etwas abseits stand ein verschüchtertes Mädchen, das irgendwie nicht dazuzugehören schien. Auf den fragenden Blick meiner Mutter erklärte Frau Kächele, das sei Jette, die Tochter ihrer Stuttgarter Nachbarn. Jette habe im Feuersturm am 12. September ihre Eltern und alle Verwandten verloren. Sie sei dreizehn Jahre alt, und da sie niemanden mehr habe, hätten sie sie mitgenommen.

Und nachdem Frau Kächele nun damit fertig war, uns mit ihrem Gefolge bekannt zu machen, erzählte sie atemlos von ihren Eltern, die auf der Schwäbischen Alb gelebt und dort einen Bauernhof bewirtschaftet hätten. Nachdem ihr Vater gestorben sei, habe auch die Mutter nicht mehr lange gelebt. Der Hof sei verkauft worden, weil sie, Margret, offiziell die einzige Tochter, in sehr jungen Jahren nach Stuttgart geheiratet habe, den Schreinermeister Kächele, der vor zwei Jahren bei Moskau gefallen sei.

Nach dieser Informationsflut erkundigte sich Margret nach dem Vornamen meiner Mutter. Und als sie ihn gehört hatte, offenbarte Margret Kächele mit gedämpfter Stimme, die ausschließlich für meine Mutter bestimmt zu sein schien, ein Familiengeheimnis: Der Vater habe ihr auf dem Sterbebett anvertraut, dass sie eine jüngere Schwester habe, die durch einen Fehltritt gezeugt worden sei. Dieses uneheliche Kind sei nach dem frühen Tod seiner Mutter zu deren älterer Schwester Elsbeth gebracht worden. Und zwar nach Jena in Thüringen. Bevor der Vater seine Augen für immer schloss, habe er ihr einen Zettel mit einer Adresse in Jena gegeben und gesagt, ihre Stiefschwester heiße Charlotte und warte wahrscheinlich schon zeit ihres Lebens darauf zu erfahren, wer ihr Vater sei.

Ich sah es Mama an, dass sie diese Geschichte ziemlich misstrauisch aufnahm. Und ich dachte: Wieso gibt es auf einmal eine Stiefschwester, von der Mama noch nie etwas erzählt hat?

Da diese Stiefschwester aber nun offensichtlich nicht mehr stehen konnte und bedenklich schwankte, führte Mama die Leute in die Küche und setzte ihnen Lindenblütentee und Marmeladenbrote vor.

Dort kehrte erst einmal Ruhe ein, weil die Stuttgarter aßen und tranken, als ob sie tagelang nichts zwischen die Zähne bekommen hätten. Helga saß auf der Ofenbank, gab ihrem Schreihals die Brust und kaute mit vollen Backen.

Während Mama frischen Tee aufbrühte und weitere Brote schmierte, begann Frau Kächele wieder zu erzählen: von einer Odyssee in überfüllten Zügen oder auf Lastwagen und von weiten Strecken zu Fuß, von Hunger, Durst und Erschöpfung.

Als sie dann selbst erschöpft innehielt, meldete sich der alte Kächele, der geschwiegen hatte. Er hatte sein Marmeladenbrot in den Tee getaucht und genüsslich gekaut. Solchermaßen gestärkt, nahm er nun das Wort. Er sprach sehr laut, als ob wir alle schwerhörig wären, und er gab sich viel Mühe, sein Schwäbisch halbwegs zu verhochdeutschen. Wir erfuhren eine Leidensgeschichte, die sich von der der Jenaer Bevölkerung nur darin unterschied, dass Jena sie noch vor sich hatte.

Opa Kächele berichtete von der Angriffsserie im vergangenen Juli auf Stuttgart, bei der Kächeles Haus und die Schreinerwerkstatt in der Hirschstraße in Schutt und Asche gebombt worden waren. Schon damals hätten sie erwogen, die Stadt zu verlassen, sich aber nicht dazu entschließen können. Doch nach dem Großangriff der britischen Royal Air Force am 12. September auf den Stuttgarter Talkessel hätten sie gar keine andere Wahl gehabt. Das Bombardement aus Spreng- und Brandbomben, das den verheerenden Feuersturm auslöste, hatte Kächeles endgültig obdachlos gemacht.

»Mindestens tausend Tote! Unzählige Verletzte«, schrie Margret Kächele dazwischen.

Weil es in Stuttgart keine Wohnungen und keine Notunterkünfte mehr gab, hatte sich Margret des Zettels mit der Jenaer Adresse und ihrer Verwandtschaft in Thüringen erinnert. Da Kächeles erfahren hatten, dass Jena von Kriegszerstörungen bisher verhältnismäßig verschont geblieben war, waren sie nach Thüringen aufgebrochen. Leider hatten sie, nachdem sie Jena endlich erreicht hatten und vor Tante Elsbeths ehemaliger Wohnung standen, Leute darin vorgefunden, die in keiner Weise mit ihnen verwandt waren. Eine Nachbarin hatte die Stuttgarter nach Birka gewiesen und ihnen in Aussicht gestellt, dort die Nichte der gesuchten Elsbeth zu finden.

Nach einem Gewaltmarsch, bei dem sie der Hunger vorwärtsgetrieben hatte, saßen Kächeles nun in unserer Küche. Frau Kächele erläuterte meiner Mutter nochmals die Ecken, um die sie miteinander verwandt waren, und meine Mutter berichtete ihr, dass Tante Elsbeth schon vor fünfzehn Jahren das Zeitliche gesegnet hatte.

Während Margret Kächele und ihr Vater erzählten, hatte sich die Skepsis meiner Mutter zuerst in Erstaunen und nach und nach in Erschütterung verwandelt. Schließlich ging Mama zu der fremden Frau, und als sich beide zaghaft, dann fest in die Arme schlossen, hatten plötzlich nicht nur sie, sondern alle Anwesenden Tränen in den Augen.

Ich war damals kaum sechs Jahre alt und bin mir heute nicht sicher, ob sich diese Szene wirklich so abgespielt hat oder sich durch häufiges Erzählen meiner Mutter in mein Gedächtnis gebrannt hat. Wahrscheinlich passierte dieses »In-die-Arme-Fallen« viel später, nachdem sich Mama und ihre Halbschwester Margret besser kennengelernt hatten.

Falls diese rührselige Szene tatsächlich am Ankunftstag der Kächeles stattgefunden hat, wurde sie jedenfalls, wie Mama berichtete, vom alten Kächele unterbrochen, denn er begann wie unter Zwang wieder von Stuttgart zu erzählen. Von Straßen und Gebäuden, von denen ich nie gehört hatte, die es aber, wie ich gleich erfuhr, sowieso nicht mehr gab. »Mr hend freie Durchblick vom Schlossplatz bis zum Wilhelmsbau ond auch von dr Leonhardskirch ieber die Schloss- und Rosenbergstraß bis zum Katharinehospital«, sagte Opa Kächele.

Vielleicht durch unsere fragenden Augen daran erinnert, dass wir des Schwäbischen nicht mächtig waren, wechselte er ins Hochdeutsche und berichtete mit brüchiger, stockender Stimme weiter: »Aus den Trümmern ragen Häuserskelette. – Man muss durch Steinwüsten klettern, um von einer ehemaligen Straße zur anderen zu gelangen. Alles, alles kurz und klein! – Die Königstraße ist nicht mehr wiederzuerkennen. Von der historischen Altstadt und unseren Stadtschlössern und Kirchen stehen nur noch verkohlte Ruinen!« Herr Kächele schluchzte auf und schloss die Augen. Sein Gesicht verzerrte sich und er atmete schwer.

Die Schwiegertochter nahm seine Hand in ihre und schrie ihm ins Ohr: »Lass man, Opa. Wir sind ja davongekommen. Reg dich nicht auf. Denk an dein Herz!«

Er stöhnte, raufte sich den weißen Haarschopf und flüsterte: »Warum leb i no, wo doch meine Söhn alle in Russland gfalle send?«

Als mein Vater von der Feldarbeit kam und Kächeles Geschichte hörte, beschloss er, sie in der Mansarde, in der früher Hanna und auch meine drei Onkel ihre Schlafstuben hatten, einzuquartieren. Damals lernte ich das Wort Evakuierung.

Zusätzlich lernte ich Schwäbisch. Mir gefiel der Dialekt, in dem sich die Familie Kächele unterhielt. Natürlich verstand ich nicht alles – aber ich spitzte die Ohren und fragte nach, ließ mir diese seltsamen Worte wiederholen und erklären und versuchte, sie nachzusprechen. Ich sagte statt am liebsten – *am gärnschte*, statt sehr – *saumäßig*, statt es war schlimm – *schlemm isch gwä* und statt etwas – *ebbes*. Ich probierte an meinem kleinen Bruder *Rotzaff* und *Sauriebel* aus und fand, dass zu Frau Rübe *alte Schell* oder *daube Nuss* passten, und zu ihrem Mann, dem Blockwart, *Paradegockeler*.

Frau Kächeles Fußknöchel, der von einem herabstürzenden, brennenden Balken getroffen und nicht richtig zusammengewachsen war, verursachte ihr große Schmerzen. Deshalb blieb sie mit dem fast tauben und etwas verwirrten Schwiegervater daheim und hütete die kleine Susi, das einjährige Mädchen ihrer Tochter Helga.

Ortsgruppenleiter Haring hatte Helga und ihre jüngere Schwester Gretel zum Arbeitsdienst in die Munitionsfabrik befohlen. Sie gingen früh aus dem Haus und kamen erst abends heim.

Wenn Mama ein wenig Zeit erübrigen konnte, ging sie in die Mansarde, um nach Margret und ihrem Schwiegervater zu sehen. Manchmal durfte ich mitkommen, spielte mit der kleinen Susi und hörte zu, was sich die beiden Frauen zu erzählen hatten. Mama, die von Tante Elsbeth nur erfahren hatte, dass ihre Eltern beide tot seien, erfuhr von Margret so gut wie nichts über ihre

Mutter, aber umso mehr von ihrem gemeinsamen Vater. Margret konnte ihn aber noch so sehr loben, für Mama blieb er der Mann, der ihre Mutter verführt und verlassen hatte. Das reichte, um ihn zu hassen. Trotzdem mochte Mama ihre Halbschwester Margret. Sie schien überglücklich zu sein, eine Schwester zu haben.

Da Margret, der Opa und die kleine Susi sich tagsüber in ihrer Wohnung aufhielten, konnten wir unbemerkt an der Korridortür vorbeischleichen, um auf den Dachboden zu gelangen. Allerdings gab es noch das Waisenmädchen Jette. Jette war unermüdlich unterwegs, um das Nötigste für die Familie Kächele aufzutreiben. Vor allem Brot, Kartoffeln und Rüben – und Holz für den Herd. Wenn Frau Kächele, die ich nun Tante Margret nennen durfte, vor Schmerzen nicht aufstehen konnte, war Jette auch fürs Kochen und Putzen zuständig.

Jette war ein geduldiges, scheues Kind mit traurigen Augen. Ihre Haare saßen wie braunes Fell, das von Motten zerfressen war, um einen runden Schädel mit hoher Babystirn. Auf dieser Stirn und den Wangen leuchteten rote, ausgefranste Narben. Ich versuchte, mich mit Jette anzufreunden, aber Jette hatte keine Zeit für Kinderspiele.

Eines Mittags, als ich mich zu Miriam und Gita schlich, wartete Jette vor der Speichertür und legte wortlos ein Stück Topfkuchen in meinen Korb.

»Ich hab sie gehört«, sagte Jette, und es klang, als ob sie sich dafür entschuldigte. »Aber keine Bange, Kächeles denken, es sind Mäuse oder Gespenster. Von denen wird keiner raufgehen. Es ist ja auch immer abgeschlossen.« Die Brandnarben in Jettes Gesicht glühten, und ich dachte an den Feuersturm in Stuttgart, in dem ihre Familie umgekommen war. Mich schauderte. Aber als Jette mich nun verschwörerisch anlächelte, lächelte ich zurück und holte, ohne zu überlegen, den Schlüssel hinter der Scheuerleiste hervor. Nachdem ich aufgeschlossen hatte, steckte ich ihn in die Schürzentasche und blickte unsicher in Jettes sanfte Samtaugen.

»Von mir erfährt niemand was«, versicherte sie leise.

Ich nickte und schlüpfte durch die Tür zum Oberboden.

Von da an legte Jette fast täglich eine Kleinigkeit in meinen Korb, mal einen Apfel, mal einen Keks oder ein selbstgebasteltes Papierspielzeug. Sie wusste also, dass auch ein Kind dort oben war.

Seitdem redeten wir miteinander, wann immer wir uns auf der Treppe oder im Hof trafen. Nie wurde vom Oberboden gesprochen. Ich vertraute diesem Mädchen bedingungslos. Mama und Vater verschwieg ich, dass Jette von Miriam und Gita wusste. Ich hatte nicht mal ein schlechtes Gewissen deshalb, denn wenn sie davon erfahren hätten, wären ihre Sorgen noch größer geworden. Ich liebte meine Eltern, aber nun liebte ich auch Jette aus Stuttgart.

Hanna

Kurz nachdem Kächeles bei uns eingezogen waren, kam Tante Hanna für einige Tage nach Hause. Bevor sie wieder abreiste, belauschte ich einen Streit zwischen ihr und meinem Vater. Die lautstarke Auseinandersetzung ist mir ungefähr so im Gedächtnis geblieben:

»Hanna«, sagte mein Vater, »zieh diese Uniform aus, bleib zu Hause. Es kann nicht mehr lange dauern. Der Krieg ist für uns verloren.«

Hannas Stimme klang empört: »Sei vorsichtig mit deinem Gerede, Ewald! Du wirst schon sehen, der Führer siegt. Er siegt, wenn wir alle zu ihm halten. Wir sind das auserwählte Volk, das die Welt beherrschen muss. – Und vergiss nicht, der Führer hat noch die Wunderwaffe!«

»Das sind doch Hirngespinste!«, sagte Vater. »Denkst du nicht an deine Brüder? Stalingrad! Mein Gott, die Russen sind schon auf dem Vormarsch, und ehrlich, ich bin fast froh darum.

Aber unsere Brüder sind umsonst gestorben. Gefallen für einen Verrückten.«

»Wir müssen Opfer bringen, wir leben in einer großen Zeit!«, sagte Hanna salbungsvoll.

»Ach Hanna! Diese Opfer sind um jeden Preis zu hoch. Werd doch vernünftig, Hanna! Hast du überhaupt keine eigene Meinung mehr? Musst du alles nachplappern, was Goebbels sagt?«

Hanna schnaubte: »Was weißt denn du, Ewald? Hier in diesem gottverlassenen Nest hat man noch keinen einzigen Feind gesehen! Ha, was weiß denn dieses verschlafene Birka mit seinen vertrottelten Einwohnern?«

»Willst du, dass auch hier Bomben fallen, Hanna? Willst du das? Du sitzt ja auch ziemlich sicher in deinem *Kraft-durch-Freude*-Landheim, wo du die Frauen anstiftest, ihre Männer und Söhne in den Tod zu schicken.«

»Du, du hast dich ja gedrückt! Von dir brauche ich mich nicht zurechtweisen zu lassen. Für dich kann ich keine Achtung empfinden, aber für Frieder und Heiner. Sie sind für die Ideen eines Genies gefallen. Und auch Rudolf hat bestimmt bis zum letzten Atemzug für unsere große Sache gekämpft.«

Mein Vater packte Hanna an den Schultern und versuchte, ihr in die Augen zu schauen: »Versteh doch, Hanna! Sie sind für die Idee eines Machtsüchtigen, eines Wahnsinnigen, gestorben.«

Hanna schlüpfte unter den Händen ihres Bruders weg, trat einen Schritt zurück und kreischte: »Halt endlich den Mund, Ewald! Ein Wort von mir, und du bist wegen deiner staatsfeindlichen Gesinnung in Auschwitz!«

Hanna reiste ab.

»Hanna wird nicht mehr wiederkommen«, sagte Vater.

»Nimm wenigstens das nicht so schwer«, hatte Mama ihn zu trösten versucht. »Deine Schwester kann sich selber helfen. Aber Miriam und Gita hätten wir nicht vor Hanna beschützen können.«

Stanislaw

Die meisten Zwangsarbeiter aus Polen waren in Munitionsfabriken abgezogen worden. Bei uns arbeitete nur noch Stanislaw.

Ich versteckte mich manchmal auf dem Heuboden, um zuzusehen, wenn Wanda und Stanislaw sich küssten. Weil ich das so spannend fand und es mein Geheimnis bleiben sollte, sagte ich meinen Eltern nichts davon. Hätte ich es doch getan! Denn Rolf hatte die beiden auch belauscht. Der pickelige Rolf schwänzelte in letzter Zeit um Wanda herum, redete sie mit Schätzchen an und konnte doch nicht bei ihr landen. Rolf war krebsrot geworden, als ihn Wanda wie eine Wildkatze angefaucht hatte: »Du jehst ma uff'n Keks mit det dämliche Jeschmalze! Zieh Leine!«

Rolf zeigte Stanislaw und Wanda beim Blockwart Rübe an. Das erfuhr ich aber erst, als Stanislaw von der Gestapo abgeholt wurde. Frau Dobmaier kam mit Bruno auf den Hof, um das Schauspiel zu genießen. Ihr Ton troff vor Scheinheiligkeit: »Du großer Himmel, Frau Stanbek, was haben Sie sich da nur ins Nest geholt, meine Liebe? Das ist ja fürchterbar! Ich dachte immer, Wanda ist ein anständiges Mädchen. Wie man sich irren kann.« Jedem Satz hängte sie ein feuchtes »Tz-tz-tz!« an. Das klang wie das Schimpfen einer Elster, wenn eine Katze durch den Garten schleicht.

Bruno stand neben seiner Mutter und zog an seiner dicken Unterlippe. Rolf trat dicht zu Wanda und giftete: »Und du willst ein deutsches Mädel sein! Wenn ich's nicht mit eigenen Augen gesehen hätte, wie du mit dem Polen geknutscht hast, könnt ich's nicht glauben. Hast wohl noch nie was von dem Gesetz zum Schutz des deutschen Blutes und der deutschen Ehre gehört, was!?«

Seine Mutter nickte und machte »tz-tz-tz!« Sie sah mitleidlos zu Wanda, die von zwei Gestapomännern festgehalten wurde. Weil Wanda wie eine Furie schrie und zappelte, banden die Männer sie mit dem Wäscheseil an den Pfosten der Teppichklopfstange.

Während die Uniformierten Stanislaw zu ihrem Auto zerrten, verrenkte er sich den Kopf nach Wanda. Sie verstummte, und beide brachten ein Lächeln zustande, so hilflos und schmerzlich, dass ich mich an Vaters Hand klammerte und flüsterte: »Papa, bitte, hilf ihnen doch!«

Vater rieb sich mit dieser mutlosen Geste, die er sich angewöhnt hatte, die Stirn. Er rieb und rieb, bis seine Haut rot anlief, ließ die Hand über die Augen gleiten, drückte Daumen und Zeigefinger über der Nasenwurzel zusammen und ließ den Arm sinken, als hingen Gewichte daran. Dann ging er entschlossen zu den Gestapomännern und versuchte, sie zu überreden, Stanislaw und Wanda freizulassen. Sie lachten und stießen ihn weg. Mama zog ihn energisch zur Haustür. Ihre Stimme klang schrill, als sie mir zurief, ich solle auch ins Haus kommen. Wir waren erst im Flur, als ich Wanda wieder schreien hörte. Ich rannte zurück auf den Hof. Das Auto mit Stanislaw rollte zum Tor hinaus, und Rolf war dabei, Wanda loszubinden. Sie kreischte wie besessen, versuchte, ihm in die Hände zu beißen und trat gegen seine Schienbeine. Zwei von Rolfs HJ-Freunden bogen ihr die Arme auf den Rücken, ich hatte Angst, sie würden sie ihr brechen. Und dann führten sie Wanda ins Dorf.

Frau Dobmaier mit Bruno an der Hand schritt würdevoll hinterher. Ich schlich ihnen nach bis zum Marktplatz. Vor dem Frisörsalon Muck banden die Hitlerjungen Wanda auf einem Stuhl fest. Herr Muck rasierte ihr mit gequälter Miene die Haare vom Kopf. Der Wind wehte ihre Locken über das Straßenpflaster. Wanda saß still und schrie nicht mehr. Leute blieben stehen, manche glotzten stumm, andere kicherten. Rolf umkreiste Wanda und spuckte ihr nach jeder Runde ins Gesicht. Da klammerte ich mich an seinem Arm fest und versuchte, ihn wegzuzerren. Doch Rolf war stärker. Er schlug mir ins Gesicht, aber erst als ich merkte, wie Blut aus meiner Nase tropfte, ließ ich von ihm ab.

Bruno saß auf der Eingangsstufe zum Frisörladen und kaute auf seiner Unterlippe. Ich hockte mich neben ihn, wischte mir mit dem Rocksaum das Blut aus dem Gesicht und heulte. Als ich hochblickte, sah ich, wie Gisela Rübe, die Tochter unseres Blockwarts, Wanda ein Schild vor die Brust hängte. Von Miriam hatte ich schon so viel gelernt, dass ich die Druckbuchstaben entziffern konnte. Auf dem Schild stand POLACKEN-HURE, aber ich wusste nicht, was das bedeutete.

Ein paar Minuten später kam Mama. Als sie Wandas Kahlkopf sah, wurde sie kalkweiß. Sie band Wanda vom Stuhl los und nahm sie an die Hand. Mama fragte nicht, warum ich blutverschmiert war, sondern führte Wanda und mich nach Hause.

»Wo haben sie Stani hingebracht?«, flüsterte Wanda. Man konnte es kaum verstehen, weil sie vom Schreien heiser war. Aber Mama antwortete nicht darauf. Heute weiß ich, dass sie keine Antwort für Wanda wusste, und wenn doch, wäre diese zu schrecklich gewesen.

Wandas Gelächter fehlte mir. Sie arbeitete wie ein stiller, übereifriger Roboter, war wortkarg, aber nie unfreundlich. Wenn ich abends an ihrem Zimmer vorüberging, hörte ich sie weinen. Dann klopfte ich an, legte mich neben sie aufs Bett und streichelte ihren Kopf, der sich wie eine große Stachelbeere anfühlte.

Im Herbst war Wandas Haar so weit nachgewachsen, dass sie es wieder kämmen konnte. Die Felder waren abgeerntet. Sobald ein Acker fertig war, buddelten die Leute in der Erde und klaubten auch die winzigsten Kartoffeln heraus. Ganze Prozessionen liefen gebeugt über die Stoppelfelder, um die letzten Halme und Körner aufzusammeln. Obwohl jedem Fleckchen Boden Gemüse abgerungen wurde, obwohl jeder in den Wäldern und auf den Wiesen sammelte, was irgendwie essbar war: Beeren, Pilze, Vogeleier, Brennnesseln, auch Bucheckern und Eicheln und was weiß ich noch alles, hatte auch auf dem Land niemand mehr genug zu essen. Fast die gesamte Ernte war beschlagnahmt und an die Front geschickt worden.

Vater bezweifelte das, und ich erinnere mich daran, wie er zu Mama sagte: »Die Braunen zweigen sich ab, was sie brauchen! Von denen hungert keiner.« Als er merkte, dass ich zugehört hatte, schien er verlegen und rieb seine Stirn. »Sieh da, unsere

Jungfer Naseweis – wie üblich auf leisen Sohlen, mit Stielaugen und gespitzten Ohren hereingeschlichen?«

Ich grinste beschämt. Aber als Mama sagte: »Vor Anne brauchen wir nichts geheim zu halten, auf Anne ist Verlass«, spürte ich, wie ich vor Stolz rot wurde.

Vater legte seine Hand auf mein Haar. Ich drückte meinen Kopf dagegen wie eine Katze, die liebkost werden möchte, und genoss seine zärtlichen Finger. Micha kam hereingestürmt, merkte, dass hier Schmusestunde war, und kuschelte sich auf Mamas Schoß.

»Hauptsache, wir sind zusammen«, stieß sie mit einem Seufzer aus. »Wir haben es gut, weil Vater nicht im Krieg ist.« Aber das sollte sich bald ändern.

Der erste Nachtfrost hatte die Dahlienpracht in schwarze Gerippe verwandelt, und die zitronengelben Lindenblätter, die auf der Wiese lagen, waren braun geworden.

An diesem grauen Herbsttag standen Mama, Micha und ich auf dem Marktplatz. Wir winkten meinem Vater nach, der mit Meister Schratt, seinem Lehrling und ein paar alten Männern zum Bahnhof marschierte. Vorneweg ging Rolf Dobmaier mit einer Schar Jungs. Alle trugen verschlissene Uniformen und um den rechten Ärmel Binden, auf denen DEUTSCHER VOLKSSTURM stand.

»Mein Rolf hat sich freiwillig gemeldet«, sagte Frau Dobmaier, die neben meiner Mutter stand. »Ich bin sehr stolz auf ihn.«

Bruno zupfte an seiner Unterlippe und sah seinem Bruder nach.

»Muss Ihr Mann auch zum Volkssturm?«, fragte Mama abwesend.

Frau Dobmaier beugte sich vor und flüsterte vertraulich: »Tz-tz-tz, wo denken Sie hin! Ganz genau weiß ich nicht, wo er zurzeit ist. Wichtige Aufgaben für den Führer, wissen Sie. Nur zu Ihnen gesagt, meine Liebe.«

»Mein Gott«, flüsterte Mama und streichelte ihren Bauch, über dem der Stoff spannte. »Wenn das mal gut geht.«

Doch Frau Dobmaier sagte an diesem Herbsttag 1944: »Unser Führer hat noch die Wunderwaffe. Wir werden siegen.«

In den nächsten Wochen kamen die ersten Flüchtlinge aus Ostpreußen nach Birka. Meine Mutter erklärte mir, sie seien vor der Roten Armee geflohen. Es waren Frauen, Kinder und alte Männer. Müde, traurige Leute in dreckigen, zerlumpten Kleidern und zerrissenen Schuhen. Sie hatten hungrige Augen. Die Frauen erzählten von schrecklichen Dingen, die ihnen die Russen angetan hatten, das heißt, das erzählten sie nicht mir, sondern ich belauschte sie in Krautwurms Laden. Ich hörte Worte wie Plünderung, Mord und Vergewaltigung.

»Was ist Vergewaltigung?«, fragte ich Mama.

»Das ist, wenn ein Mann einer Frau Gewalt antut. Zum Beispiel, wenn er sie schlägt.«

»Warum schlagen die Russen die deutschen Frauen?«, bohrte ich weiter.

»Es ist Rache.« Mama schaute zu Boden, als ob sie sich schäme. »Es ist die Vergeltung für das, was ihnen deutsche Soldaten angetan haben.«

»Und müssen wir uns nun wieder rächen?«

Mama schlug beide Hände vor den Mund: »Nein, o nein, nur das nicht«, sagte sie fast tonlos, »Rache trifft immer die Falschen.«

Gita

Der Januar 1945 klirrte vor Kälte. Die Eisblumen an den Fenstern unseres Salon-Schlafzimmers tauten auch tagsüber nicht ab. Jeden Morgen grauste mir davor, aus dem Bett zu kriechen. Aber sobald ich an Gita und Miriam dachte, die auf dem Speicher froren, sprang ich aus den Federn.

Die Dachkammer war ein Eisschrank. Miriam und Gita mussten auch tagsüber unter Federbetten in der Truhe bleiben. Miriam klagte nie, nur einmal hörte ich sie schluchzen: »Die Truhe ist wie ein Sarg. Seit sieben Wochen, seit diese grausame Kälte hereingebrochen ist, liegen wir fast Tag und Nacht in diesem Sarg.«

Seit Vater zum Volkssturm eingezogen worden war, behandelte mich Mama wie eine Erwachsene. Sie besprach mit mir Dinge, bei denen ich ihr kaum eine Hilfe sein konnte. Aber mit wem sollte sie sonst sprechen? Von den Frauen im Dorf, mit denen sie befreundet gewesen war, hatte sie sich unter dem Vorwand, viel Arbeit zu haben, zurückgezogen. Aber ich ahnte, dass Mama niemandem mehr traute, seit Miriam und Gita unter unserem Dach lebten. Mama erwog, die beiden wegen der Kälte zu uns ins Parterre umzuquartieren. Mir hätte das gefallen. In unserer Küche war es warm, und ich hätte den ganzen Tag mit Gita spielen können. Ich war enttäuscht, als Mama beschloss, die beiden doch besser oben zu lassen. – Heute weiß ich, dass Mama damals den Radiosender BBC abhörte. Sie hatte von der Befreiung der letzten überlebenden Juden aus den polnischen Konzentrationslagern gehört, von Gaskammern und Todesmärschen. Aber auch davon, dass das Morden in den westlich gelegenen Lagern unerbittlich weiterging. Sie wusste, dass noch jeden Tag Juden und ihre Helfer verhaftet wurden. Daran änderten auch die pausenlosen Bombenangriffe nichts.

Der Winter wollte kein Ende nehmen. Vor den Gauben des Mansardendaches hingen Eiszapfen. Miriams und Gitas Atem fuhr wie Nebelwölkchen zwischen ihren Lippen hervor. Die Wärmflaschen, die ich jeden Tag mehrmals heraufbrachte, nützten nur kurze Zeit. Auch Miriam hustete nun, keuchend und trocken wie Gita. Aber Gita ging es wesentlich schlechter. Sie hatte hohes Fieber. Da meine Mutter fürchtete, ich würde mich anstecken, brachte sie ihnen nun stets selbst das Essen und versuchte, sie in ihrer Einsamkeit etwas abzulenken.

»Wir brauchen Arznei für Gita«, jammerte Mama jedes Mal, wenn sie wieder nach unten kam. Sie setzte sich an den Küchentisch, starrte vor sich hin und murmelte: »Wo soll man einen Arzt finden, der einem jüdischen Kind Medikamente besorgt? Nur

Doktor Rose würde es tun, aber er ist wie Vater zum Volkssturm geholt worden. Selbst wenn wir irgendjemanden finden könnten, der Gita helfen würde, käme er in tödliche Gefahr. Nichts lässt sich mehr geheim halten. Überall lauern die Spitzel der Gestapo, und die kennen keine Gnade, weil sie nun selbst Angst haben.«

Gita starb in der Nacht zum 3. Februar 1945, in derselben Nacht, in der beim schwersten Luftangriff auf Berlin mehr als zwanzigtausend Menschen umkamen.

Während wir Frau Dobmaier den ganzen Tag schreien und klagen hörten, weil sie erfahren hatte, ihr Haus in Tegel sei ausgebrannt, saßen Mama und ich bei Miriam in der Bodenkammer. Miriam hielt Gita im Arm und ihre Tränen tropften mit der Regelmäßigkeit einer tickenden Uhr auf das wächserne Gesichtchen. Ich wunderte mich, dass so viel Wasser aus einem einzigen Paar Augen fließen konnte. Meine Mutter brauchte all ihre Liebe und sanften Überredungskünste, um Miriam das Kind endlich abzunehmen. Mama legte Gitas mageren Körper auf einen Teppich und breitete ein Tuch über sie.

»Geh in den Garten, Anne«, sagte Mama. »Unter der Fliederhecke blühen die ersten Schneeglöckchen, pflücke einen kleinen Strauß für Gita.«

Als ich mit den Blumen zurück war und sie meiner Freundin unter die kalten Hände steckte, konnte auch ich endlich weinen. Dann schlich ich verwirrt und traurig davon. Mama verbrachte den ganzen Tag bei Miriam. Abends, kaum dass es dunkel geworden war, sah ich Mama und Wanda mit dem eingerollten Teppich die Treppe herunterkommen.

Am Tag darauf entdeckte Micha im Obstgarten unter dem Holunderstrauch einen Schneehügel. »Was ist denn das?«, fragte er mich und stocherte mit einem Stock darin herum.

»Weiß nicht«, erwiderte ich und zerrte ihn weg. »Komm, wir müssen rein, Mama hat gerufen.«

»Bombenalarm?«

»Nee, Mittagessen.«

Bombennacht

Unser Keller hatte ein Deckengewölbe und war offiziell als Luftschutzraum ausgewiesen. An der Hauswand zeigten weiße Pfeile zu den Kellerfenstern. Während der vielen Nächte, in denen die Sirenen heulten und wir in den Keller gerannt waren, hatte unsere größte Sorge Miriam und Gita gegolten.

Das Verdunkeln am Abend, das Fensteröffnen bei Voralarm und der gewohnte Griff zu unseren Habseligkeiten, die mit in den Keller sollten, waren zur Routine geworden. Mama hatte sich nach jedem dieser Fliegeralarme das Hirn zermartert, wie sie Miriam und Gita aus ihrem gefährlichen Versteck in Sicherheit bringen könnte, hatte aber keine Lösung gefunden.

Dass Miriam mit ihrer Trauer um Gita nun allein dort oben saß, bedrückte uns noch mehr. Doch Mama sagte jeden Tag, so als ob sie sich selbst Mut machen wollte: »Bald ist der Krieg vorüber.«

Doch er ging weiter.

Seit mein Vater an der Front war, schien der Krieg viel näher gekommen zu sein. Obwohl bisher keine einzige Bombe auf Birka gefallen war, hatte ich meine kindliche Überzeugung, der Krieg hätte nichts mit mir zu tun, endgültig verloren. Mama musste mich nachts wecken, wenn ich im Traum nach Vater rief. Aber meist wurde unser Schlaf sowieso durch das Heulen der Sirenen unterbrochen.

Von all diesen Nächten erinnere ich mich an die vom 13. zum 14. Februar des letzten Kriegsjahres am deutlichsten: Wir waren kaum im Bett, da mussten wir wieder aufstehen. Schlaftrunken schlüpften wir in unsere bereitliegenden Kleider. Alles war wie immer. Mama klemmte sich die zusammengerollten Decken unter die Arme, und Wanda schleppte das schwere Gepäck, das sonst mein Vater getragen hatte. Wir Kinder schnappten jedes unser Köfferchen und die Taschen mit Lebensmitteln. »Gasmasken nicht vergessen!«, schrie Mama, und schon rannten wir zum Kellerabgang.

Familie Kächele und Jette kamen immer als Letzte unten an, weil Margret die Treppe nur mühsam hinuntersteigen konnte. Der schwerhörige Opa hatte wie üblich seine Schwarzwälder Kuckucksuhr dabei. Er hängte sie an den Haken, den er extra dafür in die Wand geschlagen hatte, zog sie auf und hockte sich auf die Bank gegenüber. Er schien die Minuten zu zählen. Noch heute höre ich manchmal im Traum das dumpfe Brummen von Bombengeschwadern und dazu Opa Kächeles Kuckuck rufen.

Seine Enkelin Helga, die ihre kleine Susi auf dem Schoß hielt, wechselte ständig ihren Sitzplatz und erkundigte sich immer aufs Neue, wo über ihr unsere Möbel ständen. Nein, unter dem Herd wollte sie keinesfalls sitzen und unter dem Kleiderschrank schon gar nicht. »Wo steht denn eigentlich das Küchenbüfett?«

Selten war es still hier unten. Weinerliche Stimmen, verhaltenes Schimpfen oder Susis Geschrei vermischten sich zu einer seltsamen, auf- und abschwellenden Melodie. Opa Kächele roch nach seiner Pfeife, Tante Margret nach Schweiß, und wenn Susi eine neue Windel brauchte, zogen süßliche Schwaden durch den Kellergang.

Tante Margret jammerte pausenlos, dass sie nun ihr geliebtes Schwabenland nicht mehr wiedersehen würde. Sie habe Sehnsucht nach Stuttgart und ihr sei es egal, dass dort alles kaputt wäre – hier sähe es ja demnächst genauso aus, dann wäre sie doch lieber in der Heimat gestorben. Sie lauschte und schluchzte: »Dieses grauenvolle Gebrumm kenne ich, in Stuttgart klang das genauso. Es bedeutet das Ende!«

Mama saß aufrecht, Micha und mich dicht neben sich, und die Hände auf ihren gewölbten Leib gelegt. Manchmal durften wir fühlen, wenn sich das Baby bewegte. Wanda war stumm wie fast immer, seit die Gestapo Stanislaw abgeholt hatte. Sie kauerte mit Jette auf unserem Koffer und beide starrten gemeinsam mit Opa Kächele auf die Kuckucksuhr.

Uns gegenüber hockte Bruno neben seiner Mutter. Er kaute auf seiner dicken Unterlippe und schielte vor Angst. »Wenn eine Bombe aufs Haus fällt, geht das Klavier kaputt«, flüsterte er.

»Dann bekommst du ein neues«, versuchte ich ihn zu trösten und blickte auf seine hübschen schmalen Finger, die sich bewegten, als ob sie Tonleitern übten.

Frau Dobmaier schimpfte mal wieder über den Feind, der sie in ihrer Nachtruhe störte, und entließ nach jedem Satz ihr »Tz-tz-tz!« wie eine empörte Amsel. Aber seit ihr Rolf mit der Volkssturm-Kolonne aus dem Dorf gezogen war, tat sie weniger hochnäsig und war umgänglicher geworden. Jeder schien froh, ihre Durchhalte- und Siegesparolen, die sie Goebbels nachplapperte, nicht mehr anhören zu müssen. Auch ihr Klavierspiel hatten wir in letzter Zeit selten gehört, und sie hatte dazu auch keine Operettenmelodien mehr gesungen, nicht mehr ihre Lieblingslieder *Die ganze Welt ist himmelblau* oder *Schlösser, die im Monde liegen,* sondern das Lied von *Lilli Marleen* oder, Zarah Leander nachäffend: *Ich weiß, es wird einmal ein Wunder geschehen.*

Das summte sie auch jetzt wieder in die Stille hinein, die sich nach dem Fliegerlärm gespenstisch ausbreitete.

»Na, hoffentlich geschieht das Wunder bald, sonst seh ich schwarz«, schnitt Margret den Gesang ab. Und dann dösten alle vor sich hin. Wir warteten auf die zurückkehrenden Flugzeuge.

Auch Opa Kächele, obwohl fast taub, hörte, dass sich die Geschwader wieder näherten. Er knurrte: »Wo die wohl wieder ihre Knallerbsen abgekippt ...?« Das letzte Wort wurde unter einem ohrenbetäubenden Schlag begraben. Die Mauern zitterten. Von der Decke rieselte Putz und Staub. Opa Kächeles Kuckuck fing an zu rufen, obwohl es erst fünf vor zwölf war. Nach dem letzten Kuckucksruf begann Helga zu schreien und Susi fiel lauthals ein.

Als kurz darauf die Sirene zur Entwarnung losheulte, saßen alle wie betäubt. Selbst Susi hörte auf zu plärren. In diesem Augenblick quietschte oben die Kellertür. Wir hörten Schritte über die Treppe herabschlurfen. In den Keller wankte ein Gespenst.

Ich erkannte es nur an den Augen, die mir wieder so schwarz und brennend vorkamen wie damals, als Miriam aus der Truhe aufgetaucht war, nachdem die Gestapomänner die Bodentreppe hinuntergetrampelt waren. Sie taumelte auf uns zu, und während Frau Dobmaier loskreischte, konnte Mama gerade noch aufspringen und Miriam auffangen.

Alle starrten auf Miriam. Erst als Mama sagte: »Macht Platz, sie muss sich auf die Bank legen«, stand einer nach dem anderen auf, und sie verließen im Gänsemarsch den Keller. Nur Jette blieb da und fragte, ob sie helfen könne. Mama kniete sich neben Miriam, massierte ihre Schläfen und klopfte ihre Wangen, bis sie die Augen aufschlug.

»Gib ihr zu trinken, Jette«, sagte Mama. Jette hielt Miriam den Teebecher an die Lippen, und Mama stützte sie hoch. Während Miriam schluckte und »danke« flüsterte, griff sich Mama unter ihren Bauch und keuchte: »Mein Gott, die Wehen!« Sie setzte sich und stöhnte. Unter ihr bildete sich eine Pfütze, und sie flüsterte: »Jemine, das Fruchtwasser!«

Ich dachte, Mama habe zu viel Apfelsaft getrunken und es war mir peinlich, dass sie hier in den Keller pinkelte. Auch Wanda starrte auf die Pfütze, zuckte hilflos die Schultern und sagte: »Ick jeh jetz mit Muttern rauf, und ihr bleibt hier bei Miriam. Ick jlob, det Baby kommt.«

Mama nickte, und wir sahen ihnen nach, wie sie langsam die Treppe hinaufstiegen. Micha und ich setzten uns auf Dobmaiers Stühle, weil die gepolstert waren.

Jette fragte Miriam, ob sie aufstehen könne. Miriam versuchte es, aber sie sackte kraftlos nach vorn, klappte zusammen wie ein Taschenmesser. Wir halfen ihr, sich wieder auf der Bank auszustrecken.

»Ein Weilchen muss ich wohl noch liegen«, wisperte Miriam. Nach ein paar Minuten blieben ihre flatternden Lider geschlossen, und sie atmete ruhig und gleichmäßig. Auch Micha schlief ein. Jette und ich verhielten uns still, um die beiden nicht zu stören. Wahrscheinlich sind wir auch eingeschlafen, denn es war früh um zwei, als uns Opa Kächeles Kuckuck weckte. Es war das erste Mal, dass er ihn im Keller vergessen hatte.

Miriam setzte sich auf, sah verstört umher und schien nicht zu wissen, wo sie war. Dann erkannte sie mich. »Wo ist Charlotte? Wo ist deine Mutter, Anne?«

»Unser Baby kommt«, sagte ich.

Miriam wurde hellwach: »Wann hat es angefangen – ich meine, dass das Baby kommt?«

Jette schaute auf die Kuckucksuhr: »So vor zwei Stunden.«

»Oh, so lange hab ich geschlafen? Dann kommt schnell, wir gehen jetzt rauf. Charlotte wird mich brauchen.«

Jette blickte Miriam besorgt an. »Sind Sie wieder in Ordnung?«

»Ja, ich glaube schon. Es war die Angst, weißt du, und ich war erschöpft, weil ich nächtelang nicht habe schlafen können. Was war das nur für ein furchtbarer Knall? Es hagelte Steine und Erdklumpen aufs Dach. Ich bin durchgedreht. Einfach durchgedreht!«

»Das war eine Bombe«, sagte Jette und fing an zu zittern. »Genauso hörte es sich damals in Stuttgart an. Nur dass es viele Bomben waren. So viele!« Jettes Augen blickten starr gegen die Wand und sie flüsterte mit ungewohnt hoher Stimme vor sich hin: »Als wir aus dem Keller kamen, waren alle Häuser weg. Durch die Straße stürmte Feuer! Wir mussten durch Flammen laufen. Und dann fiel eine brennende Wand um. – Plötzlich waren alle verschwunden: Meine Mama, das Fritzchen und Karin und die Oma und Tante Emma und ... – Frau Kächele hat gesagt, die verkohlten Baumstämme – das seien sie gewesen.«

Jette presste die Lippen zusammen und erstickte ein Schluchzen, das aus ihrer Kehle wollte. Nie hatte ich Jette so schnell und viel hintereinander reden hören. Sie hatte mir zwar erzählt, dass ihre Haare verbrannt seien und die Narben in ihrem Gesicht vom Feuer kämen, aber sonst nichts.

Miriam zog das Mädchen auf ihren Schoß. Jette vergrub das Gesicht an ihrem Hals und weinte. Als sie sich etwas beruhigt hatte, hob Miriam sanft Jettes Kopf hoch, trocknete die Tränen mit ihrem Rocksaum und fragte leise: »Du bist Jette, nicht wahr?«

Jette nickte und brachte ein kleines, schiefes Lächeln zustande. Ich hatte Miriam von Jette erzählt, aber heute sahen sich die beiden zum ersten Mal.

»Wieso war die Tür zum Dachboden eigentlich nicht abgesperrt?«, fragte Miriam.

»Ich habe immer aufgeschlossen, wenn alle in den Keller gegangen waren«, sagte Jette verlegen. »Es hätte doch eine Brandbombe …«

»Danke, Jette, du bist ein kluges Mädchen.«

Dann schauderte Miriam zusammen und stammelte: »Wer hat mich alles gesehen?«

»Alle«, sagte Jette.

»Auch Frau Dobmaier?«

»Ja.«

»Ach, es ist egal, wer mich gesehen hat«, murmelte Miriam, »im Moment ist das Baby das Wichtigste.«

Sie schien sich erholt zu haben und schob uns energisch vor sich her zur Kellertreppe. Jette huschte zur Mansarde hinauf. Micha und ich gingen mit Miriam in unsere Küche. Aus dem Schlafzimmer drang ein langgezogener Schrei. Micha umklammerte meine Hand und quetschte mir fast die Finger ab. Er wollte umkehren. Offensichtlich war ihm das, was hier oben passierte, unheimlich und er hielt es für das kleinere Übel, in den Keller zurückzugehen. Wie immer, wenn er sich fürchtete, popelte er in der Nase. Auch ich spürte Angst in mir hochkriechen. Es war Angst um meine Mutter. Noch nie hatte ich sie derartig schreien hören.

Miriam strich Micha und mir über die Köpfe: »Habt keine Bange. Das ist halt so. Ein Baby zu bekommen, tut weh. Aber es geht vorbei.«

Wanda hatte uns gehört und kam aus dem Schlafzimmer. »Jott sei Dank, det Se da sin. Ick weeß jar nich, wat ick machn soll. Se hat so dolle Schmerzen!«

»Ich komm gleich«, sagte Miriam und bürstete sich am Ausguss die Hände. »Bringen Sie bitte die Kinder ins Bett.«

»Die könn' doch jetz nich ins Schlafzimmer. Ick gloob, gleich isses so weit.«

Wanda zerrte uns in den Flur, vorbei an der Tür, hinter der wir Mama stöhnen hörten, zur Wohnstube. »Uffs Sofa mit euch und keen Mumpitz!«, sagte sie atemlos.

»Und mein Schlafanzug?«, maulte Micha.

»Legt euch mit de Klamotten hin, los, bissken dalli, jetz wird jeschlafn.« Sie schob jedem ein Kissen unter den Kopf und legte eine Wolldecke über uns.

Miriam steckte die Nase durch die Tür: »Wanda, bitte kochen Sie eine scharfe Schere ab, es geht gleich los. Und ich brauche auch einen großen Topf warmes Wasser.«

Wanda sagte nicht mal »gute Nacht« zu uns und stürzte in die Küche. Wir hörten sie mit Töpfen hantieren und mit Miriam reden.

»Die will Mama den Bauch aufschneiden«, wimmerte Micha. Er bohrte seine Zeigefinger in beide Nasenlöcher und nuschelte. »Wer ist eigentlich die fremde Frau?«

»Das ist Miriam. Mama kennt sie. Die ist in Ordnung. Mama hat mir erzählt, Miriam hat Doktor studiert. Sie ist Ärztin, verstehst du? Eine Ärztin weiß, wie man ein Baby aus dem Bauch rauskriegt.« Mit diesen Beteuerungen versuchte ich Micha und auch mich selbst zu beruhigen, denn mir war die Sache mit der Schere, die gekocht werden sollte, auch nicht geheuer.

»Ich will jetzt zu Mama«, heulte Micha. Das wollte ich auch. Aber erst mal überredete ich Micha, unter der Decke zu bleiben und still zu sein. Bald danach war er eingeschlafen.

Vorsichtig rutschte ich vom Sofa und schlich zur Schlafzimmertür. Der Quietscher, den sie beim Öffnen machte, vermischte sich mit dem wesentlich lauteren, der von Mamas Bett kam. Sie lag quer über dem Ehebett, aber ich konnte nicht sehen, was Miriam zwischen ihren Beinen machte. Im nächsten Augenblick hörte ich Miriam jubeln: »Es ist geschafft, Charlotte! Das Köpfchen ist draußen.« Und dann sagte sie: »Schnell, Wanda, geben Sie mir die Schere und das Band.«

Wanda wankte zu ihr hin, und mir wurde schlecht, weil ich mir alles Mögliche vorstellte, was Miriam jetzt mit der Schere tun würde. Ich setzte mich auf den Nachttopf, der neben mir in der Ecke stand, hielt mir die Augen zu und steckte die Daumen in die Ohren. Trotzdem hörte ich das dünne, klägliche Geschrei, das zu einem lauten Geplärr anschwoll. Als ich wie der Blitz hochfuhr, fiel der Nachttopf scheppernd um. Miriam hob ihre Augen von einem rötlichen Etwas, das sie in den Händen hielt. Aber statt zu schimpfen, wie ich erwartet hatte, lachte sie mich an. Dann tauchte sie das schreiende Ding in die Schüssel, aus der Wasser dampfte.

»Mama?«, fragte ich zum Bett hinüber.

»Geh schlafen, mein Schatz.« Mamas Stimme war ein wenig matt, aber so wie immer »Du hast ein Schwesterchen bekommen. Es heißt Lisa.«

Am nächsten Morgen weckten mich Sonnenstrahlen, die durch die seitlichen Ritzen des Verdunklungsrollos blitzten. Das Plärren, das aus dem Schlafzimmer herüberklang, erinnerte mich an die Nacht. Die Schrecken im Keller waren vergessen, ich dachte nur an das Baby.

Aufgeregt schüttelte ich Micha wach: »He, du, das Baby ist da!«

»Hau ab, ich will noch schlafen!« Micha gähnte und drehte sich zur Wand.

Ich zog ihn an den Haaren. »Horch mal, es kann schon schreien!«

Micha setzte sich auf und rieb sich die Augen. »Baby?«

»Ja, es heißt Lisa. Kapier's doch, wir haben ein Schwesterchen bekommen!«

»Ich wollte doch 'nen Bruder«, maulte Micha und rappelte sich vom Sofa hoch.

Wanda und Miriam saßen in der Küche und sagten wie aus einem Munde: »Guten Morgen, ihr Schlafmützen!«

Micha schaute misstrauisch von einer zur anderen: »Wo ist denn nun das Baby?«

»Kommt, wir gehen ins Schlafzimmer«, sagte Miriam, »eure Mama hat schon gefragt, ob ihr endlich wach seid.«

Mama lag im Bett und sah gar nicht müde aus. In ihrem Arm hielt sie ein weißes Bündel, aus dem winzige Hände fuchtelten und schlitzige Äuglein blinzelten.

Micha sagte: »Das hat ja ein Gesicht wie ein schrumpeliger Apfel!«

Das fand ich auch, hätte es aber nicht gesagt, weil Mama das kleine Ding gar zu glücklich anschaute. Sie schien es Micha auch nicht übel zu nehmen und tröstete ihn: »Sie wächst ja noch, bestimmt wird sie ein hübsches Mädchen.«

Das interessierte Micha nun schon gar nicht, ihn wurmte eine ganz andere Frage: »Ist das einfach so aus deinem Bauchknopf gerutscht?«

Micha war beleidigt, weil Mama und Miriam loslachten, und ich fand das auch doof, weil ich's gern genau gewusst hätte.

Aber dann sagte Mama: »Aus dem Bauchknopf ist's nicht gerutscht, und einfach war's auch nicht. Ein Glück, dass ich Miriam hatte!«

Micha gab sich zufrieden, aber ich ahnte, hier wurde uns etwas verschwiegen. Ich ärgerte mich und dachte: Zu dumm, dass ich diese Nacht nicht alles sehen konnte. Dass ich das Baby in die Wiege legen durfte, versöhnte mich.

»Du bist ja so leicht wie ein Küken«, murmelte ich. »He, warum reißt du denn das Mäulchen auf? Ist das gegähnt? Hast ja nicht mal Zähne.« Vorsichtig, immer darauf bedacht, das Köpfchen zu stützen, wie es mir Mama erklärt hatte, trug ich Lisa zu ihrer Wiege und legte sie hinein. Behutsam berührte ich ihre winzige Handfläche. Und als sich ihre Puppenfinger um meinen Daumen schlossen, als wollten sie mich festhalten, begann ich meine kleine Schwester zu lieben.

Micha durfte das Baby zudecken. Er schnupperte: »Es riecht gut«, meinte er großmütig.

Als wir später in der Küche unser Haferflocken-Frühstück gegessen hatten, sagte Wanda: »Ihr könnt mir helfen, den Hof und die Straße zu fegen.«

»Haben wir doch erst gestern gemacht«, meuterte Micha.

»Na, denn kiekt ma raus!«, rief Wanda und lief vorweg. Der Hof, der Vorgarten, die Straße und das Fabrikgelände waren mit Dreckklumpen und Steinen übersät. Bevor wir Wanda halfen, das Gröbste zu beseitigen, besichtigten wir mit Gruseln den Krater, den die Bombe neben der Fabrik geschlagen hatte. Micha sperrte den Mund auf und bohrte in der Nase.

»Da geht ja ein ganzes Haus rein«, meinte er beeindruckt.

Das Loch wurde nie zugeschüttet. Auf seinem Grund sammelte sich Wasser. Nach dem Krieg fasste Vater diese Quelle mit einer Mauer ein, pflanzte Weiden und Ginster an die Kraterwände und baute eine schmale Steintreppe. Später stand eine Bank in der schattigen Tiefe. Dort verbrachten im Sommer die Fabrikangestellten ihre Mittagspause.

Als wir im Radio hörten, dass in dieser Nacht alliierte Bomber Dresden in ein Trümmerfeld verwandelt hatten, wussten wir, wo die Flugzeuggeschwader, die über uns hinweggebrummt waren, ihre Bomben abgeworfen hatten.

»Da kann ma ja froh sein«, sagte Wanda, »det die nur eene Bombe bei uns verlorn ham.«

Der Pakt

Am Tag nach dem Bombeneinschlag und Lisas Geburt besuchte uns Frau Dobmaier mit Bruno. Sie stellte ein Paar selbst gehäkelte Schühchen auf die Bettdecke, unter der Mama mit dem Baby im Arm lag. Mama bewunderte die lila Häkeldinger und schien sich aufrichtig darüber zu freuen. Frau Dobmaier sagte mehrmals hintereinander: »Herzlichen Glückwunsch, meine Liebe! Herzlichen Glückwunsch!« Und dann:

»Sie ist entzückend, aber so winzig. Tz-tz-tz! Bruno war dagegen ein richtiger Wonneproppen, als er auf die Welt kam.«

»Sie ist ja auch einen Monat zu früh gekommen«, sagte Mama.

»Ja, richtig, das konnte nicht ausbleiben bei der Aufregung letzte Nacht. Das war wirklich ganz fürchterbar.« Frau Dobmaier zog ihre Strickjacke enger um den Busen. »Aber kalt ist's hier, meine Liebe, tz-tz-tz, viel zu kalt für Sie und das Kleine.«

Dabei war es im Schlafzimmer gar nicht so kalt wie sonst, weil die Tür zum Flur geöffnet war und etwas Wärme aus der Küche hereinzog.

Bruno interessierte sich wenig für das Baby, wollte sich unauffällig davonstehlen und steuerte zur Küche. Ich versuchte, vor ihm dort zu sein, um Miriam zu warnen. Doch sie konnte sich nicht mehr aus dem Staub machen.

»Sie sind doch die, die in der Nacht in den Keller gekommen ist«, stellte Bruno fest.

»Ich bin Annes Tante. Zu Besuch hier. Und wer bist du?«

Er kaute auf seiner Unterlippe, ließ Miriam nicht aus den Augen, und brummte: »Bruno.«

Ich gab Miriam Zeichen, dass sie sich in der Speisekammer verstecken sollte, denn jeden Moment konnte Frau Dobmaier aus dem Schlafzimmer kommen. Aber während Miriam Kartoffeln schälte und Bruno ihren Rücken anstarrte, hörte ich die Frauen im Schlafzimmer reden und reden. Was gab es nur zu bereden, so viel hatte Mama doch noch nie mit Frau Dobmaier gesprochen? Ich kümmerte mich nicht mehr um Bruno und schlich zur Tür, spähte ins Schlafzimmer und lauschte.

Frau Dobmaier saß vor Mamas Bett und jammerte, sie habe seit drei Wochen nichts von ihrem Mann gehört. »Ich bin beunruhigt, meine Liebe, Sie können sich gar nicht vorstellen, wie.« Sie faltete eine Zeitungsseite auseinander. »Das haben mir Bekannte aus Aachen geschickt. Wussten Sie, meine Liebe, dass die Alliierten eine Zeitung herausbringen?«

»Nein.«

»Hier: ›Aachener Nachrichten‹ vom 28. Januar.« Von dem, was Frau Dobmaier nun leise vorlas, hörte ich nur Satzfetzen: »Konzentrationslager befreit. Auschwitz. Gaskammern. Zyklon B. Zweieinhalb Millionen ermordet.« Sie beugte sich zu meiner Mutter vor und hauchte: »In Auschwitz hat mein Mann gearbeitet.«

»Was hat er dort getan?«

»Eduard hat gesagt, er müsse die Häftlinge vor der Roten Armee in Sicherheit bringen. Er hat Transporte geleitet, Lagerinsassen nach Buchenwald verlegt. Mehr weiß ich nicht. Aber irgendwas muss Eduard zugestoßen sein, sonst würde er sich doch mal melden.« Sie richtete sich auf und hob den Kopf. »Das können Sie glauben, meine Liebe, mein Mann ist eine äußerst wichtige Persönlichkeit im Reich. Was er auch getan hat, es war seine Pflicht.«

»Ja, und über diese Pflicht haben Sie nichts gewusst, Frau Dobmaier?«

»Wo denken Sie hin, alles war streng geheim. Nie hat mir Eduard irgendwas erzählt!« Sie brach in Tränen aus und schluchzte: »Was soll ich nur machen? Wer wird mir glauben, nichts gewusst zu haben?« Sie tupfte auf ihren Augen herum, schnäuzte sich ausgiebig und tippte dann auf das Zeitungsblatt. »Das ist doch nicht zu fassen, meine Liebe. Sicher ist es eine Hetzkampagne unsrer Feinde!«

»Es ist keine Hetze. Es stimmt«, sagte Mama kurz angebunden.

»Hier steht, man wird die SS-Wachmannschaften vor Gericht stellen«, wisperte Frau Dobmaier. »Es ist fürchterbar, alles ganz fürchterbar. Mir schwant fast, wir verlieren den Krieg.«

»Und mir schwant«, sagte Mama sarkastisch, »dass das sogar Ihr Mann endlich gemerkt hat. Er wird sich abgesetzt haben.«

»Abgesetzt? Und was wird aus mir?«

Ich sah, wie Mama angestrengt überlegte. »Wenn Sie Miriam Goldau nicht verraten«, sagte sie dann, »versichere ich jedem, Sie hätten sie versteckt.«

»Miriam Goldau? Versteckt? Ist das die Frau, die diese Nacht plötzlich im Keller aufgetaucht ist?«

»Ja«, sagte Mama. »Ich könnte behaupten, Sie hätten eine Jüdin beschützt. Dadurch werden Sie nicht in Verdacht geraten, etwas von den Aufgaben Ihres Mannes gewusst zu haben.«

»Eine Jüdin, aha!«, sagte Frau Dobmaier erregt.

Mamas Stimme klang beschwörend: »Wenn Sie helfen, dass Miriam nicht noch in letzter Minute der Gestapo in die Hände fällt, können Sie sich auf mich verlassen, dass ich günstig für Sie aussagen werde.«

Dann plärrte Lisa, und gleich darauf hörte ich Frau Dobmaier flöten: »Auf Wiedersehen, meine Liebe, alles Gute für Sie und die Kleine, entzückend ist sie, wirklich entzückend. – Ich danke Ihnen. Ich werde schweigen wie ein Grab.«

Als Frau Dobmaier aus dem Schlafzimmer kam, saß ich mit Bruno am Küchentisch, und er versuchte, mir den Unterschied zwischen Moll und Dur zu erklären. Miriam war aus der Küche geflitzt, als sie Frau Dobmaier hatte kommen hören, draußen wurde die Klotür von innen verriegelt.

»Na, Brunolein? Hast du mit Anne gespielt?«, flötete Frau Dobmaier. »Nun wird's aber Zeit, deine Es-Dur-Tonleiter zu üben.« Sie wirkte aufgeregt, schenkte mir keinen Blick und schob Bruno zur Tür hinaus.

An jenem Vormittag, nachdem sie den Pakt mit Frau Dobmaier geschlossen hatte, war Mama zuversichtlich, mit Miriam würde alles gut gehen. »Der Krieg ist bald vorbei«, sagte sie und schaltete das Radio ab, aus dem gerade eine ernste Stimme gesagt hatte, die Tage bis zur Kapitulation Deutschlands seien gezählt.

Am Nachmittag, als Wanda aus dem Dorf zurückkam, wo sie auf die letzten Punkte unserer Reichskleiderkarte eine Babydecke für Lisa ergattert hatte, erzählte sie aufgeregt: »Ick hab de Dobmaiern jesehen, wie se uffn Blockwart Rübe einjeredet hat. Hoffentlich hat die doofe SS-Oberscharführer-Madam de Miriam nich verratn!«

Mama jammerte: »Dieser Kuhhandel konnte ja nicht gut gehen. Ich hab mich dabei sowieso gefühlt, als hätte ich mit diesem Pakt Tausende von Menschen verraten. Verraten, um Miriams und unsere Haut zu retten.«

Fieberhaft überlegten wir, wo wir Miriam verstecken könnten. Der Dachboden kam nicht mehr in Frage, dort würden sie zuerst suchen. Die rettende Idee kam von Micha: »Der Verschlag überm Hühnerstall«, sagte er, »da hab ich mich mal versteckt. Schwuppdiwupp bin ich da reingeklettert und hab die Klappe zugemacht. Niemand hat mich gefunden! Stimmt's?«

»Ick nagel hinter Ihnen de Klappe zu«, sagte Wanda, und Miriam nickte.

Als am Nachmittag die »Kommission zur Aufdeckung von Auflösungserscheinungen in der Zivilbevölkerung« anrückte, lag Miriam in dem zugenagelten Verschlag. Es sah aus, als sei dort nie eine Nische für Hühnerfutter und Stroh gewesen.

Wanda beruhigte Mama und versicherte ihr, alle verräterischen Dinge aus der Dachkammer weggeräumt zu haben. »Den Tisch und die Stühle hab ick umjekippt, allet liecht wie Sperrmüll rum. Un det Bettzeuch aus de Truhe is jetz unten im Schlafzimmerschrank.«

Die Kommission bestand aus zwei Frauen und Blockwart Rübe. Das Schnüfflertrio fing mit dem Dachboden an und guckte in jede Kammer, in jede Ecke und in jeden Schrank. Anschließend stöberten sie in der Mansarde bei Kächeles herum. Nur die Wohnung des SS-Oberscharführers Dobmaier wurde nicht durchsucht. Unsere Zimmer umso genauer. Auch ins Schlafzimmer drangen sie ein, guckten unter die Betten, hinter die Spiegelkommode und in den Kleiderschrank. Lisa schrie wie am Spieß, und Mama sagte: »Kein Wunder, wenn mir die Milch wegbleibt.«

Als sie auch im Kontor und in den Ställen nichts fand, zog die Kommission ab. In der Nacht befreite Wanda Miriam aus dem Verschlag.

»Ich werde weggehen, mich im Wald verstecken«, sagte Miriam. »Ich will euch nicht in Gefahr bringen.«

Aber Mama entschied: »Du bleibst hier. Erstens bist du nirgendwo sicher, und zweitens brauche ich dich.«

Es grenzt an ein Wunder, dass Miriam in den letzten Kriegswochen nicht entdeckt wurde. Denn während die Alliierten von Westen und die Russen von Osten näher rückten, ließen fanatische Hitleranhänger ihren mörderischen Hass an den letzten Juden, aber auch an eigenen Landsleuten aus.

Niemals vergaßen wir die Korridortür abzuschließen, und niemals ging Miriam ans Fenster. Sie versorgte den Haushalt, damit sich Mama erholen und Wanda sich um das Vieh kümmern konnte. Wanda hatte nun doch melken gelernt. Seit der Sache mit Stanislaw schien sie sich vor nichts mehr zu fürchten, schon gar nicht vor Kühen.

Schutt und Asche

Meine kleine Schwester blieb ein Fliegengewicht und hatte oft Fieber. Obwohl wir im März von einem schweren Bombenangriff auf Jena gehört hatten, entschloss sich Mama, mit Lisa in die Kinderklinik zu fahren. Ich freute mich, sie begleiten zu dürfen. Vermutlich nahm mich Mama nur mit, um auf dieser kurzen, aber gefährlichen Reise etwas Beistand von ihrer »großen Tochter« zu haben.

Im Dorf hatte schon lange niemand mehr ein Auto, da alle Fahrzeuge von der SS beschlagnahmt worden waren. Wir mussten zum Nachbarort laufen, wo der Zug nach Jena hielt. Mama trug das Steckkissen mit Lisa und ich den Rucksack mit dem Proviant und den Wickelutensilien. Wir hatten Glück: Der kleine Zug, der auf dieser Nebenstrecke verkehrte und *Esel* genannt wurde, kam nur zwanzig Minuten verspätet.

Ich war erst ein Mal in Jena gewesen, es war die einzige Stadt, die ich kannte. Damals war ich zwischen meinen Eltern durch den Bogen des Stadttores in die Johannisstraße spaziert. Und während Vater in der *Frommannschen Buchhandlung* stöberte, führte mich Mama ins *Café Wienke*, wo ich ein kleines rosa Törtchen mit Schlagsahne aß.

Diesmal würde es keinen Kuchen geben, nur einen Besuch beim Kinderarzt. Weil die Sprechstunde erst zwei Stunden nach unserer Ankunft begann, gingen wir zuerst in die Altstadt – und gerieten in eine Trümmerwüste. Mama murmelte fassungslos vor sich hin: »Wo ist der Nonnenplan? Die Rathausgasse? Ist dieser verkohlte Turmstumpf die Stadtkirche? Mein Gott, jetzt kann ich mir vorstellen, wie Stuttgart ausgesehen hat, als Kächeles es verlassen haben.«

Orientierungslos gerieten wir in die Johannisstraße. Die meisten Häuser hatten sich in schwarze Steinhaufen verwandelt, dazwischen standen Fassadenskelette. Die Luft roch nach kaltem Rauch. An den Resten der Wohnungswände hingen versengte Tapetenfetzen. In einer ausgebrannten Etagenwohnung, an der die Vorderwand fehlte, standen verkohlte Stühle, ein Küchenschrank und ein verbeulter rußschwarzer Kasten, der wahrscheinlich ein Herd gewesen war. An der Wand des ehemaligen Eckzimmers lehnte ein seltsames Gebilde, das wie ein menschlicher Körper aussah. Mama sagte, es sei ein Violoncello.

Sie blickte auf das schauerliche Chaos und sank erschöpft neben einen einarmigen Mann, der auf den Eingangsstufen eines ausgebrannten Hauses saß. Der Mann starrte wie gebannt zu dem Haus auf der anderen Straßenseite.

»Wo sind die Leute, die hier gewohnt haben?«, fragte Mama ihn mit belegter Stimme.

»Die Leute«, sagte der Einarmige mühsam, »die Leute, die hier gewohnt haben, sind fast alle tot. Dort oben, das Violoncello hat meiner Tochter gehört, selbst wenn es nicht kaputt wäre, sie wird nie mehr darauf spielen.« Er klagte in die Richtung der verkohlten Wand: »Meine Frau ist auch tot, heute früh gestorben im Lazarett – was hätte sie auch für ein Leben gehabt, ohne Beine. – Mehr als siebenhundert Menschen verbrannt, erschlagen, verschüttet.« Dann murmelte er Namen vor sich hin und hatte uns offensichtlich bereits vergessen. Auch als Lisa zu schreien begann, blieben seine Augen auf das Cello gerichtet.

Mama knöpfte den Mantel und die Bluse auf und legte Lisa an ihre Brust. Ich genierte mich, weil meine Mutter hier neben dem fremden Mann stillte. Aber weder er noch die Leute, die vorübergingen, beachteten uns. Mama kauerte auf der schwarzstaubigen Stufe und lächelte auf das Baby hinunter, das mit kleinen, behaglichen Seufzern die Milch einsog. Nichts schien wichtiger, die Zeit schien stillzustehen inmitten des Infernos der verwüsteten Stadt.

Als Lisa satt war, nahm Mama meine Hand fest in ihre und trug im anderen Arm Lisa, die eingeschlafen war. Wir suchten unseren Weg über Rußstaub und Trümmer zur Kinderklinik. Hier begann eine lange Wartezeit inmitten verzweifelter Mütter und schreiender Kinder. Als Lisa endlich untersucht worden war, bekam Mama vom Arzt gute Ratschläge und dazu ein paar Tabletten, weil es in den Apotheken längst nichts mehr gab.

Da kein Zug mehr fuhr, machten wir uns zu Fuß auf den Heimweg, und Mama sagte: »Jetzt weißt du, wie das war, als Margret aus dem zerbombten Stuttgart wegmusste. Wir können wenigstens nach Hause gehen, aber die Kächeles wussten damals nicht mal, wohin sie sollten und was sie erwarten würde.«

Als wir aus Jena herauskamen, fing es an zu regnen. Eine Frau in einem dreirädrigen Borgward hielt an und nahm uns mit. Sie erzählte, sie habe Sachen aus dem Keller ihrer zerbombten Wohnung gerettet und wolle sie in ein Dorf unweit von Birka zu ihrer Schwester bringen. Sie versprach, uns bis nach Hause zu fahren. Mama und Lisa passten gerade noch ins Führerhaus, und ich hockte mich auf die Pritsche unter die Plane zwischen allerhand Hausrat. Zwei Kilometer vor Birka hatte das Auto eine Reifenpanne. Die freundliche Frau musste ihr Fahrzeug stehen lassen und machte sich auf, um Hilfe zu suchen.

Unser Weg führte in die entgegengesetzte Richtung. »Wir müssen stramm laufen, damit wir weniger frieren«, sagte Mama, und als Lisa nieste, schob sie das Babybündel unter ihren Mantel.

Nach fast einer Stunde Marsch kam uns Wanda mit dem Fahrrad entgegen, sie hatte am Bahnhof erfahren, dass kein Zug mehr von Jena erwartet wurde. Ich war froh, auf dem Gepäckträger sitzen zu dürfen, denn meine Füße taten so weh, als sei ich von Jena bis hierher gelaufen.

Daheim wollte Micha von mir wissen, wie es in Jena war.

»Gruselig«, sagte ich, »ganz, ganz traurig und gruselig.«

Und dasselbe Gruseln überfiel mich nun, nachdem ich das zerstörte Jena gesehen hatte, in den nächsten Wochen immer dann, wenn die Namen von deutschen Großstädten fielen, die ich schon im Zusammenhang mit Bombardierungen gehört hatte. Jetzt wurden sie eine nach der anderen von den heranrückenden alliierten Truppen eingenommen: Worms, Ludwigshafen, Düsseldorf, Mainz, Frankfurt am Main.

Kächeles Sorgen galten natürlich vor allem Stuttgart. Das Wenige, was über Umwege aus ihrer Heimatstadt zu ihnen drang, war schlimm genug. Sooft Tante Margret uns Briefe oder Karten, die mit großer Verspätung aus Stuttgart eintrafen, vorlas, brach sie in Tränen aus. Die sonst so tapfere Margret, die trotz der Schmerzen im Fuß nie klagte, verlor ihren mühsam bewahrten Optimismus, als sie aus Stuttgart die Nachricht erhielt, dass die Engländer und Amerikaner nun sogar Tag und Nacht abwechselnd angriffen und in der Stadt zerstörten, was noch irgendwie heil geblieben war. »Gestern waren es sechshundert Bomben«, las Margret mit zitternder Stimme. »Die Toten und Verletzten werden noch gezählt.«

Schon seit Januar redeten die Erwachsenen davon, dass die Rote Armee die Landverbindung zu Ostpreußen abgeschnitten hatte. Man hörte von Flüchtlingen und Soldaten, die über die Ostsee ins Reich gebracht wurden. Leise und schaudernd sprachen die Leute von mit Menschen überfüllten Schiffen, die von Fliegern und U-Booten angegriffen wurden und im eisigen Meer versanken. Man munkelte auch von riesigen Flüchtlingstrecks, die sich über die zugefrorene Ostsee nach Danzig retten wollten. Erst nach Kriegsende erfuhren wir, dass dabei Tausende den Tod unter gebrochenem Eis gefunden hatten oder von feindlichen Flugzeugen gejagt und erschossen worden waren.

Noch bevor es zur Gewissheit wurde, dass Danzig und das ostpreußische Königsberg von der Roten Armee niedergebrannt worden waren und kapituliert hatten, hörten wir am 29. März Hitler durch den Volksempfänger schreien, dass alle Industrie- und Versorgungseinrichtungen zerstört werden müssten. Die Leute nannten es *Nero-Befehl.* Aber obwohl Hitlers Befehle nur noch teilweise befolgt wurden, nahm der Krieg kein Ende.

Ich brachte alle Kriegsereignisse durcheinander, und selbst die Erwachsenen, so schien mir, blickten nicht mehr durch. Sie sprachen von einer Westfront, von einer Ostfront, einer Italienfront. Von Wüstenkrieg und Pazifikkrieg. Mir war nur klar, was Luftkrieg bedeutete – das waren die Bomben, die Jena und Stuttgart zerstört hatten und die, wie ich aus den Wehklagen der Erwachsenen heraushörte, auch jetzt noch jeden Tag auf die deutschen Großstädte fielen.

Unterdessen hatte der Wettlauf der Russen und Amerikaner auf Berlin begonnen, und wir wussten nicht, wen wir mehr fürchten sollten.

Schuleinführung

Wenn im letzten Kriegswinter der Unterricht nicht wegen der Fliegeralarme ausgefallen war, hatte jedes Kind ein in Zeitungspapier eingewickeltes Kohlestück mit in die Schule zu bringen. Für mich begann die Schulzeit an einem regnerischen, kalten Tag Anfang April 1945.

Auf einem alten Foto mit Zackenrand lacht mein Gesicht aus einer mit weißem Kaninchenfell gesäumten Kapuze, aus der meine Zöpfe baumeln. Meine dünnen Beine stecken in wollenen Gamaschenhosen, die Wanda gestrickt hatte. In den Händen halte ich eine kleine Zuckertüte. Ich kann mich nicht erinnern, was sie enthielt, außer an ein paar gebrauchte Buntstifte, einen nagelneuen Radiergummi und drei Zitronenbonbons. Hinter mir steht meine Mutter. Trotz ihres abgetragenen Wintermantels und dem Kopftuch, das zu einem Turban gebunden ist, wirkt sie elegant.

Mama brachte mich in das gelbe Backsteingebäude bis zu unserem Klassenzimmer. Sie verabschiedete sich von mir mit einem flüchtigen Kuss und flüsterte: »Sei schön brav, mein Schulmädchen.«

Zwischen dem Gedränge und Geschrei meiner Mitschüler platzte meine Begeisterung für die Schule wie eine Seifenblase. Auf der Mädchenseite in meinen Bankplatz eingekeilt, fühlte ich mich trotz der vielen Kinder einsam und unbehaglich. Unsere Lehrerin hieß Frau Fröhlich. Ich wunderte mich, wie eine Frau mit ständig herabgezogenen Mundwinkeln so heißen konnte. Nachdem sie uns in unsere Plätze eingewiesen hatte, stellte sie sich hinter den Katheder unter das Führerbild und donnerte: »Heil Hitler.« Ihre Augen setzten mit hurtigen Sprüngen über die Mädchen und Jungen, die nicht stillsitzen konnten. Wenn sie in regelmäßigen Abständen »Ruhe« zischte, erinnerten mich ihre Lippen an den Karpfen in meinem Bilderlexikon.

Wir mussten nacheinander aufstehen und unsere Namen nennen, danach hängte Frau Fröhlich eine Tafel mit Buchstaben an die Wand und sagte: »Wir fangen jetzt mit dem Alphabet an.«

»Ich kann schon lesen«, platzte ich heraus.

»Kannst du nicht den Finger strecken, wenn du etwas sagen willst?«, kreischte Frau Fröhlich. Die Winkel ihres Karpfenmauls zogen sich noch weiter nach unten. »Na, dann zeig mal, wie du lesen kannst. Steh dazu auf! Und halt dich gerade!«

Während Frau Fröhlich ihren Rohrstock ergriff, den ich in den nächsten Tagen oftmals auf meinen Handflächen fühlen sollte, stand ich von allen Kindern angegafft in meiner Bank. Frau Fröhlich tippte mit dem Stock auf ein B, auf ein R, auf ein

Z, auf mindestens zwanzig große und kleine Buchstaben, und ich habe sie alle richtig benannt. Danach sagte sie: »Setzen!«

Aber nun hörte ich das Murren meiner Mitschüler anschwellen. Meine Banknachbarin Gisela Rübe zischte: »Angeberin!« und die dicke Ilse krähte: »Prahltante!« – »Klugscheißerin!«, sagte Bruno. »Kannst ja nicht mal Noten lesen.«

»Ruhe«, donnerte das Karpfenmaul und fuchtelte mit dem Rohrstock. »Ruhe, verdammt noch mal!«

Am liebsten wäre ich unter die Bank gekrochen! Mit zusammengebissenen Zähnen stierte ich einen zerlaufenen Tintenklecks auf dem Pult an: eine dunkelblaue Schlange mit gelben Augen.

Ich war an meinem ersten Schultag zur Außenseiterin geworden. Da ich schon lesen und schreiben und auch besser rechnen konnte als die anderen, fand ich keine Freunde unter den vierzig Kindern meiner Klasse. Mir war der Unterricht zuwider und langweilig. Aber meine Schulzeit dauerte zunächst nur zwei Wochen.

Ich wusste nicht, weshalb die Schule geschlossen wurde. Lag es daran, dass Frau Fröhlich und auch andere Lehrer plötzlich verschwunden waren? Oder an der Kriegsnachricht, über die sich die Erwachsenen so furchtbar aufregten: Die Rote Armee rückte nach einer Großoffensive an der Oder und Neiße auf Berlin vor.

Die Amerikaner

Am 13. April, einem Tag mit Kornblumenhimmel, Schäfchenwolken und blühenden Himmelsschlüsseln, drang ein seltsames Rumpeln von der Straße auf dem östlichen Bergkamm ins Dorf herunter. Wir sahen etwas hinter den hohen Fichtenstämmen entlangkriechen. Zuerst hielt ich es für Riesenschildkröten, aber es waren Panzer.

Mama sagte zu Frau Dobmaier, sie solle ein Betttuch über den Balkon hängen.

Frau Dobmaier zeterte: »Aber der Befehl, meine Liebe, der Befehl! Sie wissen doch, dass alle männlichen Hausbewohner sofort erschossen werden, wenn eine weiße Fahne gehisst wird!«

»Wir haben keine männlichen Hausbewohner«, sagte Mama scharf, »hängen Sie was Weißes raus – aber ein bisschen ruckzuck!«

In dem Moment, als Frau Dobmaier endlich eine weiße Tischdecke über den Balkon hängte, gab es einen Knall, von dem mir noch tagelang die Ohren wehtaten. Die Fenster klirrten, der Boden zitterte und Frau Dobmaier riss die Arme hoch und schrie: »Nicht schießen!«

Mama sagte: »Nun hat so ein Idiot die Brücke gesprengt!«

Da unser Haus am Ortsende liegt, erfuhren wir erst am nächsten Tag, was im Dorf passiert war. Die Tür zu Krautwurms Laden stand sperrangelweit offen, um Licht hereinzulassen, weil die zersplitterten Fenster mit Brettern und Pappe zugenagelt waren. Obgleich es so gut wie nichts zu kaufen gab, drängte sich ein Dutzend Frauen im Laden. Sie hatten es sich auf Gemüsekisten bequem gemacht und schienen seit Stunden zu schwadronieren. Die Frau des Ortsgruppenleiters Haring jammerte, weil die Amerikaner ihren Mann festgenommen hatten.

»Hat mein Otto nicht alle aufgefordert, Ruhe zu bewahren? – Mein Otto ist unschuldig«, behauptete Frau Haring.

»Was heißt hier unschuldig?«, schrie Frau Krautwurm. »Für umsonst ist niemand Ortsgruppenleiter geworden!«

»Jetzt werden Sie nicht pampig! Sparen Sie sich Ihre Frechheiten!« Frau Haring schoss vor und grapschte Frau Krautwurm in die Hochfrisur.

Bis auf das Geschrei der zwei streitenden Frauen war es mucksmäuschenstill im Laden. Als ich plötzlich loslachte, fing ich eine Ohrfeige von Mama.

Nachdem Frau Haring wutentbrannt den Laden verlassen hatte, steckte sich Frau Krautwurm ihre Haare wieder hoch, und die Frauen nahmen ihr abgebrochenes Gespräch wieder auf.

»Bei uns in der Bäckerei ist keine Fensterscheibe heil geblieben«, seufzte Frau Knoll.

Frau Busch klagte: »Unsere Gewächshäuser sind nur noch Scherbenhaufen. Wer ersetzt mir denn das?«

»Bisher ist noch nie was ersetzt worden, was im Krieg zerdeppert worden ist«, knurrte ihr Sohn Leo, der hereingehumpelt kam. Er zeigte auf seinen Beinstumpf und fügte hinzu: »Und das meiste lässt sich auch nicht mehr reparieren.«

Die junge Frau Engler, die aus Ostpreußen stammte, mit ihren beiden Kindern bei Buschs untergekommen war und seitdem in deren Gärtnerei arbeitete, legte Leo die Hand auf die Schulter: »Wenn du erst eine Prothese hast, dann wird es auch wieder leichter für dich.« Sie schob ihm eine Gemüsekiste unter den Hintern.

»Danke«, sagte Leo und lehnte seine Krücken an den Verkaufstisch.

»Ich wette, es war der Rübe, der uns das eingebrockt hat«, zeterte Frau Krautwurm. »Dieser Bluthund von Blockwart hat doch für den Führer und seine Nazi-Bande jeden Befehl ausgeführt. Über Leichen ist der Rübe gegangen. Jawoll – über Leichen! – Was sagen Sie dazu, Frau Stanbek? Haben Sie eigentlich schon die Bescherung am Fluss gesehen?«

»Nein. Wir haben überhaupt nichts mitgekriegt, außer dem Knall.«

Frau Krautwurm schien begeistert, dass es noch jemanden gab, der nicht wusste, was sich im Dorf ereignet hatte. Sie setzte sich auf den Ladentisch, zischte: »Ruhe, jetzt rede ich!« und predigte zu uns herunter wie der Pfarrer von der Kanzel. »Also, dann will ich Ihnen mal genau erzählen, wie das war, Frau Stanbek: Mit dem Knall, den Sie gehört haben, ist die Brücke in die Luft geflogen! Nachdem sie als Trümmerberg im Wasser lag, rumpelten die Amis ganz gemütlich daneben durchs Flussbett und rein ins Dorf. Drei Panzer hielten auf dem Marktplatz. Fünf Spähwagen, es können auch sechs gewesen sein, fuhren in die Seitengassen. Die Soldaten stiegen aus. Alle mit Maschinengewehren! Ob Sie's glauben oder nicht, Frau Stanbek, die Kerle brüllten ihre Kommandos längst nicht so laut, wie wir es von unserer Gestapo gewöhnt sind. – Na ja, und dann kamen die Leute so nach und nach aus den Kellern. Mit erhobenen Händen und weißen Tüchern. Die Amis sind dann rein in die Häuser und haben nach Nazis gesucht. Bei mir stöberten sie den Laden durch, aber sie haben nicht mal 'ne Bohne mitgenommen.«

»Das ist ja anständig«, sagte Mama.

»Kurz, es wäre nichts, aber auch gar nichts passiert, doch dann – also, mich hätte fast der Schlag getroffen – dann standen die Amis am Haus vom Rübe. Und da stürzt doch dieser Hornochse von Blockwart mit seiner Pistole raus und ballert wie ein Verrückter um sich.«

»Nein!«, hauchte Mama.

»Doch!«, schrie Frau Krautwurm, presste die Hände auf die Brust und schnaufte durch. »Wir, die wir in der Nähe standen, dachten, nun hat unser letztes Stündlein geschlagen. Nur ein Glück, dass der Rübe keinen getroffen hat – und den Rest wissen sie ja! – Wie, Sie wissen nichts? – Seine letzte Kugel schoss er sich selbst in den Kopf. Peng – und weg war er. Das heißt, er fiel auf den Bürgersteig und rührte sich nicht mehr.«

»Großer Himmel«, flüsterte Mama.

»Aber jetzt erzählen Sie mal, Frau Stanbek. Die Amis müssen doch auch am Akazienweg gewesen sein?«

»Ja, natürlich waren sie auch bei uns.« Mama nahm ihr Einkaufsnetz in die eine und mich an die andere Hand, sagte, sie habe jetzt keine Zeit mehr und verließ fluchtartig Krautwurms Laden.

Als tags zuvor ein Jeep der Amerikaner an unserem Haus gehalten hatte, waren die zwei Männer mit schwarzer Haut für Micha und mich das Aufregendste gewesen. So etwas hatten wir bisher nur auf Bildern in *Onkel Toms Hütte* gesehen. Die Soldaten suchten nach versteckten Waffen und fragten, ob hier Nazis wohnten. Mama biss sich auf die Lippen und schüttelte den Kopf.

Der Kommandant sah in den Garten und entdeckte das Hitlerbild. Es hing in der Blutbuche. Frau Dobmaier hatte es aus dem Fenster geworfen.

Danach ging er mit seinem Trupp eine Etage höher. Miriam musste mit, weil sie Englisch konnte. Mich hinderte niemand, als ich mich an ihre Fersen heftete.

In Dobmaiers Wohnung fanden sie Fotografien vom uniformierten SS-Oberscharführer und auch die Hakenkreuzfahne, die so oft auf dem Balkon geflattert hatte. Auf die Frage, wo ihr Mann sei, zuckte Frau Dobmaier die Schultern und heulte.

Miriam zeigte ihren Ausweis, in dem neben ihrem Namen *Jude* stand. Sie erklärte, die Bewohner dieses Hauses hätten sie während des Krieges versteckt. Sie zögerte, dann sagte sie: »Auch Frau Dobmaier hat mir geholfen.« Der Kommandant wurde freundlicher, aber er beschlagnahmte die Herrschaftsetage. Dobmaiers Möbel mussten dableiben. Frau Dobmaier flüsterte »fürchterbar« und ließ sich aufs Sofa sinken, als ob sie in Ohnmacht fiele.

Während die Soldaten die Wohnung durchsuchten, drehte sich Bruno wie ein Kreisel auf dem Klavierhocker. Seine dicke Unterlippe war zwischen die Zähne gezogen und schnellte nach jeder Runde mit einem schmatzenden »Plopp« wieder heraus. Nun stoppte er seine Fahrt vor der Tastatur und fing an zu spielen, erst leise, dann immer lauter. Bruno hatte mir dieses Stück vor ein paar Tagen vorgespielt, voll Stolz, dass er es auswendig konnte. Es heiße *Der wilde Reiter* und sei von Robert Schumann, hatte Bruno gesagt, und man müsse es *risoluto* spielen. Und das tat er jetzt im wahrsten Sinne des Wortes. Seine Mutter hielt sich die Ohren zu, sprang plötzlich auf und knallte mit Wucht den Klavierdeckel herunter. Brunos Schrei setzte hoch an und gurgelte abwärts. Miriam riss den Deckel hoch, und ich sah Brunos Mittelfinger am Gelenk baumeln wie einen abgebrochenen Zweig.

»Er muss zum Arzt«, sagte Miriam, und man konnte sie kaum verstehen, weil Bruno brüllte wie ein Stier.

Frau Dobmaier warf sich wieder aufs Sofa und schrie mit.

Ein Soldat fuhr Bruno und Miriam ins Lazarett. Als sie Stunden später zurückkamen, trug Bruno einen Verband um die Hand und den Arm in einer Schlinge. Er zog seine dicke Unterlippe zwischen die Zähne, weil sie zitterte.

Miriam sagte leise zu meiner Mutter: »Er weiß nicht, dass sie ihm ein Fingerglied abgenommen haben. Im Lazarett lagen Hunderte von Schwerverletzten. Bei so viel amputierten Armen und Beinen machen sie mit einem Finger nicht viel Federlesen.«

Die Amerikaner brachten Frau Dobmaier ins Hauptquartier, das sie sich im Herrschaftsflügel des Rittergutes eingerichtet hatten. Dort wurden Dorfbewohner, die verdächtig waren, Kriegsverbrechen begangen zu haben, tagelang festgehalten und verhört. Die meisten davon mussten in Gefangenenlager. Frau Dobmaier, die wahrscheinlich wirklich nicht wusste, wo ihr Mann war, wurde schon am nächsten Tag freigelassen. Sie holte Bruno bei uns ab und sie kamen bei der soeben verwitweten Frau Rübe unter.

Frau Dobmaier wartete auf Rolf. Ende April bekam sie die Nachricht, er sei bei der sinnlosen Verteidigung einer kleinen Ortschaft in der Nähe von Gera erschossen worden. Eduard Dobmaier, SS-Oberscharführer und Mitglied des Totenkopfverbandes, war es anscheinend gelungen, sich ins Ausland abzusetzen. Ich weiß nicht, was aus ihm geworden ist. Seine Frau blieb mit Bruno im Dorf. Wo sollte sie auch hin?

Als Bruno seinen Verband los war, verwandelte er sich. Sein hübsches Gesicht war meist verkniffen und seine hellblauen Augen bekamen einen eiskalten Glanz. Er grölte Kampflieder und wollte mit den Dorfjungen »Schützengraben« spielen, aber keiner wollte mehr mitmachen. Allmählich wusste jedes Kind, dass der Krieg verloren war.

Seit dem 16. April tobte die Schlacht um Berlin. Am 2. Mai erfuhren wir, Berlin sei von der Roten Armee eingenommen worden. Im Radio donnerte Karl Dönitz seine letzte Lüge ins

Volk: Der Führer sei nach heldenhaftem Kampf um die Reichshauptstadt gefallen. Mama und Wanda tanzten um den Küchentisch. Zuerst dachte ich, sie lachten, aber dann merkte ich, dass sie weinten.

Als eine Woche später die Glocken läuteten, lange anhaltend und zu einer Zeit, in der das nicht üblich war, sagte Mama: »Nun ist Frieden.« Es klang erschöpft und wehmütig. Ich selbst verband das Wort Frieden mit etwas Wunderbarem. Unter Frieden stellte ich mir ein Paradies vor, in dem wir ohne Angst und Hunger ein fröhliches Leben führen würden. Aber stattdessen sah ich tagtäglich Prozessionen von Elendsgestalten durchs Dorf ziehen. Die Leute von Birka sagten, es seien Vertriebene aus den Ostgebieten und Obdachlose aus den zerbombten Großstädten.

Den Amerikanern gefiel es in unserem Haus. Abends schallte ihr Lachen und Singen von der Herrschaftsetage zu uns herunter. Manchmal brachten sie deutsche Mädchen mit. Mama sagte: »Das stört uns nicht. Uns stört nichts, wenn nur keine Bombengeschwader mehr übers Haus brummen und Miriam nicht mehr in Gefahr ist.«

Wanda, die bei unseren Besatzern aufräumen musste, stibitzte Konservendosen und Schokoladenriegel. Mama schimpfte mit ihr: »Wir kommen alle in Teufels Küche, wenn sie dich erwischen!«

»Ick lass mir schon nich. Die ham stapelweise Fressalien un merken nich, wenn ick wat mopse.« Wanda lachte und schmatzte auf einem geklauten Kaugummi herum.

Wir wussten nicht, was die Soldaten in den Wochen, in denen sie in unserem Haus wohnten, taten. Nur hinter vorgehaltener Hand sprachen die Leute ihre Befürchtung aus, die Amerikaner warteten auf die Übernahme unseres Gebietes durch die Russen. Denn seit Wochen kursierte das Gerücht, Thüringen sei zur russischen Besatzungszone erklärt worden.

Seit die Amerikaner in unserem Haus wohnten, hatten wir wieder Telefonanschluss. Mitte Juni rief Karl Bach aus Jena an. Bachs waren Freunde meiner Eltern und oft zusammen mit Goldaus zu Besuch bei uns gewesen. Von Herrn Bach, der Ingenieur bei der Firma Zeiss war, erfuhr meine Mutter, dass die Amerikaner nicht nur warteten.

Es war ein langes Gespräch mit Karl Bach. Bevor Mama den Hörer auf die Gabel fallen ließ, sagte sie: »Du liebe Zeit, Karl, da wird es aber Ärger mit den Russen geben, wenn die nachrücken. – Alles Gute für euch, grüße Erika und schreibt mal, ja!? – Nein, von Ewald habe ich nichts gehört.«

Mama starrte das Telefon an und flüsterte: »Es wird immer verrückter. Aber vielleicht sind Bachs irgendwann noch mal froh, hier weggekommen zu sein.«

Meine Mutter erzählte mir damals nicht, dass Karl Bach und andere führende Wissenschaftler und Techniker der Zeisswerke samt ihren Familien auf Befehl der Amerikaner in den Westen gebracht wurden. Den Mitarbeitern, die sich dagegen wehren wollten, war mit sofortiger Erschießung gedroht worden. Nach dem Motto *We take the brain* wurden die Forschungsanlagen und Konstruktionspläne der Zeisswerke beschlagnahmt und Richtung Westen nach Oberkochen gebracht.

In Erinnerung geblieben ist mir nur, dass Mama Tante Margret fragte, wo zum Teufel Oberkochen eigentlich läge?

Margret, die Württembergerin, kannte sich aus. In Oberkochen lebte eine alte Schulfreundin von ihr, die einen Schäfer geheiratet hatte. Margret erzählte von einem Dorf in der Nähe von Aalen: »Ein idyllisches Nest am Rande der Ostalb. Weit und breit Wald und Heide, wo sich Fuchs und Hase gute Nacht sagen.«

»Na, dann gute Nacht«, sagte meine Mutter. »Was sollen denn die Zeissleute dort?«

»Das ist doch ganz klar«, sagte Margret. »Die Amis montieren das Zeisswerk in Jena ab und bauen es in ihrer Besatzungszone wieder auf.«

Caruso

Die Soldaten, die in der Umgebung einquartiert waren, kamen zum Essen in unseren Hof. Die Feldküche stand neben dem Sandkasten. Ums Haus und im Garten wimmelte es von Uniformen. Tom, einer der jüngsten Amerikaner, war Scharfschütze. *»I am a sniper«*, sagte er und benutzte sein Gewehr wie ein Spielzeug. Mama rannte auf den Hof, sobald wieder eine Taube auf das Pflaster klatschte. Es wurden kleine Festessen für uns. Als von unseren zwanzig Täubchen keins mehr übrig war, nahm Tom Spatzen, Meisen und Amseln ins Visier. Tom schoss aus Spaß. Noch heute erinnert der durchlöcherte Wetterhahn auf dem Stallgebäude an Toms Schießkünste, und jeder Zwerg auf dem Steinfries über der Freitreppe hat eine oder mehrere Kugeln in der Zipfelmütze.

Wenn Wanda den Milcheimer im Hof abstellte, schoss Tom hindurch. Er schlug sich auf die Schenkel und lachte aus vollem Halse, wenn die Milch in weißen Fontänen rechts und links herausfloss. Mama stand dann vor den weißen Pfützen und jammerte, dass sie die Milch doch so dringend für Lisa brauche. Als Mama sich nach dem dritten Milcheimer-Schießen beim Kommandanten beschwerte, schenkte er ihr zwanzig Dosen Kondensmilch. Micha erbettelte von Tom Kaugummis und er kriegte immer welche, auch Schokolade. Ich mochte Tom nicht und lehnte seine Schokoladengeschenke ab, obwohl mir das schwerfiel. Ich hatte Angst vor Toms Übermut. Caruso knurrte, wenn er Tom sah.

An einem Sonntagmorgen schickte mich Mama in den Obstgarten, um Löwenzahn für unser letztes Kaninchen zu sammeln. Ich hüpfte über die Wiese und trällerte vor mich hin. Keine Tiefflieger, keine Sirenen, nur Spatzentschilpen. Ein Windhauch ließ das Gras zittern. Es roch nach Frühling, und von der Fliederhecke wehte der Duft der ersten Blüten durch den Garten.

Caruso sprang übermütig um mich herum. Doch plötzlich sah er zum Gatter und knurrte. Tom lachte und rief: *»Come, puppy-dog, come to Tommy.«* Tom zielte. Caruso kam mit eingezogenem Schwanz zu mir gelaufen. Ich streichelte ihn und schielte ängstlich auf Toms Flinte.

»Come, dog, come here«, lockte Tom. Jählings sprang Caruso auf und lief mit wütendem Gekläff auf Tom zu. Der Blitz und der Knall kamen gleichzeitig. Grell und spitz. Ich hörte ein Jaulen, das wie die Sirene beim Fliegeralarm klang. Caruso drehte sich auf den Hinterbeinen wie ein Kreisel. Jählings brach er zusammen, sein Fell zuckte und dann lag er still. Ich rannte über die Wiese und kniete mich neben ihn. Er fühlte sich warm und weich an wie immer. Alles um mich wurde grüne Stille.

Mein Bewusstsein flüchtete an einen Ort, an dem ich das Schreckliche nicht begreifen musste. Später konnte ich mich nicht daran erinnern, dass ich wie besessen alle Fliederdolden, die ich an der Hecke erreichen konnte, abgerissen und auf Caruso gehäuft hatte. Ich konnte mich an nichts als an den Fliederduft entsinnen.

Zwar fühlte ich seitdem immer, wenn ich Schlimmes erleben musste oder mir Unrecht angetan wurde, ein heißes Klopfen in meinem Kopf, das zu einem unerträglichen Druck anwächst und mich in Wut versetzt, aber ich wusste nicht, dass ich das zum ersten Mal gespürt hatte, als Caruso tot vor mir gelegen hatte.

Auch Mama hatte mir nie von meiner Raserei erzählt, nur dass ich danach für lange Zeit stumm wurde.

Die Erinnerung an meinen Wutausbruch kam jäh und grausam erst viele Jahre später, als ich Birka schon lange verlassen hatte und in Stuttgart lebte.

Kriegsende

Das einzig Erfreuliche, das uns in diesen Wochen vor der endgültigen Kapitulation Deutschlands erreichte, war ein Lebenszeichen von Onkel Rudolf. In einem vier Seiten langen Brief schrieb er über die Zeit, in der sich seine Spur für uns verloren hatte – vom Rückzug in Tunesien über glutheiße Sandpisten, von seinem zerschossenen Funkwagen und einem mörderischen Fußmarsch allein mit seinem letzten Kameraden Ferdinand bis zur Halbinsel Kap Bon, wo sie mit Tausenden in Gefangenschaft gerieten. Er schrieb von einer Hungerfahrt auf einem amerikanischen Truppentransporter nach Norfolk und von einer Bahnreise nach Tennessee:

Unser Camp liegt in der Nähe von Nashville. Mit dem Hungern ist's vorbei, wir bekommen amerikanische Truppenverpflegung und fühlen uns wie im Schlaraffenland. Wir pflücken auf einer Farm Baumwolle. Das Beste aber ist, dass ich hier noch immer mit meinem Kameraden Ferdinand Vogelkopf zusammen bin. So sehr wir uns wünschen, nach Hause zu kommen, so bleibt der Wermutstropfen bei dem Gedanken, dass wir uns dann trennen müssen. Ferdinand will heim nach Stuttgart, ich nach Birka. Hier im Wilden Westen sind wir so etwas wie indianische Blutsbrüder geworden.

Micha fand den Namen von Onkel Rudolfs Freund so lustig, dass er ihn noch tagelang vor sich hin sang. Ich selbst konnte die Freude der Erwachsenen über Onkel Rudolfs Brief nicht teilen. Daran, dass dieser Onkel vor drei Jahren wegen seiner erfrorenen Füße für einen Sommer bei uns in Birka gepflegt worden war, erinnerte ich mich nur schwach. Viel lieber wäre mir ein Brief von Vater gewesen. Aber von ihm hörten wir nach wie vor nichts.

In den letzten Junitagen 1945 wankte ein fremder Mann auf unser Haus zu. Mama rannte ihm entgegen. Sie klammerten sich aneinander, als ob sie sich nie mehr loslassen könnten, und ich dachte besorgt, seine schmutzige Jacke würde Mamas weiße Bluse verderben. Ich roch den Gestank, der aus seinen Lumpen stieg und mit Desinfektionsgeruch gemischt war. Ich starrte auf seine zerrissenen Schuhe, die mit Bindfäden um die Knöchel befestigt waren und aus denen dreckschwarze Zehen ragten. Doch als ich begriff, dass dieser Mann mein Vater war, erfasste mich für die armselige Gestalt ein Gefühl aus Zärtlichkeit und Mitleid, von dem mir schwindelig wurde.

Vater war einer der Ersten, die aus den britischen Kriegsgefangenenlagern entlassen worden waren. Er erzählte, die Besatzungsmächte seien mit den Millionen Kriegsgefangenen überfordert und schickten nun diejenigen, die nicht unter Verdacht standen, für die Nazis gearbeitet zu haben, nach Hause. Von dem Rheinwiesenlager, wo Vater gefangen gehalten worden war, erfuhren wir damals nichts. Erst Jahre später konnte er von dem Stacheldraht sprechen, hinter dem Hunderttausende zusammengepfercht dahinvegetierten: »Abgestumpft lagen wir auf nacktem Boden, wenn es regnete, in Wasserlachen. Hunger, Durst. Und dann kam der Typhus. Wir lebten unter Leichen. Sie wurden nur alle paar Tage herausgezogen. Wir zählten sie nicht mehr.«

Als mein Vater mich an diesem Abend in die Arme nahm, sprach ich seit Wochen den ersten zusammenhängenden Satz: »Papa, er hat ihn erschossen, Tom hat Caruso totgeschossen.« Und dann brach ein Weinkrampf, ein Schluchzen aus Glück und Schmerz aus mir heraus. Glück über die Rückkehr meines Vaters und Schmerz über den Verlust meines Hundes.

Mein Vater stammelte: »Es ist der Schock, weil das Kind mich in diesem erbärmlichen Zustand sehen muss.«

Wer hätte auch meine Trauer um einen Hund verstehen können, da so viele Menschen umgekommen waren?

Gottlieb Kächele

Noch bevor die Amerikaner aus Thüringen abzogen, beschlossen Kächeles, nach Stuttgart zurückzukehren. Der Grund war nicht nur das Gerücht, dass die Russen kämen, sondern ein Lebenszeichen von Gottlieb Kächele, Margrets totgeglaubtem Mann.

Seine Briefe, die er in der Zeit, bis die Russen Thüringen übernahmen, von Stuttgart nach Birka geschickt hatte, fand ich in einer Truhe auf dem Oberboden.

Ich kann mich noch erinnern, wie Tante Margret den ersten Brief ihres Mannes, der vier Wochen unterwegs gewesen war, ihrem Schwiegervater vorgelesen hat, sehe noch vor mir, wie sie dem Alten ins Ohr schrie, was sein Sohn geschrieben hatte. Der Sohn, der seit dem Russlandfeldzug vermisst gewesen war und den sie tot geglaubt hatten. Damals konnte ich aus dem, was Tante Margret ihrem Vater so lautstark vorgelesen hat, nicht klug werden, weil ich erst sieben Jahre alt war – und auch weil sie beim Lesen vor Freude weinte und schluchzte.

Stuttgart, den 25. April 1945

Meine liebe Margret!

Seit zehn Tagen bin ich wieder in Stuttgart, konnte Dir aber leider nicht früher schreiben.

Es grenzt an ein Wunder, dass ich in den ersten Tagen meiner Rückkehr nicht vom Feind oder von den letzten Hitler-Fanatikern erschossen worden bin.

Doch von vorn: Nachdem ich mich bis nach Polen durchgeschlagen hatte, konnte ich mich dem Flüchtlingsstrom nach Westen anschließen. Nach einem schier endlosen und gefährlichen Marsch erreichten wir am 15. April die Wälder hinter Degerloch. Jeder von uns neun Stuttgartern, die es bis hierher geschafft hatten, war völlig erschöpft und am Verhungern. Da die Stadt von alliierten Truppen der Franzosen und Amerikaner umzingelt war, versteckten wir uns im Wald und warteten ab. Die Nachrichten aus dem eingekesselten Stuttgart drangen bis zu uns in die Wälder: Auf Befehl von Gauleiter Murr sollte sich die Bevölkerung in der Stadt verbarrikadieren. Wer versuchte, die Panzersperren zu öffnen oder eine weiße Fahne zu hissen, hatte mit seiner ganzen Familie die Todesstrafe zu erwarten.

So erfuhren wir auch, dass mit den Explosionen, die wir gehört hatten, die Neckarbrücken gesprengt worden waren. Nicht etwa von den Feinden, sondern von deutschen Fanatikern! Trotzdem besetzten am nächsten Tag amerikanische Truppen Cannstatt. Kurz danach übergab Oberbürgermeister Strölin im Degerlocher Gasthof »Zum Ritter« die Stadt Stuttgart an die Franzosen.

Damit war der Krieg zwar auch in Stuttgart verloren, aber doch Gott sei Dank beendet. Für uns Heimkehrer bedeutete die Kapitulation die Befreiung aus unseren Verstecken.

Das war am 22. April, und ich lief, nein, ich wankte hinunter zum Stadtzentrum. Da es vor dem »Ritter« wie in einem Heerlager zuging, machte ich einen großen Bogen um die französischen Militärs und ihre Panzerwagen und auch um die Kolonnen gefangener deutscher Soldaten und Volkssturmleute, die abgeführt wurden.

Drei Stunden später stand ich vor unserem ausgebrannten Haus. Nach all dem Furchtbaren, das mir in den letzten vier Jahren an der Front und dann auf der Flucht widerfahren ist, war der Schock über das zerstörte Stuttgart und die Ungewissheit, ob Du, die Kinder und Vater noch am Leben seid, das Furchtbarste. Ich meinte, den Verstand zu verlieren, und brüllte unentwegt eure Namen gegen die verkohlten Wände unseres Hauses. Schließlich erkannte mich unsere frühere Nachbarin Frau Sigloch. Sie führte mich in ihr Haus, das noch halbwegs erhalten war. Hinter den mit Pappe zugenagelten Fenstern hauste zwischen angekohlten Möbeln mindestens ein Dutzend Menschen. Von Frau Sigloch erfuhr ich, dass ihr lebt und wo ihr seid, seitdem lebe ich auch wieder auf.

Die ersten zwei Nächte schlief ich bei der Nachbarin im Flur. Tagsüber räumte ich den Schutt von den Lichtschächten unseres

Kellers, und seit gestern schlafe ich in unserer Waschküche. Dort fand ich auch eine warme Strickjacke und eine Cordhose, die wahrscheinlich Vater gehören. Obwohl sie fürchterlich nach Rauch stinken und mir zu klein sind, bin ich darüber sehr froh, denn ich bin hier in Lumpen angekommen, die mir fast vom Leibe fielen. Ich werde nun weiter jeden Tag Steine zusammensuchen, sie sauberklopfen und zur Wiederverwendung stapeln. Das machen zurzeit alle Stuttgarter.

Bis das Haus wieder einigermaßen bewohnbar ist, bleibt ihr am besten auf dem Lande. In Stuttgart sind der Hunger und die Wohnungsnot katastrophal.

Schreibt mir bitte an unsere alte Adresse. Die Briefe müssen auf einer Poststelle abgeholt werden. Ein weiter Weg – aber ich werde jeden Tag nachfragen.

Ich umarme Dich. Herzliche Grüße an Dich, an Vater, an Gretel, Helga und mein Enkelkind, das ich nun endlich bald kennenlernen werde.

Euer Gottlieb

PS: Der neue Stuttgarter Oberbürgermeister, den die Franzosen eingesetzt haben, heißt Arnulf Klett.

Seit dem 25. April, auf den dieser Brief datiert, aber erst einen Monat später angekommen war, hatte sich viel ereignet: Am 8. Mai hatte Deutschland die bedingungslose Kapitulation unterzeichnet und die Siegermächte waren damit beschäftigt, das Land unter sich aufzuteilen. Das war nicht nur in Thüringen der Fall, wo die Amerikaner von den Russen abgelöst werden sollten, sondern auch in Baden und Württemberg hatte die Rangelei zwischen den Franzosen und Amerikanern begonnen.

Dazu berichtete Gottlieb Kächele in einem anderen Brief:

Das ganze Theater der Siegermächte ruft bei der Bevölkerung kein besonderes Interesse oder gar Gefühlsausbrüche hervor. Fast alle sind traumatisiert und jeder ist mit dem Überleben beschäftigt. Es gibt kein Brot, keine Kleidung, keine Briketts – und viele Menschen hausen in Ruinen, in Bunkern und in aus Schutt und

Abfall selbst gebauten Hütten. Mir selbst ist es auch egal, ob Stuttgart den Franzosen oder den Amis zufällt.

Obwohl Gottlieb Kächele seiner Familie geraten hatte, noch eine Zeit lang in Thüringen zu bleiben, wo sie wenigstens ein Dach über den Kopf hätten, war kurz danach ein Brandbrief von ihm eingetroffen, worin er sie dringend aufforderte, so schnell als möglich nach Stuttgart zu kommen.

Vielleicht waren die erschreckenden Gerüchte aus den von Russen besetzten Gebieten bis nach Stuttgart gedrungen. Denn wie wir in Birka hörten, kamen die Russen nicht wie die Amerikaner als Befreier, sondern als Rächer für das, was die Deutschen ihrem Volk angetan hatten. Die Nachrichten, die von Jena herüberschwappten, waren beängstigend: Die Menschen wurden aus ihren Häusern vertrieben und die unteren Etagen vornehmer Villen als Pferdeställe benutzt. Plünderungen und Vergewaltigungen waren an der Tagesordnung.

Kächeles packten ihre wenige Habe – und warteten ungeduldig auf eine Gelegenheit, nach Stuttgart zurückzukehren.

III. Eiserner Vorhang

1945 bis 1959

Besatzungsmächte

Noch bevor am 1. Juli die Amerikaner Thüringen sang- und klanglos verlassen hatten und die Russen nachgerückt waren, war Familie Kächele nach tränenreichem Abschied Hals über Kopf nach Stuttgart abgereist.

Jette hatte nicht zurück nach Stuttgart gewollt. Schüchtern hatte sie meinen Vater gefragt, ob er sie bei der Arbeit in der Landwirtschaft oder in der Fabrik brauchen könne. Ich führte einen Freudentanz auf, als ich erfuhr, dass Jette bei uns blieb. Sie wohnte weiter in ihrer Mansardenkammer, saß aber nun zu den Mahlzeiten mit an unserem Tisch. Sie ging Mutter bei der Hausarbeit zur Hand, und manchmal half sie auch Meister Schratt in der Fabrik, der dort zerbrochenes Geschirr mit selbst hergestelltem Kleber reparierte. Um etwas Neues zu töpfern, gab es kein Material und auch keine Kohle für den Brennofen.

Obwohl in dieser Zeit Briefe zwischen den Besatzungszonen verloren gingen oder lange unterwegs waren, erhielten wir schon bald Margrets Nachricht, dass die Familie gut in Stuttgart angekommen sei, dass sie Gottlieb gesund angetroffen hätten und dass sie trotz großer Probleme, die es in der zerbombten Stadt gäbe, glücklich wären, wieder daheim zu sein. Der Brief schloss mit Dankeshymnen für alles, was die Stanbeks für sie getan hatten. Unter den herzlichen Grüßen aus Stuttgart hatten alle Kächeles unterschrieben, auch Gottlieb – unbekannterweise.

In Margrets nächstem Brief vom 8. Juli, den ich hier gekürzt wiedergebe, schreibt sie:

Die Franzosen sind aus Stuttgart abgezogen. Heute ist die Stadt den US-Truppen übergeben worden. Der Landeskommandant heißt Colonel William Dawson. In einer Sendung im Radio Stuttgart erklärte er die Ziele der amerikanischen Militärregierung: Die nationalsozialistische Partei soll völlig ausgemerzt werden! Aber Dawson versprach auch, dafür zu sorgen, dass der Bevölkerung ein bescheidenes und geordnetes Auskommen ermöglicht werden soll.

»Das klingt doch ganz gut«, sagte Mama. »Wenn die Stuttgarter auch noch eine Weile in Trümmern hausen müssen, sollen sie froh sein, dass sie unter den Amis leben und nicht unter den Russen. Da kann einem ja wirklich angst und bange werden, was über die erzählt wird.«

Aber in Birka trat nichts von den Horrormeldungen über die Russen ein. Wir hatten Glück mit den neuen Besatzern. Unser Haus wurde als Amtssitz für den Kommandanten erwählt. Er war Reserve-Offizier und kam aus Moskau. Kommandant Malejew achtete streng darauf, dass es zu keinen Übergriffen der Soldaten auf die Zivilbevölkerung kam.

Ein paar Wochen später zogen auch seine Frau und zwei kleine Mädchen in die Herrschaftsetage. Malejew und seine sehr junge Ehefrau, Dunja Malejewa, sprachen leidlich Deutsch. Da Frau Dobmaier ihren Hausstand inzwischen abgeholt hatte, gaben meine Eltern der russischen Familie unsere Möbel, die in der Remise untergestellt waren. Mama hatte zuerst Bedenken gehabt, denn ihre hochpolierten Aussteuermöbel waren ihr heilig. Aber als sie sah, wie begeistert Frau Malejewa von dem eingerichteten Eckzimmer war, freute sie sich, dass ihre Möbel wieder einen Platz im Haus hatten. Auch der Goldau'sche Bücherschrank wurde zum ersten Mal im Haus aufgestellt. Er passte, zusammen mit dem großen Eichentisch, der früher im Salon gestanden hatte, in die obere Diele.

Am besten gefiel Dunja Malejewa die Loggia. Sie schaute aus dem Fenster, zeigte über das Tal zum Wald und rief ein übers andere Mal *äto prjekràsno.* Das bedeutete: Es ist herrlich. Natürlich verstand ich das nicht gleich, aber Tamara und Sonja übten mit mir russische Wörter und lernten dabei die deutschen. Es genügte, auf etwas zu zeigen. Ich sagte Apfel, Tamara *jàbloko*, Gans – *gusj*, Kuh – *karòwa*, Hand – *rùka*. Es wurde zu unserem Lieblingsspiel und bald konnten wir uns ganz passabel unterhalten.

Wir brachten uns auch gegenseitig Lieder und Kinderreime bei. Wenn ich traurig bin, ertappe ich mich noch heute dabei, diese schwermütigen russischen Volkslieder vor mich hin zu summen. Ich erinnere mich auch, wie eifrig Tamara und Sonja deutsche Abzählreime aufgesagt haben: »Ene mene mu … und raus bist du« oder Wandas Gossenvers: »Ri ra rurz – der Teufel lässt 'nen Furz. – Er lässt ihn in das Butterfass – ach herrjeh, wie stinkt dann das!«

Die Malejews benahmen sich nicht wie Sieger. Man hätte meinen können, wir seien mit dieser russischen Familie seit Jahren befreundet. Vater sagte, es sei schön, dass es so etwas gebe, aber leider sei es die Ausnahme. Dunja Malejewa unterhielt sich mit Mama ohne jeden Hochmut. Wir waren gerührt, als sie anbot, dass unsere Familie das Bad mitbenutzen dürfe. Und so feierte ich einmal in der Woche mit Tamara und Sonja ein Badefest in der großen löwenfüßigen Wanne.

Major Malejew gehörte zum Kontrollrat des russischen Marschalls Schukow, der von Berlin aus die sowjetische Besatzungszone regierte. Malejew wurde jeden Morgen von einem Soldaten in die Stadt chauffiert. Nach und nach erfuhren wir von Malejews Aufgabe, im Kreis Jena eine neue Verwaltung zu bilden.

Vater sagte: »Er setzt alte Beamte ab und neue Leute ein. Das ist schwierig, denn es gibt nur wenige, die sich in Hitler-Deutschland nichts haben zuschulden kommen lassen. – Ich vermute, alle wichtigen Posten werden mit Kommunisten besetzt.«

»Seit de Russen hier sin, will plötzlich jeder Kommunist jewesen sein«, schimpfte Wanda, »selbst die Dobmaiern und de

Rübe behaupten, det se früher für de Jungkommunisten jearbeetet hättn.«

Unsere Sympathie für die Russen schwand, als die sowjetische Militärführung die totale Demontage der Zeisswerke befahl. Seit die Amerikaner das Werk ausgeplündert hatten, arbeiteten schon wieder über zwölftausend Menschen dort. Es war ein Schock für alle, als dreihundert technische Mitarbeiter in die Sowjetunion deportiert wurden. Die Fabrikhallen standen leer. Der Rest der Belegschaft begann unter großen Schwierigkeiten, mit eisernem Willen das Werk wieder aufzubauen.

Als Kind erfuhr ich von diesen Nachkriegsproblemen wenig. Und auch von der Verhaftungswelle, die die russischen Militärkommandanten vorantrieben und alle Mitglieder der NSDAP und der SS zittern ließ, bekam ich nicht viel mit. Ich wusste nicht, dass sich damals die Konzentrationslager wieder füllten, diesmal mit Hitlers Helfern.

Zu dieser Zeit wusste wahrscheinlich auch kaum jemand von den Erwachsenen etwas von den Zehntausenden, die Stalin zur Zwangsarbeit in die Sowjetunion verschleppen ließ. Dieses Willkürverfahren traf nicht nur ehemalige Nationalsozialisten, sondern auch viele derjenigen, die den Kommunismus ablehnten. In der sowjetischen Zone wurde der Kommunismus unverzüglich und radikal realisiert. Dazu gehörte nicht nur die Enteignung großer Konzerne, sondern auch die so genannte Säuberungsaktion in ländlichen Regionen. Unter dem Motto *Junkerland in Bauernhand* wurde die Landwirtschaft umgekrempelt.

Ich stand mit Wanda zwischen den Dorfbewohnern, und wir schauten zu, wie der Herrschaftsflügel des Rittergutes abgerissen wurde. Zu Hause sagte Wanda zu meiner Mutter: »Die det plattjemacht ham, warn nich etwa de russischen Besatzer, sondern det war een freiwilljer Arbeetseinsatz unsrer deutschen Neukommunisten!«

Vater hatte mir erklärt, dass alle Bauern, die über hundert Hektar Land besaßen, entschädigungslos enteignet würden. Ein Teil ihres Grund und Bodens würde an Landarbeiter und

Vertriebene verteilt. Den großen Rest behalte der Staat, daraus sollten nach russischem Vorbild landwirtschaftliche Produktionsgenossenschaften entstehen.

Manchmal durfte ich Vater begleiten, wenn er die umliegenden Dörfer abklapperte, um Viehfutter aufzutreiben. Immer öfter standen wir vor verlassenen Bauernhöfen. Es schien, als ob sich ganze Dörfer leerten. Vater sagte, die Bauern seien in den Westen geflohen, weil sie die hohen Abgaben nicht aufbringen könnten.

Der Grundbesitz meines Vaters war nur etwa zehn Hektar groß, und so wurden wir nicht behelligt. Vorerst nicht.

Vater stellte für die Feldarbeit zwei Flüchtlingsfrauen ein. Frau Lucker mit ihrem vierjährigen Sohn Benni und Frau Kadowitz mit Brigitte, die so alt war wie ich, zogen in die Mansardenwohnung, die die Kächeles verlassen hatten. Die Schlesierinnen waren froh, statt in dem Stallgebäude des Rittergutes, in dem sie zunächst untergekommen waren, wieder in einem richtigen Haus wohnen zu können.

Schule

Am 1. Oktober 1945 wurde in der sowjetischen Besatzungszone der geregelte Schulunterricht wieder aufgenommen. Das galt auch für mich. In der Bankreihe hinter mir saß Bruno, daneben Gisela Rübe. Seit Bruno nicht mehr in unserem Haus wohnte, ging er mir aus dem Weg. Ich hätte gern meine Freundschaft mit ihm erneuert. Er tat mir leid, weil er seine Hand mit dem fehlenden Fingerglied immer in der Hosentasche versteckte.

Aber ich merkte schon am ersten Schultag, wie Bruno nach Beachtung gierte. Er fing mit jedem Streit an, der nicht seiner Meinung war. Zu mir sagte er, er wolle mit Kapitalisten nichts zu tun haben. Ich wusste nicht, was er damit meinte.

Das Schulzimmer war dasselbe, aber über dem Katheder hing nicht mehr das Hitlerbild, sondern nun sah ein dunkelhaariger, schnauzbärtiger Mann auf uns herunter.

»Wer ist denn das?«, fragte ich Gisela Rübe.

Bruno hatte meine Frage gehört und grölte los: »Mensch, bist du dämlich, das ist doch Stalin. Lebst wohl hinterm Mond?«

»Ach ja, Stalin!«, sagte ich schnell. Meine Bildungslücke wurde sofort von der Lehrerin Fräulein Schönkraut geschlossen. Euphorisch begann sie, die Verdienste dieses Mannes aufzuzählen: ein Held, der das sowjetische Volk zum Sozialismus geführt hat. Der Beschützer der Arbeiterschaft. Der heldenhafte Gewinner des Zweiten Weltkrieges, der die Nazis aus Deutschland vertrieben hat und dem wir den Frieden zu verdanken haben.

»Fräulein Schönkraut sieht aus wie die Bärbel, die beim Bäcker Knoll das Brot verkauft hat«, erzählte ich daheim meiner Mama.

»Das ist doch die Bärbel«, klärte mich Mama lachend auf. »Bärbel Schönkraut ist jetzt Neulehrerin.«

»Weil sie neu an der Schule ist?«

»Sicher, das auch, aber eigentlich, weil sie für die neuen Lehrpläne geschult worden ist. Der Unterricht soll verändert werden – Schulreform nennt man das. Die meisten Lehrer sind entlassen worden, deswegen werden junge Leute im Schnellverfahren ausgebildet, damit sie euch was beibringen können.«

Ich ging gern zur Schule. Nur dass Bruno direkt hinter mir saß, störte mich. Es verging keine Stunde, in der er mir nicht Papierkügelchen an den Kopf warf, mir seinen Stift in den Rücken bohrte oder mich an den Zöpfen zog. Immer bekam ich die Rügen, wenn ich erschreckt von meinem Platz aufsprang, mich umdrehte und Bruno anzischte.

Er war nur freundlich zu mir, wenn er etwas abschreiben wollte. Ich war ihm gern gefällig, denn ich wünschte mir, ihn wieder als Freund zu haben. Aber Bruno ließ mich in jeder Stunde, die wir gemeinsam auf der Schulbank saßen, seine Verachtung spüren.

Am ersten Tag nach den Osterferien mussten wir auf dem Schulhof zum Appell antreten. Die Schüler der oberen Klassen standen im Halbkreis um die Fahnenstange. Die meisten der Jungs und Mädchen trugen kornblumenblaue Hemden. Sie sangen »Brüder, zur Sonne zur Freiheit ...«, dabei zog Gisela Rübes großer Bruder Herbert eine Fahne hoch.

Ich erinnerte mich, dass bei meiner ersten Einschulung eine ähnlich feierliche Handlung stattgefunden hatte. Damals hatten die Schüler das Horst-Wessel-Lied gesungen und die rote Fahne mit dem Hakenkreuz gehisst. Heute war die Fahne auch rot, aber als der Wind sie entfaltete, entdeckte ich darauf einen Hammer und eine Sichel. Das gefiel mir besser als das Hakenkreuz. Am besten aber gefiel mir, dass sich die Blauhemden mit »Freundschaft« grüßten. Allerdings fand ich komisch, dass sie das genauso herausbrüllten wie früher »Heil Hitler«.

Bruno sagte: »Wenn ich vierzehn bin, gehe ich auch in die FDJ. Da kann man es zu was bringen, sagt meine Mutter. – Ich will was werden! Wenn nicht Pianist, dann eben was anderes. Ich will, dass die Leute mir zuhören! Dass sie auf mich hören müssen.«

Er sah mich herausfordernd an und erhielt einen bewundernden Blick von mir. Ich war überzeugt, Bruno würde berühmt werden, so oder so.

»Gehst du auch in die FDJ?« Seine Frage klang herausfordernd, seine Stimme war wieder laut und herrisch.

»Ja. Klar«, sagte ich, weil ich hoffte, Bruno mit dieser Antwort zu imponieren.

»Weißt du auch, wie der Vorsitzende der FDJ heißt?«, fragte er.

»Nein. Sag's mir.«

»Erich Honecker.«

Nachkriegsjahr

Auch im ersten Friedensjahr war alles, was man zum Leben brauchte, rationiert und nur mit Zuteilungskarten erhältlich. Was Mutter oder Wanda nach langem Schlangestehen ergatterten, reichte weder zum Sattwerden noch für ausreichend Kleidung.

Aus dem Tauschhandel der Kriegsjahre entstand der Schwarzmarkt, an dem sich meine Eltern notgedrungen beteiligten. Äpfel für Nägel, Tomaten für Wolle, Keramikteller für Schuhe. Die Angst, erwischt zu werden, war groß, denn inzwischen suchten die SED-Genossen, die für die kommunistische Umgestaltung des Landes geschult wurden, Gründe zur Beschlagnahmung von Privateigentum.

Die Schwarzmarkt-Geschäfte wurden vor uns Kindern geheim gehalten. Wenn ich mal etwas davon aufschnappte, wusste ich, es war nicht für fremde Ohren bestimmt. So wie ich Miriams Versteck niemandem verraten hatte, so verschwiegen war ich auch, wenn es um solche Tauschaktionen ging. Aber Geheimnisse waren jetzt schwerer zu bewahren, weil ich in der Schule mit vielen Menschen zusammenkam. Damals begann ich darunter zu leiden, nirgends, außer in meinem Elternhaus, eine eigene Meinung äußern zu dürfen. Aus der Schule brachte ich zwar gute Noten, aber nie eine Freundin mit nach Hause.

Deswegen besuchte ich nachmittags oft Meister Schratt in der Fabrik. Seit er sich mit dem Verlust seines Beines abgefunden hatte, saß er wieder in der Werkstatt, als sei er nie weg gewesen. Mit der Töpfer-Erde, die er irgendwoher organisiert hatte, kehrte auch seine gute Laune zurück.

»Hauptsache, die Arme und die Finger sind noch dran!«, sagte er. Meister Schratt hatte zusammen mit einem Hilfsarbeiter die Produktion wieder aufgenommen. Seit einiger Zeit war auch Jette jeden Tag in der Fabrik. Da sie sich an der Töpferscheibe als äußerst geschickt erwies, hatte mein Vater dafür gesorgt, dass sie bei Meister Schratt eine offizielle Lehre machen durfte.

Mein Vater war froh, dass sich die Keramikproduktion in guten Händen befand und er sich wieder ganz der Landwirtschaft widmen konnte. In diesem Sommer rang er gemeinsam mit den Schlesierinnen, Frau Lucker und Frau Kadowitz, den Feldern eine gute Ernte ab. Mama klagte darüber, dass ein großer Teil unserer Ernte und der Keramikwaren von den russischen Besatzern eingezogen wurden. Das seien Reparationskosten, sagte Vater.

Dass auch in den anderen Besatzungszonen Hunger und Entbehrung herrschten und sich die »Amtshandlungen« der westlichen Siegermächte nicht wesentlich von denen in unserer sowjetischen Besatzungszone unterschieden, erfuhren wir von Kächeles. Margret, die immer noch schlecht zu Fuß war und auf eine Operation wartete, schrieb uns ellenlange Briefe. Außer über das Leid der Stuttgarter Bevölkerung berichtete Margret auch über die Entnazifizierung:

Die Ministerpräsidenten der amerikanischen Zone haben hier in Stuttgart das »Gesetz zur Befreiung vom Nationalsozialismus und Militarismus« unterzeichnet. Jeder Bürger muss schriftlich 131 Fragen beantworten. Seitdem geht auch in Stuttgart die politische Entlausung zügig voran. Alle Nazi-Verbrecher, die von den Amis erwischt werden, werden verhaftet und kommen in das Internierungslager nach Kornwestheim. Dort wird in sogenannten Spruchkammern über Schuld und Sühne der Verhafteten beraten. Da aber die meisten der Leute, die sich da als »Hilfsrichter« aufspielen, selbst Nazi-Dreck am Stecken haben, fragen wir uns, wie es dabei gerecht zugehen kann! Immer mehr Leute erkaufen und erschleichen sich durch Lügen einen Persilschein.

Natürlich erkundigte sich Margret in ihren Briefen auch nach Jette und Miriam.

Im Herbst erfuhr Miriam, die nach wie vor bei uns wohnte und sich bei Vater im Büro oder im Gemüsegarten nützlich machte, dass Max im Konzentrationslager Auschwitz umgekommen war. Als sie diese Gewissheit endlich zu fassen vermochte, wollte sie nicht mehr in Deutschland bleiben, sondern nach Amerika zu ihren Eltern. »Wenn ich wenigstens Gita noch hätte«, sagte sie traurig.

»Ich bring ihr jeden Tag Blumen«, versprach ich.

Kurz nach Miriams Abreise wurde Major Malejew nach Berlin abgezogen. Vorher hatte er sich dafür eingesetzt, dass wir mehr Wohnraum bekamen.

Von der Herrschaftsetage wurden zwei große Zimmer abgetrennt, die vom hinteren Treppenhaus zugänglich waren. In diese abgeteilte Wohnung, zu der auch die ehemalige Servierküche gehörte, zog Frau Engler mit ihren zwei Kindern ein. Sie hatte bisher in einem Gewächshausanbau der Gärtnerei Busch gewohnt, der nicht viel mehr als ein Schuppen war. Wir sahen unserer neuen Hausbewohnerin an, wie glücklich sie war, so große Zimmer zu bekommen, aber dann sagte sie kleinlaut: »Ich weiß gar nicht, was ich hier reinstellen soll.«

»Auf unserem Dachboden sind Schränke und Eisenbetten und auch noch alte Matratzen«, sagte Vater.

»Und ein Tisch und Stühle sind auch oben«, mischte ich mich ein.

Vater lachte. »Dann soll Anne mit raufgehen, Frau Engler. Suchen Sie sich aus, was Sie brauchen können. Ich helfe Ihnen dann, die Sachen herunterzutragen.«

Unsere Familie bekam die restlichen drei Zimmer der Herrschaftsetage zugesprochen. Der Umzug war ein Fest. Micha und ich bezogen ein gemeinsames Zimmer. Die Loggia wurde für Hanna hergerichtet, die in den nächsten Wochen heimkommen würde. Das Eckzimmer, in dem Mamas Möbel schon standen und das einen Kachelofen hatte, war nun unser Wohnraum. Der Salon blieb wie bisher das Elternschlafzimmer, in dem auch Lisas Kinderbett stand. Das Bad, so wurde beschlossen, stand abwechselnd der ganzen Hausgemeinschaft zur Verfügung.

Winter

Während Deutschland endgültig unter den Siegermächten verteilt wurde, erlebte es zwischen 1946 und 1947 einen der kältesten und längsten Winter seit fünfzig Jahren. Die Erwachsenen hatten nur zwei Sorgen: ihre Familien satt und ihre Stuben warm zu bekommen.

Vater lief mit Tante Hannas Skiern nach Jena, um einen von Wanda gestrickten Wollschal gegen Streichhölzer zu tauschen. Als er zurückkam, hatte er kein einziges Streichholz bekommen, aber den Schal verschenkt. Er erzählte, an den Abstellgleisen am Saalbahnhof warteten Scharen frierender Menschen auf Güterwaggons mit Kohle.

»Wenn ein Zug kommt, springen Männer auf die Wagen und werfen Briketts herunter. Die Menge stürzt sich darauf wie ein hungriges Wolfsrudel. Manchmal schauen die Russen weg, aber meist werden die Leute fortgejagt.«

»Bei dieser Kälte kann doch kein Mensch ohne Feuerung überleben«, rief Mama.

Vater hob hilflos die Hände. »Die Thüringer Volkszeitung bringt täglich eine Liste mit den Namen der Menschen, die erfroren oder verhungert sind.«

»Wieso verhungert?«, fragte Mama. »Wir hatten doch eine sehr gute Ernte im vorigen Jahr!«

»Was nützt die reiche Ernte, wenn sie nicht in die Städte gebracht werden kann? Die Lastwagen versagen vor Kälte oder bleiben im Schnee stecken. Und weil seit Wochen alle Flüsse zugefroren sind, sitzen auch die Schiffe fest.«

Mama seufzte. »Da können wir ja froh sein, dass wir noch Kartoffeln und Rüben im Keller haben. Und die Kohlen reichen auch noch für eine Weile.«

Doch im Februar waren unsere Kohlevorräte fast verbraucht. Wir konnten nur noch in der Küche einheizen. Dort trafen sich abends alle Hausbewohner. Damals wohnten fünfzehn Personen in den drei Etagen unseres Hauses. Dass es nie Streit oder auch nur Unstimmigkeiten gegeben hat, mag daran gelegen haben, dass alle arm wie Kirchenmäuse waren.

Die Abende in unserer Küche gehören zu meinen schönsten Kindheitserinnerungen. Da meistens Stromsperre war, mussten wir uns mit dem Licht einer Kerze und dem Feuerschein hinter der Herdklappe begnügen. Vater holte seine Mandoline, und wir sangen Volkslieder. Frau Lucker und Frau Kadowitz sangen zweistimmig das Riesengebirgslied. Beim Refrain: »Riesengebirge, deutsches Gebirge, du meine liebe Heimat du«, klangen ihre Stimmen brüchig, und oft gab es Tränen. Später wurde dieses Lied in der DDR verboten, weil das Riesengebirge kein deutsches Gebirge mehr war. Doch wir sangen es trotzdem.

Es wurde meist spät an diesen Liederabenden, weil jeder von uns tagsüber so lange wie möglich im Bett blieb, um Heizung zu sparen. Wir verließen das Haus nur, um Holz zu sammeln oder die Läden nach Lebensmitteln abzuklappern. Was von den Einkaufstouren heimgebracht wurde, war kaum der Rede wert. »Det lohnt nich de Eisbeene, die ma sich beim Schlangestehn holt«, schimpfte Wanda.

Die Kinder gingen nur noch zum Unterricht, weil es seit Januar eine Schulspeisung gab. Schwarze Brötchen und manchmal einen Becher Magermilch mit Haferflocken.

Abends in der Küche las Mama die Briefe vor, die von Margret aus Stuttgart kamen. Auch darin ging es um sibirische Kälte, um Wohnungsnot und Hunger. Aber als Margret uns über die Hoover-Speisung für die Schulkinder und dazu auch noch von einem CARE-Paket berichtete, das sie, wie mittlerweile viele Stuttgarter Familien, aus Amerika bekommen hatte, wurden wir neidisch.

Die Pakete enthalten Dosenfleisch, Speck, Margarine, Milchpulver und sogar Schokolade, Kaffee und Rosinen. Von den insgesamt 20 kg Lebensmitteln kann eine ganze Familie einen Monat überleben.

Langsam geht es bei uns aufwärts. Unser Oberbürgermeister Arnulf Klett setzt alles daran, die Wirtschaft wieder in Gang zu bringen. Er lässt den Kriegsschutt aus der Stadt auf den Birkenkopf transportieren, damit Neues gebaut werden kann. Er verspricht, für Wohnraum zu sorgen und dass alle Stuttgarter wieder Strom- und Wasseranschluss bekommen.

Wenn dann Margrets Briefe lange genug diskutiert worden waren, stellten alle fest, dass die Kächeles gut daran getan hatten, zurück nach Stuttgart zu ziehen.

Falls mal keine Stromsperre war, hörten wir abends Radio. Meistens Musik, aber ab und zu auch Hörspiele. Im Februar wurde das Kriegsheimkehrer-Drama »Draußen vor der Tür« gesendet. Ich verstand damals nicht die ganze Tragik, die der junge Schriftsteller Wolfgang Borchert in diesem Stück heraufbeschwört. Aber das Knallen der zugeschlagenen Türen klang mir noch tagelang in den Ohren. Erst als ich erwachsen war, habe ich das Stück wieder und wieder gelesen, und meine Betroffenheit über das Schicksal des Kriegsheimkehrers Beckmann hält bis heute an.

An diesem Februarabend herrschte nach der Sendung Totenstille und wir gingen fast wortlos auseinander. Vater konnte seine Erschütterung nicht verbergen: »Und wann kommt Rudolf?«, flüsterte er, »Rudolf ist nicht viel älter als dieser Beckmann.«

Trotz mancher Unterschiede zwischen Ost und West wurde das Leben aller Deutschen damals von zwei qualvollen Sorgen beherrscht: Sie warteten nicht nur erschöpft auf das Ende dieses Winters, sondern auch auf die Heimkehr der Ehemänner, Väter und Brüder, die vermisst waren oder irgendwo in Kriegsgefangenschaft saßen.

Onkel Rudi

Auch Vaters ältester Bruder Rudolf war noch immer in amerikanischer Gefangenschaft. Aber seine Briefe kamen regelmäßig. Er hatte inzwischen als Holzfäller in Alabama gearbeitet. Später schrieb er von seinem Küchendienst auf einer Farm am Mississippi und schwärmte von einer hübschen schwarzen Köchin. Im Mai 1947 teilte Onkel Rudolf uns mit, er befände sich in einem Entlassungscamp. Und nach zwei weiteren Monaten berichtete er von dem Truppentransporter aus, mit dem er aus dem Hafen von New York ausgelaufen war:

Ich stehe an Deck und winke der Freiheitsstatue zu, sage Amerika ade.

»Das klingt nach wehmütigem Abschied und Angst vorm Heimkommen«, sagte Mama.

Nach drei Wochen kam ein Brief mit deutscher Marke.

Die letzte Etappe beginnt übermorgen von Erfurt nach Hermsdorf. Dort müssen wir für vierzehn Tage in ein Quarantänelager. Wir witzeln, dass wir dort entlaust werden, bevor wir nach Hause dürfen. Ich freue mich so, euch bald wiederzusehen!

An einem heißschwülen Julitag warteten mein Vater, Mama und ich am Bahnhof in Hermsdorf, wo Rudolf gegen drei Uhr nachmittags ankommen sollte. Vater hatte eine englische Kriegsgefangenenjacke an, die von Doktor Rose stammte. Als Rudolf endlich auftauchte und die Brüder sich umarmten, wechselten Rudolfs Papiere in die Jackentasche meines Vaters. Vater folgte den heimgekehrten Männern ins Quarantänelager – und Onkel Rudolf stieg zu Mama und mir in Roses alten Opel.

Micha und ich waren enttäuscht gewesen, weil unsere Betten wieder ins Elternschlafzimmer gestellt worden waren, damit Onkel Rudolf in unser Kinderzimmer einziehen konnte. Aber nachdem dann dieser Mann, der Vater so ähnlich sah, vor uns Kindern kniete, uns anlachte und sagte: »Also, das ist Lisa, und das Michael, und aus Anne ist ein großes Mädchen geworden«, hatte Onkel Rudolf bereits mein Herz erobert, sodass ich ihm das Zimmer gern abtrat.

Nach vierzehn Tagen kam Vater »frisch entlaust« aus dem Quarantäne-Lager nach Hause.

Wir hatten den eisigen Winter, den wir mit knurrenden Mägen durchbibbert hatten, noch nicht vergessen und den Frühling genossen, da folgten glühende Sommermonate. Wochenlang warteten wir auf Regen. Träge Windböen spielten mit Staub und vertrockneten Blättern. Das Gras wollte nach dem ersten Schnitt nicht mehr wachsen. Auf den Feldern welkte das Gemüse, und das Obst verschrumpelte an den Bäumen. Der Fluss wurde zum Rinnsal und die Welt braun und gelb. Nur der Himmel, an dem die Lerchen jubelten, blieb enzianblau.

Micha und mir machte die Hitze nichts aus, wir konnten uns im kühlen Haus verkriechen und spielen oder lesen. Im Hof stand eine Zinkwanne, in der wir nach Herzenslust planschen durften. Wir hatten alles, was Kinder glücklich macht.

Und außerdem hatten wir nun Onkel Rudi. Er genoss es sichtlich, wieder daheim zu sein, und pfiff von früh bis abends vergnügt vor sich hin. Das Beste an Onkel Rudi war, dass er zaubern konnte. Bevor er seine Vorstellungen mit viel Clownerie und Hokuspokus begann, zupfte er an seinem Ohrläppchen und rollte mit den Augen. Nie haben wir den Trick herausbekommen, wieso das Ei, das er in seinem Ärmel versteckte, aus dem Hosenbein wieder herauskam, oder warum der Strick, den er baumeln ließ, plötzlich als Stock in die Höhe ragte.

Rudolf hatte vor dem Krieg Agrarwissenschaft studiert und nahm meinem Vater die Arbeit im Stall und auf den Feldern ab. Vater konnte sich wieder der Fabrik widmen. Rudolf schuftete rastlos und verzweifelt. Bei der anhaltenden Trockenheit war's vergebliche Mühe, wobei ihm sogar das Pfeifen verging. Da auch das Wasser rationiert wurde, stieg er unermüdlich hinunter zu »unserem Brunnen«. So nannten wir den Krater, den die Bombe neben der Fabrik am Rande der Felder aufgerissen hatte. In dem Loch, von dem Micha damals behauptet hatte, es ginge ein ganzes Haus hinein, sammelte sich Grundwasser, das nachlief, wenn es abgeschöpft wurde. Onkel Rudi schleppte Kanne um Kanne zu den Gemüsebeeten. Eines Abends sah ich ihn mit einer Bohnenstange in dem Wasserloch stochern. Danach tippte er sich mit dem Zeigefinger an die Stirn und fing vergnügt zu pfeifen an.

»He, Onkel Rudi«, rief ich, »hast du eine Schatztruhe entdeckt?«

»Hast recht, Anne-Mädel, ich muss nur noch ein bisschen dran herumzaubern.«

Am nächsten Morgen spannte er den alten Cäsar vor den Leiterwagen und sagte zu Vater, er wolle über Land fahren, um etwas zu organisieren. Er habe eine Entdeckung gemacht, die er ausschöpfen müsse. Was er ausschöpfen wollte, war mir schleierhaft, aber was »organisieren« bedeutete, wusste ich: Man versuchte, im Tauschhandel irgendetwas zu bekommen, das man notwendig brauchte.

Vater lud zwei Kartons Keramikware auf den Wagen und sagte: »Viel Glück!«

»Darf ich mitfahren?«, bettelte ich, »ich hab doch Ferien!«

»Meinetwegen«, sagte Mama, »wenn du Rudolf nicht nervst.«

Onkel Rudolf lachte. »Na, komm schon, Anne-Mädel. Es wird eine feine Landpartie.«

Wanda stellte einen Korb mit zwei Flaschen Lindenblütentee und Käsestullen in den Wagen. Sie deckte feuchte Säcke darüber, damit unsere Wegzehrung kühl blieb. »Ihr habt's jut«, seufzte sie, »ne Kutschfahrt würd ick jetz ooch jerne machn.«

»Na, dann steig doch auf, Wanda«, sagte Vater, »bist schon lange nicht aus dem Dorf rausgekommen.« Er guckte verschmitzt. »Rudolf nimmt dich bestimmt gern mit.«

»Und ob!« Onkel Rudi hob Wanda auf das Holzbrett, das als Kutschbock diente, und wir fuhren mit Hü-hott zum Hof hinaus.

Ich klemmte zwischen Onkel Rudi und Wanda, blickte auf den breiten, hin- und herschaukelnden Pferderücken und grinste glücklich vor mich hin. Auch Wanda lächelte immerzu.

In den umliegenden Dörfern suchte Onkel Rudi alte Bekannte auf. Er und Wanda stiegen ab, während ich Cäsars Zügel halten durfte. Onkel Rudi redete mit den Leuten und fuchtelte dabei mit den Armen, als ob er zaubern wollte.

Bevor die Fahrt weiterging, sagte Wanda: »War wieder nüscht.«

Hinter dem zweiten Dorf mussten wir an einer Bahnschranke warten. Als der Zug vorüberfuhr, riss ich die Augen auf – die Abteile waren überfüllt und auf den Trittbrettern und den Puffern standen aneinandergeklammerte Menschen, einige saßen sogar auf den Waggondächern.

»Wo fahren die denn alle hin, Onkel Rudi?«

»Aufs Land, um sich was zum Futtern zu ergattern. Das sind alles halbverhungerte Städter.«

Und Wanda sagte: »In ihrn Rucksäcken steckn de letztn Silberlöffel von de Oma, die joldne Uhr von Opa oder der Pelzmantel von de Mutti. Wenn se zurückfahrn, hoffen se, det se dafür Kartoffeln, Äppel und vielleicht sogar bissken Speck drin ham.«

Als die Schranke hochging, fuhren wir schweigend weiter, und eine Viertelstunde später lenkte Onkel Rudi Cäsar in einen Waldweg. Nach der staubigen Hitze auf der Landstraße war es hier kühl und duftete nach Moos und Fichtennadeln. Cäsar soff aus dem Bach und graste im Unterholz. Wir tranken Lindenblütentee und teilten uns die Vesperbrote.

»Wir müssen weiter«, sagte Wanda, »sonst bin ick nich rechtzeitich zum Melken zurück.«

Im nächsten Dorf verhandelte Onkel Rudi lange mit einem alten Bauern.

»Zappenduster«, sagte Wanda, als sie und Rudi aufstiegen.

Der Alte rief uns nach: »Fragt mal bei der Gärtnerei Lukas.«

Es war nun schon weit über Mittag. Cäsar tropfte Schaum aus dem Maul und er wurde immer langsamer. Onkel Rudi trieb ihn nicht an, sondern pfiff leise eine traurige Melodie vor sich hin. Nach etwa einer Stunde bogen wir von der Landstraße ab und holperten über einen steinigen Pfad bergauf. Weil mir der Po wehtat, stemmte ich mich mit den Armen von dem harten Brett ab und stöhnte.

»Steig nach hinten, Anne-Mädel«, sagte Onkel Rudi, »leg dich auf die Säcke und schlaf ein bisschen.«

Das war wirklich bequemer. Ich schloss die Augen und ließ mich vom Rumpeln der Räder wiegen. Als ich aufwachte, sah ich Onkel Rudis Arm um Wandas Taille liegen, und ihr Kopf lehnte an seiner Schulter.

»Bist wohl auch müde, Wanda? Komm nach hinten zu mir, hier ist's gemütlich.«

»Penn weiter, Kleene. Mich jefällt's janz jut hier.«

Kurze Zeit später hielten wir vor einem Haus, neben dem Gewächshäuser standen. Rudolf band Cäsar an den Gartenzaun. Auf der Bank neben der Haustür saß eine spindeldürre Frau und pulte Erbsen aus.

»Hallo, Frau Lukas!«, grüßte Onkel Rudi. »Kennen Sie mich noch?«

» Nee!«

»Ich bin Rudolf Stanbek. Bin vor dem Krieg mit Ihrem Werner auf der Landwirtschaftlichen Lehranstalt gewesen.«

»Ach, der Rudolf! Wusste gar nicht, dass du noch lebst. Du warst doch auch in Russland. Oder?«

»Stimmt, Frau Lukas, aber dann habe ich den russischen Winter mit der Sahara vertauscht.«

»Und dann?«

»Amerikanische Kriegsgefangenschaft. Seit diesem Sommer bin ich wieder daheim. Gott sei Dank!«

»Und Werner? Warum hast du ihn nicht mitgebracht? Mein Gott, ich warte und warte, und vor sechs Wochen kommt ein Brief: Er ist tot. Einfach so gestorben in Sibirien.«

»Oh, das tut mir leid, Frau Lukas. Werner war mein Freund.« Onkel Rudi machte eine Geste, als wollte er der Frau die Hand drücken, aber sie hatte nur kurz hochgeschaut. Verbissen pulte sie weiter Schote um Schote aus und warf die Erbsen in eine Schüssel. Es klang wie Hagel auf einem Blechdach. Dabei murmelte sie in trübsinnigem Leierton: »Erst der Erich, dann mein Alter. Und nun kommt Werner auch nicht mehr. Seine Ursel ist mit den Kindern nach Jena gezogen. Hat dort Arbeit gefunden. Putzt Büros. Sie muss was verdienen, die Kinder kosten Geld. Und ich sitze hier und warte, bis die Genossen mir die Gärtnerei vollends abgeluchst haben.«

»Verstaatlichung?«, fragte Onkel Rudi.

»Ja. Wird der LPG angeschlossen. – Ich krieg dafür nich mehr als 'nen Appel und 'n Ei. – Wenn's vorbei ist, zieh ich zu Ursel. Die Kinder brauchen jemanden, während sie auf Arbeit ist. – Aber was willst du denn hier, Rudolf? Den Werner besuchen?«

Onkel Rudi drehte seine Mütze in den Händen und sagte verlegen: »Ich wollte Sie fragen, ob Sie vielleicht Gartenschläuche übrig haben.«

»Die kannst du alle haben. Taugen aber nichts mehr. Hier taugt alles nicht mehr viel. Bin ja seit Anfang des Kriegs allein. Acht Jahre! Kann nicht mehr so, wie ich will.« Sie zog den Rock hoch und zeigte auf ihre Waden, die aussahen, als ob blau-braune Regenwürmer daran hochkrochen. »Wenn ich wenigstens die verdammten Krampfadern nicht hätte!« Dann humpelte sie vor uns her zum Gewächshaus. Unter einer leeren Pflanzenstellage lagen aufgerollte Schläuche. Übereinandergesetzt wie Baumkuchen.

»Das wär's«, sagte Onkel Rudi, »wenn Sie mir die geben könnten, wäre mir sehr geholfen.«

Während Onkel Rudi die Schläuche zum Wagen schleppte, zeigte Wanda Frau Lukas das Keramikgeschirr. Die Alte wurde lebhaft: »Oh, das wird Ursel gefallen, da kann ich ihr auch mal was Rechtes schenken. Das Gemüse taugt ja dieses Jahr nichts. Mein Gott, diese Trockenheit! Nun ist auch noch die Natur verrückt geworden!«

Nachdem die Schläuche aufgeladen waren, blickte Onkel Rudi zum Brunnen, der in der Mitte des Hofes stand. »Dazu gehörte doch früher eine Pumpe?«

»Die liegt drüben im Schuppen. Niemand da, der sie repariert. Ist alles nicht mehr so wie früher. Kannst du auch mitnehmen, vielleicht kriegst du ja das alte Ding wieder in Gang.«

Ich ging mit Onkel Rudi in den Schuppen. Die Pumpe lag zwischen zerbeulten Gießkannen und kaputten Blumentöpfen und sah aus wie ein verrosteter Eisenkasten. Rudi wuchtete die Pumpe auf unseren Wagen, und Wanda und ich trugen den zweiten Karton Keramik in Frau Lukas' Küche.

»Oh, das war aber nicht nötig«, sagte sie, »wirklich nicht nötig. Keramik aus dem Hause Stanbek, das war schon immer was Besonderes. Und nun in diesen schlechten Zeiten. Vielen Dank, junge Frau. Sicher kann Ursel einen Teil davon gegen irgendwas eintauschen, was sie dringend braucht.«

Frau Lukas strich mir übers Haar. »Nettes Töchterchen habt ihr.«

»Leider nicht unsres, es gehört meinem Bruder«, sagte Onkel Rudolf, der gerade hereinkam.

»Ah, ja, nun erinnere ich mich: Da waren ja auch noch Zwillingsbrüder. Gehört sie einem von denen?«

Onkel Rudolf schluckte. »Heiner und Frieder sind gefallen. Schon Ende '42 bei Stalingrad. Anne ist die Tochter von Ewald.«

»Ja, dann grüß mal schön den Herrn Bruder.«

»Richte ich gern aus – alles Gute für Sie und auch für Ursel.«

Wir winkten zurück, aber Frau Lukas saß schon wieder bei ihren Erbsen. Rudi schob seine Mütze in den Nacken und pfiff: »Hab mein Wagen vollgeladen …«

»He, Onkel Rudi, was willst du denn mit den alten Schläuchen und dem komischen Kasten?«

»Wirst du schon sehen, Anne-Mädel. Ich zaubere ein bisschen dran herum, weißt du, und dann wird ein Goldesel draus.«

Die Sonne hing tief über dem Wald, als wir wieder nach Birka hineinholperten.

»Na, ihr Ausflügler«, empfing uns Vater. »Euer Wagen sieht ja wirklich voller aus als heute Morgen beim Wegfahren.«

Wanda rannte Richtung Kuhstall.

»Ist schon erledigt!«, rief Mama aus dem Fenster.

Nun zog Onkel Rudi langsam und feierlich die Säcke von der Ladung. Dabei murmelte er: »Hokuspokus Fidibus.«

Ich erwartete, dass sich die Schläuche und der verrostete Kasten in Gold und Edelsteine verwandelt hätten oder wenigstens in Bananen oder Schokolade. Bei Onkel Rudi konnte man nie wissen! Leider passierte nichts dergleichen. Doch als Vater die Schläuche und die Pumpe sah, guckte er, als ob das Zeug wirklich aus Gold und Silber wäre. Er klopfte seinem Bruder auf die Schulter: »Na, wenn du das hinkriegst, dann wäre so manches zu retten!«

Da am nächsten Tag das Leitungswasser wieder mal abgestellt war, flickte Onkel Rudi die Schläuche unten im Bombentrichter. Dort war's schattig und kühl. Obwohl uns die Mücken plagten, saßen Micha und ich stundenlang daneben und sahen zu. Abends arbeitete Onkel Rudi in der Remise an der Pumpe. Micha hatte Schlafaugen, aber er ließ sie nicht von Onkel Rudis Händen, die schraubten, zerlegten, putzten und feilten. Manchmal durfte Micha Werkzeuge oder Schrauben zureichen, dann fragte er: »Was wird denn das? Wie machst du das?«

»Ich zaubere« sagte Onkel Rudi geduldig. »Gib gut Acht, Micha, damit du's lernst.«

Nachdem Onkel Rudi auf alle Teile Öl geschmiert und sie wieder zusammengesetzt hatte, sah er aus wie ein Schornsteinfeger. Er beugte sich über die Pumpe und gab einen schmatzenden Laut von sich, dann grinste er mit ölschwarzen Lippen und behauptete: »So, nun habe ich sie wachgeküsst! Jetzt habe ich aus einer hässlichen Kröte eine Prinzessin gemacht.«

Er füllte Benzin aus dem kleinen Kanister in das Loch unter einem Deckelchen – und dann zog er am Riemen. Der Kasten stotterte los und tuckerte dann gleichmäßig wie ein Traktor. Onkel Rudi schlug sich auf die Schenkel und stieß einen Jauchzer aus.

Mama kam in die Remise gerannt und schrie durch den Motorenlärm: »Meine Güte, Rudolf, du bist ja ein Meistermechaniker! Wo hast du das denn gelernt?«

»In Amerika. Wie auch das Zaubern. Weißt du, Charlotte, manchmal hat auch die Gefangenschaft etwas Gutes.«

»Vielleicht hast du recht, Rudolf«, sagte Mama. – Dann nahm sie Micha und mich am Schlafittchen: »Nun aber ab ins Bett mit euch. Wisst ihr eigentlich, wie spät es ist? – Halb elf!«

Seit diesem Tag bastelte Micha alles auseinander, was ihm in die Finger kam. Als er einmal versuchte, das Innenleben von Mamas Haarfön zu erforschen, gab es Ärger. Aber gemeinsam mit Onkel Rudi kam der Fön wieder in Ordnung. Rudi sagte: »Der Junge ist der geborene Maschinenbauingenieur.«

Als ich am nächsten Morgen mit Wanda aufs Feld kam, um Vater und Onkel Rudi ein Vesper zu bringen, tuckerte die Pumpe im Bombentrichter. Die Männer zogen die Schläuche übers Feld und wässerten die Bohnen.

»Onkel Rudi ist ein Zauberer«, flüsterte ich Wanda zu.

»Det gloob ick ooch!«, meinte Wanda und schickte eine Salve ihres Vogelzwitscherlachens übers Bohnenfeld.

Auch in den nächsten Tagen gossen Vater und Onkel Rudi in aller Herrgottsfrühe die Felder. Wenn der Brunnen nach zwei Stunden fast leer war, unterbrachen sie ihre Arbeit und gossen erst weiter, wenn sich abends der Trichter wieder gefüllt hatte. Während auf den benachbarten volkseigenen Feldern die Ernte vertrocknete, standen unsere Bohnen, der Kohl und die Rüben frisch und grün unter der knalligen Sonne.

Unser Hof und der Garten waren in diesem Sommer wie immer mit Kindern bevölkert. Manchmal kam auch Bruno dazu. Er spielte nie mit, sondern schnüffelte durch die Schuppen und Ställe, als ob er noch hier wohnte.

Der Brunnen interessierte ihn. Er erkundigte sich, wie die Pumpe funktioniere. Onkel Rudi erklärte es ihm. Als aber Bruno behauptete: »Das ist doch nicht euer Wasser, jetzt gehört schließlich alles dem Volk!«, da sagte Rudi: »Mach die Fliege!«

»Volkseijenes Wasser!« Wanda schüttelte sich vor Lachen, als ich ihr davon erzählte. Doch dann wurde sie ernst und fauchte: »Det Klugscheißerchen plappert allet seiner Mutter nach. Und die hat den Mumpitz uff de Parteischule jelernt. Hockt ja seit ihre Schulung uff pickfeinem Posten in de Ortsverwaltung.«

Am nächsten Tag kam eine staatliche Kommission und belehrte meinen Vater, dass unser Brunnenwasser Volkseigentum sei und demnach den volkseigenen Feldern zustände. Sie beschlagnahmten das Wasser.

Kurz vor zwölf Uhr rückte eine Brigade mit einem Wasserwagen an und füllte ihn aus unserem Bombentrichter-Brunnen.

Onkel Rudolfs Schadenfreude war nicht zu übersehen, als der volkseigene Kohl verbrannte, weil er in der Mittagshitze gegossen worden war. Ich war überzeugt, Onkel Rudi hatte das mit einem seiner Zaubertricks fertiggebracht.

Hanna

Im September '47 kehrte Tante Hanna nach Hause zurück. Sie kam aus einem Internierungslager, in dem sie die Russen festgesetzt und verhört hatten, um den Aufenthaltsort des hitlertreuen Judenhassers Fritz Jäger herauszufinden.

Tante Hanna war launisch und wortkarg. Das Einzige, was wir erfuhren, war, dass ihr Fritz sich abgesetzt hatte. Verschwunden irgendwohin. Manchmal weinte Hanna und klagte sich an, alles, aber auch alles in ihrem Leben falsch gemacht zu haben. Vater widersprach ihr nicht, meinte aber, es wäre denkbar, ab jetzt manches ein bisschen richtiger zu machen.

Aus Hanna, unserer fröhlichen Märchentante, war eine verbitterte Zweiunddreißigjährige geworden. Sie stand auf irgendeiner Liste, weswegen sie keine Stellung bekam. Vater war froh, dass Hanna ihm im Kontor half, und hatte eigentlich gehofft, das bliebe so.

Aber im Frühjahr '48 sagte Hanna, sie wolle zu ihrer Freundin Eva nach West-Berlin ziehen und sich dort Arbeit suchen.

»Nach Berlin?« Vater sah seine Schwester erschrocken an. »Weißt du denn nicht, dass Berlin langsam abgeschnitten wird? Seit voriger Woche werden Personenzüge, die aus den Westzonen kommen, von sowjetischen Soldaten gezwungen, zurückzufahren.«

»Reg dich nicht auf, ich geh ja schließlich in die amerikanische Zone.«

»Und wirst dort endgültig verhungern, wenn Berlin ganz blockiert wird.«

»Wer bis jetzt noch nicht verhungert ist, dem kann nicht mehr viel passieren. Hör auf, mir Vorschriften zu machen«, sagte Hanna schnippisch. »Also, Ewald, wie ist das nun? Du wirst verstehen, dass ich meinen Pflichtanteil brauche. Mit irgendwas muss ich ja schließlich anfangen.«

»Wenn du darauf bestehst, aber es wird mir im Moment schwerfallen.«

»Schwerfallen! Ich hab's auch nicht leicht.«

Vater zahlte Hanna aus. Ich vermute, er lieh sich Geld, denn nachdem Hanna weggezogen war, musste ich an jedem Monatsende Doktor Rose ein geschlossenes Kuvert überbringen. Wenn ich den Brief gegen die Sonne hielt, konnte ich Geldscheine darin erkennen.

Hanna war noch kein Vierteljahr in West-Berlin, als die Währungsreform ihr Geld wertlos machte.

Einige Tage später wurde auch im Ostsektor die Reichsmark entwertet. Vater kam von der Bank und blätterte dreihundertfünfzig Mark auf den Tisch, pro Familienmitglied siebzig Mark. Keine schönen neuen Scheine, sondern alte Lappen, auf die Marken geklebt waren. Tapetenmarken nannten wir sie.

Ende Juni erhielten wir den ersten Brief von Hanna.

Ihr Lieben daheim!

Leider habe ich bisher keine Arbeit gefunden. Ich wohne noch bei Eva. Unser Zimmer ist in einem halbzerbombten Haus. Es regnet durchs Dach. Selbst wenn ich ein anderes Quartier finden würde, könnte ich es nicht bezahlen, weil mein Geld nichts mehr wert ist. Aber es gibt sowieso nichts zu kaufen. Da der elektrische Strom, den wir bisher vom Osten bekamen, abgestellt worden ist, können wir nicht mal unsere letzten fünf Kartoffeln kochen und sitzen abends im Dunkeln. Seit drei Tagen ist auch die Bahnstrecke zwischen Helmstedt und West-Berlin stillgelegt. Angeblich technische Störungen, aber das glaubt kein Mensch. Die Leute sagen, mit der Blockade wollen die Russen die Amerikaner zwingen, sich aus Berlin zurückzuziehen. – Es wird gemunkelt, die Westmächte würden eine Luftbrücke nach Berlin einrichten. Aber niemand kann sich vorstellen, wie man zweieinhalb Millionen Menschen mit Lebensmitteln, Kleidung und Kohle versorgen soll, und all das nur mit Flugzeugen. Manche sagen, die Amis sollen lieber aus Berlin abhauen, bevor es wieder Krieg gibt.

Viele Grüße, Eure Hanna

PS: Bitte schickt mir irgendwas zu essen.

»Wenn Hanna uns um Hilfe bittet, muss sie gewaltigen Hunger haben«, sagte Mama und schickte am selben Tag zwei Dosen Wurst und die ersten reifen Äpfel aus dem Obstgarten nach Berlin. In den folgenden Wochen schleppte ich regelmäßig Pakete mit ähnlichem Inhalt zur Post.

Dass keines der Pakete bei Hanna angekommen war, merkten wir erst, als sie einen weiteren Bettelbrief schickte. Niemand wusste damals, dass alle Waren, die nach Westberlin adressiert waren, von den DDR-Behörden beschlagnahmt wurden.

Junge Pioniere

In die Zentralschule von Birka gingen auch die Kinder der benachbarten Dörfer. Diese Grundschule hatte acht Klassenstufen. Danach konnten Arbeiter- und Bauernkinder eine Oberschule in Jena besuchen.

Im Herbst '48 kam ich in die vierte Klasse. An einem Montagmorgen, kurz vor den Weihnachtsferien, erschienen ein Junge und ein Mädchen aus der Oberschule in unserem Klassenzimmer. Sie hatten blaue FDJ-Hemden an.

Fräulein Schönkraut sagte: »Die beiden leiten ab heute die Pionierarbeit an unserer Schule.«

Der große Junge war Herbert Rübe, der Sohn unseres früheren Blockwarts und Bruder meiner Mitschülerin Gisela. Das Mädchen kannte ich nicht. Es hieß Irmgard, hatte ein pausbäckiges Gesicht, rotblonde Haare und lustige Sommersprossen.

Herbert hakte seine Daumen in den Hosenbund und erklärte uns, der Zentralrat der FDJ habe auf Vorschlag der SED die Gründung einer Organisation für Kinder beschlossen. »Alle Schüler von der ersten bis zur siebten Klasse dürfen *Junge Pioniere* werden. Wer eintritt, bekommt ein Halstuch in der gleichen Farbe wie unsre FDJ-Hemden. Das Tragen des blauen Halstuches ist eine Ehre, aber auch eine Verpflichtung zu sozialistischem Verhalten.«

Dann erzählte Irmgard, mehrmals in der Woche fänden Veranstaltungen für die Pioniere statt. Herbert würde die Sportgruppen leiten, sie eine Volkstanzgruppe.

Wanda hatte mir Schieber und Walzer beigebracht. Wir hopsten und wiegten los, sobald Musik aus dem Radio schallte. Dazu sangen wir lauthals die neuesten Schlager mit. *Mariandl-andl-andl aus dem Wachauer-landl-landl* oder *Der Theodor, der Theodor, der steht bei uns im Fußballtor* waren Wandas Lieblingsschlager. Wanda fand Tanzen dufte und ich auch.

Ich dachte, wenn die Pionierleiterin Irmgard tanzen kann, wird sie auch nett sein. Herbert konnte ich noch nie leiden, aber der war ja für die Jungs zuständig.

Herbert teilte Fragebögen aus. Es wurde nach Namen, Alter, Klassenstufe und nach dem Beruf der Eltern gefragt.

Ich hatte bei der Frage, ob mein Vater »Arbeiter/Bauer« ist, schon »Ja« angekreuzt, denn schließlich war er beides. Aber dann schob ich das Blatt in meinen Schulranzen und sagte: »Ich will erst daheim fragen.«

»Ihr könnt selbst unterschreiben«, sagte Herbert. »Mama-Kinder, die erst ihre Eltern fragen müssen, passen sowieso nicht zu den Jungen Pionieren.«

Zu Hause las Vater den Pionierzettel durch, strich »Arbeiter/Bauer« durch und kreuzte »Privater Unternehmer« an.

»Soll ich mich bei den Jungen Pionieren anmelden, Papa?«

»Möchtest du denn?«

»Die Irmgard will eine Volkstanzgruppe mit uns machen.«

»Ja, das versteh ich, das wär schon ein guter Grund für dich.« Vater runzelte die Stirn. »Aber ...«

Ich sah ihn unsicher an. »Was aber?«

»Wenn du eine von vielen sein willst, Anne, wenn du mit Einheitshalstuch herumlaufen möchtest und akzeptieren kannst, dass du durch deinen Beitritt nicht nur einer Volkstanzgruppe angehörst, sondern auch allen anderen Verpflichtungen, die diese Pioniere haben, nachkommen musst, dann melde dich an. Deine Tante Hanna hat damals auch mit der Hitlerjugend angefangen und schließlich alles gemacht, was von denen verlangt wurde. Von Massenorganisationen wird man leicht in Massenbegeisterung getrieben und verliert sich selbst.«

Ganz konnte ich Vater nicht folgen, und ich sagte ausweichend: »Na ja, vielleicht später.«

Doch Michael wollte unbedingt Junger Pionier werden. Er trat ein, weil Herbert Rübe versprochen hatte, eine Arbeitsgemeinschaft für technische Basteleien zu gründen.

Von den vierzig Kindern unserer Klasse gingen nur Brigitte Kadowitz, Jürgen Knoll, Martin Rose und ich nicht zu den Gruppennachmittagen. Wir waren auch von Wanderungen, Zeltlagern und Sportfesten ausgeschlossen. Micha, der sich an all diesen Aktivitäten begeistert beteiligte, fehlte mir. Ich fühlte mich ziemlich allein gelassen.

Rosinenbomber

Weil ich mich langweilte, fing ich an, Tagebuch und kleine Geschichten zu schreiben. Allerdings genierte ich mich, dem Papier meine wirklichen Gefühle anzuvertrauen. Ich schrieb banale Dinge auf. Zum Beispiel Geschichten übers Wetter, über die Amseln, die in der Blutbuche brüteten, und über meinen Kaktus, der endlich blühte. Meistens malte ich auch ein Bild dazu.

Auch Briefe zu schreiben machte mir Spaß. Briefe an Miriam, die wahrscheinlich nie ankamen, an Susi Kächele, die nie etwas von sich hören ließ, und an Tante Hanna, von der ich immer ausführliche Antworten und Berichte aus Berlin bekam. Hannas Brief vom 17. April 1949 habe ich bis heute aufgehoben.

Hallo, liebe Anne,

vielen Dank für deinen Brief und die lustige Katzengeschichte. Auch die Zeichnung dazu gefällt mir sehr gut. Du bist ja richtig begabt. Mach weiter so!

Gestern waren meine Freundin Eva und ich in Tempelhof. Obwohl das Flugzeuggedröhn an die Bombennächte erinnert, jubelten die Leute den Fliegern zu. Die Rosinenbomber, wie sie die Berliner nennen, kamen im Minutentakt. Sobald sie entladen waren, starteten sie wieder. In der Zeitung stand, es seien täglich mehr als tausend Flugzeuge.

Im Landeanflug kurvten sie so tief über uns weg, dass alle die Köpfe einzogen. Nur die Kinder starrten weiter nach oben und warteten auf ein bestimmtes Flugzeug: auf die Maschine des Leutnants Gail Halverson. Dieser amerikanische Pilot wirft vor der Landung kleine Fallschirme ab, die er aus Taschentüchern gebastelt hat. Daran hängen Schokoladenpäckchen. Wenn der Schokoladenbomber kommt, gibt es unter den Kindern ein solches Geschrei und Gerangel, dass man Angst kriegt, sie zertrampeln sich gegenseitig. Dass die meisten am Schluss ihre Beute teilen, macht mir die Berliner Gören sympathisch …

Nachdem ich den Brief meiner Familie vorgelesen hatte, zog Micha vor Neid Grimassen, schmatzte, als ob er die Schokolade schmeckte, und schrie: »Oh, haben's die Berliner Kinder gut!«

Daraufhin las ich den Schluss von Tante Hannas Brief vor.

Die eingeflogenen Lebensmittel bewahren uns gerade so vorm Verhungern. Es gibt nicht mal mehr die spärlichen Rationen auf die Lebensmittelkarten, weil in Berlin einfach alles ausverkauft ist.

Und Vater sagte zu Micha: »Na, mein Sohn, willst du immer noch mit den Berliner Kindern tauschen?«

Micha leckte sich die Lippen. »Für einen Fallschirm mit Schokolade gäb ich einen ganzen Sack Kartoffeln her.«

»Die brauchen wir selbst«, sagte Mama streng. »Und von Schokolade bekommt man Löcher in den Zähnen.«

Über das Berlin-Problem wurde in unserer Familie nur im Zusammenhang mit Hanna gesprochen. Dass die Besatzungsmächte durch die Blockade auf die Teilung Deutschlands zusteuerten, merkte offenbar niemand. Auch Onkel Rudi gab später zu, es damals nicht begriffen zu haben. »Jeder in Ost und West war in dieser Zeit damit beschäftigt zu überleben«, sagte er. »Erst als es augenfällig wurde, dass der *Kalte Krieg* da war, ging die Angst um, er könne in einen heißen umschlagen.«

Dass Stalin nach fast einem Jahr nachgab und die Blockade aufgehoben wurde, mag daran gelegen haben, dass die Sowjetunion noch keine Atombombe hatte. Der Schock von Hiroshima und Nagasaki saß auch bei den Russen noch tief. Uns wurde ein neuer Krieg erspart, aber die Teilung Deutschlands war nicht mehr aufzuhalten.

Hochzeit

An einem Samstag nach dem Nachtessen sagte Vater, er müsse rasch in den Keller gehen und etwas Wichtiges holen. Er kam mit einer Flasche Sekt wieder. Sekt aus der HO! Die HO, eine staatliche Handelsorganisation, in der man Waren ohne Lebensmittelkarten zu horrenden Preisen kaufen konnte, gab es erst seit einem Jahr. Vater hatte immer versichert, bevor er Geld für die teuren Waren in der HO ausgäbe, verzichte er lieber auf Kaffee, Bananen und Sekt. Und nun stand da eine Flasche Rotkäppchen-Sekt auf dem Tisch.

Mama holte die guten Kristallgläser aus dem Schrank und sagte stolz: »Die habe ich von meinem Chef, bei dem ich in Konfektion gewesen bin, zur Hochzeit bekommen.«

Aber wieso guckten eigentlich alle so feierlich? Weshalb kicherte Wanda so verlegen?

Vater hob sein Glas: »Wir wollen heute auf die Verlobung unsrer Wanda und unsres Rudolf anstoßen!«

Dieser Satz verschlug mir die Sprache. Es wurmte mich, von dieser Geschichte, einer richtigen Liebesgeschichte direkt vor meiner Nase, nichts bemerkt zu haben. Wo hatte ich denn meine Stielaugen und meine Lauschohren gehabt? Wieso war bei mir der Groschen nicht gefallen, als auf unserer Landpartie Wanda ihren Kopf an Onkel Rudis Schulter gelegt hatte? Wie konnte man mit elf Jahren noch so dämlich sein?

Obwohl ich mich ärgerte, weil ich was verpasst hatte, fand ich nun doch alles sehr spannend! Wanda, die gerade erst ihren vierundzwanzigsten Geburtstag gefeiert hatte, und Onkel Rudolf, der fast so alt wie mein Vater war, würden heiraten! Nachdem wir angestoßen hatten und Micha nach dem ersten Schluck einen Hickser kriegte, zog Onkel Rudi Wanda an sich und gab ihr einen langen Kuss. Du meine Güte, dachte ich, als ob wir nicht alle zusähen!

Da Frau Engler den jungen Gärtner Leo Busch geheiratet hatte und vor kurzem mit ihm in den Gewächshausanbau gezogen war, den Leo inzwischen in eine ganz passable Wohnung umgebaut hatte, richteten sich Wanda und Rudolf die frei gewordenen Räume in der ersten Etage ein.

Drei Wochen später war Hochzeit. Zu den Festgästen gehörten außer unserer Familie und Jette Frau Lucker und Frau Kadowitz mit ihren Kindern und die Familie Knoll. Mama hatte auch Meister Schratt überreden können, mit uns zu feiern.

Wanda sah in dem Kleid, das sie sich aus einer alten Spitzengardine genäht hatte, wie eine Märchenfee aus und Onkel Rudi mit seinem Zylinder wie ein echter Zauberkünstler. Der Himmel strahlte mit dem Brautpaar um die Wette. Benni Lucker und Lisa streuten Blumen. Brigitte Kadowitz und ich waren Brautjungfern.

Als wir von der Trauung heimkamen, roch es im Haus nach Bohnenkaffee. Frau Knoll, die an diesem Tag das Zepter in der Küche schwang, rief: »Es kann gleich losgehen!«

Der Tisch auf der oberen Diele war in seiner ganzen Länge ausgezogen und für sechzehn Personen gedeckt. Wie festlich das aussah: weißes Tafeltuch und Großmutter Alines Zwiebelmusterservice, Kerzen und dazu Servietten, die Wanda wie Schiffchen gefaltet hatte. Bäcker Knoll hatte eine echte Buttercremetorte spendiert.

Ich erinnere mich, dass bei dieser Hochzeitsfeier viel gelacht wurde und Vater abends Schallplatten auflegte und alle getanzt haben, auch die Kinder.

Als ich endlich im Bett lag, summten noch lange die Schlager der Zwanzigerjahre in meinem Kopf herum: »Wenn die Elisabeth nicht so schöne Beine hätt ...« oder: »Was machst du mit dem Knie, lieber Hans ...«

Niemand hatte während der Hochzeitsfeier von Politik geredet.

Geteilt

Die politischen Ereignisse dieses Sommers erfuhr ich in der Schule: Seit Anfang Mai 1949 hieß der Westen Bundesrepublik Deutschland. Die Hauptstadt war Bonn und Konrad Adenauer Bundeskanzler.

Anfang Oktober las unser Schulleiter Stalins Grußtelegramm vor:

Die Gründung der Deutschen Demokratischen Republik ist ein Wendepunkt in der Geschichte Europas.

Der Präsident der DDR hieß Wilhelm Pieck und es gab nur noch eine Partei, die SED. Bereits Ende des Jahres sangen wir beim Fahnenappell: »Auferstanden aus Ruinen und der Zukunft zugewandt, lass uns dir zum Guten dienen, Deutschland, einig Vaterland ...«

Ich wunderte mich, dass Deutschland, das doch nun aus zwei Staaten bestand, »einig Vaterland« genannt wurde, denn im Gegenwartsunterricht wurde uns gelehrt, der Westen, voran Konrad Adenauer, boykottiere die Einheit Deutschlands.

Weder Vater noch Mama erklärten mir das, und ich ärgerte mich, weil sie meinen Fragen nach den Unterschieden von Ost und West auswichen. Heute weiß ich, dass sie mich schützen wollten, wenn sie mich nicht in ihr Wissen einweihten, das sie aus dem in der DDR verbotenen Radiosender RIAS bezogen.

Onkel Rudolf sagte: »Der Eiserne Vorhang ist unten!«

Dass es den Leuten im Westen inzwischen besser ging als uns, erfuhren wir von Tante Margret aus Stuttgart:

Dank des Marshallplans geht es bei uns aufwärts. Durch das Soforthilfegesetz hat Gottlieb Geld bekommen und wir konnten unser Haus wieder aufbauen.

In einem späteren Brief steht:

Meine Helga hat wieder geheiratet. Sie kann ja nicht ein Leben lang als Kriegswitwe trauern, und außerdem braucht Susi einen Vater. Helgas Heinz hat sich einen Lloyd gekauft. 3324 Mark. Die

Leute sagen Leukoplastflitzer dazu. Aber er fährt 75 Sachen, wenn mein Schwiegersohn richtig aufdreht. Wenn sein Taxigeschäft so gut weiterläuft, hat er den Lloyd bald abbezahlt.

Und noch eine gute Nachricht: Die Operation an meinem Fußknöchel war so erfolgreich, dass ich wieder ohne Krücken laufen kann. Was gibt es Neues bei euch? Und wie geht es Miriam in Amerika?

Von Miriam bekamen wir Briefe aus Tennessee. Sie schrieb, es gehe ihr gut, nur Max und Gita fehlten ihr. Die amerikanischen Freunde ihrer Eltern hätten ihr geholfen, in diesem Land Fuß zu fassen.

Miriams Berichte brachten das Bild von den bösen Westmächten, das mir in der Schule eingebläut wurde, ins Wanken. Natürlich hatte ich Tom nie verziehen, dass er Caruso erschossen hatte, aber anscheinend gab es auf der anderen Seite des Atlantiks nicht nur Scharfschützen und Kriegstreiber.

Miriams Freunde schickten uns Pakete. Pakete, deren Inhalt uns in Weihnachtsstimmung versetzte: Schokolade, Kaffee und Kakao, eine Bluse für Mama und Zigaretten für Onkel Rudolf. Einen Mantel für Vater, so warm und weich, dass wir den Stoff streichelten, als wär's ein Kätzchen. Nylonstrümpfe für Mama, Wanda und Jette.

Micha stakste in neuen Lederstiefeln um den Tisch und sang auf eine selbst erfundene Melodie: »Wenn ich groß bin, fahr ich nach Amerika und heirate die Miriam.«

Für mich lag in einem der Pakete ein Kleid – ein Kleid aus pfirsichfarbener Baumwolle mit schmalem Oberteil und Glockenrock.

Gisela Rübe fielen fast die Augen aus dem Kopf, als sie mich darin sah. »Wo haste das denn her?«

»Von Miriam, sie hat es aus Amerika geschickt.«

Bruno stand dabei und knurrte: »Was von den Amis kommt, würde ich nicht anziehen.« Mehr als diese Bemerkung störten mich seine Augen, die auf den beiden Hügelchen klebten, über denen sich der Stoff des pfirsichfarbenen Kleides spannte. Von da an zog ich es nicht mehr gern an, schon gar nicht in die Schule.

Sozialistische Erziehung

Ab der sechsten Klasse hatten wir Herrn Krug als Klassenlehrer, und Fräulein Schönkraut unterrichtete uns nur noch in Gegenwartskunde. Obwohl ich dieses Fach hasste, mochte ich Fräulein Schönkraut trotzdem gern. Aber das änderte sich in der Stunde, in der sie uns beibringen wollte, was Kapitalismus ist.

»Wer von euch kann mir sagen, was ein Ausbeuter ist?«, fragte das nette Fräulein Schönkraut.

»Ein Raubritter!«, sagte ich.

»Nicht falsch«, lächelte Fräulein Schönkraut. »Aber ich meine die Ausbeuter, die es heute noch gibt.«

Gisela Rübe riss den Arm hoch und schnippte mit den Fingern.

»Nun, Gisela?«

»Es sind die Kapitalisten, die andere für sich arbeiten lassen. Solche wie der Gärtner Busch oder der Bäcker Knoll.«

Fräulein Schönkraut, diese Bärbel Schönkraut, die bei Knolls Brötchen verkauft hatte, entgegnete nicht, Herr Knoll sei ein fleißiger Mann, der schon früh um drei in der Backstube stehe, sondern blickte ungerührt über Jürgen Knoll weg, der seinen Kopf tief über sein Heft beugte und knallrote Ohren bekommen hatte. Fräulein Schönkraut widersprach Gisela nicht, sie lächelte und fragte in die Runde: »Noch weitere Beispiele?«

Und Bruno, dessen Blick ich im Nacken fühlte, legte los: »Die Stanbeks! Sie haben 'ne Fabrik, dort beuten sie ihre Arbeiter aus. Die Stanbeks haben ein großes Haus und jede Menge Land. Sie haben sogar ein Dienstmädchen. Der Stanbek ist ein Kapitalist. Ein Ausbeuter der arbeitenden Klasse.«

Hinter meinen Schläfen begann es zu klopfen. Wie eine Furie sprang ich auf, packte Bruno an den Haaren und haute seinen Kopf auf die Tischplatte. Ich hielt diesen dicken blonden Kopf mit aller Kraft unten und schrie: »Du lügst! Mein Vater ist kein

Ausbeuter! Er gibt den Leuten Lohn und er hilft ihnen auch sonst mit allem. Frag doch Frau Lucker, Frau Kadowitz oder Herrn Schratt oder Wanda oder …« Erschöpft ließ ich Brunos Kopf los, fiel auf die Bank zurück und starrte auf meinen Tisch. Nur mühsam beherrschte ich mich, nicht meine Bücher auf den Boden zu werfen und darauf herumzutrampeln.

»Aber Anne!«, sagte das nette Fräulein Schönkraut und dann zu Bruno: »Hat sie dir wehgetan?«

»Das soll sie mir büßen«, knirschte Bruno und machte sein Bulldoggengesicht.

Nach diesem Schultag kam ich mit zerfetztem Rock und einer Beule am Kopf nach Hause. Ich war froh, dass Mama nicht daheim war.

»Meine Jüte, Anne, mit wem haste dir denn jekloppt?«, rief Wanda und legte mir die Klinge des Brotmessers an die Stirn.

»Mit Bruno. Er wollte sich rächen, weil ich ihn in der Schule an den Haaren gezogen habe.«

»Aber Anne, warum machstn ooch so wat?«

»Weil er durch die ganze Klasse posaunt hat, mein Vater wäre ein Ausbeuter.«

»Det hatter seine Mutter nachjequatscht. Der ham se det uff de Parteischule einjetrichtert«, meinte Wanda.

Trotzdem war ich traurig, nun mit Bruno endgültig verstritten zu sein. Ich wusste nicht, warum ich ihn noch mochte. Immer wenn ich ihn sah, musste ich an die Stunden denken, in denen er mir Mozartsonaten vorgespielt hatte, und dabei durchrieselte mich eine kleine angenehme Welle, gegen die ich nichts tun konnte.

Brunos Bosheiten schluckte ich wie bittere Pillen. Ich hatte Angst vor seinen Augen, die je nach Laune treuherzig aufleuchten oder sich in Eis verwandeln konnten.

In den folgenden Jahren ging ich nicht mehr gern zur Schule. Daran war nicht nur Bruno schuld, sondern mehr noch das Fach Gegenwartskunde, dem in jeder Klassenstufe mehr Stunden zufielen. Zudem wurde jeder Schultag mit einer Diskussion über Politik eingeleitet. Wenn ich gefragt wurde, legte Bruno jede meiner Antworten als Provokation gegen die DDR aus und zog die Lehrer auf seine Seite.

Trotzdem gab ich mir Mühe, den Anforderungen unserer sozialistischen Erziehung zu genügen. Wenn ich aufgerufen wurde, leierte ich brav herunter, dass die SED sich bedingungslos und freudig hinter die sowjetische Führung stellt. Ich plapperte Wilhelm Piecks Lieblingsspruch nach: »Von der Sowjetunion lernen heißt siegen lernen«, und wusste nicht, was das bedeutete. Und ich hörte Fräulein Schönkrauts netter, sanfter Stimme zu, die erzählte, die bösen Amis versuchten, mit uns Krieg anzuzetteln, und wir könnten wirklich froh sein, unseren großen, friedliebenden Bruder, die Sowjetunion, zu haben.

Ich habe ein Aufsatzheft von mir gefunden. Runde Kinderhandschrift mit leicht nach links geneigten Buchstaben. Raues Papier, auf dem die Tinte in den Fasern zerlaufen ist. Habe ich diese Aufsätze wirklich geschrieben? Es sind gut bewertete Arbeiten einer zum Sozialismus gedrillten Zwölfjährigen, die säuberlich und gewissenhaft die SED-Propaganda nachbetet.

Nur einen dieser Aufsätze habe ich mit innerer Überzeugung geschrieben. Die Überschrift lautete: »Beweise am Koreakrieg, dass der Weltfrieden durch die Amerikaner gefährdet ist.«

Über diesen Krieg kannte ich Vaters Meinung. Er war bitter enttäuscht, dass der UNO-Sicherheitsrat zugestimmt hatte, Truppen gegen das kommunistische Nordkorea einzusetzen. In punkto Koreakrieg gab ich Fräulein Schönkraut recht: Die Amerikaner waren Kriegstreiber! Dass sich die Sowjetunion nicht an diesem Krieg beteiligte, wie Fräulein Schönkraut betonte, rückte die Russen für mich in ein positives Licht. Da Fräulein Schönkraut verschwieg, dass die Sowjets Nordkorea mit Waffen versorgten, wuchs damals meine Sympathie für die Sowjetunion, und die für Amerika sank auf den Gefrierpunkt.

Das meiste, was wir in der Schule eingepaukt bekamen, war mir unklar. Nicht etwa Mathematik – nein, Mathe war nicht schlimm, auch wenn ich in diesem Fach nicht gerade glänzte. Aber wenn ich mich anstrengte, gab es immer eine Lösung: Da wusste man, ob sie richtig oder falsch war. Da gab es nur zwei Möglichkeiten!

Doch am Fach Gegenwartskunde verzweifelte ich. Was dort so eindringlich gelehrt wurde, verunsicherte mich zutiefst. Die Behauptungen, die ich aufschreiben, aufsagen und erläutern musste, klangen anders als das, was ich daheim bei Gesprächen der Erwachsenen aufschnappte. Ich wagte nicht, mich mit meinen Lehrern oder Mitschülern unbefangen zu unterhalten, weil ich immer Angst hatte, etwas Falsches zu sagen, etwas, das für meine Familie gefährlich sein könnte. So wurde ich außerhalb unseres Hauses zu einer verklemmten Einzelgängerin. Damals fing ich mit Nägelkauen an. Ich biss verzweifelt auf meinen Fingern herum, bis die Nagelhaut blutete.

Brunos Schwur

Da mir die Schule verleidet war, freute ich mich, einmal in der Woche zum Konfirmandenunterricht gehen zu können, bei dem Politik kein Thema war. Im nächsten Frühjahr, am 12. April 1953, sollte ich zusammen mit achtzehn Mädchen und Jungen eingesegnet werden. Die meisten Kinder kamen aus Birka, der Rest aus benachbarten Dörfern. Es war eine der letzten großen Konfirmandengruppen, weil damals die Jugendweihe noch nicht eingeführt war, an der sich wenige Jahre später fast alle Kinder beteiligten.

Ich ärgerte mich, wenn mich Bruno jeden Mittwoch fragte: »Na, gehste heute Nachmittag wieder zum Beten?«

Dabei war Pfarrer Moos überhaupt nicht darauf versessen, ständig mit uns zu beten. Wir mussten auch nicht viel auswendig lernen, er verlangte nur, dass wir wussten, was im Glaubensbekenntnis und in den zehn Geboten stand.

Bei schönem Wetter verlegte Pfarrer Moos den Unterricht in den Wald. Er kannte sich in der Botanik und der Tierwelt weit besser aus als unser Biologielehrer. Damals lernte ich die Namen der Bäume und Sträucher unserer Gegend kennen und die Vögel an ihrem Gesang zu unterscheiden.

Unsere letzte Konfirmandenstunde fand abends im Freien unterm Sternenhimmel statt, wobei uns Pfarrer Moos in die Geheimnisse der Astronomie einführte. Wir machten ein Lagerfeuer und sangen Abendlieder. Erst gegen zehn Uhr verabschiedeten wir uns. Ich hatte keine Lust, gleich nach Hause zu gehen, Mama wusste ja, es würde spät werden. Ohne ein Ziel zu haben, fand ich mich am Fluss wieder. Gern hätte ich mich am Ufer ins Gras gelegt und in den Himmel geschaut, so wie ich es im Sommer oft getan hatte. Auf dem Rücken liegen, den Fluss gurgeln und die Grillen zirpen hören, den Duft von Heu oder Lindenblüten atmen und zu den Sternen staunen.

Aber jetzt, Anfang April, war es noch kühl in der Flussaue. Ich lehnte mich an eine Trauerweide, blickte durch ihre Zweige aus grüngoldenem Nixenhaar und suchte den großen Wagen. Auch ein Rascheln, dann Knacken wie zertretenes Holz rissen mich nicht aus meiner Verzauberung. Ich dachte an Igel, Hasen oder Mäuse.

Doch plötzlich berührte mich etwas an der Schulter. Mein Schrei schallte wie ein Kiebitzruf über den Fluss. Eine Hand legte sich auf meinen Mund und eine Stimme zischte: »Pscht!« Ich erkannte Bruno.

Bruno war nicht nur ein Jahr älter, sondern auch einen Kopf größer als ich. Meine Schultern, die er mit beiden Händen gepackt hielt, saßen wie in einem Schraubstock. Seine Augen schimmerten im Mondlicht gletscherblau. Während ich mehrmals hintereinander flüsterte: »Ich schrei, wenn du mich nicht loslässt«, war ich unsicher, mit welcher seiner Launen mich diese Augen ansahen.

Sein Griff lockerte sich. »Wenn du still bist, bin ich nett zu dir.«

Nett zu mir! Was stellte er sich darunter vor? Ich wusste, Bruno gefiel den Mädchen. Wenn Gisela Rübe, die schon einen richtigen dicken Busen hatte, behauptete, Bruno ginge mit ihr, war ich neidisch, ohne mir das einzugestehen. So gemein und abweisend Bruno mich auch meist behandelte, mich durchrieselte in seiner Gegenwart die kleine, sonderbare Welle. Es war ein angenehmes, aufregendes Gefühl. Ich sehnte mich danach, Bruno so wie früher zum Freund zu haben. Aber mit ihm gehen?

Weil ich die Jüngste in der Klasse war, wurde ich bei solchen Dingen sowieso nicht für voll genommen. Eigentlich wusste ich nicht einmal richtig, was die Paare taten, wenn sie sich liebten – ich meine, nicht nur schmusen oder küssen, sondern das, was Gisela ficken nannte und mir mit seltsamen Zeichnungen zu erklären versucht hatte.

Jetzt jedenfalls drückte sich Bruno dicht an mich, und ich fühlte etwas Hartes an meinem Bauch. Ich dachte an sein Taschenmesser, mit dem er oft herumspielte. Das harte Ding ängstigte und verwirrte mich weniger als Brunos Augen, die mir näher kamen und immer unergründlicher wurden.

»He, haben dich alle deine Betbrüder und -schwestern verlassen?« Seine Stimme klang spöttisch, aber nicht unfreundlich. »Schön habt ihr gesungen! Herzergreifend.«

»Du hast uns belauscht und bist mir hinterhergeschlichen!?«

»Genau! Eigentlich wollte ich dich nur fragen, was euer Vorbeter damit gemeint hat, als er sagte, Gott ist nicht so unberechenbar wie die selbst ernannten Götter der DDR.«

Statt Pfarrer Moos und Gott zu verteidigen, sagte ich: »Woher soll ich wissen, wie das gemeint war?«

»Na, da werde ich wohl dafür sorgen müssen, dass euer scheinheiliger Pfaffe von anderer Stelle danach gefragt wird.«

»Das tust du nicht, Bruno, bitte!«

»Wenn du mir einen Kuss gibst, kann ich's mir vielleicht verkneifen.«

Ich holte aus und klebte ihm eine, kräftiger, als ich eigentlich gewollt hatte.

Bruno glotzte mich verblüfft an, dann nahm er mich wieder in seinen Schraubstockgriff und keuchte: »Dich krieg ich schon, du eingebildete Zicke, du heilige Kuh, du. Dich krieg ich! Gerade weil du nicht willst. Ich krieg jede, lass dir das gesagt sein.«

Ich wollte schreien, aber als ich den Mund öffnete, drückte er seinen darauf und mich noch fester gegen den Baumstamm. Mir gelang es, meine Lippen zusammenzupressen, aber als Bruno seine Zunge dazwischenbohrte und mit der Hand unter meine Jacke fuhr, da biss ich zu. Biss so fest in seine dicke Unterlippe, dass ich Blut schmeckte.

Bruno zischte: »Verdammt!«, und ließ mich los.

Ich rannte wie um mein Leben. Aber Bruno verfolgte mich nicht. »Warte nur!«, schrie er hinter mir her, »warte nur – einmal krieg ich dich! Und irgendwann zieh ich wieder in euer Haus. Ich schwööör's!«

Am nächsten Morgen meinte ich, jeder müsste mir ansehen, was ich am Fluss erlebt hatte. Aber Mama merkte nichts, weil sie sich um Lisa sorgte, die Keuchhusten hatte. Und Vater arbeitete jetzt im Frühjahr von morgens bis abends auf den Feldern. Mit Wanda konnte ich auch nicht rechnen, sie war im neunten Monat und schien nur an ihr Baby zu denken. Ich kaute an meinen Nägeln, bis alle zehn Finger bluteten.

Jette war die Einzige, die meine Verstörtheit bemerkte: »Was hast du nur, Anne? Du schleichst ja rum, als wär dir die Petersilie verhagelt.« Jette hörte mir wie immer genau zu. Dann sagte sie: »Dieser falsche Dreckskerl! – Vergiss es, Anne. Vergiss es einfach.«

»Hoffentlich rächt er sich nicht irgendwie«, sagte ich. »Wenn seine Mutter erfährt, was Pfarrer Moos gesagt hat, zeigt sie ihn an!«

»Aber da kannst du ja nichts dafür. Warum sagt euer Pfarrer auch so was?«

»Es war im Wald, eigentlich hätte es niemand hören können.«

»Du siehst ja, sie hören alles! – Aber das hast du gut gemacht: in seine Lippe gebissen, ha ha, das geschieht ihm recht!«

Doch je länger dieser Abend am Fluss zurücklag, desto öfter fragte ich mich, ob ich zickig gewesen war. Ich fühlte mich schuldig, weil ich Bruno geschlagen und gebissen hatte. Dabei hatte er mich doch küssen wollen. Verwirrt gestand ich mir ein, mir das immer gewünscht zu haben. Brunos Drohung, Pfarrer Moos anzuzeigen, vergaß ich.

Doch als ich ein paar Tage später ein Gespräch zwischen Vater und Onkel Rudolf belauschte, bekam ich das große Zittern. Wahrscheinlich hätten sie leiser gesprochen, wenn sie gewusst hätten, dass ich im Nebenzimmer bei meinen Schulaufgaben saß und jedes Wort hören konnte.

»Heute hab ich wieder eine Aufforderung bekommen, mich der Produktionsgenossenschaft anzuschließen«, hatte Vater gesagt. »Freiwillig bekommen sie die Firma nicht. Aber sie suchen nach Gründen – und wenn sie suchen, finden sie auch was. Ich sitze auf meiner Fabrik wie auf einem Pulverfass. Doch bevor ich mich einsperren lasse, hau ich ab.«

Rudolfs Stimme klang entmutigt: »Hast du gestern RIAS gehört? Allein im März sind fast sechzigtausend Menschen in den Westen geflohen. Sechzigtausend in einem einzigen Monat!«

Vater seufzte. »Ja, ich hab es gehört, Rudolf. Es ist unglaublich, wie viele Leute es hier nicht mehr aushalten. Selbst Russland stimmt sich seit Stalins Tod auf einen humaneren Führungsstil ein, aber unser Spitzbart hält den Kurs eisern auf ›Aufbau des Sozialismus‹.«

»Und was kommt dabei heraus?«, rief Rudolf wütend: »Norm-Erhöhungen für die Arbeiter, die mit Hungerlöhnen abgespeist werden. Bau- und Fabrikarbeiter bekommen Stundenlöhne unter zwei Mark, und die Altersrenten reichen auch nur gerade zum Überleben!«

Vater lachte bitter auf. »Deswegen bleiben ja auch fast alle Rentner drüben, sobald sie endlich in den Westen reisen dürfen.

Und Ulbricht hat nichts dagegen, weil er sich dadurch vor ihrer Altersversorgung drücken kann.«

Dann zählten Vater und Onkel Rudolf die Namen der Handwerker, Kaufleute, Ärzte und Rechtsanwälte auf, die in den letzten Wochen aus unserer Gegend verschwunden waren.

»Kein Wunder«, sagte Rudolf. »Der Lebensmittelkartenentzug und die letzte Steuererhöhung hat den Kleinunternehmern und Intelligenzlern den Rest gegeben.«

»Ich habe auch Riesenprobleme mit den erhöhten Steuern, die sie uns bei der Keramikproduktion aufgebrummt haben«, klagte Vater.

»Du schaffst das schon«, redete ihm Rudolf zu. »Die Landwirte sind viel schlimmer dran als die Handwerker. Kollektivierungszwang! Das verkraftet nicht jeder. Bauer Kutschbauch ist nicht der Einzige, der sich aufgehängt hat.«

»Ich glaube, sie haben es bei uns nicht nur auf die Fabrik abgesehen, sie wollen vor allem unseren Grund und Boden«, sagte Vater. »Ulbricht will den Rest des Privateigentums abschaffen.«

»Nun sieh nicht zu schwarz, Ewald«, sagte Onkel Rudolf. »Du hast doch gesagt, die Prüfungskommission, die gestern im Kontor rumgeschnüffelt hat, konnte nichts beanstanden. Wenn die Buchführung stimmt und du deine Steuern bezahlt hast, können sie dir nichts anhaben.«

»Aber ich mache mir Sorgen, weil einer dieser Schnüffler hinter der Schreibmaschine ein Buch gefunden und es beschlagnahmt hat. Erst habe ich die Sache gar nicht so ernst genommen, doch je länger ich darüber nachdenke – die Parteigenossen werden mir einen Strick daraus drehen.«

»Was für ein Buch?«

»Hinter der Schreibmaschine lag ›Mein Kampf‹.«

»Wie? Wir haben doch nie ein Hitlerbuch im Haus gehabt!«

»Natürlich war es nicht mein Buch, und der frühere Besitzer hat auch nicht vergessen, seinen Namen aus der ersten Seite herauszuschneiden. Ich ahne, wer mir das Buch untergeschoben hat.«

»Wen hast du in Verdacht?«

»Bruno, den Satansbraten!«

»Was hat der denn in deinem Kontor zu suchen?«

»Wahrscheinlich wusste er von seiner Mutter, dass an diesem Tag die Betriebsprüfung ist. Bruno hat bei Meister Schratt eine Obstschale ausgesucht, angeblich ein Geburtstagsgeschenk für seine Mutter. Er ist im Kontor gewesen, um die Schale zu bezahlen.«

Die Buchstaben und Zahlen der Algebra-Gleichungen hüpften wie Flöhe in meinem Matheheft herum. Dazwischen tauchten Brunos eisblauen Augen auf. In meinen Ohren dröhnte es: Einmal krieg ich dich, Anne, und irgendwann zieh ich wieder in euer Haus! Ich sah Brunos blutende Lippe vor mir und war mir sicher, dass der Schurkenstreich mit dem Buch Brunos Rache war.

Republikflucht

Am Abend meiner Konfirmation, als die Feier längst zu Ende war und alle schon schlafen gegangen waren, kroch ich noch mal aus dem Bett und vertraute die Ereignisse des Tages meinem Tagebuch an. Mitternacht war längst vorüber, als jemand an meine Tür klopfte. Ich war überrascht, dass es Vater war. Er sah sehr ernst aus.

»Anne, zieh dich bitte wieder an. Ich brauche dich.«

»Jetzt, mitten in der Nacht?«

»Ja, komm zu mir ins Kontor.«

Schnell schlüpfte ich in meine Kleider und lief die Treppe hinunter. Vater drückte mir einen schweren Pappkarton in die Hände und trug selbst einen zweiten größeren. Er lief vor mir her, und wir gingen, ohne die Hofbeleuchtung anzumachen, zur Fabrik hinüber.

In den Kartons waren Briefe und Notizbücher. Während Vater ein Blatt nach dem anderen in die Glut des Brennofens warf, sagte er: »Anne, es ist so weit. Wir müssen weg!«

Mir fuhr ein kalter Blitz durch den Magen. Wegmüssen, das hieß fliehen nach Westdeutschland. »Abhauen« oder »Rübermachen« sagten die Leute dazu. Ich starrte ins Feuer und sah, wie sich die Papierseiten zu schwarzen Rollen drehten. Meine Stimme klang schrill, obwohl ich flüstern wollte. »Weg!? Aber wieso so plötzlich?«

»Jemand, der es gut mit uns meint, hat vor einer Stunde Steinchen ans Schlafzimmerfenster geworfen und mich geweckt. Er hat gesagt, ich stehe auf der *Schwarzen Liste*. Das bedeutet, sie holen mich. Spätestens morgen früh.«

Während ich mit Vater vor dem Fabrikofen stand, hörte ich Brunos Stimme: Irgendwann ziehe ich wieder in euer Haus! Ich schwöööŕs! Der Brandgeruch stieg mir in die Nase und zog wie ein dunkles Omen durch den Raum.

Ich schreckte auf, als ich Vaters Stimme vernahm: »Mutter packt«, sagte er. »Rudolf und Wanda können nicht mit, es dauert höchstens noch eine Woche, bis Wandas Baby kommt.«

»Und wir?«, fragte ich. »Wann müssen wir weg?«

»Wir können nicht gemeinsam fahren, das wäre zu auffällig. Morgen früh, wenn Herr Knoll die Semmeln zum Bahnhofskiosk nach Jena bringt, nimmt er Mama und Lisa mit. Zu so früher Stunde wird es hoffentlich kein Spitzel mitkriegen, wer da in Knolls Lieferwagen sitzt. Sie nehmen den Zug um fünf Uhr dreizehn.«

»Und ich? Und Micha?«

»Euch bringt Doktor Rose mit dem Auto nach Zeitz, dort steigt ihr in den Acht-Uhr-Zug nach Berlin.« Vater erklärte mir alles haarklein, nur wie er selbst nach Berlin kommen wollte, erfuhr ich nicht.

Nach einer halben Stunde gingen wir durch das dunkle Fabrikgelände zurück zum Haus. Mutter saß auf einem Koffer und weinte.

»Keinen Koffer«, keuchte Vater. »Bitte, Charlotte, ich habe dir doch gesagt: keinen Koffer! Nimm die Reisetasche, die mit dem Schulterriemen.«

»Aber wir können doch nicht nur mit dem, was wir auf dem Leib tragen, ins Ungewisse losfahren!?« Mama riss an ihren Fingern und ließ sie knacken, das tat sie in letzter Zeit immer, wenn sie nervös war.

»Bitte, Charlotte! Andere haben es im Krieg auch geschafft, ihre Heimat zu verlassen. Du musst unauffällig wirken, so als ob du eine Wochenendreise machst.« Vater zog Mama vom Koffer hoch und nahm sie tröstend in die Arme. Und dann halfen Jette und ich den Koffer wieder auszupacken und Sachen für die Reisetasche auszuwählen.

»Ich gieße die Blumen, bis ihr wieder da seid«, sagte Jette mit zittriger Stimme.

»Danke, Jette«, schluchzte Mama, sackte auf einen Stuhl und begann von neuem mit den Fingern zu knacken. Ich hielt mir die Ohren zu. Vater küsste uns, zog seinen Mantel an und verließ das Haus ohne jedes Gepäck.

Am nächsten Morgen saß ich mit Micha im Zug nach Berlin. Meine Befürchtungen, er würde Scherereien machen, waren unbegründet. Micha hatte, im Gegensatz zu mir, gut ausgeschlafen und fand alles sehr spannend. Du meine Güte, dachte ich, mein kleiner, argloser Bruder verspricht sich ein aufregendes Abenteuer! Micha hatte seinen Rucksack und ich eine Umhängetasche dabei. Darin waren unsere Schulbücher, Butterbrote und Äpfel. In meinem Geldbeutel steckte ein Fünfzigmarkschein, dazu Kleingeld für die S-Bahn in Berlin und die Adresse von Frau Briezel, einer Tante von Doktor Rose, die in der Nähe der letzten Ost-Station wohnte.

Der Zug nach Berlin war überfüllt, die Luft schmeckte klebrig. Ich schwitzte. Nicht nur vor Angst, sondern weil ich zwei Garnituren Unterwäsche und drei Pullis übereinander anhatte. Micha war kreuzbrav. Aber schon hinter Leipzig hatte er alle unsere Brote und Äpfel verschlungen. Die Hast, mit der er kaute, verriet mir, dass es ihm unbehaglich wurde, je weiter wir uns von Birka entfernten. Als Micha nichts mehr zu essen hatte, popelte er in der Nase.

Der Zug dampfte durch die Landschaft, und die Zeit kroch wie eine Schnecke, auf deren Haus ich festgenagelt war. Endlich

Berlin Ostbahnhof. Es dauerte eine Weile, bis wir die S-Bahn-Station gefunden hatten.

Kaum war die Bahn losgefahren, kontrollierten Polizisten die Ausweise der Reisenden und durchwühlten Koffer. Kurz vor der Haltestelle Friedrichstraße, der letzten im Ostsektor, fragte uns eine Volkspolizistin, wo wir hinwollten.

»In die Georgenstraße 5 zu unsrer Tante. Osterferien, wissen Sie«, sagte ich wie schon mehrmals auf unserer Reise. Dabei brachte ich sogar ein Lächeln zustande.

Die Polizistin war freundlich. »Ich sag euch, wann ihr aussteigen müsst.«

An der Haltestelle Friedrichstraße nahm sie uns mit auf den Bahnsteig und zeigte uns, wo es langging. »Es ist nicht weit, gleich hinter dem Bahnhof.«

Wir trotteten davon. Vor Aufregung verliefen wir uns, bevor wir das richtige Haus fanden.

Frau Briezel, eine kleine, mollige Oma, rang die Hände und fragte: »Du meine Güte, Kinder, haben sie euch rausgesetzt?«

Ich nickte und versuchte die Tränen zurückzuhalten.

»Na, dann probieren wir's noch mal. Ich bringe euch zurück zum Bahnhof. Wenn ihr bis heute Abend nicht im Westen seid, werden eure armen Eltern diese Nacht kein Auge zukriegen.«

»Wir wissen doch nicht mal, ob sie durchgekommen sind«, sagte ich kläglich und biss an meinem Daumennagel, an dem eigentlich nichts mehr abzubeißen war. »Es war so viel Polizei in der Bahn, ich kann mir nicht vorstellen, wie denen jemand entwischen kann.«

»Nun mal Köpfchen hoch!« Frau Briezel gab Micha, der den Rotz hochzog, ein Taschentuch und tätschelte ihm die Wangen. »Wir machen das jetzt gemeinsam.«

Als wir wieder auf dem Bahnsteig standen, wurde Frau Briezel von einem Uniformierten gefragt, wohin wir fahren wollten.

»Wir wollen nirgends hin, wir wollen unsren Opa abholen«, sagte Frau Briezel und lächelte treuherzig.

Die nächste Bahn fuhr ein. Wieder stiegen die Ostberliner Polizisten aus, aber diesmal schleppten sie besonders viele Reisende hinter sich her. Niemand hatte Zeit, sich um die Oma mit ihren Enkelkindern zu kümmern. Kurz bevor sich die Türen schlossen, sagte Frau Briezel: »Los, jetzt schnell rein.«

Der Zug war fast leer. Ich ließ mich auf einen Sitz fallen und zog Micha neben mich.

Als wir am Zoologischen Garten ausstiegen, hatte ich das Gefühl, wir seien tagelang unterwegs gewesen. Die Anspannung der letzten Stunden löste sich und ich heulte Rotz und Wasser.

Um das Geld für den Bus zu sparen, machten wir uns zu Fuß auf den Weg zum Flüchtlingsaufnahmelager. Die Berliner, die wir fragten, kannten den Weg auswendig, sie hatten wahrscheinlich schon unzähligen Menschen dieselbe Auskunft gegeben.

Dieser Aprilnachmittag war ungewöhnlich heiß und schwül. Berlin lärmte und staubte aus Trümmergrundstücken und Baustellen. Die vielen glitzernden Autos, die über die Straßen rasten, verwirrten mich. Ich trug schwer an meiner Verantwortung für Micha, der dauernd stehen blieb, um die Autos zu bewundern. Doch nach einer Stunde Marsch jammerte und schimpfte er vor sich hin, als ob ich daran schuld sei, dass wir von daheim wegmussten und nun durch diese fremde Stadt irrten.

Manchmal drückten wir uns die Nasen an Schaufenstern platt, hinter denen Herrlichkeiten lagen. Micha schielte nach Bananen und Schokolade, mir taten es die Schuh- und Modegeschäfte an. Oh, dachte ich, wenn ich doch diese roten Schuhe oder den weißen Rollkragenpullover oder wenigstens so eine Illustrierte, vielleicht die *Constanze*, kaufen könnte!

Irgendwann erreichten wir unser Ziel und stellten uns am Ende einer Menschenschlange an. Alle Leute schienen genauso erschöpft wie wir zu sein. Still und diszipliniert rückten sie auf und hockten sich dann wieder auf ihre Koffer oder die Bürgersteigkante. Frauen trösteten Kinder, die Männer liefen nervös auf und ab und rauchten eine Zigarette nach der anderen. Nach dreistündigem Warten hatten wir die erste Station der Flüchtlingsnotaufnahme, die ärztliche Untersuchung, hinter uns. Wir bekamen einen Gesundheitspass und einen Laufzettel für weitere Stationen.

In den Büros der alliierten Siegermächte waren uns unzählige Fragen gestellt und die Antworten in Formulare eingetragen worden. Für jede durchlaufene Station gab es einen Stempel. Endlich wurden uns unsere Unterkünfte zugeteilt. Das Schlimmste daran war, dass Micha in ein Kinderheim sollte und ich, da ich schon vierzehn war, in ein Jugendlager. Aber mein Bitten half nichts, es waren zu viele Menschen, die hier in die Nachtquartiere verteilt werden mussten. Ausnahmen konnten nicht gemacht werden. Wir bekamen Fahrkarten und einen Stadtplan, und ich fuhr mit Micha quer durch die Stadt, um ihn in das Kinderheim zu bringen. Inzwischen war ich derart müde, dass meine Gedanken, die ständig um Vater, Mama und Lisa kreisten, sich zu einem schmerzenden Klumpen ballten. Er löste sich auch nicht, als wir in dem Heim freundlich aufgenommen wurden und Wurstsemmeln und Apfelsaft vorgesetzt bekamen.

Ich hatte mich gerade von Micha verabschiedet, da wurde ich ans Telefon gerufen. Erst dachte ich an eine Verwechslung. Wer sollte mich denn hier anrufen?

Es war Vater! Der Klumpen in meinem Kopf löste sich in Glückssplitter auf, und ich heulte wie ein Schlosshund in den Telefonhörer.

Vater hatte Mama und Lisa ausfindig gemacht und sie in ein Lager in der Wundtstraße gebracht. Als er bei der Aufnahmestelle nach Michael und mir suchte, hatte sich eine Beamtin an uns erinnert, weil ich so ein Theater gemacht hatte, als sie uns trennen wollten.

Nach einer Stunde war Vater da, um uns abzuholen. Wir fuhren mit dem Bus zurück in den Stadtteil Charlottenburg. Vater führte uns in einen Raum, in dem mindestens dreißig Doppelstockbetten standen. Auf Strohmatratzen, die sich im Keller jeder selbst stopfen musste, lagen erschöpfte Menschen. Die Luft war zum Schneiden, und obwohl alle nur flüsterten, war der

Raum erfüllt von Raunen und Kinderwimmern. Auf einem der Betten hockte Mama mit Lisa. Mama drückte Micha und mich an sich, als ob sie uns zerquetschen wollte.

Am nächsten Tag wurden wir in ein Lager nach Reinickendorf verlegt. Nach der Nacht im Massenquartier fühlten wir uns in dem kleinen Sechsbettzimmer wie in einem Luxushotel. Auch hier standen Doppelstockbetten, aber wir teilten das Zimmer nur mit einer einzigen fremden Frau, die zudem noch sehr nett war. In diesem Lager warteten wir darauf, ausgeflogen zu werden.

In den ersten Tagen war Vater von früh bis abends unterwegs, um die Papiere für die Ausreise zu besorgen. Außerdem ging er mehrmals zur Post, um mit einem früheren Schulfreund zu telefonieren, der ihm eine Stelle besorgt hatte. Ein Arbeitsplatz war Bedingung, um ausreisen zu dürfen. Vater würde in einer Großgärtnerei in Heilbronn anfangen.

Er versuchte Mama zu trösten, indem er ihr sagte: »Freu dich doch ein bisschen darüber, Charlotte, dass wir in die Nähe deines Geburtsortes gelangen – vielleicht können wir einen Ausflug auf die Schwäbische Alb machen, in deine Heimat.«

Aber meine Mutter schüttelte den Kopf und sagte: »Meine Heimat ist Birka. Ich will nicht auf die Schwäbische Alb. Ich will nach Hause.«

Als Vater alle Unterlagen beisammen hatte, mussten wir noch zwei Wochen auf den Flugtermin warten. Damit niemand von uns einen Lagerkoller bekam, bestand Vater darauf, täglich etwas zu unternehmen. Um Fahrgeld zu sparen, legten wir weite Strecken zu Fuß zurück. Da es warm und sonnig blieb, konnten wir die Nachmittage im Tiergarten oder im Volkspark Rehberg verbringen. Einmal bummelten wir sogar über den Kurfürstendamm und guckten uns am Warenangebot des KDW die Augen aus. Das Wirtschaftswunder lag hinter Schaufensterscheiben und war für uns unerreichbar.

Mehrmals trafen wir uns auch mit Tante Hanna. Sie versuchte, uns Mut zu machen. Hanna war der gleichen Ansicht wie

Vater: Alles ist besser, als sich einsperren zu lassen. Sie wohnte in einem möblierten Zimmer. Über Hannas Adresse hofften wir auf eine Nachricht von daheim.

Die Zeit in Berlin war erträglich, bis Wandas Brief kam. Sie schrieb:

Rudolf ist nicht davon abzubringen gewesen, euch mit einem Koffer voll Kleidung hinterherzufahren. In Jüterbog ist er kontrolliert worden, die Frauen- und Kinderkleider haben ihn verraten. Er ist wegen Fluchthilfe verhaftet worden. Bitte macht euch keine Vorwürfe deswegen.

Ich darf Rudolf nicht besuchen, aber ich kann sowieso nicht weg, weil ich jeden Tag mit dem Baby rechne. Außerdem bin ich aus dem Haus gewiesen worden. Eure und unsere Räume sind versiegelt worden. Ich bin bei der Familie von Doktor Rose untergekommen. Bäcker Knoll hat von Kunden gehört, Frau Dobmaier interessiert sich für eure Wohnung.

Die Stadtverwaltung sucht einen Treuhänder für die Keramikfirma. Weder Meister Schratt noch Jette dürfen zurzeit die Fabrik betreten.

Als wir nach fast drei Wochen endlich ins Flugzeug stiegen, waren wir niedergeschlagen und mutlos und konnten uns nicht darüber freuen, aus Berlin herauszukommen. Allerdings fanden Micha und ich den Flug so aufregend und toll, dass wir nach der Landung in Frankfurt gern noch weitergeflogen wären. Fast noch mehr begeisterte Micha der chromblitzende Omnibus, der uns zum Bahnhof brachte. Er lehnte sich zufrieden zurück und sagte: »Nun sind wir im *Goldenen Westen*!«

Die Nacht in überfüllten Personenzügen war weniger angenehm. Zwei Mal mussten wir umsteigen. Früh um halb neun erreichten wir Heilbronn, wo wir mit anderen Flüchtlingen zum Aufnahmelager, das wieder ein Massenquartier war, gebracht wurden. Es gab nicht einmal Bettgestelle, die Strohsäcke lagen auf dem Boden.

Am nächsten Tag zogen wir in ein Barackenlager bei Weinsberg. Das Zimmer war klein wie in Reinickendorf und hatte ebenfalls sechs Betten, aber diesmal lag vor dem Fenster kein Fabrikhof, sondern Weinberge.

Immer wenn ich heute über das Weinsberger Kreuz fahre, spähe ich nach der Stelle aus, auf der einst das Lager gestanden hat. Die Rebhänge und die Burg Weibertreu, die mich als vierzehnjähriges Mädchen verzaubert haben, machen mich wehmütig. Aber damals in Weinsberg war alles neu und aufregend für mich, die Sehnsucht nach Birka kam später.

Heimweh

Um aus dem Lager herauszukommen, beschloss mein Vater, die Familie aufzuteilen, denn er musste erst Geld verdienen, bevor er für uns eine Wohnung mieten konnte. Er selbst zog in ein möbliertes Zimmer nicht weit entfernt von seiner Arbeitsstelle in Heilbronn.

Karl Bach holte Mama, Micha und Lisa mit einem funkelnagelneuen Mercedes nach Oberkochen ab. Ich wäre auch gern mit zu Bachs gefahren, aber da Kächeles angeboten hatten, jemanden von uns bei sich aufzunehmen, kam zwei Tage später Helgas Mann Heinz mit seinem Lloyd-Taxi und nahm mich mit nach Stuttgart. Als Gegenleistung für die Unterkunft in Helgas Familie sollte ich ihr im Haushalt und bei der Kinderbetreuung helfen, denn Helga hatte gerade ihr drittes Kind bekommen.

Meine erste Leistung war, mich auf Helgas Wohnzimmerteppich zu übergeben, weil das Sofa, auf dem ich mein Nachtlager hatte, genau wie der Lloyd um die Kurven flitzte, sobald ich die Augen schloss.

Helga war noch ebenso ruhelos und nervös wie in unserem Luftschutzkeller. Ich versuchte, ihr zu helfen, so gut ich konnte: abspülen, aufräumen und auf die zwei Kleinen aufpassen. Aber Helga war selten etwas recht zu machen. Susi, die Älteste, die inzwischen zehn war, behandelte mich wie ihr Dienstmädchen. Ich war enttäuscht, in ihr keine Freundin zu finden.

Auch die Kuckucksuhr, die Helga von Opa Kächele geerbt hatte und die über dem Sofa im Wohnzimmer hing, peinigte mich. Sooft der Kuckuck rief, tauchte unser Luftschutzkeller vor mir auf. Weil nicht abzusehen war, wie lange mein Aufenthalt in Stuttgart dauern würde, musste ich in die Schule gehen.

Da Helgas Familie in Stuttgart-Heslach wohnte, meldete sie mich an der Lerchenrainschule an, die am Hang über Heslach thront. Mein Schulweg führte über steile Straßen und Treppen, die man in Stuttgart Stäffele nennt. Die Kriegsschäden an dem riesigen Schulgebäude, das mir wie ein Schloss vorkam, waren weitgehend beseitigt. Seit einem Jahr gab es in dieser ehemaligen christlichen Mädchen-Mittelschule zwei Rektorate, eins für Jungen und eins für Mädchen. Auf unserem Mädchenstundenplan standen weniger naturwissenschaftliche Fächer als bei den Jungens, dafür aber Nähen und Kochen, wobei ich mich als echte Niete entpuppte.

So richtig Spaß in dieser Schulzeit hat mir eigentlich nur der Ausflug gemacht, über den wir einen Aufsatz schreiben mussten. Das Schulheft habe ich aufgehoben und kann deshalb meine erste Wanderung im Schwäbischen hier wiedergeben.

An einem sonnigen Maimorgen marschierten wir 42 Mädchen der 9b mit unserer Klassenlehrerin Frau Knopf los. Gegen halb 10 Uhr waren wir am Südheimer Platz. Dort drängten wir uns in ein eckiges, rotbraunes Teakholzwägelchen, das schnurstracks und fast geräuschlos einen steilen Berg erklomm. Frau Knopf erklärte uns, dass diese Seilbahn schon seit 1929 in Betrieb ist und auch Witwenbähnle genannt wird, weil hinter der Bergstation der Waldfriedhof liegt.

Oben angekommen stiegen wir aus, und Frau Knopf führte uns am Friedhof vorbei auf einen Rundwanderweg, der Joseflesweg heißt. Nach etwa 10 Minuten gelangten wir in die Schwälblesklinge. Das ist eine wildromantische Schlucht, durch die ein Bach rauscht. Frau Knopf sagte, dass es solche tiefen, engen Täler sonst nur im Hochgebirge gibt.

Nachdem wir die Schwälblesklinge durchwandert hatten, ging es weiter durch dichten Buchenwald. Als wir uns dem Stadtteil Sonnenberg näherten, schlängelte sich der Weg durch Obstplantagen. Die meisten Bäume waren uralt. Sie breiteten ihre knorrigen Kronen über reihenweise neu gepflanzte Stämmchen aus. Dieses Obstbaugewann heißt Kressart. Die Plantagen sind in der Notzeit der 1920er Jahre von der Stadt Stuttgart angelegt worden, damit sich die hungernden Bürger selbst versorgen konnten. Auch im letzten Krieg durften die Stuttgarter hier Äpfel und Birnen ernten.

Am höchsten Punkt des Kressart konnten wir auf dem gegenüberliegenden Höhenzug einen Berg sehen, der Birkenkopf heißt. Dorthin werden Stuttgarts Kriegstrümmer gebracht. Frau Knopf meinte, der Birkenkopf wäre schon um 15 Meter gewachsen. Die Stuttgarter nennen diesen Berg jetzt »Monte Scherbelino«.

Auf einem Aussichtsplatz rasteten wir und aßen unsere Vesperbrote. Danach machten wir uns auf den Heimweg.

Damals, im Jahr 1953, als unsere Lehrerin uns von Sonnenberg aus den wachsenden Trümmerberg gezeigt hatte, waren Stuttgarts Kriegswunden nicht nur auf dem Birkenkopf gegenwärtig, sondern auch noch in der Innenstadt und den meisten Stadtteilen.

In dieser großen, zerschundenen Stadt, in der mir alles fremd war, setzte mein Heimweh nach Birka ein. Im Traum ging ich durch alle Zimmer der Villa Aline. Immer wieder verirrte ich mich, immerzu war irgendeine der vielen Türen zugenagelt. Und nirgendwo fand ich Vater, Mama, Micha oder Lisa. Auch Onkel Rudi, Wanda und Jette waren aus dem Haus verschwunden. Ich rief und trommelte gegen verschlossene Türen. Helga rüttelte mich wach und schimpfte, ich würde mit meinem Geschrei die Kinder wecken.

Mein einziger Trost waren die liebevollen Briefe von Mama und Vater. Ich schrieb ihnen fast jeden Tag, aber nie, wie viel Sehnsucht ich hatte.

Heinz, Helgas Mann, war als Taxifahrer viel unterwegs. Manchmal nahm er mich auf seine Touren mit. Was ich sah, war die Wiederauferstehung einer Stadt: Baustellen rund um den Schlossplatz, auf der Königstraße, an der Stiftskirche, am Alten Schloss und dem Rathaus.

Wenn Heinz auf Kundschaft wartete, las er Zeitung. Er wusste immer, was in der Welt los war. Helga interessierte sich nicht dafür, aber in mir hatte Heinz eine wissbegierige Zuhörerin. Es war Mitte Mai, als er zu mir sagte: »Stell dir vor, Anne, heute steht in der Zeitung, in der DDR wird gestreikt, in manchen Städten sogar demonstriert.«

»Oje«, sagte ich, »sie streiken wahrscheinlich, weil ihre Leistungsnormen wieder erhöht worden sind.«

»Woher weißt du das denn?«

»Vater hat einen Freund, der beim Zeisswerk in Jena arbeitet. Dort haben sie schon im April gestreikt.«

»Und hat es was genützt?«

»Nee. Nur jede Menge Arbeiter und auch Ingenieure sind entlassen worden. Vaters Freund und viele andere wurden verhaftet und eingesperrt.«

Heinz zuckte die Schultern: »Ulbrichts Holzhammer-Methoden! Dieser näselnde Spitzbart wird doch nicht mal mehr von den Russen ernst genommen. Der will den Sozialismus für seine DDR im Schnellverfahren und im Alleingang erreichen. Ich verstehe nicht, wieso die Russen ihn nicht in die Schranken weisen.«

Anfang Juni hielt mir Heinz eine Zeitung unter die Nase und sagte aufgeregt: »Anne, das musst du lesen! Donnerwetter, da drüben bei euch tut sich was!«

Ich vertiefte mich in den Artikel, und da stand schwarz auf weiß eine Nachricht, die ich kaum fassen konnte: Auf Anordnung Moskaus sollte in der DDR ein »Neuer Kurs« eingeschlagen werden.

Abends meldete der RIAS, das Politbüro der SED hätte zugegeben, bei dem beschleunigten Aufbau des Sozialismus Fehler gemacht zu haben. Deswegen würden nun einige Maßnahmen zur Zwangskollektivierung der Landwirtschaft zurückgenommen. Bauern und Handwerker, die unter dem Einfluss feindlicher Propaganda die DDR verlassen hätten, würden zur Rückkehr aufgefordert.

Ich konnte es zunächst nicht glauben, bis einige Tage später ein Brief von Mama kam.

Meine liebe Anne!

Es ist zu schön, um wahr zu sein: Onkel Rudolf ist frei! Er hat angerufen und gesagt, er sei mit Wanda und dem Baby wieder in die Villa Aline eingezogen. Die Räume unserer Wohnung sind noch versiegelt. Ebenso die Zugänge zur Fabrik, weil sich bisher kein Treuhänder dafür gefunden hat. Aber Onkel Rudi und Jette kümmern sich schon wieder um die Felder. Jette und Meister Schratt hoffen, bald wieder in der Fabrik arbeiten zu dürfen.

Vater hat ein Telegramm vom Bürgermeister erhalten. Er fordert ihn auf zurückzukehren und sichert uns zu, unser Eigentum zurückzuerhalten.

Ich bin traurig, weil Vater unsere Rückkehr strikt ablehnt. Er hat eine Wohnung für uns gefunden und nun auch eine bessere Stelle in Aussicht. Im Herbst kann er in der Porzellan-Manufaktur Ludwigsburg anfangen.

Vorerst aber hat Vater beschlossen, das Wichtigste sei, unsere Familie wieder zusammenzuführen. Über diese Entscheidung bin ich sehr glücklich. So lieb Bachs sind, aber ich bin froh, bald wieder bei Vater zu sein und dann auch meine Anne wiederzuhaben.

Das beiliegende Geld ist für Deine Fahrkarte. Wir erwarten Dich übermorgen, Mittwoch, den 17. Juni. Bachs bringen mich, Micha und Lisa am selben Tag mit dem Auto nach Heilbronn und wir holen Dich dort am Bahnhof ab. Bis dahin, meine liebe Anne, grüßt Dich ganz herzlich

Deine Mama

PS: Ach, wenn wir doch nur alle wieder heim könnten!

Ich hatte geglaubt, ich sei die Einzige in unserer Familie, die vor Heimweh fast krank war. Nun schrieb Mama: Ach, wenn wir doch wieder heim könnten!

17. Juni 1953

Als ich in Heilbronn aus dem Zug stieg, erschrak ich: Mama, die mir entgegengerannt kam, war blass und hatte dunkle Augenringe. Sie umarmte mich, und ich spürte, wie mager sie geworden war.

Micha schmiss mich vor Begrüßungsfreude fast um. Lisa drehte sich wie ein Kreisel und ließ den Rock ihres neuen Kleidchens flattern. »Hat mir Tante Erika gekauft. Schick, gell?«

Erika Bach fuhr uns zu der Wohnung, die Vater für uns gemietet hatte. Er saß mit Karl Bach in der Küche vor dem Radio. Ich wunderte mich, wie kurz und abwesend mich Vater begrüßte. Er stellte sofort das Radio wieder lauter und sagte, wir sollten zuhören. Ungläubig lauschten wir der Nachricht, dass in mehr als 300 Städten der DDR Volksaufstände ausgebrochen waren.

»Die Arbeiter und Bauern revoltieren gegen den Arbeiter- und Bauernstaat!«, knurrte Karl Bach.

»Aber sie haben doch nun in der DDR einen neuen Kurs eingeschlagen!?«, fragte ich ratlos.

Karl Bach sagte: »Der neue Kurs macht Zugeständnisse – nur nicht den Arbeitern. Ulbricht hat vergessen, die obligatorische Erhöhung der Arbeitsnormen aufzuheben.«

Die Stimme aus dem Radio klang erregt: »Ulbricht, Grotewohl und die Vertreter der SED sind von der Bildfläche verschwunden. Zehntausende marschieren zum Zentrum von Ostberlin. Den Bauarbeitern der Stalinallee schließen sich die Arbeiter aller Betriebe an. Die Straßen sind schwarz von Menschen. Nichts vermag die aufgebrachte Menge aufzuhalten.«

Die Sprechchöre, die wir im Hintergrund hörten, wechselten von »Nieder mit den Normen!« und »Spitzbart weg!« zu »Wir fordern freie Wahlen!«.

Mittags um eins wurde der Ausnahmezustand über Berlin verhängt und kurze Zeit später konnten wir den Reporter kaum noch verstehen, weil es im Hintergrund rasselte und dröhnte. »Panzer!«, sagte Karl Bach. Dann hörten wir Schüsse und Schreie.

»Maschinenpistolen!«, stieß Vater hervor. »Es klingt, als ob sie in die Menge schießen!«

»Mein Gott«, schrie Mama, »das ist ja Krieg!«

Vater sagte: »Nein, das ist eine Revolution. Hier wehren sich Verzweifelte.«

Karl Bach hielt den Zeigefinger auf den Mund. »Seid mal still, da kommt was über Jena.«

Wir hörten: »30 000 Jenaer protestieren seit heute Morgen gegen die Regierung. Gegen 14.30 Uhr sind fünf sowjetische Panzer eingetroffen. Wie auch in Berlin versuchen die Demonstranten, sie mit Steinwürfen und bloßen Händen aufzuhalten.«

»Wenn ich jetzt drüben wäre«, sagte Vater, »würde ich mit auf die Straße gehen.«

»Aber Ewald!« Mamas Stimme zitterte. »Willst du dich umbringen?«

»Wenn es nicht anders geht.«

Karl Bach stellte das Radio ab. »Vielleicht bewirken diese Aufstände das Wunder, auf das wir warten«, sagte er.

Wir blieben noch lange wie versteinert sitzen und starrten schweigend auf das Radio.

Niemand erfuhr damals, wie viele Tote und Verletzte diese Kämpfe gekostet hatten. Hunderte waren verhaftet worden. Im SED-Blatt *Neues Deutschland* stand, die Verhafteten hätten zugegeben, von westlichen Provokateuren zu den Streiks angestiftet worden zu sein. – Niemand konnte beweisen, dass die Geständnisse durch Folterungen erpresst worden waren. Diese »Staatsfeinde« verschwanden auf Jahre in den DDR-Gefängnissen.

Auch die sowjetischen Standgerichte, die Deutsche und auch Russen zum Tode verurteilt hatten, weil sie sich den Schießbefehlen widersetzt hatten, wurden von der DDR-Regierung weggelogen.

Viele Jahre später las ich in Westberlin an der Potsdamer Chaussee die Inschrift auf einem Gedenkstein: *Den russischen Offiziere und Soldaten, die sterben mussten, weil sie sich weigerten, auf die Freiheitskämpfer des 17. Juni zu schießen.*

Am Abend dieses 17. Juni sagte Vater, er sei entschlossen, nicht in die DDR zurückzukehren.

Bevor Bachs wieder nach Oberkochen fuhren, nahm Erika meinen Vater beiseite: »Ich weiß nicht, ob ich dir raten darf, aber wenn du nicht schuld sein willst, dass Charlotte hier eingeht wie ein ausgerissenes Pflänzchen, dann nimm deine Familie und kehre nach Birka zurück.«

»Wer garantiert mir, dass dieser *Neue Kurs* kein falsches Spiel ist? Noch ist Ulbricht an der Macht, und er wird sie verteidigen und weiter über Leichen gehen.« Vater ballte die Hände zu Fäusten. »Die Entscheidung, die ich treffen muss, bringt mich fast um den Verstand. Ich bin noch nicht zu alt, um hier im Westen von vorn anzufangen. Und Charlotte hat im Krieg doch viel Schwierigeres gemeistert, es wird ihr bestimmt besser gehen, wenn sie die Familie wieder versorgen kann.«

»Ja, das stimmt vielleicht, aber Charlottes Problem ist die Sehnsucht nach Birka, nach Thüringen, wo sie ungeachtet der schweren Kriegszeiten und trotz aller DDR-Schikanen glücklich gewesen ist. Und du, Ewald, wirst auch vor Heimweh krank werden.«

»Ich werde dagegen ankommen.«

»Es ist ein Unterschied, ob ein Bürohengst wie mein Karl alles aufgibt und woanders hinzieht. Aber du hast auf der eigenen Scholle gearbeitet und eine Firma mit Familientradition durch schwierige Zeiten gebracht.«

»Mag sein, du hast recht. Aber ich weiß trotzdem nicht, was ich tun soll.«

Erika lachte, nicht spöttisch, sondern mitfühlend. »Damit dich deine Verantwortung nicht erdrückt, lass deine Familie abstimmen, dann brauchst du nicht allein zu entscheiden.«

Vater rieb seine Stirn, bis sie rot wurde, drückte mit Daumen und Zeigefinger die Augenwinkel ans Nasenbein und ließ seine Hand kraftlos sinken. Dann nickte er.

Vater wurde überstimmt. Aber er bestand darauf, noch einige Zeit abzuwarten und zu beobachten, wie sich die Dinge im Osten entwickelten. Er legte den 25. August für unsere Rückkehr fest. An diesem Tag war sein fünfundvierzigster Geburtstag.

Während der zwei Monate, die Vater uns als Frist gesetzt hatte, erholte sich Mama. Sie akzeptierte die armselige Einrichtung der Wohnung, die aus zwei Stuben und der Wohnküche bestand, und gewöhnte sich daran, das »Stille Örtchen« auf dem Hof aufsuchen zu müssen. Heiter wie früher versorgte sie den Haushalt und bewies wieder einmal ihr Talent im Improvisieren und Geldeinteilen. Sie lebte auf den Tag hin, an dem wir nach Birka zurückkehren würden.

Weil es nicht mehr lange bis zu den Sommerferien war, lohnte es nicht, uns Kinder an einer Schule anzumelden. Da ich mich mit meinen fast fünfzehn Jahren erwachsen fühlte, wollte ich Geld verdienen. Westmark! Die letzten Wochen vor unserer geplanten Heimreise arbeitete ich in der Gartenbaufirma, in der mein Vater angestellt war. Ich musste den Gärtnern beim Rosenveredeln helfen. Meine Aufgabe war, die Veredlungsstelle an den Wurzelhälsen mit Bast zu umwickeln. Wir arbeiteten auf einem schier endlos scheinenden Feld in tief gebückter Haltung, wobei uns Tag für Tag gnadenlos die Sonne auf den Rücken brannte.

Ich bekam einen Stundenlohn von fünfzig Pfennigen. Westgeld war für mich ein magisches Wort, denn ich konnte damit Westsachen kaufen. Ich erstand eine dreiviertellange Hose aus beigefarbenem Popeline, zwei geringelte Nickipullover und ein

Paar rote Schuhe. Diese Schätze wollte ich mit nach Birka nehmen, denn die Entscheidung war gefallen und ich freute mich unsagbar auf daheim.

Ich ahnte damals nicht, dass sich Vater nicht nur wegen seiner heimwehkranken Charlotte, sondern auch aus Verantwortungsgefühl für Rudolfs Familie und seine Angestellten entschlossen hatte, in die DDR zurückzukehren.

Am 24. August stiegen wir mit wesentlich mehr Gepäck als auf unserer Flucht in den überfüllten Nachtzug Richtung Osten. Um Mitternacht passierten wir die Grenze zur DDR. Wir fielen Vater um den Hals und gratulierten ihm zum Geburtstag. Dabei entdeckte ich, dass Vaters pechschwarzes Haar fast weiß geworden war. Ich fühlte mich beschämt, weil mir das vorher nie aufgefallen war. Aber dann verdrängte die Vorfreude auf Birka meine wehmütige Stimmung.

Am Morgen des 25. August zogen wir wieder in die Villa Aline ein. Am Hoftor prangte ein Spruchband:

Ein dreifach Hoch brüllt die ganze Bande,
der Chef ist wieder im Thüringer Lande!

Das war die Begrüßung von Meister Schratt und seinen Gehilfen, von Onkel Rudi und Wanda, von Jette und den übrigen Hausbewohnern, den Familien Lucker und Kadowitz.

Oberschule

Mein Eintritt in die Oberschule der DDR war mit Hindernissen gepflastert. Das lag daran, dass ich kein Arbeiter- und Bauernkind war. An dieser Bestimmung hatte sich trotz des »Neuen Kurses« nichts geändert. Erst als mein Vater ein Gespräch mit dem Schulleiter geführt und seitenlange Formulare ausgefüllt hatte, wurde ich aufgenommen. Aber Vater musste Schulgeld bezahlen.

Zusammen mit Martin Rose marschierte ich jeden Morgen ins Nachbardorf zum Bahnhof. Der so genannte »Esel«, der Bummelzug nach Jena, kam meist verspätet, selten schafften wir es pünktlich zur ersten Stunde.

Wir waren der »Auswärtigenklasse« für Schüler aus den umliegenden Landgemeinden zugeteilt. Das Erste, was mich in dieser neuen Schule aus der Fassung brachte, waren Brunos eisblaue Augen und die Erkenntnis, dass er unglaublich gut aussah. Ich spürte die kleine heiße Welle, die ich fast vergessen hatte und die mir einen Moment die Luft nahm. Diesmal schämte ich mich dafür.

Bruno musterte mich und grinste. »Na, wieder auf der richtigen Seite?«, fragte er.

»Ja«, sagte ich, »bin froh, wieder daheim zu sein.« Aber das hörte Bruno nicht mehr, er hatte mir schon den Rücken zugedreht.

Das Gebäude der Grete-Unrein-Schule flößte mir Beklemmung ein. Schon am ersten Schultag musste ich mich überwinden, durch das Tor in den grauen Steinkoloss zu treten, und jedes Mal, wenn ich die Treppe zu unserem Klassenzimmer hinaufstieg, wünschte ich, der Vormittag wäre schon um.

Auf dem Lehrplan stand ganz oben Russisch und gleich darunter die mir verhasste Gegenwartskunde. Im Deutschunterricht, meinem Lieblingsfach, stand die Sowjetliteratur an erster Stelle.

Der Bücherschrank von Max Goldau enthielt Gesamtausgaben von Tolstoi und Dostojewski. Ich hatte »Anna Karenina«, »Krieg und Frieden« und »Schuld und Sühne« gelesen.

Aber als ich in der Deutschstunde von diesen Romanen schwärmte, wurde ich belehrt, sie seien von zaristischen, absolutistischen Themen durchdrungen und daher abzulehnen. Ich solle gefälligst die neuzeitliche sowjetische Literatur lesen, die auf dem Lehrplan steht.

In meinem Aufsatzheft der zehnten Klasse schrieb ich zum Thema »Ausgangspunkte der Literatur in der Sowjetunion«:

Die Sowjetliteratur wird von Schriftstellern aus dem Volke geprägt. Die Große Sozialistische Oktoberrevolution hat ihnen gehol-

fen, sich voll zu entfalten. Sie beschreiben Menschen aus der Arbeiterklasse, die sich unter der Führung der Kommunistischen Partei zu wertvollen Sowjetbürgern entwickeln. Ein glänzendes Beispiel der Sowjetliteratur ist der Roman »Das Glück« von Pjotr Pawlenkow …

Nach den russischen kamen die deutschen kommunistisch geprägten Schriftsteller an die Reihe. Ich lernte alle neunzehn Strophen von Bert Brechts *Legende vom toten Soldaten* freiwillig auswendig. Von Anna Seghers' *Das siebte Kreuz* war ich so ergriffen, dass ich erstmals verstand, was es bedeuten kann, Kommunist zu sein. Aber meine Begeisterung flaute ab, je mehr ich begriff, dass der Grundgedanke des Kommunismus von den Machthabern der DDR nur für ihre eigenen Vorteile missbraucht wurde. Im Vergleich zu den Arbeitern und Bauern lebten die SED-Funktionäre wie im Schlaraffenland. Sie wohnten in noblen Häusern, machten Urlaub am Schwarzen Meer und wurden mit Luxusgütern versorgt.

Überhaupt schien nach dem 17. Juni in der DDR fast alles beim Alten geblieben zu sein. In der Schule lernten wir, amerikanische und westdeutsche Kriegstreiber hätten die Aufstände angezettelt. Lang und breit wurde über Ulbrichts Verdienste gesprochen. Sein halbherziges Eingeständnis, es habe Fehler in Wirtschaft und Politik gegeben, war vergessen.

Onkel Rudolf sagte: »Der Spitzbart sitzt wieder fest im Sattel.«

Außer Gegenwartskunde stand auch das Fach Geschichte auf unserem Stundenplan. Herr Lorbeer, ein grauhaariger, etwas buckliger Lehrer, der wahrscheinlich schon in Nazideutschland nichts als die alten Römer im Kopf gehabt hatte und an dieser Schule als Einziger kein SED-Parteiabzeichen trug, steckte mich mit seiner Leidenschaft für die Geschichte des Römischen Reiches an. Doch mich begeisterten weniger die Punischen Kriege oder die Standeskämpfe, sondern vor allem die Baukunst. Die Bilder der römischen Ruinen, der Tempel, Aquädukte und Thermen, die Herr Lorbeer uns zeigte, ließen mein Herz höher schlagen, und ich träumte davon, Rom mit eigenen Augen zu sehen. Leider wusste ich, dieser Traum würde sich nie erfüllen, denn Reisen ins westliche Ausland waren für DDR-Bürger unmöglich.

Im Goldau'schen Bücherschrank lag ein dicker, großformatiger Bildband. Auf dem rotbraunen Ledereinband stand in Goldbuchstaben: *Rom gestern und heute.* Das Buch war zu schwer, um es auf dem Schoß halten zu können. Ich legte es auf den Dielentisch – und vergaß die Zeit. Ich las und las und ließ mich von den Fotos verzaubern. Abends setzte sich Vater zu mir, und wir spielten »Im-Bilderbuch-spazieren-geh'n«, so wie er es früher mit uns Kindern getan hatte.

»Wenn ich studiert habe und viel Geld verdiene, dann fahren wir zusammen nach Rom«, sagte ich. »Heiliges Ehrenwort!«

Es muss in dieser Zeit gewesen sein, dass mir mein Eingesperrtsein im Ostblock bewusst wurde und die Frage an mir zu nagen begann, wieso ich mir in Stuttgart so sehr gewünscht hatte, hierher zurückzukehren. Natürlich war es nicht die DDR gewesen, nach der ich mich gesehnt hatte, es war die Heimat meiner Kindheit, einer Kindheit, der ich zu entwachsen im Begriff war. Der Zeitpunkt war gekommen, an dem ich die politischen Ränkespiele des SED-Staates durchschauen lernte und begriff, dass ich hinter dem Eisernen Vorhang festsaß.

Die Geschichtsstunden bei Herrn Lorbeer brachten einen Hauch der großen, weiten Welt in mein Leben. In diesen gescheiten alten Herrn hätte ich mich bestimmt verliebt, wäre da nicht Hans-Peter Kübler dazwischengekommen.

Erste Liebe

Ich war fünfzehn, und natürlich war Hans-Peter nicht der Erste, in den ich verliebt war. Monatelang hatte ich einen Tenor von der Jenaer Oper angebetet. Meine Verliebtheit in Bruno war zwiespältig. Zwar fühlte ich noch immer die kleine heiße

Welle, wenn ich ihn sah, aber ich spürte dabei Unbehagen und Angst, keine freudige Verwirrung mehr.

Mit Martin Rose hatte ich das Küssen ausprobiert. Ich glaube, Martin war verliebt in mich, heute weiß ich, dass ich ihm übel mitgespielt habe, weil ich so getan habe, als hätte ich ihn auch wer weiß wie gern. Ich hielt mich an Martin, weil ich ihm vertraute. Allen anderen Jungs ging ich aus dem Weg. Weil mich Mama nicht aufgeklärt hatte, war mir der Umgang mit dem anderen Geschlecht unheimlich.

Als ich zum ersten Mal meine Tage hatte, glaubte Mama, es reiche, mir die »Schande« ihrer unehelichen Geburt zu beichten. Wahrscheinlich dachte sie, mich durch diese Geschichte zu hindern, je vom Pfad der Tugend abzuweichen. Ich glaube, der übersteigerte Familiensinn und die altmodischen Moralvorstellungen, mit denen uns unsere Mutter erzogen hat, hingen mit ihrer freudlosen Kindheit zusammen. Vermutlich empfand sie ihre uneheliche Geburt als persönlichen Makel.

Jedenfalls war ich ziemlich sauer auf Mama, weil sie es sich so einfach machte, genierte mich aber, weiter nachzufragen. Später habe ich mir ein Buch gekauft, dank dessen ich dann über die sexuellen Beziehungen zwischen Frauen und Männern wenigstens theoretisch im Bilde war. Aber ich hatte mich noch nie wirklich verliebt.

Und nun flog mein Herz ausgerechnet dem Russischlehrer zu. Sicherlich wäre das gar nicht passiert, wenn ich sein Profil nicht entdeckt hätte. Nach einer nicht gerade lobenden Bemerkung über mein Diktat drehte Hans-Peter Kübler seinen Kopf zur Seite, vielleicht, um nach meiner miesen Leistung einen erholsamen Blick aus dem Fenster zu werfen. Da sah ich sein Profil. Das Profil des römischen Volkstribuns Gaius Gracchus! Mein Herz machte einen Satz, und ich sank auf meinen Stuhl, ohne daran zu denken, dass dieser Gaius Gracchus mir eine Frage gestellt hatte und auf Antwort wartete.

In dieser Sekunde schrillte die Pausenklingel, und ich schwebte auf dem Ton wie auf einem fliegenden Teppich. Ich empfand das Rumpeln zurückgeschobener Stühle, das Rascheln hastig verstauter Hefte und Bücher und das Rufen und Lachen meiner Mitschüler, als hörte ich es zum ersten Mal. Und als ich endlich aufstand, meine Sachen einpackte und zur Tür ging, war alles um mich her, als hätte ich das noch niemals erlebt. Der staubig-ölige Geruch des Fußbodens, die Zugluft, die mir durch den Flur entgegenschlug – sogar das schien neu. Und ich selbst war auch neu, zumindest nicht mehr so wie noch vor fünf Minuten.

Ab diesem Tag wurde die Russisch-Stunde, die mir immer ein Gräuel gewesen war, zu einem Ereignis, dem ich entgegenfieberte. Das heißt, ich fieberte Hans-Peter Kübler entgegen. Dabei war er keineswegs ein Apoll. Hans-Peter war untersetzt und eher unscheinbar.

Die Sensation war sein Profil – und was ich als Nächstes entdeckte: das Grübchen in seinem Kinn. Dieses Grübchen brachte mich fast um den Verstand. Ich hatte geträumt, es zu küssen und dabei sanft meine Zungenspitze hineinzugraben. Wenn ich daran dachte, wurde mir schwindlig.

Trotzdem blieb mir Russisch ein Buch mit sieben Siegeln, und deswegen konnte ich auch nicht erwarten, dass Hans-Peter mich ernst nehmen, geschweige denn sich in mich verlieben würde. Wenn er mich aufrief, machte ich alles falsch, was man nur falsch machen konnte. Ich starrte nur blöd lächelnd auf sein Grübchen.

Auch wenn ich ahnte, dass die Romanze einseitig bleiben musste, war Hans-Peter meine erste große Liebe, und ich genoss dieses Gefühl von himmelhoch jauchzend bis zu Tode betrübt. Mir genügte es, von ihm zu träumen. Ich erfand Plätze, wo wir uns heimlich trafen: auf einer Waldlichtung, in einer Feldscheune oder auf dem Friedhof. Natürlich immer bei Mondschein, und obwohl das Käuzchen schrie und die Grabkreuze und Säulenwacholder gespenstische Schatten warfen, hatte ich keine Angst, denn ich lag ja in Hans-Peters Armen.

Wir saßen auf dem Grabstein unseres Heimatdichters, und Hans-Peter flüsterte mir ins Ohr, wie sehr er mich liebe. Ich schloss die Augen, weil er mich auf die Nasenspitze, dann auf den

Hals und in den Ausschnitt meiner Bluse küsste. Wenn ich seine Lippen auf meinen spürte, entfuhr mir ein abgrundtiefer Seufzer, mit dem ich aus meinem Tagtraum erwachte. Anstatt russische Vokabeln zu lernen, lächelte und summte ich vor mich hin und malte Hans-Peters Profil in meinen Zeichenblock. Neben die Skizze, die mir gelungen schien, schrieb ich mit Schmuckschrift ein Gedicht, das mir in den Sinn gekommen war.

Fragst du mich, woher die bange
Liebe mir zum Herzen kam,
Und warum ich ihr nicht lange
Schon den bittren Stachel nahm?

Zufrieden betrachtete ich mein Werk und legte es ins Russisch-Buch. Dann machte ich mich an die Übersetzung, die wir am nächsten Tag abgeben sollten. Wie sehr ich auch fürchtete, dass sie von Fehlern strotzte, so erwartete ich dennoch die nächste Stunde bei Hans-Peter mit Hochgefühl.

Glücklicherweise wurde ich nicht abgefragt. Während ich zum Katheder starrte, hinter dem sich das Kinn mit dem Grübchen befand, nahm ich das Tuscheln und Kichern meiner Mitschüler zuerst gar nicht wahr. Als die Unruhe nicht aufhörte, blickte ich mich um. Aller Augen waren auf mich gerichtet. Was gibt es denn zu gucken und zu kichern, dachte ich, hab ich was Komisches an der Nase, oder was?

Aber da entdeckte ich mein Skizzenblatt, das von Platz zu Platz geschoben wurde. Die Zeichnung mit Hans-Peters Profil und dem Gedicht! War es aus dem Buch gefallen? Hatte es jemand aufgehoben? Wieso wussten alle, dass die Zeichnung von mir war? – Ich erfuhr es, als Hans-Peter Kübler, auf dessen Pult die Skizze inzwischen gelandet war, sie mir zurückgab. Über dem Gedicht stand:

Von Anne für Hans-Peter!

Es war Brunos unverwechselbare steile Klaue. Ich starrte auf das Blatt, um Herrn Kübler nicht ansehen zu müssen.

Er sagte: »Du kannst sehr gut zeichnen, Anne! Aber wenn man ein Gedicht abschreibt, muss man den Verfasser nennen. Er ist übrigens ein Lieblingsdichter von mir. Ich liebe Mörike! Sicher hast du das Gedicht in Stuttgart gelernt. Mörike ist dort auf dem Pragfriedhof begraben.« Dann setzte Herr Kübler ohne weiteren Kommentar den Unterricht fort.

Mir wird heute noch warm ums Herz, wenn ich an Hans-Peter Kübler denke. Ich höre noch immer seine Stimme: »Du kannst sehr gut zeichnen, Anne!« Seine Bemerkung: »Ich liebe Mörike« bedeutete damals genauso viel für mich, als hätte er »Ich liebe Anne« gesagt.

Berufswünsche

In der zehnten Klasse war die Schmerzgrenze erreicht, ab der ich nicht mehr alles kritiklos nachschwatzen und niederschreiben konnte. Die Schule wurde mir zuwider. Mehrmals zitierte mich der Schulleiter zu sich und kanzelte mich jedes Mal härter ab.

»Wenn du die Auszeichnung genießt, eine sozialistische Oberschule zu besuchen, ist es untragbar, dass du kein Mitglied der FDJ bist. Außerdem beteiligst du dich zu wenig an den gesellschaftlichen Aufgaben im Sinne des Arbeiter- und Bauernstaates.«

Ich fühlte mich wie eine Angeklagte, aber ich weigerte mich, in die FDJ einzutreten. Ich fand es auch unerträglich, mit Spendenlisten von Haus zu Haus zu laufen, um für sportliche Ereignisse und Bauprojekte Geld einzutreiben. Ich lehnte es ab, Unterschriften gegen die Pariser Verträge zu sammeln, und ich hasste es, Plakate zu malen mit Parolen wie: »Wir marschieren mit unserem Freund und Bruder, der Sowjetunion, zum Sozialismus!« oder: »Nieder mit den Saboteuren unserer sozialistischen Volkswirtschaft!« Den letzten dieser Sprüche hatte Ulbricht schon immer wörtlich genommen. Um die Misere der nie erfüllten Pläne zu vertuschen, fand er immer wieder neue Sündenböcke. Nach stalinistischer Manier entließ und verurteilte er jeden, der nicht linientreu war. Diese Säuberungsaktionen in der SED-Spitze bis hinunter zu den Verwaltungsfunktionären wurden uns im Unterricht als Kampf gegen Volksschädlinge dargestellt.

Bruno war FDJ-Sekretär an unserer Schule. Er führte die Listen. Listen mit den Namen derjenigen, die bei Veranstaltungen fehlten, an denen die Schüler teilzunehmen verpflichtet waren. Ich hatte bei der Kundgebung zum 1. Mai gefehlt – war nicht marschiert, hatte nicht gesungen, kein Fähnchen geschwenkt. Diesmal bekam ich einen strengen Verweis vom Schulleiter. Hinter meiner Stirn begann das schmerzhafte Klopfen, und ich biss in meine Faust, um nicht meine Meinung herauszuschreien.

Schließlich wurde mein Vater zum Schulleiter bestellt und ihm gedroht, dass ich die Schule verlassen müsse, wenn ich meinen Verpflichtungen nicht nachkäme.

Die Schule verlassen! Das war mir gerade recht. »Ich mache noch die Mittlere Reife«, sagte ich zu Vater, »und dann nichts wie weg aus diesem kommunistischen Bildungstempel!«

Mein Abschlusszeugnis wurde nicht so schlecht, wie ich befürchtet hatte. Obwohl meine Durchschnittsnote gereicht hätte, um in die elfte Klasse versetzt zu werden, war ich entschlossen, von der Schule abzugehen.

»Wenn du kein Abitur hast, kannst du nicht auf die Uni«, gab Vater zu bedenken.

»Studieren darf ich doch sowieso nicht, das weißt du so gut wie ich«, entgegnete ich gereizt.

»In zwei Jahren kann sich viel ändern, vielleicht haben wir dann schon die Einheit.«

»Das glaubst du doch selbst nicht, Ewald«, mischte sich Onkel Rudi ein. »Hast wohl vergessen, was Chruschtschow bei dieser Massenkundgebung in Berlin gesagt hat? Ich kann es auswendig: ›Eine Wiedervereinigung Deutschlands kann nur bei Wahrung der sozialistischen Errungenschaften der DDR akzeptiert werden.‹«

Vater hob abwehrend die Hände. »Sozialistische Vereinigung!«

»Stimmt«, Onkel Rudi zog resigniert die Schultern hoch, »dann könnte dir Karl Bach nicht mal mehr Ersatzteile für deinen altersschwachen Opel schicken.« Und zu Wanda, die mit dem kleinen Tobias auf dem Arm zur Tür hereinkam, sagte er: »Und mein Wanda-Schatz bekäme keine Nähmaschinennadeln mehr von Bachs und müsste ihre modischen Kreationen mit der Hand zusammensticheln.«

Wanda baute sich vor uns auf: »Wat nützn mich jetz Nadeln, wenn's in janz Jena keene blaue Nähseide jibt? Det heeßt, et jibt überhaupt keene, nur zentnerweise rosa Zwirn. – Hör uff zu quengeln, Tobi! Benimm dir! – Und det du's weeßt, Rudolf, Nägel jab's ooch nich, kannste also dein Zaun nich repariern und der Ärger jeht weiter, wenn deine Rindviecher auf'm volkseijenen Klee jrasen!« – Wanda war sichtlich geladen, setzte den zappelnden Tobi auf Rudolfs Schoß und stürmte in die Küche, weil der Wasserkessel pfiff.

»Es wird wirklich immer mieser«, knurrte Rudolf. »Zehn Jahre nach dem Krieg ist unsere Volkswirtschaft nicht mal fähig, ein paar Nägel auf den Markt zu bringen?«

»Schwerindustrie geht dem Spitzbart vor«, sagte Vater.

»Stimmt«, antwortete Rudolf. »Und vergiss nicht die Wismut, Ewald. Uran-Abbau für unseren friedliebenden Bruder! Da verschwinden Milliarden, da bleibt nichts für Wandas Nähseide und meine Drahtnägel übrig. Russland braucht Uran! Für seine Atomkraftwerke und wahrscheinlich auch für Bomben, wer weiß das schon? Alles andere ist denen unwichtig.«

»Nichts hat sich gebessert«, sagte Vater und rieb seine Stirn. »Nichts! – Vielleicht hätten wir doch im Westen bleiben sollen?«

»Fang nicht schon wieder davon an. So, wie du es gemacht hast, war's richtig. Du solltest nicht immer darüber nachgrübeln, Ewald.«

Wanda kam mit der Kaffeekanne zurück, und gleich danach erschienen Mama, Michael, Lisa und Jette im Esszimmer. Jette schnupperte. »Bohnenkaffee!«, gurrte sie, »so ein Luxus mitten in der Woche!«

»Hab ick in de HO jekooft. 125 Jramm knapp zwanzich Mark. Wenn ick sonst schon nüscht jekriecht hab, dachte ick, det leist ick mir.«

»Es geht doch nichts über ein Tässchen Guten.« Jette rührte andächtig die Milch ins Schwarze. »Hoffentlich erbarmen sich Kächeles und legen wieder ein Pfündchen ins nächste Paket.«

Während wir uns an diesem Nachmittag über Bohnenkaffee und Streuselkuchen hermachten, kehrte trotz der Nähseiden- und Nägel-Pleite unsere gute Laune zurück.

»Wieso gibt's denn schon freitags Kuchen?«, nuschelte Micha mit vollen Backen.

»Den habe ich für Anne gebacken, weil heute ihr letzter Schultag war«, sagte Mama. »Das sollten wir doch feiern, nicht wahr, Anne?«

»Oh ja, ein Grund, um auf die Pauke zu hauen!«, stieß ich hervor. Doch dann sagte ich zerknirscht: »Ich weiß eigentlich gar nicht, wie's mit mir weitergehen soll. Wenn ich nicht Architektur studieren kann, ist's mir sowieso schnurzpiepegal, was ich werde.«

Seit ich in Max Goldaus Bücherschrank einen Bildband über den Bauhaus-Stil entdeckt und seit ich in Stuttgart die Weißenhofsiedlung besichtigt hatte, träumte ich davon, Architektin zu werden. Mit der Begeisterungsfähigkeit meiner sechzehn Jahre sah ich mich schon als weiblichen Gropius. Nichts machte mir mehr Spaß, als meine Traumhäuser zu zeichnen.

Wenn Onkel Rudi meine Entwürfe betrachtete, versicherte er stets: »Dieses Talent für ausgefallene Formen hast du von deinem Großvater geerbt, von Alfred, dem Bildhauer.«

Aber nun stierte er in seine Tasse, als ob er meine Zukunft aus dem Kaffeesatz lesen wollte: »Ja, Anne-Mädel, was machen wir nun mit dir? Wo zaubern wir einen Beruf für dich her?«

»Frag ich mich auch Tag und Nacht«, gab ich kleinlaut zu.

»Wie wär's denn mit Verkäuferin?« Mama schien das ernst zu meinen. Ich schnitt eine Grimasse.

»Da hätte ich etwas in meiner Trickkiste!« Rudi zupfte an seinem Ohrläppchen und guckte, als ob er mir gleich einen Traumberuf samt Lehrstelle aus dem Hut zaubern würde.

»Na, sag schon!«

»Also, vorige Woche hab ich meinen alten Schulfreund Ingo Stern getroffen. Er sucht einen Lehrling.«

»Stern? Ist das nicht eine Baumschule?«

»Die Baumschule gehörte Ingos Vater, die ist verstaatlicht worden, weil er ein bisschen zu laut ›Heil Hitler‹ geschrien hat. Ingo hat sich eine kleine Gärtnerei auf einem Trümmergrundstück in Jena aufgebaut.«

»Du meinst, ich soll Gärtnerin werden?«, japste ich. »Nee, danke! Nachdem ich in Heilbronn mein Geld mit Rosenveredeln verdienen musste, kann mich der Gedanke an Gartenarbeit nicht mehr vom Hocker reißen.«

»Warum nicht, Anne-Mädel? Die Gärtner veredeln doch nicht nur Rosen!«

Ich war wütend. »Mach dich nicht lustig über mich. Denk dir was anderes aus!«

Aber Rudolf ließ nicht locker. »Ingo ist ein guter Meister, und wenn du bei ihm in die Lehre gehst, kannst du vielleicht später Gartenarchitektin werden. Bei deiner Fantasie und deinem Zeichentalent könnte ich mir vorstellen, dass du eine erfolgreiche Gartenkünstlerin wirst.«

Lehrjahre

Sechs Wochen später, am 1. September '55, trat ich bei Ingo Stern meine Lehre an. Damals sagte noch niemand Azubi, die Lehrlinge wurden »Stift« genannt.

Mein Meister war anders, als ich mir einen Gärtner vorgestellt hatte. Über seiner hohen Stirn wucherte eine Einsteinmähne, und wenn er nachdachte, schob er an seiner Hornbrille herum wie ein zerstreuter Professor. Während wir Beete umgruben, Kannen schleppten oder Unkraut hackten, philosophierte er über Darwins Evolutionstheorie oder dozierte über Bodenstruktur, Stickstoffgehalt von Pferdemist und die Nachteile künstlicher Düngemittel.

Ingo Sterns jüngere Schwester Gretchen hatte ein freundliches Mondgesicht. Alles an ihr war rund und drall. Gretchen kochte gern, aber das war nur ihr selbst anzusehen, der Hagerkeit ihres Bruders hatten ihre Kochkünste nichts anhaben können. Gretchen verkaufte Blumen und Gemüse an einem Stand vor dem Gärtnereigelände.

Die Geschwister Stern wohnten in einem alten Mietshaus, das zehn Gehminuten von der Gärtnerei entfernt lag. In diesem Haus wohnte nun auch ich. In meinem ersten möblierten Zimmer, dem in den nächsten zehn Jahren ein halbes Dutzend andere in verschiedenen Städten folgen sollten.

Das erste Mal hatte ich ein Zimmer, das ich ganz allein bewohnen durfte. Die Einrichtung war spartanisch: ein Bettgestell, auf dem sich ein Plumeau mit rot-weiß-karierten Bezügen wölbte, ein Waschtisch mit einer Porzellanschüssel und einem Wasserkrug, und ein Kleiderschrank, der sich nur schließen ließ, wenn ich ein Streichholz unter die Tür klemmte. Das störte mich alles nicht, auch nicht, aufs Plumpsklo im Treppenhaus gehen zu müssen. Das Beste an diesem Zimmer war, dass ich dort ungestört lesen konnte. Während meiner Lehrjahre in Sterns Gärtnerei verschlang ich gierig und wahllos Band um Band des Goldau'schen Bücherschrankes: Schiller, Goethe und Shakespeare, Heine, Keller, Fontane und auch französische Romane von Maupassant, Dumas und Zola. Nach dem Abendbrot verzog ich mich in mein Zimmer und las im Bett. Nicht selten fielen mir dabei die Augen zu, da ich den ganzen Tag bei Wind und Wetter im Freien arbeitete.

In den ersten Wochen hatten mir vom vielen Bücken und Karreschieben alle Muskeln wehgetan, aber das besserte sich. Da meine Hände rau und rissig wurden, vergaß ich das Nägelkauen.

Außer mir war in der Gärtnerei Stern noch ein Gehilfe beschäftigt. Trotz seiner sechsundzwanzig Jahre wirkte er wie ein strammer Schulbub. Wegen seiner streichholzlangen braunen Haare, die wie Stacheln vom Kopf abstanden, nannten ihn alle Mecki. Ich habe vergessen, wie er wirklich hieß. Seine Hände waren wie Bärentatzen, doch sie behandelten die Pflanzen behutsam und liebevoll. Mecki konnte arbeiten wie ein Pferd. Alle mochten ihn gern.

Mir gegenüber benahm er sich wie ein Kavalier der alten Schule. Er half mir, schwere Kisten zu heben oder vollgeladene Karren zu schieben. Das ließ ich mir gern gefallen, besonders während ich meine Tage hatte. Es war ein Kreuz mit diesen kratzigen Zellstoffdingern, die aussahen wie Schollen und die man an einem Gürtel befestigen musste, der bei jeder Bewegung verrutschte. Ich lief wie auf Eiern und hatte ständig Angst durchzuweichen. Glücklicherweise war es inzwischen üblich, dass Mädchen lange Hosen trugen. Bei der Arbeit hatte ich immer Latzhosen an, unförmige grüne Dinger, und dazu Gummistiefel, im Winter mit Filzsohlen und drei Paar Socken gepolstert. Im Sommer trug ich Shorts und kurzärmlige Blusen. Es gefiel mir, bei meiner Arbeit nebenbei so braun zu werden, als ob ich geradewegs von einem Ostsee-Urlaub käme.

Wider Erwarten machte mir die Arbeit Spaß. Es war spannend, wie sich Saatkörner in Keimlinge verwandelten, wie sich Stecklinge bewurzelten, wuchsen und Blüten ansetzten. Ich mochte den würzigen Duft, der beim Gießen aus der Erde stieg. Die schwere Feuchte der Treibhausluft gaukelte mir vor, in einem tropischen Urwald zu sein.

Obwohl ich mich darauf freute, an freien Wochenenden meine Familie zu besuchen, fuhr ich Sonntagabend gern wieder zu Sterns. Ich hatte meine Arbeit lieb gewonnen, und das Gefühl, gebraucht zu werden, machte mich stolz.

In diesen drei Lehrjahren bekam ich nur wenig davon mit, was außerhalb der Gärtnerei auf der Welt vor sich ging. Über die Volksaufstände in Polen wurde bei Sterns nicht gesprochen.

Auch von der Revolution in Ungarn erfuhr ich erst, als ich Vater mit Onkel Rudolf darüber diskutieren hörte. Diese Ereignisse erfüllten Onkel Rudolf mit Hoffnung: »Wenn es auch tragisch ausgegangen ist – aber es beweist, dass es innerhalb des Ostblocks auch liberale Tendenzen gibt«, behauptete er.

»Das mag vielleicht stimmen«, sagte Vater, »aber in der DDR sitzt der Schock des 17. Juni zu tief. Alle Reformer haben sich in ihr Schneckenhaus zurückgezogen oder tanzen wieder nach Ulbrichts Pfeife.«

Was auf der anderen Seite Deutschlands hinter dem Eisernen Vorhang passierte, wusste ich erst recht nicht. Ich las zwar die Briefe von Tante Hanna, die schrieb, sie hätte eine gute Arbeitsstelle und eine Wohnung gefunden und sei im Urlaub in Italien gewesen; und ich erfuhr aus Briefen von Bachs, dass sie sich einen neuen Mercedes, einen Fernseher und eine Waschmaschine angeschafft hatten – aber obwohl das nach Glück und Wohlstand klang, sehnte ich mich während meiner Lehrzeit nicht in den Westen.

Auch Tante Margret ließ regelmäßig von sich hören. Sie schimpfte, in Stuttgart würde es von Rowdys wimmeln, die arbeitsscheu seien und in unmöglichen Klamotten herumliefen. »Die Leute sind nur hinterm Geldverdienen her, keiner hat Zeit, seine Kinder anständig zu erziehen«, empörte sie sich. Sie hatte einen Zeitungsartikel beigelegt, in dem die Jugendlichen *Halbstarke* genannt wurden, die sich in Cliquen zusammenfänden und die Innenstädte unsicher machten. Fast schien es mir, als wünschte sich Margret Kächele in die Ostzone, wo sich die vom Staat gedrillte Jugend solche Mätzchen nicht erlauben durfte.

Tante Margret schickte mir auch Ansichtskarten vom frisch eingeweihten Fernsehturm, vom wieder aufgebauten Rathaus und von der neuen Liederhalle, die sie Musikbunker nannte. Mit diesen Ansichtskarten verzierte ich die Wand meines möblierten Zimmers. Wenn ich sie ansah, schlich unentrinnbar die Sehnsucht nach Stuttgart an mich heran. Würde ich diese Stadt nie wiedersehen? Musste ich hier in der DDR für immer zwischen Alpenveilchen und Gemüsebeeten versauern? Würde ich niemals mehr aus dem Ostblock herauskommen?

Das einzige Weltereignis, das im November 1957 auch die Gärtnerei erschüttert hatte, waren die sowjetischen Weltraum-Satelliten gewesen. Mecki war dermaßen beeindruckt von dem Wunder, das Sputnik hieß und 21 Tage lang unseren Planeten umkreiste, dass er täglich eine Zeitung kaufte. In seiner Begeisterung für Sputnik 2, der wenig später mit der Hündin Laika um die Erde flog, war der stille Mecki kaum wiederzuerkennen. Er hielt uns mit allen Details auf dem Laufenden.

Wenn die Sputnik-Artikel ausgeschnitten waren, stopften wir den Rest der sozialistischen Tageszeitung *Neues Deutschland* hinter die Eisentür der Gewächshausheizung. Wir waren froh, auf der kleinen Insel der Stern'schen Gärtnerei das neue Kampfprogramm der SED, »Der Sozialismus siegt!«, nicht ausfechten zu müssen.

Im Herbst 1958 ging meine Lehrzeit bei Ingo Stern zu Ende. Am Tag meines Abschieds sagte Gretchen: »So leid mir's tut, dass du uns verlässt, Anne, aber du hättest Mecki noch das Herz gebrochen. Er frisst sich Kummerspeck an wie ein Mastochse.«

»Ich – und Mecki das Herz brechen? Das meinen Sie doch nicht ernst, Frau Stern. Der Mecki liebt doch nur seine Pflanzen und den Sputnik! Das ist doch gar nicht möglich, dass er mich …«

Aber dann, als ich darüber nachdachte, erschrak ich und schämte mich, nichts bemerkt zu haben. Plötzlich erinnerte ich mich gerührt an Mecki, wie er für mich schwere Kisten schleppte; an die Blumen, die er mir unter dem Vorwand, mir eine botanische Besonderheit zu zeigen, schenkte; an meine Gummistiefel, die jeden Morgen gewaschen an ihrem Platz standen …

»Meine Güte«, sagte ich zu Gretchen, »und ich habe ihn immer so ein bisschen von oben herab behandelt. Ich habe Mecki doch gemocht, so wie ihn alle gern haben, aber mir wäre nicht im Traum eingefallen, er könnte in mich verknallt sein.«

Mecki kam nicht zu meiner Abschiedsfeier.

Familienfrust

Nach abgeschlossener Lehre verbrachte ich drei Wochen in Birka. Aber schon nach wenigen Tagen ging mir das Familienleben gegen den Strich. Mama fiel mir auf die Nerven, weil ich meine Freizeit nach ihren Wünschen einteilen musste. Sie bestand auf regelmäßigen Mahlzeiten, zu denen ich pünktlich erscheinen musste. Wenn sie mir wenigstens nicht den Teller vollgehäuft und aufgepasst hätte, dass ich ihn auch leer aß! Ich fühlte mich unter Mamas Fuchtel eingeengt und bevormundet.

Glücklicherweise gab es den Bücherschrank. Doch Mama ließ mich nicht in Ruhe, wenn sie mich mit einem Wälzer herumsitzen sah. »Was hast du von dieser ewigen Leserei?«, murrte sie, »geh doch spazieren, nimm Tobi mit. Aber seid pünktlich zum Essen daheim. Bewege dich etwas, Anne, du bist sowieso zu dick!«

Da hatte ich es: Ich war zu dick!

Während meiner Lehrzeit, bei der Arbeit an der frischen Luft, war ich immer hungrig wie ein Wolf gewesen. Gretchen hatte genau wie Mama dafür gesorgt, dass ich mehr aß, als ich wollte. In meiner Latzhose war das Malheur kaum aufgefallen. Nun, nach anfänglichem Stolz, die Lehre erfolgreich hinter mich gebracht zu haben, machte ich mir das erste Mal Gedanken über meine Figur. Ich fand mich fett und hässlich!

Gleichaltrige Mädchen zwängten ihre schlanken Taillen in breite Gürtel, stöckelten auf hohen Absätzen, wippten mit weiten Röcken und zeigten ihre Brüste unter hautengen Pullis. Für diese Mode, die vom *Goldenen Westen* zu uns herüberschwappte, war ich zu dick.

Lisa hatte von Erika Bach einen Petticoat bekommen und sah sehr niedlich darin aus. Die schwarzen Haare meines elfjährigen Schwesterchens baumelten als Pferdeschwanz über den schmalen Rücken oder saßen als Dutt auf ihrem Köpfchen. Lisa bewegte sich graziös wie eine Ballerina. Das war kein Wunder, denn sie durfte seit einigen Jahren Ballettunterricht nehmen. Lisa sah sich schon als berühmte Tänzerin über die Bretter, die die Welt bedeuten, schweben. Ihre Schulnoten waren dagegen weniger berühmt. Außer ihrem Ballettspleen und der Sucht, hübsch auszusehen, hatte Lisa keinerlei Interessen.

Lisa und ich rieben uns in Machtkämpfen auf, wobei es meist um die Kleider ging, die Bachs aus Oberkochen und Kächeles aus Stuttgart schickten. Es waren überwiegend getragene Sachen, aber die Stoffe und Schnitte waren viel schicker als alles, was man im Osten kaufen konnte. Und zum Glück hatten wir ja Wanda, die uns jedes Stück perfekt änderte.

Bei der Verteilung dieser West-Roben ging es meist kämpferisch zu. Wie zum Beispiel bei dem kornblumenblauen Kleid mit den weißen Tupfen.

»Das passt dir ja doch nicht«, piepste Lisa schadenfroh, hielt es sich vor die Brust und lächelte sich in dem hohen Dielenspiegel an.

»Es ist für mich!« Ich riss das Kornblumenblaue aus Lisas Händen und schlüpfte hinein. Aber so sehr ich auch den Bauch einzog und die Luft anhielt, der Reißverschluss ging nicht zu.

Lisa stellte sich in die zweite Ballettposition und hüpfte in die dritte. »Siehste, hab ich's doch gewusst! Du bist zu fett. Selbst wenn Wanda die Nähte auslässt, wirst du trotzdem aussehen wie ein Persilpaket!«

Lisa stöckelte mit den zum Kleid passenden blauen Schuhen vor dem Spiegel hin und her, aber da sie ihr drei Nummern zu groß waren, schlenkerte sie einen nach dem anderen in meine Richtung und sagte großmütig: »Kannste haben!«

Die blauen Schuhe passten mir wie angegossen. Aber schon nach wenigen Schritten merkte ich, dass ich nicht darin laufen konnte. Die hohen Absätze machten mir zu schaffen. Durch das ständige Stapfen in Gummistiefeln hatte ich mir einen Elefantengang angewöhnt.

Lisa war mit dem Kornblumenblauen entwischt, und ich stand in Unterwäsche vorm Spiegel. »Persilpaket!«, flüsterte ich mir entgegen. Ich schob die Träger über die Arme, zog das Hemd runter und knurrte den Spiegel an: »Wenn das so weitergeht, werde ich einen Riesenbusen wie Gretchen bekommen und auch so einen dicken Hintern!« Wütend zog ich mein Hemd wieder hoch und streckte mir die Zunge raus. Dann prüfte ich meine Beine. Sie waren schlank und sonnenbraun. Ja, die Beine konnte man gelten lassen. Sie schienen das einzig Passable an mir zu sein.

Trotzdem begann das bekannte Klopfen hinter meinen Schläfen und ich bekam Lust, den Dielenspiegel zu zertrümmern. Wie gern hätte ich mich irgendwo ausgeheult, aber es gab in diesem großen Haus keinen einzigen Raum, in den ich mich zurückziehen konnte. Auch in mein Bett konnte ich mich nicht verkriechen, denn Mama hatte mich in Lisas Zimmer einquartiert.

Mamas Erziehung zu penibler Ordnung hatte im Gegensatz zu mir bei Lisa keine Früchte getragen. Lisa hatte von Mamas Ordnungssinn nur die Regel, adrett gekleidet zu sein, übernommen. Mamas Eifer in punkto Garderobe stammte eindeutig aus der Zeit, in der sie als junge Frau in diesem Jenaer Modegeschäft »in Konfektion« gewesen war. Sich und ihre Familie gut – Mama sagte »anständig« – anzuziehen, war ein regelrechter Tick von ihr, der an mir nicht spurlos vorübergegangen war. Es wurmte mich, wegen meiner Fettpolster keine schicken Kleider tragen zu können. Vielleicht frönte ich deswegen in dieser Zeit umso mehr einem Aufräumfimmel. Ich regte mich maßlos auf, wenn Lisa ihre Klamotten auf mein Bett schmiss, aber noch mehr, wenn sie in meinen Sachen rumstöberte. Als ich Lisa erwischte, wie sie in meinem Tagebuch las, wurde ich fuchsteufelswild. Ich schrie sie an und nannte sie liederliche Schlampe und neugierige Hexe. Aber Lisa lachte nur. Nicht einmal entschuldigen wollte sie sich. Ich vermutete, meine kleine Schwester hatte sich noch nie für irgendetwas entschuldigen müssen.

Wenn wenigstens Michael da gewesen wäre! Aber der amüsierte sich in einem Schullandheim in der Sächsischen Schweiz.

Obwohl ich Micha sehr gern hatte, ärgerte es mich, wie unbekümmert er sich der sozialistischen Erziehung angepasst hatte. Nur um sein Abitur machen zu können, war er in die FDJ eingetreten und nun auch in die *Gesellschaft für Sport und Technik*, in der er sogar schießen lernte.

»Michael ist eben anders als du«, meinte Vater, als ich meinem Missfallen darüber Luft machte. Er rieb seine Stirn und sagte: »Vielleicht hat's Micha später leichter im Leben als du, aber vielleicht fällt er auch auf die Nase.«

Vater hatte gut reden, und ich verübelte ihm diese Sprüche. Ich gestand mir nicht ein, auf Micha neidisch zu sein. Neidisch, weil er nächstes Jahr Abitur machen würde. Er war ein Glückspilz! Bestimmt schaffte er es, Maschinenbauingenieur zu werden, wie er es sich wünschte. Und was hatte ich? Plötzlich wurde ich wütend auf meinen Beruf, den ich drei Jahre lang begeistert erlernt hatte. Ich habe nichts als ein armseliges Facharbeiterzeugnis vorzuweisen, dachte ich, und das ist's dann wahrscheinlich gewesen. Mein Lebtag lang werde ich im Dreck buddeln, Hacken und Gießkannen schwingen, ewig in Gummistiefeln stapfen müssen und Plattfüße bekommen. Ich werde weiter in Latzhosen herumlaufen und einen immer dickeren Hintern kriegen.

Kein Mann wird sich in so was wie mich verlieben. Na ja, vielleicht so einer wie der gute Mecki – mit unserem Speck und unserer Leidenschaft für die Botanik passen wir gut zusammen.

Barkarole

Am letzten Wochenende meines Urlaubs überredete mich Brigitte Kadowitz, mit ihr zum Tanzen zu gehen. Seit sie nach dem Krieg mit ihrer Mutter in unser Haus gezogen war, waren wir Freundinnen. Sie hatte bei Bäcker Knoll gelernt. Ich wunderte mich, wie schlank sie geblieben war, obwohl sie ständig mit frischen Brötchen und Kuchen zu tun hatte.

Brigitte machte sich für diesen Tanzabend piekfein, trug ihre langen, braunen Haare offen, tuschte sich die Wimpern und sparte nicht mit Lippenstift. Ihr rotes Hemdblusenkleid war höchstens Größe achtunddreißig. Weil mir sonst nichts passte, klemmte ich mich in meinen weißen Faltenrock. Beim Oberteil entschied ich mich für eine blau-weiß gestreifte Bluse, die Mama abgelegt hatte. Dazu zog ich die blauen Hochhackigen an – irgendwie würde ich mich schon daran gewöhnen, hoffte ich. Besser humpeln, als mit Schnürschuhen angelatscht kommen. Wütend zupfte ich an meiner Frisur herum. Der Kurzhaarschnitt, den ich anfangs flott gefunden hatte und der bei der Gartenarbeit so praktisch gewesen war, gefiel mir überhaupt nicht mehr.

Der Saal im Gasthaus *Zum Goldenen Ochsen* war gerammelt voll. Während Brigitte unentwegt das Tanzbein schwang, nippte ich lustlos an meiner Limonade und sah den anderen zu. Als ob mein Mauerblümchendasein nicht schon schlimm genug gewesen wäre, kreuzte zu später Stunde Bruno mit Gisela Rübe auf. Gisela hatte den Arm um seine Hüfte gelegt. Sie sah hübsch aus in ihrem geblümten Sommerkleid, dessen tiefer Ausschnitt ziemlich viel von ihrem prallen Busen zeigte. Selbstgefällig warf sie ihre blonde Dauerwellenmähne zurück und lächelte zu Bruno auf. Ich schämte mich, allein am Tisch zu sitzen, und hätte mich gern unsichtbar gemacht.

Bruno schien hier Stammgast zu sein, denn er begrüßte den Wirt und einige Gäste wie gute Bekannte. Es war Tanzpause. Gisela steuerte die Bar an. Aber Bruno ging zum Klavier. Mehrere Gäste applaudierten, als er sich davor niederließ. Ich erwartete einen Schlager, aber Bruno begann die Barkarole aus *Hoffmanns Erzählungen* von Offenbach zu spielen. Man hätte eine Stecknadel fallen hören können, wenn der Saal nicht mit den leise wiegenden Klängen erfüllt gewesen wäre. Obwohl ich Brunos Gesicht nur im Profil sah, erkannte ich darin den hingebungsvollen Ausdruck wieder, der mich als Kind gerührt hatte, wenn er Mozart spielte.

Unerwartet durchfuhr mich wieder die kleine, heiße Welle. Er ist ein anderer Mensch, sobald er die Tasten berührt, dachte ich, vielleicht hatte er wirklich das Talent zu einem großen Pianisten. Vielleicht wäre er anders geworden, wenn er hätte Musik studieren können. Nun versucht er, sein Verlangen nach Beifall und Bewunderung als Parteigenosse zu befriedigen.

Die Töne schwangen sich in den sehnsüchtigen Mittelteil, stiegen empor und flossen in klagendes Wiegen zurück. Nachdem der letzte Akkord im Pianissimo verklungen war, strich sich Bruno durchs Haar, nicht arrogant wie sonst, die Geste wirkte, als wollte er ein Gefühl wegwischen. Als die Leute klatschten, hatten sich sein Gesicht und seine Haltung bereits wieder in Selbstherrlichkeit verwandelt. Er verbeugte sich nicht, sondern machte eine Handbewegung, die Tschüss bedeuten konnte. Danach ging er an die Bar, wo ihn Gisela mit Küsschen willkommen hieß und an sich zog.

Die Kapelle begann einen langsamen Walzer zu spielen, und ein Jüngling schluchzte »Cindy, oh Cindy, dein Herz muss traurig sein …« ins Mikrophon. Brigitte tanzte schon, als sich Bruno von Gisela losmachte und an meinen Tisch setzte. »Tag, Anne.«

»Tag, Bruno. Ich wusste gar nicht, dass du noch Klavier spielst.« Verwirrt spürte ich, dass mein Herz schneller klopfte.

»Für solches Zeug reicht es gerade noch.« Bruno streckte mir unverhofft seine rechte Hand hin, die mit dem verstümmelten Finger. »Damit kann man nicht Chopin spielen«, sagte er grimmig. »Solche Klimpereien wie eben, das ist gerade noch möglich.«

»Aber du hast gut gespielt. Es hat mir gefallen.«

Er lächelte geschmeichelt, und das machte sein Gesicht weich und sympathisch, aber gleich wurde es wieder kantig, und seine Augen nahmen ein hartes Eisblau an, das mich frieren ließ. »Was verstehst du schon davon?«, sagte er. »Mit der Musik bin ich fertig. Das ist passé, seit die Amis meinen Finger auf dem Gewissen haben.«

»Was konnten die denn dafür? Deine Mutter hat doch den Klavierdeckel zugeknallt.«

Bruno machte sein Bulldoggengesicht, vor dem ich mich so oft gefürchtet hatte. »Es waren die Amis! Meine Mutter weiß, dass es diese verdammten Amis waren. Sag nichts gegen meine Mutter! Der habt ihr genug angetan, als ihr sie aus eurem Haus geworfen habt.«

»Wir? Wir haben sie rausgeworfen?«

Hatte Bruno an dem Tag, als die Amerikaner kamen und er seinen Finger verlor, unter Schock gestanden und nichts mitbekommen? Anscheinend glaubte er noch immer die Version, die seine Mutter ihm vorlog. Frau Dobmaier hatte ihren Sohn nicht nur gegen die Amerikaner, sondern auch gegen unsere Familie aufgehetzt.

Ich kam nicht dazu, die Sache richtigzustellen, weil er mich plötzlich am Arm packte. »Komm tanzen!« Es klang wie ein Befehl. Obwohl ich gar nicht wollte, ließ ich mich aufs Parkett führen. Bruno roch nach Bier und Schweiß. Er tanzte sehr eng. Ich fühlte wieder, wie damals als Vierzehnjährige am Fluss, das harte Ding und wusste diesmal, dass es kein Taschenmesser war.

»Ich mag nicht mehr«, schnaubte ich, »lass mich gehen.«

»He«, sagte Bruno und hielt mich fest, »schön hiergeblieben.«

Die Kapelle spielte »Auf Wiedersehn ...«, langsam und schmalzig – den letzten Tanz für die Paare, die danach auf dem gemeinsamen Heimweg das Knutschen üben würden. Bruno summte mit, drückte mich an sich, spürte wahrscheinlich meine Brust und meine Specktaille.

»Ich bring dich heim«, sagte er, »wir haben den gleichen Weg.« Und dann dicht an meinem Ohr: »Du bist mir noch was schuldig.«

»Lass mich los«, fauchte ich, wand mich aus seinen Armen und rannte an meinen Platz. Ich wollte meine Handtasche holen und verschwinden. Bruno kam nach, stemmte die Arme auf den Tisch und sah mich an. – Seine Augen, dachte ich, diese verdammten Eis-Augen! Ich drehte den Kopf zur Seite, um ihnen zu entgehen: »Lass mich in Ruhe, Bruno!«

»Ich nehm was zurück«, knurrte er, »ich nehme zurück, dass ich dich kriegen will. Wer will schon ein Dorftrampel?« Er kam noch näher. »Aber irgendwann krieg ich euer Haus, da kannst du Gift drauf nehmen!«

Ich schnappte meine Tasche und wäre bei meinem Rückzug fast gefallen, weil ich in den hochhackigen Blauen umknickte. Auf halbem Weg nach Hause zog ich sie aus, warf sie in den Straßengraben und rannte barfuß weiter.

In den letzten Tagen meines Urlaubs war ich einsilbig und mürrisch. Vater fragte, was los sei, ob ich mich daheim nicht mehr wohlfühlen würde. Das bestritt ich natürlich, denn Vater konnte ich nicht wehtun. Ich war froh, als ich endlich mit meinen Siebensachen nach Erfurt fahren konnte, wo ich am fünfzehnten September meine erste Gehilfenstelle antrat.

Streichorchester

Die Stelle beim Gartenbauamt Erfurt verdankte ich Ingo Stern. Er kannte den Personalchef, und bei diesem Herrn, der Tischbein hieß, hatte ich mich bereits vorgestellt. Meine Aufgabe sei es, so hatte ich beim Vorstellungsgespräch erfahren, die städtischen Grünanlagen zu pflegen.

»Aber ab Dezember kommen Sie ins Planungsbüro«, versprach Herr Tischbein, »es gibt immer was zu tippen, und Sie können dann auch in den Entwürfen schnuppern und Pläne kolorieren.«

Für dieses Versprechen hätte ich ihn am liebsten auf seinen komischen Backenbart geküsst. Im Winter die Gummistiefel ausziehen und in einem warmen Büro sitzen, Pläne bunt malen und auf der Schreibmaschine tippen bedeutete für mich so viel, als hätte ich das große Los gezogen. Ich verließ das Büro in Hochstimmung und galoppierte die Straße entlang zum Marktplatz.

Im Zickzack rannte ich zwischen den Ständen des Wochenmarktes hindurch und die breite Freitreppe zwischen dem Dom und der Severikirche hinauf. Atemlos ließ ich mich auf der obersten Stufe nieder und schaute auf die Stadt. Giebeldächer, verwinkelte Gassen, dazwischen graustaubige Trümmergrundstücke: Erinnerungen an Sirenenjaulen und Bombergedröhn. Angesichts der Kriegsspuren dachte ich ein bisschen sehnsüchtig an Stuttgart, das schon 1953 langsam, aber stetig aus seinen Trümmern neu erstanden war.

Immerhin pulsierte in Erfurt das Leben genauso wie auf den Marktplätzen in Heilbronn und Stuttgart. Hier in Erfurt könnte ich endlich in einem Planungsbüro arbeiten, mit sauberen Händen, die höchstens mit Tuscheflecken verziert wären.

In einer engen Gasse bezog ich mein zweites möbliertes Zimmer. Es war diesmal ohne Familienanschluss. In dem Kämmerchen unterm Dach empfingen mich ein paar schäbige Möbel und ein Bett mit durchgelegener Matratze. Der Blick zum Petersberg versöhnte mich mit dieser armseligen Behausung. Ich verzierte die Wände mit Tante Margrets Postkarten aus Stuttgart und einer Weltkarte, stellte meine Bücher auf die wackelige Kommode und Alpenveilchen vors Fenster und fühlte mich wohl. Ich genoss es, mitten in der Stadt zu wohnen, saß in meiner Freizeit in Cafés herum und ging oft ins Kino. Außer DEFA-Produktionen waren hin und wieder auch ausländische Filme auf dem Spielplan. Am meisten beeindruckte mich der russische Film *Wenn die Kraniche ziehen.* Einen Film aus Schweden, *Sie tanzte nur einen Sommer,* sah ich mir mehrmals an und schluchzte jedes Mal noch auf dem Heimweg.

Hin und wieder kamen auch Filme aus Westdeutschland in die Kinos der DDR. Da war großer Andrang und Gerangel um die Karten. Diese netten Schnulzen hießen *Schwarzwaldmädel* mit Sonja Ziemann, *Feuerwerk* mit Romy Schneider und irgendwann durften auch die Filme mit Vico Torriani gezeigt werden. – Nachdem die Schwarzwaldmädel schon mein

Fernweh angeheizt hatten, zerging ich nun vor Sehnsucht nach Italien.

Aber ich verbrachte die Abende nicht nur im Kino. Bei der Volkshochschule belegte ich einen Schreibmaschinenkurs und einen für Buchführung. Gleichzeitig meldete ich mich zur Fahrschule an, denn Vater hatte gesagt, der Führerschein gehöre zu meiner Grundausbildung, für die er zuständig sei.

Im Schreibmaschinenkurs lernte ich Lilli und Margot kennen. Samstagabends gingen wir gemeinsam zum Tanzen. Da ich inzwischen abgenommen hatte, weil es niemanden mehr gab, der mir das Essen aufdrängen konnte, war meine Mauerblümchenzeit auf dem Tanzboden vorüber. Mein Selbstbewusstsein festigte sich.

Bei der Arbeit im Stadtpark hatte ich eine Arbeitsgruppe von acht Mädchen zwischen vierzehn und sechzehn Jahren anzuleiten. Sie wohnten in einem Heim für Schwererziehbare. Ich merkte bald, dass diese Mädchen durchaus nicht kriminell waren, sondern zu den jungen Menschen gehörten, die gegen das System rebelliert hatten und in speziellen Heimen »umerzogen« wurden. Obwohl Frau Schwotzing, die die Mädchen jeden Morgen brachte und abends abholte, mir von Hauen und Stechen im Heim erzählte, schien die Parkluft die Gemüter zu beruhigen. Nie ist jemand ausfallend geworden oder gar ausgebüxt.

Zu unseren Aufgaben gehörte es, die Wege zu fegen und die Papierkörbe zu leeren. Unsere Werkzeuge waren Stahlfeger, die wir Tangobesen nannten. Marianne erfand das Wort »Streichorchester«. Während unser Orchester Strich um Strich die Wege und Plätze abkehrte, sangen wir und ließen die Besen im Rhythmus kratzen.

Anfang Dezember fing es an zu schneien. Die Besen wurden mit Schneeschiebern vertauscht. Doch die Säcke mit dem Streusalz und dem Splitt waren für die Mädchen viel zu schwer, und die Schubkarren blieben im Schnee stecken.

Als ich nach den Weihnachtsfeiertagen zurückkam, brachte ich einen Schlitten von daheim mit. Das Transportproblem des Streugutes war gelöst. Leider wurden wir ein paar Tage später beim Rodelrennen auf dem Nordhang erwischt. Ich musste in der Verwaltung antanzen, um diese Straftat – Rodeln während der Arbeitszeit auf volkseigene Kosten – zu rechtfertigen.

»Es fehlte nur noch eine Viertelstunde bis Feierabend und der Park war tipptopp gestreut«, verteidigte ich mich.

»Die Mädchen sind zum Arbeiten da, nicht zum Spielen«, sagte der Verwaltungsgenosse Huber. Er hatte ein langes Pferdegesicht und beim Sprechen öffneten sich seine schmalen Lippen nur einen Spalt. »Sollte das noch einmal vorkommen, muss ich dich zur städtischen Müllabfuhr versetzen. Als Verantwortliche für die Brigade musst du Vorbild sein! Ist das klar, Genossin?«

»Wenn ich nur Befehle gebe, werden die Mädchen die Lust verlieren. Wir arbeiten zuverlässig.«

»Das sieht man ja, die Brigade vergnügt sich beim Schlittenfahren!«, knurrte er.

Da ich nun schon einmal in der Verwaltung war, wollte ich die Gelegenheit nutzen und fragte nach Herrn Tischbein.

»Der ist nicht mehr da. Ist strafversetzt worden. Jetzt hab ich hier das Sagen, falls du das noch nicht wissen solltest. Um was geht's denn?«

»Herr Tischbein hat versprochen, mich im Winter im Büro zu beschäftigen. Ich möchte mich nächstes Jahr bei einer Ingenieurschule bewerben. Dafür werden Kenntnisse im Planzeichnen verlangt.«

Genosse Huber lief rot an, während er in meiner Personalakte blätterte. Dann platzten seine Lippen auseinander wie ein Reißverschluss. »Wieso bist du nicht in der Partei? Wie – nicht mal in der FDJ?«

»Ich mache meine Arbeit auch so«, sagte ich mutig.

»Ingenieurschule! Wie stellst du dir das vor, ohne deine sozialistischen Pflichten zu erfüllen?«

»Ich habe fast vier Monate lang den Stadtpark gefegt, dabei kann ich keine berufliche Qualifizierung erlangen.«

Er lehnte sich zurück und sagte gedehnt: »Sozialistisches Denken ist wichtiger als fachliches Können!« Seine Hand schlug auf die Akte. Peng! Peng! Peng! Und danach kam ein spöttisches: »Ha! Ha! Ha! – Und der Tischbein hat also versprochen, du kommst ins Planungsbüro? Typisch! Hat sich ja nie an die Vorschriften gehalten. Aber da weht jetzt ein anderer Wind in der Verwaltung. Wenn du hier weiterhin arbeiten willst, dann tu das da, wo wir dich einsetzen. Basta! Und nimm es mit der Aufsicht genauer. Lass dir das gesagt sein!«

Ich trottete zurück zum Stadtpark. Hinter meinen Schläfen klopfte die Wut derart, dass ich gegen einen Bretterzaun boxte und bei jedem Hieb »Scheiße!« schrie.

Erst als eine Frau mich anzischte: »He, Mädel, was machst du denn da?«, lief ich weiter und leckte das Blut von meinen zerschundenen Fingerknöcheln.

In den nächsten Wochen versuchte ich, mir meine Enttäuschung von der Seele zu kehren, wobei mindestens drei volkseigene Besen zu Bruch gingen. Sooft ich in Birka war, tippte ich in Vaters Kontor verbissen Bewerbungsschreiben an alle Fachhochschulen der DDR. Aber ich erhielt nur Absagen.

Der Entschluss

Nachdem mir im April endlich ein vierzehntägiger Urlaub bewilligt worden war, fuhr ich nach Birka. Noch am selben Abend gestand ich meinem Vater, dass ich mich entschlossen hätte, die DDR zu verlassen.

»Mein Gott, Anne«, sagte er, »ich kann dich nur zu gut verstehen und möchte dir keinen Stein in den Weg legen, aber wir sind doch vor sechs Jahren nicht grundlos zurückgekommen. Du hattest auch Heimweh wie Mama. Wenn du jetzt gehst, kannst du nicht mehr nach Hause.«

»Ich bin kein Kind mehr, Vater«, hielt ich dagegen. »Ich werde kein Heimweh bekommen. Ich will weg, ich habe genug von diesem Scheißstaat! – Schließlich bin ich über achtzehn, also in der DDR volljährig, demnach auch selbst dafür verantwortlich, was ich tue.«

Trotz meiner forschen Reden war ich verunsichert, weil mir Onkel Rudi von der Enteignungswelle, die gerade wieder angelaufen war, erzählt hatte. Vater verlor allerdings kein Wort darüber, dass zurzeit weniger als die Republikflucht eines Familienmitgliedes genügte, um eine Firma zu verstaatlichen. Deswegen sagte ich: »Es braucht ja niemand zu erfahren, dass du von meiner Fluchtabsicht gewusst hast.«

Vater rieb seine Stirn und sagte leise: »Aber wenn sie dich schnappen, Anne! Was dann? Republikflucht ist strafbar. Wenn es schiefgeht, sperren sie dich ein. Dann hast du hier gar keine Chance mehr.«

»Ich lasse mich nicht schnappen!«

Nach diesem Satz kam glücklicherweise Onkel Rudi ins Kontor. Er war schon in meine Pläne eingeweiht und wusste, worum es ging. Onkel Rudi war mein Verbündeter, mit dem ich Vater zu überzeugen hoffte.

Nun erzählte ich auch Vater von dem Fluchtplan, den ich mir ausgedacht hatte. Von dem Plan, den Onkel Rudi so verrückt gefunden hatte, dass er sich vor Lachen geschüttelt hatte. Vater lachte nicht darüber, er sagte nur: »Versuch's, Anne, es klingt fast perfekt.«

Vater, Onkel Rudi und ich gingen zu Mama in die Küche und versuchten, ihr mein Vorhaben beizubringen. Wie erwartet stießen wir auf Widerstand. Mama war fassungslos. Sie zog an ihren Fingern und knackte sie wie besessen durch. »Du bist viel zu jung, gerade mal zwanzig – da kannst du doch nicht einfach so deine Familie verlassen! Mein Gott, Anne, als ich in deinem Alter war, stand ich mutterseelenallein in der Welt.« Knack – knack – knack ...! – Das waren die Finger der anderen Hand.

»Du hattest Tante Elsbeth«, sagte ich ungeduldig.

»Die hatte ich da auch schon nicht mehr. Aber als sie noch lebte, hat sie nicht viel für mich übrig gehabt. Ich war ihr lästig, weil sie mich großziehen musste.« Und nun weinte Mama, und ich wusste nicht, ob sie wegen ihrer elternlosen Jugend weinte oder weil ich weggehen wollte. Sie umklammerte Vaters Hand und schluchzte: »Ach, Ewald, wenn ich dich nicht hätte! Man braucht doch eine Familie, einen Platz in der Welt, wo man hingehört.«

Das wusste ich ja alles, auch dass meiner Mutter unsere Familie über alles ging – aber deswegen konnte ich doch nicht ewig in ihrem gemütlichen Nest sitzen bleiben!

»Mama«, sagte ich erbarmungslos, »Mama, es sind andere Zeiten als in deiner Jugend. Ich will weg. Versteh mich doch – ich will keine Parks mehr fegen!«, und dann heulte ich auch.

»Lass sie, Charlotte«, sagte Vater, »Anne weiß, was sie will.«

Mutter nickte, sie vertraute nicht mir, sie vertraute ihrem Ewald.

Diese Diskussion hätte sich bestimmt noch lange hingezogen, wenn nicht Lisa hereingestürmt wäre. Sie stutzte, als sie mein verheultes Gesicht sah. »Was ist denn hier los?«, piepste meine kleine, hübsche Schwester.

»Sie hat Liebeskummer«, sagte Onkel Rudi.

Lisa stotterte vor Neugier: »W-wer? Kenn ich ihn?«

»Sie erzählt es dir später«, sagte Vater. »Komm, Anne, wir gehen zurück ins Kontor.«

An Vaters Schreibtisch setzten wir in Gedanken einen Brief auf, in dem ich ihn um Verzeihung bat, weil ich die DDR ohne sein Wissen verlassen hatte. Diesen Brief sollte ich schreiben und abschicken, sobald ich im Westen war. Vater wollte ihn dann der Polizei vorlegen und zu beweisen versuchen, dass er von meiner Republikflucht nichts gewusst hatte.

»Wenn du in Westberlin ankommst, gehst du zu Hanna, damit du nicht ins Lager musst«, sagte Vater abschließend. Und dann stand er auf und küsste mich auf die Stirn mit der schüchternen Zärtlichkeit, die ich so an ihm liebte. »Viel Glück, meine Anne«, sagte er leise. Er wandte sich ab und sortierte mit gesenktem Kopf Papiere auf dem Schreibtisch.

Am nächsten Tag machte ich Jena einen Abschiedsbesuch und bummelte durch die Stadt. Die Johannisstraße hatte keine einzige Baulücke mehr. Am Holzmarkt schossen neue Universitätsgebäude aus dem Boden. Neben den Autos aus der Vorkriegszeit flitzten Motorroller und die ersten Trabis durch die Straßen. Auch die Schaufenster hatten sich gefüllt. Nach zwanzig Jahren waren endlich die Lebensmittelkarten abgeschafft worden. Dinge für den täglichen Bedarf, soweit gerade vorrätig, waren preiswert. Aber was nützt es, dachte ich, dass ein Pfund Margarine nur eine Mark kostet, wenn die Leute für 125 Gramm des heiß begehrten Rondo-Bohnenkaffees siebzehn Mark fünfzig hinblättern müssen?

Ich ließ die Innenstadt hinter mir und wanderte über die »Via Triumphalis«, wie die Jenaer den Grünstreifen entlang des Fürstengrabens nennen. Dort sind Denkmale aufgereiht, auf deren Sockeln keine Staatsmänner und Kriegshelden stehen, sondern die berühmtesten Dichter und Denker, Philosophen und Naturwissenschaftler, die in Jena gelebt und gewirkt haben. Nachdem ich diese friedfertigen steinernen Helden begrüßt hatte, überquerte ich die Straße und verharrte ein Weilchen unter dem Ginkgobaum, der schon zu Goethes Zeiten hier gestanden haben soll. Gerade überlegte ich, wie viele Personen wohl nötig seien, um den mächtigen Stamm zu umfassen, da hielt mir jemand von hinten die Augen zu. Als ich mich befreit hatte, erkannte ich Martin Rose. Nach einem kurzen, verlegenen Zögern fielen wir uns um den Hals.

Martin strahlte. »Menschenskind, Anne, haben wir uns wirklich nicht mehr gesehen, seit du von der Penne abgegangen bist?«

»Tatsächlich, so lang ist's her.« Ich lachte. »Du bist gewachsen.«

»Das sagt meine Oma auch, wenn sie mich lange nicht gesehen hat.«

Martin war nicht nur gewachsen, sondern sah auch sehr erwachsen aus. In seinem schmalen Gesicht stand ein Dreitagebart. Die dunklen Haare ließen die Ohren frei, seine kleinen, eng anliegenden Ohren, die mir immer so gefallen hatten. Ich lachte ihn an und dachte wehmütig an die Küsse, die wir als Teenager getauscht hatten.

»Willst du hier stehen bleiben?«, fragte Martin. »Oder drehn wir eine Runde?«

»Lass uns in den Botanischen Garten gehen«, sagte ich.

Wir legten uns gegenseitig die Arme um die Taille, wie wir es früher getan hatten, spazierten los und schlenderten nach wenigen Metern durch ein Tor in eine grüne Oase. Hier roch es nach Frühling. Ich meinte, das zarte Knallen zu hören, mit dem die Knospen aufsprangen. Unter den Sträuchern wucherten Teppiche aus Anemonen und Märzbechern. Auf dem Rasen lagen die Schatten uralter Bäume. Durch ihre Kronen schimmerte die Kuppel des Zeiss-Planetariums.

»Deine Mutter hat mir erzählt, dass du hier in Jena studierst«, sagte ich zu Martin.

»Stimmt, viertes Semester Jura.«

»Schön für dich. Ich würde auch gern studieren. Wie hast du das geschafft? Bist doch auch kein Arbeiter- und Bauernkind.«

»Bei den Ablegern von Ärzten werden jetzt Ausnahmen gemacht, sonst könnte die DDR bald ohne ihre sogenannten Intelligenzler dastehen. Mein Vater wäre mit unsrer ganzen Familie abgehauen, wenn ich den Studienplatz nicht bekommen hätte. Eigentlich wäre mir das lieber gewesen.«

»Wieso wäre dir das lieber gewesen?«

»Ich frage mich, was ich hier soll, wenn ich irgendwann mal Anwalt sein werde.«

»Du kannst ja auch Richter werden.«

Martin lachte spöttisch auf. »Artikel 94 der DDR-Verfassung: Richter kann nur sein, wer dem Volk und seinem sozialistischen Staat treu ergeben ist – mit anderen Worten: Der Staat schreibt den Juristen vor, was sie tun oder lassen müssen.«

»Vielleicht ändert sich was, bis du mit dem Studium fertig bist«, sagte ich.

Martin ließ sich auf eine Bank sinken. »Um deine fromme Hoffnung zu verdauen, muss ich mich setzen.«

Ich setzte mich neben ihn. »Das war ironisch gemeint, Martin – ich glaube selbst nicht dran. Vorhin bin ich endlich mal wieder durch die Stadt gebummelt und habe in den Schaufenstern Ulbrichts großartige sozialistische Fortschritte bestaunt: Fernseher für 1600 Mark und Kühlschränke für 1200, wer kann sich das denn leisten?«

»Arbeiter bestimmt nicht«, sagte Martin. »Sie verdienen, wenn's hochkommt, im Monat durchschnittlich 600 Mark! – Aber lass uns über was anderes reden. Wie geht es dir, Anne?«

Ich erzählte ihm von meiner Gärtnerlehre und der Gehilfenzeit in Erfurt – und fast hätte ich ihm auch meinen Entschluss verraten. Aber ich sagte stattdessen: »Übermorgen fahre ich nach Moskau.«

»Donnerwetter! Du – nach Moskau. Hast du deine Abneigung gegen sozialistische Umtriebe überwunden?«

»Denk, was du willst.«

»Ich mag dich trotzdem.« Martin rückte dichter zu mir und legte seinen Arm um meine Schultern.

Ich gab ihm einen flüchtigen Kuss aufs Ohr. »Als Erinnerung an unsere Kindheit«, sagte ich. Und da zog er mich an sich. Ich genoss seinen Kuss und seine zärtlichen Hände, dachte, dass es die gleichen Hände waren, die ich früher weggestoßen hatte, wenn sie sich unter meinen Pulli stehlen wollten. Diesmal ließ ich sie gewähren.

Eine Viertelstunde später sagte ich: »Ich muss weiter, Martin. Ich will noch meinen alten Lehrherrn besuchen.«

»Sehn wir uns wieder?«

»Klar, ruf bei meinen Eltern an. In vierzehn Tagen bin ich aus Moskau zurück.«

Martin gab mir noch einen Kuss, einen kleinen, den ich unterbrach, als er größer werden wollte. Dann trennten sich unsere Wege.

Es tat gut, Ingo Stern und Gretchen wiederzusehen. Wahrscheinlich würde das ja nie mehr oder erst in sehr unbestimmter

Zeit wieder möglich sein. Mir fiel es schwer, ihnen nichts von meinen Plänen erzählen zu können.

»Wie geht's dem Mecki?«, fragte ich.

Gretchen lachte. »Der schwebt auf Wolke sieben. Stell dir vor, er hat eine Freundin.«

»Na, das ist aber eine freudige Nachricht. Wo steckt er denn?«

»Hier!«, schrie Mecki und tauchte aus dem Gewächshaus auf. Und da wurde ich das zweite Mal an diesem Tag umarmt, diesmal so fest, dass mir die Luft wegblieb. Auch Mecki war erwachsen geworden.

Fluchtweg

Mein Plan, über den sich Onkel Rudolf halb totgelacht und den mein Vater als »fast perfekt« bezeichnet hatte, war in Erfurt vor dem Schaufenster eines Reisebüros entstanden. Ein dicklicher junger Mann war damit beschäftigt gewesen, zwischen die Plakate, die Fahrten in den Thüringer Wald, an die Ostsee und nach Bulgarien ankündigten, einen Zettel zu kleben. Während er zurücktrat und prüfte, ob der Zettel gerade hing, las ich:

Für die Moskaureise vom 19. bis 27. April 1959 ist kurzfristig ein Platz frei geworden. Fahrt ab Berlin. Preis: 475 Mark. Übernachtung, Besichtigungen und Verpflegung inbegriffen.

Ich schenkte dem jungen Mann das netteste Lächeln, das ich zustande brachte, und fragte, ob ich diesen kurzfristig frei gewordenen Platz haben könne.

»Bevorzugt für Werktätige«, sagte er.

»Ich bin Werktätige«, sagte ich. »Gärtnerin beim Gartenbauamt der Stadt Erfurt.«

»Dann fragen Sie doch, ob Sie für gartenbauliche Studien nach Moskau delegiert werden können.«

»Ich möchte aber dem Staat nicht auf der Tasche liegen«, sagte ich. »Ich habe gespart und will mir einen langgehegten Wunsch erfüllen und die Hauptstadt der Sowjetunion ansehen.«

»Kann ich verstehen«, sagte der nette Dicke und sonnte sich in meinem liebenswürdigen Lächeln. »Das ist auch mein Wunsch. Vielleicht gelingt es mir, irgendwann delegiert zu werden. Für Selbstzahler verdiene ich zu wenig. Aber wenn Sie wirklich interessiert sind, müssen Sie warten, bis mein Chef zurückkommt.«

»Das geht nicht. Ich muss in einer halben Stunde bei meiner Brigade im Stadtpark sein, um sie einzuweisen.«

»Na ja, wenn Sie sogar Brigadeleiterin sind! Haben Sie Ihren Ausweis dabei?«

»Ja.«

»Wenn Sie privat reisen, müssen Sie bar zahlen«, belehrte er mich.

»Da drüben ist die Sparkasse«, sagte ich. »Da kann ich Geld abheben.«

»Also gut«, sagte er. »Dann gehen Sie rüber und ich fülle inzwischen Ihre Reisepapiere aus.« Er nahm den Zettel vom Schaufenster ab und verschwand mit wichtiger Miene im Büro.

Nach einer halben Stunde war das Wunder geschehen: Ich hatte eine Fahrkarte nach Moskau. Da ich mein Sparkonto für eine Moskaureise abgeräumt hatte, würde niemand Verdacht schöpfen. Berlin – Moskau – Berlin! Was wäre unauffälliger, als danach in den Westen zu entwischen?

Der Weg über das geteilte Berlin war der einzig mögliche. Die grüne Grenze, die von Bayern bis an die Ostsee verlief, war in den letzten Jahren durch Wachttürme, Mauern und Zäune immer undurchlässiger geworden. Und gefährlich! Auf dem Todesstreifen hatten viele der fast drei Millionen Menschen, die mittlerweile aus der DDR geflohen waren, ihr Leben gelassen.

Auch im geteilten Berlin wurden die Grenzen bewacht, aber noch stand dort keine Mauer. Ich packte einen riesengroßen

Koffer. Jeder musste es ja logisch finden, dass ich für eine Moskaureise nicht nur Handgepäck mitnahm.

Der Abschied von Mama war herzzerreißend, aber als Lisa dazukam, mussten wir uns verstellen. Ich verließ Jette, Wanda und Lisa, als ob ich in vierzehn Tagen zurückkäme.

Michael war in Zwickau. Nach dem Abitur musste er dort eine Lehre in einer Maschinenfabrik absolvieren, um zum Studium zugelassen zu werden. Wie gern hätte ich ihn noch einmal gesehen!

Onkel Rudi war schon auf den Feldern, von ihm hatte ich mich bereits verabschiedet. Und während dieses Abschieds hatte er mir einen seltsamen Namen gesagt, von dem ich meinte, ihn schon gehört zu haben: Ferdinand Vogelkopf. »Merk ihn dir, Anne, es ist der Name eines guten Freundes. Wir waren Kriegskameraden und zusammen in amerikanischer Gefangenschaft. Ferdinand lebt in Stuttgart. Er ist Gartenarchitekt. Versuche, in Berlin seine Telefonnummer herauszufinden, er wird dir weiterhelfen.«

Nun saß ich seit Stunden im Zug, und je näher wir Berlin kamen, desto mehr Uniformierte standen an den Stationen. Dann Kontrollstelle Jüterbog. Ausweise! Handtasche öffnen. Koffer ausräumen. Jedem der strengen Grenzwächter hielt ich außer meinem Ausweis auch meine Reisepapiere nach Moskau unter die Nase und erntete ein ehrfürchtiges »Gute Reise«.

Na also, dachte ich, auch der heimtückischste Stasi wird niemals auf die Idee kommen, dass eine Moskaureisende sich in den Westen absetzen will.

Auf den Gängen standen Soldaten. Junge Kerle, nicht viel älter als ich. Geschulterte Gewehre. Undurchdringliche Gesichter signalisierten: Wir verteidigen den Sozialismus! Einer, der am Fenster stand, sah von hinten Bruno ähnlich. Hatte Onkel Rudi nicht erzählt, Bruno sei in Berlin, mache ein Praktikum an einem Ministerium, um später an der juristischen Hochschule in Potsdam zu studieren? Rudi hatte angewidert gegrinst und gesagt, Brunos Mutter flüstere dieses Stasi-Geheimnis unterm Siegel der Verschwiegenheit herum.

Bruno! Meine Selbstsicherheit flatterte davon wie eine aufgescheuchte Krähe. Plötzlich hatte ich das Gefühl, mein Vorhaben stände mit Neonbuchstaben auf meiner Stirn geschrieben. Jetzt drehte sich Bruno um – es war ein fremdes Gesicht. Ich schloss die Augen und lehnte mich zurück. Nimm dich zusammen, Anne, redete ich mir zu, und in meinem Kopf formulierte sich eine stumme Ansprache: Meine Herren Volkspolizisten! Um 22 Uhr geht mein Zug vom Ostbahnhof nach Moskau. Ich fahre in die Sowjetunion, versteht ihr? Zu unserem großen, friedliebenden Bruder. Ich erfülle zum ersten Mal im Leben eine sozialistische Aufgabe. Schon übermorgen werde ich über den Roten Platz marschieren!

Aber jetzt stand der Zug noch immer in Jüterbog, und mich überfiel erneut das große Zittern, als zwei Polizisten mir und den anderen Reisenden befahlen, das Abteil zu verlassen und im Gang zu warten. Nur der Mann am Fenster musste sitzen bleiben. Er wurde kontrolliert. Gründlich. Sie zwangen ihn auszusteigen. Er ging zwischen zwei Vopos und starrte geradeaus. Plötzlich rannte er los und wollte über die Gleise springen. Fast zu spät bemerkte er den einfahrenden Güterzug, hielt inne und stürzte. Vier Hände packten ihn. Handschellen. Alle im Abteil sahen es. Der Zug ruckte an. Keiner sagte etwas.

Zwei Stunden später spazierte ich in Berlin über die nagelneue Stalin-Allee. Abends, kurz vor acht Uhr, holte ich meinen Mammutkoffer aus der Gepäckaufbewahrung des Ostbahnhofs und ging zum Treffpunkt in den Wartesaal.

Unsere Reisegruppe bestand aus dreizehn Personen und dem Reiseleiter Nikolai Sergejewitsch. Nikolai schlug vor, uns zu duzen und Genosse zueinander zu sagen.

Nach dem Abendessen fand eine Vorstellungsrunde statt. Die zwei jungen Frauen waren Lehrerinnen, die Herren im Anzug und mit Krawatte Funktionäre, die drei anderen in karierten

Hemden und Joppen »Helden der Arbeit«. Sieh an, dachte ich, selbst in unseren sozialistischen Breiten gibt es äußerliche Klassenunterschiede.

Aber mit Schlips oder ohne, sie waren alle von Behörden oder volkseigenen Betrieben mit dieser Reise ausgezeichnet worden. Ich log ihnen vor, ich sei zu städtebaulichen und gärtnerischen Studien nach Moskau delegiert worden, und verbreitete auch gleich mein Reiseführerwissen über den Gorki-Zentralpark und die neuen Wohnbauprojekte auf den Leninbergen.

»Interessant«, sagte Genosse Christoph aus Karl-Marx-Stadt, »so jung wie du bist, Genossin Anne, hast du dir eine ausgezeichnete Aufgabe gestellt!«

Dann standen wir auf dem Bahnsteig und der »Blaue Express« fuhr ein, ein Zug, der nur zwischen Berlin und Moskau verkehrte. Ich hatte ein Abteil gemeinsam mit Elfriede, Ruth und Genosse Christoph. Christoph war achtundzwanzig und studierte seit vier Jahren in Moskau.

Ruth fuhr nach Moskau, weil sie sich voriges Jahr bei einem deutsch-russischen Lehrerseminar in Boris verliebt hatte. Elfriede sagte, sie wolle nach Moskau, um sich Lenin und Stalin im Mausoleum anzusehen.

Genosse Christoph kannte sich aus: »Sie liegen in gläsernen Särgen, die Menschenmenge zieht ehrfurchtsvoll und schweigend an ihnen vorüber. Viele weinen. Es ist ungeheuer beeindruckend. Täglich stehen hunderte russische Genossen stundenlang Schlange auf dem Roten Platz. – Aber ausländische Touristen haben Vortritt«, belehrte uns Christoph, »ihr braucht nicht zu warten.«

Die Fahrt dauerte zwei Nächte und fast eineinhalb Tage. Gegen Mittag des zweiten Tages tauchten am Horizont die Leninberge mit der weißen Hochhaussilhouette der Moskauer Universität auf.

Ich dachte an Onkel Rudolf, der vor siebzehn Jahren beim Rückzug der deutschen Armee in dieser Ebene fast erfroren und verhungert war. »Grüß mir Moskau«, hatte er gesagt, »aber richte aus, ich werde bestimmt nie wieder in seine Nähe kommen.«

Und diese Stadt erreichte ich nun ganz gemütlich in einem russischen Luxuszug, in dem es dreimal täglich ausgezeichnete Mahlzeiten im Speisewagen gab.

Meine Erinnerungen an Moskau sind von der Aussicht aus den Fenstern des Hotels Bukarest geprägt. Wenn abends die Basilius-Kathedrale und der Kreml angeleuchtet waren, vergaß ich den Kommunismus und wähnte mich in einem Märchen aus Tausendundeiner Nacht.

Ich entsinne mich auch an palastartige U-Bahnstationen, an riesige, blitzsaubere Plätze, zwölfspurige Ringstraßen und an Hochhäuser im Zuckerbäckerstil, zwischen denen armselige Hütten hockten. Mehr noch als die Stadt haben mich die Menschen beeindruckt. Zwischen eleganten Großstadtbürgern wuselte graubraunes Arbeitervolk: runde Gesichter, von Kopftüchern umrahmt. Bärtige Charakterköpfe unter Pelzkappen. In den Grünanlagen standen unzählige Bänke, die immer besetzt waren. Die Leute saßen und lasen.

Niemals durften wir etwas ohne Aufsicht unseres Reiseleiters unternehmen. Wir bekamen gezeigt und erläutert, was das sowjetische Volk geschaffen hatte. Und das war alles imposant und gigantisch. Obwohl wir auch die Basilius-Kathedrale und einen Teil der Kremlpaläste besichtigten, fielen die Namen der einstigen Erbauer nur, wenn es sich nicht vermeiden ließ. Iwan der Schreckliche und Peter der Große – was waren die schon gegen Lenin und Stalin?

Als Ruths geliebter Boris zum letzten Mal in unserem Hotelzimmer auftauchte, bestand er darauf, den Abschied nach russischer Sitte zu vollziehen. Eine Minute saßen wir stumm und bewegungslos. Ich habe diesen Brauch beibehalten, die Abschiedsminute hilft mir heute noch vor jeder Reise, meine Gedanken zu sammeln.

Zwei Wochen nach meiner Abreise traf ich mit dem Blauen Express wieder am Berliner Ostbahnhof ein. Ich löste eine Rückfahrkarte zur Friedrichstraße. Wie vor sechs Jahren mit Michael hatte ich die Adresse von Oma Briezel dabei. Aber diesmal war ich durch meinen großen Koffer verdächtig. Ich stellte ihn innen neben die Zugtür und wollte ihn erst wieder an mich nehmen, wenn die S-Bahn die Sektorengrenze passiert hätte. Es war Berufsverkehr. Ich drängelte in die Wagenmitte, quetschte mich zwischen die Menge, als könnte ich mich darin verstecken. Die Fenster waren beschlagen, weil es regnete. Der Geruch von feuchten Mänteln und Schweiß vermischten sich zu stickigem Waschküchendunst. Dazwischen mein eigener Angstschweiß.

Plötzlich stiegen alle Zweifel, die ich hartnäckig verdrängt hatte, in mir hoch. Zweifel an dem Entschluss, meine Heimat, meine Familie, meine Freunde zu verlassen und in eine unbestimmte Zukunft zu fahren. Jetzt war noch Zeit umzukehren. An den nächsten zwei Stationen konnte ich aussteigen, meinen Koffer nehmen und zurück nach Birka fahren, als ob nichts gewesen wäre. Die Zeit schien zu kriechen, aber verging doch zu schnell, um eine Entscheidung treffen zu können.

Die Polizisten arbeiteten sich durch den Wagen, rückten langsam zu mir vor. Alexanderplatz – Marx-Engels-Platz. Kurz bevor der Zug in die Station Friedrichstraße einfuhr, hatte mich einer der Uniformierten erreicht. »Kein Gepäck?«

»Nein.«

»Wohin fahren Sie?«

»Bis Friedrichstraße.«

»Was haben Sie dort zu tun?«

»Ich will meine Tante besuchen, sie wohnt in der Georgenstraße«, sagte ich wie vor sechs Jahren als Vierzehnjährige.

»Nächste Station aussteigen«, sagte er zu mir und wandte sich einer Frau zu, die auf ihrem Koffer kauerte und ein kleines Mädchen auf dem Schoß hielt. »Sie kommen mit. Gehen Sie zum Ausgang.« Die Frau drückte ihr Kind an sich und rührte sich nicht. Er zerrte sie hoch und zum Ausgang. Die Kleine klammerte sich an ihre Mutter und weinte. Das angstvolle Gesicht der Frau und das Wimmern des Kindes brachten mich zur Besinnung – freiwillig würde ich nicht zurückfahren!

Lautsprecherdurchsage: »Friedrichstraße! Letzte Station im Ostsektor. Wir fordern alle DDR-Bürger auf, auszusteigen.«

Ich verteidigte meinen Standort im mittleren Wagenteil. Mich schubsten Arme und Schultern, traten eilige Füße, und ich sah in verwirrte oder gleichgültige Augen. Ein Mann riss das Fenster runter. Blick auf den Bahnsteig: Leute, die sich hastig entfernten, und andere, die von Polizisten geführt wurden.

»Wem gehört der Koffer?«, schrie jemand durch den Wagen. Er meint meinen, schoss es mir durch den Kopf. Mein Koffer, der vorn am Ausgang steht.

»Türen schließen!«

Der Zug fuhr an. Der Waggon war fast leer. Ich ließ mich auf einen Sitz fallen, faltete die Hände im Schoß, presste die Finger zusammen, bis meine Knöchel schmerzten, und dachte: Hab ich's geschafft? Fährt die Bahn auch wirklich über die Grenze?

»Kieken Se, jetz sima drüm«, sagte der Mann am Fenster, und sein Tonfall erinnerte mich derart an Wanda, dass mir warm ums Herz wurde. »Wir Berlina könn noch pendeln. Ick wohn in Osten und arbeete in Westen. Ma sehn, wie lang det noch jut jeht. Aber für die, die abhauen wolln, isset jefährlich. Wenn se wenigstens nich so jroße Koffer mitschleppen würdn.«

»Heiliger Strohsack, mein Koffer!«, keuchte ich und rannte los. An der Tür stand eine Frau.

»Noch drei Minuten«, sagte sie, »ich steig auch aus.«

»Haben Sie einen Koffer gesehen?«

»Wenn Sie das große Ding meinen, das hier neben der Türe stand – der ist beschlagnahmt und an der Friedrichstraße ausgeladen worden.«

Lehrter Bahnhof! Ich spürte einen Stein von meinem Herzen fallen, aber gleichzeitig stürzte die Gewissheit auf mich ein, dass dieser Schritt aus der S-Bahn auf den Boden des *Goldenen Westens* etwas Endgültiges war.

IV. Grenzgängerin

1959 bis 1989

Über Westberlin nach Stuttgart

Ich stand in der Freiheit mit nichts als einer kleinen Handtasche. Da ich mit dem Bus weiterfahren und mehrmals umsteigen musste, war ich fast dankbar, meinen Koffer los zu sein. Ich schwitzte trotzdem, weil ich Angst hatte, irgendwie wieder nach Ostberlin zu geraten.

Es wurde schon dunkel, als ich endlich vor Tante Hannas Haustür in der Bernauer Straße stand. Hanna, die im obersten Stockwerk wohnte, kam heruntergerannt. Ich erkannte sie sofort, obwohl wir uns sehr lange nicht gesehen hatten. Sie umarmte mich so herzlich wie früher, als ich noch ein Kind war.

»Ich bin heilfroh, dass ich es geschafft habe«, sagte ich. »Aber fast hätte ich mich zuletzt in den Osten verlaufen. Wo geht die Sektorengrenze denn eigentlich lang?«

Hanna lachte und zeigte auf die gegenüberliegende Straßenseite. »Diese Häuser gehören schon zum Ostsektor. Die Grenze verläuft an ihrer Vorderfront entlang. Wenn einer der Bewohner aus dem Haus auf den Bürgersteig tritt, steht er schon im Westen!«

Tante Hanna fand es völlig verständlich, dass ich mich entschlossen hatte, mein Glück in Westdeutschland zu suchen. Auch dass ich meinen Koffer eingebüßt hatte, nahm sie nicht tragisch. »Hauptsache, sie haben dich nicht erwischt. Morgen gehen wir ins KDW, da kauf ich dir ein paar Klamotten.«

So zwanglos wie Hanna mit mir plauderte, war sie auch gekleidet. Ihre Jeans und der rote Baumwollpulli wirkten auf mich wie westlicher Schick. Hanna steckte mich mit ihrer guten Laune an und schmiedete mit mir Zukunftspläne. Ihr Anruf bei der Auskunft genügte, um die Telefonnummer und Adresse von Ferdinand Vogelkopf herauszufinden. Gartenarchitekt, Stuttgart.

Ich hatte noch nie ein derart wichtiges Telefongespräch geführt. Bisher hatte ich überhaupt selten und ungern telefoniert. Und nun musste ich einen wildfremden Mann anrufen und ihn bitten, mir zu helfen.

Da sich Tante Hanna nicht überreden ließ, für mich anzurufen – »Wer allein nach dem Westen abhauen kann, muss auch telefonieren können« -, blieb mir nichts anderes übrig, als selbst zum Hörer zu greifen.

Aber nachdem der Herr am anderen Ende der Leitung meinen Namen und Birka verstanden hatte und mit tiefer, sympathischer Stimme, aus der erstaunte Freude klang, sagte: »Hör ich da richtig, die Nichte meines alten Freundes Rudolf ruft mich an?«, vergaß ich meine Befangenheit und erzählte ihm von meinem Problem.

Als ich auflegte, war abgesprochen, dass ich zu Ferdinand Vogelkopf nach Stuttgart kommen durfte. In die Stadt, der ich vor sechs Jahren schnöde den Rücken gekehrt hatte und auf die ich mich jetzt unsagbar freute.

Wegen der Flüchtlingswelle, die in letzter Zeit verstärkt nach dem Westen drängte, war das Notaufnahmeverfahren vereinfacht worden. Da ich einen Brief von Ferdinand Vogelkopf vorlegen konnte, in dem er mir Unterkunft und Arbeitsstelle in Stuttgart bestätigte, bekam ich anstandslos die Papiere, um in den Westen fliegen zu können. Von Stuttgart aus sollte ich dann die Erlaubnis zum ständigen Aufenthalt in der BRD beantragen.

Während dieser Tage in Berlin formulierte ich mit Hannas Hilfe den geplanten Brief, der den DDR-Behörden glaubhaft machen sollte, dass mein Vater nichts von meiner Republikflucht gewusst hatte. Genützt hat das nichts, wie ich später erfahren habe: Nachdem mein Vater dem Bürgermeister meinen Brief vorgelegt hatte, wurde er durch »Spezialkräfte« stundenlang verhört – und, da ihn die Stasi längst im Visier hatte, fortan noch strenger überwacht.

Nach einer Woche in Berlin stieg ich mit dem Ticket, das Hanna bezahlt hatte, in ein Flugzeug nach Hannover. Danach, auf der Zugfahrt, sah ich fast ununterbrochen aus dem Fenster. Die Landschaften, Dörfer und Städte sausten an mir vorbei und die Räder klopften ständig das gleiche Wort: Frei – frei – frei! Bei dem Gedanken, dass ich ab jetzt alles sagen durfte, was ich meinte, und dass ich nach Westen, Süden und Norden fahren konnte, wohin ich wollte, hätte ich am liebsten losgejubelt.

Hartnäckig verdrängte ich die Erinnerung an das verweinte Gesicht meiner Mutter und an das sorgenvolle meines Vaters. Ich berauschte mich an dem Gefühl, frei zu sein.

Göttingen, Kassel, Fulda, Frankfurt – in jeder Stadt, durch die ich fuhr, meinte ich, den Duft der großen, weiten Welt zu spüren. Als sich der Zug meinem Ziel näherte, sah ich den Fernsehturm aus der Landschaft wachsen und verrenkte mir den Kopf, um Stuttgart wiederzuerkennen. Und dann stand ich mit meinem Minikoffer, den mir Tante Hanna spendiert hatte, auf dem Hauptbahnhof und fühlte mich im Menschengetümmel der großen Halle wie ein Kind, das sich verlaufen hat.

Ich wartete am Nordausgang auf Ferdinand Vogelkopf. Wie schon so oft vorher versuchte ich, mir meinen künftigen Chef und Lehrmeister mit dem seltsamen Namen vorzustellen: Wahrscheinlich hat er eine Hakennase wie ein Geierschnabel, dachte ich, und jemand mit einer solchen Bassstimme muss groß und stattlich sein.

Als ich in meiner Manteltasche nach dem Zettel mit der Telefonnummer wühlte, hörte ich die tiefe Stimme, in der verhalten der schwäbische Dialekt schwang: »Fräulein Stanbek?« Neben mir stand ein Herr, der einen halben Kopf kleiner war als ich und mich verschmitzt anlächelte. Alles an ihm ähnelte einem Seehund, nur der Bart fehlte. Sein rundlicher Körper saß in einem mausgrauen Anzug, und über seiner breiten Stirn lagen kurze, graumelierte Haare wie ein Robbenfell. Durch eine randlose Brille musterten mich muntere Knopfaugen.

Nachdem Herr Vogelkopf mir die Hand geschüttelt und mich willkommen geheißen hatte, hakte er sich bei mir unter und wir gingen zum Parkplatz. Ferdinand Vogelkopf fuhr einen pompösen Mercedes, in dem ich mich wie eine Prinzessin auf Staatsbesuch fühlte.

Sein Haus und sein Büro lagen auf einer der gepriesenen Höhenlagen von Stuttgart, in Sonnenberg. Dort begrüßte mich Vogelkopfs Mutter mit einem Schwall freundlicher schwäbischer Vokabeln. Von der Gartenterrasse aus, auf der wir Abendbrot aßen, entdeckte ich auf den gegenüberliegenden Höhen den Birkenkopf, Stuttgarts Trümmerberg.

Herr Vogelkopf erzählte von Amerika, von der Zeit, als er dort mit Onkel Rudolf in Kriegsgefangenschaft gewesen war. Abschließend sagte er: »Wir kamen ja erst im Sommer '47 nach Hause – Rudolf zog es nach Birka und mich nach Stuttgart.« Seine Stimme wurde belegt: »Wieder daheim, brauchte ich meine ganze Kraft, um mich damit abzufinden, dass ich meine Frau und meinen Sohn verloren hatte. Sie waren beim allerletzten Bombenangriff auf Stuttgart umgekommen.« Vogelkopf versagte die Stimme.

Nach einer Weile sprach er langsam weiter: »Es hat lange gedauert, über diesen Verlust einigermaßen hinwegzukommen. Als ich mich so weit gefangen hatte, um wieder an etwas anderes denken zu können, war der Eiserne Vorhang längst unten. Rudolf und ich saßen auf verschiedenen Seiten Deutschlands.«

Er stopfte gedankenverloren seine Pfeife. »In der Gefangenschaft hatten wir uns fest versprochen, auch daheim in Verbindung zu bleiben, aber leider musste es bei Briefen bleiben. In den letzten Jahren gaben wir unsere Korrespondenz ganz auf. Rudolf durfte doch nie ehrlich schreiben, wie es euch da drüben ging, und ich kann mich schwer zurückhalten – von einem Briefgeheimnis haben ja eure SED-Genossen noch nichts gehört.«

»Daran scheint sich auch nichts zu ändern«, sagte ich. »Aber schade ist es schon, dass Sie und Onkel Rudolf sich nie wiedergesehen haben.«

Er tätschelte meine Hand. »Nun darf ich mich ja ein bisschen um seine Nichte kümmern. Ich denke, es wird Ihnen in Stuttgart gefallen.«

Ich berichtete von Birka, von Vater, Mama, Michael und Lisa, von Onkel Rudolf und Wanda. Und natürlich auch von unserer aus Stuttgart nach Thüringen ausgewanderten Jette. Endlich konnte ich auch frei von der Leber weg von den Stasi-Spitzeln erzählen, vor denen wir in ständiger Angst lebten.

Bis die Sonne unterging, wusste Herr Vogelkopf auch die Gründe, aus denen ich die Schule abgebrochen hatte. Er hörte sich halb schmunzelnd, halb mitleidig die Geschichte meiner Karriere im Streichorchester des Erfurter Stadtparks an und erfuhr, warum ich in der DDR keinen Studienplatz bekommen hatte.

Vogelkopf hatte aufmerksam zugehört. Als ich mit meinem Bericht zu Ende war, stopfte er schweigend seine Pfeife neu, und als sie endlich brannte, sagte er: »Ein Jahr nehme ich Sie in meine Lehre, und dann sehen wir weiter.«

Mehr versprach er nicht.

Spätabends bezog ich Vogelkopfs Gastzimmer im Dachgeschoss. Vom Fenster sah ich die Lichter an den Hängen jenseits des Tales. Als ich endlich im Bett lag, schlief ich sofort ein.

Am nächsten Tag lud mich Herr Vogelkopf zu einem Rundgang durch die Stuttgarter Innenstadt ein. Ich staunte, wie viel sich seit meinem Aufenthalt vor sechs Jahren verändert hatte. Überall, wo damals noch Baugerüste oder Ruinen gewesen waren, standen neue oder instand gesetzte Gebäude.

Vogelkopf begann seine Stadtführung am Marktplatz. Dort überraschte mich das neue Rathaus. Seine weiße, mit kleinen quadratischen Fenstern besetzte Fassade blickte streng auf die wiederaufgebauten Geschäftshäuser, die den Marktplatz einfassten. Erst als das Glockenspiel vom Turm uns mit »Am Brunnen vor dem Tore« begrüßte, erschien mir das Rathaus weniger fremdartig.

»1953 habe ich hier die ausgebrannten Reste des alten Rathauses gesehen«, erzählte ich Ferdinand Vogelkopf. »Damals hat nur noch der Turm gestanden. Am verkohlten Hauptflügel waren noch große Rundbogenfenster zu erkennen.«

»Ja, Rundbögen«, sagte Vogelkopf, »das frühere Rathaus war ein Schmuckstück flämischer Spätgotik. Statt es wieder aufzubauen, wollten die Stadtväter, allen voran OB Klett, ein Zeichen moderner Architektur setzten. Mir hat der historische Bau auch besser gefallen. – Aber jetzt gehen wir hinein ins neue Rathaus und fahren Paternoster.«

Nach diesem Spaß verließen wir den Marktplatz, und Vogelkopf führte mich in die Schulstraße. Diese Flaniermeile ist zweistöckig, und man kann unten zwischen vielen kleinen Läden schlendern oder die Treppen hinauf zu einer Galerie steigen, auf der sich weitere Geschäfte und Restaurants befinden. An den Geländern der Galerie hingen Balkonkästen mit Geranien – so wie auch heute noch. Über Deutschlands erste Fußgängerzone, wie die Stuttgarter behaupten, stolzierten Damen in schicken Kostümen oder Blümchenkleidern und Herren in gediegenen Anzügen. Kichernde Mädchen machten den Jungs, die lässig in Jeans daherstaksten, schöne Augen. Die jungen Leute sahen alle aus, als ob sie Rock'n'Roll tanzen könnten.

Als wir die Königstraße erreicht hatten, sah ich, dass auch hier fast alle Baulücken geschlossen waren. Zwischen restaurierten Häusern in klassischer Architektur quetschten sich funktionsgerechte, kastenartige Wohn- und Geschäftsgebäude, die Vogelkopf als Bausünden bezeichnete.

Später standen wir auf dem Schlossplatz unter den Säulen des erneuerten Königsbaus. Rechts neben uns ragten die Fassaden eines ausgebrannten Gebäudes in den blauen Maihimmel.

»Das ist vom Kronprinzenpalais übrig geblieben«, erklärte Vogelkopf. »Die Stadtoberen streiten, ob es wieder aufgebaut werden soll. Aber ich fürchte, es wird letztendlich dem Straßenbau zum Opfer fallen.«

Er blickte hinüber zum Neuen Schloss. Das war wie das Kronprinzenpalais auch noch im gleichen Zustand wie nach dem Krieg. Doch rund um die Schlossruine lärmten Baumaschinen und wuselte ein Herr von Arbeitern.

»Fast wäre es dem Neuen Schloss wie dem Rathaus ergangen«, sagte Vogelkopf. »Doch die Stuttgarter Bürger haben sich gewehrt, und auch Paul Bonatz, der Architekt des Hauptbahnhofes, setzte sich für den Wiederaufbau des Schlosses im ursprünglichen spätbarocken Stil ein. – Endlich ist es entschieden: Die Stuttgarter werden ihr Neues Schloss so zurückbekommen, wie es unser prunksüchtiger Herzog Karl Eugen von Württemberg vor 150 Jahren hat bauen lassen.«

Wir setzten uns auf die Freitreppe vor dem Königsbau und blickten zu den grünen Höhen von Degerloch, wo die Nadel des Fernsehturms aus dem Wald ragte. Vogelkopf versprach, in den nächsten Tagen mit mir hinaufzufahren. »Von der Aussichtsplattform können Sie Stuttgart und sein Umland sehen, ohne dass immer ein Berg dazwischensteht.« Und er erzählte schmunzelnd von dem anfänglichen Misstrauen der Stuttgarter gegenüber den Turmbauplänen. »Neben den Zweifeln, ob ein 211 Meter hoher, mastähnlicher Turm in die trauliche Heimat passt, waren es natürlich auch die riesigen Baukosten, die kritisiert wurden. Viele Bürger meinten, dass mit dem Geld besser die Wohnungsnot behoben werden sollte.« Vogelkopf runzelte die Stirn. »Die jetzige Idee unseres Oberbürgermeisters, Stadtautobahnen quer durch den Talkessel bauen zu lassen, wird das Stadtkässle auf Dauer weit mehr kosten als der Fernsehturm.« Er seufzte und kratzte das Robbenfell auf seinem Kopf. »Stadtautobahnen! Irgendwann wird Stuttgart in Autoabgasen versinken.«

Als wir an diesem Tag vom Schlossplatz zum Hauptbahnhof bummelten, schien mir, dass sich dieses Debakel bereits anbahnte: Auf der Königstraße, durch die zudem noch die Straßenbahn zuckelte, stauten sich die Autos in beiden Richtungen.

»Wenn der Wunschtraum jedes Bürgers nach einem eigenen Wagen erfüllt sein wird«, sagte Vogelkopf, »steckt Stuttgart im Dauerstau.«

Vogelkopf fuhr mit mir nicht nur wie versprochen auf den Fernsehturm, sondern auf meinen Wunsch auch zum Birkenkopf. Zum Stuttgarter Trümmerberg, den uns Frau Knopf auf der Schulwanderung in der Ferne gezeigt hatte und den ich jetzt jeden Tag von Vogelkopfs Grundstück, das an die Obstplantagen des Kressarts grenzte, vor Augen hatte.

Wir parkten am Fuße des bewaldeten Höhenzuges und wanderten über steile Wege aufwärts. Auf dem Gipfel ragte ein Holzkreuz über aufgetürmte Trümmer: Zerborstene Portale, Fenstersimse, Kapitelle und Säulentorsos gaben Kunde von der Steinwüste, in die sich Stuttgart nach dreiundfünfzig Bombenangriffen verwandelt hatte.

Als ob der Himmel über Stuttgarts Trümmer weinen müsste, begann es zu regnen. Die Landschaft unter uns versank in feuchtem Nebel und verstärkte die beklemmende Stimmung.

Zehn Jahre später war ich zum zweiten Mal auf dem Trümmerberg. Da grünte und blühte es aus den Ritzen und Fugen der Gesteinsblöcke, als ob die wilden Pflanzen das Grauen mildern wollten. Doch trotzdem erinnerten die Trümmer unerbittlich an Bombennächte, an getötete Menschen, an zerstörte Behausungen, Kirchen und Schlösser. Wanderer, die beim Aufstieg noch gelacht und gesungen hatten, verstummten, sobald sie auf dem Monte Scherbelino ankamen. Erst nachdem die Sprachlosigkeit halbwegs überwunden war, wurde der Berg zu einem Aussichtsplatz, von dem die Stuttgarter und die Touristen mit großem Ah und Oh auf die Schwabenmetropole und ihre Vororte schauten. Die Stadt, die dem Berg zu Füßen liegt, präsentiert sich zu allen Tages- und Jahreszeiten als eine Schönheit zwischen Wald und Reben.

Nachdem mir Ferdinand Vogelkopf Stuttgart gezeigt hatte, begann meine Lehrzeit in seinem Büro. Er betrieb sein Planungsbüro allein. Die Buchführung und die Korrespondenz erledigte seine Mutter. Ich war froh, Maschinenschreiben und Buchführung gelernt zu haben und ihr einen Teil der Arbeit abnehmen zu können.

Aber hauptsächlich beschäftigte mich Vogelkopf am Reißbrett, wo er mich geduldig in Planzeichnen und Perspektivkonstruktionen einwies. Vogelkopf nahm mich auch mit auf die Baustellen und erklärte mir den Fortgang der Arbeiten. Außerdem versorgte er mich mit Fachliteratur über englische Landschaftsparks und moderne Gartengestaltung.

Ihm verdanke ich es, dass ich mich für diesen Beruf immer mehr begeisterte und es mir verlockender als jemals zuvor erschien, Gartenarchitektin zu werden.

Ferdinand Vogelkopf half mir auch, meine Anerkennung als politischer Flüchtling zu beantragen. Er sagte, es sei wichtig, damit ich später ein Stipendium bekäme. Da hatte er Recht, denn wovon sollte ich leben, wenn ich studieren und kein Geld verdienen würde? Ich bekam diesen Flüchtlingsausweis anstandslos, die beigelegten Absagen der ostdeutschen Fachhochschulen mit immer derselben Begründung, meinen sozialistischen Auftrag in diesem Land nicht erfüllt zu haben, genügten.

Ein paar Tage später hielt ich meinen nagelneuen westdeutschen Personalausweis in den Händen.

An einem meiner freien Tage besuchte ich Kächeles. Ich hatte mich darauf gefreut, sie wiederzusehen und mit ihnen über frühere Zeiten in Birka zu plaudern. Tante Margret hatte Marmorkuchen gebacken, und bei dem Kaffeestündchen sah ich Helgas inzwischen sechs- und achtjährige Jungens wieder, die ich als Kleinkinder betreut hatte. Sie kamen jeden Tag nach der Schule zur Oma, weil Helga bei Heinz in der Firma mitarbeitete. Heinz hatte sein Taxigeschäft auf drei Volkswagen erweitert, mit denen er und einige fest angestellte Fahrer fast pausenlos unterwegs waren.

Margret sagte, Heinz sei tüchtig und verdiene sehr gut, aber das müsse er auch, um die teuren Autos abzubezahlen. Dazu käme das Reihenhaus, das sie vor einem halben Jahr bezogen hätten. Für ein Familienleben bleibe da wenig Zeit.

Margret erzählte mir so viel, dass ich fast gar nicht zu Wort kam. Leider wurde sie ständig unterbrochen, weil sich die Enkelsöhne stritten oder Kakao auf dem Tischtuch und Schlagsahne auf dem Teppichboden landeten.

Sie fände es gut, sagte Margret, dass Heinz und Helga fleißig schafften. Sich eine gesicherte Existenz aufbauen – das machten doch jetzt alle! Und man sähe ja, was sich die meisten Leute heutzutage leisten könnten! – Gottlieb schaffe auch jeden Tag bis zu zwölf Stunden in seiner Werkstatt. Die Schreinerei laufe bestens.

»Und wie geht es Helgas Susi, die bei uns im Luftschutzkeller mit den Sirenen um die Wette geheult hat?«, fragte ich.

Susi lerne Friseuse, berichtete Margret stolz. »Ein bildhübsches Mädle! Aber an Helgas Stelle würde ich Susi den aufreizenden Fummel und die Schminkerei verbieten! – Fahr doch mal rüber nach Kaltental zu Helga und Heinz und schau dir das neue Haus an.«

Auf den Besuch in Kaltental verzichtete ich, weil doch alle so furchtbar viel zu tun hatten.

Studienjahre

Nach einem Jahr Lehrzeit unter Ferdinand Vogelkopfs Fittichen meinte er, es sei nun an der Zeit, mich für einen Studienplatz zu bewerben. Er riet mir zur »Ingenieurschule für Wein-, Obst- und Gartenbau« in Geisenheim, an der die Fachrichtung Garten- und Landschaftsgestaltung gelehrt wurde. Geisenheim sei ein hübsches Studentenstädtchen im Rheingau, in dem ich mich bestimmt wohlfühlen würde.

Ich folgte Vogelkopfs Rat.

Als meine Bewerbung angenommen wurde, hätte ich die ganze Welt umarmen können. Ich schrieb mich für das sechssemestrige Studium von 1960 bis '63 ein.

Herr Vogelkopf ließ es sich nicht nehmen, mich selbst zu meinem Studienort zu fahren. Mich empfing ein verträumtes Städtchen inmitten von Weinbergen und – der Rhein! Als Kind war mir der kleine Fluss in Birka breit vorgekommen, und während meiner Lehrzeit in Jena spazierte ich nirgends so gern umher wie in den Saaleauen. In der kurzen Zeit, die ich in Stuttgart und Heilbronn verbracht hatte, war ich überzeugt gewesen, es gäbe nichts Schöneres als den Neckar mit seinen Weinhängen. – Aber nun war ich am Rhein! Das ist kein Fluss – es ist ein Strom! Der Anblick des Rheins, der jeden Tag unzählige Schiffe in mir unbekannte Landschaften und Länder trug, steigerte mein Glück über meine Freiheit ins Grenzenlose.

Bei einer Dame namens Frieda Schick bezog ich mein nächstes möbliertes Zimmer. Fräulein Schick, die von allen Tante Friedchen genannt wurde, war eine kleine, energische Person mit Haarknoten und Apfelbäckchen. Obwohl sie um die Siebzig war, versorgte sie ihren Haushalt flink und perfekt. Und zu diesem Haushalt gehörte ich nun auch. Ich hatte wieder eine Mutter. Eine Studentenmutter. Für 60 Mark Miete bekam ich morgens Kaffee gekocht, und wenn ich mittags von den Vorlesungen kam, war mein Zimmer geputzt und aufgeräumt. Auch meine Post wurde gelesen, wie ich bald merkte, da sich Tante Friedchen oft verplapperte und mir etwas erzählte, das sie eigentlich nicht wissen konnte. Aber was machte das schon, wenn man für ein paar Mark sogar die Wäsche gewaschen bekam.

Tante Friedchen war auf diesen Zusatzverdienst angewiesen. Das Wirtschaftswunder ging an Menschen wie ihr ziemlich spurlos vorüber. Sie lebte von einer bescheidenen Rente, die sie sich in fünfundvierzig Jahren als Haushälterin bei einer gräflichen Familie verdient hatte. Diese Familie wohnte in einem Schloss und lebte großartig von den guten Lagen ihrer Weinberge. Tante

Friedchens Augen leuchteten, wenn sie ehrfurchtsvoll von ihren Herrschaften erzählte.

Unter den achtzig Studenten unseres Semesters waren nur drei Mädchen. Der Direktor hatte bei seiner Einführungsrede schmunzelnd bemerkt, die jungen Damen würden das Studienziel nur wirklich erreichen, wenn sie sich zu einem guten Abschluss auch einen Mann fürs Leben angelten. Alle lachten, nur ich war sauer. Was bildete sich dieser alte Schlaumeier eigentlich ein? Ich wollte hier studieren und es in diesem Beruf zu etwas bringen.

Die monatlich 230 Mark Stipendium waren mir anfangs wie ein Vermögen vorgekommen. Aber es reichte gerade für die Miete und das Allernötigste. An Reisen, von denen ich geträumt hatte, war nicht zu denken. Wenn meine Kommilitonen in einer Studentenkneipe zu Mittag aßen, das dort für drei Mark zu haben war, briet ich mir in Tante Friedchens Küche ein Spiegelei oder machte mir eine Bockwurst heiß.

Die unvergleichliche Tante Friedchen machte mit Engelsgeduld meine Kleider enger. Mein Backfischspeck gehörte endgültig der Vergangenheit an.

Obwohl ich das vom Direktor empfohlene Studienziel nicht erreichen wollte, freute ich mich doch meiner zahlreichen Verehrer. Wir machten die Tanzböden von Rüdesheim bis Eltville unsicher. Auch zu den Bällen der Studentenverbindung wurde ich eingeladen. Allerdings blieb mir der Sinn der Aktivitäten, denen die Mitglieder dieses Vereines frönten, ein Rätsel. Die Burschenschaftler strebten mindestens einmal in der Woche mit Couleurbändern über der Brust und Käppis auf erhobenen Köpfen in ihre Stammkneipe. Dort, so erzählte mir Walter, würden sie Trinklieder absingen, Bierstiefel sterben lassen und sich gegenseitig unter den Tisch saufen. Diese Rituale verstand ich noch weniger als die der FDJler in der DDR. Von denen hatten außer den stupiden Mitläufern doch auch einige aus Überzeugung ihre Fahnen geschwenkt. Allerdings konnte ich mir vorstellen, dass Bruno begeistert an dem Treiben bei der Studentenverbindung teilgenommen hätte, denn sich in Szene zu setzen war ja seine Leidenschaft.

Dass ich mich ausgerechnet in einen der Studenten aus dieser Burschenschaft verliebte, mag daran gelegen haben, dass mich Walter durch sein verschmitztes Lachen und seine unbekümmert burschikose Art an meinen Bruder erinnerte.

Der »wilde Walter« brachte mir Rock und Twist bei. Diese Tänze, die in der DDR verboten waren, setzte ich gleich mit Freiheit. Getanzt habe ich in diesen Studienjahren viele Nächte hindurch. Meist ging ich mit zwei oder drei Jungens gleichzeitig aus. Aber Walter war mein Favorit.

Er war es schließlich auch, der mich von dem mir verhassten Jungfernhäutchen befreite, dessen ich mich mit meinen zweiundzwanzig Jahren schämte.

Nur durch meine Angst, schwanger zu werden, war es bisher verschont geblieben. Da Mama mich mit jeglicher sexueller Aufklärung im Stich gelassen hatte, wusste ich nicht mal genau, was ein Kondom war.

Walter wusste es. Ich mochte Walter, aber was immer ich mir erhofft hatte, wurde nicht erfüllt. Meine Entjungferung war für mich ein schmerzhafter, strapaziöser Akt. Danach saß ich auf der Bettkante und heulte.

Ich hatte zwar nicht erwartet, dass Walter mir nach dieser »Liebesnacht« einen Heiratsantrag machte, aber als ich von einem Saufabend hörte, bei dem er gewettet hatte, jedes Mädchen aus dem Semester innerhalb eines halben Jahres umzulegen, war mein Selbstwertgefühl derart angeknackst, dass ich daraufhin alle Männer verteufelte. Nie wieder würde ich einem vertrauen. Nie wieder einen anlachen.

Nachdem ich über den ersten Frust hinweg war, revidierte ich meine Vorsätze, indem ich mir nun schwor, mich nie mehr mit jemandem einzulassen, von dem ich nicht wusste, ob er mich wirklich liebte und mir ewig treu bleiben würde. Im Grunde bezweifelte ich, dass es solche Männer überhaupt gab, aber ich war ja noch jung und hatte Zeit, nach einem zu suchen.

Vorerst zog ich mich tief gekränkt von allen Vergnügungen zurück, verbrachte halbe Nächte in den Zeichensälen oder brütete missmutig über meinen Lehrbüchern und Kollegheften.

Aber lange hielt ich das nicht durch. Nach drei oder vier Wochen stürzte ich mich wieder in das heitere Nachtleben und kostete die Freiheit meiner Studienzeit weiter aus. Immer auf der Hut, die Grenzen nicht zu überschreiten, genoss ich jede Tanzerei mit meinen zahlreichen Anbetern und knutschte mich buchstäblich durchs Semester.

Wenn wir abends in einer der Weinstuben beim Rheinwein saßen, wurde vor allem geblödelt. Ich erinnere mich aber auch an Diskussionen über »Die Blechtrommel«, die damals den jungen Günter Grass berühmt gemacht hatte, und über die Romane von Heinrich Böll. Dabei konnte das Thema Krieg und die Zeit danach nicht ausgespart werden.

Über aktuelle Politik hörte ich die Studenten selten sprechen, und schon gar nicht über die Ostzone. Mir schien, als ob manche Westdeutsche gar nichts von der Existenz der DDR wissen wollten. Sie strebten nach Musiktruhen, Kühlschränken, Waschmaschinen und vor allem Autos. Die Jugend drehte sich gerade im neuesten Hit der Vergnügungsindustrie, dem Hula-Hoop-Reifen.

Wer las da schon in der *Frankfurter Allgemeinen* die kleine Notiz, die meldete: *Durch den trockenen Sommer sind die Ernteerträge in Thüringen so katastrophal niedrig, dass unter diesem Vorwand die Kollektivierung der Landwirtschaft in die letzte Phase getrieben wird.*

Im Frühsommer '61 unternahm unser Semester eine Studienfahrt nach Stuttgart zur Bundesgartenschau.

Die neuen Grünanlagen, die wir besichtigten, kannte ich von Plänen, die mir Herr Vogelkopf gezeigt und erklärt hatte. Damals, vor mehr als einem Jahr, waren die Glanzpunkte der Gartenschau noch Baustellen gewesen. Raupen und Bagger hatten Erdmassen ausgehoben und neu verteilt. Landschaftsgärtner und Scharen von italienischen Gastarbeitern pflasterten Wege und Plätze, pflanzten Bäume und Sträucher und bereiteten Flächen für Blumenbeete vor. Bei der Neugestaltung des Höhenparks Killesberg, des Weißenburgparks und der Karlshöhe wurden in die Hanglagen Wunder von Treppen und Mauern aus Natursteinen gebaut.

Stuttgart sei die Hochburg der Trockenmauern, hatte mir Vogelkopf erklärt, weil die steilen Weinhänge schon seit eh und je terrassiert werden mussten. Diese Steinmetzkunst, bei der weder Mörtel noch Zement verwendet würde, sei über Generationen weitergegeben worden.

Jetzt noch, nachdem ich seit dreißig Jahren in Stuttgart lebe, bewundere ich diese naturnahen Kunstwerke, die in den Grünanlagen aus den 60er und 70er Jahren allgegenwärtig sind und dem Betonzeitalter trotzen. Damals, als Studentin, gefielen mir am meisten die farbenprächtigen Blumenrabatten und die neuartigen Geräte auf den Kinderspielplätzen.

An den umgestalteten Oberen Schlossgarten musste ich mich erst gewöhnen. Der ovale See vor dem Opernhaus war durch einen eckigen und der Rosengarten durch rasterartig angelegte Blumenbeete ersetzt worden. Das ging ja noch an, aber den Neubau des Landtags, der sich seither als dunkler Kasten im Akademiegarten hinter dem Neuen Schloss erhebt, empfand ich als Fremdkörper.

In der Zeit, in der ich Stuttgart fern gewesen war, hatten die Stadtplaner die Königstraße und den Bahnhofsvorplatz den Automassen angepasst. Wegen des mörderischen Verkehrs kam mir die Stadt fremd vor.

Die Berliner Mauer

Kurz bevor die Semesterferien begannen, erhielt ich einen langen Brief von Vater. Er schrieb, er und besonders Mama hätten große Sehnsucht nach mir. Mama sei regelrecht krank deswegen.

Der Rest des Briefes war schwer zu verstehen. Vater hatte mir schon mehrmals seltsame Botschaften geschickt, die ich aber immer zu entschlüsseln vermocht hatte. Etwa:

Dein Freund ist befreit und liegt unterm Moos.

Damit hatte Vater mitgeteilt, Pfarrer Moos sei in der Haft gestorben. Oder diese erfreuliche Nachricht:

Schau nach dem Bach, darin schwimmt eine Nixe im Abendkleid.

Das hieß: Schreibe an Bachs, sie senden dir dann Geld. Kauf dir davon ein Kleid für den Studentenball.

Vater hatte etwas Geld bei Bachs deponiert. Davon ließ er sich dringend benötigte Dinge, die es in der DDR nicht gab, schicken. Erst später erfuhr ich, wie er das gefährliche Kunststück, Geld in den Westen zu schmuggeln, fertiggebracht hat. Er gab der Witwe Schnitzler DDR-Mark – und deren Tochter, die in Ulm lebte und ihre Mutter nicht anders unterstützen konnte, schickte den Gegenwert in Westgeld an Bachs.

Der Kurs stand damals 1 : 7. Ich rechnete und erschrak: Die grünseidene Traumrobe, die ich mir von Vaters Geld gekauft hatte, kostete fast siebenhundert Ost-Mark. Dieses Kleid war nach dem pfirsichfarbenen, das ich als Vierzehnjährige von Miriam aus Amerika bekommen hatte, das schönste, das ich je besessen habe.

Doch nun saß ich immer noch ratlos vor Vaters Brief, in dem stand:

Am 11. August gehen zwei Päckchen an Tante Hanna ab. Bitte schicke dann auch Deins los. Das Porto zahlt die Bank am Bachweg.

Nach einer weiteren Stunde Grübelei wusste ich, wer die Päckchen waren: Die zwei ersten waren Mama und Vater, das dritte war ich. Das Geld für den Flug würden mir Bachs schicken. Wir wollten uns bei Hanna in Berlin treffen.

Die Briefe an meine Familie in Birka, in denen ich vage über meinen Studentenalltag berichtet hatte, waren zur Pflichtübung geworden. Ich hatte mein Heimweh verdrängt. Aber dann in Berlin war ich so glücklich, meine Eltern zu sehen, dass ich wie Mama in Tränen ausbrach.

Als wir nach der ersten Wiedersehensfreude Worte fanden, sagte ich: »Das hätte ich mir im Traum nicht einfallen lassen, dass ihr euch traut, nach Westberlin zu kommen.«

»Die Idee stammt von Doktor Rose«, sagte Vater. »Er meint, Mutters Krankheit ist die Sehnsucht nach dir, ihrer ›verlorenen Tochter‹. Unser alter Freund ist nicht nur ein guter Arzt, sondern hat auch Erfahrung mit Ost-West-Treffen. Er verabredet sich jedes Jahr ein-, zweimal mit seinem Bruder, der in Berlin-Schöneberg lebt.«

Mama blickte sich nervös um: »Es kann doch hier niemand mithören?«

»Aber nein«, sagte Hanna, »regt euch ab und genießt es, ein paar Tage in Freiheit zu verbringen.«

»Doch nun verratet doch endlich, wie ihr hergekommen seid«, drängte ich.

»Bisschen kompliziert, muss ich zugeben«, sagte Vater. »Zuerst sind wir mit dem Auto und dem Hänger voll Keramik bis Leipzig gefahren, so als wollten wir Ware ausliefern. Dann haben wir unser Fuhrwerk in Markkleeberg abgestellt und die Straßenbahn zum Bahnhof genommen.«

Mama zog an ihren Fingern und flüsterte: »Es gibt immer mehr SED-Spitzel, die ständig auf der Lauer liegen, um jemandem wie uns was am Zeug zu flicken.« Sie nahm die Finger der anderen Hand, zog und knackte. »Bruno ist der Schlimmste!«, sagte sie.

Bruno! Die angenehme kleine Welle, die ich früher bei diesem Namen gespürt hatte, blieb aus. Auch der freudige Satz meines Herzens. Es füllte sich stattdessen mit Hilflosigkeit und Wut. »Verdammt, dieser Bruno!«, knurrte ich. »Was macht der eigentlich noch in Birka? Ich dachte, er studiert in Berlin.«

»Stimmt«, sagte Mama, »aber an den Wochenenden ist er in Birka bei seiner Mutter. – Ein guter Sohn ist er, das muss man ihm lassen. Na ja, vielleicht kommt er auch wegen Gisela Rübe. Sie scheint schwer hinter ihm her zu sein.«

»War sie schon immer«, sagte ich. »Aber was studiert Bruno denn eigentlich?«

»Frau Dobmaier sagt, er wird Diplom-Jurist.«

»Spezialausbildung am Ministerium für Staatssicherheit!«, fauchte Hanna.

Vater murmelte: »Das glaubt Doktor Rose auch.«

»Damit wird der Doktor recht haben«, sagte ich. »Aber wo er doch so gut Bescheid weiß, finde ich es leichtsinnig, euch nach Westberlin zu schicken. Wenn ich an meine S-Bahn-Fahrt vom Ostbahnhof in den Westsektor denke, zittern mir heute noch die Knie.«

»Wir sind weder mit der S-Bahn noch über einen offiziellen Grenzübergang gekommen«, sagte Vater. »Rose hat uns Schleichwege und Schlupfwinkel verraten, die nur die Berliner kennen.«

Hanna nickte. »Wenn man kein Gepäck bei sich hat, ist es mit guten Nerven verhältnismäßig leicht, vom Ost- in den Westsektor zu wechseln.«

»Leicht!«, Mama rang die Hände und begann wieder an ihren Fingern zu ziehen. »Das nennst du leicht, Hanna?« Und dann berichtete sie von der unerwarteten Passkontrolle in der Nähe der Grenze, nach der sie umkehren mussten. Erst beim zweiten Versuch war es ihnen geglückt, durchzukommen. Die Rückkehr, so hofften sie, wäre dagegen ein Kinderspiel.

In den folgenden Stunden erzählten wir uns nach und nach alles, was wir in Briefen nur anzudeuten gewagt hatten: Michael hatte Katzenjammer, weil er noch immer nicht zum Studium zugelassen worden war. Er arbeitete als Mechaniker in der Zwickauer Maschinenfabrik, in der er gelernt hatte. Lisa, die ihren Ballettfimmel abgelegt hatte, weil ihr das Training lästig geworden war, machte mit wenig Begeisterung eine Lehre als Porzellanmalerin in der VEB-Manufaktur Kahla.

»Und wie geht es Wanda? Hat sie ihr Zwitscherlachen noch nicht verlernt?«, wollte ich wissen.

»Ganz und gar nicht«, beteuerte Vater, »wenn Wanda lacht, kann niemand ernst bleiben. Aber Rudolf ist seit Wochen bärbeißig, weil er keine Ziegelsteine für den defekten Fabrikschornstein auftreiben kann.« Vater zog resigniert die Schultern hoch. »Baumaterial wie auch viele andere Dinge sind für unsereinen offiziell nicht zu bekommen. Das funktioniert nur über Tauschgeschäfte.«

Mama erzählte sofort ein Beispiel: »Als die Erna, die Frau vom Klempner Windisch, im Krankenhaus lag, habe ich drei Wochen lang für ihren Mann und die Kinder gekocht«, sagte sie eifrig, »dafür hat er uns nagelneue Rohre in der Waschküche installiert, und seitdem haben wir keine Überschwemmung mehr im Keller.«

Vater zwinkerte mir zu. »Und vor Silvester ist deine gewitzte Mama nach Jena gefahren und hat die Dame an der Theaterkasse mit einem Dutzend frischer Eier bestochen, damit wir Beethovens Neunte hören konnten.«

Wir lachten, aber Vater rieb seine Stirn. »Diese Wasserrohr- und Eiergeschichten sind Kleinigkeiten«, sagte er. »Tatsache ist: Wir politischen Außenseiter halten zusammen! Sonst sähe für uns alles noch düsterer aus. Die Hilfsbereitschaft unter gleichgesinnten Leuten ist ein kleines, erfreuliches Wunder, das die DDR hervorgebracht hat.«

»Im Westen denkt jeder nur an sich«, sagte ich. »Fast niemand interessiert sich dafür, wie es euch im Osten geht.« Darauf folgte deprimierende Stille. Ich bereute meine Worte, wechselte rasch das Thema und fragte nach Tobi.

»Ein goldiges Kerlchen«, sagte Mama und lachte nun wieder. »Er geht schon in die zweite Klasse. Aber lieber, als Schulaufgaben zu machen, hilft er Meister Schratt in der Werkstatt.«

»Und Jette? Arbeitet sie auch noch in der Werkstatt?«

»Natürlich«, sagte Vater. »Jette ist unermüdlich an der Töpferscheibe.«

»Wie geht's Frau Lucker und Frau Kadowitz? Singen sie noch das Riesengebirgslied?«

Vater lachte. »Das schon, aber ich glaube, sie haben nicht mehr so viel Heimweh wie anfangs. Rudolf ist froh, weil sie ihm so treu bei der Feldarbeit helfen.«

Und dann erzählte Mama von der Hochzeit im Hause Knoll. Brigitte Kadowitz und Jürgen Knoll hätten geheiratet. Brigitte sei die geborene Bäckersfrau. »Roses waren auch eingeladen. Ich soll dich von Martin grüßen«, sagte Mama. »Warst du nicht mal in ihn verliebt, Anne?«

»Ja, ein bisschen. Vergiss nicht, ihn wieder zu grüßen.« Wir redeten fast die ganze Nacht und schliefen morgens ziemlich lange.

Beim verspäteten Frühstück legte uns Hanna ein druckfrisches Exemplar der DDR-Tageszeitung *Neues Deutschland* auf den Tisch. »Das hat jemand vom gegenüberliegenden Haus aus dem Fenster über die Straße geworfen, sozusagen vom Osten nach dem Westen katapultiert.« Hanna strich die Zeitung glatt und überflog die erste Seite. Sie presste die Lippen aufeinander und schob uns das Blatt zu. Wir steckten die Köpfe zusammen und lasen. Auf der Frontseite der Zeitung war der Beschluss des Ministerrates vom Vortag veröffentlicht:

Zur Erhaltung des Friedens ist es erforderlich, dem Treiben der westdeutschen Revanchisten und Militaristen einen Riegel vorzuschieben.

Über mehrere Spalten war von der Sicherheit der Staaten im sozialistischen Lager die Rede, und am Ende des Artikels sprang uns der Satz entgegen, der uns die Sprache verschlug: *Die Grenzen dürfen von Ostberlinern nur noch mit besonderer Genehmigung passiert werden.*

Mutter bekam Flecke im Gesicht und am Hals. Rote Angstflecke. Sie breiteten sich wie zerfranste Inseln auf ihrer quarkweißen Haut aus. »Wir müssen zurück, bevor alle Übergänge kontrolliert werden«, stammelte sie.

Vater rieb seine Stirn und sagte leise: »Bitte, Charlotte, fang nicht schon wieder an zu knacken!«

Mama steckte die Hände unter ihren Po und sagte mit Fiepsstimme: »Tschuldigung.«

Hanna spähte die Straße rauf und runter. »Nichts los bis jetzt, jedenfalls hier nicht«, sagte sie und knallte das Fenster zu. »Keine Panik, heute bleibt ihr noch hier, morgen sehen wir weiter.«

Der Tag verging mit Warten und Bangen, und abends klebten wir bis nach Mitternacht am Radio. Gegen zwei Uhr morgens meldete der RIAS: »Bis kurz vor Mitternacht strömten ständig Flüchtlinge aus Ostberlin und aus der DDR nach Westberlin. Seit 1 Uhr verwehren Volksarmisten an den Sektorengrenzen den Zugang zum westlichen Teil der Stadt.«

Hanna sagte: »Jetzt gibt's Ärger! Das lassen sich die Jungs von der Westberliner Polizei nicht gefallen.«

Später erfuhren wir, dass Einheiten der Volkspolizei, der Nationalen Volksarmee und der Betriebskampftruppen mit Mannschaftswagen und Schützenpanzern unter schwerer Bewaffnung an der Sektorengrenze Stellung bezogen hatten und dass Pioniereinheiten begannen, Stacheldrahtverhaue und spanische Reiter aufzustellen.

Hanna verlor ihre Zuversicht und sagte zähneknirschend: »Der Spitzbart will uns in einer Nacht- und Nebelaktion einzingeln!

Dieser falsche Fuffziger hat doch noch vor kurzem auf einer Pressekonferenz zu einer westdeutschen Journalistin gesagt: ›Niemand hat die Absicht eine Mauer zu errichten.‹ Was bildet der sich eigentlich ein?«

»Er will den Russen imponieren«, sagte Vater.

Wir hielten uns weiter wach und hörten die Berichte im RIAS ab. Alle paar Minuten sprang Mama vom Stuhl hoch und wollte aufbrechen. »Was soll aus uns werden, wenn wir nicht mehr aus Berlin rauskommen?«, jammerte sie. »Daheim werden sie sich zu Tode ängstigen.«

»Also, nun setz dich wieder hin, Charlotte«, sagte Vater ungeduldig, »jetzt, mitten in der Nacht, können wir nicht loslaufen. Daheim weiß ja niemand, wo wir hingefahren sind. Und von dem, was hier vorgeht, haben sie vielleicht auch noch nichts gemerkt. Sie schlafen, und das wollen wir jetzt auch tun.«

Am nächsten Morgen erfuhren wir, dass ein Großteil der Berliner Sektorengrenze abgeriegelt war. Wo es noch keine Absperrungen gab, waren Posten mit Maschinengewehren aufmarschiert. Unter den Linden, an der Warschauer Brücke und am Alexanderplatz fuhren Panzer auf. Überall versuchten verzweifelt protestierende Menschenmengen, die Panzer aufzuhalten. Der U- und S-Bahnbetrieb zwischen Ost- und Westberlin war größtenteils eingestellt worden.

Gegen Mittag sagte Hanna zu meinen Eltern: »Packt eure Sachen! Anne, bleib du lieber oben, wer weiß, ob die Kerle von der Volksarmee die Grenze noch respektieren.«

Wir verabschiedeten uns hastig, und Hanna begleitete Mama und Vater hinunter. Ich beugte mich aus dem Fenster, um über die Dachrinne auf die Bernauer Straße sehen zu können, und entdeckte Hanna und meine Eltern erst, als sie schon vor dem gegenüberliegenden Haus standen. Eine junge Frau schleppte zwei Koffer aus der Tür. Sie stellte sie ab und fuchtelte mit den Armen, als ob sie meine Eltern zurückscheuchen wollte. Kopfschüttelnd schaute sie ihnen nach, wie sie in dem Haus auf der Ostberliner Seite verschwanden. Die Frau nahm ihre Koffer und kam mit Hanna über die Straße.

Diese Frau ist in den Westen geflüchtet und meine Eltern in den Osten, dachte ich bestürzt. Ich starrte auf die Haustür, hinter der meine Eltern verschwunden waren, und krallte mich am Fensterbrett fest, weil es hinter meinen Schläfen zu pochen begann.

Die Häuser auf der östlichen Straßenseite lagen friedlich unter der Augustsonne. Geranien und Alpenveilchen vor den Fenstern, Spitzengardinen. An den Fassaden abbröckelnder Putz und rostige Abflussrohre. Fernes Autohupen und sonst unerträgliche Stille.

»Sie sind drüben«, sagte Hanna, als sie zurückkam.

»Aber werden sie aus Berlin rauskommen?«

»Wahrscheinlich hat die Volksarmee genug zu tun, die Menschen, die nach Westberlin drängen, aufzuhalten. Wir können nur hoffen, dass sie keine Zeit hat, sich auch noch um Leute zu kümmern, die den entgegengesetzten Weg nehmen.«

Hanna lehnte sich neben mir auf den Fenstersims. Wir sahen Frauen und Männer mit Kind und Kegel, bepackt mit Koffern und Reisetaschen, die gegenüberliegenden Häuser verlassen und über die Straße eilen.

Plötzlich tauchten Volksarmisten auf und zogen die Leute, die aus den Häusern auf die Straße wollten, zurück. Zwei junge Burschen stiegen aus dem dritten Stockwerk und kletterten am Abwasserrohr herunter. Ein bärtiger Alter wollte folgen, wurde aber von innen festgehalten. Die beiden, die entkommen waren, fluchten von der Straße hinauf. Ein Volkspolizist schlug das Fenster zu und zog die Gardinen vor. Kurze Zeit später wurden von innen Türen und Fenster zugemauert.

Ich fühlte den bekannten Druck hinter meinen Schläfen, nahm das *Neue Deutschland* und riss es mitten durch. Noch mal und noch mal. So lange, bis nur winzige Fetzen übrig waren. Dann trommelte ich mit den Fäusten auf die Schnipsel und schrie: »Fällt dem Ulbricht und seinen Genossen sonst nichts mehr ein? Immer, immer neue Schikanen!«

Hanna ließ sich auf einen Stuhl plumpsen. »So ein verdammter Mist!« Sie wischte wütend die Zeitungsschnipsel vom Tisch und starrte ihnen nach, als sie wie Schneegestöber auf den Teppich sanken.

Während Hanna sich langsam beruhigte, kämpfte ich immer noch gegen die Wut, die in meinem Kopf hämmerte. Die Stunden, die wir auf eine Nachricht warteten, waren endlos.

Erst am nächsten Mittag brachte die Nachbarin die erlösende Botschaft: »Da kam ein Anruf für dich, Hanna. Ich soll dir ausrichten, die Päckchen sind gut angekommen.«

In den drei Tagen, die ich noch in Berlin war, erlebte ich mit, wie an den Zonengrenzen Betonpfähle aufgestellt und Stacheldrahtzäune gezogen wurden. Wir hörten von Menschen, die über Ruinengrundstücke, über Flüsse, Kanäle oder Seen die letzte Chance zur Flucht ergriffen. Die Berliner mussten hilflos zusehen, wie die Mauer aus dem Boden wuchs.

Tante Hanna hatte einen Lieblingssatz, den sie immer wieder hervorstieß: »Noch nie ist in der DDR etwas so schnell und präzise erledigt worden!«

Ich selbst war tief enttäuscht von der Gleichgültigkeit der meisten Menschen in meiner westlichen Wahlheimat. »Wieso hilft niemand? Warum protestiert keiner? Die Politiker in Bonn und auch im Ausland stecken die Köpfe in den Sand«, klagte ich Hanna.

»Das ist typisch«, sagte Hanna verbittert. »Die feine Gesellschaft im *Goldenen Westen* guckt einfach zu, was in Berlin passiert. Sie halten das Ganze für einen spannenden Fernsehkrimi.«

Am 17. August flog ich zurück in den Westen und arbeitete den Rest der Semesterferien bei Ferdinand Vogelkopf. Herr Vogelkopf teilte meine Empörung über den Mauerbau, war aber genauso ratlos wie ich.

»Und was ist mit dem Versprechen Adenauers?«, fragte ich ihn. »Ich weiß noch auswendig, was er in seiner Rede nach dem 17. Juni getönt hat: ›Wir werden nicht ruhen und nicht rasten – diesen Schwur lege ich für das gesamte deutsche Volk ab – bis ganz Deutschland wieder vereint ist in Frieden und Freiheit.‹«

Vogelkopf grinste. »Tatsächlich hat er ja auch nie geruht und gerastet, aber hauptsächlich, um sich seit dreizehn Jahren an der Macht zu halten. Früher habe ich ihn bewundert. Er hat versucht, sich den Nazis zu widersetzen. Nach dem Krieg war er den Kölnern ein guter Oberbürgermeister. Als Kanzler ist er nach Moskau gefahren und hat die Freilassung der deutschen Kriegsgefangenen aus Russland bewirkt – und er hat die Deutschen mit den Franzosen ausgesöhnt.« Vogelkopf hob hilflos die Hände und sagte leise: »Aber ich habe den Alten im Verdacht, dass ihm die deutsche Einheit ziemlich egal ist.«

Seit dem Treffen in Berlin dachte ich viel öfter an Birka als bisher. Meine Eltern schrieben nur belanglose Dinge, weil wir damit rechnen mussten, dass die Post kontrolliert wurde. Von Jette erfuhr ich mehr. Sie schrieb ohne Absender, mit verstellter Handschrift, manchmal sogar mit Milch zwischen belanglosen Zeilen übers Wetter oder am Rand von Kochrezepten – dann musste ich den Brief über eine Kerze halten, bis sich die Buchstaben braun färbten. Keiner der Briefe trug den Poststempel von Birka, sie waren in verschiedenen Ortschaften eingeworfen worden.

Als im Oktober das Semester begann, waren im Westen die Berliner Ereignisse schon nicht mehr aktuell. Bei unseren nächtlichen Studentenpalavern wurde der Mauerbau zwar diskutiert, aber außer mir war keiner meiner Studienfreunde davon betroffen.

Lieber witzelten sie über Ludwig Erhards Fernsehansprache zum Maßhalten. Nein, vom Maßhalten wollte niemand etwas wissen. Anfang des neuen Jahres schimpften meine Kommilitonen über die Verlängerung des Grundwehrdienstes. Den meisten stand diese Zeit nach ihrem Studium noch bevor. Für Politik außerhalb der BRD interessierte sich niemand.

Ulbricht saß fest wie nie im Sattel, bezeichnete die Mauer als »antifaschistischen Schutzwall« und führte in der DDR die allgemeine Wehrpflicht ein. Viele der Soldaten wurden zu den Grenztruppen eingezogen. Die Flüchtlingswelle ebbte ab. Dem Sozialismus konnte niemand mehr davonlaufen, ohne in Lebensgefahr zu geraten. An der Mauer gab es die ersten Toten.

Jette schrieb mit Milch auf Büttenpapier:

Michael muss zum Grundwehrdienst. 18 Monate! Gestern hat er mir die Ohren vollgejammert, dass er es nicht wie du gemacht hat und einfach abgehauen ist. Seit die Mauer steht, ist ja nun die letzte Möglichkeit futsch. Eigentlich wollte Micha den waffenlosen Militärdienst wählen und ›Bausoldat‹ werden. Aber nun will er sich zur Grenztruppe melden, weil er hofft, dann irgendwie abhauen zu können. Wenn er nur keine Dummheiten macht! Vorige

Woche haben sie an der Mauer einen Achtzehnjährigen erschossen, er heißt Peter Fechtner.

Ich bat Jette inständig, sie solle um Gottes willen nicht mehr solche Sachen schreiben. Seitdem erfuhr ich noch weniger über das, was daheim los war.

Ich hatte niemanden, mit dem ich über meine Sorgen sprechen konnte. Vielleicht lag es an diesem idyllischen Studienort, wo für jeden die Welt in Ordnung war, wenn er die nächste Prüfung bestanden hatte.

Doch im Herbst nach der Spiegel-Affäre änderte sich etwas. Geisenheims Studenten gingen zwar nicht wie die im nahen Frankfurt auf die Straße, um gegen unsere Regierung, die die Pressefreiheit auszuhebeln versuchte, zu demonstrieren. Aber immerhin wurde der Skandal um Franz Josef Strauß diskutiert und die autoritäre Obrigkeit des Staates in Frage gestellt.

Gleichzeitig schien in diesem Oktober die Welt aus den Fugen zu geraten. Die Kunde, amerikanische Aufklärungsflugzeuge hätten auf Kuba den Bau einer sowjetischen Raketenabschussbasis entdeckt, schreckte nun doch jeden Politikmuffel auf. Bei Jung und Alt ging die Angst vor einem dritten Weltkrieg um, die Angst vor einem Atomkrieg.

Günther

Anfang des Jahres '63 entspannte sich das gefährliche Machtspiel zwischen den Supermächten. Kennedy hatte das Kunststück fertiggebracht, Chruschtschow zu zwingen, die russischen Raketen aus Kuba abzuziehen. Aufatmen! Bewunderung für Kennedy und die USA. Misstrauen und Angst vor den Machthabern der Sowjetunion. Die Kuba-Krise war beigelegt, aber der *Kalte Krieg* noch lange nicht beendet.

Danach erlebten die Europäer bis in den März hinein noch eine ganz andere Zitterpartie. Diesmal handelte es sich nicht um einen heißen oder kalten Krieg, sondern um eine Frostperiode sibirischen Ausmaßes. Auf dem Rhein schwammen statt Schiffen Eisschollen. Tante Friedchen und Millionen andere Menschen bekamen die Stuben nicht mehr warm. Ferdinand Vogelkopf schrieb mir aus Stuttgart, unter der Eisdecke des Max-Eyth-Sees erstickten die Fische.

Die Minusgrade sorgten dafür, dass ich mich mehr als sonst in meinem Studentenstübchen aufhielt und intensiv lernte. Während meines letzten Semesters wurde ich ziemlich solide. Mich hatte der Ehrgeiz gepackt, einen guten Abschluss zu machen.

Als ich mein Ingenieurzeugnis in der Tasche hatte, ging ich auf Wolken und bewarb mich um eine Stelle in Stuttgart. Der Abschied vom Rhein, von Tante Friedchen und meinen Studienfreunden fiel mir zwar schwer, aber ich sehnte mich nach Stuttgart, in die Stadt, in der ich einen glücklichen Start in mein freies Leben gehabt hatte.

Ich hatte eisern gespart, und bevor ich meine erste Stelle als frisch gebackene Ingenieurin antrat, erfüllte ich mir einen Traum und reiste in den Süden.

Meine Laune war so strahlend wie der Frühlingstag, an dem ich durch die Schweiz fuhr. Durch dieses Bilderbuchland, das gebohnert und staubgewischt zu sein schien. Ich ließ mich von Seen aus blauer Seide, grünen Märchentälern mit sprudelnden Bächen, Felsenschluchten und schneebedeckten Gipfeln verzaubern. Fast geriet ich in Versuchung, aus dem Zug zu steigen und meinen Urlaub hier zu verbringen. Aber mein Ziel war Italien.

Drei Tage lief ich wie berauscht durch Florenz. Allein für den Blick von der Piazza Michelangelo hatte sich die Reise gelohnt: Unter mir lag die Stadt in südlicher Sonne, die Dächer, Kuppeln und Türme vergoldete. In der Ferne schimmerten samtgrüne Hügel, aus denen Zypressen wie schwarze Speere emporragten. Jeden Abend sackte ich todmüde auf meine Pritsche in der Jugendherberge.

Und dann Rom! Ich dachte an den Tag, an dem ich mit meinem Vater den Bildband betrachtet hatte, und lief die Wege und Plätze ab, die wir damals in Gedanken gegangen waren. Ich wünschte, Vater wäre an meiner Seite gewesen, und schwor mir, einmal zusammen mit ihm hierher zu reisen.

Auf der nächsten Bahnfahrt gen Süden lernte ich Günther Läpple kennen. Er war Bankkaufmann und kam aus Stuttgart. Wanda hätte ihn einen langen Lulatsch genannt. Obwohl ich an dem mir von meiner Mutter eingetrichterten Leitspruch klebte: »Adrette Kleidung und eine ordentliche Frisur sind die Grundlagen, um anständig durchs Leben zu kommen«, wirkte Günther mit seinen gescheitelten, aschblonden Haaren, seiner Bügelfaltenhose und dem Hemd, das nie zu zerknittern schien, übertrieben gestriegelt auf mich. Aber doch Vertrauen erweckend. Zwar fand ich es ein bisschen wichtigtuerisch, wie er mir sein penibel ausgetüfteltes Reiseprogramm erklärte, aber gerade dieses Reiseprogramm war es, das mir imponierte. Während ich recht ziellos durch Florenz und Rom gestreift war, hatte mich das Gefühl, etwas zu verpassen, nie ganz verlassen. Und deswegen nahm ich Günthers Vorschlag an, die Reise gemeinsam fortzusetzen.

Günther zeigte mir Neapel. Der Höhepunkt war für mich die Vesuv-Besteigung. Unterwegs blieb ich alle paar Schritte stehen und blickte zurück auf die Stadt und das Meer. Günther hatte die Nase fast ständig in seinem Reiseführer.

Endlich oben angekommen, starrten wir gemeinsam in die schwarze Lavahölle des Kraters und hatten das erste Mal eine gemeinsame Empfindung: Es gruselte uns.

Aber nun, da ich das Meer gesehen hatte, brannte ich darauf, hineinzutauchen. Günther begleitete mich zwar an den Strand von Sorrent, weigerte sich aber hartnäckig zu baden. Ich ließ ihn im Sand sitzen, stürzte mich mit einem Jauchzer ins Meer und schwamm auf den Horizont zu. Erst als mir die Kälte unter die Haut kroch und meine Augen vom Salz brannten, kraulte ich zurück. Dort musste ich mir mit einem gemischten Gefühl aus Ärger und Rührung Vorwürfe anhören, weil mein Reisefreund meinte, ich sei zu weit hinausgeschwommen. Dabei rubbelte er mir mit erstaunlicher Zartheit den Rücken ab, traute sich vorn nicht ran, fragte aber unverhofft, ob er mir einen Kuss geben dürfe.

Über diese blödsinnige Frage musste ich lauthals loslachen. Nur meiner guten Laune nach diesem Bad im Mittelmeer war es zu verdanken, dass ich mich dann doch küssen ließ. Sein Kuss fühlte sich lasch an, und ich vermutete, er hatte das noch nicht oft oder mit den falschen Mädchen geübt.

Nach drei Tagen hatte ich ihm das Küssen schon so gut beigebracht, dass er sein Reiseprogramm zu ändern bereit war und wir noch ein paar Tage am Meer blieben. Er legte sogar hin und wieder sein knitterfreies Hemd und seine Bügelfaltenhose ab und schwamm mit mir um die Wette. Manchmal ließ ich ihn gewinnen.

Nach diesem Badeurlaub musste ich mich leider auf die Heimfahrt begeben, da meine Reisekasse leer war. Ich versprach Günther, ihm meine Adresse in Stuttgart mitzuteilen, sobald ich eine hätte.

Auf eigenen Füßen

Am 15. März 1963 begann meine Arbeit im Planungsbüro eines namhaften Stuttgarter Gartenarchitekten. Für die ersten Tage nahm ich Vogelkopfs Angebot an, mich nochmals in seinem Haus einzuquartieren. Aber da ich nun Geld verdienen würde, wollte ich seine Hilfsbereitschaft nicht länger ausnutzen und suchte nach einer neuen Unterkunft.

Obwohl auf den grünen Wiesen rund um Stuttgart die Neubausiedlungen nur so aus dem Boden schossen, war der Wohnraum knapp und teuer. Mit 850 D-Mark Anfangsgehalt kam natürlich keine Wohnung in Frage, davon abgesehen hatte ich keine Möbel.

Nach Dienstschluss klapperte ich deshalb unermüdlich Adressen aus Zeitungsanzeigen ab, in denen möblierte Zimmer angeboten wurden. Endlich fand ich jemanden, der bereit war, mir ein Zimmer zu vermieten. Das Haus gehörte einer Handwerkerfamilie und lag im Bohnenviertel. Damals hatte dieser einzig erhaltene Teil von Stuttgarts historischer Altstadt seine Restaurierung noch vor sich und war ein ziemlich heruntergekommenes Quartier. Mir gefiel das Stübchen schon deswegen, weil es billig war und mitten in der Stadt lag. Außerdem waren die Wirtsleute sehr nett. Als ich mit der frohen Botschaft, ein Zimmer gefunden zu haben, ins Büro kam, wurde ich von der Mutter meines neuen Chefs, die Schweizerin war, aufgeklärt, dass das Bohnenviertel »ein Lasterlöchli« sei. Außer Handwerk würde dort vorwiegend das älteste Gewerbe der Welt betrieben, und ein Nachtlokal läge neben dem anderen.

Ich sagte, am helllichten Tage hätte ich nichts von dem Lasterlöchli bemerkt. Aber die Seniorchefin, eine elegante Dame mit weiß-lila Pagenfrisur, war geradezu entsetzt und zeterte: »Oh nein, mein Kind, schlagen Sie sich das aus dem Kopf! Diese Gegend ist nichts für ein anständiges Mädchen.«

Um bei meinem Brotherrn nicht in Ungnade zu fallen, sagte ich dem Vermieter in der Rosenstraße ab. Am nächsten Tag besorgte mir die Seniorchefin ein Zimmer bei Fräulein Egermann in Möhringen.

Das ältliche Fräulein, das ich anfangs schwer verstehen konnte, weil es seinem Dialekt nicht die kleinste hochdeutsche Note beizumischen bereit war, kam jeden Abend in mein Zimmer. Sie schwebte herein, ohne anzuklopfen, und plauderte über die Affären der hochadligen Gesellschaft oder über aufsteigende Filmsternchen. Danach verschwand Fräulein Egermann mit einem zwitschernden »Guts Nächtle«. Was zurückblieb, war eine Wolke ihres Veilchenparfüms. Daher roch ich auch, wenn sie sich in meinen vier Wänden aufgehalten hatte, während ich außer Haus war. Das war mir ziemlich egal, denn ich hatte ja bereits Erfahrungen mit neugierigen Vermieterinnen. Wenn ich an die Bespitzelungen dachte, denen die Leute in der DDR ausgesetzt waren, konnte mich diese kleine private Überwachung nur amüsieren.

Alle Grenzen zur DDR waren so fest geschlossen wie die Mauer in Berlin. Hanna schrieb von Fluchtversuchen, die kaum einer überlebte. Aber Ende Juni erhielt ich einen hoffnungsvoll klingenden Brief, in dem Hanna mir den Besuch Kennedys in West-Berlin schilderte. Die Berliner hätten den amerikanischen Präsidenten derart jubelnd empfangen, als ob sie sich von ihm die Wiedervereinigung ihrer Stadt erhofften.

Als fünf Monate später die Nachricht von Kennedys Ermordung bekannt wurde, schien die ganze Welt unter Schock zu stehen. Doch seit diesem Attentat diskutierten auch meine Kollegen und Freunde oft über das Weltgeschehen und sogar über die Probleme der deutschen Teilung.

Bei meinem Job in Stuttgart waren Überstunden selbstverständlich, und auch samstags kam ich selten vor sechzehn Uhr aus dem Büro. So blieben nur die Sonntage, um durch die Stadt zu schlendern, Schaufenster in der Königstraße zu bewundern oder im Café Sommer zu sitzen. Manchmal wanderte ich auch stundenlang über eines der zahlreichen Stäffele hinauf zu Stuttgarts Höhen und konnte mich an der Aussicht über die Stadt nie sattsehen.

Mehrmals fuhr ich mit meinem Dienstfahrzeug, einer Vespa, die ich auch privat nutzen durfte, auf die Schwäbische Alb. Dort fand ich nach langer Suche das Dorf, in dem meine Mutter Charlotte geboren worden war. Bei diesem Ausflug erfuhr ich vom Schicksal meiner Großmutter Lore. Danach konnte ich verstehen, warum Mama unsere Familie über alles ging: Es lag daran, weil sie selbst mutterlos aufwachsen musste. Und ich begriff auch, wieso sie Thüringen als ihre Heimat ansah und nicht die Schwäbische Alb. In Birka hatte sie nach ihrer freudlosen Kindheit und Jugend ihr Glück gefunden.

Seit ich in Mamas Geburtsort gewesen war, schämte ich mich, so egoistisch aus dem Nest, in dem sie ihre Kinder behütet hatte, ausgeflogen zu sein. Mich quälte die Sehnsucht nach meiner Mutter und nach Birka. Vielleicht lag es auch daran, weil ich mich einsam fühlte. Deswegen freute ich mich, als ich meinte, dass sich ein gut aussehender junger Kollege in mich verguckt hätte. Peter war aus Bern und ein Neffe der Mutter meines Chefs.

Die wilden Sechziger, wie man sie heute nennt, gestalteten sich für mich in Peters Gesellschaft ziemlich zahm. Er konnte nicht tanzen und wollte es auch nicht lernen. Allerdings kam ich durch ihn in den Genuss von Eintrittskarten für das inzwischen weltberühmte Stuttgarter Ballett. Nachdem ich John Crankos »Romeo und Julia« und »Feuervogel« gesehen hatte, begriff ich Lisas Begeisterung für die Tanzkunst und schickte ihr die Programmhefte.

Peter und ich küssten uns nie, wir gingen ins Kino und sahen zu, wie sich andere küssten. Ich merkte erst ziemlich spät, dass Peter schwul war. Deswegen hätte ich aber unsere Freundschaft nicht beendet, wenn er mir nicht etwas anderes gestanden hätte: Seine Eltern waren verärgert, dass er mit einer aus Ostdeutschland, einem Flüchtling von der russischen Seite, befreundet war. Als Peter, vielleicht aus diesem oder aus anderen Gründen, zurück nach Bern beordert wurde, war ich froh, ihn los zu sein.

Kurz nachdem Peter verschwunden war, tauchte Günther wieder auf, den ich ziemlich lieblos abserviert hatte. Das einzige Treffen nach unserem gemeinsamen Urlaub hatte in meinem möblierten Zimmer stattgefunden. Hier, unter Ausschluss der Öffentlichkeit, traute sich Günther außer Küssen ein bisschen mehr. Zumindest wusste er, wie man eine Damenbluse aufknöpft. Bevor er es wagte, sie mir auszuziehen, machte er mir einen Heiratsantrag. Da ich aber nicht auf bindende Zweisamkeit versessen war, knöpfte ich meine Bluse wieder zu und vertröstete ihn auf später.

Ich hatte keine Lust, mich von meinen hochgesteckten Plänen, es in meinem Beruf zu etwas zu bringen, ablenken zu lassen. Und vor allem wollte ich meine schwer erkämpfte Freiheit noch ein paar Jahre behalten.

Meine Abfuhr hatte Günther so gekränkt, dass er nichts mehr von sich hören ließ. Was mir im Grunde recht gewesen war. Nun kam er an einem Sonntag mit einem nagelneuen weißen VW-Käfer vorgefahren und tat, als ob es das Jahr, in dem wir uns aus dem Weg gegangen waren, nicht gegeben hätte. Ich ließ mich überreden und nach Uhlbach in eine Besenwirtschaft kutschieren. Von Möhringen fuhren wir hinunter in Stuttgarts Talkessel. Günthers flotte Fahrt wurde nicht nur von der U-Bahn-Baustelle am Charlottenplatz, sondern mehr noch durch die kürzlich eingeführten Zebrastreifen auf der Königstraße gebremst.

Als wir endlich Obertürkheim und wenig später Uhlbach erreicht und uns in der Besenwirtschaft mit Maultaschen und Riesling gestärkt hatten, wanderten wir gut gelaunt durch die Weinberge auf den Rotenberg. Endlich konnte ich mir die berühmte Grabkapelle, die ich schon so oft von Weitem bewundert hatte, aus der Nähe anschauen. Von der gigantischen Aussicht beeindruckt, ließ ich mich von Günther küssen. Dazu stellte er sich mit mir vor das Portal mit der Inschrift: *Die Liebe höret nimmer auf.* Diese Zeremonie fand ich zwar wieder übertrieben perfekt, aber Günther hatte es geschafft, dass unsere seltsame Liebesbeziehung erneuert worden war.

Nach zwei arbeitsamen Jahren hatte ich so viel gespart, dass ich im Frühjahr '65 eine Urlaubsreise nach Griechenland plante. Günther, der mir hartnäckig auf den Fersen blieb, wollte mich begleiten. Aber erst nach dem 24. Mai! Er hatte seiner Mutter versprochen, mit ihr auf der Königstraße zu jubeln, wenn Elisabeth II. nach Stuttgart zu Besuch käme.

Vorher konnte ich auch nicht weg, denn unsere Firma hatte den Auftrag vom Gartenbauamt, die Wegstrecke der Queen durch Stuttgart auf Hochglanz zu bringen. Ich musste die Arbeitsaktionen koordinieren, bei denen die Baustellen mit Tannenreis, frischen Blumen und Fahnen kaschiert wurden. Wo so schnell kein englischer Rasen wachsen wollte, halfen wir mit grüner Farbe nach.

Die Stadt, durch die die Queen und Ministerpräsident Kiesinger im offenen Mercedes fuhren und sich bejubeln ließen, war blitzsauber und ohne Fehl und Tadel. Dafür, dass man Elisabeth auf ihren Wunsch hin, Marbach zu besichtigen, nicht ins Gestüt auf die Schwäbische Alb, sondern in die Schillerstadt am Neckar kutschierte, wo sie enttäuscht fragte, wo denn nun die »horses« seien, konnten wir Gartengestalter nichts.

Am 1. Juli, so war geplant, wollten Günther und ich nach Griechenland starten. Er hatte wieder ein perfektes Programm ausgearbeitet. Da ich inzwischen seine Verlässlichkeit, seine Geduld und auch seine enthaltsame Zuneigung – außer Küssen tauschten wir nichts – schätzen gelernt hatte, freute ich mich darauf, mich gemeinsam mit ihm auf die Spuren der Antike zu begeben.

Drei Tage vor unserer geplanten Abreise erhielt ich eine Aufenthaltsgenehmigung für Birka. Sie war in den letzten vier Jahren regelmäßig abgelehnt worden, und ich hatte nicht mehr damit gerechnet. Dass man mir endlich die Einreise bewilligte, lag an der neuen Bestimmung, nach der Flüchtlinge, die die DDR vor dem Mauerbau verlassen hatten, ihre Heimatorte straffrei besuchen durften. Wahrscheinlich aber lag es auch an dem im Dezember letzten Jahres eingeführten Mindestumtausch für Besucher aus Westdeutschland. Die DDR brauchte Devisen!

Mit einem lachenden und einem weinenden Auge schlug ich mir Griechenland aus dem Kopf. Günther war wütend und enttäuscht. Er verstand nicht, weshalb es mich in die DDR zog. Er sparte nicht mit Vermutungen, was mir dabei alles passieren könnte.

Die Bundesregierung verteufelte die DDR genauso wie diese den Westen. Günther und seine Mutter glaubten alles, was über die DDR in den westdeutschen Boulevardblättern stand. Ich sagte Günther nicht, wie viel Bedenken und Angst ich selbst hatte. Jedes Jahr wurden von der Parteispitze der DDR unzählige Verordnungen, Bestimmungen, Gebote oder Verbote erlassen, aber man konnte nicht darauf bauen; viele davon wurden zurückgenommen oder auf unerklärliche Weise ausgelegt. Ich brauchte meinen ganzen Mut, um mich für die Wiederbegegnung mit dem Osten zu wappnen.

Birka

Es war ein beklemmendes Gefühl, die Grenze zur DDR, aus der ich vor sechs Jahren geflohen war, zu passieren. Mein Koffer wurde durchwühlt, ein Pfund Kaffee, mehrere Tafeln Schokolade und der Rekorder samt der Rolling-Stones-Kassette, die sich Lisa gewünscht hatte, »formlos eingezogen«. Ich kam mit ziemlich leeren Händen in Birka an.

Da es Samstag war, hatte sich die ganze Familie zu meinem Empfang versammelt. Meine Eltern und Lisa, Wanda und Onkel Rudolf mit ihrem inzwischen elfjährigen Sohn Tobias. Meine alte Freundin Jette hielt sich wie immer etwas abseits, sie machte sich mit Kaffee-Servieren nützlich, während wir anderen alle durcheinanderredeten.

Auch Michael war da. Von dem Was-kostet-die-Welt-Gehabe seiner Jugend war nichts übrig geblieben. Michas früher so verschmitztes Gesicht nahm einen schwermütigen Ausdruck an, wenn er sich unbeobachtet glaubte. Er hatte seinen Wehrdienst abgeleistet. Obwohl er über diese Zeit nicht sprechen wollte, sah ich meinem Bruder an, dass diese Zeit eine Tortur für ihn gewesen war. Und nun war Michael trotzdem nicht zum Studium zugelassen worden! Er arbeitete noch immer in der Zwickauer Maschinenfabrik. Die Bestimmung, dass nur Arbeiter- und Bauernkinder zur Universität dürfen, hatte sich nicht gelockert. Obgleich die Firma meines Vaters nicht viel mehr als ein Familienbetrieb war, galt Michael als Unternehmersohn.

Ich dachte an die Zeit, in der ich meinen Bruder beneidet hatte. Damals, als ich in Erfurt den Park fegen musste, hatte Micha eifrig seine sozialistischen Aufgaben für die Schule erfüllt, damit er sein Abitur machen durfte. Nun beneidete mich Micha um meine Freiheit. Wie gut konnte ich das verstehen! Aber helfen konnte ich ihm nicht. Der Eiserne Vorhang war dichter denn je.

Lisa hatte ihre Lehre als Porzellanmalerin beendet, arbeitete weiter in Kahla, wohnte aber noch zu Hause. Meine kleine Schwester war noch hübscher geworden. Sie trug ihr schwarzes Haar als Lockendutt und bewegte sich mit der Grazie einer Ballerina. Aber ihre Augen blickten gelangweilt aus dem Schatten ihrer mit Kajal umrandeten Lider. Von der pubertären Phase, mit der sie mich zur Weißglut gebracht hatte, war nichts mehr zu spüren. Sie war liebenswürdiger und umgänglicher geworden, und wir hatten uns wieder etwas zu sagen. Lisa mochte ihren Beruf, aber sie klagte über die Arbeitsbedingungen in diesem riesigen volkseigenen Werk: »Miese Bezahlung und Akkordzwänge!« Auch Lisa beneidete mich. »Wenn du mich doch mitnehmen könntest, Anne«, sagte sie im gleichen sehnsüchtigen Tonfall wie Michael.

Die einzigen DDR-Bürger, die in die Bundesrepublik reisen durften, waren die Rentner. Dass viele nicht zurückkehrten, wurde vom SED-Staat gern in Kauf genommen. Betroffen merkte ich, wie die älteren Menschen auf den Tag hinlebten, an dem sie Rentner wurden. Mein Vater zeigte mir eine kalenderartige Aufstellung, auf der er die Tage abhakte, die er schon hinter sich gebracht hatte, bis er die DDR auf legalem Wege würde verlassen dürfen, wenn auch nur für eine kurze Reise. An diesem 3. August 1965 fehlten noch 2943 Tage bis zu seinem 65. Geburtstag.

Du lieber Gott, dachte ich, fühlt er sich derart eingesperrt, dass er darauf brennt, alt zu werden? Ich sah sein müdes Gesicht, sein schlohweißes Haar, seine Hände, die immer noch die Stirn rieben, wenn er Sorgen hatte. Er tat mir mehr leid als alle anderen, die in diesem Staat gefangen waren.

Obwohl Vater sonst täglich zwölf oder sogar vierzehn Stunden in der Fabrik, in der Landwirtschaft und im Büro arbeitete, nahm er sich Zeit für mich und begleitete mich auf meinen Streifzügen zu den Lieblingsplätzen meiner Kindheit.

Mama blieb lieber daheim, kochte und buk wie einst und freute sich, mich wieder mit Streuselkuchen, gebratenem Hühnchen und grünen Klößen vollstopfen zu können. Ich aß nicht mehr ihr zuliebe, sondern weil es mir im Kreise meiner Familie schmeckte. Figurprobleme hatte ich nicht mehr. Ich war zwar nicht so dünn wie Twiggy, was zurzeit als besonders schick galt, aber ich war kein Persilpaket mehr. Am liebsten trug ich Jeans, machte aber auch begeistert die Mini-Mode mit, zeigte meine Beine, die ich nach wie vor für das Beste an mir hielt. Von der Oben-ohne-Bademode, die seit vorigem Jahr als letzter Schrei der nach Emanzipation strebenden Damenwelt galt, distanzierte ich mich zwar, aber ungeachtet der früheren Ermahnungen meiner Mutter, man sei nur anständig, wenn man auch anständig angezogen wäre, hatte ich mich diesen Sommer in einem winzigen, knallgelben Bikini in Stuttgarts Höhenfreibad am Killesberg vergnügt.

Diesen Bikini trug ich auch an dem Badesee, zu dem Jette und ich am letzten Samstag meines Urlaubs radelten. Jette schienen die DDR-Verhältnisse nichts auszumachen. Nie jammerte sie, dass es keine Bananen gab, dass Kleidung und Elektro-Artikel viel zu teuer waren und es nach wie vor an einfachen Dingen wie Reißnägeln, Schuhcreme, Zahnbürsten und allem möglichen anderen mangelte. Jettes einzige Leidenschaft war Bohnenkaffee.

In der Töpferei arbeitete sie als die rechte Hand meines Vaters und war stolz, unentbehrlich zu sein. Jette war zufrieden. In ihrer Gesellschaft konnte ich vergessen, dass ich für vierzehn Tage von einer Welt in die andere gewechselt war. Deswegen genoss ich es an diesem hochsommerlichen Tag am See, mit Jette über alte Zeiten plaudern zu können.

Wir lagen müde vom Schwimmen in der Sonne und blinzelten in den Himmel, an dem sich schon tagelang keine Wolke gezeigt hatte. Ich stand ungern auf, aber ich musste in die Büsche. Da Hochbetrieb am See herrschte, lief ich ein Stück am Ufer entlang, um ein verschwiegenes Plätzchen zu finden. Ich lachte über die bewundernden Pfiffe, die mir eine Gruppe junger Kerle hinterherschickte, und freute mich meines schlanken, braungebrannten Körpers.

Nachdem ich wieder aus dem Unterholz gekrochen war, setzte ich mich auf eine Bank und sah drei kleinen Nackedeis zu, die im flachen Wasser planschten.

»Grüß dich, Anne!« Jemand ließ sich neben mir nieder. Ein junger Mann schüttelte das Wasser aus kurz geschnittenen, weißblonden Haaren und lächelte mit einem Mund, an dem die Unterlippe etwas zu dick war.

Leichthin und bemüht, mir meinen Schreck nicht anmerken zu lassen, sagte ich: »Tag, Bruno.«

Seine Augen, so eisblau wie eh und je, aber jetzt mit diesem Schimmer, den er darin anzünden konnte wie das sanfte Flackern einer Kerze, wanderten an mir rauf und runter und nahmen einen gönnerhaft bewundernden Ausdruck an. Sein Lächeln wirkte unbestreitbar sympathisch. Bruno wusste das, und auch, dass er in seiner muskulösen, braunen Nacktheit einem griechischen Gott glich.

»Was für eine Überraschung, dich hier zu sehen«, hörte ich seine Stimme schmeicheln, »hast dich ja mächtig rausgemacht.« Er lachte leise. »Wo hast du denn deinen Babyspeck gelassen? Fast hätte ich dich nicht erkannt. Aber so was wie du fällt hier auf.«

»Spar dir dein Süßholzraspeln«, sagte ich abwehrend und merkte verwirrt, dass ich dabei lächelte wie ein eitler Teenager und mich die kleine, heiße, ach so angenehme Welle überrieselte. Ich stand auf und wollte gehen, um mich aus Brunos Bannkreis zu retten. Er hielt mich am Arm, mehr sanft als fest.

»Nun bleib doch, wo wir uns so lange nicht gesehen haben. Alte Schulkameraden, die wir sind.«

Ich setze mich wieder.

»Ich hörte, du kommst aus Stuttgart«, sagte Bruno.

»Woher weißt du das?«

»So was spricht sich rum. Die verlorene Tochter der Stanbeks ist heimgekehrt! Wie lange bleibst du noch in Birka?«

»Übermorgen fahre ich zurück.«

»Was machst du denn bei den Schwaben?«

Obwohl ich das gar nicht wollte, erzählte ich ihm, dass ich in Stuttgart als Gartenarchitektin arbeitete und diese Stadt zauberhaft fand.

Er antwortete nicht darauf, zog lächelnd seine Unterlippe zwischen die Zähne und biss zärtlich darauf herum. Den Mittelfinger der rechten Hand, an dem das Fingerglied fehlte, hielt er in der Faust der linken.

»Und was machst du?«, fragte ich, weil mir das Schweigen noch unangenehmer war als das Reden.

Dieser Frage wich er aus, sagte nur, er habe einen guten Job, bei dem er viel herumkäme, und wechselte das Thema. »In das Kuhkaff Birka komme ich nur ab und zu, um meine alte Dame zu besuchen. Schließlich hat sie ja nur noch mich. Und ich habe meiner Mutter alles zu verdanken.«

»Wie meinst du das?«

»Na ja, wenn sie mich nicht ständig angespornt hätte, dann wäre wohl nichts aus mir geworden. Sie hat immer an mich geglaubt.«

»Ach so«, sagte ich. Obwohl ich die Affenliebe zu seiner Mutter inzwischen übertrieben fand, war mir dieser Charakterzug Brunos sympathisch. Hatte er womöglich doch sensible Seiten?

Bruno unterbrach meine Gedanken. »Birka ist natürlich absolut langweilig für mich.« Er lachte kurz und trocken auf, strich sich durchs Haar und sagte blasiert: »Ich brauche Großstadtluft. In Berlin lässt sich's leben.«

»Daran zweifle ich nicht.«

Bruno lächelte wissend, ließ seine Augen zu warmem Vergissmeinnichtblau schmelzen und auf meinem Bauchnabel festwachsen. »Wie wär's mit heute Abend, Anne? Gehen wir irgendwohin? Ich lade dich ein. Wir können nach Jena fahren, in den *Schwarzen Bär* gehen, der ist wieder tipptopp aufgemöbelt. Dort kann man auch schwofen. Nur nicht mehr auf ›Yeah, yeah, yeah‹, damit ist's vorbei. Nix mehr Beatles, nix mehr Elvis.«

So wie er das sagte, klang es, als bedaure er, dass es damit vorbei war. Westliche Tanzmusik war seit einem Jahr in der DDR verboten, wie mir Lisa erzählt hatte.

Rechtzeitig fiel mir die *Schwarze Liste* ein. Und weil ich inzwischen überzeugt war, dass mein Vater durch Brunos Schuld auf dieser Liste gestanden hatte, zog sich meine Haut zusammen, als sei ich zu lange im kalten Wasser gewesen. Bildete sich Bruno vielleicht ein, ich könnte seine Gemeinheiten, mit denen er mich und meine Familie attackiert hatte, vergessen haben? Diese Gedanken kühlten mein geschmeicheltes Selbstwertgefühl augenblicklich ab. Ich sagte: »Nein danke, ich hab schon was vor.«

»Was kann man in Birka schon vorhaben?«

Ich zuckte mit den Schulten, sagte: »Mach's gut, Bruno!«, und ging ohne Hast weg. Einige Sekunden fühlte ich noch seinen Blick in meinem Nacken. Ich gestand mir ein, dass ich Lust gehabt hätte, zum Schwofen zu gehen. Einmal wieder mit jungen Leuten zusammen zu sein, so wie während meiner Studienzeit, hätte mich gereizt. Jena wimmelte von Studenten, aber was sollte ich mit denen reden? Vielleicht würde ich vergessen, wo ich war, und nach zwei Gläsern Wein irgendetwas sagen, das mir schaden konnte: Irgendein Lob auf den kapitalistischen Staat, in dem ich seit sechs Jahren lebte. Ein unbedachtes Wort über die DDR könnte mir als Regimekritik ausgelegt werden. Vielleicht wollte das Bruno sogar. Womöglich wollte er mir meine Rückkehr in den Westen vermasseln.

Wieso hatte ich überhaupt mit ihm gesprochen? Warum war ich nicht sofort weggegangen? Hatte ich meine Gefühle für ihn noch immer nicht unter Kontrolle? Ich war schon weit von der Bank entfernt und wusste nicht, ob Bruno noch dort saß und mir nachsah. Aber ich erwartete seine Stimme zu hören: »Wart nur, Anne, einmal krieg ich dich – und irgendwann zieh ich wieder in euer Haus!«

Dass er bei unserer letzten Begegnung auf dem Tanzboden des *Goldenen Ochsen* behauptet hatte, er wolle mich nicht mehr, weil ich ein Dorftrampel sei, das war nun hinfällig. Seine Augen hatten nur zu deutlich verraten: Er war wieder so weit, mich kriegen zu wollen.

Aber daraus wird nichts, du schönes Ekel, dachte ich, in zwei Tagen bin ich hier wieder weg. Der Gedanke, bald nach Stuttgart zurückzukehren, beruhigte mich. Ich lachte sogar, als ich Jette von Bruno erzählte. Jette verzog den Mund, als ob sie in eine Zitrone gebissen hätte: »Nimm dich in Acht, Anne. Bruno ist ein Spitzel, ein Stasi. Und seine Mutter, die alte Dobmaier, mischt auch noch emsig in der Stadtverwaltung mit und hat ihre Nase überall, wo sie nicht hingehört.«

Die Zeit daheim tat mir gut. Meine einzige Sorge war, dass Vater nicht gesund war. Während unserer Spaziergänge blieb er manchmal stehen und legte die Hand auf seine Brust. Ich fragte ihn, ob er dort Schmerzen habe, aber er winkte ab und murmelte verlegen: »Man wird nicht jünger. Das geht vorüber. Erzähle Mutter nichts davon.«

Von Onkel Rudolf, dem ich immer wieder von seinem alten Freund und ehemaligen Kriegskameraden Ferdinand Vogelkopf erzählen musste, wusste ich, was Vater fehlte: »Krankheit kommt von kränken. Und dein Vater kränkt sich, weil er nach wie vor auf dem Pulverfass sitzt«, hatte er mir erklärt.

»Was sagt denn Doktor Rose dazu?«

»Angina pectoris. Ewald soll sich schonen. Aber ich glaube, das kann er nicht. Er will vor allem Charlotte nichts merken lassen. Sie macht ihn verrückt mit ihrer Fürsorge.«

»Man kann Mama nicht ändern.«

»Ewald ist aufgelebt, weil du da warst. Komm nächstes Jahr wieder, Anne.«

»Ich würde gern, wenn mich Ulbricht reinlässt.«

»Na, dann gehen wir jetzt mal vor die Flimmerkiste und gucken, ob die Einheit ausgebrochen ist«, sagte Rudolf.

Jeden Tag, bevor sich die Familie zu den Abendnachrichten vor dem kürzlich angeschafften Fernseher versammelte – Onkel Rudi hatte natürlich einen Kniff gefunden, Westprogramme zu empfangen – fielen diese geflügelten Worte: »Mal gucken, ob die Einheit ausgebrochen ist!« Die Hoffnung, die sich die meisten Ostdeutschen auf eine Wiedervereinigung machten, belastete mich.

Am letzten Abend stieg ich mit Vater auf eine Anhöhe hinter dem Dorf. Ich merkte, wie schwer ihm der Aufstieg wurde, aber er ließ sich nicht zur Umkehr bewegen. Oben setzten wir uns auf die Bank, die ich aus Kindheitstagen kannte, und schauten ins Tal. Vor uns balancierte die Sonne auf einem dunklen Bergrücken. Hinter rosa Wolkenfetzen malte sie einen Strahlenfächer über den Abendhimmel. Wir schwiegen und überließen uns dem Zauber dieser Landschaft.

Unter uns lag das Dorf, ein Chaos aus kleinen Giebelhäusern. Die Abendsonne ließ rote Dachziegel blitzen und das Laub der Bäume glitzern. Das Tal war von südlichem Gold übergossen und erinnerte mich an Italien. In der Ebene hinter dem Dorf hockten zwischen bernsteinfarbenen Weizenfeldern kleine, dunkle Wälder wie schlafende Tiere.

Am nächsten Tag trennte ich mich nicht nur mit Wehmut von meiner Familie, sondern auch von Thüringen. Meiner Griechenlandreise trauerte ich nicht mehr nach. Wenn ich morgen wieder in Stuttgart war, würde in meinem Briefkasten eine Ansichtskarte von der Akropolis liegen, bei Günther eine vom Birkaer Kirchlein.

Auf der Rückfahrt nach Stuttgart, als wir uns der Grenze näherten, wurden alle Leute im Abteil nervös. Ein Ehepaar kramte seine Taschen und Koffer durch und packte Dinge um, deren Ausfuhr verboten war. Denn verboten war eine ganze Menge: DDR-Mark sowieso, aber auch Lebensmittel, Schmuck, Antiquitäten, Textilien und alle technischen Geräte.

Ein junger Mann nahm einen Zeiss-Feldstecher aus seiner Reisetasche, hängte ihn sich um den Hals und zog eine Joppe darüber. Als der Zug kurz danach in Probstzella hielt, war das Fernglas das Erste, was die Grenzpolizisten »formlos einzogen«. Zusätzlich musste der Mann Strafe zahlen, und ihm wurde erklärt, dass er nun in der DDR vorbestraft sei.

Eine Polizistin wühlte aus dem Koffer einer alten Frau einen VEB-Kinderbademantel hervor. Sie durfte ihn behalten, musste aber das Vielfache seines Preises an Zoll bezahlen. Natürlich alles in Westgeld.

Der Zug stand eine geschlagene Stunde in Probstzella. Jeder wurde gefilzt und bei jedem irgendetwas gefunden.

Ich war froh, die Meißner Vase, die mir Mama unbedingt hatte schenken wollen, in Birka gelassen zu haben. Doch dann wurde mir der kleine Thüringer Bratwurstring zum Verhängnis. Außer, dass er mir weggenommen wurde, wurde nun auch alles aus meinem Koffer und meiner Reisetasche auf die Bank gekippt. Froh, dass ich nicht wie so manch anderer aussteigen musste und zur Leibesvisite in die Baracke geführt wurde, verhielt ich mich still und klammerte mich an den Gedanken: Die Hauptsache ist, dass ich wieder auf die andere Seite komme!

Stuttgart

Mein Job in dem Gartenarchitekturbüro, in dem ein genialer Chef und mehrere junge Ingenieure an großen, interessanten Projekten arbeiteten, gefiel mir. Die aktuellen Planungen waren Gartenanlagen für ein neues Krankenhaus, für Schulen und Kinderspielplätze. Leider dehnten sich meine Arbeitszeiten über das übliche Maß aus. Wenn Günther bei seiner Bank längst Feierabend hatte, standen mir meist noch ein paar Überstunden bevor. Aber trotz seines Murrens war mir mein Job wichtiger. Ich war ehrgeizig und liebte meine Arbeit mehr als Günther.

Er hatte mich seiner Mutter vorgestellt, einer korpulenten, asthmatischen Dame, die mich in ihrer spiegelblanken Wohnung kühl und distanziert empfing. Ihre Freude, dass ihr Sohn eine feste Freundin hatte, hielt sich in Grenzen. Wahrscheinlich wäre ihr eine Schwäbin mit einem reichen Vater lieber gewesen als eine »Reigschmeckte« aus Thüringen.

Sie war die erste Schwäbin, die mir unsympathisch war. Denn bisher hatte ich hier in Stuttgart, angefangen von Ferdinand Vogelkopf und seiner Mutter bis zu Kollegen und Freunden nur liebenswürdige Leute getroffen. Niemand von ihnen passte in das seltsame Klischee, das den Schwaben anhaftete. Die Sache mit der Kehrwoche fand ich durchaus in Ordnung, hatte doch meine Mutter eine ähnliche Zeremonie aus dem Hausputz gemacht. Vater hatte sie zwar manchmal geneckt, ihre Putzerei hinge mit ihren schwäbischen Wurzeln zusammen, aber die meisten Thüringer Hausfrauen waren genauso putzwütig wie die schwäbischen.

Von dem Geiz, der den Schwaben nachgesagt wurde, hatte ich eigentlich auch noch nichts gemerkt. Sparsamkeit hielt ich nicht für verwerflich. – Günther gehörte eindeutig zur sparsamen Kategorie, aber das hielt ich für eine Begleiterscheinung seines Bankberufs.

Und dann entdeckte ich, dass mein pedantischer schwäbischer Freund auch begeisterungsfähig sein konnte: Günther war Karl-May-Fan! Er fieberte auf den 18. August hin. An diesem Tag erlebten wir gemeinsam eine Karl-May-Sternstunde: Die Hauptdarsteller von *Winnetou und das Halbblut Apanatschi* kamen zur Premiere nach Stuttgart. Als Pierre Brice, Lex Barker, Götz George und Uschi Glas vom Hauptbahnhof nach Degerloch fuhren, rannten Günther und ich mit Hunderten von Fans neben der nostalgischen Straßenbahn her und jubelten uns heiser.

Solche Aktionen gefielen mir, und dabei merkte ich, dass mir auch Günther immer mehr gefiel. Nie war er unpünktlich, immer zuverlässig, nie verlangte er mehr von mir als Küsserei und Geschmuse. Und falls wir irgendwann im Bett landen sollten, würde es sich nicht um eine Wette wie beim »wilden Walter« handeln, sondern dann waren wir reif für die Ehe. Nach einem

Jahr meinte ich, sicher zu sein: Günther war der Mann, auf den ich gewartet hatte.

Um endlich meine Ruhe vor unberechenbaren Zimmerwirtinnen zu haben, mietete ich mir im Stuttgarter Gerberviertel eine Wohnung in einem Altbau. Wohnung konnte man das eigentlich nicht nennen, es waren zwei Zimmer, die sich auf einem Flur gegenüberlagen. Das kleinere Zimmer diente als Küche, das größere als Wohn- und Schlafraum. Ich schaffte mir die ersten Möbel an. Die Schlafcouch und der Schaukelstuhl waren neu, der Rest stammte vom Sperrmüll. Ich fühlte mich großartig in dieser neuen Behausung, großartig und wohlhabend, da die zwei anderen Wohnungen, die von dem Flur abgingen, von jeweils zwei oder vier Personen bewohnt wurden. Zu diesen Apartments, wie sie der Vermieter nannte, gehörten zwei Gemeinschaftstoiletten. Ein Bad oder Duschen gab es nicht. Eine Person, die zwei Zimmer bewohnte, war in diesem Haus anscheinend noch nicht vorgekommen.

In einem dieser Apartments, das ein Zimmerchen mehr hatte, wohnten Breitscheids: eine Oma, ihre erwachsene Enkelin, ein etwa fünfjähriges Mädchen und ein Säugling. Die Oma war manchmal schon morgens betrunken und sang schwermütige Lieder. Ihre Enkelin, die Mutter der zwei Kinder, trug superkurze Miniröcke und ihre Haare türmten sich zu einem platinblonden Helm über ihrem herzförmigen, meist grell geschminkten Gesicht. Wenn die junge Breitscheid nachts von der Arbeit heimkam, weckte mich das Stakkato ihrer Stöckelschuhe. Sie kellnerte in einer Bar in der Leonhardstraße.

Sooft ich an der Tür der Breitscheids vorüberkam, plärrte das Baby. Meist heiser und wütend, manchmal auch wimmernd und kraftlos und oft wurde es von Elvis Presley übertönt. Breitscheids schienen eine beträchtliche Sammlung von Elvis-Schallplatten zu besitzen.

Das kleine Mädchen huschte ab und zu auf dem Flur an mir vorbei. Eines Tages schenkte ich ihm eine Tafel Schokolade.

Kurz danach klopfte es heftig an meine Tür. Die junge Frau mit der gelben Helmfrisur stürmte in mein Zimmer.

»Sie denken wohl, meine Rosi kriegt nicht genug zu essen?«, fauchte sie mich an.

»Nein, das denke ich nicht, ich wollte ihr eine Freude machen. So einfach ist das.«

»Einfach! Einfach! Einfach!« Frau Breitscheid zog bei jedem Wort die Schultern hoch.

»Jetzt setzen Sie sich doch erst einmal«, sagte ich so freundlich ich konnte. Sie hockte sich auf die äußerste Kante eines Stuhls und wir starrten beide zum Fenster hinaus, gegen die Mauer des Nachbarhauses. Auf der bröckeligen Klinkerwand klebten Putzreste wie graue Inseln.

»Ihre Rosi ist ein nettes Mädchen«, sagte ich.

»Sie mögen Kinder?«

»Ja, sehr.«

Sie räusperte sich und schien mit einem Gedanken zu ringen. In ihre abweisende Miene huschte ein Hoffnungsschimmer, der sie jünger aussehen ließ und ihr Gesicht noch herzförmiger machte. »Könnten Sie morgen vielleicht mal auf meine zwei aufpassen? Ich hab was vor, und Oma ist heute früh ins Krankenhaus gekommen.«

»Ins Krankenhaus? Das hab ich gar nicht mitgekriegt, ich bin ja tagsüber im Büro.«

»Sie ist gestürzt. Oberschenkelhalsbruch. Fällt einfach so um in der Küche. Das hat sie nun von ihrer Sauferei.« Frau Breitscheid betrachtete ihre knallrot lackierten Fingernägel und sagte leise: »Sie säuft aus Kummer, sie kann einfach nicht vergessen, was sie erlebt hat. Und sie hat Heimweh.«

»Woher kommen Sie denn?«

»Ostpreußen. Ich kann mich nicht mehr richtig dran erinnern. War ja noch klein, als wir von dort wegmussten.« Ihr Gesicht verfiel zu einer traurigen Clownsmaske, als sie erklärte: »Meine Eltern sind auf der Flucht umgekommen. Und meine Oma hat nie verwunden, dass alle tot sind. Nur wenn sie Schnaps hat, geht es ihr besser.« Den letzten Satz hatte Frau Breitscheid gehässig hervorgestoßen und versuchte ihn nun zu mildern: »Na ja, meine Oma hat mehr schlecht als recht für mich gesorgt. Aber seit sie alt wird und ich die Kinder habe, ist sie ungeduldig und giftig geworden. Ist halt überfordert.« Frau Breitscheid schaute mich unsicher an, schien schon zu bereuen, mir familiäre Dinge erzählt zu haben, und sagte: »Aber das interessiert Sie sicher nicht.«

»Doch, ich glaube, ich kann Sie verstehen.« – Und ich dachte: Es ist immer noch dieser verfluchte Krieg, an dem Menschen leiden, die nichts dafür können. Der Wohlstand des *Goldenen Westens* ist nicht für alle da. Nicht für die Alten, die ihre Vertreibung nie verkraften werden, und auch nicht für Junge wie diese Frau, die keine Chance haben, weil sie in Armut aufwachsen müssen.

»Ich kann Sie verstehen«, sagte ich nochmals. »Und auch Ihre Oma.«

»Nichts versteh'n Sie!«, kam es unerwartet laut und verbittert zurück.

Was sollte ich darauf sagen? Wir blickten beide wieder aus dem Fenster. Schweigend wie bockige Kinder. Ich schrak zusammen, als ich ihre Stimme hörte: »Na, was nun? Passen Sie morgen auf die Kinder auf?«

»Ja, gern«, sagte ich, »wann müssen Sie denn weg?«

»Gegen drei nachmittags.« Sie wurde freundlich. »Ich mache die Fläschchen für Elvis fertig. Die müssen Sie dann nur warm machen. Windeln lege ich auch hin. Rosi ist schon selbstständig, nach der brauchen Sie gar nicht zu sehen.«

»Ihr Baby heißt Elvis?«, fragte ich verblüfft.

»Ja. Was dagegen?«

»Natürlich nicht. Es ist ein schöner Name«, versicherte ich schnell. »Und wie lange bleiben Sie?«

»Sonntagvormittag bin ich wieder da.«

»Gut, dann komme ich morgen kurz vor drei rüber.«

Frau Breitscheid erhob sich und rauschte mit einem kurzen »Danke, dann bis morgen« hinaus.

Ich ging zur Telefonzelle, sagte Günther, dass aus unserem geplanten Samstagsausflug nichts würde, und erklärte ihm, warum.

»Bist du verrückt? Ein Säugling? Ein Vierteljahr? Der ist ja kaum geboren. Du hast doch noch nie ein Kind gewickelt!«

»Das werd ich schon irgendwie hinkriegen.« Ich sagte ihm nicht, wie oft ich damals, als unsere Familie aus der DDR geflohen und ich bei Helga und Heinz in Stuttgart untergekommen war, ihr Baby trockengelegt und gefüttert hatte. Ich hoffte, von diesen Künsten nichts verlernt zu haben.

»Ich komm und helfe dir«, sagte Günther »Aber vorher geh ich in die Bibliothek und leih ein Buch über Säuglingspflege aus.«

Ich sagte: »Na, dann kann ja nichts mehr schiefgehen!« Aber insgeheim dachte ich: Auch das noch, mein perfekter Günther wird nun einen strategischen Babypflegeplan ausarbeiten und mir im Weg rumstehen.

Und dann war Samstagnachmittag und ich stand in einem Zimmer voll kaltem Zigarettenrauch, vermischt mit Gulaschdüften, inmitten eines Tohuwabohus aus herumliegenden Klamotten und Spielsachen. Auf einem Plüschsessel stand ein ovaler Wäschekorb, in dem der schreiende Winzling lag. Denn natürlich schrie er, und zwar so durchdringend und schrill, dass ich mir am liebsten die Ohren zugehalten hätte. Auf der anderen Seite des Sessels stand Rosi und strahlte mich an.

»Hat er Hunger?«, fragte ich. Rosi schüttelte den Kopf und strahlte weiter.

»Vielleicht die Windeln voll?«

Rosi hielt die Nase an Elvis' Hinterteil und nickte.

Während mir wütende Beinchen um die Ohren flogen und das Geschrei eine Oktave höher schnappte, windelte ich das Baby frisch und machte aus Elvis ein handliches Paket. Dann wiegte ich ihn auf den Armen und sang: *My wish came true …*

Das Gesichtchen entspannte sich, der Ton brach ab, als hätte jemand das Radio ausgeschaltet. Elvis war eingeschlafen. Als ich den Kleinen ins Körbchen legte und zudeckte, hatte ich das Gefühl, noch nie eine derartig wichtige Arbeit getan zu haben.

Erleichtert riss ich das Fenster auf. Mit der von Mama andressierten Ordnungsliebe nahm ich die Wäsche vom Windelständer und legte sie zusammen, schüttelte Kissen auf und rückte die Stühle an ihren Platz. Dann trug ich den Aschenbecher und das Geschirr in die Küche, in der mich ein noch größeres Chaos erwartete.

»Wollen wir abspülen?«, fragte ich Rosi, die mir wie ein Hündchen gefolgt war. Rosi nickte, und wir machten uns an die Arbeit.

Als zwei Stunden später Günther kam, war die Küche sauber, das Zimmer aufgeräumt, das Baby schlief und Rosi und ich saßen am Tisch und spielten »Schwarzer Peter«.

Günther guckte ins Körbchen und sagte: »Süß.« Er spielte bereitwillig weiter mit Rosi, und ich ging in meine Küche und schnitt Bockwürste in die vorbereitete Kartoffelsuppe. Mit dem dampfenden Topf nahm ich auch ein Tischtuch und Servietten mit in Breitscheids Wohnung. Als wir aßen, meinte Günther: »Wir sind wie ein richtiges Ehepaar mit Kindern.«

Dann schrie Elvis, und ich wärmte das Fläschchen. Füttern. Bäuerchen. Alles klappte tadellos. Günther übernachtete in meiner Wohnung, während ich auf dem Sofa neben meinen beiden Schützlingen mehr wachte als schlief.

Dass Frau Breitscheid am Morgen nicht heimkam und auch nachmittags nicht, sondern erst abends um acht, störte uns nicht. Wir spielten mit Hingabe »Vater, Mutter und Kinder« und ich hatte mich in Günthers Gegenwart noch nie so wohl gefühlt. Am Abend, als er mich wie schon so oft fragte, ob ich ihn heiraten wolle, sagte ich: »Ja.«

In dieser Nacht schliefen wir zum ersten Mal miteinander. Günther war zwar ungeschickt, aber zärtlich, und am Morgen so glücklich, dass ich nichts bereute.

»Sobald wir eine Wohnung finden, heiraten wir«, sagte Günther. Ich hatte nichts mehr dagegen. Wenn ich ehrlich war, hatte ich mein Dasein in möblierten Zimmern gründlich satt. Ich sehnte mich danach, eine Wohnung zu haben, in der die Wände keine

Ohren hatten, ein Zuhause mit eigenem Bad und einer Toilette, die ich mit niemand anderem als einem Ehemann teilen musste.

Mamas Genörgel: »Du wirst als alte Jungfer enden, wenn du nicht bald unter die Haube kommst«, würde aufhören. Was konnte ich mir Besseres wünschen als meinen soliden Günther? Ich brauchte jemanden, auf den ich mich verlassen konnte. Zu seiner Verlässlichkeit gehörte nun mal auch seine Korrektheit, die mir manchmal auf die Nerven ging, mir aber ein Garantieschein für eine gute Ehe zu sein schien.

Ehehafen

Wir heirateten im Sommer '67 ziemlich überstürzt. Nicht etwa, weil ich schwanger war, sondern weil es im Stuttgart der Sechzigerjahre keine Wohnungen für Paare ohne Trauschein gab.

Im Handumdrehen hieß ich Anne Läpple.

Da meine Eltern nicht zu unserer Hochzeit kommen durften, war ich an diesem Tag nicht so glücklich, wie es sich für eine Braut gehört. Es war schwer, mir das nicht anmerken zu lassen. Dabei ging es meinem Vater wieder besser und Doktor Rose hätte nichts gegen eine Reise einzuwenden gehabt.

So feierten wir mit meiner Schwiegermutter und mit einem Berufskollegen von Günther und einer früheren Kollegin von mir, die Trauzeugen waren, recht bescheiden in einer schwäbischen Gastwirtschaft.

Drei Wochen später bezogen wir eine kleine Wohnung in einem Hochhaus in der halbfertigen Neubausiedlung Stuttgart-Freiberg.

Der Aussicht vom Balkon ging über den Max-Eyth-See zu den Weinbergen auf der gegenüberliegenden Seite des Neckartals. Bei klarem Wetter sah man die Grabkapelle auf dem Rotenberg. Günther und ich waren glücklich, endlich zusammen und allein zu sein. Auf die Idee, Günthers Glück könnte damit zu tun haben, endlich der Fuchtel seiner Mutter entgangen zu sein, kam ich nicht.

Mit dem Alleinsein klappte es dann auch nicht ganz so, wie wir es uns vorgestellt hatten. Während wir uns vor der Heirat unsere Zweisamkeit in meinem Apartment sichern konnten, mussten wir nun jederzeit die Tür öffnen, wenn meine Schwiegermutter klingelte. Und sie klingelte oft, unangemeldet und zu allen Stunden des Tages, wenn sie uns daheim vermutete. Stand vor der Tür mit einem Paket vor dem Bauch und sagte fröhlich: »Ich hab Kuchen mitgebracht!«

Während dieser Besuche wurde fast ständig gegessen. Die Salate und Häppchen, die ich anfangs zubereitete, waren schnell verpönt. Was Kräftiges musste es sein: Spätzle mit Schweinebraten oder Kartoffelsalat mit Bratwürsten. Unsere Ehe begann ziemlich anstrengend. Oft sehnte ich mich in meine möblierten Zimmer zurück, wo ich mich nie hatte sorgen müssen, ob der Kühlschrank ausreichend gefüllt war, und es keine Katastrophe gewesen war, wenn ein Kuchen mal zu dunkel geriet oder die Kartoffeln zerkochten. Günthers Mutter bestand darauf, mir beizubringen, wie man Maultaschen füllt, Spätzle schabt und schwäbischen Träubleskuchen bäckt. Da sie es gut meinte, war ich willig und geduldig.

Studenten und Terroristen

Die Unterhaltungen mit meiner Schwiegermutter drehten sich seit Wochen um den Schah von Persien. Sie war Feuer und Flamme für die junge Kaiserin Farah Diba. Alle Illustrierten und auch die Tageszeitungen strotzten von Fotos und überschwänglichen Kommentaren über das Traumpaar aus dem Iran. Unzählige Frauen und Mädchen frisierten sich ihre Haare im Farah-Diba-Look.

Im Kontrast zu dieser Euphorie standen die Proteste der Studenten gegen den diktatorisch regierenden Monarchen. Als das Traumpaar 1967 die Bundesrepublik und Berlin besuchte, kam es zu bürgerkriegsähnlichen Szenen.

Nachdem Benno Ohnesorg von einem Polizisten erschossen worden war, schien die Jugend vollends aus ihrer Lethargie zu erwachen. Auch die Stuttgarter Studenten demonstrierten gegen das harte Vorgehen der Berliner Polizei.

Ich ärgerte mich, wenn Günther und seine Mutter auf diese jungen Menschen und deren Idealismus schimpften, sie Kommunisten und Randalierer nannten.

Und dazu, dass im darauffolgenden Frühjahr auf den Wortführer der Studentenrevolte geschossen wurde, sagte meine Schwiegermutter: »Geschieht diesem Dutschke recht, dass er eine Kugel abgekriegt hat.«

»Aber Rudi Dutschke hat gegen die Notstandsgesetze und vor allem gegen den Vietnamkrieg demonstriert«, widersprach ich, »er hatte Tausende Gleichgesinnte auf seiner Seite. Sie haben gegen atomare Aufrüstung und Wiederbewaffnung protestiert.«

Meine Schwiegermutter machte ein schlaues Gesicht und sagte: »Das stand aber anders in den Zeitungen!«

»Da hast du Recht«, sagte ich, »wegen dieser Hetze in der Springer-Presse ist es auch kein Wunder, dass jemand Rudi Dutschke niedergeschossen hat.«

»Dann, Anne, lies gefälligst auch die Berichte über die Barrikadenkämpfe und Straßenschlachten, die immer schlimmer werden«, mischte sich Günther ein. »In allen Großstädten ist der Teufel los. Kapierst du denn nicht: Diese Demonstrationen sind rechtswidrig und werden von Wichtigtuern angezettelt!«

»Nein, das kapier ich nicht!«, schrie ich.

»Dann geh am besten in deine DDR zurück«, sagte meine Schwiegermutter, »da kommt ja dieser Dutschke auch her.«

Das war zu viel. Ich haute mit der Faust in das Tortenstück auf meinem Teller, rannte aus dem Zimmer und schlug die Tür hinter mir zu.

Eins hatte ich allerdings endlich kapiert: Mit Günther konnte ich nicht über Politik reden. Ihn interessierte nur, dass die Große Koalition die nachlassende Konjunktur wieder in Schwung brachte. Nie hätte er zugegeben, dass die Protestbewegung hauptsächlich aus frustrierten Studenten bestand, die den Staat zu Reformen zwingen wollten. Aber auch ich ahnte damals nicht, dass diese Proteste der Anfang eines zähen, wütenden Aufbegehrens der Nachkriegsgeneration gegen die Macht eines politisch erstarrten Staates war.

Wenn ich an die Gleichgültigkeit meiner früheren Kommilitonen dachte, begeisterte es mich, dass sich das politische Desinteresse der Studenten gewandelt hatte. Ich wäre gern wieder Studentin gewesen, wünschte mich nach Berlin, nach Frankfurt oder München, irgendwohin, wo die Krawalle am wildesten tobten. Aber ich saß in meinem gutbürgerlichen Leben fest, hatte es selbst gewählt und begann es dennoch zu verachten und zu hassen.

Beschämt erkannte ich, dass ich inzwischen zu den Bundesbürgern gehörte, die kritiklos, satt und zufrieden in diesem selbstherrlichen Staat vor sich hin lebten. Ich klagte mich an, eine träge Spießerin geworden zu sein.

Um das irgendwie zu widerlegen, ging ich das erste Mal in meinem Leben freiwillig zu einer Massenveranstaltung. Ich beteiligte mich am Ostermarsch. Am 15. April, vier Tage nach dem Attentat auf Rudi Dutschke, demonstrierte ich mit tausenden Stuttgartern für Frieden und Abrüstung.

Nach Ostern las ich in der Zeitung die empörte Kritik von Ministerpräsident Filbinger: Bei den Ostermärschen hätten sich militante linksextremistische Kräfte gesammelt, die die parlamentarisch-demokratische Ordnung zerstören wollten. Ich fragte mich, ob in diesem Land wirklich noch Demokratie herrschte.

Günther war stinksauer, weil ich beim Ostermarsch gewesen war. »Bist du übergeschnappt?«, schnauzte er mich an. »Das sind Ostblock-Manieren! Du bist hier im Westen und solltest dich endlich anpassen!«

Schleichend und anfangs fast unbemerkt hatten sich neben der Studentenbewegung terroristische Gruppen gebildet. Schon seit dem Frühjahr '68 waren die Namen Gudrun Ensslin und Andreas Baader in aller Munde. Ich war ratlos. Wieso konnte sich humanitärer Enthusiasmus in einen derartigen Hass auf das politische System und seine Repräsentanten verwandeln? Musste man deswegen Kaufhäuser anzünden?

Nie hätte ich mir vorstellen können, wie sehr in den nächsten Jahren die *Rote Armee Fraktion* das staatliche Machtgefüge der Bundesrepublik durch Banküberfälle, Bombenanschläge, Geiselnahmen und Erschießungen Unschuldiger erschüttern würde.

Doch je weiter das Jahr 1968 fortschritt, desto mehr verdrängte ich den Medienrummel um die Terroranschläge aus meinen Gedanken. Seit sich das Kind mit kleinen Stößen gegen meine Bauchdecke bemerkbar machte, schob ich unangenehme Dinge von mir weg und versuchte, nicht mehr an die Machtproben zwischen der revolutionären Jugend und dem Staat zu denken.

Nur ein einziges politisches Ereignis dieses Sommers vermochte mich zu fesseln. Etwas, das im Westen kaum jemanden interessierte, weil es weit im Osten lag: Der *Prager Frühling* ließ mich auf ein Ende der sowjetischen Diktatur, nicht nur in der Tschechoslowakei, sondern auch in den anderen Ostblockländern hoffen. Die Hoffnung zerbrach, als Breschnews Panzer noch im selben Jahr diesen Traum von Freiheit niederwalzten.

Katja

In dem Maße, wie mein Bauch zu schwellen begann, schrumpfte das Wohlwollen meines Chefs. Diese Tatsache und der Arbeitsstress hielten meine Freude auf das Baby in Grenzen. Der Gedanke, dass durch das Kind meine berufliche Karriere beendet sein würde, kaum dass sie begonnen hatte, quälte mich. Als Mutter würde ich mein Leben von nun an als

Heimchen am Herd meiner gutbürgerlichen Familie verbringen müssen.

Doch als vier Wochen vor dem Geburtstermin für mich der Mutterschutz begann, war ich froh, nicht mehr hinterm Zeichentisch klemmen zu müssen, und weinte meiner Berufstätigkeit vorerst keine Träne nach.

Gelassen wie eine brütende Glucke nistete ich mich in der Wohnung ein und genoss es, den ganzen Tag tun und lassen zu können, was ich wollte. Ich hörte stundenlang Mozartkonzerte und machte mich über Bücher her, die ich seit Jahren hatte lesen wollen. Bei schönem Wetter saß ich auf dem Balkon und schaute über Kleingärten und Streuobstwiesen hinüber zu den Weinbergen.

Günthers Mutter kam zwar nach wie vor, aber nur zu Zeiten, wenn auch ihr Sohn daheim war. Sie schaufelte Kuchen und Spätzle in sich hinein und schnaufte ihr Asthma heraus, bis Günther sie abends nach Hause fuhr. Sie gab mir ständig Ratschläge für die Babyausstattung und empfahl Namen, die mir nicht gefielen. Zusätzlich schleppte sie Prospekte mit teuren Kinderwagen und Wickeltischen an, die wir uns nicht leisten konnten. Unsere Ersparnisse waren durch die Mietkaution und die Möbelkäufe so gut wie aufgebraucht. Günther und ich hatten uns alle Kosten geteilt.

Mein leeres Sparbuch machte mich nervös, zumal Günther jetzt, seit ich nicht mehr die Hälfte aller Ausgaben aufbrachte, jede Mark zweimal umdrehte, bevor er sie ausgab. Ich begriff, dass ich weniger an einen sparsamen Schwaben als an einen Geizkragen geraten war.

Wenn ich den Stubenwagen sah, der bereits fertig hergerichtet in unserem Schlafzimmer stand, bekam ich Katzenjammer. Ich streichelte die Kissen und fragte mich, ob das Wunder wirklich geschehen könne und irgendwann mein Kind in diesem Bettchen liegen würde. Ich weinte vor Glück und vor Angst.

Der Geburtstermin verstrich und ich schob noch immer meinen Bauch vor mir her. Ich fühlte mich wie eine trächtige

Kuh. Das Kind ließ auf sich warten. Die Nachbarin meinte: »Es wird bestimmt ein Mädchen. Mädchen lassen sich Zeit. Sie putzen sich, bevor sie sich sehen lassen.«

Putzen! Zu dem Wort fiel mir nur die schwäbische Kehrwoche ein und dadurch wurde ich wütend und noch ungeduldiger.

Vierzehn Tage nach dem Termin spürte ich um Mitternacht ein unbekanntes Ziehen im Unterleib. Günther schnarchte. Ich weckte ihn nicht. Bis zum Morgen kamen die Schmerzen jede Viertelstunde. Beim Frühstück sagte ich: »Ich glaub, ich hab Wehen. Du musst mich in die Klinik fahren.«

»Das sagst du jetzt erst? Ich komme doch zu spät in die Bank.«

Ich hatte eine freudige Reaktion erwartet und fühlte mich unverstanden. Am liebsten hätte ich losgeheult. Aber ich nahm mich zusammen, räumte das Geschirr in die Küche und wartete, bis Günther mit Rasieren fertig war. Dann fuhren wir los nach Bad Cannstatt zur St.-Anna-Klinik. Durch dicksten Berufsverkehr und strömenden Regen. Günther war schweigsam, fragte nur hin und wieder: »Hattest du wieder eine?«

»Ja«, log ich. Als wir in der Klink ankamen, waren meine Wehen weg. Günther war ärgerlich, weil er mich wieder mit heimnehmen sollte.

Erst als die Hebamme feststellte, dass der Geburtstermin schon seit dem 15. September verstrichen war, holte sie den Arzt. Als der Doktor nach der Untersuchung auf gut Schwäbisch sagte: »Des dauert no«, wünschte ich ihn auf den Mond.

Doch ich durfte in der Klinik bleiben und bekam ein Bett, das mein Wochenbett werden sollte. Leider durfte ich mich nicht hinlegen, was ich gern getan hätte, sondern wurde angewiesen, die Treppen rauf und runter zu laufen. Wenn mir das Wetter nicht zu schlecht sei, könne ich auch in der Nähe der Klinik spazieren gehen. Ich entschied mich fürs Spazierengehen.

Um von der Straße wegzukommen, ging ich auf den nahe gelegenen Uff-Kirchhof. Es war trostlos, aber still hier. Straßengeräusche drangen gedämpft herüber und mischten sich mit verdrießlichem Taubengurren. Der Regen hatte aufgehört. Es roch nach Moder – oder roch so der Tod?

Im hinteren Teil des Friedhofs schaute ich einem Mann beim Grabausheben zu. Er sah auf, anscheinend froh, seine Arbeit unterbrechen zu können, und sagte zu meinem Bauch: »Na, da wird wohl ein neuer Erdenbürger das Licht der Welt erblickt haben, bis dieser hier in der Grube liegt.«

»Ja«, sagte ich, »aber es will nicht raus aus mir.«

»Nur nicht ungeduldig, junge Frau. Meine Alte hat vier Stück in die Welt gesetzt. Wie 'n Karnickel hat die die Kinder geschmissen. Es ist weiter nichts dabei. Schließlich kommen wir alle so auf die Welt.« Seine Arme bewegten sich wie segnend über die Grube. »Das hier ist die einzige Gerechtigkeit, die's gibt.« Er zog die Kapuze seiner Öljacke tiefer ins Gesicht, knurrte »Sauwetter« und schaufelte weiter.

Ich stützte meinen Bauch mit beiden Händen, weil sich darin etwas schmerzhaft zusammenzog, und lief zum Friedhofstor zurück.

Drei Stunden später sagte der Arzt: »E Mädle. E schees Mädle.«

Als mir die Hebamme meine Tochter auf die Brust legte, waren alle Schmerzen und auch die Schreie, die ich bei den letzten Wehen zusammen mit dem Kopf meines Kindes aus mir herausgepresst hatte, vergessen. Ich meinte, nie im Leben glücklicher gewesen zu sein.

Abends kam Günther. Er saß an meinem Bett und blickte auf das Baby in meinen Armen. In Günthers Gesicht stritten sich Rührung und Stolz.

»Sie heißt Katja«, sagte ich.

Er nickte, obwohl er immer für den Namen Gabriele gewesen war, den seine Mutter vorgeschlagen hatte.

Günther kramte in seiner Aktentasche und legte mir schließlich eine kleine Schachtel aufs Bett. Ein Schmuckkästchen. Er hatte mir noch nie Schmuck geschenkt, und mich durchrieselten Dankbarkeit und Freude. Günther liebte mich! Trotz seiner Sparsamkeit hatte er mir ein Halskettchen oder einen Ring gekauft.

Aber als ich das Etui öffnete, lag der Ring meiner Mutter darin. Der goldene mit dem Aquamarin, den ihr mein Vater zu meiner Geburt geschenkt hatte. Ich steckte ihn an. Er passte.

Günther sagte: »Deine Mutter hat ihn schon vor Wochen durch eine Bekannte herüberschmuggeln lassen.«

Ich schaute auf Mamas Ring und mir kamen die Tränen. »Danke«, schluchzte ich, und da fing auch Katja an zu weinen.

Meine Schwiegermutter war enttäuscht, weil ich ihr keinen Enkelsohn geboren hatte. Und außerdem ging ihr noch etwas gegen den Strich: »Sie hat ja rote Haare«, sagte sie, sooft sie ihre Enkeltochter sah. Es klang, als ob das eine Schande sei, aber ich lachte, wusste ich doch, Katja würde so schön werden wie ihre Urgroßmutter Aline, die in unserem Haus in Birka aus einem vergoldeten Rahmen lächelt.

Günther präsentierte sich als stolzer Vater, wenn er sonntags den Kinderwagen durch die Weinberge schob. Er liebte die Kleine, solange sie lammfromm war. Bei Geschrei verdrückte er sich zu seiner Mutter. Mir machte das nichts aus. Ich stillte, wickelte, badete, sang und war glücklich.

Während Katjas ersten Kinderjahren unterschied ich mich in nichts von den jungen Müttern, mit denen ich auf dem Spielplatz saß. Wir schwatzten und frönten der Strickleidenschaft, die sich in den letzten Jahren wie eine ansteckende Krankheit ausgebreitet hatte. Wir bejubelten erste Schrittchen, stießen Schaukeln an, freuten uns an Kinderlachen und trockneten Tränen. Wir klagten uns unsere Nöte, wenn unsere Sprösslinge von Windpocken oder Keuchhusten heimgesucht wurden.

In meinem Tagebuch, in dem ich seit einigen Jahren gewissenhaft Ereignisse aus Stadt und Land oder sogar aus der Weltpolitik notiert hatte, fand ich ab dem Oktober 1968 fast nur Aufzeichnungen über Katja.

Ich glaube, dass ich damals buchstäblich hinterm Mond gelebt habe, zumal wir keine Zeitung abonniert und auch keinen Fernseher hatten.

Apropos hinterm Mond! Das einzige Medienereignis, das mich während Katjas erstem Lebensjahr zu begeistern vermochte, war die Mondladung am 20. Juli 1969. Da Günther den Abend bei seiner Mutter vor dem Fernseher verbrachte, hatten mich Regina und ihr Mann eingeladen, bei ihnen die Fernsehübertragung anzuschauen. Sie wohnten ein Stockwerk über uns, und ich konnte Katja mitnehmen, die die Mondlandung nebenan im Kinderzimmer verschlief.

Mit Regina verband mich eine besondere Freundschaft. Fast jeden Nachmittag gingen wir zusammen spazieren. In ihrem Kinderwagen saß das dicke Peterle, das so alt wie Katja war. Daneben lief die achtjährige Melanie, ein Mädchen mit sanften grauen Augen. Melanies Hände wuchsen aus ihren Schultern und ihre Finger waren dünn wie Hühnerkrallen. Sie gehörte zu den Tausenden von Kindern, die in den vergangenen Jahren mit verkümmerten Gliedmaßen zur Welt gekommen waren.

»Es ist meine Schuld«, sagte Regina, »ich bin schuld, weil ich Contergan genommen habe.«

Auch die Geburt ihres gesunden Sohnes, der aus dem Kinderwagen krähte und seine dicken Ärmchen nach der Schwester mit den Krüppelfingern ausstreckte, hatte Regina nicht von ihren Schuldgefühlen befreit. Auch ich habe sie zwar zeitweise ablenken, aber nie trösten können.

Reginas Kummer über das Schicksal ihrer kleinen Tochter hat mich damals so erschüttert, dass ich nicht mehr mit meinem gleichförmigen Leben haderte. Glücklich, ein gesundes Kind zu haben, schickte ich mich geduldig in meine Rolle als Hausglucke.

Grenzverkehr

Als Katja fast drei Jahre alt war, fand ich, es wäre höchste Zeit, dass sie ihre Großeltern kennenlernt. Diesen Vorsatz ließ ich mir auch von Günther und seiner Mutter nicht mehr ausreden. Außerdem sorgte ich mich schon lange um meinen Vater. Ich musste mich endlich vergewissern, ob es ihm wirklich besser ging. Außerdem hatte ich Heimweh nach Birka.

Günther wollte nicht mitkommen. Ihm war die DDR unheimlich, und ich bereute, ihm so viel darüber erzählt zu haben. Nun entschloss ich mich, allein mit Katja zu fahren.

Damals, im Sommer 1971, durfte man noch nicht mit dem Auto einreisen. Wir fuhren mit dem Zug. Bis Probstzella genoss ich meine Vorfreude auf das Wiedersehen. Aber von diesem Grenzübergang wäre ich am liebsten mit dem nächsten Zug nach Stuttgart zurückgefahren.

Ich musste den Koffer auspacken, die Handtasche leeren, mein Geld vorzählen und Katjas Spielzeugrucksack auskippen. Katja, die auf der Reise bisher brav gewesen war, brüllte während der Kontrolle wie am Spieß.

Und dann fand die Grenzpolizistin zuunterst im Koffer die Schallplatte. Eine Platte mit den Hits, die in den letzten Jahren sentimentale Gemüter aufwühlten: Die ersten Songs von Udo Jürgens, Peggy March, Heintje und wie die Sterne, die damals am westdeutschen Schlagerhimmel funkelten, alle hießen. Die Platte hatte sich Lisa gewünscht, und nun wurde ich belehrt, diese Schlager entsprächen nicht dem Kulturgut der DDR. Ich solle sie zur Post auf Bahnsteig 3 bringen und zurückschicken.

»Ich schenke sie Ihnen«, sagte ich resigniert zu der jungen Volkspolizistin.

Mich traf ein begieriger Blick, dem ein strafendes: »Das-ist-gegen-die-Vorschriften!« folgte.

Mit meiner plärrenden Katja, der Handtasche und der Schallplatte hetzte ich zum Postschalter. Dort gab es sogar passende Briefumschläge – schon frankiert. Ich brauchte nur meine Adresse daraufzuschreiben und zu bezahlen. Die Platte ist, nebenbei erwähnt, nie in Stuttgart angekommen. – Ich rannte anschließend zurück zum Zug, der sich, kaum dass wir drinsaßen, in Bewegung setzte. Die Räder rollten, Katja schluchzte noch ein paar Mal auf und schlief dann ein. Alle im Abteil blickten schweigend vor sich hin. Was sollten wir auch sagen? Wir waren im Osten, jedes Wort hätte falsch sein können.

Der Zug wand sich auf schadhaften Gleisen durch enge Täler, zuletzt entlang der Saale. Vorüber an kleinen Ortschaften mit schiefergedeckten Häusern, vorbei an Gärten mit gehorteten Zaunpfählen, Drahtrollen, Badewannen, Dachziegeln, Eisenstangen – Dinge, die irgendwann noch zu gebrauchen sein könnten.

Das Tal weitete sich, und kurze Zeit später fuhr der Zug in Saalfeld ein. Vater hatte darauf bestanden, uns von hier abzuholen. Wir umarmten uns, und er schwenkte sein Enkelkind durch die Luft – wie froh war ich, dass es ihm wieder besser zu gehen schien. Katja jauchzte und ging ihrem Opa nicht mehr von der Seite. Ich verstaute unser Gepäck im Kofferraum unseres schwarzen BMWs, der wie ich Baujahr '38 war, und wir fuhren los.

Eine Stunde später saßen wir auf der oberen Diele der Villa Aline am Kaffeetisch. Wieder war die ganze Familie zu meinem Empfang versammelt. Wanda und Onkel Rudolf schienen mir unverändert, aber ihren Sohn Tobias hätte ich fast nicht erkannt. Aus dem pummeligen Kerlchen war ein schlaksiger Siebzehnjähriger geworden, der seit einem Jahr bei Meister Schratt das Töpferhandwerk lernte.

Nur Michael fehlte.

»Er wäre gern gekommen«, sagte Vater, »aber Wismut-Mitarbeitern sind Kontakte zu Westdeutschen verboten.«

Während Vater sich bisher tapfer gehalten hatte, wurde sein Gesicht nach dieser Mitteilung schlaff. Er fasste sich an die Brust und rang nach Atem. Ich wusste nicht, was mich mehr beunruhigte: Vaters offensichtliches Leiden oder wie schwer er es nahm, dass Michael bei der Wismut arbeitete.

Vor etwa einem Jahr hatte mir Mama geschrieben:

Die Maschinenfabrik, in der Michael arbeitet, ist zu einem Wismut-Werkhof umgewandelt worden. Micha hat dort die Tochter eines Bergmanns kennengelernt. Dein Bruder ist verliebt über beide Ohren. Renate ist nicht nur eine Schönheit mit Glutaugen und schwarzer Zigeunermähne, sondern auch ein sehr nettes und gescheites Mädchen.

Schon im nächsten Brief hatte gestanden:

Michael und Renate wollen heiraten, aber es ist aussichtslos, in Zwickau eine Wohnung zu bekommen. Michael hat sich in Schlema bei der Wismut beworben, weil Wismut-Angestellten eine Wohnung zusteht.

Als Kinder hatten Micha und ich aufgeschnappt, Wismut bedeute: »Wir Idioten suchen Munition unter Tage.« Wir hatten gelacht und es geglaubt. Inzwischen wusste ich, dass Wismut ein seltenes Metall ist, aus dem Uran gewonnen wird. Gleich nachdem Thüringen 1945 Besatzungszone der Sowjets geworden war, hatten sie eine Bergwerk AG gegründet und ließen seither im Erzgebirge im großen Stil Uran abbauen. Schon allein das Wort »Uran« machte mir Angst.

Und nun hatte Vater gesagt, Micha arbeite bei der Wismut in Schlema und deswegen seien ihm Kontakte mit Westdeutschen verboten.

»Schlema ist doch ein Badeort«, sagte ich.

»Ja, das war einmal, damit ist's vorbei«, knurrte Onkel Rudolf. »Das Heilbad ist sozusagen vom Erdboden verschwunden.«

»Verschwunden?« Ich lachte. »Hast wohl wieder mal deinen Hokuspokus probiert? Der große Zauberer Rudi macht Simsalabim, und weg ist der Badeort.«

»Sim bim bim!«, jauchzte Katja und klatschte in die Hände.

»Ohne Quatsch!« Onkel Rudolf beugte sich vor und sprach leiser. »Weil dort seit Kriegsende Zehntausende nach Uran gebuddelt haben, ist das Dorf abgesackt. Danach sind der baufällige Stadtkern, das Kurhaus, der Konzertplatz, alle Hotels und auch die Kirche schon in den Fünfzigern niedergewalzt worden.«

Tobias zog eine Grimasse: »Dein Bruder lässt seine Bomben etwas außerhalb vom früheren Schlema hochgehen. Lagerstättenbereich Alberoda.«

»Bomben?«

»Michael wurde zum Sprengmeister ausgebildet.«

»Ist das nicht gefährlich?«

»Er behauptet, die Knallerei machte ihm Spaß«, sagte Tobias. »Er verdient für DDR-Verhältnisse astronomische Summen. Das Uran wird ohne Gegenleistung an die Sowjetunion geliefert. Die Russen brauchen es für Kernreaktoren – na ja, und auch fürs Atomwettrüsten mit den USA.« Tobias schüttelte den Kopf. »Für mich wär das nichts. Egal, wie viel Geld ich dafür bekommen würde.«

»Oje, Micha!«, seufzte ich. »Und haben er und Renate wenigstens eine schöne Wohnung bekommen?«

»Zweiraumwohnung mit Blick auf Abraumhalden«, knurrte Vater. »Mein Sohn nennt es ›Kloster mit Aussicht auf Mondlandschaft‹.«

»Aber nun erzählt doch mal. Wie geht es ihm?«, drängte ich.

Onkel Rudolf machte das Fenster zu und setzte sich wieder zu uns: »Michael darf nichts sagen. Alle, die bei der Wismut arbeiten, müssen sich zu strengster Geheimhaltung verpflichten. Wer etwas ausplaudert, geht ab in den Knast. Sogar nach Sibirien sind schon welche deportiert worden.«

»Red nicht so laut«, sagte Mama.

Wanda sah mein langes Gesicht und versuchte zu beschönigen: »Teilweise is Schlema wieder uffjebaut wordn. Et jibt dort een Kulturhaus und ooch Läden, in den'n man allet koofen kann wie im Westen. Und de Wismut hat ooch 'nen eijenen Jesundheitsdienst ...«

»Der bitter nötig ist«, unterbrach Vater, dem es, nachdem er eine Pille geschluckt hatte, wieder besser zu gehen schien.

»Eijene Ferienkolonien!«, sagte Wanda. »De Wismutler kommn spottbillich ans Schwarze Meer. Micha und Renate war'n uff ihrer Hochzeitsreise in Nessebar.«

Vater rieb seine Stirn, ließ die Hand sinken und sagte: »Und eine eigene Stasi haben sie auch!«

Mama, die schon eine ganze Weile mit den Fingern geknackt hatte, sagte weinerlich: »Jetzt wechselt mal das Thema. Esst doch endlich!«

Katja war die Einzige, die dieser Aufforderung schon nachgekommen war. An so einer großen Tafel hatte sie noch nie gesessen. Sie schaute von dem hohen Stühlchen neugierig in die Runde und futterte dabei, als ob sie tagelang gehungert hätte. Vater hielt ihre Patschhand in seiner, so wie er es einst mit Micha, Lisa oder mir getan hatte. Ich erinnerte mich belustigt, aber auch wehmütig an unseren Streit um diese Hand.

Die Sorgen um Michael waren mühsam verdrängt, als wir uns nun Mutters Kirschkuchen schmecken ließen. Es war, als sei ich nie weg gewesen. Die Zeit schien in diesem Hause stehen geblieben zu sein. Außer, dass nun Katja dabeisaß und wir alle älter geworden waren, schien sich nichts verändert zu haben. Nur Michael fehlte.

Da sich Westbesucher innerhalb von vierundzwanzig Stunden anmelden mussten, fuhr Onkel Rudi am Sonntagvormittag mit mir nach Jena. Als wir in die Stadt kamen, erkannte ich Jena kaum wieder. Was der Krieg vom historischen Stadtkern übrig gelassen hatte, war fast gänzlich verschwunden.

»Einfach abgerissen worden«, sagte Rudi. »Alles weg, um Platz zu schaffen für Neubauten von Zeiss. VEB-Zeiss!«

Eine Seite des Eichplatzes war mit einem vierzehnstöckigen Hochhaus verriegelt, und da, wo die mächtige Eiche gestanden hatte, wuchs ein gigantischer runder Turm empor.

»Er soll 120 Meter hoch werden. Ein neues Wahrzeichen für Jena«, erklärte mir Onkel Rudi.

»Und wofür soll der Riese dann genutzt werden?«

»Als Forschungszentrum für Zeiss. Aber nun wird gemunkelt, der Turm wird gar nicht fertig gebaut.«

»Ist Ulbricht das Geld ausgegangen?«

»Um die Größe seiner DDR zu demonstrieren, war dem nie etwas zu teuer. Aber wahrscheinlich stimmt das Gerücht: Durch die Schwankungen des Turmes sind keine genauen Messungen möglich.«

»Du meine Güte, und darauf ist vorher niemand gekommen?«

»Fehlplanung, wie üblich. Ein Schildbürgerstreich. Ich habe gehört, falls der Turm vollendet wird, soll er für Universitäts-Hörsäle genutzt werden.«

Wir hatten keine Zeit, das letzte kühne Vorhaben Ulbrichts, den Breschnew vor einem Jahr zum »freiwilligen« Rücktritt gezwungen hatte, genauer zu besichtigen, weil wir zur Bank mussten, die sonntags nur eine Stunde für die Westbesucher geöffnet hatte. Erst mit der Quittung für den vorgeschriebenen Mindestumtausch, West- gegen Ostmark 1:1, konnte man sich anmelden. Damals waren das nur zehn Mark pro Person und Aufenthaltstag – in den nächsten Jahren sollte sich der Zwangsumtausch mehr als verdoppeln.

Als wir zur Anmeldestelle kamen, warteten dort schon etwa dreißig Westbesucher, die wie ich am Wochenende in den Kreis Jena angereist waren. Viele standen noch im Hof, aber es wurde diszipliniert und wortlos aufgerückt und keiner wagte, sich über die träge Abfertigung zu beklagen.

Nach zwei Stunden war ich an der Reihe. Das Gesicht hinter dem Schreibtisch kam mir zuerst fremd vor. Aber als ich die Stimme dazu hörte, erkannte ich Gisela Rübe, die Tochter unseres Blockwartes aus Kriegstagen. Meine ehemalige Klassenkameradin Gisela hieß jetzt Frau Kohlmüller. Ihr stattlicher Busen zwängte sich in eine Jacke der Volkspolizei. Unverbindlich und wichtigtuerisch kontrollierte sie meine Papiere. »Ah, Anne Läpple, was ganz Neues. Ein Kind. Wie alt?«

»Wird im Oktober drei.«

»Ab vier ist Kinderausweis Vorschrift.« Sie prüfte die Quittung von der Bank, knallte den Stempel des Kreisamtes unter das Einreisevisum, krakelte Kohlmüller daneben und schob mir mit undurchdringlicher Miene meinen Ausweis über den Tisch. »Im Hausbuch eintragen! Abmeldung zwei Tage vor Abreise. – Der Nächste!«, rief Gisela Kohlmüller.

»Ich musste mich bei Gisela Rübe anmelden«, sagte ich, als ich neben Onkel Rudi im Auto saß.

»Ja, die Kohlmüller. Volkspolizistin im Verwaltungsdienst. Eifrige SED-Genossin. Ihr Mann gehört auch zu den Bonzen. Die Kohlmüllers sind dick mit Bruno und seiner Mutter befreundet.«

»Ist Bruno wieder in Birka?«

»Nein. Soweit ich weiß, arbeitet er in Berlin. Wenn er in Birka ist, wohnt er bei seiner Mutter. Sie war lange im Krankenhaus. Doktor Rose sagt, sie habe Multiple Sklerose.«

»Ach Gott«, sagte ich betroffen. »So etwas gönnt man seinem schlimmsten Feind nicht.«

»Da hast du Recht, Anne«, sagte Onkel Rudi. »Sie wird bald einen Rollstuhl brauchen. Sie wohnt schon lange in dem neuen Plattenbau, da gibt es Aufzüge. Aber sobald es ihr ein paar Tage besser geht, spioniert sie wieder rum. Erst kürzlich wollte sie Doktor Rose nach uns ausfragen. Na, da war sie an der falschen Adresse!«

Rudi lachte hämisch auf. »Ihren Bruno verherrlicht sie noch genau wie früher. Nur erzählt sie nicht mehr, wie ihm der Führer über den Kopf gestrichen und ein schönes deutsches Kind genannt hat, sondern, dass ihr Sohn mit Ulbricht so ungefähr auf Du und Du steht. Jeder muss sich anhören, ihr Bruno sei in Berlin befördert worden zu wer weiß was.«

»Aber den Ulbricht seid ihr doch inzwischen los.«

»Gott sei Dank! Seitdem werden viele alte Ulbricht-Genossen von Honecker abgeschoben. Säuberungsaktionen. Wieder einmal. Vielleicht erwischt es Bruno auch.«

Ich lehnte mich zurück und stellte beruhigt fest, dass mein Herz bei Brunos Namen kein bisschen schneller klopfte. »Ich wäre froh, wenn ich ihm in Birka nicht zu begegnen brauchte«, sagte ich.

»Da bist du nicht die Einzige, die ihn lieber von hinten sieht«, stieß Onkel Rudi zwischen den Zähnen hervor.

Doch einmal sah ich Bruno dann doch. Ich beobachtete ihn, wie er mit seiner Mutter über den Marktplatz ging. Frau Dobmaier stützte sich schwer auf Brunos Arm und ging, als ob ihr jeder Schritt Schmerzen bereitete. Ihr Gesicht war vor Anstrengung verkniffen. Bruno steuerte zu einer Bank und half ihr, sich zu setzen. Sie lehnte an seiner Schulter und blickte auf die Leute, die mit Einkäufen vorüberhasteten. Niemand blieb stehen, um die beiden zu begrüßen. Sie saßen in der Sonne wie ein einsames Denkmal.

Am letzten Wochenende in Birka lernte ich Lisas Freund Norbert kennen. Norbert Schnabel war vier Jahre älter und mehr als einen Kopf größer als Lisa, ein sympathischer, gutmütiger Riese, der gern lachte, wobei seine abstehenden Ohren zu glühen begannen. Bei seinem Händedruck ging ich in die Knie. Norbert war Maurer auf der Großbaustelle Jena-Lobeda und berichtete von dieser Satellitenstadt, die seit drei Jahren in genormter Plattenbauweise aus dem Boden gestampft wurde. Er fragte mich nach unserer Hochhauswohnung in Stuttgart.

»Freiberg ist eine Siedlung für 10 000 Einwohner. Wir wohnen im 10. Stock«, sagte ich, »zauberhafte Aussicht!«

Und dann erzählte ich ihm noch vom »Hannibal«, dieser Wohnmaschine aus drei Scheibenhäusern mit 20 bis 22 Stockwerken, die seit 1968 trotz heftiger Proteste der Stuttgarter aus der Filderhochebene wuchs. »Ferdinand Vogelkopf hat mich im Juni zum Richtfest des zuletzt fertiggestellten Blocks mitgenommen. Es war ein Fest mit Programm, Sekt und Feuerwerk. Im obersten Stockwerk in einem der Häuser entstehen ein Schwimmbad und ein Restaurant. Von dort oben kann man zum Fernsehturm, zum Flughafen und bis zur Schwäbischen Alb sehen.«

»Schwimmbad auf dem Dach!«, sagte Norbert. »Ihr da drüben seid eben anspruchsvoll! Und in einer Stadt wie Stuttgart gibt es ja auch keine Wohnungsnot.«

»Da irrst du dich, Norbert. In Stuttgart fehlen trotz aller Neubauten nach wie vor bezahlbare Wohnungen. Viele Leute ziehen aus der ländlichen Region in die Stadt, um mehr zu verdienen. Und die Gastarbeiter, die ihre Familien nachgeholt haben, müssen ja auch untergebracht werden. Stuttgart ist die Großstadt mit den meisten Ausländern. Dazu kommen noch die Universitäten. Im Frühjahr bei Semesterbeginn hatten tausende Studenten keine Unterkünfte.«

»Da haben die Jenaer und die Stuttgarter ja mal ein gemeinsames Problem«, sagte Norbert und setzte stolz hinzu: »Aber Lobeda ist für 30 000 Einwohner geplant. Wenn es fertig ist, wird die Wohnungsnot in Jena vergessen sein.«

Das Gespräch wechselte übers Wetter bald zur Politik, dem Lieblingsthema aller Ostdeutschen, wenn sie sich vor gefährlichen Zuhörern sicher fühlten.

»Der Honecker macht bereits genauso leere Versprechungen wie der Spitzbart«, sagte Onkel Rudolf. »Die Lage des kleinen Mannes will er verbessern. Die Handwerker sollen höhere Löhne bekommen.«

»Haste schon bissken mehr Knete in deiner Lohntüte, Norbert?«, fragte Wanda und hängte ein paar Takte ihres Zwitscherlachens an.

»Nee, wie immer nur 645 Mark und paar Pfennige.«

Und dann fragte Norbert, was ich in Stuttgart verdient hätte, als ich noch berufstätig war. Ich musste zugeben, dass das weit mehr als das Doppelte seines Lohns gewesen war.

Lisa sagte bissig: »Und dabei kosten bei euch die Kleidung und Elektroartikel nur die Hälfte wie bei uns!« Lisa zog Norbert eine Grimasse. »645 Mark! Du könntest mir ja nicht einmal eine Waschmaschine bieten!«

»Aber natürlich kriegst du eine Waschmaschine«, sagte Norbert und legte seine Riesenpranke so zärtlich auf ihre Hand, als ob er ein Vögelchen beschützen wollte. Es war offensichtlich, dass Norbert Lisa liebte.

»Dein Norbert ist ein netter Kerl«, sagte ich abends zu meiner kleinen Schwester, die nun auch schon fünfundzwanzig Jahre alt war, »warum heiratest du ihn nicht?«

Sie zog ihren Schmollmund: »Der soll ruhig noch ein bisschen zappeln«, sagte sie schnippisch. »Vielleicht angele ich mir noch einen Intelligenzler. Die verdienen mehr und haben Einkaufskarten erster Klasse.«

»Ich denk, die DDR ist eine klassenlose Gesellschaft?«, fragte ich verblüfft.

»Falsch gedacht!«, sagte Lisa. »In Jena wimmelt's von Universitätsgenossen. Die kriegen auf ihre Sonderkarten Westwaren genau wie alle SED-Bonzen und die Wismutler.«

Ob Lisa wirklich hoffte, noch etwas Besseres zu finden? Wie schon so oft wurde ich aus meiner Schwester nicht klug. Zwar stritten wir nicht mehr wie früher, wurden aber trotzdem nicht warm miteinander.

Umso mehr genoss ich in diesen beiden Urlaubswochen das Zusammensein mit meinen Eltern, mit Wanda und Rudolf und vor allem mit Jette. Mama verwöhnte uns mit ihren Kochkünsten und Vater nahm sich Zeit für Spaziergänge mit mir und seiner Enkeltochter. Katja fand immer jemanden, der mit ihr spielte. Besonders gefiel ihr Tobias, weil er sie Kupferköpfchen, Eichhörnchen oder Prinzessin Goldlocke nannte.

Onkel Rudi ließ wieder Eier verschwinden und Schnürsenkel zu Stöcken werden. Vater verdrängte das Wismut-Problem, das ihm offensichtlich so zu schaffen machte, dass sich sein Herzleiden verschlechterte. Er lebte auf und erzählte seiner Enkeltochter Geschichten von Zwergen und Riesen, von Feen und Nixen, von denen es in Thüringens Sagen und Märchen nur so wimmelt.

Heimarbeit

Wieder in Stuttgart, schien mir mein Leben unausgefüllt. Das Hausfrauendasein ödete mich an. Meine Begeisterung fürs Hochhausleben hatte sich gedämpft. Ich kam mir in unserer Wohnung wie in einem Vogelkäfig vor. Da Katja mich nicht mehr ständig brauchte, weil sie sich schon gut selbst beschäftigen konnte, wurde mir der tägliche Kreislauf aus Putzen, Waschen und Kochen, Einkaufen und Schwiegermutter-Besuchen immer unerträglicher. Außerdem nervte mich, wie penibel Günther mir das Wirtschaftsgeld zuteilte. Denn in einem Punkt war er ein echter Schwabe: Er sparte auf ein Häusle – auf ein Häusle, das mir gestohlen bleiben konnte, weil dort seine Mutter mit einziehen sollte.

Als ich Günther eröffnete, mir Arbeit suchen zu wollen, sagte er, dann müsse ich auch ein Kindermädchen für Katja bezahlen. Ich entgegnete ihm, bis nächstes Jahr, wenn Katja in den Kindergarten käme, wollte ich versuchen, daheim zu arbeiten.

Günther war einverstanden, erklärte mir aber, der Haushalt dürfe nicht zu kurz kommen, und er selbst wäre nicht bereit, neben seinem Arbeitstag noch die Kehrwoche zu machen.

»Brauchst du nicht«, versprach ich.

Mein früherer Chef stellte mich wieder ein, und weil er mehr Aufträge hatte, als er erledigen konnte, akzeptierte er, dass ich daheim arbeitete. Ich platzierte mein Reißbrett aus Studententagen im Wohnzimmer, kaufte mir neue Zeichenutensilien, suchte meinen Rechenschieber, den Zirkelkasten und die Kurvenlineale wieder hervor – und bezog mein »Büro hinterm Gummibaum«.

Jeden Montag fuhr ich mit der Straßenbahn auf die andere Seite der Stadt zur Planbesprechung und nahm die Arbeit, die mir aufgetragen wurde, mit nach Hause. Mein Selbstwertgefühl stieg und ich war mit Feuereifer bei der Sache.

Ich lernte, mich zu organisieren. Mein dienstlicher Terminkalender wurde wichtiger als meine Tagebuchaufzeichnungen. In diesen Jahren habe ich nur stichpunktartige und unzusammenhängende Notizen gemacht. Zwischen den Seiten liegen Zeitungsausschnitte. Die meisten der Artikel berichten über polizeiliche Großeinsätze und Wohnungsdurchsuchungen in und um Stuttgart, weil die RAF alle paar Wochen mit Bombenattentaten drohte.

In einem anderen Artikel geht es um das verheerende Unwetter, das am 15. August 1972 über Stuttgart hereingebrochen war. Der Hagel hatte Bäume entlaubt, und Regengüsse die Charlottenplatz-Unterführung so plötzlich überschwemmt, dass dabei sechs Stuttgarter ums Leben gekommen waren.

Vergleichsweise banal dagegen klingt meine Notiz vom 7. Oktober:

Ich war mit Katja auf dem 1. Stuttgarter Flohmarkt.

Unter dem Datum vom 24. Januar 1973 steht dick mit Filzstift und drei Ausrufungszeichen:

Vietnamkrieg beendet!!!

Laut Tagebuch gab es in der ersten Hälfte des Jahres in Stuttgart ein großes Turnfest, drei fleischlose Sonntage und mehrere Studenten-Demonstrationen gegen das von der CDU geplante Landeshochschulgesetz.

Diese bruchstückhaften Notizen zeigen, dass ich mir neben meinem neuen Job keine Zeit für Dinge nahm, die nicht unbedingt nötig waren. Ich arbeitete in jeder freien Minute. Der Stundenlohn von fünfzehn Mark summierte sich im Monat. Vom ersten Lohn kaufte ich mir ein neues Sommerkleid und ein Paar weiße Sandaletten. Außerdem konnte ich nun jederzeit Päckchen mit Kaffee, Schokolade und Rosinen nach Birka schicken. Den Rest des Geldes sparte ich für die Italienreise mit meinem Vater.

Rom

Am 25. August 1973, an seinem fünfundsechzigsten Geburtstag, holte ich meinen Vater vom Stuttgarter Hauptbahnhof ab. Mama war in Birka geblieben, weil sie mit den Vorbereitungen für Lisas Hochzeit alle Hände voll zu tun hatte. Natürlich hätte sie Vaters Reise gern verschoben, um mit ihm gemeinsam zu fahren, aber Vater hatte sich durchgesetzt: »Sobald ich darf, will ich die Freiheit schnuppern.«

Als er sein Geburtstagsgeschenk auspackte, eine Schachtel »Mon Chéri«, auf der ein Gutschein für einen Tagesflug nach Rom lag, sah er mich an, als fürchte er, das sei ein Witz.

»Nach Rom!?«, fragte er unsicher, »kann man denn für einen Tag nach Rom fliegen?«

Sollte ich zugeben, dass mein Mann ein Geizkragen war und mein eigenes Geld nur für diesen einen Tag reichte? Nein! Statt dieses Dilemma preiszugeben, lachte ich und sagte: »Klar, wir müssen nur früh aufstehen. Um sechs geht der Flieger und um halb neun sehen wir schon die Kuppel vom Petersdom.«

Erst als wir von der Stadtverwaltung zurückkamen und er sein Visum für Italien in den Händen hielt, schien Vater es endlich zu glauben: Er war im Westen und würde übermorgen in Italien sein. Seine Lippen zitterten zwischen Lachen und Weinen. Er nahm Katja auf den Schoß, blätterte im Reiseführer und spielte mit seiner Enkeltochter »Im-Bilderbuch-spazieren-gehen«.

Zwei Tage später spazierten Vater und ich, so wie vor vielen Jahren durch den Goldau'schen Bildband, nun in Wirklichkeit durch Rom. Wir blickten vom Dach des Petersdoms auf die Stadt, verharrten ehrfurchtsvoll vor Michelangelos vatikanischer Pietà, besichtigten die Engelsburg, wanderten am Tiber entlang und aßen Pizza unter einem Sonnenschirm auf der Piazza Navona. Bis es zu dämmern begann, durchstreiften wir das Forum Romanum.

Angesichts dieses Ruinenfeldes fiel mir der Monte Scherbelino ein, und ich erzählte meinem Vater, wie bedrohlich Stuttgarts Kriegstrümmer im Vergleich mit den Resten des römischen Weltreiches wirken.

»Es liegt an der Zeit«, sagte er. »Die Zeit überzieht zerstörte Kulturen mit barmherziger Patina. Von Weltreichen, die Machtbesessene erobern, bleiben immer nur Ruinen zurück.«

Ich blickte auf das Forum Romanum und es hatte seine gelassene Ruhe und Schönheit für mich verloren.

Bevor wir zum Flugplatz fuhren, saßen wir lange schweigend im Kolosseum, verdrängten die Gedanken an Gladiatorenkämpfe und sahen den Mond über den zweitausend Jahre alten Mauern aufsteigen.

Die Falle

Nach unserem Rom-Ausflug hatten wir noch ein paar Tage Zeit für Stuttgart. Leider präsentierte sich die Stadt zwischen Wald und Reben im Sommer '73 nicht von ihrer besten Seite. Schon seit zwei Jahren mussten die Stuttgarter Umwege durch Schmutz und Lärm in Kauf nehmen, um die Baustellen für die S-Bahnen zu umgehen.

Deswegen mied ich die Innenstadt und fuhr mit meinem Vater und Katja nach Ludwigsburg. Dort besichtigten wir die Porzellanausstellung und das Schloss mit seinen barocken Gärten. Katja war aus dem Märchengarten schwer wieder wegzubringen, und Vater wurde es in der Herzogschaukel so schlecht, dass ich es bitter bereute, ihn da hineingelockt zu haben.

Mein Vater und Günther wurden nicht so recht warm miteinander, und beim Besuch seiner Mutter, als wir auf dem Balkon Kaffee tranken, gestaltete sich die Unterhaltung trotz klarem Sommerwetter trübe.

Den letzten Tag seines Aufenthaltes krönte ein Besuch des Fernsehturms. Danach meinte Vater, nun könne er in Stuttgart nichts Schöneres mehr erleben.

Als Vater, Katja und ich am nächsten Tag im Zug nach Birka saßen, hätten wir uns gern über Rom unterhalten, aber wir reisten ostwärts, es waren zu viele Ohren in diesem überfüllten Abteil, die nichts von der illegalen Auslandsreise eines DDR-Bürgers erfahren durften. Doch wir hatten ein anderes angenehmes Thema, denn am kommenden Sonntag war Lisas und Norberts Hochzeit.

Lisa passte gerade noch ins Brautkleid und hielt den Rosenstrauß vor den Bauch. Norberts große Ohren glühten vor Glück. Die ganze Familie war in froher, ausgelassener Stimmung – die gegen drei Uhr nachmittags abrupt in Panik umschlug. Noch während wir fröhlich an der Kaffeetafel saßen, wurde Vater abgeholt!

Jemand hatte seine Reise ins Ausland angezeigt. Fassungslos fragte ich mich, wer zu so etwas fähig war. Wieso wussten die DDR-Genossen alles, auch das, was außerhalb ihrer Grenzen, was in Stuttgart passierte?

Vater wirkte nicht erschrocken, sondern eher beschämt, weil seinetwegen die Hochzeitsfeier seiner Tochter gestört wurde. Alle waren stumm und wie versteinert, nur Mama flehte: »Ihr könnt ihn doch nicht einfach mitnehmen! Unsere Lisa hat doch heute Hochzeit. Sagt wenigstens, wo ihr ihn hinschafft.«

»Untersuchungsgefängnis«, sagte einer der Volkspolizisten.

»Und dann?« Meine Worte zerfaserten, weil ich fürchtete, er würde Bautzen sagen oder Cottbus, die Haftanstalten für politische Häftlinge. War Vater ein »Politischer«, weil er Rom hatte sehen wollen?

Der Polizist war kurz angebunden: »Erst mal Verhör!« Und dann führten sie Vater hinaus.

Mama schluchzte: »Ich hab's dir gleich gesagt!« Ein Vorwurf an mich, den sie nicht ernst meinte, der mich aber trotzdem traf. Ich fühlte mich schuldig. Ich hatte Vater zu dieser Reise verführt. Aber er musste es büßen. Wo würden sie ihn hinbringen? Aus dem »Gelben Elend« in Bautzen war Pfarrer Moos nicht mehr lebend herausgekommen.

Die Hochzeitsfeier war zu Ende. Die Gäste verabschiedeten sich rasch und betroffen. Niemand versuchte, sie zurückzuhalten. Onkel Rudolf saß mit Mama im Wohnzimmer und bemühte sich vergeblich, sie zu beruhigen. Wanda, Jette und ich beschäftigten uns in der Küche schweigend mit dem Abwasch.

Jette legte das Geschirrtuch zur Seite und mir die Hand auf die Schulter. »Anne, du musst zu Bruno gehen!«

Bruno war wieder in Birka. Er hatte die Wohnung seiner Mutter übernommen und ein Amtszimmer im Rathaus bezogen. Keiner wusste, was dort seine Aufgaben waren. Onkel Rudolf hatte gesagt: »Bruno schnüffelt in den letzten Privatbetrieben des Landkreises herum. Seit dem Tod seiner Mutter ist er noch rücksichtsloser geworden, haut jeden in die Pfanne, den er erwischen kann.«

Jettes Stimme klang beschwörend: »Bruno hat mehr Einfluss auf alle möglichen politischen Machenschaften, als du dir vorstellen kannst. Wenn irgendeiner diese Verhaftung rückgängig machen kann, dann er. Er hat einen langen Arm, glaub es mir. Ihr seid zusammen auf der Schulbank gesessen, Anne, du kennst ihn von früher!«

»Und wie ich ihn kenne!«, zischte ich. »Womöglich hat er seinen langen Arm dazu benutzt, um diese bodenlose Gemeinheit zu arrangieren.«

Wanda knallte die Bestecke in den Spülstein, dass das Wasser spritzte. »Bruno issen Schwein!«, presste sie heraus. »Du weeßt doch, Anne, wat Rudolf imma sagt: Wir werdn von Verbrechern rejiert. Un Bruno is eener von dene, ein jefährlicher, der sich immerzu beweisen muss, wat in seine Macht steht. Er hat schon 'ne Menge Leute ins Kittchen jebracht. Nu hat er sein Ziel erreicht und dein Vater endlich dort, wo er ihn schon immer hinhabn wollte.«

Nach Wandas Rede wurde Jette unsicher. Sie sackte auf den Küchenhocker und ließ den Kopf hängen. »Wahrscheinlich hast du recht, Wanda«, murmelte sie. »Bruno wird nichts tun für einen von den Stanbeks, eher wird er die Sache noch verschlimmern.«

Nachdem wir abends Mama mit Baldriantropfen und einer Schlaftablette zur Ruhe gebracht hatten, lag ich fast die ganze Nacht wach, dachte an meinen Vater und grübelte darüber nach, ob ich Bruno um Hilfe bitten sollte. Es war schon ein Jahr her, seit ich Bruno das letzte Mal gesehen hatte: Damals, als er mit seiner kranken Mutter über den Marktplatz gegangen war. Wie lieb und besorgt er sein konnte! Irgendwo musste ein guter Kern in ihm stecken, vielleicht gelang es mir, ihn aufzubrechen. »Ich darf hier keinen falschen Stolz zeigen«, flüsterte ich vor mich hin, »ich werde es für meinen Vater tun. Wenn ich diese Chance nicht wahrnehme, werde ich mir ewig Vorwürfe machen.«

Es wurde schon hell, als ich den Entschluss fasste, Bruno aufzusuchen.

Am nächsten Nachmittag saß ich ihm in seinem Amtszimmer gegenüber. Seine Eis-Augen heuchelten Teilnahme. Er genoss sichtlich, dass ich ihn um Hilfe bat. »Das hättest du doch wissen müssen: Reisen ins kapitalistische Ausland sind für Bürger der DDR streng verboten!«, sagte er sanft. – »Auch für Rentner! Was hast du dir nur dabei gedacht, Anne? Glaubst du, unsere Bestimmungen gelten nicht für jeden? Wir lassen nicht an unseren sozialistischen Prinzipien rütteln, verstehst du?«

Obwohl ich mir vorgenommen hatte, freundlich zu sein, sogar demütig, wenn's sein müsste, platzte mir der Kragen: »Wie kann die harmlose Reise eines alten Mannes eure Prinzipien gefährden? Woher sollte ich wissen, dass ihr auch im Westen, in Stuttgart, rumspioniert?«

»Na, na, nun hüte mal deine Zunge. Spionieren!? Unser Staat schützt sich vor westlichen Provokateuren, sonst nichts.«

Seit Langem fühlte ich wieder das schmerzhafte Klopfen in meinem Kopf. Es hämmerte hinter meinen Schläfen und ich sah Sternchen vor Augen. Meine Hände zuckten, mich packte das Verlangen, die Akten aus dem Schrank zu reißen und zu zerfetzen – oder Bruno den Aschenbecher an den Kopf zu werfen. Stattdessen drehte ich mein Halstuch zu einer Wurst, bis der

Stoff krachte. Ich brauchte all meine Kraft, meine Wut zu unterdrücken, bevor ich den nächsten Satz herausbrachte: »Also, du willst mir nicht helfen? Kein Wort einlegen für einen alten Mann, einen unbescholtenen Bürger?«

»Unbescholtener Bürger, na ja.«

»Was soll das nun wieder heißen?«

»Einer, der sich seit Jahren wehrt, seine Firma der Produktionsgenossenschaft anzuschließen, der schon mal mit der ganzen Familie Republikflucht begangen hat, dessen schöne Tochter sich nach dem Westen abgesetzt hat – so einen Mann kann ich nicht unbescholten nennen. Außerdem ist seine ablehnende und somit feindliche Gesinnung gegenüber der gesellschaftlichen Entwicklung der DDR bekannt. Diese Auslandsreise hat das Fass zum Überlaufen gebracht.«

»Hör auf, Bruno – es reicht. Ich sehe, mit dir kann ich nicht rechnen. Hoffentlich kannst du das, was du tust, mit deinem Gewissen vereinbaren.«

»Mein Gewissen ist rein«, sagte Bruno mit Pathos und biss auf seine dicke Unterlippe. »Ich diene der gerechten Sache.«

Und da begriff ich plötzlich: Bruno meinte wirklich, einer guten Sache zu dienen. Er verteidigte den Kommunismus aus Überzeugung.

Als mir das klar wurde, verlor ich endgültig den Mut. Ich sprang vom Stuhl auf. »Dann geh ich jetzt, ich will dich nicht in Konflikte mit deiner Weltanschauung bringen.«

»Warte noch einen Augenblick – auf ein Wort, Anne. Ich könnte auch einmal gegen meine Überzeugung handeln. Dir zuliebe.« Und als ich nicht antwortete, weil ich nicht verstand, was er meinte, kam er um den Tisch zu mir und sprach leise weiter: »Du weißt genau, Anne, dass ich dich immer gemocht habe. Du warst und bist die einzige Frau, die ich wirklich begehre.«

»Wie bitte?«

»Stell dich nicht dumm. Ich weiß, du magst mich auch. Du konntest nur nie über deinen Schatten springen. Der Einfluss deiner antikommunistischen Eltern, deine konservative Erziehung waren deine Hemmschwellen.«

Meine Wut brodelte hoch und ließ mich sprachlos werden. Diese Sprachlosigkeit missverstand Bruno.

»Na also!«, sagte er leise, »na also, Anne.« Er zog seine Unterlippe zwischen die Zähne und kaute zärtlich darauf herum. Mir wurde schlecht und ich setzte mich wieder.

Brunos Stimme klang eindringlich: »Ich werde versuchen, etwas für dich – für deinen Vater zu tun. Aber du musst dich erkenntlich zeigen.« Er lächelte. »Das kann dir doch nicht schwerfallen, Anne?«

»Erkenntlich zeigen?«, stieß ich hervor und erkannte bestürzt, dass er sich für unwiderstehlich hielt.

Bruno kam noch näher und flüsterte: »Dein Vater ist frei, wenn du ...«

Ich ließ meine Stirn auf den Tisch fallen. Bruno trat hinter meinen Stuhl, stützte die Arme auf die Lehnen und beugte sich über mich. Ich hörte ihn dicht an meinem Ohr: »Heute Abend. Abgemacht?« Er umfasste meinen Kopf mit beiden Händen, zog ihn hoch und bog ihn nach hinten.

Ich sah in seine eiskalten Augen und hatte Angst, er würde versuchen, mich zu küssen. Doch daran schien er nicht zu denken. Bruno gab sich nicht mit halben Dingen zufrieden. Er wollte mehr. Ich saß in seiner Falle. Ich dachte an Vater, sah ihn bei einem Verhör: Seine Hände gefesselt – er konnte nicht einmal seine Stirn reiben. Wenn Vater nach Bautzen käme, würde er das nicht überleben – genau wie Pfarrer Moos und viele andere. Vaters Verhaftung war meine Schuld. Ich musste versuchen, ihn zu retten. Um jeden Preis. Auch um diesen. »Also gut«, hörte ich mich fast tonlos sagen.

Bruno lachte leise. »Braves Kind!«, sagte er. »Heute Abend um elf. Du weißt, wo ich wohne?«

Ich nickte.

Als ich mich irgendwann am Fluss wiederfand, konnte ich mich nicht erinnern, wie ich aus dem Rathaus gekommen war.

Ziellos lief ich am Ufer entlang und machte einen Bogen um die Trauerweide, von der aus Bruno mir vor vielen Jahren nachgerufen hatte: »Ich krieg dich, Anne, irgendwann krieg ich dich, ich schwööörs!«

Ich hob einen Ast auf und schlug gegen einen Baumstamm, bis die Rinde platzte. Aber das heiße Klopfen dröhnte weiter in meinem Kopf.

Später lag ich auf der Schlafcouch in der Loggia. Ich versuchte die Bögen der Stuckgirlande, die sich unter der Decke entlangzog, zu zählen. Die Sonne flackerte im Blutbuchenlaub und füllte das Zimmer mit Kupfergold. Ich wünschte mir, schlafen zu können und nie mehr aufzuwachen.

Gegen Abend ging ich hinunter zu Mutter, die mit Jette und Katja schon mit dem Nachtessen auf mich wartete. Wir sprachen nicht viel und brachten kaum einen Bissen herunter. Auch Katja war, seit man ihren Opa weggeholt hatte, verwirrt und still, sie starrte auf ihren Teller und schob die Bratkartoffeln hin und her.

Mama hatte mehrmals im Untersuchungsgefängnis angerufen, aber nichts von Vater erfahren können. Sie wirkte resigniert und apathisch. Gegen zehn nahm sie zwei Löffel Baldrian und ging zu Bett.

Die Ehebetten standen seit einigen Tagen im früheren Esszimmer hinter der Küche. Meine Eltern hatten ihr Wohnzimmer und die Loggia in der ersten Etage für Lisa und Norbert geräumt und sich ins Parterre zurückgezogen. Lisa durfte unten die große Wirtschaftsküche mitbenutzen, und da es den Speiseaufzug noch gab, konnten sie und Norbert oben essen. Rudolf und Wanda bewohnten weiter die restlichen Zimmer mit der oberen Küche.

Mamas Aussteuermöbel und Max Goldaus Bücherschrank standen nun im ehemaligen Salon, der seit dem Krieg das Schlafzimmer gewesen war und jetzt einen Kachelofen bekommen hatte.

Lisa und Norbert waren am Abend zuvor nach Usedom gefahren. In ihre Flitterwochen. Sie konnten hier nicht helfen und waren beruhigt, weil ich noch ein paar Tage bei Mutter sein würde. Und Onkel Rudolf, Wanda und Jette waren ja auch da.

Katja durfte heute bei Jette schlafen und war schon mit ihr in die Mansarde gegangen. Jettes Wohnung bestand aus zwei kleinen Stuben, die Frau Lucker und Frau Kadowitz nicht mehr brauchten, seit ihre Kinder aus dem Haus waren. Ich verzog mich in die Loggia, und die letzten Stunden, bis ich mich auf den Weg zu Bruno machen musste, vertropften gnadenlos. Im Haus war es totenstill. Nur über mir hörte ich Jette hin- und herlaufen. Sollte ich hinaufgehen zu ihr? Jette war mir stets wie eine Schwester gewesen, mit ihr hatte mich mehr verbunden als mit Lisa. Aber was sollte ich heute mit ihr reden? Die Entscheidung für diesen Canossagang lag allein bei mir. Ich hatte sie getroffen, und niemand konnte mir diesen Gang leichter machen.

Viertel vor elf schlich ich die Treppe hinunter, die Stufen meidend, die knarrten.

Bruno öffnete die Wohnungstür und wollte mich umarmen. Ich wich zurück und sagte: »Lass mir etwas Zeit. Bitte!«

»Komm rein, mein Engel«, sagte er, »ich habe lange genug auf dich gewartet.«

Ich weiß noch, wie mein Herz einen freudigen Satz machte, als ich im Wohnzimmer das Klavier sah. Es erinnerte mich an Brunos seltsame Verwandlung, wenn er spielte. Plötzlich hoffte ich, er habe einen Scherz mit mir getrieben. Das konnte er doch nicht ernst gemeint haben? Wir würden uns über frühere Zeiten unterhalten, vielleicht dazu ein Glas Wein trinken. Bruno würde überlegen, wie er Vater helfen könnte, und wir würden uns als alte Freunde trennen.

Doch dann sah ich Brunos selbstherrliche Miene. Er stand vor mir in der Pose eines siegreichen Feldherrn, groß, breitbeinig und mit zurückgenommenen Schultern und sagte: »Eins dürfte dir jetzt klar sein, mein Engel: Was ich will, bekomme ich auch!«

Seine Augen spiegelten seine Macht über mich, und ich begriff, dass Brunos Verzauberung, während er Klavier spielte, ein Ausnahmezustand war. Es war eine Ekstase, die von ihm abfiel, sobald die Musik verstummte.

»Damit kann man nicht Chopin spielen.« Mit diesen Worten hatte er mir vor vielen Jahren seine Hand mit dem fehlenden Fingerglied entgegengestreckt. – Und eben jetzt hatte er gesagt: »Was ich will, das bekomme ich auch!« Chopin spielen – war das das Einzige, was er nicht bekommen konnte? Hatte er deswegen den Wahn, alles andere haben zu müssen?

Ich zuckte zusammen, als ein Korken knallte und Bruno sagte: »Ich habe Champagner kalt gestellt, du siehst, ich spare keine Kosten und Mühen für dich.«

Er reichte mir das Glas mit der linken Hand und hielt die rechte mit dem fehlenden Fingerglied in der Hosentasche verborgen.

Ich trank das Glas in einem Zug aus. Der Alkohol schien vom Magen direkt in meinen Kopf zu springen. Ja, gut so, dachte ich, umnebelt sein, einfach wegtreten. Ich hielt Bruno mein Glas wieder hin.

Als die Flasche geleert war, holte Bruno Schnaps aus dem Schrank. »Ich brauche jetzt was Anständiges.« Er wog die Flasche in den Händen: »Russischer Wodka!« Dann goss er sich ein, trank, machte »Ahh!« und schenkte nach.

»Gib mir auch davon«, sagte ich.

»Ho, ho«, grölte er, »mein Engelchen mag harte Sachen! Hast du das in Stuttgart gelernt?«

Ich sagte nichts, kippte den Wodka hinunter, spürte ihn heiß durch meinen Hals in den Magen laufen und zu Kopf steigen. Nach dem vierten Wodka trug mich Bruno ins Schlafzimmer, warf mich aufs Bett und sah lachend auf mich herab.

Ich habe Bruno nie befreiend und heiter lachen sehen. Er lachte entweder aus Spott und Triumph oder selbstgefällig und überheblich. Jetzt sah ich seine Gesichtsmuskeln zucken, als wäre er unentschieden, welche Art seines Lachens angebracht sei. Eine Sekunde später brach er in ein kehliges, sanftes Gelächter aus. Es klang wie das Wiehern eines ungeduldigen Fohlens. Sein Lachen tropfte auf mich wie heißes Kerzenwachs.

Kann man aus Angst lachen? Wahrscheinlich lag es auch am Alkohol, aber plötzlich warf ich den Kopf zurück und mein Gelächter sprang aus mir heraus wie ein Platzregen, der stockt und wieder losprasselt. Ich hasste mich deswegen, ich hasste dieses Lachen, aber ich wollte nicht aufhören damit. Ich wollte mich totlachen! Nietzsche fiel mir ein, sein Zarathustra: »Nicht durch Zorn, sondern durch Lachen tötet man.«

Nicht ich, sondern mein Lachen starb so unversehens, wie es gekommen war. Bruno hatte sich über mich gebeugt und knöpfte meine Bluse auf. Er griff unter mein Hemd, schob es mit dem BH hoch an meinen Hals und gab dabei schmatzende Laute von sich. Hastig machte er sich an Rock und Slip, streifte beides über meine Beine hinunter, und ich hörte meine Schuhe auf den Boden poltern. Als seine Hände an meinen Beinen hoch wanderten, bäumte ich mich auf.

Wieder missverstand er mich, denn er sagte mit belegter Stimme: »Na also, mein Engel, bist ja doch nicht so gefühllos, wie du immer tust. Mit deiner scheinbaren Gleichgültigkeit hast du mich stets mehr erregt als alle Frauen, die mir willig waren. Jede war verrückt nach mir. Jede! Und ich bin verrückt nach dir, Anne.«

Bruno keuchte. Ich hörte, wie sich ein Reißverschluss öffnete und seine Hose neben das Bett fiel. Da fing ich an zu schreien und wälzte mich auf den Bauch. Er riss mich herum und zwängte meine Schenkel auseinander. Ich hatte das Gefühl, zu zerbrechen.

Als ich gegen zwei Uhr morgens zu mir kam, lag ich allein auf dem zerwühlten Laken. Der Geruch von Erbrochenem und bruchstückhafte Erinnerungen legten sich wie ein ekelhafter Schleier um meine Sinne. Ich würgte und fürchtete, wieder ohnmächtig zu werden. Mühsam wälzte ich mich aus dem Bett, torkelte an der Wand entlang und suchte die Toilette. Endlich fand ich die richtige Tür. Ich beugte mich vor und spuckte grünen Schleim in die Schüssel.

Und dann überflutete mich eine heiße Woge, mit der die Frage heranschwemmte, ob ich Bruno trauen konnte. Ob er sein Versprechen hielt? Ob es ihm gereicht hatte, sich mit einer stockbetrunkenen Frau zu paaren? – Wie auch immer, Bruno hatte seinen Schwur eingelöst: Er hatte mich gekriegt, und ich klammerte mich an die Hoffnung, ihm würde dieser Triumph genügen.

Irgendwie schaffte ich es, in meine Kleider zu kommen, und verließ die Wohnung wie ein geprügelter Hund.

In den zwei Tagen, bevor meine Aufenthaltsgenehmigung ablief, war ich dreimal in Jena im Untersuchungsgefängnis, hatte aber weder für Mama noch für mich die Erlaubnis bekommen, Vater zu besuchen. Ich musste zurück nach Stuttgart, ohne zu wissen, wie es Vater ging.

Nach drei Wochen erhielt ich von Mama die Nachricht, Vater sei frei. Frei, weil er einen Schlaganfall erlitten habe. Der Gefängnisarzt, den Dr. Rose kannte, hätte es arrangieren können, dass Vater ins Universitätskrankenhaus verlegt worden sei.

Es war nicht möglich, nochmals eine Aufenthaltsgenehmigung für mich zu bekommen. Jedes Jahr gab es nur eine, ohne Ausnahme. Fast war mir das lieb. So sehr ich mir auch wünschte, am Bett meines Vaters zu sitzen, seine Hand zu halten, so wie er meine Kinderhand gehalten hatte, so sehr ängstigte mich der Gedanke, Bruno in Birka zu begegnen.

Ich versuchte zu glauben, was Mama mir schrieb: dass Vater nach drei Wochen aus dem Krankenhaus nach Hause entlassen worden war. Dass sich sein Befinden langsam bessere, die Lähmungen zurückgingen, er wieder sprechen könne, wenn auch mühsam.

Scherben

In den nächsten Monaten vergaß ich die Sorgen um meinen Vater, weil ich abstürzte. Abstürzte aus Moralvorstellungen, die ich für unumstößlich gehalten hatte, abstürzte aus einer Beziehung, in die ich Liebe hineingelogen hatte.

Seit Anfang der Siebzigerjahre protestierten zwar viele Frauen unter dem Motto »Mein Bauch gehört mir« gegen das Abtreibungsgesetz, aber es gab in Deutschland keine Ärzte, die bei einem Schwangerschaftsabbruch geholfen hätten.

Ich selbst hatte immer die Meinung vertreten: Jedes Kind wird groß. Nichts kann rechtfertigen, ungeborenes Leben zu töten. Nun sah ich das anders. Ich wollte das Kind nicht, mein Kopf und mein Körper weigerten sich, es auszutragen.

Ich war zu feige, es Günther zu sagen. Ich wusste, er würde mich nicht verstehen. Hatte er überhaupt je versucht, mich zu verstehen? Er sah in mir die Frau, die ihm eine Tochter geboren hatte, sein Heimchen am Herd, die jüngere Nachfolgerin seiner Mutter, die seinen peniblen Tagesablauf mit ihm teilte, wenn er nicht in der Bank war. Der Ablauf der Nacht wurde von ihm bestimmt. Er hatte nie nach meinen Wünschen gefragt, war in mein Bett gekommen, wenn er Lust hatte. Und er hatte nach Katjas Geburt immer seltener Lust gehabt. Deswegen konnte ich ihm, selbst wenn ich es gewollt hätte, meine Schwangerschaft nicht anlasten. Dieses Kind war von Bruno.

Günther wurde durch mein morgendliches Würgen auf der Toilette misstrauisch, und da er ein exakter Rechner war, begriff er schnell, dass mein Zustand nicht durch eine Vereinigung mit ihm entstanden sein konnte.

Er stellte mich zur Rede, und ich versuchte, ihm den Grund zu erklären, den verzweifelten Wunsch, meinem Vater zu helfen.

Günthers Gesicht wurde grün. Ein grüner Vorwurf. Mein immer gelassener Günther, den nichts aus seiner gutbürgerlichen Ruhe bringen konnte – mein korrekter, beherrschter Günther tobte. Er bewarf mich mit Ausdrücken, die ich in seinem Wortschatz nicht vermutet hätte. Zuletzt sagte er, er würde sich scheiden lassen.

»Das Kind kommt weg«, schrie er, und er ahnte nicht, dass sich dieser Satz wie eine tröstende Hand auf mich legte. Eine Sekunde lang genoss ich diese Hand und diese Hoffnung, bis Günthers Stimme wieder auf mich einprasselte: »Ich besorge jemanden, der das macht. Die Leute werden schon genug reden, wenn ich mich scheiden lasse, dann sollen sie nicht auch noch denken, ich hätte dir vorher noch ein Balg angedreht. Aber dass du's gleich weißt: Katja bleibt bei mir!« Günther knallte die Küchentür hinter sich zu.

In meinem Kopf begann ein zäher Brei aus Wut, Schmerz und Hilflosigkeit zu kochen. Und plötzlich war mir, als ob ein Tor zur Vergangenheit aufgestoßen wurde, und ich wusste, dass mich jetzt das gleiche Gefühl ergriffen hatte, dem ich als Kind ausgeliefert gewesen war, als mein Hund Caruso tot vor mir gelegen hatte. Ich roch Fliederduft und sah ein kleines Mädchen, das wie besessen Blüten abriss und seinen Schmerz in Wut verwandelte. Vor mir tauchte ein Gesicht auf. War es Tom? War es Günther? – Es war Bruno! Ich setzte meine Krallen ein. Das Gesicht verschwamm im Blut und fiel mir vor die Füße.

Ich nahm das Tablett mit dem Kaffeegeschirr vom Tisch und kippte es auf die Bodenfliesen. Es krachte, klirrte und schepperte lauter, als ich erwartet hatte. Gut so! Die volle Kaffeekanne hinterher. Spitzer Knall. Heißes, dampfendes Braun färbte weißes Porzellan und floss auseinander. Kaffeearoma legte sich auf Fliederdüfte. Aber Brunos Gesicht blieb. Seine Eis-Augen blickten aus den Scherben.

Ich riss die Schranktüren auf und knallte einen Teller nach dem anderen, Tassen, Gläser, Krüge und Kannen auf diese Augen. Als der Schrank leer war, trampelte ich auf den Scherben herum, bis alles kurz und klein war. Ich zertrampelte Bruno.

Drei Tage später platzte eine resolute, stramme Person, die sich Hebamme nannte, in unsere Wohnung. Günther war wie immer pünktlich zur Bank gegangen. Katja war im Kindergarten und würde anschließend bei der Geburtstagsfeier einer Freundin sein.

Die Frau machte es auf dem Küchentisch. Ich presste die Augen zu, um ihr Gesicht nicht zu sehen, aber ich hörte sie schimpfen: »Immer zu spät! Immer wenn es schon fast nicht mehr geht!« Sie riss mit einem Haken in mir herum und keuchte: »Stillhalten! So, jetzt hab ich es gleich. – Nicht schreien! Zum Teufel noch mal, ich habe gesagt: nicht schreien! Beiß in den Waschlappen!«

Ich dachte, die Zähne brechen mir heraus, so fest verbiss ich mich in den Stoff. Die ganze Zeit sah ich ein dunkles Loch vor mir und hoffte verzweifelt, hineinzufallen. Aber ich musste diese Folter in glasklarer Wachheit ertragen. Ich hörte die Frau schnaufen und nach einer Weile ihr Lachen, das wie Grunzen klang. Dann rauschte die Toilettenspülung. Das, was ein Kind hätte werden sollen, wurde weggespült.

In meinem Unterleib brannte der Schmerz, als seien mir alle Eingeweide herausgerissen worden. Ich hörte etwas auf den Boden tropfen und wusste nicht, dass es mein Blut war. Die Frau presste mir mehrere Lagen Monatsbinden zwischen die Beine und half mir ins Bett.

Bis Günther von der Arbeit kam, lag ich die meiste Zeit im Halbschlaf. Mich umtanzten Träume, in denen gemordet wurde und Blut floss. Zwischendurch weckten mich Krämpfe und Schweißausbrüche. Ich konnte nicht weinen, obwohl ich mich danach sehnte. Irgendwann wechselte ich unter größter Anstrengung die blutdurchtränkten Binden und legte Plastiktüten auf die Matratze.

Als Günther heimkam, verschanzte er sich hinter vorwurfsvollem Schweigen, und seine Miene sagte: Geschieht dir recht, dass es dir schlecht geht. Er schlief wie schon die letzten Nächte im Wohnzimmer auf dem Sofa.

Am nächsten Tag schleppte ich mich aus dem Bett und kümmerte mich, so gut ich konnte, um Katja. Es tat mir gut, wie rührend besorgt sie um ihre kranke Mama war.

Ich blutete noch tagelang und ging schließlich zu dem Frauenarzt, der mich während der Schwangerschaft mit Katja betreut hatte. Er merkte sofort, was los war, und verlangte den Namen der Frau, die das gemacht hatte. Ich wusste ihn nicht.

Er schüttelte den Kopf und murmelte: »Wer so etwas tut, gehört hinter Schloss und Riegel«, und ich rätselte, ob er damit mich oder die Hebamme meinte. Als er sich verabschiedete, sagte er: »Sie können kein Kind mehr bekommen.«

Das war mir egal. Ich hatte ja Katja. Meine Tochter, um die ich kämpfen würde! Meine Tochter, um derentwillen ich froh war, noch am Leben zu sein, denn der Arzt hatte gesagt, schon viele Frauen hätten solche Metzgereingriffe nicht überstanden. Ich weiß nicht, welchen Reim er sich auf die Sache machte. Wahrscheinlich war er entsetzt darüber, dass sich eine sechsunddreißigjährige verheiratete Frau auf eine Abtreibung eingelassen hatte. Doch er fragte nichts und er zeigte mich auch nicht an, was er hätte tun können. Er half mir mit Medikamenten auf die Beine, aber ich brauchte lange Zeit, um mich körperlich wieder einigermaßen gesund zu fühlen. Obgleich ich diese Abtreibung gewollt hatte, peinigte mich ein dumpfes Schuldbewusstsein, das mich nie ganz verlassen hat.

Günther bestand auf der Scheidung. Ich hatte nichts dagegen, nahm alle Schuld auf mich, stellte nichts klar, gab »meinen Ehebruch« zu. Das Urteil raubte mir fast den Verstand. Ich hatte nicht geglaubt, es könne noch etwas Schlimmeres kommen. Aber nachdem Günther wieder zu seiner Mutter gezogen war, konnte er nachweisen, dass Katja während seiner Arbeitszeiten von der Oma beaufsichtigt wurde. Aus diesem Grund, und weil ich schuldig war, sprachen die Richter Günther das alleinige Erziehungsrecht für Katja zu.

Neuanfang

Das Einzige, was ich bei der Scheidung durchsetzen konnte, war, meinen Mädchennamen wieder anzunehmen. Wieder Anne Stanbek zu heißen, gab mir einen Teil meines Selbstvertrauens zurück. Ich war bereit, und auch gezwungen, mir meinen Lebensunterhalt wieder selbst zu verdienen.

Weil ich vor drei Jahren in meinen Beruf, wenn auch nur in Heimarbeit, wieder eingestiegen war, fand ich ziemlich rasch eine Vollzeitstelle. Da sich Stuttgart für die Bundesgartenschau 1977 rüstete, wurden Gartenbauingenieure gesucht.

Unter der Federführung des Stuttgarter Landschaftsarchitekten Professor Hans Luz sollte der Untere Schlossgarten, der Rosensteinpark, der Schwanenplatz, Teile des Neckarufers und der Park der Villa Berg umgestaltet und miteinander verbunden werden. Ein Riesenvorhaben, an dem neben den Gartengestaltern auch namhafte Architekten beteiligt waren.

Stuttgart hatte »Grüne Lungen« nötiger denn je. Dreck und Feinstaub aus zahlreichen Baustellen und dazu die Autoabgase machten den Menschen und der Natur zu schaffen. Im November meldete das Gartenbauamt Stuttgart, im Talkessel seien tausende von Bäumen krank, davon die meisten nicht mehr zu retten.

Doch das Bauen nahm kein Ende. Am Bahnhof, auf dem Schlossplatz und am Rotebühlplatz wurden abgrundtiefe Löcher für die unterirdischen Haltestellen der U- und S-Bahnen ausgebaggert. Stuttgart staubte und lärmte aus dutzenden von großen und kleinen Baustellen.

Jeder hoffte, dass sich das durch die Gartenschau bessern würde. In unserem Planungsbüro wurden hauptsächlich Projekte für dieses *grüne Erlebnis* bearbeitet, und ich stürzte mich begeistert in meine neuen Aufgaben.

Ich verstand mich gut mit meinen Kollegen, aber besonders mit unserer Sekretärin Lydia. Sie half mir, mich in der neuen Firma einzugewöhnen. Lydia war so alt wie ich, Single und eine waschechte Schwäbin. Sie trug viel dazu bei, dass ich in Stuttgart endlich ganz heimisch wurde und mich nicht mehr als »Reigschmeckte« fühlte. An den Wochenenden wanderten wir Stuttgarts schönste Aussichtspunkte ab oder hockten in Cafés auf der Königstraße. Im Herbst schleppte mich Lydia aufs Cannstatter Volksfest, das ein neues schwäbisches Abenteuer für mich war. Am liebsten aber saßen wir nach Feierabend in einer der Stuttgarter Besenwirtschaften. Nach dem zweiten oder dritten Viertele in geselliger Runde gab ich das Geheimnis meiner genetischen Wurzeln preis. »Ich bin eine Halbschwäbin«, sagte ich stolz. »Meine Mutter stammt von der Schwäbischen Alb!«

Trotz neuer Freundschaften und interessanter beruflicher Arbeit litt ich an der Trennung von Katja wie an einer unheilbaren Krankheit.

Eines Abends, als ich von der Arbeit kam, kauerte Katja weinend vor meiner Wohnungstür. Ich setzte mich neben sie und wir klammerten uns aneinander. »Um Gottes willen, mein Schatz, was machst du hier?«

»Ich will bei dir bleiben.«

»Das geht nicht«, sagte ich hilflos. »Ich hab es dir doch schon erklärt.«

»Ich will aber nicht mehr zur Oma!«

»Aber dein Papa ist doch auch noch da.«

»Ich will auch nicht zum Papa!«

Ich rief bei Günther an und wollte ihn bitten, Katja wenigstens diese Nacht bei mir behalten zu dürfen. Am Telefon meldete sich seine Mutter. »In einer halben Stunde lieferst du sie hier ab«, sagte sie, »sonst verklagen wir dich wegen Kindesentführung.«

Wie sollte ich das meiner sechsjährigen Tochter erklären? Ich brachte Katja zurück.

Auf dem Heimweg war mir, als ob ich durch ein Unwetter liefe. Ich zog den Kopf zwischen die Schultern und kämpfte mich vorwärts wie gegen Sturmböen.

Doch bald danach musste Günther zugeben, dass seine Mutter mit ihrer Enkelin überfordert war. Katja wurde aufmüpfig und büxte aus. Drei Mal musste Günther eine Suchmeldung aufgeben und Katja dann von weit entfernten Polizeistationen abholen.

Nach der widerspenstigen Phase wurde Katja krank. Günther teilte mir schriftlich mit, sie liege apathisch im Bett, habe keinen Appetit und stottere plötzlich. Der Lehrer und auch der Arzt hätten geraten, Katja in ihre gewohnte Umgebung zurückzubringen. Er habe mit der Vormundschaftsbehörde abgesprochen, dass Katja vorerst wieder in meine Obhut kommen solle. Außerdem sei Oma Läpple völlig mit den Nerven runter und müsse dringend von den Aufregungen, denen sie durch Katja ausgesetzt sei, entlastet werden.

Meine ehemalige Schwiegermutter konnte es sich nicht verkneifen, mich anzurufen und anzuklagen, diese eigensinnige Kratzbürste von einem Kind könne unmöglich von ihrem Sohn sein. Solche roten Haare habe es noch nie in ihrer Familie gegeben. Sie wisse ja nun, was sie von mir zu halten habe. Sie habe es immer geahnt, was ich für eine sei.

Ich widersprach ihr nicht.

Nach zähen Verhandlungen erlaubte mir mein Chef, meine Arbeit nachmittags zu Hause zu erledigen. Damit fiel auch das Argument weg, dass ich Katja nach der Schule nicht beaufsichtigen könnte. Wir waren beide überglücklich, wieder zusammen zu sein!

Von Günther hörte ich nichts mehr. Einer seiner Bank-Kollegen erzählte mir zwei Jahre später, mein Ex-Gatte habe wieder geheiratet und sei von Stuttgart weggezogen.

Katja fragte nie nach Günther, und ich muss zugeben, mir war das recht. Zwar grübelte ich oft darüber nach, ob es Unrecht sei, sie ohne Vater aufwachsen zu lassen, aber sie machte nicht den Eindruck, ihr würde etwas fehlen. Sie schien nur froh zu sein, wieder zu wissen, wo sie hingehörte.

Erst nachdem ich Katja wieder bei mir hatte, konnte ich die schrecklichen Dinge, die vorausgegangen waren, verdrängen.

Ich stürzte mich verbissen und ehrgeizig in die Arbeit, und es machte mich stolz, meinen Lebensunterhalt wieder selbst zu verdienen.

Ich war frei und unabhängig, und ich hieß wieder Anne Stanbek. Mir fehlte Günther nicht, mir fehlte überhaupt kein Mann. Manchmal fragte ich mich, ob das normal sei. Aber wenn ich an die Nächte dachte, in denen Günther auf mir gelegen hatte, war es mir unbegreiflich, was andere Frauen an Sex schön fanden. Wenn Günther sich stumm und befriedigt neben mich rollte und ich ihn im nächsten Moment schnarchen hörte, war ich erleichtert gewesen, es wieder einmal hinter mir zu haben. Ich war überzeugt davon, frigide zu sein, und versuchte, mich damit abzufinden.

Beruflich hatte ich fast nur mit Männern zu tun. Mit ihnen zu arbeiten, war kein Problem. Aber ich stieß jeden vor den Kopf, der sich mir privat nähern wollte. Ich wusste, dass ich als Kollegin geschätzt war, aber als hochnäsig und unnahbar galt. Das störte mich nicht. Ich war in nichts als in meine Arbeit vernarrt. Mein Beruf befriedigte mich. Inzwischen war ich zur rechten Hand des Chefs avanciert, und meine Freizeit war angenehm ausgefüllt mit der Gesellschaft meiner Tochter. Ich war fest entschlossen, mich nie wieder an einen Mann zu binden.

Im Büro war ich vorwiegend mit der Gestaltung von Kinderspielplätzen betraut. Ich ärgerte mich seit Langem über die einfallslosen Spielgeräte aus Metall, die aus den Sechzigerjahren stammten. Die Schaukeln, Klettergerüste und Wippen waren gefahrenträchtig und dazu potthässlich.

Katja schaute mir über die Schulter und gab mir Ratschläge, als ich meine ersten Entwürfe für Spielgeräte aus Naturmaterialien zeichnete. Da die Kinder die von mir gestalteten Plätze und Spielgeräte begeistert annahmen, bekam unsere Firma viele Aufträge. Mir wurden immer neue Ideen abverlangt. Obwohl die Konjunktur zurückging, brauchte ich nicht um meinen Arbeitsplatz zu bangen.

Familienbande

Ich sehnte mich danach, meinen kranken Vater wiederzusehen. Nur, weil ich von Jette erfahren hatte, Bruno sei für längere Zeit verreist, wagte ich mich wieder nach Birka.

Vater ging es nicht gut. Sein linker Arm gehorchte ihm nicht mehr richtig und das Sprechen fiel ihm schwer. Er erledigte wie früher die Büroarbeit, ermüdete aber schnell. Zwischendurch lag er stundenlang auf dem Sofa und behauptete fernzusehen. Doch das war gemogelt. Das Gerät lief zwar, aber es war für Vater eine Art Schutz, um sich nicht unterhalten zu müssen. In Wirklichkeit wollte er seine Ruhe haben.

Mit seiner Enkelin machte er eine Ausnahme. Katja liebte es, neben Opa auf dem Sofa zu liegen. Sie plauderte mit ihm, als ob sie seine oft unartikulierte Sprache mühelos verstände. Wahrscheinlich verstand sie ihn wirklich besser als wir alle. Er erzählte ihr, so wie früher Micha und mir, von Elfen und Nixen, von Zwergen und Riesen.

Mit uns Erwachsenen ließ sich Vater selten auf Gespräche ein. Von Politik wollte er überhaupt nicht mehr reden. Auch von seinem Aufenthalt in der Untersuchungshaft erfuhren wir nichts. Nicht einmal Onkel Rudolf schien zu wissen, wie lange Vater verhört worden war und ob sie ihn gequält hatten.

Ich berichtete ihm von Stuttgart. Von den Großbaustellen und von den Vorbereitungen für die Bundesgartenschau. Vater hörte zwar zu, als ob ihn das interessierte, äußerte sich aber nie dazu. Nur einmal, als ich ihm erzählte, ich hätte mich einer Bürgerinitiative gegen Atomkraft angeschlossen, wurde er aufmerksam.

»Ja, ja«, knurrte er, »eure Politiker haben nun nach der Ölkrise die Atomkraft entdeckt. Als Königsweg sozusagen. Irgendwie muss ja das Wirtschaftswunder wieder in Schwung gebracht werden.«

»Ich glaube, so ähnlich ist es«, sagte ich. »Vorigen Herbst hat Willi Brandt vier autofreie Sonntage verordnet – damit wurde nicht nur Öl gespart, sondern die leeren Straßen und Autobahnen haben uns und der Umwelt gutgetan.«

Vater stöhnte. »Die Welt ist verrückt: Meine Tochter demonstriert gegen Atomkraft, und mein Sohn buddelt sie aus der Erde, das heißt, er sprengt sie heraus.«

»Schade, dass Micha nicht kommen kann. Seit er bei der Wismut ist, habe ich ihn nicht mehr gesehen.«

»Die Bestimmung, die Wismut-Arbeitern den Kontakt mit Westdeutschen verbietet, gilt nach wie vor.«

»Ich würde so gern Michas Renate kennenlernen«, klagte ich.

»Weißt du eigentlich, dass sie Krebs hat?«

»O Gott! Nein.«

»Sie hat ja ihr ganzes Leben in dieser verstrahlten Gegend verbracht. Die Operation hat wenig genützt und eine weitere ist abgelehnt worden. Michael hat einen Ausreiseantrag gestellt. Er hofft, dass Renate vielleicht in einer westdeutschen Klinik geholfen werden kann.« Vater rieb seine Stirn und ließ die Hand neben sich aufs Sofa fallen. Es war das längste Gespräch, das ich in diesen Tagen mit ihm führte.

Mama redete dafür umso mehr auf mich ein. Sie machte mir die Hölle heiß, weil sie mir die Gründe für meine Scheidung entlocken wollte. »So was hat es doch in unserer Familie noch nie gegeben! Ich war felsenfest überzeugt, du führst eine Musterehe. Man lässt sich doch nicht gleich scheiden!« Mama ließ ihre Finger knacken.

»Das kann ich dir nicht erklären, Mama. Du würdest es sowieso nicht verstehen.«

Sie schwieg beleidigt, bis sie bei der nächsten Gelegenheit weiterbohrte. Ich wusste, wie sehr ich sie quälte, aber was hätte ich ihr sagen können? Mein Unglück war, dass ich in Brunos Falle gelaufen war – die Scheidung von Günther hatte mich mehr erleichtert als gekränkt.

Abends kamen Lisa und Norbert herunter in den ehemaligen Salon, den inzwischen eine Sitzgarnitur aus Möbelmonstern gemütlich machte. Lisa war nicht mehr so zickig wie früher. Sie saß neben Norbert auf dem Sofa und streichelte ihren Bauch. Ende des Jahres würde ihr zweites Kind zur Welt kommen. Auch Wanda, Onkel Rudi und Tobias fanden sich ein, und Jette war natürlich auch dabei. Sie und Tobias verabschiedeten sich meist als Erste, denn sie mussten früh aus den Federn, weil um sieben Uhr ihre Arbeit in der Keramikfabrik begann. Tobias sollte später, wenn er die Meisterprüfung gemacht hatte, Herrn Schratts Stelle einnehmen, der dann endlich in Rente gehen wollte. In der Fabrik arbeiteten nur noch drei Angestellte, aber die Produktion florierte. Jette versicherte mir, jeder Henkelkrug und jeder Teller würde verkauft, weil die volkseigenen Keramikbetriebe ihre Waren exportieren müssten.

Bei unseren Abendrunden gab Wanda die neuesten DDR-Witze zum Besten: »Kommt een Mann nach Hause und findet seine Frau mit seim beste Freund in Bett. He, sagt er – ihr mährt hier rum, un in der HO jibt's Bananen!«

Oder: »Jibt's hier keene Unterhosen?«, fragt ein Kunde im Konsum-Kaufhaus. »Nee«, sagt die Verkäuferin, »hier jibt's keene Badehosen. Keene Unterhosen jibt's im 3. Stock.« Wanda lachte ihr Zwitscherlachen mit Spottkoloraturen.

»Versteh ich nicht.« Katja guckte Wanda enttäuscht an.

»Mach dir nichts draus, Goldlöckchen, wir verstehn es ja selbst kaum«, tröstete Tobias seine kleine Cousine.

Wenn alle anderen schon im Bett waren, saß ich meist noch ein Weilchen mit Onkel Rudi und Wanda zusammen, und dann kamen wir selten an Themen vorbei, die auf bessere Zeiten in der DDR hoffen ließen.

An diesen Abend jonglierte Onkel Rudi mit Mamas kristallenem Briefbeschwerer. »Wenn ich in diese magische Kugel sehe, liegt da ein Hoffnungsschimmer am östlichen Horizont.«

»Wat für 'n Hoffnungsschimmer?«, fragte Wanda gereizt.

»Hat mein Wanda-Schatz noch nichts von dem Zauberwort ›Grundlagenvertrag‹ gehört und von ›Reiseerlaubnis zu dringenden Familienangelegenheiten‹?«

»Ja, ja«, sagte Wanda, »aber wat nützt mir det. Ick hab nun ma keene Verwandtschaft drüm. – Stell dir vor, Anne, sogar der Bruno, det linientreue Miststück, durfte rüberfahrn. Anjeblich zum 70. Jeburtstag von de Jroßtante.«

Rudolf knurrte: »Großtante? Ich glaub eher, Bruno hatte einen Stasi-Auftrag, dort rumzuspionieren.«

Als ich den Name Bruno hörte, klammerte ich mich an die Sessellehne, spürte, wie ich blass wurde, und war froh, dass es niemand merkte.

Wanda hatte den Arm um Rudolfs Nacken gelegt: »Du dürftest ja nun fahrn, wenn de fünfunsechzich wirst, aber alleene willste ja nich.« Ihre Stimme war halb gerührt, halb empört: »Verstehste det, Anne, meen Juter will tatsächlich noch neun Jahre wartn, bis ick sechzich bin und mitkann. Aber ick würde sofort rübermachen, wenn ick dürfte – kannste mir nich 'ne Tante besorgen, Anne? Eene, die ick in 'ner dringende Familienanjelejenheit besuchen könnte?«

»Darf's auch ein Onkel sein, Wanda-Schatz?« Rudi zog an seinem Ohrläppchen, so wie er seine Zaubereien einleitete. »Ferdinand Vogelkopf feiert in zwei Jahren einen schönen, runden Geburtstag.«

Der Name Vogelkopf lenkte mich von den Gedanken an Bruno ab, und der Druck in meinem Kopf ließ nach. »Großer Himmel«, rief ich, »wieso hab ich daran nicht gedacht? Vogelkopf wird euch einladen! Sobald ich wieder in Stuttgart bin, arrangiere ich das.«

»Das wär was!« Onkel Rudolf tätschelte Wandas Hand. »Nicht wahr, Wanda-Schatz, das wär's! Ferdinand ernennt dich zu seiner Nichte und lädt dich ein. Da fahre ich natürlich mit. Zu Ferdinand, meinem alten Freund, mit dem ich die Sahara durchquert und in Amerika Baumwolle gepflückt habe.«

»He«, neckte ihn Wanda, »det überleje ick mir noch, ob ick dir mitnehme, vielleicht jefällt mir dein Ferdinand, un ick bleib in Stuttgart.«

Ich grinste. »Herr Vogelkopf wird 70!«

»Na, so 'n Pech«, knurrte Wanda, und dann schleuderte sie ihrem Rudolf eine ganze Symphonie ihres Vogelzwitscher-Lachens entgegen und gluckste: »Wenn det so is, Rudi, fahr'n wir doch lieber miteinander.« Sie stand auf, tänzelte durchs Zimmer und gurrte: »Jetz hau ick ab inn Kahn. Morjen früh is de Nacht um. Ick bin mit Melken dran.«

Auch Rudolf und ich tranken unsere Weingläser aus und gingen schlafen.

Im Bett dachte ich wehmütig an meine Wohnung in Stuttgart, wo ich abends, wenn Katja schon schlief, wieder ganz alleine sitzen würde. Macht nichts, tröstete ich mich, alles besser, als mit Günther übers Wirtschaftsgeld zu diskutieren oder seiner Mutter Kässpätzle zu servieren.

Renate

Weil ich mich unbedingt mit Michael treffen wollte, fuhr ich schon im darauffolgenden Jahr, im Sommer '75, wieder nach Birka. Vorher waren Briefe geschrieben worden, in denen wieder einmal gestanden hatte, dass Päckchen abgeschickt würden. Diesmal nach Gera, das ungefähr auf halber Strecke zwischen Birka und Schlema liegt. Wir hofften, dort niemandem, der uns kannte, über den Weg zu laufen.

Michaels Begrüßungslächeln wirkte verzagt, die Mundwinkel zogen sich sofort wieder nach unten. Seine Stimme klang verzweifelt: »Wir sitzen seit Monaten auf den Koffern. Jede Woche werde ich zum Kaderleiter bestellt, er fordert von mir, den Ausreiseantrag zurückzunehmen. Sie wollen mich nicht weglassen, weil der Staat meine Ausbildung finanziert hat. Und auch, weil sie zurzeit keinen anderen Sprengmeister haben.«

»Wie geht es Renate?«, fragte ich bange.

»Es haben sich neue Knoten gebildet.« Michael sah sich in dem fast leeren Café um und beugte sich dann über den Tisch zu mir: »Sie lehnen eine weitere Operation ab, sie haben Renate einfach aufgegeben. Doktor Rose sagt, in einer westlichen Klinik kann ihr vielleicht noch geholfen werden. – Würdest du mir einen Gefallen tun, Anne?«

»Jeden.«

»Dann wende dich bitte im Westen an eine Menschenrechtsorganisation. Es gibt Fälle, da hat deren Hilfe Wunder bewirkt.«

»Ich hab im Fernsehen eine Sendung gesehen, da ging es um den Menschenrechtsverein *Hilferufe von drüben.* Ich werde mich sofort darum kümmern, wenn ich wieder in Stuttgart bin.«

Wir schmiedeten Zukunftspläne. Michael und Renate sollten zuerst bei mir unterkommen, und ich wollte bis dahin eine Klinik ausfindig machen.

»Hoffentlich kann Renate noch so lange durchhalten«, seufzte Michael.

Wieder im Westen wandte ich mich an *Hilferufe von drüben.* Renates Krankenbericht, den Doktor Rose geschrieben hatte, war Grund genug, dass man zu helfen versprach.

Kurz darauf wurden Michael und Renate verhaftet – wegen staatsfeindlicher Gesinnung. Mehr erfuhr ich nicht.

»Nun kommt nur noch ein Freikauf in Frage«, sagte mein Berater von der Hilfsorganisation. Er versicherte, es würde alles versucht werden. Ein halbes Jahr verging, ohne dass dieser Freikauf durchgesetzt werden konnte.

Dann, im Dezember 1975, kurz vor Weihnachten, erreichte mich die Nachricht von Renates Tod. Obwohl ich Renate nie kennengelernt hatte, schleppte ich eine verzweifelte Traurigkeit mit mir herum, die sich mit der Sorge um meinen Bruder mischte. Wie würde Michael das verkraften? Er saß in Cottbus. Die menschenunwürdigen Verhältnisse in dieser Haftanstalt waren ein offenes Geheimnis.

Immer wieder versuchte ich, in Birka anzurufen. Damals musste man die Gespräche noch übers Fernamt anmelden. Wenn die Verbindung dann nach Stunden zustande kam, erfuhr ich so gut wie nichts. Jeder, der ans Telefon ging, wich meinen Fragen nach Michael aus. Die Angst, abgehört zu werden, war zu groß.

Es bedrückte mich, meinen Eltern nicht zur Seite stehen zu können, aber ich wagte nicht, nach Birka zu fahren, weil ich fürchtete, die Stasi habe meine Kontakte zu *Hilferufe von drüben* entdeckt. In der DDR galten derartige Vereine als Feindorganisationen, und es war strafbar, mit ihnen in Verbindung zu treten.

Meine Hoffnung, wenigstens Wanda und Onkel Rudolf in Stuttgart zu treffen, erfüllte sich auch nicht. Ferdinand Vogelkopf war über die Aussicht, seinen alten Kriegskameraden Rudolf mit seiner Frau zu Besuch zu bekommen, begeistert gewesen und hatte postwendend die Einladung zu seinem 70. Geburtstag geschickt. Aber im Staate Honeckers wurde das Recht auf Besuchsvisa willkürlich gehandhabt. Die Genehmigungen wurden von den örtlichen Behörden erteilt. Für Wanda und Rudolf wurde die Reiseerlaubnis abgelehnt, weil ein Familienangehöriger in Haft saß. Aber durch Renates Tod hatten sie sowieso die Lust aufs Reisen verloren. Auch ich bekam vorerst keine Aufenthaltsgenehmigung mehr.

Bundesgartenschau '77

Im letzten Sommer vor der Bundesgartenschau arbeiteten die Stuttgarter Garten- und Landschaftsarchitekten auf Hochtouren. Das Ereignis warf auch verkehrstechnisch seine Schatten voraus. Im April wurden mehrere unterirdische U-Bahn-Haltestellen feierlich eingeweiht, und OB Rommel übergab den Bürgern das bundesweit modernste Fußgängergeschoss, die Arnulf-Klett-Passage unter dem Hauptbahnhof.

Allerdings schien es, als ob Stuttgart in diesem Sommer überall in der Stadt das Feiern übte. Im Neckarstadion fand im

Juni das erste Rockkonzert mit den *Rolling Stones* und *Little Feat* vor mehr als 40 000 Fans statt. Die Polizei meldete einen harmonischen Verlauf mit ein paar Drogendelikten und den einen oder anderen Liebesakt auf dem Rasen.

Im August eröffnete OB Rommel das erste Stuttgarter Weindorf, und auf dem Killesberg feierten Katja und ich das »Große grüne Kinderfest«, das auf die Bundesgartenschau einstimmen sollte. Am 4. September wurde die Marienpassage mit einem Fest eingeweiht, und einen Tag später trafen sich Beat-, Jazz- und Rockbands auf dem Schillerplatz zum ersten Stuttgarter Jugendfestival. Und als sich ab dem 11. November Stuttgart auf Beschluss des Ministerrats »Landeshauptstadt« nennen durfte, war das natürlich auch ein Grund zum Feiern.

Allerdings bekam ich von all diesen Festen nicht viel mit, weil uns in unserem Büro die Arbeit nun vollends über den Kopf wuchs. Als mir Mama kurz vor Weihnachten die Ablehnung meiner Aufenthaltsgenehmigung für Birka durchs Telefon entgegenschluchzte, war ich sogar ein wenig froh über die Verschnaufpause. Und nachdem ich mir bis zum Dreikönigstag mit Katja schöne Feiertage gemacht hatte, ging ich mit neuen Kräften in die Endrunde.

Die Bundesgartenschau kündigte sich durch mehrere Bauprojekte an, die im Frühjahr endlich fertiggestellt wurden: Im Mittleren Schlossgarten öffnete der Landespavillon. Nach sechs Jahren Bauzeit wurde auch der neu gestaltete und komplett entflochtene Verkehrsknotenpunkt Schwanenplatz eingeweiht. Der Neubau der König-Karls-Brücke überspannte den Neckar und das Planetarium konnte ebenfalls seiner Bestimmung übergeben werden.

Dann endlich, am 29. April, fand die Eröffnung der Bundesgartenschau 1977 vor dem Schloss Rosenstein statt. Im strömenden Regen! Weil viele der Ehrengäste sich von den 3800 Schirmen mit Gartenschau-Emblem gleich drei oder vier schnappten, kam ich pudelnass nach Hause. Da das Wetter in Stuttgart aber selten lange schlecht ist, zählte die Gartenschau bis zum 15. Juni bereits 1,2 Millionen Besucher.

Michael

Als ich im Sommer endlich ein paar Tage Urlaub bekam und mir diesmal die Einreise in die DDR bewilligt wurde, zitterte ich vor Angst, dass man mich wegen meiner Kontakte zu der Hilfsorganisation festnehmen würde. Ich fuhr nur meinen Eltern zuliebe nach Birka. Katja war im Schullandheim im Schwarzwald, und ich war froh, dass ich sie nicht mitnehmen musste.

Gleich am ersten Abend nahm ich Onkel Rudi beiseite. Nur mit ihm war es möglich, über Michael zu sprechen, da weder Mama noch Vater vor lauter Kummer dazu fähig waren. Rudolf erzählte mir, Vater habe vor vier Wochen eine Besuchserlaubnis fürs Gefängnis bekommen. Aber Doktor Rose hätte abgeraten. Vaters Herz könne nicht mehr viel aushalten. Es würde ihn zu sehr aufregen, seinen Sohn in Sträflingskleidung zu sehen.

»Das muss für Micha schlimm gewesen sein, dass Vater nicht gekommen ist«, sagte ich und merkte, wie mir die Tränen in die Augen stiegen.

»Michael hat trotzdem Besuch bekommen«, sagte Rudolf. »Ich bin bei ihm gewesen. Mit Ewalds Ausweis durfte ich anstandslos in diese Vorhölle spazieren. Wir Brüder haben unsere Identität vertauscht wie damals nach dem Krieg, als dein Vater sich für mich hat entlausen lassen.«

Ich brachte ein schiefes Lächeln zustande, das aber sogleich wieder gefror. Meine Stimme war wackelig. »Wie geht es Micha?«

»Ziemlich mies. – Eine richtige Unterhaltung war unmöglich: Nach jedem Satz dieser erbärmliche Husten.«

»Habt ihr auch über Renate gesprochen?«

»Er wollte oder konnte nicht darüber reden.« Onkel Rudolf schluckte, als er hinzufügte: »Und dann war die Zeit schon um. Michael sagte noch Grüße an die Eltern, an Wanda und Jette – auch an dich. Dann wurde er weggeführt.«

»Mein Gott«, murmelte ich, »wenn man ihm doch helfen könnte.«

Und Onkel Rudi sagte: »Wenn es ginge, würde ich mich für ihn einsperren lassen. Der Junge ist fix und fertig. Mit siebenunddreißig sieht er wie ein alter Mann aus.«

Ich erzählte Rudolf von meinen Kontakten zu *Hilferufe von drüben.*

Er runzelte die Stirn. »Sie werden es rausgekriegt haben. Ich hab gehört, in diese Menschenrechtsorganisationen werden Stasis eingeschleust. Dieser Spitzelbande entgeht niemand.«

Ich hielt es darum fast für ein Wunder, als ich völlig unbehelligt wieder ausreisen durfte. Aber die Sorgen um Michael verfolgten mich auch in Stuttgart. Tag und Nacht.

Erst die furchtbaren, die ganze Republik erschütternden Ereignisse, die sich vom September an zum Teil direkt in Stuttgart abspielten, lenkten mich für kurze Zeit vom Schicksal meines Bruders ab.

Seit dem 5. September saß ich jeden Abend vor dem Fernseher und starrte gebannt und verstört auf die Berichte über die Entführung und auf die veröffentlichten Lebenszeichen von Hanns Martin Schleyer. Seine Entführer forderten die Freilassung der RAF-Mitglieder, die im April zu lebenslangen Haftstrafen verurteilt worden waren. Sie saßen im Stammheimer Gefängnis in Einzelhaft. Nachts konnte ich von meinem Küchenfenster aus das Licht der Scheinwerfer sehen, die den Hochsicherheitstrakt anstrahlten.

Nach dem 13. Oktober verfolgte ich die Odyssee der Lufthansa-Maschine »Landshut« – fünf Tage später die Befreiung der Geiseln in Mogadischu. Am nächsten Morgen kam die Nachricht, Andreas Baader und Gudrun Ensslin hätten im Gefängnis Selbstmord begangen. Nachmittags hörte ich im Radio, dass Schleyers Leiche gefunden worden war.

Als ich nach dieser Meldung noch benommen vor mich hinstarrte, klingelte das Telefon. Onkel Rudolf sagte: »Anne, ich hab eine schreckliche Nachricht.«

»Ja«, sagte ich, »es ist ganz und gar furchtbar! Sie haben ihn umgebracht.«

»Nein«, sagte Onkel Rudolf, »es war ein Unfall.«

»Es kam in den Nachrichten – es war Mord!«

»Anne, kannst du dich setzen!« Das klang so eindringlich, dass ich mich verwirrt auf die Bank neben dem Telefon fallen ließ. Rudolfs Worte sprangen wie Gebell in mein Ohr: »Michael. Vorzeitige Haftentlassung. Am ersten Arbeitstag. Bei einer Sprengung …«

Ich fragte nicht nach Details. Das Schweigen, das zwischen uns hing, dröhnte in meinem Kopf. Endlich sagte Rudolf heiser: »Komm, so schnell du kannst, Anne. Deine Eltern brauchen dich. Ich versuche, deine Einreise über ein Dringlichkeitsverfahren zu beschleunigen. Bis bald, mein Anne-Mädel.« Ich vernahm den Klick, mit dem er den Hörer auflegte, wie einen Knall. Die Uhr neben dem Telefon zertickte die zähe Stille.

Ich konnte nicht bei Michaels Beerdigung dabei sein, weil meine Einreise abgelehnt wurde.

Das Schlimmste waren meine Zweifel, ob es wirklich ein Unfall gewesen war.

Trauer

Die Trauer um Michael ließ sich auch nachts nicht verbannen. Meine Träume führten mich in die Zeit, als Micha und ich Kinder waren. Niemals träumte ich, dass er bei seiner Arbeit umgekommen war. Ich sah ihn mit Vaters Zwillingsbrüdern über ein Schlachtfeld rennen. Das Prasseln von

Maschinengewehren wurde von der Explosion übertönt, mit der Micha als feurige Rakete in die Luft flog.

Manchmal war es auch Toms Gewehr, das diese Explosion auslöste. Der Schuss, der Caruso gegolten hatte, traf meinen Bruder. Er drehte sich genau wie damals der Hund im Kreise, aber Micha brach nicht zusammen, sondern sein Körper zerbarst, regnete herab wie glühende Lava. Ich roch den Duft von Fliederblüten.

Meine Schreie steckten noch in der Kehle, wenn mich Katja wachrüttelte. Sie schlüpfte unter meine Decke und kuschelte sich an mich. »Du zitterst ja, Mami. Hast du wieder schlecht geträumt?« Und Katja lag still neben mir und lauschte der Geschichte von Caruso, den Tom erschossen hatte. »Armer Caruso«, sagte Katja, »aber es ist doch so lange her, sei nicht mehr traurig, Mami. Schlaf jetzt weiter, ich bin ja bei dir.«

Kurz darauf hörte ich die gleichmäßigen Atemzüge meiner neunjährigen Tochter, und sie halfen mir, wieder einzuschlafen.

Um diesen Träumen zu entgehen, hielt ich mich nachts oft lange wach. Ich versuchte zu lesen, aber nach ein paar Zeilen verschwammen die Buchstaben zu Fratzen.

Meine Arbeitskollegen wussten vom Tod meines Bruders und waren nachsichtig, wenn ich Fehler machte oder an meinem Zeichentisch vor mich hinstarrte. Sie übersahen mein Zusammenzucken, wenn das Telefon schrillte. Auch mein Chef machte mir keine Vorwürfe, aber er sagte, ich müsse über meine Probleme reden, um damit fertig zu werden. Doch wem hätte ich diese entsetzlichen Träume erzählen können?

Seit Michaels Tod versetzte mich jede Knallerei, und sei es nur ein geplatzter Luftballon, in Panik. Silvester wurde für mich der reinste Horror. In früheren Jahren war es ein wunderbares, heiteres Erlebnis gewesen, vom Balkon des 10. Stockwerkes dem Feuerwerk zuzusehen. Jetzt entsetzte mich jede Rakete, die in die Luft zischte und ohrenbetäubend zerknallte. Da ich geahnt hatte, dass ich ziemlich deprimiert ins Jahr 1978 rutschen würde, hatte ich Katja zugeredet, die Einladung der Familie, die den

Reiterhof betrieb, anzunehmen und dort mit ihren Freundinnen zu feiern und auch zu übernachten. Ich war froh, dass Katja nicht miterleben musste, wie ich kurz vor zwölf Uhr die Rollläden herunterließ und mir Kissen auf die Ohren drückte. In dieser Mitternachtsstunde fürchtete ich, endgültig durchzudrehen.

Mein seelisches Befinden besserte sich, nachdem ich im folgenden Sommer wieder daheim in Birka gewesen war. Das mag seltsam klingen, da es der traurigste Aufenthalt war, den ich dort je erlebt hatte. Wir vermieden es, von Michael zu sprechen, aber wir quälten uns mit dem täglichen Gang zum Friedhof.

Vater hatte eine Mauer des Schweigens um sich errichtet. Nur Katja gelang es, diese zu durchbrechen. Es war das Jahr, in dem sie die Schätze in seinem Bücherschrank entdeckte. Seine Enkeltochter mit Lesestoff zu versorgen und mit ihr über Bücher zu sprechen, schien Vater die Zunge zu lösen und ihn zeitweilig von seinem Kummer abzulenken.

Onkel Rudi hatte seine Späße und Wanda ihr Zwitscherlachen verlernt. Auch Jette schlich bedrückt durchs Haus und konnte nicht über Michael reden, ohne in Tränen auszubrechen. Lisa arbeitete seit einem halben Jahr in der Töpferei. Sie gab zu, dass sie damit der deprimierenden Stimmung im Haus entgehen wollte. In der Zeit, in der Lisa arbeitete, waren ihr vierjähriger Dirk und die ein Jahr jüngere Silke in Omas Obhut. Obwohl ich anfangs befürchtet hatte, dieser Job als Ganztags-Oma sei für Mama zu anstrengend, sah ich jetzt, wie sehr sie in dieser Aufgabe aufging. Wie in früheren Zeiten war sie von früh bis abends auf den Beinen. Sie kochte, wusch und bügelte für die ganze Familie und verteilte Streicheleinheiten und Kopfnüsse an ihre Enkelkinder. Mama hatte eine Möglichkeit gefunden, ihren Schmerz zu verdrängen.

Aber auch Wanda hatte sich eine neue Aufgabe gesucht. Sie nähte »für Kundschaft«, wie sie stolz sagte. Zwar schimpfte sie über die hohen Steuern, aber sie war mit Feuereifer bei der Sache und hatte immer mehr Aufträge, als sie pünktlich erfüllen konnte. Diese Schneiderei betrieb Wanda, seit Tobias geheiratet hatte und zu seiner Christel nach Jena gezogen war.

Christel arbeitete als Köchin in der neu eröffneten HO-Gaststätte *Zur Sonne*. Sie war eine quirlige Zweiundzwanzigjährige mit widerspenstigem, blondem Kraushaar und einer Stupsnase, die sich beim Lachen kräuselte. Wenn Christel zu Besuch bei meiner trauernden Familie war, kam sie mir vor wie eine kleine, heitere Fee.

Tobias sah ich täglich, weil er in der Töpferei arbeitete. Er war inzwischen siebenundzwanzig, hager und groß wie alle männlichen Stanbeks, aber blond wie seine Mutter. Er hatte vor zwei Jahren seine Meisterprüfung gemacht.

»Tobias und Jette sind die Säulen der Firma Stanbek«, sagte Onkel Rudolf.

Zurück in Stuttgart, versuchte ich mich, so wie es Mama tat, von meiner Trauer um Micha abzulenken, indem ich mich unablässig beschäftigte. Ich halste mir im Büro Arbeiten auf, die ich eigentlich nicht zu tun brauchte, und füllte meine Freizeit mit Aktivitäten. Katja im Schlepptau, besuchte ich ein Museum nach dem anderen, wir gingen ins Planetarium, ins Marionettentheater oder ins Kino. An den Wochenenden half ich Katja beim Futterdienst auf dem Reiterhof, schob Mistkarren und versorgte die Ponys.

Meine schlimmen Träume blieben aus, doch trotzdem wanderten meine Gedanken seit Michaels Tod zwanghaft in die Vergangenheit. Unerwartet fand ich ein Ventil, über das ich meine Erinnerungen verarbeiten konnte. Ich begann Katja aus meiner Kindheit zu erzählen. Von Miriam und Gita, von unserer Angst, sie würden in der Dachkammer entdeckt werden. Von Jette, wie sie als Waise aus dem zerbombten Stuttgart zu uns gekommen war. Von den Hungerjahren der Kriegs- und Nachkriegszeit und von Onkel Rudis Odyssee während seiner Kriegsgefangenschaft. Bruchstückhaft fielen mir nach und nach diese Erlebnisse wieder ein. Damals begann ich damit, meine Erinnerungen aufzuschreiben.

30 Jahre DDR

Als ich im Oktober 1979 mit Katja nach Birka kam, erlebte ich vor dem Fernseher, wie Honecker den 30. Gründungstag der DDR mit Aufmärschen und Jubelstatisten feiern ließ. Die SED-Genossen fanden kein Ende, die Errungenschaften ihres Staates zu preisen.

Onkel Rudolf sagte: »Honecker hat sich in den Kopf gesetzt, die Konsumgesellschaft im Westen zu überflügeln. Es stimmt sogar, dass die Löhne gestiegen und die Preise für Grundnahrungsmittel erschwinglich sind.«

»Na also«, sagte ich. »Zusätzlich sind in der DDR doch auch die Mieten und die Strom- und Wasserpreise lächerlich niedrig. Dafür müssen wir im Westen weit mehr hinblättern. Und bei euch ist niemand arbeitslos.«

Onkel Rudolf lachte geringschätzig. »Wenn der Staat kein Geld in die volkseigenen Betriebe stecken würde, hätten wir weit mehr Arbeitslose als ihr.«

»Trotzdem«, sagte ich, »keiner hungert. Die Semmeln kosten immer noch nur fünf Pfennige!«

Wanda verdrehte die Augen. »Semmeln! Du bist janz schön naiv, meine jute Anne!« Sie zeigte auf den Kühlschrank und die Waschmaschine. »Uff so wat sind de Leute scharf – oder uff 'n Trabi. Aber wer sich 'nen Trabi bestellt, muss sich zehn Jahre jedulden, bis er 'n hat.«

Onkel Rudolf grinste. »Und vor allem wünscht sich jeder eine Glotze, vor der dann Abend für Abend die kollektive Ausreise in die Freiheit stattfindet.«

Wanda guckte verdrießlich. »Wat hier nach Luxus riecht, is sündenteuer und jeder muss wartn, bisser schwarz wird. Wenn er's endlich kriecht, hält's nich lange. Ersatzteile jibt's natürlich ooch nich.« Sie schnaufte wütend auf. »Qualität verschwindet, wenn nich zu de Russen, dann in Westen. Zu Spottpreise, wie jeder weeß.«

»Der Honecker braucht Devisen!«, sagte Rudolf.

»Ich würde an eurer Stelle ein bisschen leiser reden.« Tobias, der sich an unserem Gespräch bisher nur mit Kopfschütteln oder Nicken beteiligt hatte, stand auf und machte das Fenster zu. »Ich hab vorhin den schönen Bruno auf dem Akazienweg gesehen. Er hat so getan, als ob er spazieren geht. Bei dem kann man nie wissen!«

Bei Brunos Namen zog sich mein Magen zusammen. Wanda guckte mich an. »Du kiekst ja so bedeppert, Anne. Is dir schlecht?«

»Ja. Nein. W-wieso?«, stotterte ich.

Rudolf knurrte was von Spitzelbande und sprach mit gesenkter Stimme weiter: »Honecker kann seine Schulden ans westliche Ausland nicht mehr bezahlen.«

»Ick hoff nur, det de DDR bald bankrott is, sagte Wanda, »dann jeht de Jrenze hoch und ick komm dir besuchen, Anne.«

Tobias prustete spöttisch los. »Bild dir nichts ein, Mami, wenn solche Leute wie der Havemann nicht beachtet werden und ihr Reformprogramm in den Partei-Papierkorb fliegt, dann muss doch jeder kapieren, dass die Aussicht auf Einheit gleich Null ist. Wieso hauen die Leute denn in Scharen ab? Wer kriegt schon die offizielle Ausreise? Grundsatzvertrag! Ha, ha! Alles Lug und Trug. Viele machen es wie Christels Bruder: im Kofferraum rüber. Wie 'n Gepäckstück. Ein Gepäckstück, das vor Angst zittert und stinkt.«

Ich hatte von solchen verzweifelten Fluchtversuchen gehört. Manche Leute ließen sich sogar in Kisten nageln und auf Lastwagen laden. Aber die meisten wurden erwischt. Und dann ging es ab in den Knast! Auch die Fluchthelfer wanderten hinter Gitter – wegen staatsfeindlichen Menschenhandels.

»An der Mauer ham se vorige Woche wieder een erschossen«, flüsterte Wanda.

Rudolf sagte: »Wie sollen die Deutschen je wieder zusammenfinden, wenn sie auf die eigenen Leute schießen? Die Kluft zwischen Ost und West wird immer tiefer.«

Ein einziges Ereignis vermochte in diesem Jahr 1979 die Menschen auf beiden Seiten des Eisernen Vorhanges gemeinsam zu erschüttern: der amerikanische Film »Holocaust«. – Ich dachte mit Trauer an Max und Miriam Goldau, und an Gita. Ich dachte mit Wut an Eduard Dobmaier, der in den Todeslagern gearbeitet und sich später feige abgesetzt hatte. Und ich dachte mit Hass an Bruno, der genau wie sein Vater für seine Karriere über Leichen ging.

Marek Lenz

Für mich wurde der Wechsel von West nach Ost und wieder zurück mit jedem folgenden Jahr eine stärkere nervliche Belastung. Während ich mich in der Ostzone aufhielt, wurde ich nie das beklemmende Gefühl los, überwacht zu werden. Wieder in Stuttgart, fiel es mir jedes Mal schwerer, Abstand von den Problemen in meiner alten Heimat zu gewinnen. Dagegen half nur Arbeit.

Seit Monaten verbrachte ich täglich mehrere Stunden mit der Bauaufsicht für ein Kinderdorf, das am Rande der Schwäbischen Alb entstand. Mich begeisterte die Idee, elternlosen Kindern ein neues Zuhause zu geben.

Damals lernte ich Marek Lenz kennen. Er war Architekt und zuständig für das Gesamtprojekt. Wir verkehrten auf freundschaftlich-kollegialem Fuß miteinander, und ich fand seine Entwürfe perfekt. Marek Lenz selbst fand ich weniger perfekt. Er war kleiner als ich, und obwohl er eigentlich nicht dick war, wirkte er stämmig wie ein Braunbär.

Mareks Alter vermochte ich nicht zu schätzen, er hätte dreißig, aber auch vierzig sein können. Doch das interessierte mich nicht, ich dachte nur jedes Mal, wenn ich ihn auf der Baustelle traf: Wie kann man als erwachsener Mann mit so einer Frisur herumlaufen! Mareks Haare, lockig, braun und ein wenig grau meliert, waren im Nacken zu einem Lagerfeld-Schwänzchen zusammengebunden. Marek erschien mir wirklich nicht wie ein Märchenprinz. Nur wenn er eine Planskizze erklärte, faszinierten mich seine schmalen Hände, wie sie über die Zeichnung fuhren oder sich mit dem Stift erläuternd in der Luft bewegten, als ob sie ein Largo dirigierten.

Ende August 1980 wurde die *Sonnenhalde,* wie das Kinderdorf hieß, eingeweiht. Zu dieser Feier waren außer den Honoratioren der Stadtverwaltung, den Vertretern der Sponsoren-Firmen und dem Architekten auch alle Handwerker und ich mit meinem Gartenbau-Team eingeladen. Auch die zukünftigen Hausmütter und Kindergärtnerinnen lauschten den nicht enden wollenden Festpredigten.

Als wir uns danach, wie in Schwaben bei solchen Anlässen üblich, an Württemberger Wein und Laugenbrezeln gestärkt hatten, begaben sich alle gut gelaunt auf einen Rundgang. Wir besichtigten eins der sieben nagelneuen Häuser, in die nächste Woche die Kinder einziehen sollten. Anschließend wanderten wir durch die mehrere Hektar große Grünanlage, die auf meinem Zeichentisch geboren worden war. Ich erntete Lobeshymnen, die mich zwar freuten, mir aber allmählich peinlich wurden.

Um der Gesellschaft ein Weilchen zu entgehen, verzog ich mich zum Robinsonplatz und kletterte auf den Aussichtsturm. Die Arme aufs Geländer gestützt und das Kinn in den Händen, betrachtete ich mein Werk.

Ich fühlte mich gestört, als ich jemanden zu mir heraufsteigen hörte. Ein Mann trat neben mich und sagte: »Sie haben für das Glück von vierzig Kindern gesorgt.«

Es war Marek Lenz. Statt seines unvermeidlichen moosgrünen Lederblousons trug er an diesem Tag einen senffarbenen Feincordanzug, ein schwarzes Hemd und eine kanariengelbe Fliege. Er legte seine schönen schmalen Hände aufs Geländer und sah schweigend hinunter auf den Spielplatz.

»Es wirkt alles so leblos«, sagte ich. »Es sieht aus, als sei da unten nur der Plan ausgebreitet. Es fehlen die Kinder.«

»Ich habe vor, nächste Woche noch einmal herzukommen, ich möchte erleben, wie die Kinder ihr neues Zuhause in Besitz nehmen.« Marek Lenz sah mich an und lachte. »Ich möchte zuschauen, wie sie auf Ihrem Robinsonspielplatz herumtollen.«

»Ich bin froh, dass das hier jetzt geschafft ist. Es war ein anstrengendes Jahr. Die weiten Autofahrten habe ich gewaltig satt.«

»Aber die Mühe hat sich gelohnt«, sagte er.

»Ja, ich glaube schon.«

»Kommen Sie nächste Woche mit?«, fragte er unvermittelt. »Wir könnten zusammen mit meinem Wagen herfahren.«

Ich sah die Bitte in seinen Augen und sagte, ohne zu überlegen: »Okay.«

Und als Marek jetzt breit und freudestrahlend lachte, fiel mir zum ersten Mal auf, dass er ein Grübchen im Kinn hatte, ein Grübchen wie meine erste Liebe Hans-Peter Kübler.

Wir beschlossen, am nächsten Sonntag der Sonnenhalde einen Besuch abzustatten. – Nein, er habe nichts dagegen, wenn ich Katja mitbrächte, er würde sich freuen.

Ob er meine Tochter für meinen Anstands-Wauwau hielt? Ich schalt mich selbst wegen dieser blöden Frage, denn de facto hatten wir eine rein berufliche Verabredung.

Marek holte uns ab, und Katja lehnte sich hochzufrieden auf dem Rücksitz seines komfortablen Citroën zurück und ließ sich spazieren fahren. Sie blinzelte in die Landschaft und kaute an der Spitze ihres kupferroten Pferdeschwanzes.

Das Kinderdorf hatte sich mit Leben gefüllt. Jetzt am Sonntagnachmittag war auf den Spielplätzen Hochbetrieb. Aber ich kam nicht dazu, Katja mein Werk zu zeigen, denn das übernahm Marek. Er führte sie zu den Sportplätzen und überredete sie, mit den Kindern eine Runde zu kicken. Katja konnte das, weil sie oft mit den Jungs aus unserer Siedlung Fußball spielte. Aber Marek konnte es noch besser, er feuerte die Kinder an und rannte dem Ball nach wie ein Profi.

Es dauerte ziemlich lange, bis meine Tochter endlich Zeit hatte, mit mir den Blumen- und Kräutergarten zu besichtigen. Danach begutachtete Katja noch den Streichel-Zoo, der ihre Idee gewesen war, und in dem bereits zwei Ponys, ein paar Zwerghasen und Meerschweinchen wohnten.

Gegen Abend widmete sich Marek der Feuerstelle auf dem Grillplatz. Geschickt, als würde er jede seiner Mahlzeiten auf offenem Feuer kochen, entzündete er das bereitliegende Brennholz. Als die Flammen sich in Glut verwandelt hatten, lief er zum Auto und zauberte aus dem Kofferraum eine Kühltasche mit Dutzenden von Würstchen und einen Sack Brötchen hervor. Wie ich später erfuhr, hatte er das mit den Hausmüttern abgesprochen. Die ganze Kinderschar versammelte sich mit uns auf dem Robinson-Spielplatz um die Grillstelle zum Abendessen.

Auf der Heimfahrt fragte mich Marek: »Nun, ist Ihr Spielplatz zur Ihrer Zufriedenheit eingeweiht worden?«

»Die Überraschung ist Ihnen gelungen. Danke. Es war ein schöner Tag.«

Als ich ihm in die Augen schaute und darin ein blitzendes Lachen sah, summten plötzlich Glückskäfer in meinem Bauch.

Unser nächstes Treffen fand schon am folgenden Wochenende statt. Marek hatte mich zum Essen in ein nobles Lokal eingeladen. Seit langer Zeit machte ich mich erstmals wieder schön für einen Mann. Ich zog das kleine Schwarze an, das schon lange im Schrank hing, ein Spontankauf, der bisher noch keine Gelegenheit hatte, ausgeführt zu werden, und verzierte meinen etwas gewagten Ausschnitt mit Großmutter Alines Granatschmuck. Ich hatte das Collier noch nie getragen, aber meine Tochter fand, ich sähe spitze damit aus. Ein bisschen enttäuscht war ich, weil Marek in seinem Senffarbenen erschien.

An diesem Abend erfuhr ich zum ersten Mal etwas aus seinem Privatleben. Er stammte aus Breslau, seine Mutter war Polin. Als Ende des Krieges die Russen vorrückten, war Marek mit einem der ersten Kindertransporte nach Deutschland geschickt worden. Seinen Eltern war die Flucht nach Westen nicht mehr gelungen, sie waren in Internierungslagern umgekommen.

Marek war in Heimen aufgewachsen, und ich begriff plötzlich, wieso er derart leidenschaftlich an der Verwirklichung des Kinderdorfes gearbeitet hatte. Er wollte elternlosen Kindern eine bessere Jugend verschaffen, als er sie gehabt hatte.

Meine Sorge, ob wir uns etwas zu sagen hätten, war völlig unbegründet. Wir sympathisierten beide mit der Umweltschutzbewegung, und Marek war wie ich Atomkraftgegner. Er erzählte, er habe sich im Juni an der Besetzung der Bohrstelle für die Atommülldeponie in Gorleben beteiligt. »Ich habe geholfen, das Hüttendorf zu bauen, und dort mit fast zweitausend Leuten kampiert.« Er grinste. »Auch mich haben die Ordnungshüter wegtragen müssen. Sie waren nicht zimperlich, ich habe ein Dutzend blaue Flecke und jede Menge Kratzer abbekommen.«

Ich stellte mir das bildlich vor und musste lachen. Seine Aktion imponierte mir.

Nach dem Essen fragte Marek: »Trinken wir eine Flasche Sekt? Ich habe etwas zu feiern.«

»Okay, feiern wir. Um was geht's denn?«

»Wir wollen auf den Sieg der *Solidarnosc* in Polen anstoßen. Damit wurde erstmals und legal das Machtmonopol des Kommunismus gebrochen!«

Ich hob mein Glas. »Auf die Freiheit Polens, und dass so etwas auch in der DDR möglich wird.«

»Sie kommen aus Thüringen, nicht wahr?«

»Ja, ich bin, als ich zwanzig war, in den Westen abgehauen, wie man das so schön nennt.« Und ich erzählte Marek von meinen Eltern, von der Töpferei und von meinen Besuchen daheim in Birka.

Marek fragte nicht, wer der Vater von Katja war, warum ich mich von ihm getrennt hatte, und ich hätte es ihm an diesem Abend auch noch nicht erzählen können.

Erst einige Wochen später, »als der Funke unserer Zuneigung sich zu einem Vulkanausbruch entwickelt hatte«, wie Marek sich ausdrückte, war es mir möglich, über dieses unselige

Kapitel meines Lebens zu sprechen. Es fiel mir erstaunlicherweise nicht schwer, Marek zu erzählen, was ich bisher niemandem anvertraut hatte. Ich konnte endlich darüber reden, wie mich Bruno erpresst und verraten hatte. Endlich konnte ich auch die Angst in Worte fassen, die ich ertragen musste, als mir Günther Katja wegnehmen wollte. Marek nahm mich in die Arme und verstand es, mich zu trösten.

Doch auch in Mareks Vergangenheit schien es einen schwarzen Fleck zu geben. Er hatte mir von seiner Kindheit und auch manches über seine berufliche Laufbahn erzählt, aber sein Privatleben blieb im Dunkel. Ich fand es ziemlich unwahrscheinlich, dass es nie eine Frau in seinem Leben gegeben hatte.

Lange scheute ich mich, Marek danach zu fragen, aber irgendwann fühlte ich: Er würde von sich aus nicht darüber sprechen, er wollte gefragt werden. »Mir ist es ein Rätsel, wieso du in deinem Alter noch Junggeselle bist«, fiel ich mit der Tür ins Haus.

Mareks Augen wurden dunkler, fast schwarz. Er schloss einen Moment die Lider, als wolle er in sich hineinblicken, um dort die Antwort zu suchen. Dann sagte er: »Ich war verheiratet.«

»Geschieden?« Diese Frage bereute ich sogleich, weil sie neugierig und aufdringlich geklungen hatte. Und da ich nun in Mareks Augen eine versteckte Qual gewahrte, sagte ich hastig: »Du brauchst mir das nicht zu erzählen.«

Marek sah plötzlich älter aus und schien nach Worten zu suchen. Und dann erzählte er stockend von einem Autounfall, für den er sich die Schuld gab. »Meine Frau war sofort tot. Unser Kind auch. Ein Mädchen. Es wäre jetzt so alt wie deine Katja.«

Ich nahm Mareks Hand, die ruhelos mit dem Dessertlöffel spielte. »Das tut mir so leid«, sagte ich leise.

Er legte seine Hand auf meine und hielt sie fest. »Seit ich dich kenne, Anne, geht es mir besser.«

Marek war kein Don Juan, kein raffinierter Herzensbrecher, ich verfiel ihm, weil ich ihn liebte. Von Marek lernte ich, mit Lust zu lieben. Ich lief ohne Scham nackt durch die Wohnung und freute mich an seinem Verlangen. Ich liebte Mareks Ernsthaftigkeit, seine Güte, seine Sinnlichkeit, seine schönen Hände auf meiner Haut.

Seit ich Marek kannte, gelang es mir endlich, die Qualen, die mir Bruno zugefügt hatte, aus meinen Gedanken zu verbannen. Meine Kopfschmerzen blieben aus und ich lernte, wieder unbekümmert und herzlich zu lachen.

Nach dem Kinderdorf-Projekt waren Marek und ich wieder jeder mit anderen beruflichen Aufgaben beschäftigt und sahen uns während der Arbeitszeit selten. Aber die Wochenenden gehörten uns. Mal bei mir im Hochhaus, mal bei ihm in seiner Atelierwohnung am Rand der Altstadt.

Katja, die mich bisher immer für sich allein gehabt hatte, wurde eifersüchtig. Sie murrte, wenn ich zu viel Zeit mit Marek verbrachte, und täuschte sogar manchmal irgendwelche Krankheiten vor, damit ich mich um sie sorgen sollte. Und eines Tages fragte sie zum ersten Mal nach ihrem Vater. Offensichtlich konnte sie sich nicht mehr genau an ihn erinnern. Katja wollte wissen, warum ich mich von Günther getrennt hatte. Ich erzählte ihr von seiner übertriebenen Sparsamkeit und von seiner Manie, alles perfekt zu machen, und auch, wie mich das anfangs beeindruckt hatte, aber mir später auf die Nerven gegangen war. Da ich aber den letzten und wahren Grund für unsere Scheidung verschwieg, konnte Katja mich nicht verstehen. Sie bestand darauf, ihren Vater wiederzusehen. Das musste ich akzeptieren und konnte es leider nicht verhindern.

Es war leicht, Günthers Adresse herauszufinden, aber selten ist mir etwas derart schwergefallen wie dieser Anruf.

Er war irritiert, nach so langer Zeit von mir zu hören, und rettete sich in Phrasen wie: »Na, so eine Überraschung! Alles gesund und munter? Wo brennt's denn?«

Ich sagte ihm, unsere Tochter habe den Wunsch, ihn zu sehen.

»Wieso denn auf einmal?«

»Katja ist dreizehn und hat ein Recht zu wissen, wer ihr Vater ist.«

Er druckste herum und ließ mich warten, um sich mit seiner Frau zu besprechen. Dann gab er mir einen Termin.

»Sonntag in drei Wochen kannst du ihn besuchen«, sagte ich zu Katja.

Diese Wartezeit legte meine Nerven blank, weil Katja sich darauf zu freuen schien und die Tage in ihrem Kalender abstrich. Außerdem sagte sie dauernd Dinge wie: »Siehst du, er ist nett und lädt mich ein!« oder »Warum hast du mir nie von ihm erzählt?«

Aber als Katja von diesem Treffen zurückkam und sich beharrlich ausschwieg, spürte ich ihre Enttäuschung. Erst nach drei Tagen sagte sie: »So einen Vater will ich nicht haben.«

»Wie meinst du das?«

»Tut scheißfreundlich! Und dabei hab ich doch gemerkt, dass er mich möglichst bald wieder los sein wollte. Er hat auch nicht mal gefragt, wie es dir geht, als ob ich gar keine Mutter hätte. Mich hat er über die Schule ausgequetscht. Wie meine Noten sind und so 'n Zeug.«

»Da hat er sich doch für dich interessiert!«, sagte ich, um Katja zu trösten.

Aber Katja wollte nun alles loswerden: »Dauernd hat er vorwurfsvoll auf meine ausgefransten Jeans geschielt. Seiner Frau, so 'ne Dickwampel in 'nem zu engen Karokleid, war mein Besuch peinlich, sie hat nur immerzu gefragt, ob ich noch Kuchen möchte.«

»Ist doch ganz nett«, sagte ich ohne viel Überzeugung. »Und wie waren die Jungs?«

»Na, auf die hätte ich auch verzichten können. Meine so genannten Halbbrüder! Absolut uncoole, geschniegelte Musterboys!« Katja grinste. »Mit denen hätte ich mich echt gern mal so richtig rumgebalgt! – Den Rest hat mir dann diese Großmutter gegeben! Die war tief beleidigt, weil ich gesagt habe, ich könnte mich nicht an sie erinnern. Das Blöde war aber, dass ich, sobald ich ihre Stimme gehört hab, wieder genau wusste, wie sie mich immer ausgeschimpft hat.«

Katja ließ den Kopf hängen und flüsterte: »Oh, Mam, wenn das mein Vater ist und diese fette Giftziege meine Großmutter – werde ich dann womöglich später auch so?«

»Da mach dir mal keine Sorgen«, sagte ich, »du hast nichts vom Wesen deines Vaters oder seiner Mutter abbekommen. Du bist eine Stanbek! Du gleichst deiner Urgroßmutter Aline. Nicht nur äußerlich, du scheinst auch ihren Charakter geerbt zu haben.«

Katja gab mir einen Kuss, und damit war das Thema für sie erledigt. Sie entschied sich für Marek als ihren Wunschvater.

Wenn Katja bei ihrer Freundin Sabrina übernachtete, schlief ich bei Marek. Meine Zweifel, ob diese Liebe von Dauer sein könne, beschlichen mich immer seltener. Auch dass Marek zwei Jahre jünger war als ich, kümmerte mich nicht mehr. Wenn es ihm nichts ausmachte, warum sollte es mich dann stören? Er behauptete, er hätte sich schon bei unserer ersten Begegnung in mich verliebt.

»Jedes Mal, wenn wir uns trafen, hat mein Herz mehr geklopft. Du kamst mir vor wie ein Schmetterling, beschwingt und schön – aber scheu.«

Ich lachte. »Warum hast du nicht früher dein Netz ausgeworfen, mit dem du mich nun gefangen hast?«

»Du warst immer so kühl und unnahbar.«

»Unnahbar? Okay, das habe ich mir mühsam anerzogen. So war ich nicht immer. Du hättest mich in meiner Studentenzeit erleben sollen!«

»Und wieso hast du dich eigentlich in mich verliebt?«, fragte Marek.

»Ich hab mich nicht in dich, sondern in das erotische Grübchen in deinem Kinn verliebt«, behauptete ich. »In ein ähnliches Grübchen hab ich mich schon mal verguckt. Da war ich fünfzehn. Ich hab mir immer gewünscht, da mal meine Zunge reinzubohren – darf ich mal bei dir?«

Marek streckte mir sein Kinn hin und brummte zufrieden, als meine Zunge es liebkoste. Er lachte sein knorriges dunkles Lachen.

Unsere Köpfe lagen dicht nebeneinander, weil wir nur ein Kissen hatten. Er wuschelte mit beiden Händen durch meinen kurz geschnittenen Schopf, hielt ihn fest und bedeckte mein Gesicht mit Tupferküssen, bis seine Lippen auf meinen landeten und dadurch unsere Unterhaltung eine Zeit lang beendet wurde.

Dann lag ich still neben ihm und lauschte auf die Geräusche der nahen Hauptverkehrsstraße.

»An was denkst du, mein Schmetterling?«

»Ich denke nicht, ich höre zu, wie die Autos über die Straße rauschen.«

»Du musst genau hinhören, Anne, es ist das Meer, das rauscht.«

»Ja«, sagte ich nach einer Weile, »wenn man nicht wüsste, was da rauscht, klingt es wirklich wie Meeresbrandung. – Aber was ist mit dem Reifenquietschen?«

»Da quietscht nichts, das sind Möwenschreie.«

»Und das Hupen?«

»Schiffshörner natürlich.«

»Mein geliebter Optimist«, sagte ich, »du hast recht, wollen wir nicht schwimmen gehen?«

»Jetzt würde ich gern etwas anderes tun, mein Schmetterling.«

»Ich auch.«

Jedes Mal, bevor ich nach Birka fuhr, lief Marek mit zusammengezogenen Brauen umher und jammerte, weil er nicht mitkommen konnte. Ich hätte ihn liebend gern dabeigehabt, aber das war nicht möglich, da er keine Verwandten in der DDR hatte und deswegen keine Einreiseerlaubnis bekam.

»Wenn wir verheiratet wären, mein Schmetterling, könnten mich deine Eltern als Schwiegersohn einladen. So einfach wäre das«, sagte Marek. Obwohl er von meiner missglückten Ehe und meiner Entscheidung, nie wieder zu heiraten, wusste, kam er doch immer wieder auf das Thema Hochzeit zurück. Aber für mich war Ehe ein Reizwort. Rückblickend gestand ich mir ein, dass ich berechnend, bequem und vor allem dumm gewesen war, Günther zu heiraten. Diese Ehe wäre auch ohne das Desaster mit Bruno gescheitert. Eine neue kam für mich nicht in Frage. – Nicht einmal aus Liebe!

Friedensbewegungen

Mama hatte mich überredet, Weihnachten bei ihr in der Villa Aline zu verbringen. Einerseits plagten mich Schuldgefühle, weil Marek über die Feiertage allein sein würde, andererseits hatte ich Heimweh, nicht nur nach meiner Familie, sondern auch nach dem großen, alten Haus, in dem ich die Weihnachtsfeste in nostalgisch verklärter Erinnerung hatte. Auch Katja wünschte sich, einmal den Heiligen Abend in Birka zu erleben.

Marek redete mir zu. »Mach deinen Eltern die Freude. Ich feiere eben wie früher bei Robert.«

Robert Landstett war Kunstmaler, ein Freund Mareks und längst auch ein Freund von mir. Ich konnte ohne Gewissensbisse abreisen, wenn Marek Weihnachten bei der Familie Landstett verbringen würde.

In Birka gab es eine ungemütliche Überraschung. Die Ölheizung, die Vater im vorigen Jahr in den Kachelofen hatte einbauen lassen, war wieder auf Kohle umgestellt worden. Die Freude, nicht mehr jeden Tag Holz und Kohle aus dem Keller schleppen zu müssen, hatte nur einen Winter überdauert.

»Die Russen haben Honecker den Ölhahn zugedreht«, sagte Onkel Rudolf.

Wanda lachte schadenfroh. »Der Honecker jammert, weil seine Produktionspläne im Eimer sin.«

»Breschnew setzt ohne viel Federlesen die Existenz der DDR aufs Spiel«, sagte Rudolf mit Genugtuung. »Die Russen gestehen sich endlich ein, wirtschaftlich am Ende zu sein, und verkaufen ihr Öl lieber an westliche Länder. Unser großer, friedliebender Bruder ist sich zurzeit selbst der Nächste.«

Tobias hielt sich die Nase zu und nuschelte. »Man rüstet auf Braunkohle um.«

»Man riecht's«, sagte ich, »und wir schimpfen schon über die Autoabgase.«

»Selber schuld«, knurrte Rudolf, »wofür braucht jeder im Westen 'nen dicken Straßenkreuzer?«

»Hast recht, Onkel Rudi, bei uns werden auch jede Menge Umweltsünden begangen. Aber wir dürfen wenigstens dagegen demonstrieren. Hab ich dir schon erzählt, dass Marek und ich uns in einer Umweltbewegung engagieren?«

»Seid ihr etwa *Grüne*?«

»Nein, das nicht, aber wir finden es gut, was die machen.«

»Man wird sehen ...«

»Ich war auch auf einer Friedens-Demo!«, schrie Katja dazwischen. »Unsere Lehrerin sagt, die NATO will Raketen bauen, die dann auf friedliche Länder abgeschossen werden.«

Tobias lachte ironisch auf. »Was sagt da unser naseweises Eichhörnchen? Die zehnjährige Prinzessin Kupferschwanz marschiert gegen die NATO! Bei euch dürfen sogar die Kinder demonstrieren! Und was tun die Leute bei uns? Sie ziehen sich zurück und drehen Däumchen.«

»Male nicht alles zu schwarz, mein Sohn!«, mischte sich Rudolf ein. »Du gehörst doch selbst zu den jungen Leuten, die sich für Umwelt und Menschenrechte einsetzen. Das Friedensforum der evangelischen Kirche ist eine bewundernswert mutige Sache.«

»Ha!«, machte Tobias, »Kirche! Wer gehört denn noch dazu? Ein Drittel der Leute höchstens.« – Und dann schrie er los: »Man sieht doch, wie weit wir damit kommen. Habt ihr schon vergessen, was sie mit Matthias gemacht haben?« Tobias stürzte aus dem Zimmer.

»Was hat er denn?«, fragte ich.

»Matthias war sein Freund«, sagte Rudolf.

»Wieso war?«

»Matthias wurde voriges Jahr auf einer Bahnfahrt nach Ostberlin verhaftet. Sie haben ihn in Gera im Stasigefängnis eingelocht. Einen Tag später hat er sich dort erhängt.«

Ich spürte Hitze in meinen Kopf steigen und stammelte: »Aber warum? Warum denn?«

Rudolf hob hilflos die Hände. »Seinen Eltern wurde nur gesagt, ihr Sohn sei verhaftet worden, weil er unter Verdacht stand, Republikflucht begehen zu wollen. Über seinen Selbstmord schwieg sich die Stasi aus. Dreiundzwanzig ist Matthias gewesen.« Onkel Rudolf stand auf, machte sich am Kachelofen zu schaffen und brummte: »Obwohl ich die Aktivitäten der Jugend gut und mutig finde, sorge ich mich um Tobias. Nach dieser furchtbaren Geschichte mit seinem Freund hat er sich der Friedensbewegung angeschlossen. Im Februar war er zusammen mit seiner Christel in Dresden.«

»Bei den Demonstrationen zum Jahrestag der Bombardierung?«

»Genau. Lass es dir von ihm erzählen, Anne.«

»Wir waren über fünftausend Leute«, erzählte mir Tobias später. »Wir wären sogar weit mehr gewesen. Aber was haben unsere Freunde und Helfer von der Polizei gemacht? Sie haben alle, die den Aufnäher *Schwerter zu Pflugscharen* trugen, an Bahnhöfen, von denen Züge nach Dresden abfuhren, weggejagt. Wer sich wehrte, bekam die Schlagstöcke zu spüren und wurde verhaftet. Christel hat das große Zittern bekommen und wäre am liebsten umgekehrt.«

»Und dann in Dresden?«, fragte ich.

»Wahrscheinlich hatten die Vopos Schiss, weil wir so viele waren, und hielten sich ausnahmsweise zurück. Die Kreuzkirche war rappelvoll! Jugendpfarrer Bretschneider hat einen Friedensgottesdienst gehalten. Der nimmt kein Blatt vor den Mund. Danach sind wir zur Ruine der Frauenkirche gezogen und haben Kerzen angezündet. Total feierlich war's.«

»Das ist doch ein guter Erfolg für euch gewesen.«

»Ja, schon.« Tobias' Stimme, die eben noch begeistert geklungen hatte, wurde verzagt: »Aber seitdem ist unser Motto *Schwerter zu Pflugscharen* verboten. Wer die Aufnäher trotzdem trägt, darf kein Abitur machen, kriegt keine Lehrstelle oder wird aus dem Betrieb geschmissen.« Tobias sprach leise und hastig weiter: »Eins ist sicher: Wenn wir wegen friedlichen Demonstrationen wie Kriminelle behandelt werden, wird bald keiner mehr nach der SED-Pfeife tanzen.« Er fuhr sich unwirsch durch seine Stoppelfrisur. »Aber was nützen unsere Friedensbekundungen? Kannst du mir das sagen, Tante Anne? Die Russen haben trotzdem ihre Kurzstreckenraketen bei uns stationiert. Und die Amis? Die bereiten einen Krieg der Sterne vor! Gegen so was kommen wir mit unseren Aktionen nicht an.«

»Es ist ein Anfang, Tobias, irgendwann werdet ihr etwas bewirken.«

»Nett, dass du das sagst, Tante Anne, aber ihr im Westen, wo sogar eine kleine Göre wie das Goldlöckchen sagen kann, was ihm nicht passt, könnt das nicht verstehen.«

Damit hatte Tobias recht, aber ich bewunderte ihn und alle jungen Leute, die den Mut hatten, in der DDR ihre Meinung zu sagen. Meine Eltern und sogar Onkel Rudolf hatten sich zurückgezogen, wie Tobias es genannt hatte, sie resignierten vor der politischen Lage. Aber die Jugend hatte die Hoffnung noch nicht aufgegeben.

»In der DDR tut sich was«, sagte ich zu Marek, als ich wieder in Stuttgart war. »Sie demonstrieren gegen das SED-Regime, aber auch gegen die Aufrüstung.«

Marek runzelte die Stirn. »Die Angst vor einem Atomkrieg sitzt im Osten und Westen in allen Köpfen. Aber ich finde, außer diesem gemeinsamen Bekenntnis zum Frieden merkt man von der sogenannten Annäherung schon lange nichts mehr.«

In dieser Situation hielten wir es zuerst für einen schlechten Witz, als wir in der Tagesschau sahen, wie Franz Josef Strauß, bisheriger Erzfeind jedes Kommunisten, von Honecker empfangen wurde. Wenig später erhielt die DDR von der Bundesrepublik einen Milliardenkredit. Als einzige Gegenleistung versprach Honecker, die Selbstschussanlagen an den Grenzen zu beseitigen und Familienzusammenführungen zu erleichtern.

Die Minen verschwanden tatsächlich, damit wurde die Grenze weniger blutig, aber nicht durchlässiger. Die Milliarde für Honecker bescherte mir im Jahr 1983 erstmals einen reibungslosen Grenzübertritt. Doch die Frage der deutschen Wiedervereinigung blieb offen. Und das Wettrüsten ging weiter.

Am 22. Oktober 1983 standen Marek, Katja und ich stundenlang in einer Menschenkette, die von Stuttgart bis Ulm reichte. Mehr als 200 000 Menschen protestierten Hand in Hand gegen die Stationierung amerikanischer Langstreckenraketen.

Für die Umweltschützer tauchte damals noch ein anderes Gespenst auf – das Waldsterben. Obwohl viel darüber in den Zeitungen stand, machten sich nur wenige Menschen darüber Gedanken. Aber wir von der Gärtnerzunft begriffen es als Katastrophe, dass in Stuttgart 90 Prozent aller Nadelbäume und mehr als die Hälfte der Laubbäume krank waren. Die Natur war dem industriellen Aufschwung der Stadt und den Straßen- und S-Bahn-Bauten nicht gewachsen. Zu dieser Zeit warfen die Kastanien und Ulmen schon im August die Blätter ab.

Im Stuttgarter Talkessel fiel das Atmen schwer. Die Baustellen für die Neue Staatsgalerie und für riesige Gebäudekomplexe von Banken und Versicherungen spuckten Staubwolken über die Innenstadt. Die Industriegiganten schickten Abgase in die Luft und ihre Abwässer in den Neckar. Mit neuen und erweiterten Straßen und S-Bahnen streckte die Landeshauptstadt die Arme bis über Ludwigsburg nach Bietigheim, nach Schorndorf und Backnang aus.

Leider ging der Wohnungsbau weniger zügig voran. Die Stuttgarter Polizei wurde zunehmend durch Hausbesetzungen in Trab gehalten. Obdachlose und Studenten quartierten sich in leerstehende Abrisshäuser, Fabrikgebäude oder ehemalige Gastarbeiter-Wohnheime ein. Manchen Hausbesetzern ging es nicht nur darum, ein Dach über dem Kopf zu haben, sondern es war ein Aufbegehren gegen profitgierige Spekulanten. Hinter Stuttgarts Imagekulisse als Landeshauptstadt mit erstklassigen kulturellen und sportlichen Großereignissen herrschte Wohnungsnot und Arbeitslosigkeit.

Mareks Haus

Marek hatte ein altes Bauernhaus in Riedenberg gekauft. Dort wollte er mit seiner Familie, wie er Katja und mich nannte, einziehen. Als wir es zum ersten Mal besichtigten, war ich nicht sehr begeistert davon. War meine Hochhauswohnung nicht pflegeleichter, heller und praktischer? Ich konnte mir nicht vorstellen, dass dieses verwahrloste Haus jemals bewohnbar werden würde.

Außerdem fiel es mir schwer, über meinen Schatten zu springen und den festen Vorsatz, mich nie wieder an einen Mann zu binden, aufzugeben. So sehr ich Marek auch liebte, so ging mir doch häufig seine saloppe Lebensweise gegen den Strich.

Es war durchaus nicht nur seine verrückte Art, sich zu kleiden, woran ich mich schon fast gewöhnt hatte, sondern vor allem störte mich das Tohuwabohu, das in seinen vier Wänden herrschte. So penibel er in seinem Büro auf Ordnung hielt, so lässig nahm er es damit im Privatleben. Und da ich immer enger zu diesem Privatleben gehörte, konnte ich mir nicht vorstellen, eine derartige Unordnung in einer gemeinsamen Wohnung aushalten zu können.

Doch als Marek für mehrere Wochen auf Dienstreise war, wurde mir klar, dass er mir fehlte und ich nicht mehr ohne ihn leben wollte. Nach seiner Rückkehr willigte ich ein, mit ihm zusammenzuziehen. Auch die Entdeckung, dass man von dem verwilderten Grundstück aus am Horizont die Konturen der Schwäbischen Alb sehen konnte, hatte meinen Entschluss gestärkt, nach Riedenberg zu ziehen.

Marek stellte aber eine Bedingung: Ich durfte das Haus während der Umbauzeit nicht mehr ansehen. »Du brauchst nur den Garten zu planen«, sagte er, »der wird dann gleichzeitig mit der Renovierung fertig sein.«

Ich zeichnete Pläne mit Blumenrabatten und Kräuterbeeten und einen Sitzplatz unter dem Kirschbaum. Im Vorgarten würde im Frühling ein Meer von Narzissen blühen und im Sommer sollten Malven und Sonnenblumen über den Gartenzaun schauen.

Katja, die Marek für seine lässige Art bewunderte, schon weil er zu ihr hielt, wenn ich wegen ihrer Löcher-Jeans und ihrer ungekämmten Haare meckerte, brannte darauf umzuziehen. Zwar hatte sie sich nie über das Hochhausleben beklagt – aber nun schien ihr dieses Haus am Rande der Großstadt ein optimaler Ersatz zu sein. Sie hatte mit Marek ihr zukünftiges Zimmer, das doppelt so groß war wie ihr jetziges, ausgemessen und schob in Gedanken die Möbel darin herum.

Als wir im Frühling 1984 in dieses Haus einzogen und Marek darauf bestand, mich über die Schwelle zu tragen, worüber sich meine sechzehnjährige Katja fast totkicherte, war ich so überwältigt, dass ich weinte.

Das alte Haus hatte weiße Fassaden mit dunklem Fachwerk und große Fenster bekommen. Auf den Wänden, die mit Raufaser tapeziert waren, kamen die Aquarelle unseres Freundes Robert Landstett prachtvoll zur Geltung. Die Einbauküche war perfekt. In einem Luxusbad hingen maisfarbene Frottiertücher. Katjas Reich war im Dachgeschoss.

Von der Veranda, auf der Korbmöbel und Kübelpflanzen standen, gelangte man durch eine Glasschiebetür zur Gartenterrasse. Diese Veranda erinnerte mich an die Loggia in meinem Elternhaus. Alle Zimmer waren mit Frühlingssträußen geschmückt, und im Garten blühte ein Meer von Narzissen.

»Du bist ein Hexenmeister, Marek!« Ich gab ihm einen langen Kuss. Und weil Katja sich schon nach oben verzogen hatte, probierten wir die Matratzen des großen Doppelbettes aus und veranstalteten eine übermütige Balgerei.

Marek beherrschte sich als Erster. »Nun benehmen Sie sich aber, gnädige Frau, das Fräulein Tochter könnte uns erwischen.«

»Ja doch« – ich tat schuldbewusst – »ich werd's bis heute Abend aushalten müssen.«

Dann führte mich Marek in den westlichen Anbau. In dem großen, seitlich verglasten Raum standen ein Zeichenbrett, ein Tisch mit Schreibmaschine und Telefon, Planschränke und Regale mit neuen Aktenordnern.

»Oh«, murmelte ich, »du hast mir gar nicht gesagt, dass du dein Büro in der Stadt aufgeben willst.«

»Will ich doch gar nicht.«

»Aber dieses Arbeitszimmer?«

»Ist für dich.«

»Für mich?«

»Mein Schmetterling hat einmal den Wunsch geäußert, er würde sich gern selbstständig machen, ihm hat nur der Platz für ein Planungsbüro gefehlt.«

»Marek!«

»Du brauchst ja nicht, wenn du nicht willst«, sagte er verunsichert.

»Und ob ich will!«

»Na, also. Du gründest eine Firma. Lässt Hochglanzkataloge mit den Entwürfen deiner Spielgeräte und Holzplastiken drucken und telefonierst ein bisschen rum: ›Ja gern, aber die Schreinerei hat Lieferschwierigkeiten, doch im nächsten Monat kann ich Ihnen dienen. – Ja natürlich, wie immer, alles aus Naturmaterial, wie im Katalog beschrieben.‹ «

»Du lieber Himmel, Marek«, sagte ich und ließ mich auf meinen zukünftigen Bürosessel sinken. »Womit habe ich das verdient?«

»Apropos verdient: Du wirst viel mehr verdienen als bei deinem jetzigen Brötchengeber und kannst dir die Zeit einteilen, wie du willst – aber du brauchst natürlich auch gar nicht zu arbeiten, ich kann meinen Schmetterling ernähren.«

Das wusste ich. Marek war trotz Wirtschaftsflaute hervorragend im Geschäft. Erst kürzlich hatte er den Zuschlag für den Umbau eines Kaufhauses bekommen. Daran würde er sich »dumm und dämlich verdienen«, wie er behauptete.

»Bei aller Liebe, Marek – ich lass mich doch nicht von dir ernähren. Du spinnst wohl?«

»Pardon, mein emanzipiertes Pfauenauge. – Aber jetzt rufen wir Katja und machen den Sekt auf.«

Ein Vierteljahr später arbeitete ich in meiner eigenen Firma. Wie Marek vorausgesagt hatte, florierten die Geschäfte. Noch nie hatte mir meine Arbeit so viel Spaß gemacht. Meine Bedenken, mich durch den gemeinsamen Hausstand von Marek abhängig zu machen, waren vergessen. Allmählich fand ich mich auch mit den Socken, Pullis und Hemden, die ständig irgendwo herumlagen, ab und kümmerte mich nicht mehr um die Bücher und Zeitschriften, die sich auf Stühlen, Tischen und Fußböden stapelten.

Abgesehen von meinem Privatleben bescherten die ersten Jahre der 80er wenig Erfreuliches. Die Friedensdemonstrationen bewirkten weder in Ost noch in West eine Entspannung. Die Amerikaner bestanden auf ihren geplanten Raketenexperimenten. Katja fragte mich in aller Unschuld, ob das Weltall nun eine Müllhalde werden würde.

Und auch die Vergangenheit holte mich wieder ein. Die Verurteilung der Terroristen von 1977 erinnerte mich an die Ermordung Hanns Martin Schleyers und an den Tag, an dem Michael umgekommen war. Meine Albträume kehrten zurück.

Als wäre das nicht schon genug, brachte mir der Medienrummel um den seit Kriegsende gesuchten KZ-Arzt Mengele den Wahnsinn des Holocaust wieder ins Bewusstsein. Ich trauerte um Max, der einer der 400 000 Menschen war, die Mengele auf dem Gewissen hatte. Ich trauerte auch um Miriam, die im März dieses Jahres an dem Lungenleiden gestorben war, das sie sich in ihrem Versteck auf dem Dachboden der Villa Aline geholt hatte. Ich trauerte um Gita, die diesen Weg so lange vor ihrer Mutter gehen musste.

Der einzige Hoffnungsschimmer zwischen diesen bedrückenden Ereignissen war der neue Mann an der Spitze der Sowjets: Michail Gorbatschow. Seine Kritik an der Wirtschaftspolitik, seine Vorschläge für Reformen und militärische Abrüstung – das waren völlig neue Töne aus Moskau.

Mein Vater erwachte erstmals aus seiner Interesselosigkeit, mit der er, seit er mit seinen Herzproblemen kämpfte, alle politischen Weltereignisse ignoriert hatte. Noch heute erstaunt mich seine Zuversicht, die er mit der Person Gorbatschow verband. Vater erklärte mit absoluter Überzeugung: »Mit ihm kommt die Einheit.«

Das Testament

Als ich im Sommer 1985 zu Vaters Geburtstag nach Birka kam, stand ein Krankenwagen im Hof. Vater lag im Schlafzimmer. Sein Gesicht war so weiß wie die Kissen, doch er lächelte mir entgegen. Ein mühsames, mattes Lächeln. Sein größter Kummer war, ins Krankenhaus zu müssen, da ich doch extra zu seinem Ehrentag angereist war. Der Arzt sagte mir, es sei das Herz. Dann fuhr der Wagen mit Vater zum Hoftor hinaus, und ich hatte genug damit zu tun, Mama zu trösten.

Sie bestand darauf, Vater jeden Tag im Krankenhaus zu besuchen. Er teilte ein Zimmer mit drei anderen Patienten. Es gab wenig Ruhe dort.

Bei manchem Krankenbesuch meinte ich, es ginge Vater besser, aber meist wirkte er schlapp und war teilnahmslos. Ich merkte, wie ihn Mamas Fürsorge quälte, wie schwer er ihr hektisches Hin- und Herlaufen ertragen konnte. Während ich an seinem Bett saß und seine Hand hielt, so wie er früher meine Kinderhand gehalten hatte, gab Mama keine Ruhe, bis alle Blumenvasen mit frischem Wasser gefüllt waren, machte das Fenster auf, da sie meinte, die Luft täte Vater gut, schloss es wieder, weil die anderen Patienten murrten, schüttelte das Bett auf und versuchte Vater zu überreden, ihren mitgebrachten Streuselkuchen zu essen. Dazu sagte sie alle paar Minuten mit unnatürlich fröhlicher Stimme: »Nun geht es dir schon besser, nun wird's wieder.« Vater stöhnte, aber seine Charlotte war nicht zu bremsen. Sie wollte etwas für ihn tun.

Bevor ich nach vierzehn Tagen abreisen musste, fragte ich den Arzt, wie ernst es sei. »Die Medikamente schlagen leider nicht an, wie ich es erhofft hatte.« Er versuchte, mich mit den üblichen Sprüchen zu beruhigen: Man dürfe die Hoffnung nicht aufgeben. Solange ein Mensch lebe, sei nichts verloren, und er setzte hinzu: »Sie müssen bedenken, Ihr Herr Vater ist siebenundsiebzig. In diesem Alter kann es zu Komplikationen kommen. Aber es besteht keine akute Gefahr.«

Ich reiste ab. Unterwegs war ich mehrmals nahe daran, umzudrehen. Meine Gedanken waren mehr bei meinem Vater als auf der Autobahn. Nach der Grenze wurde der Verkehr dichter und alle Autos überholten mich. Ich hatte es nicht eilig, nach Stuttgart zu kommen. Ich wurde das Gefühl nicht los, vor einer Verantwortung zu fliehen.

Von Stuttgart aus telefonierte ich jeden Tag mit Mama. Es ginge aufwärts, sagte sie nach einer Woche. Nach weiteren fünf oder sechs Tagen teilte sie mir mit überschwänglicher Freude mit, Vater könne aufstehen. Sie hätten einen Spaziergang im Klinikgarten gemacht. Morgen dürfe er heim. Meine Panik verflog.

Am nächsten Tag klingelte um die Mittagszeit das Telefon. Es war Wanda. Sie konnte kaum sprechen. In meinem Kopf begann es zu klopfen, schon bevor Wanda endlich herausgekeucht hatte, Vater sei an diesem Morgen gestorben. Lungen-Embolie.

Ich versuchte angestrengt, einen Satz zu formulieren. Schließlich stammelte ich: »Wie – wie nimmt es Mama auf?«

»Ach, Anne, det kann ick kaum mit ansehn. Charlotte is in de letzte Tage so uffjekratzt jewesen un hat de Wohnung jewienert. Un da kommt der Anruf vonne Klinik …«

»Was tut Mama jetzt?«

»Sie ist wie erstarrt. Jette ist bei ihr.«

»Und wo ist Lisa?«

»Ich ruf sie jleich an, sie müssen ihrn Urlaub abbrechen.«

»Und Rudolf?«

»Er is zur Polizei gejangen, wegen der Aufenthaltsgenehmigung für dich. Wir schicken se telegrafisch. Komm bitte, so schnell et jeht.«

Meine Stimme wackelte: »Sobald die Papiere da sind, fahr ich los.«

Ich rief Marek im Büro an, und er kam nach Hause, um mir beizustehen. Katja konnte ich nicht verständigen, sie war auf einer Klassenfahrt in England. Drei Tage lang wartete ich auf das Telegramm für die Einreise. Sooft ich bei der Polizei in Birka anrief, wurde ich vertröstet.

Machten die SED-Genossen mit ihren Schikanen auch vor dem Tod nicht Halt? Vater musste doch beerdigt werden!

Rudolf sagte, sie hätten Vater nach Eisenberg gebracht, in die Bergkapelle, weil es dort eine Kühlanlage gäbe. Sie würden mit dem Begräbnis warten, bis ich käme.

Vater musste in einem Kühlhaus liegen und konnte nicht beerdigt werden, weil seine Tochter keine Einreiseerlaubnis bekam!

Marek mahnte geduldig, mich nicht in meinen Jammer hineinzusteigern. »Es ist unwichtig, wann er unter die Erde kommt. Du kannst deinem Vater nicht mehr helfen.«

»Ja, ich weiß, aber meine Mutter könnte ich trösten. Sie hat zwei Töchter und ist jetzt ganz allein. Lisa will erst zur Beerdigung zurückkommen. Sie verlässt sich auf Wanda und Jette – und auf mich.«

Endlich kamen die Papiere für die Einreise. Es war der fünfte Tag nach Vaters Tod. Ich fuhr im Morgengrauen los, einer kochenden Hitzefront entgegen. Als ich gegen zehn in Birka aus dem Auto stieg, war mein schwarzer Leinenanzug durchgeschwitzt. Mama weinte, als sie mich sah. Ich wusste nicht, wie ich sie trösten sollte. Dazu war auch keine Zeit, denn wir mussten sofort zum Friedhof gehen.

Als ich mit Mama, die schwer an meinem Arm hing, in die Aussegnungshalle trat, sah ich in der hintersten Bank Bruno sitzen. Ich fühlte seine Augen in meinem Nacken. Während der Pfarrer sprach, dehnte sich ein heißer Klumpen in meinem Kopf aus und hinter meinen Schläfen begann es zu klopfen. Nur das Mitleid mit Mama und mein eigenes Leid verdrängten schließlich meine Gedanken an die letzte Bankreihe. Mama war gefasst, aber ich sah, wie sie an ihrem Schmerz schluckte. Mir schien, sie wollte ihrem Ewald beweisen, wie tapfer sie war. Ich fürchtete mich, daran zu denken, was danach kommen würde, wenn sie begriff, dass ihr Ewald nicht mehr wiederkäme. Eine knappe Stunde später verließen wir hinter dem Sarg die Kapelle. Die hinterste Bank war leer. Ich war mir nicht sicher, ob ich ein Hirngespinst gesehen hatte.

Gleich nachdem wir vom Friedhof heimgekommen waren, ging Lisa ins Kontor. Ich ahnte, sie würde im Geldschrank in Vaters Papieren herumkramen. Als sie später ins Wohnzimmer gestürmt kam, hielt sie Mama die Kopie von Vaters Testament entgegen.

»Konntest du nicht warten, bis es ordnungsgemäß eröffnet wird?«, fragte ich entsetzt.

Lisas senkrechte Stirnfalte vertiefte sich und sie wedelte mit dem Testament vor meiner Nase rum. »Ich verstehe das nicht! Vater hat versprochen, mir den Betrieb zu vererben.«

Ich konterte: »Du hast bisher aber nie viel Interesse an der Geschäftsführung gezeigt. Das stimmt doch? Oder?«

»Was weißt du denn?«, zischte sie mich an. »Sag doch was, Mutter! Steht mir die Firma zu oder nicht? Anne hat schließlich ihr Auskommen im Westen und nistet sich hier nur manchmal zu Besuch ein.«

Mutter war wirklich nicht in der Verfassung, darauf zu antworten. Obwohl sie das Testament gemeinsam mit Vater aufgesetzt und es unterschrieben hatte, konnte sie sich an nichts erinnern.

Es war ein sogenanntes Berliner Testament, was bedeutete, dass nun, da Vater tot war, sein gesamtes Vermögen an seine Frau fiel, da sich die Eheleute gegenseitig beerben.

Lisa würde daran nichts ändern können.

Als sie das begriffen hatte, las sie mit verhaltener Wut den Nachsatz vor: »Erben des von uns zuletzt Versterbenden sind zu gleichen Teilen unsere Kinder Anne Stanbek und Lisa Schnabel.« Lisa blitzte mich feindselig an. »Heißt das etwa, ich soll die Firma, das Land und das Haus mit dir teilen? Das ist doch gar nicht möglich! Oder willst du wieder in den Osten ziehen? Wer hier nicht arbeitet, kann auch nicht erben.«

Ich widersprach nicht, obwohl ich wusste, dass Erbschaften von westdeutschen Verwandten angetreten werden konnten. Es war sogar häufig die einzige Möglichkeit, privates Eigentum vor einer Verstaatlichung zu retten.

Nur mit Mühe konnte ich Lisa davon abhalten, weiter auf diesem Thema herumzuhacken. Mama saß auf dem Sofa wie ein Häufchen Elend, sie war zwar die Universalerbin – aber wenn sie das überhaupt mitbekam, so schien sie das nicht zu beeindrucken. Sie jammerte nur: »Zankt euch doch nicht, heute dürft ihr doch nicht streiten, wo wir Vater gerade erst beerdigt haben.«

Ich zog Lisa auf die Diele und schloss die Tür. »Würdest du dir bitte mal eins klarmachen: Bis jetzt hat keiner von uns beiden irgendwas geerbt. Du musst warten, bis Mutter unter der Erde ist, eher brauchen wir darüber nicht zu diskutieren.«

Mama kam uns nach und flehte: »Bitte vertragt euch doch. Vater dreht sich im Grabe um.« Sie setzte sich auf die verschlissene Biedermeier-Eckbank, sank vornüber und schluchzte.

»Hau ab«, sagte ich zu Lisa, »hau ab mit dem Testament. Wir reden später darüber. Lass Mama damit in Ruhe.«

In dieser Nacht schlief ich fast nicht. Die Tatsache, dass mir Vater das Testament schon im vorigen Jahr hatte zeigen und mit mir darüber sprechen wollen, verfolgte mich. Unwillig hatte ich abgewehrt: »Aber Vater, um Gottes willen, du möchtest doch hundert Jahre alt werden! Mach mich nicht traurig mit so was. Das hat wirklich noch Zeit.« Nun war es zu spät, mit ihm darüber zu sprechen.

Ich wälzte mich hin und her und stellte meinem toten Vater stumme, verzweifelte Fragen: »Warum willst du, dass Lisa die Firma nicht ganz bekommt? Hast du nicht selbst gesagt, wenn man ein Vermögen aufteilt, verschwindet es? – Warst du womöglich überzeugt, Lisa sei unfähig, die Fabrik weiterzuführen? Oder willst du die Hälfte deines so schwer vor der Verstaatlichung verteidigten Besitzes auf der sicheren Seite wissen? Ich bin auf die Erbschaft nicht angewiesen, ich würde Lisa gern alles überlassen. Wenn Michael noch leben würde, hättest du dann durch drei geteilt? Micha hat sich nie für die Fabrik interessiert, ihn reizte nur, was mit Technik zu tun hat. Er hätte auf seinen Anteil verzichtet. Ich werde auch verzichten, wenn es so weit ist.«

Diese Gedanken ratterten in der Nacht nach Vaters Beerdigung in meinem Kopf herum, ohne dass ich nur eine der Fragen zu beantworten vermochte.

Nach der offiziellen Testamentseröffnung kam Lisa nicht mehr auf dieses Thema zurück. Sie riet mir, nur ruhig abzureisen und mich um meinen Laden und meinen Liebhaber, wie sie Marek stets nannte, zu kümmern. Lisa versicherte, sie würde für Mama sorgen. Um das zu beweisen, kam sie jeden Abend auf einen Plausch in Mamas Salon-Wohnzimmer herunter und war sehr lieb und nett zu ihr. Obwohl Lisa tat, als ob das auch sonst immer so gewesen wäre, wusste ich von Jette, dass sich Lisa bisher wenig um Mutter gekümmert hatte.

Aber Lisas Fürsorge für Mama beruhigte mich trotzdem – bis mir Onkel Rudi erzählte, Lisa habe zu Mama, die mal wieder auf der Sohle ihres Tiefs angelangt war, gesagt: »Nun stirb mir nur in den nächsten Monaten nicht weg, Mama. Das wäre schlimm für mich.«

»Es könnte doch möglich sein, dass es schlimm für Lisa wäre«, nahm ich meine Schwester in Schutz.

»Ach, Anne, du ahnungsloser Engel«, schnaufte Onkel Rudi, »wenn Charlotte stirbt, tritt das Testament in Kraft. Dann muss geteilt werden. Solange sie lebt, kann sie es ändern. Zum Beispiel zu Gunsten Lisas.«

»Aber nein, Onkel Rudi, jetzt siehst du Gespenster. Lisa ist meine Schwester, so würde sie mich nicht hintergehen.«

»Ich kenne Lisa besser als du. Sie will die Chefin sein. Sie wollte die Firma schon zu Lebzeiten deines Vaters überschrieben haben. Ewald hat seine Gründe gehabt, sich nicht darauf einzulassen.«

Mir wäre lieber gewesen, wenn mir Rudolf das nicht erzählt hätte. Als ich aus Birka wegfuhr, bedrückte mich dieses Gespräch mehr, als ich mir eingestehen wollte.

Nach drei Monaten schrieb Onkel Rudolf:

Liebe Anne,

bevor du es von anderer Seite hörst, möchte ich dir die Dinge, die sich hinsichtlich des Familienbesitzes anbahnen, mitteilen. Lisa hat sich von einem Rechtsanwalt beraten lassen. Dabei hat sie herausgefunden, dass Charlotte altershalber nicht mehr geschäftsfähig ist und den Betrieb in jüngere Hände geben muss. Andernfalls würde die Keramikfabrik vom Staat liquidiert.

Ob Letzteres stimmt, daran zweifle ich, aber deine Mutter nimmt es natürlich für bare Münze. Da sie eine Verstaatlichung schon immer für das Schlimmste gehalten hat, was der Firma passieren könnte, ist sie nun nur zu bereit, Lisa das Haus, die Fabrik und das dazugehörige Land zu überschreiben. Dies soll über eine

Schenkung geschehen, weil dann so gut wie keine Steuern anfallen. Daran können wir nichts ändern, da Charlotte mit ihrer Erbschaft tun kann, was sie will.

Was mir Kopfzerbrechen bereitet, ist das Haus. Bitte versuche, deine Mutter daran zu hindern, auch das Haus zu verschenken. Ich fürchte, sie wird dann nicht mehr lange darin wohnen. Wenn irgend möglich, liebe Anne, versuche das mit dem Haus zu regeln.

Verzeih, dass ich mich einmische, aber ich tue es für Ewald.

Dein Onkel Rudi

Ich ließ alles stehen und liegen und rief Lisa an. Das Gespräch verlief reibungsloser, als ich zu hoffen gewagt hatte. Lisa verhielt sich zwar, als müsse ich ihr dankbar sein, dass sie die Firma komplett übernahm, aber sie ging auf den Kompromiss mit dem Haus ein und meinte großzügig: »Den alten Kasten kannst du meinetwegen alleine erben.«

Ich war erleichtert, als mich Onkel Rudolf ein paar Tage später anrief und mitteilte, er sei mit Lisa auf dem Liegenschaftsamt gewesen, und das Haus sei aus der Schenkungsurkunde gestrichen worden und in Mutters Besitz geblieben. Die Fabrik und die Grundstücke mit dem Ackerland seien nun auf Lisa überschrieben worden.

Auch der letzte Satz beruhigte mich: »Charlotte und Jette verbringen Heiligabend bei uns. Wanda, Tobias und ich wünschen euch ein frohes Fest und einen guten Rutsch nach 1986. Herzliche Weihnachtsgrüße von Birka nach Stuttgart an Dich, Katja und Marek.«

Doch kaum war das neue Jahr angebrochen, kam ein Brief von Jette. Nachdem ich ihn gelesen hatte, begann in meinem Kopf das heiße Klopfen und steigerte sich zu Höllenqualen. Als Marek später ins Zimmer kam, saß ich noch immer wie gelähmt vor dem Schreibtisch.

»Was ist passiert, Anne? Du siehst wie ein Geist aus!«

Ich zerknüllte den Brief, rollte ihn zu einem Ball und flüsterte: »Es ist mir doch fast gelungen, ihn aus meinen Gedanken zu verbannen.«

»Bruno?«

Ich nickte und presste die Fäuste gegen die Schläfen. »Jette schreibt, der Rechtsanwalt, der Lisa die Schenkungsurkunde aufgesetzt hat, heißt Bruno Dobmaier.«

»Weiß Lisa, was er dir angetan hat?«

»Natürlich nicht.«

»Vielleicht hat Bruno ihr erzählt, dass er als Kind in der Villa gewohnt hat. Wahrscheinlich hält Lisa ihn für einen alten Bekannten eurer Familie.«

»Kann sein, Marek, kann alles sein, aber du weißt nicht, was Jette noch schreibt.« Ich entzifferte die Buchstaben auf dem zerknitterten Papier, obwohl ich sie auswendig kannte, und las vor: »Norbert arbeitet seit einem Monat als Lastwagenfahrer. Wenn er auf Fernfahrt ist, kommt Bruno abends zu Lisa.«

Marek zog die Augenbrauen zusammen und ballte die Fäuste. »Verdammt, das riecht faul!«

»Mein Gott, Marek, wieso lässt er unsere Familie nicht in Ruhe? Warum versucht er, alles kaputt zu machen?«

»Es ist sein Beruf«, sagte Marek. »Ein Beruf, der nach dem, was du mir von Bruno erzählt hast, zu ihm passt und ihm Spaß macht.«

»Lisa ist naiv, und ich fürchte, überhaupt nicht geschäftstüchtig. Meinst du, er schafft es, sie so in die Enge zu treiben, dass sie die Fabrik verstaatlichen lassen muss?«

»Keine Ahnung. Aber wie es aussieht, hat Bruno seine große Zeit in Berlin hinter sich. Irgendwas muss vorgefallen sein, weil sie ihn wieder in die Provinz versetzt haben. Nun bleibt ihm nichts anderes übrig, als da weiterzumachen, wo er vor zwanzig Jahren aufgehört hat.«

»Ich muss Lisa vor Bruno warnen!«, sagte ich.

Aber noch am selben Tag, es war Ende April 1986, drängte das Entsetzen über die Reaktorkatastrophe in Tschernobyl alle anderen Sorgen in den Hintergrund, und ich vergaß Lisa.

Norbert

Dass ich Lisa vor Bruno warnen wollte, fiel mir erst wieder ein, als drei Tage später Norbert vor unserer Haustür stand. Er berichtete aufgeregt und zusammenhanglos von seiner Reise. Entweder war er so beeindruckt von all dem Neuen, das er jenseits der DDR-Grenze gesehen hatte, oder er wollte von der Frage ablenken, wieso er hier aufgetaucht war.

»Vom Bahnhof aus bin ich auf der Königstraße in ein Kaufhaus gegangen. Zum Teufel aber auch – habe ich mich doch vor diesen Glastüren fast zu Tode erschreckt. Die Dinger gehen auf und zu, als ob es spukt! Und dann diese Punktstrahler an den Decken! Die Unmengen von Klamotten, Schuhen, Wäsche, Taschen und was weiß ich noch alles haben mich förmlich erschlagen. Alles picobello. Die Verkäuferinnen trippeln rum wie Modepüppchen. Und überall Spiegel!«

Norbert nahm einen Schluck Bier und blickte an sich herunter: »Da kommt mir aus einem Spiegel so 'ne armselige Gestalt entgegen: ausgebeulte Cordsamthose, zerknitterte Windjacke und Schiebermütze. Ein unrasierter, vergammelter Penner. Ein Ossi eben.« Er sah Marek unsicher an. »Wissen Sie, was ich meine?«

»Nein. Aber wollen wir nicht du zueinander sagen?«

»Gern.«

Unsere Unterhaltung wurde dadurch etwas lockerer, trotzdem erfuhren wir erst am nächsten Tag, was passiert war. Norbert war früher als geplant von einer Tour zurückgekommen und hatte Lisa mit Bruno erwischt. – »Im Bett, klar doch, sonst hätte ich mir nicht viel dabei gedacht. Aber es war eindeutig, eindeutiger hätte es nicht sein können!« Norbert stand auf und sah zum Fenster hinaus. Mir schien, als schämte er sich für das, was nun kam: »Diesem feinen Herrn Dobmaier war das nicht mal peinlich. Gelacht hat er, fies und überheblich gelacht. Wisst ihr, was er gesagt hat? Es sei ihm recht, nun klare Verhältnisse zu haben. Lisa würde sich von mir trennen.«

Ich schluckte einen Klumpen Wut hinunter. »Und du hast ihn nicht sofort rausgeschmissen?«

Norbert drehte sich abrupt vom Fenster weg und sah mich an: »Geschrien wie 'n Stier hab ich: Mach dich hier raus, du verdammtes Schwein!« Da ist dieser Mistkerl endlich aus dem Bett gestiegen. Völlig nackt, ob ihr's glaubt oder nicht. Dieser Schuft hat keinerlei Schamgefühl. Keine Hemmungen und nichts als Arroganz in seiner geleckten Visage. Ich stand da wie ein Trottel und brachte kein Wort mehr raus.«

Norbert hatte sich so in Wut geredet, dass er auch jetzt keine Worte mehr fand. Er kam an den Tisch zurück, setzte sich, legte sein Gesicht in die Hände und murmelte durch die Finger. »Ihr könnt euch das nicht vorstellen. Es war wie im Film, wie sich dieser Lump nun aufreizend langsam angezogen hat. Aber erst, als er sich vor der Spiegelkommode kämmte, sich anlächelte, als wollte er sich gleich selber küssen – da ging ich ihm an die Gurgel, drückte zu, bis er fast weg war.« Norbert ballte seine Pranken, sprang auf, stellte sich wieder ans Fenster und sprach gegen die Scheibe: »Aber der Kerl hat Muskeln wie 'n Mittelklassegewichtheber. Er schüttelte mich ab, rieb seinen Hals und krächzte: ›Das wird ein Nachspiel haben.‹ – Und dann ist er gegangen.«

»Und Lisa?«

»Die hatte sich im Bad eingeschlossen. Ich bin aus dem Haus gelaufen und durch die Gegend gerannt wie 'n Bekloppter. Es war schon Mitternacht, da bin ich in den *Goldenen Ochsen* und hab so lange gesoffen, bis ich nichts mehr denken konnte. Mir kam's vor, als ob alle Gäste wüssten, warum ich mich volllaufen lasse. Alle haben es gewusst, außer mir! Ich bin ein Hornochse!« Norbert boxte aufs Fensterbrett und schnaufte.

Marek legte ihm die Hand auf die Schulter, führte ihn zum Sessel und drückte ihn hinein. »Bleib ein paar Tage hier, und dann fährst du zurück. Versuch, mit Lisa zu reden.«

»Ja«, sagte ich, »es ist doch auch wegen Silke und Dirk, die werden sich nicht von heut auf morgen einen neuen Vater aufdrängen lassen. Lisa ist flatterhaft, aber sie wird zur Besinnung kommen. Fahr zurück, Norbert, vielleicht ist noch was zu retten.«

»Ich kann nicht zurück«, sagte Norbert.

»Mir ist zwar ein Rätsel, wie du in den Westen gekommen bist«, sagte Marek, »aber zurück dürfte es weniger schwierig sein.«

Und da erzählte Norbert, dass ihm Bruno am Tag nach dem Vorfall im Schafzimmer gedroht hatte, ihn wegen versuchten Totschlags anzuzeigen. Norbert kippte die Stimme weg. Er presste den Mund zusammen und stierte ein Loch in den Tisch.

Nach einer Weile fragte ich: »Und, hat Bruno dich angezeigt?«

»Nee. Hat mir als Alternative angeboten zu verschwinden. Der Ausreiseantrag war schon ausgefüllt. Ich brauchte nur meinen Namen drunterzusetzen.«

Marek zog die Augenbrauen zusammen. »Und du hast unterschrieben?«

»Ja, zum Teufel! Der einzige Grund zu bleiben wären meine Kinder gewesen. Silke ist doch erst elf und Dirk zwölf. Aber ich hätte ja auch nicht mehr für sie da sein können, wenn ich eingelocht worden wäre. – Zurück kann ich jedenfalls nicht mehr.«

»Ja dann, Norbert«, Marek klopfte ihm auf die Schulter, »dann bleibst du erst mal bei uns. So lange, wie du willst.«

»Sobald ich Arbeit habe, seid ihr mich wieder los«, sagte Norbert.

Schon nach zwei Wochen hatte er einen Job als Fernfahrer gefunden, aber Marek bestand darauf, dass er weiter bei uns wohnen blieb. Norbert schlief im Gästezimmer, er war ein angenehmer Hausgenosse und störte uns nicht.

Charlotte

Onkel Rudolf hatte mir am Telefon gesagt, Bruno sei bei Lisa eingezogen. Er wohne wieder in der Villa Aline.

Bruno hatte seinen zweiten Schwur eingelöst!

Deswegen schob ich es immer wieder hinaus, nach Birka zu fahren. Ich hatte ein schlechtes Gewissen, weil Mutter in jedem ihrer Briefe fragte, wann ich sie denn wieder besuchen würde.

Seit Jahren versuchte ich, sie zu überreden, zu uns nach Stuttgart zu kommen. Nun sagte ich ihr klipp und klar, ich würde mich nicht wieder in Birka sehen lassen, bevor sie uns nicht in Stuttgart besucht hätte. Da willigte sie endlich ein und besorgte mir eine Einreisegenehmigung, damit ich sie abholen konnte. Da die DDR mit dem Mindestumtausch eine gute Devisenquelle entdeckt hatte, bewilligte sie mittlerweile für Westdeutsche 28 Tage Aufenthalt. Da man den Aufenthalt teilen konnte, versprach ich Mama, sie auch wieder nach Birka zurückzubringen.

Während meiner Stippvisite in Birka ließ sich Bruno nicht blicken. Lisa ging mir aus dem Weg. Nur, dass sie um jeden Preis mit Bruno zusammenbleiben wolle, sagte sie, und nun endlich ihr Leben genießen könne.

Ich fuhr mit Mutter nach Stuttgart, ohne weiter mit Lisa über Bruno gesprochen zu haben.

Mutter war erstaunt, Norbert bei uns anzutreffen, fragte aber nichts. Dass Norbert meist unterwegs war, schien ihr gerade recht zu sein. Gegenüber Marek, den sie ja vorher nie kennengelernt hatte, war sie anfangs zugeknöpft. Ich wusste, was sie dachte: So ein kleiner Mann und dann auch noch diese Frisur, und wie er sich anzieht!

Ich bot Mama, was ich nur konnte. Spaziergänge lehnte sie ab. Sie sei noch nie einfach so rumgelaufen, ohne ein richtiges Ziel zu haben, sagte sie. Ein Stadtbummel war ihr zu anstrengend. Sie fand die Stadt zu groß. Die vielen Menschen, die Rolltreppen und das enorme Warenangebot schüchterten sie ein. Ein weiterer Versuch, ihr eine Freude zu machen, war ein Besuch des Fernsehturms. Nachdem ich sie überreden musste, in den Blitzaufzug zu steigen, und wir oben mehrmals die Aussichtsterrasse umrundet hatten, wollte sie vor Begeisterung nicht mehr runter vom Turm. Ich zeigte ihr, wo die Alb liegt. »Dort bist du geboren, Mama. Wie wär's, wenn wir in den nächsten Tagen hinfahren?«

»Da will ich nicht hin! Ich will heim!«

Nach zwei Wochen in Stuttgart wurde Mama ungeduldig. »Ich muss nach Hause«, jammerte sie. »Lisa lässt doch meine Alpenveilchen vertrocknen.«

»Da mach dir mal keine Sorgen, Jette wird sich schon darum kümmern.«

»Aber die Hühner, wer sperrt die abends ein?«

»Also Mama, die hat doch Lisa schon voriges Jahr abgeschafft.«

»So? Das hatte ich ganz vergessen. – Das Pferd haben sie auch verkauft, dafür haben sie jetzt so 'n blöden Traktor, der einen schon früh um sechs aus dem Schlaf knattert.«

»Rudolf ist nicht mehr der Jüngste. Mit dem Traktor hat er's leichter.«

»Die Kühe sind auch weg, nicht mal frische Milch haben wir mehr.«

»Wanda hat jetzt ihre Schneiderei«, sagte ich, »da kann sie nicht auch noch Kühe melken.«

»Ja, die Wanda, die hat sich immer geziert, wenn sie melken sollte, Angst hat sie vor den Kühen, die dumme Pute.«

»Aber Mama, das war doch damals, als sie im Krieg aus Berlin gekommen ist, später hat sie jahrelang das Melken übernommen, ohne sich zu beklagen.«

»Wenn du meinst – du hältst ja immer zu den anderen.«

»Du musst gerecht bleiben, Mama. Wanda hat dir immer geholfen.«

»Ja, früher. Früher war eben alles anders. Früher, als mein Ewald noch gelebt hat. – Aber vier Wochen kann ich nicht wegbleiben, ich muss nach Ewalds Grab sehen. Ich will heim!« Mama ließ energisch ihre Finger knacken. Daran merkte ich, dass es ihr wirklich schlecht ging.

So sehr ich mir auch Mühe gab, es ihr bei uns behaglich zu machen, Mama hatte Heimweh. Ich war enttäuscht und ärgerlich. Marek verstand es besser als ich, mit Mama umzugehen. Er verwickelte sie in Gespräche über frühere Zeiten. Zeiten, die Mama in verklärtem Licht sah.

An den Wochenenden kam Katja nach Hause. Charlotte fragte sie zigmal am Tag, warum sie in Kirchheim und nicht daheim wohne. »Weil ich dort mein Praktikum in der Tierklinik mache«, sagte Katja geduldig.

»Konntest du nicht einen vernünftigen Beruf lernen. Etwas, was zu einem Mädchen passt?«

»Das hatten wir schon«, sagte Katja und floh aus dem Zimmer.

Charlotte wurde von Tag zu Tag grantiger. Sie wollte nach Hause. Vorsichtig fragte ich nach Bruno und wie sie mit ihm auskäme. Ihre Antwort verschlug mir die Sprache. »Bruno ist ein feiner Mensch«, sagte Mama. »Er besucht mich fast jeden Tag und plaudert mit mir. Manchmal kommt er schon früh und bringt immer einen zum Zwitschern mit. Das hat Norbert nie gemacht.«

»Zum Zwitschern?« Marek zog die Augenbrauen zusammen.

»Na, einen guten Cognac oder so. Bruno sagt, ich könne was vertragen.«

Marek und ich sahen uns an und dachten wahrscheinlich beide dasselbe: Bruno schmeichelt sich bei Mama mit Schnaps ein. Mama war einem Glas Wein nie abgeneigt gewesen, sie konnte dabei sehr fröhlich werden, aber niemals hatte sie Schnaps getrunken. Mich kränkte, dass Mama vergessen zu haben schien, was Bruno unserer Familie angetan hatte. Oder hatte Vater nie mit ihr darüber gesprochen? Hatte er es, wie alles Unangenehme, von ihr ferngehalten? Ja, so wird es gewesen sein!

Es verletzte mich, Mama immerzu von Abreise reden zu hören, und schließlich brachte ich sie früher, als ursprünglich geplant gewesen war, nach Hause.

Lisa und Bruno standen im Hof. Ich war Bruno seit meinem verhängnisvollen Besuch in seiner Wohnung nicht mehr begegnet. Obwohl das vierzehn Jahre zurücklag, fühlte ich noch die gleiche ohnmächtige Wut, wann immer ich daran dachte. Diese Wut stieg auch jetzt geballt in mir hoch, als ich Bruno erblickte. Seine Unterlippe wirkte fleischiger als früher. Er war dicker geworden, stiernackig und feist, aber er war noch immer eine imposante Erscheinung. Als er Mama begrüßte, sie in die Arme schloss und ich seine Stimme hörte: »Na, da haben wir ja unsre Omi wieder«, wurde mir übel. Mama gab ihm einen Kuss auf die Wange. Lisa grinste zu mir hin, als wolle sie sagen: Da siehst du es, alles in Butter.

Ich saß noch im Auto und fühlte, wie sich mein Körper versteifte, ich mich nicht rühren, geschweige denn aussteigen konnte. Ich wollte auch gar nicht aussteigen, ich wollte auf der Stelle zurück nach Stuttgart fahren. Bruno kam herangeschlendert, beugte sich zum Autofenster und sagte: »Hallo, Anne. Lange nicht gesehen.« In seinen Augen lag Triumph. Gequält wandte ich mich von ihm ab und starrte geradeaus, spürte ihn wie ein gefährliches Tier neben mir. Wie durch einen Nebel sah ich Mama und Lisa zur Haustür gehen, und in meinen Ohren dröhnte es wie eine Lautsprecherdurchsage, als Bruno ihnen zurief: »Ich komme mit Anne nach.«

Dann war Bruno neben mir verschwunden. Im Rückspiegel sah ich, wie er sich auf der Gartenbank niederließ. Lässig, unbekümmert, die Beine übergeschlagen, saß er ein paar Meter hinter mir, lächelte und kaute dabei zärtlich auf seiner Unterlippe. Mir wurde heiß, ich kochte, brannte. Ich schloss die Augen, um ihn nicht mehr sehen zu müssen, ließ den Motor an, legte den Rückwärtsgang ein – und gab Gas. Es krachte und splitterte, bis der Wagen am Zaun zum Stehen kam. Als ich mühsam die Lider öffnete, sah ich direkt in Brunos gletscherkalte Augen, die mich spöttisch durch das Seitenfenster fixierten. Und ich hörte Mamas und Lisas Stimmen, Lisas klang hysterisch und Mamas besorgt. Wanda stand oben am Flurfenster und presste die Hand auf den Mund, als ob sie einen Schrei unterdrückt hätte.

»Gnädige Frau haben die Gänge verwechselt?«, fragte Bruno süffisant, drehte sich um und ging ins Haus.

»Das schöne Westauto«, jammerte Mama und besah sich das ramponierte Heck und die zersplitterten Rücklichter. Mit bekümmerter Miene schob sie die Ärmel ihres Pullovers zurück und begann die zerbrochenen Banklatten aufzusammeln.

Ich wehrte mich erbittert, als mich Onkel Rudolf aus dem Wagen zog, versuchte wegzulaufen, als ich endlich auf den Füßen stand. Mit sanfter Gewalt führte er mich über den Hof zur Haustür. Vor der Treppe, auf der Bruno und ich so oft als Kinder gesessen hatten, übergab ich mich.

Außer Wanda hatte niemand mein mörderisches Manöver im Hof beobachtet. Aber sie verlor kein Wort darüber.

Die Nacht verbrachte ich in der Wohnung von Wanda und Rudolf, fand aber wenig Schlaf. Ich träumte nicht von meiner Attacke auf Bruno, und ich dachte auch nicht über die Konsequenzen nach, falls Bruno die Gartenbank nicht rechtzeitig verlassen hätte. Ich sah nur ständig das Bild vor mir, wie er meine Mutter im Arm hielt und sie ihn auf die Wange küsste.

Am nächsten Morgen reparierte Rudolf die Rücklichter meines Wagens, den Rest würde die Werkstatt in Stuttgart erledigen. Bevor ich losfuhr, fragte ich ihn, was das zu bedeuten habe: Mutter und Bruno in trauter Familieneintracht. Rudolf guckte finster. »Bruno weiß, was Charlotte gefällt. Herzlichkeit war ihr immer ein Anliegen. Sie ahnt nicht, dass es Berechnung ist. Ich habe zwar noch nicht herausgefunden, worauf Bruno spekuliert, aber es wird nichts Gutes sein.«

»Charlotte säh et jern, wenn Lisa ihn heiraten würde«, sagte Wanda. »Ihr jeflüjeltes Wort is: ›Die Kinder brauchen einen Vater!‹ Bruno hat ihr einjeredet, Norbert hätte Lisa böswillig verlassen.«

Rudolf haute mit der Faust auf den Tisch. »Und Lisa mit ihrem Spatzenhirn merkt nichts!«

Ich fuhr mit schwerem Herzen nach Stuttgart zurück.

Mama wollte nicht mehr nach Stuttgart kommen. Sie bestand darauf, in Birka zu bleiben. »Hier war ich mein ganzes Leben zu Hause. Hier will ich bleiben, bis ich sterbe.«

Ich fuhr nur noch nach Birka, wenn Bruno und Lisa verreist waren. Seit Bruno bei Lisa wohnte, machten sie mehrmals im Jahr Urlaub und ließen die Kinder bei der Oma. Im Sommer ging's an den Plattensee, ans Schwarze Meer oder in die Hohe Tatra, im Winter nach Prag oder Budapest. Die Visa, auf die andere Leute jahrelang warten mussten, zauberte Bruno aus seinem Stasi-Hut.

Tobias berichtete, sie reisten mit Geld aus der Firmenkasse. Ich fragte ihn, was Bruno eigentlich arbeite. Tobias hob hilflos die Hände. »Keine Ahnung. Manchmal ist er einige Tage weg, ›auf Dienstreise‹ nennt er das, und sonst sitzt er im Kontor und spielt sich als Chef auf.«

»Bei dem Gedanken, Bruno an Vaters Schreibtisch sitzen zu sehen, dreht sich mir der Magen um«, sagte ich. Und das war nicht übertrieben.

Seit Vaters Tod war es für mich stressig, bei Mutter in Birka zu sein. Sie klammerte sich von früh bis abends an mich, rüttelte sogar an der Toilettentür, hinter die ich mich manchmal länger als notwendig flüchtete. Wenn ich es doch einmal schaffte, ins Dorf oder bis in die Fabrik zu gehen, kam Mama nach und machte mir Vorwürfe, sie so lange allein gelassen zu haben.

Noch mehr bedrückte mich, dass Mama mich nichts tun ließ und stattdessen Jette durch die Gegend scheuchte. Es war vergeblich, mit Mama darüber zu reden. Sie sagte, Lisa und Bruno fänden auch, Jette habe keinen Grund, die feine Dame zu spielen. »Es sind doch nur Kleinigkeiten, die sie für mich tut. Einkaufen und Reinemachen. Wir kommen schon zusammen klar, mach dir da mal keine Sorgen, Anne.«

Jette beklagte sich nicht. »Ich helfe deiner Mutter gern. Du weißt ja, Anne, sie wird grantig, wenn nicht alles pieksauber ist. Aber manchmal krieg ich die Wut, wenn ich sehe, wie schön sich's Lisa macht. Zweimal die Woche eine Putzfrau, sogar zum Bügeln kommt eine, weil der schöne Bruno jeden Tag das Oberhemd wechselt. Na, und die Friseuse kommt auch schon ins Haus.«

»Wovon zahlen sie das nur alles?«, fragte ich.

Jette zuckte mit den Schultern.

Seit Monaten sagte Marek nach der Tagesschau den gleichen Satz wie Vater vor vier Jahren. »Mit Gorbatschow kommt die Einheit.«

»Wie soll sich etwas ändern, wenn sich Honecker weiter gegen *Glasnost* und *Perestroika* sperrt?«, maulte ich resigniert. »Siehst doch selbst, wie die Ostdeutschen in Scharen abhauen. Die hoffen auf nichts mehr. Gestern im Fernsehen: Die bundesdeutschen Botschaften in Budapest und Prag platzen vor Flüchtlingen aus den Nähten.«

»Ja, aber die, die bleiben müssen oder wollen, fürchten weder Schlagstöcke noch Wasserwerfer und lassen sich auch durch den Verhaftungsterror nicht daran hindern, auf die Straßen zu gehen. Denk doch an die Montags-Demos in Leipzig! Und da behauptest du, die Leute in der DDR hätten keine Hoffnung mehr!«

»Na ja«, gab ich kleinlaut zurück, »ich habe eben schon zu oft umsonst gehofft.«

Doch kurz vor dem vierzigsten Jahrestag der DDR erlebten wir vor dem Fernseher, wie der Eiserne Vorhang die ersten Risse bekam. Über Ungarn und Tschechien strömten die Menschen zu Tausenden in den Westen. Im Oktober geschah dann das Unglaubliche: Die »Getreuen« der SED-Spitze zwangen Honecker zum Rücktritt. Zwei Wochen später gaben auch die Regierungsgenossen auf.

»Nun versuchen sie, ihre eigene Haut zu retten«, sagte Marek.

Und dann kam der Tag, an dem die Berliner Mauer fiel.

V. Nach der Wende

1989 bis 1995

Freiheit

Am 9. November 1989 war mein einundfünfzigster Geburtstag. In der Nacht meiner Geburt hatten in Deutschland die Synagogen gebrannt. Ein Jahr danach war der Zweite Weltkrieg ausgebrochen. Und als wir diesen überstanden hatten, war das Land in Ost und West geteilt worden.

Dreizehn Jahre später stand die Mauer in Berlin. Ulbrichts »antifaschistischer Schutzwall« der DDR. Dass die Mauer nach fast drei Jahrzehnten nun plötzlich überwindbar wurde, ging über meine Vorstellungskraft.

Die Bilder, die über die Mattscheibe flimmerten, wühlten mich auf und versetzten mich in Ekstase. Ich weinte mit den Menschen, die sich auf dem Kurfürstendamm in die Arme fielen. Ich lachte und sang mit der Menge vor dem Brandenburger Tor. Ich tanzte durchs Wohnzimmer wie die Berliner auf der Mauer. Und als sich verdutzt blickenden Volkspolizisten versöhnende Hände entgegenstreckten, jubelte ich vor Glück, während mir die Tränen über die Wangen liefen.

In den Tagen nach dem Mauerfall und der Grenzöffnung ging ich auf Wolken. Manchmal zwickte ich mich in den Arm, wie ich es als Kind getan hatte, wenn ich sicher sein wollte, nicht zu träumen.

Dass die Ostdeutschen wirklich frei waren und in den Westen reisen durften, glaubte ich erst, als drei Tage später Onkel Rudolf und Wanda bei uns auftauchten. Auf dem Rücksitz ihres Trabis waren zwischen Taschen und Rucksäcken Lisas Kinder eingequetscht. Aus Silke war ein kesser Teenager geworden und aus dem ein Jahr älteren Dirk ein linkischer Fünfzehnjähriger mit störrischem Bürstenhaarschnitt.

Vor unserem Haus gab es ein so lärmendes Wiedersehen, dass die Passanten auf den Gehwegen stehen blieben und mitlachten. Es dauerte lange, bis wir unsere Freude so weit ausgetobt hatten, dass wir uns einigermaßen vernünftig unterhalten konnten. Rudolf war früh um sechs mit seiner Familienfuhre gestartet, aber sie hatten an der Grenze zwei Stunden warten müssen. Nicht wegen der üblichen schikanösen Abfertigung, sondern weil sich die Trabis, Wartburgs, Ladas und Kleinbusse stauten.

Wanda redete wie ein Uhrwerk: »Nich ma de Ausweise wolltn se an de Jrenze sehn.« Ihr Zwitscherlachen steigerte sich in überschwängliche Jauchzer.

Endlich stellte ich die Frage, die mir auf der Zunge brannte: »Wollte Mama denn nicht mitfahren?«

Rudolf schüttelte den Kopf. »Nein, sie wollte daheim bleiben. Leider war Jette deshalb auch nicht zu bewegen mitzukommen. Sie brachte es nicht übers Herz, Charlotte allein zu lassen. Du weißt ja, wie gutmütig Jette ist.«

»Aber Lisa hätte doch nach Mama sehen können.«

»Denkste!«, sagte Dirk und fuchtelte mit seinen dünnen Armen, als wollte er Fliegen verjagen. »Mami und ihr Macho haben sich schon vorgestern aus dem Staub gemacht. Richtung Westen natürlich.«

Silke nickte und zischte: »Wir wissen nicht mal, wo sie hingefahren sind. Sie haben uns nur verklickert, dass sie mal kurz rübermachen. Na ja, und die Oma haben sie beauftragt, uns zu bekochen. Auf die Idee uns mitzunehmen sind sie nicht gekommen.«

Dirk streckte beide Daumen hoch. »Da haben wir uns heute einfach bei Onkel Rudi drangehängt.«

Marek machte spontan einige Vorschläge, was wir in Stuttgart unternehmen und besichtigen könnten. Aber unsere Gäste wollten weder auf den Killesberg noch in die Wilhelma oder auf den Fernsehturm. Es zog sie zu Stuttgarts Einkaufsmeilen in die Innenstadt. Sie wollten ihr Begrüßungsgeld abholen – und ausgeben! Wanda für Stoffe und Knöpfe, Silke für Jeans. Dirk wünschte sich Fußballschuhe. Onkel Rudolf wollte zu einem Baumarkt, um sich mit Schrauben, Wasserhähnen, Fensterkitt und einem Dutzend anderer Kleinigkeiten, die es im Osten nicht gab, einzudecken.

Rudolf wirkte bedrückt. Ich wusste, dass er an Ferdinand Vogelkopf dachte. Sein alter Freund und Kriegskamerad war im vorigen Winter an einem Schlaganfall gestorben. Da Rudolf nun endlich in Ferdinands Heimatstadt angekommen war, konnte er es schwer verkraften, ihn niemals wiederzusehen. Erst als wir später über die Königstraße bummelten, kam Rudolf durch die vielen neuen Eindrücke endlich auf andere Gedanken.

Vom Schlossplatz aus gingen wir zum Rathaus. Es hatte an diesem Sonntag für Gäste aus dem Osten geöffnet, damit sie ihr Begrüßungsgeld abholen konnten. Vor uns warteten schon mindestens hundert Leute. Als wir endlich an der Reihe waren, war die Stadtkasse leer. Wenig später wurde uns mitgeteilt, dass das dem Rathaus gegenüberliegende Breuninger-Kaufhaus eingesprungen war und diese Finanzhürde unbürokratisch überbrückte.

Nachdem dann jeder »unserer Touristen« im Besitz von 100 Westmark war, gaben sie ihre Reichtümer zum größten Teil gleich bei Breuninger aus. Das älteste und erfolgreichste Kaufhaus Stuttgarts schmückte sich erst seit wenigen Tagen mit einer imposanten Glaskuppel über der Karlspassage. Obwohl unser Stadtbummel bisher fröhlich verlaufen war, flossen nun angesichts der Glitzerpracht Tränen.

Als wir am frühen Abend aus der Stadt zurückkamen, saßen Tobias und Christel auf den Eingangsstufen unseres Hauses. Sie waren gegen vier am Stuttgarter Hauptbahnhof angekommen. Seit einer Stunde warteten sie vorm Haus und waren halb erfroren. Erst am Kaffeetisch tauten sie langsam auf.

»Der Zug war rappelvoll«, erzählte Tobias. »Bis Nürnberg gab's für uns nur Stehplätze. Die ganze DDR reist westwärts!«

Für unsere sechs Übernachtungsgäste musste ich mir von der Nachbarin Decken und Luftmatratzen leihen. Aber bevor wir uns schlafen legten, feierten wir in ausgelassener Stimmung bis nach Mitternacht die deutsche Reisefreiheit und unser Wiedersehen.

Da Norbert mit einem Möbeltransport nach Hamburg unterwegs war und erst am nächsten Tag zurückkommen würde, quartierten wir Silke und Dirk im Zimmer ihres Vaters ein. Wir anderen verteilten uns im ganzen Haus auf alle möglichen Schlafplätze. Dass es ziemlich eng zuging, störte niemanden.

»Also, morgen bleibe ich noch in Stuttgart und schwänze die Uni in München«, verkündete Katja. »Endlich ist mal so richtig Trubel hier im Haus, fast wie früher bei Oma Charlotte.«

»Meine liebe Tochter wird brav sein und tun, was sich für eine disziplinierte Studentin gehört«, sagte ich gespielt streng. »Außerdem ahne ich, dass wir ab jetzt öfter Besuch bekommen. Mir wird fast ein bisschen angst.«

»Mir nicht«, brummte Marek schlaftrunken. »Ich liebe Großfamilien.«

Bevor Norbert zurück war, hatte ich mir Silke und Dirk vorgeknöpft und ihnen zu erklären versucht, warum ihr Vater sie und Birka verlassen hatte.

»Glaubst du, wir wissen nicht, dass Bruno, der blöde Affe, Papa rausgeekelt hat?«, fauchte Silke. Dirk fletschte die Zähne und knurrte: »Bruno ist ein richtiges Arschloch. Alle müssen nach seiner Pfeife tanzen, auch Mami.«

Als Norbert am nächsten Tag von seiner Tour kam und seine Kinder sah, weinte er vor Freude. Abends rückte Dirk damit heraus, er wolle nicht zurück nach Birka, sondern bei seinem Vater bleiben.

»Ich bleib auch hier!«, sagte Silke.

Zwar waren die Grenzen nun offen, aber dass die Kinder einfach hierblieben, schien uns eine zu überstürzte Entscheidung. Norbert beschloss, Silke und Dirk vorerst für eine Woche in Stuttgart zu behalten. Damit gaben sie sich zufrieden.

Als Rudolf und Wanda nach drei Tagen mit ihrem Trabi wieder Richtung Osten fuhren, nahmen sie Tobias und Christel mit, und Silke und Dirk blieben bei uns in Riedenberg. Doch bevor die vereinbarte Woche ihres Stuttgart-Aufenthaltes um war, ging es Silke und Dirk wie ihrer Oma: Sie hatten Heimweh. Dirk hatte zwar einen Fußballplatz gefunden, doch er wurde nicht warm mit den schwäbischen Jungs, weil er ihren Dialekt nicht verstand und sie ihn wegen seinem Thüringisch hänselten.

Auch Silke wurde immer stiller und sprach von Heimreise. Als Dirk seine Schwester neckte, ihr fehle die Knutscherei mit ihrem Mirko, gerieten sich die zwei gehörig in die Wolle. Marek hatte seine liebe Not, sie zu trennen.

Deswegen war ich fast erleichtert, als Lisa auftauchte. Bruno blieb draußen im Wagen sitzen – in einem nagelneuen Manta. Meine Schwester benahm sich wie eine Furie, überhäufte mich mit Vorwürfen, faselte von Sorgen und Suchen und Kindesentführung und wartete ungeduldig, bis Silke und Dirk ihre Siebensachen gepackt hatten.

»Bruno hätte nichts dagegen, wenn die Kinder hierblieben«, fauchte Lisa, »aber so einem wie Norbert, der mich mir nichts, dir nichts verlassen hat, gebe ich sie nicht.«

Aha, dachte ich, Bruno hätte es also gut in den Kram gepasst, wenn er die Kinder auf diese Weise losgeworden wäre. Lisa holt sie nur, um Norbert eins auszuwischen.

Norbert war unterwegs. Er tat mir leid, weil er sich nicht von seinen Kindern verabschieden konnte, aber dadurch war ihm wenigstens Lisas Auftritt erspart geblieben.

Wenn mich Lisas Vorwürfe auch ärgerten, so hatte mich die Unsicherheit gerührt, mit der sie ihre Kinder begrüßt und an sich gedrückt hatte. Meine Schwester ist nicht so kaltherzig, wie sie tut, dachte ich – aber sie ist Bruno hörig. Was wird sie noch alles für ihn tun? Ich ahnte nicht, wie bald ich es erfahren würde.

An meiner Mutter schienen die neuen Verhältnisse in Deutschland fast spurlos vorüberzugehen. Ihr war nur wichtig, dass es keine Grenze mehr gab und sie mich jetzt jederzeit nach Birka beordern konnte. Ihre Briefe strotzten von Klagen über allerlei Zipperlein wie Verdauungsbeschwerden oder Hühneraugen. Ernst zu nehmen unter ihren Wehwehchen war nur ihr Augenleiden, das sich verschlechterte. Sie jammerte, weil sie die Bilder im Fernseher nur noch verschwommen erkennen konnte und zum Lesen eine Lupe brauchte. Erstaunlicherweise war ihre Handschrift akkurat wie eh und je, nur die Zeilen neigten sich abwärts. Sie schreib mir jede Woche einen langen Brief, an dessen Ende immer das Gleiche stand: »Wann kommst du mich besuchen?« Doch ich schob es immer wieder auf, weil ich Bruno nicht begegnen wollte.

Harte D-Mark

Anfang August 1990, vier Wochen nachdem es in der DDR Westgeld und die freie Marktwirtschaft gab, schrieb Mama:

Wanda denkt nun nicht daran, sich aufs Rententeil zu setzen. Jetzt, wo es alle Art von Kleiderstoffen gibt und es nicht mehr an Nähseide, Stecknadeln oder sonst was fehlt, floriert ihre Schneiderei wie noch nie. Auch in der Firma geht's recht ordentlich. Wir bekommen sogar Aufträge aus Westdeutschland. Jette sagt, die flaschengrünen Wandteller mit den gelben Tulpen verkaufen sich wie warme Semmeln.

So ermutigend Mamas Erfolgsmeldungen waren, so wusste ich doch von Onkel Rudi, dass es »drüben« gar nicht rosig aussah. Er hatte das am Telefon ungefähr so geschildert: »Die Leute wissen gar nicht, was freie Marktwirtschaft ist. Sie haben zu lange nicht über die Mauer gucken dürfen. Gnadenlos werden sie von den Wessis übers Ohr gehauen. Seit zwei Monaten fallen westdeutsche Unternehmer wie die Geier hier ein und jagen sich gegenseitig die besten Standorte für ihre Niederlassungen ab. Sie durchkämmen sogar Gegenden wie unsere, in denen sich Fuchs und Hase gute Nacht sagen, und grasen die Haushalte nach Altertümern ab. Bruno hat alle alten Möbel von unserem Dachboden an einen Nürnberger Antiquitätenhändler verkauft.«

Im September flogen Lisa und Bruno nach Mallorca, und ich fuhr zu Mama. Diesmal mit Marek. Als wir nach Birka kamen, traute ich meinen Augen nicht. Auf einer Wiese am Ortseingang standen mindestens 100 Gebrauchtwagen. In der Flussaue prangte ein Riesenschild: »Hier entsteht ein Möbelcenter.« Am Marktplatz hatte sich der HO-Laden, das frühere Kolonialwarengeschäft Krautwurm, in einen Supermarkt verwandelt. Daneben waren eine Großdrogerie, ein Tchibo-Kaffeegeschäft und eine Videothek eröffnet worden. Diese farbenfrohen West-Oasen prangten zwischen Fassaden mit dem unverwechselbaren grauen DDR-Putz.

In der Villa Aline fanden wir nur Mama und Jette vor. Da Lisa Betriebsferien verordnet hatte, waren alle anderen in westliche Regionen aufgebrochen.

Mama lebte auf. So wie sie einstmals keine Mühen gescheut hatte, ihrer Familie ein Heim zu bieten, das ihrer Vorstellung von gehobenem Lebensstil entsprach, so ließ sie für Marek und mich diese Traditionen wieder aufleben. Statt Platzdeckchen aus Plastik und Küchenbesteck, mit denen ich sonst bei meinen Besuchen vorliebnehmen musste, legte sie die Damasttischdecken, das Meißner Zwiebelmusterservice und Tafelsilber von Großmutter Aline auf. Sie verwöhnte uns mit Thüringer Klößen, mit Braten und mit Kuchen. Wie früher, wenn ein besonderes Fest ins Haus stand, servierte Mama das Nachtessen bei Kerzenschein und legte Mozart-Sonaten auf den Plattenspieler.

Abends im Salon-Wohnzimmer beim »Nett-Zusammensein«, wie Mama das nannte, thronte sie wie ein freundlicher, zufriedener Buddha in ihrem Sesselmonster und erzählte von den guten alten Zeiten.

Marek gefiel das, und ganz besonders gefiel ihm das Haus. Ich hatte befürchtet, es würde in seinen Augen altmodisch und ziemlich verkommen wirken. Aber er ließ sich vom Keller bis unters Dach führen und versicherte, die Villa Aline sei solide wie ein Schloss gebaut. Er bewunderte vom Dachfenster die Aussicht über das Flusstal, und er stand nachdenklich in der Bodenkammer vor der Truhe, während ich ihm von Miriam und Gita erzählte.

Beeindruckt war Marek auch von den großen Dielen, die mit der breiten, geschwungenen Eichentreppe verbunden waren. Marek setzte sich in Vaters Schaukelstuhl und ließ seine Augen durch den Raum wandern, lobte die Kassettendecke und nannte die Türen, diese vielen verschiedenen Türen, Schreinerkunstwerke.

»Wahrhaftig ein herrschaftliches Haus«, sagte er zu Charlotte. »Ich kann jetzt verstehen, dass du in Stuttgart Sehnsucht nach deinem Zuhause hattest.«

Sie nickte und lächelte geschmeichelt. Auch Mamas auf Hochglanz polierte Zwanzigerjahre-Möbel gefielen Marek – und natürlich Max Goldaus Bücherschrank. Lange schaute er auf das Ölportrait über dem Sofa. »Wann hast du denn Katja malen lassen?«, fragte er mich. »Ist der Rahmen nicht ein bisschen übertrieben antiquiert?«

Ich lachte. »Das ist nicht Katja, das ist ihre Urgroßmutter Aline.«

»Da brat mir einer einen Storch!«, knurrte Marek. »Katja und ihre Urgroßmutter ähneln sich wie ein Ei dem anderen. Ist es die kluge Aline mit den Gartenzwergen, von der du mir erzählt hast?«

»Du hast es erraten.«

Marek sah das Bild genauer an und murmelte: »Mir scheint, das hat ein Profi gemalt, das würde dir Robert Landstett bestätigen. Hat dein Großvater mit Gartenzwergen so viel Geld verdient, dass er seine Frau von einem berühmten Künstler malen lassen konnte?«

»Wie du siehst: ja. Gartenzwerge sind eine Goldgrube, solange sich die Leute ein bisschen Spaß leisten können.«

»Da hast du Recht, mein Schmetterling. Aber sobald schlechte Zeiten kommen, verteufeln die Menschen alle guten Geister, auch wenn es nur drollige Gnome sind.«

Marek musste nach einer Woche wieder nach Stuttgart zu seinen Baustellen, und ich wollte noch bei Mutter bleiben, bis Wanda und Rudolf aus dem Urlaub zurückkämen.

Nachdem Marek abgereist war, wurde Mutter mehr und mehr überdreht und unruhig. Sie wollte nicht spazieren gehen, weil es ihr zu heiß oder zu kühl oder zu anstrengend war, lieber ging sie ins Dorf, »Besorgungen machen«, wie sie das nannte. »Nur mal gucken, was es im Supermarkt gibt.«

»Du lieber Himmel«, sagte ich, »da gibt's nun jeden Tag alles. Aber du kaufst ja doch immer nur Semmeln und hundert Gramm westfälische Leberwurst, obwohl die Thüringer dreimal besser schmeckt.«

Allerdings kaufte auch sonst kaum noch jemand Thüringer Wurst. In den Regalen stapelten sich Westwaren. Die Leute, die so lange hatten warten müssen, dass dieser Traum wahr wurde, befanden sich in einem Kaufrausch. Sie deckten sich mit Kaffee, Schokolade und Bananen ein, als ob eine Hungersnot bevorstände.

Und Mama rümpfte die Nase und sagte: »Thüringer Leberwurst! Ich kauf doch keine Ostwaren für Westgeld!«

»Das Zeug aus dem Westen ist aber viel teurer«, sagte ich.

»Ist mir egal. Ich will Markenartikel von euch drüben! Muss ich meine Rente eben einteilen.«

»Nun fang bloß nicht an zu sparen! Wenn dein Geld nicht reicht, dann werden Lisa und ich schon für dich sorgen. Wie viel Rente kriegst du eigentlich jetzt nach der Wende?«

»Ich komme aus«, sagte Mama. »Und deswegen gehe ich jetzt noch mal ins Dorf, was besorgen. Nur eine Flasche Wein.«

»Wir brauchen doch nicht jeden Abend Wein zu trinken!«

»Stell dich nicht so an, zu zweit ist eine Flasche ein Klacks. Und Wein ist jetzt spottbillig. Bruno meint, da wäre ich dumm, wenn ich Wasser trinken würde.«

»Ja, wenn es Bruno meint!« Ich riss Mama zwei leere Rotweinflaschen, die sie zusammengesucht hatte, aus den Händen und knallte sie in den Mülleimer. Mama schüttelte den Kopf und jammerte: »Dafür hätte ich zwanzig Pfennige Pfand bekommen – zwei Westgroschen.«

Am nächsten Tag fragte ich Jette, ob Mama mit ihrem Geld auskäme und wie hoch ihre Rente sei.

»561 Mark und 13 Pfennige zusammen mit der Witwenrente, das hat sie mir gerade gestern vorgerechnet«, sagte Jette.

»Na ja, viel ist das nicht«, sagte ich.

Jette rieb den Daumen am Zeigefinger: »Charlotte ist reich!«

»Da weißt du mehr als ich.«

»Deine Mutter wusste es selbst nicht mehr. Aber als wir im Juli unser Geld umtauschen mussten und alle Leute wieder mal vor Begeisterung tobten, diesmal, weil die Westmark eingeführt wurde, fiel Charlotte plötzlich ihr Sparbuch ein. Na, das war 'ne Aktion! Als ob wir eine Nadel im Heuhaufen suchten.«

»Und habt ihr's gefunden?«

»Ja«, sagte Jette. »Es lag im Bücherschrank, in Goethe, Band sieben, zwischen Hermann und Dorothea. Dort wird es Charlotte wahrscheinlich schon vor Jahren versteckt haben. Seit dein Vater nicht mehr lebt, holt niemand mehr ein Buch aus dem Schrank. Charlotte auch nicht. Sie kann nicht mehr lesen, trotz der neuen Brille.«

»Dass sie sich aber auch nicht operieren lassen will. Grauer Star ist doch heutzutage heilbar.«

»Du weißt doch, Anne, deine Mutter hat immer einen Bogen um alle Ärzte gemacht und behauptet, was von allein kommt, geht auch von allein wieder weg.«

»Sie ist ja nie ernstlich krank gewesen.«

»Ihr fehlt auch jetzt nichts«, sagte Jette, »aber seit sie nicht mehr richtig sieht, ist sie misstrauisch. Dauernd zählt sie ihr Geld. Ich muss auf den Pfennig abrechnen, wenn ich für sie einkaufen war. Sie tut, als ob sie alle Welt betrügen will.«

»So ist das oft bei älteren Menschen, Jette. Aber wie viel war denn drauf, auf dem Sparbuch? Kann sie ihre Rente damit etwas aufstocken?«

»Ha!«, machte Jette und stemmte die Arme auf die Hüften, »mich hat's bald umgehauen: 40 000 Mark. Das war ein Heidengeld für ostzonale Verhältnisse. Durch den Umtausch in Westgeld ist's zwar weniger geworden, aber der Rest ist immer noch ein schöner Batzen. Keine Ahnung, wie deine Mutter das angespart hat.«

Erst nach längerem Grübeln fiel mir ein, wo das Geld herkam: Mein Vater hatte seiner Charlotte zur Silberhochzeit für jeden Tag ihrer Ehe eine Mark geschenkt. Es war ihm zuzutrauen, dass er fünfundzwanzig Jahre lang täglich eine Mark zur Seite gelegt hatte. Mein Vater machte solche Sachen. Seine »Sterbekasse« war ein Beutel mit fünfzig Sondermünzen der DDR. Pieck, Schiller, Thälmann, Grotewohl und Heinrich Mann hatten einträchtig aneinandergeklimpert. – Ich vermutete, Vater hatte, als er ahnte, er würde die Goldene nicht mehr erleben, für die nächsten 25 Jahre pro Tag seiner Ehe mindestens zwei Mark auf Mutters Sparbuch eingezahlt und ordentlich aufgerundet.

Jette druckste herum und räusperte sich mehrmals. »Ich komme mir zwar wie eine Klatschbase vor, Anne, aber Charlotte hat mir erzählt, Bruno hätte das Geld vom Sparbuch auf ein Bankkonto eingezahlt.«

»Und das hat Mama ganz freiwillig gemacht?«

»Bruno hat ihr gezeigt, dass das Konto auf ihren Namen läuft – da war sie zufrieden.«

»Jemine, Jette. Wenn das so weitergeht! Arme Mama!«

»Als ich ihr geraten habe, sie soll aufpassen und sich nicht übers Ohr hauen lassen, ist Charlotte ärgerlich geworden und hat mir verboten, mich in Familienangelegenheiten einzumischen. Das ist ein Tollhaus hier, Anne!«, schluchzte Jette. »Ich sitze zwischen den Stühlen, zwischen Charlotte und Lisa und Bruno. Ich kann es niemandem mehr recht machen.«

»Nimm's nicht so schwer, Jette. Ich rede mit Lisa. Mamas Konto ist für sie und Bruno tabu.«

»Bruno wird schon wissen, wie man's abräumt«, sagte Jette.

Obwohl Lisa behauptete, Mutters Konto nicht anzurühren, machte ich mir Sorgen, weil ich wusste, wie sehr sie sich von Bruno beeinflussen ließ.

Doch schlaflose Nächte hatte ich erst, nachdem ich wieder in Stuttgart war und mir Norbert den Brief eines Rechtanwaltes zeigte. Lisa verlangte die Scheidung.

»Brunos Werk«, sagte Marek. »Er baut vor. Sein Thron wackelt. Wenn die Einheit kommt, und sie wird kommen, sitzt Bruno ziemlich auf dem Trockenen – aber so ...«

»Glaubst du, Lisa wird ihn heiraten?«

»Wofür will sie sich denn sonst scheiden lassen?«, fragte Marek.

In meinem Kopf begann es zu klopfen. »Sollen ihn doch die Geier fressen, soll er doch zur Hölle fahren oder an seinen Intrigen krepieren!«, schrie ich.

Ich lief aus dem Zimmer in die Nacht hinaus. Im Eichenhain, der unterhalb unsres Hauses liegt, setzte ich mich atemlos auf einen Baumstumpf und starrte über die Filderebene. Es war schon zu dunkel, um am Horizont die Konturen der Schwäbischen Alb zu sehen. Ich dachte an meine Mutter, die dort geboren war, der die neue Heimat, die sie sich errungen hatte, ein letztes Glück bedeutete. War Mama in Gefahr, dieses Glück zu verlieren? Verlieren an Bruno!

Ich sprang auf und rannte ziellos durch den Wald. Aber der Druck in meinem Kopf ließ nicht nach.

Einheit

Am 3. Oktober 1990 schrieb ich mit dickem Filzstift quer über mein Tagebuch:

Heute Nacht um null Uhr endete die Existenz der DDR. Sie wurde der Bundesrepublik einverleibt.

»Der Kommunismus hat ausgespielt!«, sagte ich triumphierend zu Marek.

Er zog die Brauen zusammen. »Eigentlich ist die Idee von Marx und Engels hervorragend, aber in der Praxis hat sie leider miserabel funktioniert. Die Menschen sind zu verschieden, um sich in Gleichheit zwingen zu lassen. Gib jedem eine Mark und warte ab, was jeder daraus macht: Der eine bringt es mit ihr zu Reichtum, der andere versäuft sie. So wie sich Marx und Engels den Kommunismus als klassenlose Gesellschaft vorgestellt haben, ist er nicht zu verwirklichen.«

»Also wird es ihn nie geben«, sagte ich, »auch nicht mehr in der Sowjetunion.«

»Ich glaube, so wird es enden. Einer hat nun glücklicherweise gemerkt, dass der Kommunismus, so wie ihn die Genossen für ihre Vorteile durchboxen wollen, nicht gut ist. Für mich heißt der Held dieser Sternstunde Michael Gorbatschow. Stell dir doch vor, Anne: Einer allein gegen alle und das für eine gute Sache! Das ist ein unerhört beruhigender Gedanke. Ein historischer Ausnahmefall.«

Natürlich teilte ich Mareks Meinung, aber meine Hochachtung galt noch mehr den Hunderttausenden, die so zäh und mutig für Freiheit und Frieden demonstriert hatten, vor allem solchen jungen Leuten wie Tobias.

Mittlerweile beschäftigte ich zwei technische Mitarbeiter in meinem Büro. Wir waren mit Planungen und der Bauaufsicht der neuen Grünanlagen für die nächste, die »Internationale Gartenbauausstellung«, voll ausgelastet.

Allerdings flossen die Aufträge und Gelder nicht mehr so großzügig, weil der Finanzplan für die IGA '93 bereits kräftig überzogen war. Kritische Pressestimmen schätzten, dass die Gesamtkosten am Ende mindestens 240 Millionen DM betragen würden. Den Steuerzahler tröstete man damit, dass die mit Autoabgasen und Feinstaub geschwängerte Luft Stuttgarts endlich sauberer werden würde, wenn erst das geplante »Grüne U«, das mehrere Stadtteile verbinden sollte, fertig gestellt sein würde.

Doch vorläufig verstärkte der extrem heiße, trockene Sommer '91 Stuttgarts »dicke Luft« und bedrohte die Neupflanzungen. Die ausführenden Firmen wussten nicht mehr, woher sie das Gießwasser nehmen sollten.

Ich verbrachte diese sonnigen Monate in dauerndem Arbeitsstress und nahm die Eröffnung des neuen Flughafen-Abfertigungsgebäudes, die Radweltmeisterschaften und das erste Stuttgarter Sommerfest nur am Rande wahr. Nur die IGA im Kopf, dachte ich auch sehr selten an Birka – bis Ende September der Brandbrief von Jette kam: Mama sei erkrankt und ich solle bitte sofort kommen.

Gott sei Dank war das ja jetzt ohne Aufenthaltsgenehmigung möglich, und ich fuhr sofort los. Nachdem ich mich drei Tage lang um Mama gekümmert hatte, erwachten ihre Lebensgeister. Sie wollte einen Ausflug nach Jena machen. Da ich zu DDR-Zeiten fast nie aus Birka herausgekommen war, nahm ich gern die Gelegenheit zu einer ersten Spritztour im vereinten Deutschland wahr.

Am Sonntagnachmittag saßen Mama, Jette und ich auf der Terrasse eines Gartenhäuschens, in dem Christel vor zwei Monaten ihr *Café Niedlich* eröffnet hatte.

»Was sollte ich denn tun, nachdem meine Stelle als Köchin gestrichen wurde?«, plauderte Christel drauflos. »Das Café war meine Schnapsidee, die auch Tobias super fand.« Sie lachte und zog dabei ihre Stupsnase kraus. »Die Woche über läuft es etwas zäh, aber an den Wochenenden und an Feiertagen kommen die Spaziergänger in Scharen. Ich bin zufrieden.«

Von der Terrasse aus sah man im Tal Jena liegen. Die Stadt duckte sich um den alles überragenden dicken, runden Turm. Die neuen Hochhäuser der Uni und der Zeisswerke ließen nur noch wenig von dem verträumten Universitätsdorf ahnen, das Ernst Häckel einst beschrieben hatte.

Wir tranken Kaffee und genossen den Blick über Häckels *schöne Jenenser Berge mit ihren weißen Kalkfelsen und blumigen Dörfern an der vielgeschlängelten Saale mit ihren grünen Auen.* Mama summte *O Täler weit, o Höhen …*

Die Terrasse füllte sich mit Gästen, und Christel hatte alle Hände voll zu tun. Tobias, der ihr an den Wochenenden half, servierte perfekt wie ein Oberkellner. Später setzten sich Freunde von Tobias an unseren Tisch. Axel, ein Typ mit pomadisiertem Haar und Oberlippenbärtchen, war Mikroelektriker. Er war stolz darauf, schon immer bei Zeiss zu arbeiten. »Das zweitgrößte Unternehmen der DDR, das nationale Symbol und die Säule der Partei«, hatte er mir vor zwei Jahren, als ich ihn kennenlernte, erklärt. Dagmar, seine Frau, leitete damals den Betriebskindergarten.

Ich fragte Axel, wie Zeiss die Wiedervereinigung verkraftet habe.

»Das ging knapp zu«, sagte er. »Kurz nach der Wende sah es ganz danach aus, als ob uns Zeiss-Oberkochen schlucken wollte.«

Dagmar strich die dauergewellte Mähne aus ihrem Puppengesicht und boxte ihren Mann in die Seite »Gib doch zu, dass Zeiss durch euer letztes Projekt sowieso pleite war.«

Axel zog die Schultern hoch und sagte missmutig: »Das lag an den Milliarden, die wir per Parteiauftrag in die Entwicklung unseres Megabit-Chips stecken mussten.«

»Ein Megabit-Chip ›Made in GDR‹, der dreißigmal teurer als sein japanisches Gegenstück war«, flötete Dagmar schadenfroh. »So war das doch, Axel? He, erzähl doch mal, was der Zeiss-Chef, der Biermann, mit eurem berühmten Chip gemacht hat.«

Axel knurrte: »Dem Honecker überreicht, damit er ihn Gorbatschow als Staatsgeschenk mitbringen konnte. Aber das war schon 1988.«

»Was ist denn ein Mega-Dingsbums-Chip?«, meldete sich Mama. Ich vermutete, sie hielt es für eine spezielle Art von Kartoffelchips.

Axel guckte irritiert, legte aber dann los: »Grundbaustein im Computer. Ein Megabit-Chip integriert Millionen Bauteile auf einer Fläche von 200 Quadratmillimetern und hat eine Speicherkapazität von …«

»Hab's schon verstanden«, sagte Mama gnädig.

»Und seid ihr nun aus dem Schneider?«, fragte ich Axel.

»Jetzt haben wir ja euren Schwaben, man kann nur hoffen, er kriegt das wieder hin.«

Ich war ein bisschen stolz, dass ein Cleverle aus Stuttgart den Jenaern half, das Zeisswerk wieder flottzumachen. Ich spendierte eine Flasche Rotkäppchen-Sekt, um auf Lothar Späth anzustoßen.

»Axel hat Glück gehabt«, sagte Dagmar zu mir, »wenn das Werk stillgelegt worden wäre, säße er jetzt genau wie ich auf der Straße.«

»Sie sind arbeitslos?«

»Sind doch jetzt fast alle Frauen!« Dagmars Stimme klang vorwurfsvoll. »Seit der Wende hocken wir daheim und rühren in unsren Kochtöpfen. Wenn wir jetzt auch hineintun könnten, was wir uns zu DDR-Zeiten gewünscht haben, so fehlt nun das Geld dafür. Wirklich, es gibt genug Leute, die die Einheit zu Verlierern gemacht hat.«

»Glaubt ihr«, sagte ich zu Dagmar, »mir oder sonst wem ist es im Westen immer wie im Schlaraffenland gegangen? Bei uns kriegt man nichts geschenkt. Und Arbeitslose gibt es auch genug.«

Tobias, der den Kaffee brachte, hatte unser Gespräch gehört. Er verzog missmutig das Gesicht. »Meckert doch nicht dauernd rum, nur weil wir nicht sofort alles haben können.«

»Typisch Tobias«, sagte Dagmar schnippisch. »Hast du deswegen demonstriert, damit es uns jetzt mieser geht als vorher?«

Er knallte das Kaffeetablett auf den Tisch. »Seid froh, dass bei uns alles ohne Schießerei abgegangen ist! – Denkt doch mal an Jugoslawien: Bruderkrieg auf Kosten der aufgehobenen Ost-West-Gegensätze – und in der Sowjetunion putschten die Konservativen gegen Gorbatschow!«

»Tobias, der Friedensapostel!« Axel streichelte sein Bärtchen und sagte spöttisch: »Bei uns ist auch nur scheinbar Frieden. Wieso fackeln denn die Rechtsradikalen Asylantenheime ab?«

»Das sind doch alles Idioten!«, mischte ich mich ein. »Sie brüllen ›Deutschland den Deutschen‹ und ›Sieg Heil‹ und wissen nicht, was diese Parolen schon für Unheil angerichtet haben.«

»Aber Sie wissen es?« Dagmar guckte mich bissig an. »Eine, die immer im Westen gelebt hat, kann unsere Situation gar nicht beurteilen. Ihr da drüben habt überhaupt keine Ahnung, was es heißt, endlich machen zu dürfen, was man will.«

»Aber so was doch nicht! Wahrscheinlich wissen diese Wichtigtuer, die in Hoyerswerda die Ausländer gejagt haben, nicht mal, wo Mosambik und Vietnam liegen.«

»Na ja, lassen wir das, es ist uns auch nicht recht, wenn ihr das im Westen denkt«, sagte Axel. »Aber sehn Sie sich das doch an, wie uns die Haie von drüben über den Tisch ziehen. Die Gewinner bei der gepriesenen Einheit sind die Westdeutschen!«

Betroffen merkte ich, dass nicht nur in den Köpfen der »Ossis« eine neue Mauer wuchs, sondern auch in meinem »Wessikopf«. Erst als ich abends mit Onkel Rudolf darüber sprach, wurde mir das Debakel der Menschen in den neuen Bundesländern richtig bewusst.

»Wir waren über das Wunder der Wende derart erleichtert, begeistert und glücklich«, sagte er, »dass wir nicht über den Tag hinauszudenken wagten. Die Ereignisse überstürzten sich. In der

Zeit zwischen der Grenzöffnung, der letzten DDR-Regierung mit Lothar de Maizière und der Einheit ist uns buchstäblich Hören und Sehen vergangen. Als wir wählen sollten, hatten wir keine Alternative! Wir stimmten wie im Rausch für das geeinte Deutschland, von dem wir jahrzehntelang geträumt hatten.«

»Und nun bereut ihr es«, sagte ich.

»Ich bestimmt nicht«, sagte Onkel Rudolf. »Aber dass wir auf die blühenden Landschaften, die Helmut Kohl versprochen hat, noch lange warten müssen, will hier kaum einer verstehen. Jeder bei uns hoffte auf ein besseres Leben und dachte nicht daran, dass ein westliches Gesellschaftssystem auch Nachteile hat. Und nun gibt es auch noch die Treuhand. Die legen unsere Industriekombinate still, damit eure Wirtschaftsbosse profitieren. So etwas nenne ich Vereinigungskriminalität! Es werden Fehler gemacht, die sich rächen werden.« Onkel Rudolf seufzte. »Schon jetzt ist von der Sternstunde der Wiedervereinigung nur eine große innere Leere übrig geblieben. Inzwischen fragt man sich, ob es diesen jahrelangen Widerstand und die Demonstrationen wirklich gegeben hat. Der Zusammenhalt aus DDR-Tagen ist auseinandergebrochen, daraus sind Einzelne geworden. Die einen resignieren, die anderen jagen ihren Erfolgen in der freien Marktwirtschaft nach.«

Rudolfs Rede erschreckte mich. Erst nach einer Weile sagte ich mit Nachdruck: »Aber ihr seid frei!«

»Diese Freiheit nützt zur Zeit nur wenigen«, brummte Rudolf, »nur denen, die über Leichen gehen. Zum Beispiel solchen wie Bruno.«

Erz für den Frieden

Am nächsten Tag fuhr ich nach Schlema. Von der Autobahn Richtung Chemnitz, das damals noch Karl-Marx-Stadt hieß, wechselte ich bei Meerane auf die Landstraße nach Zwickau und geriet in eine Geisterlandschaft aus Erdpyramiden. Im Umkreis von Schlema, wo der Uranabbau in den sechziger Jahren eingestellt worden war, waren schon einige Halden planiert und die Abraumkegel abgestumpft worden. Das zaghaft wachsende Unkraut und einige junge Birken konnten den trostlosen Anblick nicht mildern.

Mein Audi holperte über die schlaglochgespickte Straße an verlassenen Industrieanlagen vorüber. Am Ende des Tales ragten Abraumkegel aus dem Wald. Dort lag die letzte Arbeitsstätte meines Bruders.

Michaels Schwiegereltern wohnten in einem Häuschen der Bergarbeitersiedlung. Der Mann war krank, pendelte seit Jahren zwischen dem Wismut-Krankenhaus in Gera und häuslicher Pflege durch seine Frau hin und her. Seine Haut spannte sich wie Pergamentpapier über die Knochen. Die Augen waren matt, aber lebendiger als alles andere an ihm. Er saß im Rollstuhl wie eine gebleichte Puppe.

Seine Frau bewegte sich langsam und müde. Sie kochte Kaffee und fragte, ob ich gut hergefunden hätte.

»Du lieber Himmel«, sagte ich, »das ist ja, als ob man über den Mond fährt.«

»Wir hatten über vierzig Jahre lang Zeit, Berge zu versetzen«, sagte der Mann, und es klang, als ob er Stimmbänder aus Sandpapier in der Kehle hätte. »Jetzt darf man's ja sagen: Thüringen und Sachsen waren der drittgrößte Uranproduzent der Welt.« Er lehnte erschöpft den Kopf zurück und schwieg.

Seine Frau sagte leise: »Niemand hat uns gewarnt. Keiner wusste von den Strahlungen. Es ging nur darum, so viel Erz wie möglich zu fördern.«

»Hunderttausende von Tonnen frei Haus für die sowjetische Rüstungsindustrie«, krächzte ihr Mann dazwischen. »Strengste Geheimhaltung! Uran durften wir nicht sagen. *Erz für den Frieden* hieß das.« Ihn schüttelte ein trockener Husten, und dann sagte er heiser: »Erz für den Frieden, an dem die Kumpel zugrunde gingen.« Er strich an seinem mageren Körper herunter, legte die Hände auf spitze Knie und keuchte: »Und nun bin ich dran.«

Seine Frau streichelte seine Pergamenthand: »Du sollst dich nicht aufregen, Gustav. Es ist nun vorbei.«

»Ja – vorbei! Mit der Wismut und auch mit mir. Jetzt entdecken plötzlich alle etwas, das uns früher so fremd wie Chinesisch war: Umweltbewusstsein! – Nun rennen sie sich den Hintern ab, um die radioaktiven Altlasten loszuwerden.«

»Mein Gustav war mit Herz und Seele Bergmann«, sagte die Frau.

Wir schwiegen und rührten in den Kaffeetassen.

»Wenn man an die Verstrahlung denkt, ist es ja eigentlich ein Segen, dass die Wismut geschlossen worden ist«, sagte ich in die Stille.

»Trotzdem bedeutet dieses Ende für viele Kumpel eine Katastrophe«, sagte die Frau. »Alle Bergleute fühlen sich auf seltsame Weise mit ihrem Stollen und ihrer Arbeit verbunden. Es ist wie eine Hassliebe. Man kann das mit einem normalen Brotberuf nicht vergleichen.«

Unsere Unterhaltung war mühsam und stockend. Es fiel kein Wort über Michael und Renate. Renate war seit vierzehn, mein Bruder seit zwölf Jahren tot. Ich wagte nicht, nach ihnen zu fragen, obwohl ich deswegen gekommen war. Wir saßen am Tisch wie bei einer Leichenfeier.

Als ich gehen wollte, sagte Renates Vater: »Marlies, gib Frau Stanbek den Brief.«

Sie holte ein zusammengefaltetes Blatt aus einer Schublade und legte es schweigend in meine Hände. Ich erkannte Michaels Schrift.

»Lesen Sie es daheim«, sagte die Frau, »Sie können den Brief behalten, wir kennen ihn auswendig. Michael hat oft von Ihnen gesprochen, er hat Sie sehr gern gehabt.«

Ich verabschiedete mich, hielt die gelbliche Hand des Kranken in meiner, wagte sie nicht zu drücken, weil sie sich wie brüchiges Reisig anfühlte.

Die Frau brachte mich zum Auto. Ich sah sie winken, bis ich um die Kurve war.

Den Brief las ich erst abends, als Mutter im Bett war. Hier an diesem Tisch, an dem ich jetzt sitze und ihn abschreibe. Er ist datiert auf den 18. Oktober 1977, den Tag vor Michaels Tod.

Heute bin ich aus dem Gefängnis in Cottbus entlassen worden. Mein Vergehen war, dass ich für mich und Renate einen Ausreiseantrag gestellt hatte. Ich wollte dem Leben in diesem Bergwerk entfliehen, aber vor allem hoffte ich, dass Renate in einem westdeutschen Krankenhaus geholfen werden könnte.

Die Durchsuchung unsrer Wohnung kam für uns völlig überraschend. Erst dadurch merkten wir, dass uns die Stasi überwacht hatte. Sie fanden einen Brief meiner Schwester Anne, in dem sie uns mitteilte, dass sie unseren Fall einer Menschenrechtsorganisation im Westen vorgelegt hatte. Renate und ich hatten große Hoffnungen darauf gesetzt. Aber bevor in dieser Sache irgendetwas erreicht war, wurden wir verhaftet.

In der Untersuchungshaft wurde ich Tag und Nacht verhört. Ich verschlimmerte meine Situation, weil ich mich bei den Verhören auf die KSZE-Schlussakte berief. – Wie habe ich nur glauben können, dass sich der SED-Staat an irgendeine internationale Vereinbarung halten würde?

Mein Prozess dauerte nur 20 Minuten. Ich wurde ohne rechtlichen Beistand wegen landesverräterischer Nachrichtenübermittlung und versuchter Kontaktaufnahme zu einer westlichen verbrecherischen Organisation zu zehn Jahren Strafvollzug verurteilt. Renate bekam drei Jahre und sechs Monate.

In Cottbus musste ich im Erziehungsbereich arbeiten. An einer Drehmaschine in Akkordarbeit Kunststoffteile für Trabant-Autos herstellen. Wer dort arbeitete, hustete sich schon nach wenigen Wochen fast die Lunge aus dem Hals, weil uns kein Mundschutz zugestanden wurde. Ich hielt das aus, aber ich sorgte mich um Renate.

Meine einzige Hoffnung war, dass Anne es fertigbringen würde, einen Freikauf für mich oder wenigstens für Renate auszuhandeln. Die DDR kassierte pro Häftling 80 000 Westmark in die Staatskasse und entledigte sich dadurch hauptsächlich Krimineller. Die »Schweren« verspotteten deshalb uns »Politische«: »Nur wer kleine Mädchen schändet, mordet oder klaut, darf in den Westen!«

Renate saß in dem berüchtigten Frauenzuchthaus Hoheneck. Es war bekannt, dass dort die Politischen mit Schwerverbrecherinnen in Zellen zu fünfzehn Betten leben mussten, und die sanitären Einrichtungen und die Verpflegung katastrophal waren. Jeder wusste, dass es in Hoheneck keine ärztliche Betreuung gab. Renates Eltern machten Eingabe um Eingabe, aber als Renate nach einem Jahr vorzeitig entlassen wurde, hatte sie nur noch eine Woche zu leben. Das SED-Regime hat sie umgebracht!

Als ich es erfuhr, rastete ich aus, brüllte mir meinen Schmerz von der Seele, schrie nach Einhaltung der Menschenrechte, verfluchte den Staat und drohte, die Haftanstalt in die Luft zu jagen. Meine Kerkermeister lachten mich aus, weil niemand nur ein Gramm Sprengstoff in diese strengstens überwachte Haftanstalt schmuggeln konnte. Ich hatte mich aber durch diese Äußerung der staatsfeindlichen Hetze und Sabotagedrohung schuldig gemacht. Man stellte mich mit Medikamenten still und steckte mich in den »Tigerkäfig«, in einen vergitterten, winzigen Raum, in dem schon mancher durchgedreht war. Ich verweigerte die sowieso miserable Nahrung. Nach fünf Tagen brachte man mich auf die Krankenstation. Als ich aufstehen konnte, kam ich unverzüglich wieder in den Erziehungsbereich, wo ich weiter Plastik sägte.

Ich war abgestumpft. Auf einen Freikauf hoffte ich nicht mehr, mir war alles gleichgültig, seit es Renate nicht mehr gab. Heute wurde ich überraschend entlassen, viel eher als erwartet, weil man im Bergwerk einen qualifizierten Sprengmeister braucht.

Unsere Wohnung ist aufgelöst worden, die Möbel stehen im Keller meiner Schwiegereltern. Beide schweigen über Renate. Sie finden noch immer keine Worte über den Verlust ihres einzigen Kindes.

Morgen werde ich wieder arbeiten.

Ich kann Renates Tod nicht verwinden. Von dieser Schicht werde ich nicht lebend zurückkommen.

Michael Stanbek

Ich rieb meine Stirn, presste Daumen und Zeigefinger gegen die Nasenwurzel und ließ hilflos die Arme sinken. Starrte auf meine Hände und begriff, dass ich die Gesten meines Vaters benutzt hatte, an die ich mich oft und schmerzlich erinnerte.

Ich las Michaels Brief nochmals und mich packte ein Schuldgefühl, an dem ich zu ersticken meinte: Unsere Briefe, die wir so vorsichtig auf Umwegen zwischen Stuttgart und Schlema einander zugeschmuggelt hatten, waren entdeckt worden. Sie waren der Grund für Michaels und Renates Verhaftung gewesen!

Aber ich brannte nun darauf, den Beweis zu finden, dass es Bruno war, der die Informationen über meine Familie an den Staatssicherheitsdienst geliefert hatte.

Ab 1. Januar 1992 konnte man bei der von Joachim Gauck geleiteten Behörde die Akten der Stasi einsehen. Ich fuhr zum Stasi-Archiv nach Gera. Ein DDR-Plattenbau. Innen lange Flure, von denen Stahltüren abgingen. Es roch nach Putzmittel, steril wie in einem Krankenhaus. Der Archivleiter stellte mir die nach dem Stasiunterlagen-Gesetz nötige Identitätsbescheinigung aus. Ich füllte einen Antrag aus.

Ein Mitarbeiter führte mich in einen Raum mit Karteischränken und schloss einen davon auf. »Kartei F 16«, erklärte er mir, »hier stehen die Klarnamen aller Beteiligten – egal ob Täter oder Opfer.

Er suchte eine Weile. – Endlich: eine Karte mit dem Namen Stanbek. Aber als er weiterforschte in anderen Karteien, fand er keinen Hinweis auf eine dazugehörigen Akte. Nichts über meinen Vater, nichts über mich, nichts über Michael.

Die Regale, bis zur Decke vollgestopft mit Akten, verschwammen, weil mir vor Enttäuschung die Augen übergingen. Unter den staubigen Aktendeckeln verbargen sich Tausende von Schicksalen, aber nicht das von Michael.

»Das braucht nicht zu bedeuteten, dass es diese Akten nicht mehr gibt«, sagte der Archiv-Mitarbeiter. »In den Kellern liegen zigtausend unbearbeitete. Es kann sein, es taucht noch in fünf Jahren etwas über Ihre Familie auf. Allerdings haben die Stasigenossen kurz nach der Wende viele Unterlagen beseitigen können. In den Lagern der Stasi-Archive stapeln sich Säcke mit zerrissenen Dokumenten. Ich rate Ihnen, in zwei Jahren nochmals einen Antrag auf Akteneinsicht zu stellen. Falls wir vorher etwas finden, bekommen Sie Bescheid.«

Du liebe Zeit, dachte ich, was weiß ich, was in zwei Jahren ist?

Ich brauchte einen Beweis gegen Bruno! Bruno, der jetzt in unserem Haus saß und sich als Chef eines Privatunternehmens aufspielte. Onkel Rudolf hatte gesagt: »Brunos Linientreue zum Sozialismus hat sich schlagartig ins Gegenteil gekehrt. Was den wenigsten der Mühe wert ist, nämlich auf Honecker und die SED zu schimpfen, tut Bruno mit Inbrunst.«

Der neue Chef

Die Scheidung von Lisa und Norbert war bereits vor zwei Jahren in den letzten Tagen vor der Wiedervereinigung über die Bühne gegangen, rasch und problemlos, wie man das in der DDR gewohnt war. Da Lisa behauptet hatte, Norbert habe seine Familie böswillig verlassen, waren ihr die Kinder zugesprochen worden.

Zwei Wochen nach der Einheit hatten Lisa und Bruno an einem der Familie unbekannten Ort geheiratet. Danach war Bruno endgültig und offiziell als Hausherr in die Villa Aline eingezogen. Er hatte die Wohnsituation wieder so hergestellt, wie sie im Krieg gewesen war, nachdem wir unsere Herrschaftsetage für die Familie des SS-Oberscharführers Dobmaier hatten räumen müssen.

Lisa und Bruno benutzten den Eingang mit der Freitreppe und gingen von der unteren Diele über die geschwungene Eichentreppe zur Herrschaftsetage. Die Türen, die von Mamas Wohnung auf die Diele führten, ließ Bruno wie einst zunageln, sodass Mama wieder mit dem Hofeingang vorliebnehmen musste.

Lisa sagte zu mir: »Bevor wir Mutter die Zugänge zur Diele gesperrt haben, ist sie ständig über die Treppe zu uns heraufgekommen. Du musst schon verstehen, dass Bruno und ich, jetzt wo wir verheiratet sind, unsere Ruhe haben wollen.«

Mutter tat mir leid, weil sie im eigenen Haus ausgesperrt worden war. Mir selbst war diese Abschottung zur ersten Etage insofern recht, weil ich Bruno dadurch seltener begegnen musste. In mir schoss ohnehin die Wut hoch, wenn ich ihn nur von Weitem sah. Wenn ich an der Kontortür vorbeiging, hörte ich ihn telefonieren. Seine Stimme war meist verbindlich-schleimig, aber wenn er gereizt in den Hörer brüllte, wusste ich, dass er Außenstände einklagte.

Ich bezweifelte, dass er selbst seine Rechnungen beglich, denn Tobias hatte mir erzählt, das Fabriklager sei mit wertvollem Markenporzellan westdeutscher Firmen gefüllt: Hutschenreuther, Rosenthal, Villeroy & Boch und ein paar hundert Hummelfiguren.

»Bruno hat vor, die Produktion einzustellen«, sagte Tobias, »er will nur noch Handel betreiben, behauptet, das sei leicht verdientes Geld.«

»Aber – das teure Porzellan muss doch auch verkauft werden!«, sagte ich.

»Das ist es ja. Die Leute haben zurzeit wenig Sinn für Kostbarkeiten. Wenn sie nicht arbeitslos sind, sparen sie auf ein Auto. Wer ein Haus hat, steckt sein Geld in Renovierungen.«

Bruno hatte die Mitarbeiter aus der Keramikproduktion entlassen, darunter auch Jette. Aber Jette war sowieso im Rentenalter.

Tobias, der bisher als Meister der eigentliche Betriebsleiter gewesen war, bangte um seinen Arbeitsplatz. »Bruno droht, mich rauszuschmeißen, wenn ich gegen sein Geschäftsgebaren anrede. Aber glaub mir, Tante Anne, diese Firma kann nur überleben, wenn wir eigene Ware herstellen. Es ist doch nach der Wende gut angelaufen! Brunos Zwischenhandel wird im Fiasko enden.«

Ich war überzeugt, dass Tobias geschäftstüchtig war. Marek hatte ihm geholfen, einen Warenkatalog zu entwerfen. Mit dem wollte Tobias westdeutsche Haushaltswarengeschäfte abklappern und ihnen »Stanbek'sche Keramik« anbieten.

Tobias raufte sich mit beiden Händen die Stoppelhaare. »Bruno hat alle meine Vorschläge rundweg abgelehnt«, sagte er entmutigt. »Ich soll mich nicht so wichtig machen, hat er gebellt, sollte mich lieber daran gewöhnen, wer jetzt der Chef ist und das Sagen hat.«

Wahrscheinlich hätte Tobias von sich aus gekündigt, aber das konnte er sich zurzeit nicht leisten, denn vor einem halben Jahr hatte sich bei ihm und seiner Christel Nachwuchs eingestellt. Zwillinge. Zwei Mädchen, die mit ihren Stupsnasen und Kraushaaren die Ebenbilder ihrer Mutter zu werden versprachen.

Durch den Kindersegen gab es für Tobias noch ein Problem: Seine Wohnung in Jena war für das doppelte Lottchen zu klein.

Da Frau Lucker vor einem Jahr gestorben war und Frau Kadowitz, der die steile Hintertreppe zur Mansarde zu schaffen machte, zu ihrer Brigitte, ins Haus der Bäckerei Knoll, gezogen war, hoffte Tobias auf die leer stehende Mansardenwohnung, zumal ihm dann die täglichen Fahrten zwischen Jena und Birka erspart geblieben wären.

Mutter hätte sich gefreut, wenn Tobias' Familie ins Haus gezogen wäre. Aber als Lisa von dem Plan erfuhr, rastete sie aus. »Kleine Kinder! Dieses Getrappel und Geplärre direkt über uns!«, keifte sie. »Wir wollen unsre Ruhe haben. Außerdem muss die Mansarde renoviert werden. Oma hat genug Geld, sie kann das bezahlen, es ist ihr Haus.«

»Mit Mutters Geld wird nichts renoviert. Was Vater für sie gespart hat, ist ihr Notgroschen, da lässt du die Finger weg!«, sagte ich.

Lisa stampfte mit dem Fuß auf. »Sollen wir etwa die Kosten tragen für ein Haus, das uns nicht gehört?« Sie zog eine unwillige Schnute, wie sie es schon als Kind getan hatte. Lisa war immer noch mädchenhaft schlank und bewegte sich anmutig wie in ihrer Jugend. Ihr Gesicht unter einem stets perfekten Make-up wirkte wie Reklame für Schönheitscreme. In ihrem Haar, das sie als modischen Pagenschnitt trug, war kein graues Fädchen. Nur die Zornfalte über der Nasenwurzel und zwei weitere, die sich von den Mundwinkeln herabzogen, ließen ihre siebenundvierzig Jahre ahnen.

»Mir liegt nichts daran, hier zu wohnen«, sagte Lisa schnippisch. »Warum soll ich in so einer alten Bude hausen, wenn wir uns ein Fertighaus auf eines unserer Hanggrundstücke setzen lassen können? Ich habe im Westen tolle Bungalows gesehen – so einen will ich auch! Und das alte Haus verkaufen wir einfach.«

Mutters Hände, die beständig die Tischdecke glattgestrichen hatten, fanden ruckartig zusammen, und sie begann hastig an ihren Fingern zu ziehen. »Verkaufen?«, flüsterte sie. »Und ich?«

Ich legte meine Hand auf ihre und hielt ihre Finger fest. »Beruhige dich, Mama, das Haus gehört dir. Niemand kann es verkaufen.«

»Bruno redet auch immerzu davon«, sagte sie mit dünner Stimme. »Er sagt, ich würde bald kein Geld mehr haben, um die Unkosten zu bezahlen.«

»Was für Unkosten?«, fragte ich irritiert.

Lisa erklärte mir, Mutter sei als Hausbesitzerin für Grundsteuer und Versicherungen zuständig. Außerdem müsse sie demnächst auch die Zentralheizung bezahlen, die Bruno einbauen lassen wollte. »Die alten Öfen stinken, und das ganze Haus ist sowieso primitiv.«

»Es ist ein schönes Haus!«, empörte sich Mama.

»Stimmt«, sagte ich. »Aber wenn dich, Lisa, ein wenig Nostalgie stört – dann zahlt Mutter doch endlich Miete für eure Etage und die Büroräume, davon könnte einiges modernisiert werden. – Also, Marek hat sich das Haus angesehen, und er findet es sehr solide.«

»Ach nee, dein oberschlauer Marek«, spottete Lisa, »dein Gartenzwerglein muss es ja wissen.«

Obgleich ich innerlich kochte, sagte ich ruhig: »Marek ist schließlich Architekt – und zwar ein guter. Er versteht mehr davon als wir alle zusammen. – Wirklich, Lisa, ich habe keine Lust, mit dir zu streiten, aber im Hinblick auf die Nebenkosten würde ich gern mal einen Blick auf Mutters Bankauszüge werfen.«

»Pah, was geht's dich an!« Lisa knallte die Tür hinter sich zu. Mir war klar, sie würde die Bankunterlagen nicht herausgeben, ich wusste nur noch nicht, weswegen.

Ich schleppte Mutter zur Sparkasse und wir ließen dort Kopien von ihren Bankauszügen machen. Da sah ich die Bescherung: Mutter hatte, seitdem ihr Geld auf der Bank lag, nicht nur alle Nebenkosten für ihre und für Lisas Etage bezahlt, sondern auch für die Fabrik!

»Wieso kann Bruno überhaupt Geld von deinem Konto abbuchen lassen, Mama?«

»Ich hab ihm einen Zettel unterschrieben, damit holt er mir meine Rente ab. Und wenn was am Haus zu reparieren ist, hebt er auch das eine oder andere Sümmchen von meinem Konto bei der Sparkasse ab. Ich bin sehr froh, dass er es für mich macht. Ich kenn mich mit diesen Bankgeschäften doch gar nicht aus«, sagte sie weinerlich.

Wieder in der Villa, ging ich direkt zu Lisa und legte ihr wortlos die Auszüge auf den Tisch.

»Mama gehört schließlich das Haus«, verteidigte sie sich. »Sie ist verpflichtet zu zahlen. Misch dich gefälligst nicht ein. Schließlich haben wir die Last mit Mama, da können wir nicht noch Geld für sie ausgeben.«

»Wer gibt denn hier Geld für wen aus? Da sind nicht nur die Grundsteuer und die Versicherung abgebucht! Sogar das Telefon, das Mutter nicht benutzen darf, hat sie bezahlt! Und hier: Stromrechnung, Wasserwirtschaft, nicht nur für das Haus, sondern auch für die Fabrik. Ihr habt ja Mamas Konto schon mächtig abgeräumt!«

»Vater hat das früher auch alles bezahlt!«, sagte Lisa.

»Früher gingen die Abrechnungen über die Firma, aber jetzt – ihr könnt euch doch diese Kosten nicht von einer alten Frau bezahlen lassen, die nur 560 Mark Rente kriegt!«

»Ihre Rente geben wir ihr jeden Monat auf Heller und Pfennig. Sie zählt sie mit der Lupe nach.«

»Und die reicht gerade so, dass sie nicht verhungert.«

Lisa wurde unsicher und verlegte sich aufs Jammern. »Es ist sowieso zum Verzweifeln mit Mama. Sie kommt ins Kontor, wann es ihr passt, und stört Bruno. In der Fabrik hält sie die Leute von der Arbeit ab und quatscht die Kunden an.«

»Na und? Was ist denn schlimm daran? Nur weil sich Mama mal jemanden zum Plaudern sucht, werdet ihr doch nicht gleich pleitegehen. Ich bin sicher, die Kunden sehen das einer alten Frau nach.«

»Das verstehst du nicht. Mutter ist stur. Stur und altersstarrsinnig. Sie ist geradezu geschäftsschädigend!«

»Nun lass mal die Kirche im Dorf, Lisa. Mama kann nerven, das weiß ich. Aber sie ist zu viel allein. Sie will nichts als ein bisschen Liebe. Ihr sperrt sie ja förmlich in ihrer Wohnung ein.«

Lisa wippte im Schaukelstuhl auf und ab – in Vaters Schaukelstuhl, der jetzt in ihrer Wohnung stand. »Dann nimm sie doch mit nach Stuttgart, wenn du Angst hast, wir kümmern uns nicht um sie – nimm sie mit, und damit basta!«

Bruno war eingetreten und ich merkte, dass er schon länger gelauscht hatte, als er losbelferte: »Lisa hat Recht. Du kommst hier ab und zu mal reingeschneit, machst Vorschriften, verwöhnst dein Mütterlein und haust dann wieder ab. Danach muss Lisa sehen, wie sie mit ihr klarkommt. Lisa kann Charlotte nicht den ganzen Tag auf dem Schoß halten. Ich selbst hab gerade genug am Hals: Die Firma frisst meine Zeit auf, und Charlotte geht mir auf die Nerven.«

Abends fragte ich Jette, womit Mama Bruno denn auf die Nerven gehe.

»Seit er Herr im Haus ist«, sagte sie, »lässt er seine Launen an Charlotte aus. Mal schmeißt er sie aus dem Kontor, nennt sie alte, verkalkte Schachtel, dann wieder besucht er sie mit 'ner Pulle Schnaps, schmeichelt ihr und versucht sie zu überreden, ihm das Haus zu überschreiben.«

Ein Heer pelziger, heißer Raupen schlüpfte in meinen Kopf, schwoll dort an und drückte gegen meine Schläfen. »Ist das wahr, Jette?«

»Da kannste Gift drauf nehmen! Bruno, dieses Miststück, giert danach, die Villa Aline zu besitzen.«

Ich flehte Mama förmlich an, sich das Haus nicht abschwatzen zu lassen, erinnerte sie sogar an ihr Versprechen, es mir zu vererben, weil Lisa mit der Firma und den Grundstücken gut bedient war. Aber erst, als ich Mama klar machte, sie käme sofort in ein Altersheim, wenn das Haus auf Bruno übertragen würde, schien sie zu verstehen, was ich meinte.

»Nichts unterschreiben, bevor ich mit dir oder Rudolf gesprochen habe«, wiederholte sie gehorsam meine Worte und knackte ihre Finger durch.

Geisterhaus

Lisas Behauptung, Mama sei ihr eine Last, stimmte nicht. Wer Mama wirklich mit Engelsgeduld umsorgte, war Jette. Ich selbst tat, was in meiner Kraft stand. Seit die Grenzen offen standen, hatte ich schon viele Wochen bei Mutter verbracht. Aber weder mir noch meiner Firma tat meine häufige Abwesenheit von Stuttgart gut. Es nützte auch nichts, dass ich meine Geschäftsangelegenheiten schriftlich oder per Handy zu bewältigen suchte. Persönliche Gespräche hätte ich führen und auf den Baustellen nach dem Rechten sehen müssen. Ich saß in einer Zwickmühle, sah, wie meine Firma langsam ihren guten Ruf verlor, weil Zeitpläne nicht eingehalten wurden, und ich konnte Mutter doch nicht so helfen, wie ich es wollte.

Mama wurde nörgelig, wenn ich ihr die Weinflasche wegnahm. Ich ärgerte mich, wenn ich morgens merkte, dass sie nachts wieder eine Flasche aufgemacht hatte. Auch wenn ich alle Öffner versteckte, Mama brachte es fertig, die Korken mit Häkelnadeln oder Schraubenziehern herauszubohren. Ich schrie sie deswegen an und machte ihr Vorwürfe, was sie mit Unschuldsmiene über sich ergehen ließ.

Tagsüber hatten Mama und ich uns wenig zu sagen. Wir kochten, aßen, gingen einkaufen und aßen wieder. Um die Zeit herumzukriegen, saßen wir stundenlang vor dem Fernseher. Doch das war für Mama wegen ihrer schlechten Augen auch kein Vergnügen mehr. Deswegen mochte sie Musiksendungen. Mir grauste vor den Hitparaden der Volksmusik. Bei einer Flasche Wein wurde Mama aufgekratzt und redselig. Sie saß im Sessel und streichelte Mephisto auf ihrem Schoß. Mephisto, ein schwarzer Kater mit Bernsteinaugen, gehörte schon seit zehn Jahren zur Familie. Mama hatte ihm früher nie erlaubt, ins Haus zu kommen. »Tiere gehören auf den Hof oder in den Stall«, war ihr Standpunkt gewesen. Sie hatte Mephisto zwar gefüttert, aber nie gestreichelt. Nun hatte Mama den Kater ans

Haus gewöhnt und ließ ihn sogar nachts in ihrem Bett schlafen. Mama fühlte sich so einsam, dass sie von ihren Prinzipien abwich, weil ihr die Gesellschaft Mephistos ein kleines Glück bedeutete.

Mephisto schnurrte auf ihrem Schoß und Mama erzählte von alten Zeiten. Die Abende ließen mich den tristen Tagesablauf vergessen. Nachts schrieb ich auf, was ich von Mama gehört hatte.

Mutters Situation wurde noch trauriger, nachdem Jette nicht mehr im Haus wohnte. Bruno hatte beschlossen, die Mansarde ganz zu räumen, angeblich um sie umzubauen und dann einträglicher vermieten zu können. Er hatte Jette förmlich rausgeschmissen. Seitdem war Mama, wenn ich nicht in Birka war, fast immer allein. Ohne Gesellschaft schmeckte ihr das Essen nicht und der Griff zur Flasche war ihr zur Gewohnheit geworden.

Noch schlimmer wurde es, als Rudolf und Wanda auszogen. Die beiden hatten seit ihrer Hochzeit die Räume bewohnt, die nach dem Krieg von der Herrschaftsetage abgetrennt worden waren. Obwohl diese Wohnung separat an die Hintertreppe angeschlossen war, wollte Bruno die Etage ganz für sich haben. Er stänkerte so lange, bis es Rudolf und Wanda nicht mehr aushalten konnten.

Als in Jena das kleine Haus, in dem Wanda ihre Schneiderwerkstatt hatte, zum Verkauf stand, griffen sie zu. Für den inzwischen achtzigjährigen Rudolf war es schmerzhaft, die Villa Aline, in der er fast sein ganzes Leben verbracht hatte, verlassen zu müssen.

Wanda nahm es leichter. Trotz ihrer 67 Jahre war sie noch quicklebendig und temperamentvoll und lachte ihr Zwitscherlachen. Sie war fülliger geworden und wirkte wie eine gepflegte Matrone. Ihre Locken trug sie jetzt kurz geschnitten und sie waren nicht mehr blond, sondern weiß. Wandas Mode-Atelier florierte.

Mein Planungsbüro florierte dagegen immer weniger. Wenn ich von Birka nach Stuttgart zurückkam, stresste ich mich ab und versuchte, meine liegengebliebenen Arbeiten nachzuholen. Neue Aufträge bekam ich nicht mehr.

So wie sich in der ehemaligen DDR die Hoffnungen auf einen schnellen wirtschaftlichen Aufschwung nicht erfüllten, so spürten wir in den alten Bundesländern nun die finanziellen Belastungen, die die Einheit mit sich brachte.

Die Einheit hatte die Abwanderung aus der DDR nicht stoppen können. Seit der Grenzöffnung kamen unzählige Umsiedler nach Stuttgart, und dazu mussten auch noch die Bürgerkriegsflüchtlinge aus Jugoslawien und die Asylanten, die wegen des zweiten Golfkriegs zu uns geflohen waren, untergebracht werden. Die Wohnungsnot und die Arbeitslosenquote erreichten wieder einmal einen Höhepunkt.

In diesem Sommer ignorierte ich schweren Herzens Mamas Briefe, in denen sie mich bat, zu ihr zu kommen. Ich musste mich um neue Aufträge kümmern, wenn ich meine Angestellten nicht entlassen wollte.

Außerdem wollte ich auch gern in Stuttgart bleiben, weil Katja ihre Semesterferien diesmal daheim verbrachte. Sie hatte in München keinen Ferienjob bekommen und arbeitete ehrenamtlich im Tierheim Stuttgart-Botnang. An den Wochenenden frischte Katja alte Freundschaften auf und ließ keine der sommerlichen Partys in Stuttgart aus. Der Höhepunkt für sie war ein mehrtägiges Fest im August, das zum vierzigjährigen Bestehen Baden-Württembergs rings um den Schlossplatz mit Musik und Shows gefeiert wurde. Bei den Unterhaltungsprogrammen auf fünf Bühnen traten auch die »Fantastischen Vier« auf. Katja und ihre Clique waren Fans dieser schwäbischen Hip-Hop-Gruppe, die mit der Single *Die da!?!* gerade die Hitparaden der Republik gestürmt hatte. Ich selbst igelte mich in meinem Büro ein und versuchte zu retten, was zu retten war.

Dirk und Silke

Norbert wollte wieder nach Thüringen ziehen, um näher bei seinen Kindern zu sein. Marek hatte ihm zugeredet, noch so lange bei uns wohnen zu bleiben, bis er eine Arbeitsstelle in der Nähe von Birka gefunden hätte.

An einem Sonntag saßen wir im Wintergarten beim Kaffeetrinken. Katja war von München gekommen, um nach den letzten schwierigen Klausuren am Wochenende bei uns zu faulenzen.

Norbert sagte: »Wisst ihr eigentlich, dass Dirk heute Geburtstag hat?«

»Ich hab ihm eine Karte geschickt«, sagte ich. »Nicht zu glauben, dass der Junge schon neunzehn wird.«

»Heute wäre ich gern bei meinem Sohn«, klagte Norbert, »aber ich kann doch nicht um das Haus schleichen, in dem meine Ex-Frau mit Bruno lebt.«

»Wie geht's denn Silke und Dirk?«, fragte Katja.

»O je«, stöhnte Norbert und holte einen Brief aus der Jackentasche. »Hört euch mal an, was Dirk schreibt:

Bruno ist ein echter Kotzbrocken! Ich kann doch nichts dafür, dass ich immer noch keine Lehrstelle habe. Muss ich mich deswegen jeden Tag Schmarotzer und fauler Sack schimpfen lassen? Ich halte es bald nicht mehr daheim aus.«

Norbert starrte in seine Kaffeetasse. »Ich wünschte, ich könnte mich mehr um meine Kinder kümmern. Aber es ist aussichtslos, in Thüringen Arbeit zu finden. Gestern habe ich wieder zwei Absagen bekommen. Dabei brauchen mich Dirk und Silke gerade jetzt, weil Wanda und Rudolf nicht mehr im Haus wohnen. Meine beiden haben niemanden mehr, dem sie mal ihr Herz ausschütten können. Silke sagt: ›Mit Mami kann ich nicht reden. Sie hält immer zu Bruno.‹«

»Ja, aber Silke hat doch ihren Mirko«, sagte ich.

Norbert nickte. »Er ist ein netter Junge. Und seit sie mit ihm geht, ist sie auch nicht mehr so bedrückt. Aber vorige Woche hat sie mir am Telefon die Ohren vollgeheult. Der feine Herr Dobmaier hätte Mirko einen dreckigen Jugoslawen genannt und ihn nicht ins Haus gelassen, als er sie abholen wollte.« Norberts rechte Pranke fiel auf den Tisch, dass die Tassen tanzten und klirrten.

Gleichzeitig klingelte es an der Haustür. Katja ging nachsehen. Weil sie so lange nicht wiederkam, schauten wir aus dem Fenster. Auf dem Hof vollführte Katja mit einem schlaksigen Jungen ein Zwischending aus Rock'n'Roll und Indianertanz. Sie hopsten ausgelassen um einen in der Mitte stehenden großen Rucksack herum.

»Was ist denn da los?«, fragte Marek. »Wen hat denn Katja da am Wickel?«

Da schrie Norbert: »Das ist Dirk!«, und rannte zur Haustür.

Dirk war gekommen, um bei seinem Vater zu bleiben. Norbert suchte für sich und Dirk eine Wohnung und gab seine Pläne, nach Birka zurückzukehren, auf. Silke wollte mit Mirko nachkommen, sobald sie ihre Verkäuferinnen- und er seine Schreinerlehre beendet hätten.

Als ich das nächste Mal bei Mutter in Birka war, kam Silke fast jeden Abend auf ein Stündchen zu uns herunter. Silke wirkte trotz ihrer Miniröcke und gestylten Haaren noch wie ein Kind. Sie hatte die Schule kurz vor dem Abitur abgebrochen, eine Zeitlang in einem Supermarkt in Jena Ware ausgezeichnet und machte nun dort eine Lehre als Fleisch- und Wurstverkäuferin. Sie war nicht begeistert von diesem Job.

Eines Abends, es war fast Mitternacht, klingelte es Sturm an Mutters Korridortür. Es war Silke, im Schlafanzug, mit zerzaustem Haar und angstvollen Augen. Sie kam hereingestürzt, schloss von innen ab, rannte ins Wohnzimmer und kauerte sich auf die Ofenbank. So wie sie die Füße hochzog, die Arme um die Beine klammerte und den Kopf auf die Knie presste, sah sie aus, als wolle sie sich so klein wie möglich machen oder ganz verschwinden.

»Du meine Güte, Silke, was ist denn los?« Ich hob behutsam ihren Kopf hoch und versuchte, ihr in die Augen zu sehen.

»Darf ich heute Nacht bei euch schlafen?«, flüsterte Silke.

»Aber natürlich. Wir legen eine Luftmatratze auf den Teppich, und Oma gibt dir Decken aus dem Schlafzimmer.«

Mama rückte das Bettzeug nur widerwillig heraus und verlangte zu wissen, warum Silke nicht in ihrem Kinderzimmer schlafen wollte.

»Silke schläft heute hier bei mir im Wohnzimmer«, sagte ich. »Sie ist müde. Ich auch.«

»Ich nicht«, sagte Mama. »Ich will noch ein bisschen fernsehen. Heute kommt Heino. Wenn Silke unbedingt bei uns übernachten will – sie kann in Opas Bett.«

»Nein«, sagte Silke leise, »ich will nicht in Opas Bett.«

Die Diskussion zog sich noch eine Weile hin, bis ich für Silke die Matratze aufgepumpt und Mama sich endlich schmollend zurückzogen hatte.

Ich setzte mich neben Silke auf die Ofenbank. »Willst du mir erzählen, was passiert ist?«

»Ich halt das nicht mehr aus, Tante Anne. Morgen pack ich meine Sachen und ziehe zu Mirko. Seine Mama hat nichts dagegen.«

»Aber Silke, wieso eilt das denn so?«

Silke schluckte die Tränen runter und stammelte: »Es ist wegen Bruno. Er ist wieder einmal besoffen nach Hause gekommen. Mami hat sich im Schlafzimmer eingeschlossen. Wenn Bruno genug Radau gemacht hat, schläft er dann meistens in der Diele auf dem großen Sessel ein.«

»Ja, und?«

»Ich war im Bad, da hat er an der Klinke gerüttelt.« Silke zog lautstark den Rotz hoch. Ich gab ihr ein Taschentuch. Sie schniefte und sprach stockend weiter. »Ich hab noch eine Viertelstunde im Bad gewartet und gehofft, Bruno würde inzwischen einschlafen. Ich muss ja über die Diele, um in mein Zimmer zu kommen. Aber als ich durchhuschen will, sitzt er noch dort, als hätte er auf mich gewartet. Und zack, hat er mich festgehalten und an sich gezogen.« Silke klapperte mit den Zähnen. »Ich wollte schreien, aber er hat mir den Mund zugehalten und …«

»Was und?«

»Er grabschte mir an die Brust und dann auch tiefer.«

Mir wurde heiß. Ich spürte die pelzigen Raupen vom Nacken in den Kopf kriechen.

Silke sagte: »Ich hab ihm mein Knie in die Eier gerammt.« Das klang nicht mehr deprimiert, sondern schadenfroh. »Da hat er mich losgelassen und ich bin runter zu euch gerannt.«

Während ich Silkes Struwwelhaare streichelte, kämpfte ich gegen den Druck hinter meinen Schläfen.

Silke beruhigte sich langsam und schlüpfte unter die Decke.

Ich hatte inzwischen mein Bett auf dem Sofa gerichtet. Bei meinen Besuchen in Birka schlief ich immer im Wohnzimmer, weil ich auch nicht in Vaters Bett wollte. Es war totenstill im Haus, und ich hörte noch stundenlang Silkes kleine Seufzer, die sie im Schlaf ausstieß.

Bruno! Genügte ihm nicht sein Schurkenstreich, Lisa geheiratet zu haben? Reichte ihm nicht der Triumph, wieder in diesem Haus zu wohnen? Die Wut hämmerte in meinem Kopf und ich verbiss mich in die Bettdecke, um nicht zu schreien. – Diesmal wird er mir nicht ungeschoren davonkommen, dachte ich. Morgen werde ich Lisa alles sagen. Es ist mir gleichgültig, was für eine Katastrophe daraus werden wird.

Nachdem Lisa mich am nächsten Morgen unwillig in ihre Wohnung eingelassen hatte, bedauerte ich zum ersten Mal, Bruno nicht anzutreffen.

»Lisa«, sagte ich, »Silke will ausziehen.«

»Ja, ich weiß«, sagte Lisa, »die dumme Gans will diesen Jugoslawen heiraten. Wie kann sie sich nur an so einen Kerl wegwerfen! Bruno sagt auch, die Ausländer gehören aus Deutschland rausgeschmissen.«

Ich schluckte einen Klumpen Wut herunter und dachte an die Überfälle auf Asylantenheime. Und meine Schwester plapperte Parolen nach, die Leute wie Bruno ausposaunten! Es war sinnlos, mit Lisa darüber zu diskutieren. – Aber ich wollte ihr wenigstens die Augen über Bruno öffnen.

»Lisa, ich muss mit dir über Bruno reden. Du weißt nicht, mit wem du dich da eingelassen hast.«

»Ach nee, meine große Schwester will mir wieder mal Vorschriften machen? Rede ich dir vielleicht rein? Ich halte dir doch auch nicht vor, dass du mit diesem polnischen Architektenzwerg in wilder Ehe lebst? Nein, verehrte Anne, bei mir herrschen klare Verhältnisse. Bruno hat mich geheiratet, weil er mich liebt. Du bist nur neidisch!«

Ich sah ein, Lisa wollte mir nicht zuhören, und wenn, dann würde sie mir kein Wort glauben.

»Aber, was ist nun mit Silke?«, fragte ich.

»Was geht das dich an?«, schrie Lisa. »Kümmere dich um deine eigene Tochter. Aber wenn du's wissen willst: Wenn Silke jetzt auszieht, braucht sie nicht wiederzukommen. Dieses Haus ist dann für sie verschlossen. Bruno sieht das auch so.«

»Aha! Bruno sieht das auch so!« Ich schrie nun auch. »Soll ich dir was sagen, Lisa – du bist einem Scheusal hörig! Wenn ich könnte, würde ich ihn umbringen!«

»Du ihn umbringen! Dass ich nicht lache!« Lisa prustete kurz und überheblich durch die Lippen.

»Denk doch mal darüber nach, Lisa! Du lässt deine Familie, deine eigenen Kinder fallen, ohne mit der Wimper zu zucken. Alles für Bruno!«

Hatte Lisa irgendetwas von dem begriffen, was ich gesagt hatte? Oder war sie nur irritiert, weil ich sie anschrie? Sie sprang auf, stürzte ins Schlafzimmer und ich hörte ihr hysterisches Schluchzen, womit sie sich schon als Kind jeder schwierigen Situation entzogen hatte.

Abgeschoben

Ich war überzeugt, in Birka gebraucht zu werden – aber ich musste nach Stuttgart zurück. In wenigen Wochen war die Eröffnung der IGA '93. Dafür hatte ich noch dringende berufliche Verpflichtungen.

In Stuttgart stürzte ich mich in meine Aufgaben. Wie gerne hätte ich Birka einfach vergessen. Aber obwohl Deutschland vereint war, pendelten meine Gedanken zwischen den Fronten. Es fiel mir schwer, mich auf die Arbeit, die ich so begeistert begonnen hatte, zu konzentrieren. Mit großer Anstrengung schaffte ich es schließlich, dass die von mir entworfenen Grünanlagen termingerecht fertig wurden.

Mit der IGA ging ein jahrzehntelang gehegter Traum aller Stuttgarter Gartenkünstler in Erfüllung: Am 23. April wurde Das »Grüne U«, das Stuttgarts größte Parks miteinander verbindet, der Öffentlichkeit präsentiert.

Marek und ich schlossen uns den IGA-Besuchern an, die mit Kind und Kegel von der Innenstadt aus durch die neuen Anlagen strömten. Dieser acht Kilometer lange Spazierweg führte abwechselnd durch königlich-barocke Gärten, englische Landschaftsparks und durch neue oder umgestaltete Grünflächen. Zwischen pflanzlichen und architektonischen Aha-Momenten lagen Gartenlokale und auch Spielplätze, von denen einige auf meinem Reißbrett entstanden waren.

Am Ziel, auf dem Killesberg, lud mich Marek zu einer Fahrt mit der Panoramabahn ein, und wir schwebten in sechs Meter Höhe über das IGA-Gelände hinweg.

Das Motto der IGA, »Verantwortungsbewusster Umgang mit der Natur in der Stadt«, war erfüllt worden.

An diesem Tag, an dem wir durch die Hauptattraktionen der Gartenschau streiften, gewann ich endlich wieder etwas Abstand zu meiner Mutter und Birka. Ich war glücklich, meinen Beitrag zu diesem Gartenschau-Wunder geleistet zu haben.

Doch die Pflichten meiner Mutter gegenüber holten mich rasch ein. Ich nahm mein Pendlerleben wieder auf. Anstatt im August mit Marek, wie wir uns vorgenommen hatten, einige Veranstaltungen der Leichtathletik-Weltmeisterschaften im Daimlerstadion zu besuchen, fuhr ich nach Birka. Ich verpasste das größte Sportfest, das Stuttgart bisher erlebt hatte, aber verwirklichte endlich meine Idee, für Mama eine Betreuerin einzustellen.

Da in Thüringen sehr viele Frauen arbeitslos waren, fand ich schnell eine geeignete Person. Bettina, eine stämmige junge Frau mit einem gutmütigen Kindergesicht, verstand es, bestimmt, aber einfühlsam mit Mutter umzugehen.

Sie erschien jeden Morgen pünktlich um acht in ihrem Trabi mit frischen Brötchen bei Mama, verbrachte den Tag bei ihr und fuhr nach dem gemeinsamen Abendessen wieder nach Jena.

Bettina war für Mama hauptsächlich Gesellschafterin, denn Mama hatte ja außer ihren schlechten Augen keine Gebrechen.

Ich vertraute Bettina und ließ mich erst nach sechs Wochen wieder bei Mama blicken, ohne von ihr einen »Wann-kommst-du-mich-endlich-besuchen«-Anruf bekommen zu haben. Am ersten Abend schon merkte ich, dass Mama weniger trank und nicht mehr mit den Fingern knackte. Wenn sie lachte, was sie wieder gelernt hatte, seit Bettina bei ihr war, blitzten ihre Augen so wie einst, wenn sie mit uns Kindern herumgealbert hatte.

Am nächsten Morgen sah ich Bettina und Mama tanzen. Sie sangen: »Schwesterchen, komm tanz mit mir«, und hüpften »einmal hin, einmal her.«

Dank Bettina schrumpften meine Besuche bei Mama auf ein erträgliches Maß.

Bettina war schon einige Monate bei Mama, als mich Lisa zu sprechen wünschte – in einer wichtigen Angelegenheit, wie sie sagte. Sie verlangte, Mutter solle in ein Altenheim.

Ich hatte gehofft, dieses Thema sei erledigt, seit ich Bettina eingestellt hatte. Und nun wollten Bruno und Lisa Mama in ein Heim abschieben!

»Das Geld, das du für Bettinas Gehalt rauswirfst, reicht auch für einen Heimplatz«, erklärte mir Lisa. »Außerdem ist dieses Weibsbild, das du uns da ins Nest gesetzt hast, ein faules Stück. Statt zu arbeiten, geht sie mit Oma spazieren oder sitzt vorm Fernseher. Wer weiß, ob sie überhaupt ehrlich ist? Bruno fehlt schon wieder Geld in der Kasse. Er will Bettina nicht mehr hier haben – und Oma muss auch aus dem Haus.«

In meinem Kopf wüteten die heißen Raupen, als Lisa das so geschäftsmäßig herunterleierte. Wie auswendig gelernt. Hatte Lisa überhaupt kein Fünkchen Liebe oder wenigstens Mitleid mit unserer Mutter?

Mit dieser Sorge kam ich zurück nach Stuttgart und erzählte sie Marek. Als er nach ein paar Tagen unser Gespräch wieder aufnahm, hatte er anscheinend gründlich darüber nachgedacht. »Charlotte hat es nicht mehr schön daheim. Wenn nun Lisa und Bruno auch Bettina rausekeln, was bleibt deiner Mutter dann außer ihrer Einsamkeit? Ich weiß nicht, ob ich dir raten darf, Anne, aber vielleicht wäre ein Heim doch das kleinere Übel.«

»Du wirst wohl ungeduldig, weil ich so oft weg bin.«

»Stimmt.«

»Du bist egoistisch!«

»Kann sein!« Mareks Stimme klang barsch, ein Ton, in dem er noch nie mit mir gesprochen hatte. »Ich wollte schon längst ein ernstes Wort mit dir reden: Das ist doch kein Leben, nicht für dich und für mich auch nicht. Was ist mit den Reisen, die wir zusammen machen wollten? Du hast keine Zeit, weil du immerzu in Birka bist.«

»Reisen? Der Traum scheint für mich ausgeträumt«, sagte ich leise. Und weil ich Angst hatte loszuheulen, schnauzte ich ihn an: »Fahr doch allein, wenn du willst. Ich ziehe ganz nach Birka und das war's dann.«

»Was soll das heißen – ganz nach Birka ziehen? Wie willst du das aushalten, mit Bruno im selben Haus?«

»Es bleibt mir nichts anderes übrig! Dich interessiert es eben nicht, was aus Mama wird.«

»Mein Gott, Anne, es gibt Heime, die wie gute Hotels geführt werden. Mach es unserem Charlottchen schmackhaft. Vielleicht gewöhnt sie sich sogar daran. Sie wäre nie mehr allein, was ihr doch anscheinend am meisten zu schaffen macht. Sie könnte noch ein paar schöne Jahre haben.«

»Sie will zu Hause sterben!«

»Ja, ich weiß, Anne. Aber sie hat ein erfülltes Leben gehabt, wenn ich das mal so sagen darf – doch wenn du so weitermachst, mein Schmetterling, dann liegst du vor deiner Mutter in der Grube. Auch Katja meint, ich müsste dich ins Gebet nehmen, damit du mal an dich denkst.«

»Ach, nun heckst du schon Komplotte mit Katja gegen mich aus!«

»Ja. Sie merkt schließlich auch, wie dich die Sorgen um deine Mutter kaputt machen. Sieh dich doch an: Du bist mager geworden, hast Ringe unter den Augen. Du wirkst abgehetzt, als ob du verfolgt würdest.«

Ich rieb meine Stirn, so wie es Vater früher getan hatte, wenn er sich hilflos fühlte. »Mager. Ringe unter den Augen. Abgehetzt«, murmelte ich, »also alt und hässlich. – Kann man denn so was noch lieben, Marek?«

»O ja«, sagte er und nahm mich in die Arme.

Am nächsten Tag fuhr ich wieder nach Birka.

Ich sprach mit Lisa und machte zur Bedingung, Mutter solle erst einmal versuchsweise in Kurzzeitpflege kommen. Eine Woche lang klapperte ich ein halbes Dutzend Heime ab. Die meisten waren Betonklötze mit Massenbetrieb. Nein, da würde es Mutter nicht aushalten. Andere waren zu teuer. Endlich fand ich ein kleines Privatheim. Es lag in einer ländlichen Gegend, nur zwanzig Kilometer von Birka entfernt.

Dort meldete ich Mutter für vier Wochen an. Aber so einfach ging das nicht, Mutter musste unterschreiben, dass sie einverstanden war. Ich redete mit Engelszungen, beschrieb ihr das Heim wie ein Sanatorium: »Mal andere Tapeten, mal andere Leute und den ganzen Tag Gesellschaft. Gutes Essen. Schönes Zimmer mit Blick zum Wald.« Das war nicht gelogen, aber ich schämte mich der Überredungskünste, die ich aufbrachte, um Mama zu überzeugen.

Die Heimleiterin, eine sympathische, gepflegte Dame, besuchte uns in der Villa Aline. Frau Gruner wusste Mama für sich einzunehmen. Sie lobte den Kaffee und den Kuchen, den wir ihr vorsetzten, und bewunderte Mamas Frisur, ihre wie immer akkurat sitzenden Löckchen. Danach hörte sich Frau Gruner geduldig die ausführliche Schilderung von Mamas glücklicher Ehe mit ihrem geliebten Ewald an und lauschte mit dem gleichen Interesse der Leidensgeschichte von Mamas Hühneraugen. Nach zwei Stunden nahm Frau Gruner Mamas Hand, drückte sie herzlich und versicherte, sie werde alles tun, damit sie sich bei ihr in der neuen Umgebung wohl fühlen würde. Mama unterschrieb.

Es wurde eine Strapaze für mich, mit ansehen zu müssen, wie Mama sich auf den Tapetenwechsel zu freuen begann, wie sie bedächtig und eifrig ihre Siebensachen zusammensuchte: Wäsche, Schuhe, Kleider, Alines Perlenkette, die so perfekt auf ihr »Gutes« passte. Sie packte sogar eine Schürze ein, »falls in der Küche was zu helfen ist«.

Eine weitere schwere Aufgabe für mich war, Bettina vor die vollendete Tatsache zu stellen. Meine Zusicherung, dass sie ihren Lohn weitere drei Monate bekäme, konnte sie nicht trösten. Ich merkte, wie schwer ihr der Abschied von Mama fiel.

Mama dachte, Bettina wäre wieder für sie da, sobald sie aus der »Kur« zurückkäme.

Es war ein ungemütlicher, nebliger Tag, an dem ich Mama ins Heim brachte. *Seniorenheim Waldeslust* stand über dem Eingang. Ich kam mir wie eine Verräterin vor, denn ich ahnte, dass es nicht gut ausgehen würde.

Sooft ich Mama im Heim anrief, jammerte sie, dass sie nach Hause wollte.

Zu allem Unglück erwischte mich eine Virusgrippe, und als es mir endlich besser ging und ich Mama besuchen konnte, fehlten nur noch ein paar Tage bis Weihnachten.

Mama saß mir wortlos gegenüber und knackte mit den Fingern, was mir durch Mark und Bein ging. Offensichtlich hatte sie längst gemerkt, dass sie in keinem Erholungsheim war. Sie fragte weder nach Lisa, Bruno und ihren Enkelkindern noch nach Wanda, Rudolf oder Jette. Nur einmal sagte sie leise: »Ist Mephisto noch da?«

»Ja, Mama, es geht ihm gut. Lisa füttert ihn.«

»Ich will nach Hause. Bring mich heim, Anne.«

»Ich möchte dich mitnehmen und mit dir Weihnachten in Stuttgart feiern. Marek lässt dich grüßen und Katja auch.«

Mama sagte: »Ich will nicht nach Stuttgart. Ich will nach Hause.«

Auch Wanda und Rudolf versuchten, Mama über Weihnachten zu sich zu holen. Sie sollte sich bei dieser Gelegenheit die Einliegerwohnung anschauen, die Rudolf für sie ausbauen wollte, denn Wanda hatte von vorneherein prophezeit, dass Charlotte es nicht in einem Heim aushalten würde.

Aber Mama hatte gesagt: »Ich will nicht nach Jena. Ich brauche keine Wohnung. Ich will nach Hause!«

Für mich wurde es ein trauriges Weihnachten, weil ich immerzu an Mama denken musste. Mama, der eine Villa gehörte, musste ihre alten Tage in einem kleinen Zweibettzimmer mit einer fremden Frau verbringen.

Frau Gruner, die Heimleiterin, behauptete am Telefon, die Omi, wie sie Mutter nannte, gewöhne sich ein. Omi sei lieb und geduldig, nur ab und zu würde sie ausbüxen. Am Heiligen Abend sei sie zur Landstraße gelaufen und habe versucht, per

Autostopp nach Birka zu fahren. Man müsse sehr auf sie aufpassen.

In der zweiten Woche des neuen Jahres kam wieder ein Anruf von Frau Gruner: »Ich muss Ihnen leider mitteilen, dass Ihre Mutter seit Tagen die Nahrung verweigert. Sie liegt apathisch im Bett und wird zusehends schwächer. Wenn man sie anspricht, sagt sie: ›Lasst mich heim.‹ Sonst nichts. – In diesem Zustand können wir sie nicht hierbehalten. Wir müssen sie ins Krankenhaus bringen. Dem haben Ihre Schwester und deren Mann bereits zugestimmt.«

»Ich komme und bringe Mutter nach Hause«, sagte ich atemlos.

Ich fuhr sofort los, aber da es unentwegt schneite, kam ich nur langsam vorwärts. Als ich endlich das Heim erreichte, war Mutter seit drei Stunden tot. Ihr Sarg war schon unterwegs nach Birka ins Leichenhaus.

Am 13. Januar 1994, einem windigen, regnerischen Tag, wurde Mutter neben meinem Vater und Michael beigesetzt. Auf dem Grabstein standen auch die Namen von Vaters Zwillingsbrüdern, und seit drei Jahren auch der von Hanna.

Nach der Beerdigung, beim sogenannten Leichenschmaus, sagte Lisa: »Damit du's gleich weißt, Anne, das Haus können wir dir nicht überlassen. Die Geschäfte laufen schlecht. Wir sind auf die Erbschaft angewiesen.«

Es war diesbezüglich nichts vereinbart worden. Nichts Schriftliches. Nach der Wende hatte ich Lisa gefragt, ob sie zu ihrem Wort stände, und mir im Erbfall das Haus überlassen würde.

»Natürlich«, hatte sie leichthin geantwortet, »Mutter will es ja auch so. Und was soll ich auch mit dem großen Kasten? Für eine Modernisierung ist uns unser Geld zu schade. Bruno und ich bauen uns einen Bungalow.«

»Aber was ist, wenn es nichts wird mit eurem Bungalow?«

Lisa war gereizt. »Wenn du kein Vertrauen zu mir hast, Anne, dann können wir zu einem Notar gehen und festschreiben lassen, dass ich auf das Haus verzichte.«

Und Mutter hatte weinerlich gesagt: »Ihr werdet euch doch nicht zanken, wir haben es doch so ausgemacht: Du Lisa, hast die Firma bekommen, und Anne erbt das Haus.«

Wir waren nicht zum Notar gegangen. Und nun hatte ich mein Elternhaus zu gleichen Teilen mit Lisa geerbt. Wie lange würde es dauern, bis es Bruno gehörte?

Erbengemeinschaft

Bruno und Lisa hatten sich in der ganzen Herrschaftsetage breitgemacht. Brigitte Knoll schrieb mir, dass Brunos ehemalige Parteigenossen im Haus ein- und ausgingen. Es würden Feste gefeiert, wozu Lisa in der Bäckerei Gebäck bestelle. Ein Party-Dienst liefere die Getränke und opulente Mahlzeiten.

Die Mansarde stand leer, von Umbau war nicht mehr die Rede.

In Mutters Wohnung verstaubten die Möbel. Seit ihrer Beerdigung war ich nur einmal in Birka gewesen, auf dem Friedhof, nicht in der Villa Aline. Ich wollte weder Lisa und noch weniger Bruno begegnen.

Marek merkte, wie ich darunter litt, meinem Elternhaus fernzubleiben, und wie sich die Wut auf Bruno in mir aufstaute. Er bat mich inständig, endlich reinen Tisch zu machen.

Marek warnte: »Seit dem Tod deines Vaters, ist am Haus nichts mehr renoviert worden. Wenn es einen Wasserrohrbruch gibt, wenn eine der alten Elektroleitungen durchschmort und Feuer ausbricht oder wenn jemandem ein Dachziegel auf den Kopf fällt, haftest du genauso dafür wie Lisa.«

»Soll ich Lisa meine Hälfte schenken, damit sie das Haus auf Bruno überschreiben lässt? Dann hätte Bruno endlich, was er will!«

»Ob ihm die Villa gehört oder nicht, er residiert mit Lisa in der Herrschaftsetage und grinst sich eins. Sie zahlen keine Miete und bilden keine Rücklagen. Besser und billiger können sie doch gar nicht wohnen.«

Ich zuckte resigniert die Schultern und sagte: »Ich kann keinen Streit wegen des Hauses mehr ertragen. Lieber sitze ich das aus.«

Doch im März kam ein Brief von Onkel Rudolf:

Deine Schwester und ihr Galan haben über ihre Verhältnisse gelebt. Ich wünschte, ich hätte das nicht mehr erleben müssen. Ewald wird sich im Grabe umdrehen. Es ist schlicht eine Katastrophe: Ein Betrieb, der zwei Weltkriege und die DDR überstanden hat, ist in weniger als zehn Jahren runtergewirtschaftet worden. Bruno hat verkauft, was zu verkaufen war, sogar die Gartenzwergmodelle deines Großvaters. Die Firma ist bankrott. Auch die Grundstücke sind in die Konkursmasse gefallen. Versuche das Haus zu retten, Anne. Es ist das Einzige, was vom Lebenswerk deines Vaters geblieben ist.

Das Haus! Plötzlich wurde mir bewusst, wie sehr ich es liebte. »Wie soll ich das Haus retten?«, fragte ich Marek und begann zu weinen.

»Versuche, es Lisa abzukaufen.«

»Dann wird sie mit Bruno trotzdem drin wohnen bleiben. Jeden neuen Mieter rausekeln! Weiterhin keine Miete zahlen! Ohne Mieteinnahmen kann ich das Haus nicht instand halten.«

»Die zweite Möglichkeit wäre, die Erbengemeinschaft aufzulösen.«

Ich verfiel in den ungeduldigen, anklagenden Ton, mit dem ich Marek in letzter Zeit immer öfter attackierte: »Du nervst mich mit deiner Affenruhe! Aus dieser verdammten Erbengemeinschaft kann ich nur raus, wenn ich auf das Haus verzichte. Dann kommt es früher oder später auch unter den Hammer, genau wie die Firma.«

»Es muss unter den Hammer.«

»Wie meinst du das?«

»Versteigern. Wenn du es versteigern lässt, muss Bruno raus.«

»Versteigern! Bist du verrückt? Willst du mich verspotten? Verschon mich mit solchen neunmalklugen Ratschlägen!«

»Geh doch nicht immer gleich auf die Palme, Anne. Lass mich doch ausreden: Du beantragst die Versteigerung, das kann jeder in einer Erbengemeinschaft, egal wie viele Leute dazugehören. Es ist die einzige Chance.«

Ich sprang auf und lief im Zimmer hin und her. »Ich soll die Versteigerung der Villa Aline beantragen?«

»Ja«, sagte Marek, »und dann ersteigerst du sie für dich. Ich baue sie um, damit man sie vermieten kann. Und für uns plane ich eine kleine Ferienwohnung ein.«

Ich begriff nicht gleich. Der Sinn von Mareks Worten kroch seltsam träge in mein Bewusstsein, bis ich ihn endlich verstand.

»Wenn es mir jemand wegsteigert«, sagte ich kläglich, »wenn irgendein reicher Wessi kommt und ein Schnäppchen macht?«

»Es wird dir keiner wegsteigern«, sagte Marek. »Es gibt tausende marode Villen in der früheren DDR, die keinen Käufer finden. Wenn dein Geld nicht reichen sollte, werde ich den Rest drauflegen. Du bekommst deine Villa, ich verspreche es dir. Diesmal sitzen wir am längeren Hebel.«

»Versteigern!«, sagte ich. »Mein Elternhaus versteigern. Nein! Nur über meine Leiche.« Und das meinte ich ernst.

»Dann musst du eben mit ansehen, wie es langsam verfällt«, sagte Marek.

Die Stasiakte

Nach dieser Diskussion hatte ich fast jede Nacht den gleichen Traum: Ich stehe mit Marek in der Abenddämmerung vor meinem Elternhaus. Der wilde Wein liegt mitsamt dem Spalier im Vorgarten. Die Zäune sind umgefallen. Im Hof wuchern Brennnesseln und Goldraute zwischen den Pflastersteinen. Die Fenster sind blind. Die Läden hängen schief in den Angeln. Aber das Unheimlichste ist die Blutbuche. Obwohl es Sommer ist, reckt sie kahle Äste in den Himmel.

»Die Buche hat nicht mehr ausgetrieben«, flüstere ich.

Marek sagt: »Sie ist tot. Auch Bäume sterben.«

»Ich gehe jetzt ins Haus«, sage ich. »Ich habe die Schlüssel noch. Die Schlüssel zum Herrschaftseingang und zu allen 60 Türen.«

»Bitte, Anne«, fleht Marek. »Tu dir das nicht an. Innen sind nur Staub und Dreck. Keine Beleuchtung. Vielleicht Ratten und Mäuse. Das erträgst du nicht.«

»Ich will aber noch einmal durch alle Zimmer gehen!«, sage ich.

Marek zerrt mich zum Auto und schreit mich an, ob ich nun vollends übergeschnappt sei.

»Hast du Angst, Marek?«

»Ja. Um dich, Anne.«

Ich stecke den Schlüsselbund zurück in die Handtasche und sage: »Dann will ich mich wenigstens noch einmal auf die Freitreppe zwischen die Säulen setzen und ein bisschen heulen.«

»Dann geh«, sagt er, »ich warte im Auto.«

Inzwischen ist es dunkel geworden, und in dem Moment, in dem ich die Freitreppe betrete, flammt Licht auf und schlägt mir wie eine Peitsche in die Augen. Das grelle Leuchten liegt auf der mit Graffiti verschmierten Eichentür, auf den Säulen und der abgebröckelten Fassade. Ich renne schreiend zurück und steige ins Auto.

»Der Bewegungsmelder scheint das Einzige zu sein, was hier noch intakt ist«, sagt Marek.

An dieser Stelle wachte ich immer auf und war so froh, so froh, bei Marek in unserem Haus in Stuttgart zu sein.

Doch ein paar Nächte später stand ich im Traum wieder vor der Villa Aline und rettete mich entsetzt aus ihrem Lichtkreis.

Vielleicht hätte ich es nicht übers Herz gebracht, die Versteigerung meines Elternhauses zu beantragen und lieber weiter meine Träume durchlitten und meinen Frust mit mir herumgeschleppt, aber dann kam der Bescheid der Gauckbehörde auf meinen Suchantrag: Sie hätten die Akte über meinen Bruder, Michael Stanbek, gefunden, ebenso ein paar Seiten über meinen Vater. Ich könne Einsicht nehmen.

Noch am selben Tag fuhr ich nach Gera und betrat nach fast drei Jahren erneut den Plattenbau, in dem Mielkes Spitzel menschliches Leid gesammelt und geordnet hatten.

Michaels Akte hatte 196 Seiten.

»Es gibt auch welche mit ein- oder zweitausend Seiten«, sagte der Archiv-Mitarbeiter. »Studieren Sie sie in Ruhe durch und notieren Sie sich, welche Seiten Sie kopiert haben möchten.«

Ich sagte, ich hätte die Akte gern vollständig kopiert.

»Lesen Sie sie erst«, erwiderte er, »lesen Sie und versuchen Sie, sich nicht allzu sehr aufzuregen. Hier haben schon viele hundert Menschen gesessen, manche völlig versteinert und erstarrt wegen dem, was sie lesen mussten. Oft fließen Tränen, und nicht nur einmal haben wir einen Arzt holen müssen, weil ein Betroffener zusammengebrochen ist oder einen Tobsuchtsanfall bekommen hat.

Und in allen Akten steht zwar Schreckliches, aber auch so viel Banales, dass man meint, man hat es mit den Notizen von Schizophrenen zu tun. Na ja, hat man im gewissen Sinne ja auch. Wenn Sie wissen wollen, was Ihrem Bruder widerfahren ist, können Sie sich das Schreckliche nicht ersparen. Und das Banale ist derart hohl, dass Sie wahrscheinlich auf Kopien davon verzichten werden.«

Fünf Stunden saß ich im Lesesaal über Michaels Akte gebeugt. Ich nahm die Leute, die kamen und gingen, nur im Unterbewusstsein wahr. Ich fühlte nichts als hilflose Wut.

Michaels Akte war angelegt worden, nachdem er und Renate Ausreiseanträge gestellt hatten. Auf dem ersten Blatt standen Michaels Personalien. Dann folgte eine seitenlange »Personeneinschätzung«, dem sich der »Operative Sachverhalt« anschloss:

Die OV-Person ist seit Mai 1974 hartnäckig Ersuchender auf Übersiedlung in die BRD.

OV hieß, wie ich aus einem Merkblatt erfuhr, Operativer Vorgang, was die höchste Stufe der konspirativen Überwachung und Verfolgung bedeutete.

Ich las weiter.

Auf Grund der feindlich-negativen Einstellung zur gesellschaftlichen Entwicklung der DDR versucht die OV-Person durch Einbeziehung einer Feindorganisation unter Nutzung der bestehenden Rückverbindung eine Realisierung der Übersiedlung zu erreichen. Insbesondere durch die schriftliche Darstellung von persönlichen Problemen, z. B. verfälscht dargestellte Krankheit der Ehefrau, kann davon ausgegangen werden, dass die Informationen an die Feindorganisation geeignet sind, die Interessen der DDR zu schädigen.

Zuerst verstand ich überhaupt nichts. War das überhaupt Deutsch? War diese Sprache ernst gemeint? – Natürlich war sie ernst gemeint, bitterernst sogar.

Ich quälte mich durch seitenlange »Zielsetzungen der politisch-operativen Bearbeitung«.

Danach waren die dazu notwendigen »politisch-operativen Maßnahmen« aufgeführt: Ein Dutzend Termine mit Verantwortlichen und Kontrolleuren, die Stützpunkte zu besetzen hatten. Alle Fahrzeuge, Handsprech-, Funkgeräte und Bilderkennungstafeln, mit denen die Spitzel operierten, waren in preußischer Korrektheit aufgelistet. Der Wahnsinn hatte Methode.

Im »Beobachtungsbericht« ging es um die Beschattung der OV-Person rund um die Uhr:

18. Februar 1975, 15.31 Uhr: Postalischer Einwurf durch die OV-Person am Geraer Hauptbahnhof in den dort befindlichen Briefkasten. Sonderleerung wurde veranlasst und durch die Abteilung PX durchgeführt.

Die Kopie dieses Briefes lag der Akte bei. Michael erinnerte mich darin an mein Versprechen, mich mit einer Menschenrechtsorganisation in Verbindung zu setzen. Es eilt, schrieb er. Der Absender war fiktiv, die Nachricht verschlüsselt, aber für Stasi-Profis wahrscheinlich durchschaubar. Den Brief hatte ich sogar erhalten. Er war wieder so gut zugeklebt, dass ich nie auf die Idee gekommen wäre, er könnte in den Händen der Stasi gewesen sein.

Dieser »postalische Einwurf« hatte offensichtlich die Wohnungsdurchsuchung zur Folge gehabt. Und das »Material«, das man in Michaels Wohnung fand, hatte für die »Einleitung des Ermittlungsverfahrens mit Haft« ausgereicht. Zuunterst standen die Namen und Unterschriften der inoffiziellen Stasi-Mitarbeiter, die an der Aktion beteiligt gewesen waren und abschließend:

Der Einsatz erfolgte durch die BKG (Bezirkskoordinations-Gruppe: Bekämpfung von Republikflüchtigen und Übersiedlern) in Verantwortlichkeit des Leiters der Kreisdienststelle des Ministeriums für Staatssicherheit.

Dobmaier
Major

Obwohl ich diese Unterschrift erwartet hatte, wurde mir schwarz vor Augen. Während des Lesens hatte sich der Schmerz in meinem Kopf gesteigert, und nun drehte sich der Raum um mich. Ich schloss die Augen und legte meine Stirn auf den Tisch. Ich weiß nicht, wie lange ich so gesessen habe. Erst als eine Angestellte des Archivs ihre Hand auf meinen Arm legte und mir ein Glas Wasser hinstellte, wurde mir wieder bewusst, wo ich war. Nach ein paar Schlucken war ich fähig, die fünfzig Seiten Vernehmungsprotokolle aus der Untersuchungshaft zu lesen. Lächerlich Triviales neben erfundenen Beschuldigungen, alles notiert in dieser absurden Stasi-Sprache.

Michael und Renate wurden angeklagt, *gemeinschaftlich handelnd die Sicherheit der Deutschen Demokratischen Republik durch vorbereitete und vollendete landesverräterische Nachrichtenübermittlung angegriffen zu haben.*

Das Protokoll der Hauptverhandlung war kurz. Michael war zu drei Jahren, Renate zu einem Jahr und sechs Monaten Haft verurteilt worden.

Als ich die Akte durchgelesen hatte, war mir, als hämmere von der Anstrengung, diesen Irrsinn zu begreifen, ein Presslufthammer hinter meinen Schläfen. Mühsam suchte ich die Seiten heraus, die ich kopiert haben wollte.

Ich schreckte auf, als mir der Archivleiter einige Aktenblätter, die zerrissen und wieder zusammengeklebt worden waren, auf den Tisch legte. »Das hier ist von der Akte Ihres Vaters übrig. Etwas lädiert, aber noch lesbar.«

Sechs Aktenseiten. Sie bewiesen: Bruno hatte Vaters Romreise angezeigt, aber nichts für seine Haftentlassung getan. Aus einem zerfetzten Blatt mit der Seitennummer 431 erfuhr ich, Panther II (der Archivleiter erklärte mir, dass das Bruno Dobmaiers Deckname war) sei 1985 auf Lisa Schnabel, Tochter des verstorbenen Ewald Stanbek und Erbin der Keramikfabrik und der dazugehörigen Grundstücke, angesetzt worden. Mir war speiübel. Eine halbe Stunde später torkelte ich auf die Straße.

Ich sah ein, dass es in meiner seelischen Verfassung unmöglich war, zurück nach Stuttgart zu fahren. In Birka in Mutters Wohnung zu übernachten, dazu war ich erst recht nicht fähig. Ich hätte nicht voraussagen können, was ich tun würde, wenn mir Bruno unter die Augen käme. Ich wollte auch nicht nach Jena zu Wanda und Rudolf fahren, obwohl ich sie und auch Jette, die vor Kurzem in die für Mama bestimmte Einliegerwohnung gezogen war, gern wiedergesehen hätte. Aber ihnen dann alles erzählen zu müssen, wäre heute über meine Kräfte gegangen.

Schließlich suchte ich mir ein Hotel in Gera. Ich fand bis zum Morgen nur wenig Schlaf. Dass alle diese Akten Missgeburten eines diktatorischen Regimes waren, hatte ich vergessen – ich sah nur Bruno dahinter. Bruno mit Spott in den Augen, so wie er mich ansah, wenn ich ihm jetzt, nachdem das alles vorbei war, in unserem Haus begegnete. Er lebte an Lisas Seite und meinte, seine Haut gerettet zu haben.

In dieser Nacht tobte die Wut derart in meinem Kopf, dass ich mir Mordanschläge gegen Bruno ausdachte. Wenn er nicht zur Rechenschaft gezogen werden konnte, würde ich ihn umbringen! In der kurzen Phase, die ich in Schlaf fiel, träumte ich, Bruno ein Messer durch die Kehle zu ziehen, und sah mit Genugtuung, wie er verblutete. Als ich in Schweiß gebadet aufwachte, bedauerte ich, dass es ein Traum gewesen war. Ich knirschte mit den Zähnen, wenn ich mir vorstellte, wie Bruno derweil seelenruhig unter dem Dach der Villa Aline schlief. Ich war besessen davon, mich zu rächen – ein großes Wort, aber ich verbiss mich in diesen Gedanken, bis ich meinte, davon wahnsinnig zu werden.

Am nächsten Tag fuhr ich nach Jena und suchte Martin Rose in seinem Rechtsanwaltsbüro auf. Falls er erfreut war, mich zu sehen, dann nahm ich das vor Aufregung nicht wahr. Ich zeigte ihm Michaels Abschiedsbrief und die Kopien aus der Stasi-Akte.

Nachdem er alles gelesen hatte, versprach er, eine Anklageschrift gegen Bruno zu verfassen. Aber er stellte die Wirkung von vornherein in Frage. »Bei vielen, die Ähnliches getan haben wie dieser Dobmaier, kam es nicht zu einer Verurteilung, sie sitzen in aller Ruhe wieder auf behaglichen Posten. Doch ich werde tun, was ich kann. Das weißt du, Anne!«

Die winzige Hoffnung, Bruno würde zur Verantwortung gezogen werden, gab mir meine innere Ruhe nicht zurück. Ich eröffnete Martin, dass ich die Villa Aline versteigern lassen wollte, damit Bruno dort ausziehen müsste.

Da ich nach Vaters Tod das Testament und den Grundbuchauszug bei Martin hinterlegt hatte, suchte er mir die Unterlagen heraus, rief beim Amtsgericht an und verschaffte mir einen kurzfristigen Termin.

Schon am selben Nachmittag beantragte ich dort die Zwangsversteigerung der Villa Aline. Der Beamte erklärte mir, dass das Gericht einen Gutachter beauftragen würde, der den Verkehrswert festlegen müsse. Wenn kein Einspruch von den Miteigentümern käme, fände der Versteigerungstermin in circa einem Jahr statt.

Noch ein Jahr!

Diese Wartezeit wurde zäh und lang für mich, weil ich fast ständig über die bevorstehende Versteigerung nachdachte. Ich war wortkarg und mürrisch und konnte mich auf nichts lange konzentrieren. Mühsam arbeitete ich meine letzten beiden Gartenprojekte ab.

Marek schlug eine Reise vor. Nach Sizilien oder Norwegen, egal wohin ich wollte. Nein, ich musste in Stuttgart bleiben, denn womöglich käme in meiner Abwesenheit der Brief mit dem Versteigerungstermin.

Schließlich überredete mich Marek, regelmäßig mit ihm im neueröffneten Cannstatter Mineralbad zu relaxen. Im warmen, prickelnden Wasser unter dem lichtdurchfluteten Glasgewölbe vergaß ich für eine Weile meine Angst, dass die Versteigerung meines Elternhauses in einem Desaster enden könnte.

Auch Katja bemerkte meine Unruhe und Nervosität und kam öfter als sonst von Kirchheim unter Teck zu uns herüber nach Stuttgart. Sie schleppte mich ins Kino oder in die Liederhalle, um mich abzulenken. Im Dezember überraschte sie Marek und mich mit Karten für *Miss Saigon* in Stuttgarts neuem Musicaltheater. Ich sackte weg in einem Wohlfühlsessel aus burgunderrotem Samt und Plüsch. Diesem rührseligen Spektakel über eine unglückliche Liebe im Vietnamkrieg gelang es, mich für ein paar Stunden vollkommen aus meinen Grübeleien zu reißen.

Ich fand es seltsam, dass Lisa keinen Einspruch gegen die Versteigerung erhob. Sie ließ nichts von sich hören. Aber Onkel Rudolf, der über meine Pläne Bescheid wusste, vermutete, Lisa und Bruno seien überzeugt, dass sich kein Bieter für das mittlerweile marode Haus finden würde.

»Vielleicht«, sagte Onkel Rudi, »ist Lisa auch an ihrem Anteil aus dem Versteigerungserlös interessiert, sie und ihr feiner Bruno scheinen ziemlich auf dem Trockenen zu sitzen.«

Ich drehte Däumchen und war ein Nervenbündel. Ich wartete auf den Termin für die Versteigerung.

Mitte April flog Marek zu einer Architektentagung nach Toronto und wollte anschließend einen Studienfreund in Vancouver besuchen. Marek war sauer und traurig, weil ich rundweg abgelehnt hatte, ihn nach Kanada zu begleiten. Aber das Jahr, in dem ich auf das Gutachten mit dem ermittelten Verkehrswert warten musste, war fast um.

Die Versteigerung

Birka, Mittwoch, 10. Mai 1995

Heute bin ich nach Birka gefahren. Der Brief vom Amtsgericht war kurz nach Mareks Abreise, vorschriftsmäßig vier Wochen vor dem angesetzten Versteigerungstermin, angekommen. Ich habe Marek am Telefon nichts davon gesagt. Er soll eine sorglose Reise haben. Diese Prüfung muss ich allein bestehen.

Birka, Donnerstag, 11. Mai 1995

Um 15.30 Uhr begann die Versteigerung.

Es waren mindestens fünfzig Leute im Saal. Mir wurde schnell klar, dass das keine Interessenten waren, sondern neugierige Gaffer.

Bruno und Lisa saßen mehrere Reihen vor mir. Sie taten desinteressiert, als ob sie nicht dazugehörten. – Waren sie sich sicher, dass sich kein Bieter finden würde? Es war ja auch wirklich ganz unwahrscheinlich, dass in den neuen Bundesländern jemand Geld für ein altes Haus ausgeben wollte. Damit, dass ich bieten würde, hatten Lisa und Bruno vermutlich nicht gerechnet.

Der Verkehrswert wurde bekanntgegeben – die Villa war mit Abzug einer Riesensumme für Reparaturstau auf 340 000 DM geschätzt worden.

Als die Frage »Wer bietet mehr?« kam, bot ich 341 000 DM.

Schräg vor mir saß der einzige Gegenbieter, ein stiernackiger Glatzkopf in einer Lodenjacke. Ich kannte ihn nicht, aber ich kannte die Frau neben ihm. Es war Gisela – geborene Rübe, geschiedene Kohlhammer. Ihre Körperfülle war dekorativ in giftgrüner Seide verstaut. Der Blick des Dicken ruhte hin und wieder kurz und ergriffen auf ihrem beachtlichen Dekolleté. Beide waren braun gebrannt, als kämen sie direkt aus einem Südseeurlaub.

Er bot 1000 DM mehr. Wir überboten uns noch ein paar Mal mit jeweils weiteren 1000 Mark. Als der Dicke mit hochrotem Kopf bei 344 000 DM angekommen war, bot ich 350 000 DM – zum Ersten, zum Zweiten, zum Letzten.

Der Arm in der Lodenjacke reckte sich. Zu spät! Peng!

Die Villa Aline gehörte mir!

Als ich später völlig benommen auf dem Parkplatz vor meinem Auto stand und überlegte, ob ich überhaupt im Stande war zu fahren, erklärte mir eine Frau aus Birka, deren Name in meinem verwirrten Kopf nicht auftauchen wollte, mein Gegenspieler sei Herr Fuchshuber aus München, den sich Gisela im Urlaub geangelt habe und der ihr jeden Wunsch erfülle. Und Giselas Wunsch sei die Stanbek'sche Villa gewesen.

»Ja«, sagte ich. »Gisela hat es schon immer verstanden, sich nach dem Wind zu drehen.«

»Stimmt«, sagte die Frau, »genau wie Bruno. Aber der zieht diesmal den Kürzeren.«

»Wenigstens das«, sagte ich.

Nichts mehr denken, befahl ich mir. Nicht hier und jetzt. Heimfahren. Heim in die Villa Aline. Mich über den Hintereingang leise ins Erdgeschoss einschleichen, damit Lisa und Bruno nichts merken. Ich will in meinem Elternhaus übernachten, weil es jetzt mir gehört.

Freitag, 12. Mai 1995, 8.00 Uhr morgens

Ich habe wenig geschlafen, sondern in dieser Nacht die Familienchronik beendet.

Jetzt höre ich Bruno an der Korridortür rütteln und rufen. Ich kann seine Wut durchs Schlüsselloch riechen. Bevor ich ihm öffne, muss ich meine Schreibsachen in den Bücherschrank räumen …

Epilog

Sonntag, 14. Mai 1995

Katja schlägt die Mappe zu. Die Aufschrift *Die Geschichte der Familie Stanbek* verschwimmt vor ihren Augen. Draußen ist es schon hell.

Katja hat die ganze Nacht fast pausenlos gelesen. Mehrmals hat sie verzweifelt auf die Seiten eingeschlagen. Manchmal hat sie geweint und nie gelacht. Ab und zu ist sie aufgestanden und im Zimmer hin- und hergewandert.

Im Laufe dieser Nacht hat sich steife Kälte in ihr ausgebreitet. Sie verschränkt die Arme vor der Brust und flüstert: »Mir ist, als hätte ich Frost in den Adern. Ich habe noch nie so seltsam gefroren wie in den letzten Stunden hier in diesem Haus.«

Katja ist nicht bewusst, dass ihr von dem, was sie gelesen hat, kalt ist. In ihrer Brust scheint ein Eisklumpen zu liegen. Sie öffnet das Fenster und versucht, die Benommenheit aus ihrem Kopf zu verscheuchen. Das Gras im Vorgarten glitzert. Maifrost, denkt Katja.

Aber es ist Tau! Die Kälte, die Katja fühlt, kommt von innen.

Die Kirchturmuhr schlägt sieben!

Plötzlich spürt Katja, wie müde sie ist. Sie schließt die Fensterläden, legt sich auf die Couch und fällt in einen unruhigen Schlaf. Ihre Träume vermischen sich zu einer Horrorschau: Ein hübscher, blonder Junge mit einer zu dicken Unterlippe sitzt am Klavier. Bei jeder Note, die er anschlägt, fällt einer seiner Finger ab. – Der gleiche Junge, nun älter und im blauen FDJ-Hemd, schreit nachts einem Mädchen nach: »Irgendwann krieg ich dich! Und auch euer Haus!« – Und dann wälzt sich Bruno in einem Bett. Auf einer jungen Frau, die sich mit Alkohol betäubt hat und alles über sich ergehen lässt. – Zuletzt sieht Katja Brunos triumphierendes Gesicht, als er wieder in die Stanbek'sche Villa einzieht, neben ihm Lisa, die glücklich zu ihm aufschaut.

Als Katja erwacht, tasten Lichtfinger durch die Ritzen der Holzläden und schraffieren den Bücherschrank mit Fäden aus Goldlamellen. Die Erinnerung an den gestrigen Tag, an ihre Mutter und die nächtliche Lektüre, drängen unbarmherzig in ihr Bewusstsein.

Sie blickt auf ihre Armbanduhr. Halb zwölf! Erschrocken steht sie auf, schiebt die Läden zurück und lehnt sich aus dem Fenster. Von der Fliederhecke steigt schwere Süße auf. Die Sonne steht im Zenit, draußen ist es heiß geworden. Auf dem Rasen sitzt eine Schar Spatzen und zankt sich um einen Regenwurm. Katja möchte lächeln, aber es misslingt. Sie hat das Gefühl, eine Fratze zu schneiden.

Sie zuckt zusammen, weil ein Auto hupt. Es hält vor dem Haus. Martin Rose und ihre Mutter steigen aus. Der Eisklumpen in Katjas Brust schmilzt. Sie rennt aus der Haustür, über den Hof und umarmt ihre Mutter. Lange. Dann erst schüttelt sie Martin Rose die Hand. »Danke. Vielen, vielen Dank!«

Martin fährt sich durch sein schütteres Haar und lacht. »Nichts zu danken. Schließlich haben deine Mutter und ich schon zusammen im Sandkasten gespielt.« Und dann sieht er Anne an und sagt leise: »Außerdem war sie meine erste Liebe. Wenn sich unsere Wege nicht so früh getrennt hätten – wer weiß …?«

Anne gibt ihm einen Kuss aufs Ohr, und Martin hält sie einen Moment lang an sich gedrückt. Zögernd lässt er sie los und sagt: »Ich muss jetzt weiter. Erholt euch von dem Schrecken. Und alles Gute.«

Anne und Katja gehen ins Haus und setzen sich ins Wohnzimmer.

»Ich koche Kaffee«, sagt Katja.

Als sie mit dem Tablett zurückkommt, ist Anne dabei, die auf dem Boden liegenden Bücher in den Schrank zu räumen.

»Das machen wir später«, sagt Katja.

Schweigend decken sie den Tisch. Als sie sitzen, fragt Katja leise: »Bruno ist tot. Wirklich?«

Annes Finger hämmern kleine, energische Trommelwirbel auf die Tischplatte. Sie sieht ihre Tochter nicht an und sagt: »Ja.« Anne ist nicht mehr so gelassen wie gestern im Besucherraum des Gefängnisses. Sie sitzt aufrecht und weint mit zitterndem Kinn und keuchender Brust, aber ohne Tränen. Katja streichelt ihre Hand. Als Anne sich ein wenig beruhigt hat, zeigt Katja auf die braune Mappe, die noch auf dem Tisch liegt: »Ich habe alles gelesen, Mam. Ich kann dich verstehen. Bitte, erzähl mir jetzt, wie Bruno umgekommen ist, und auch, wie dich Martin Rose da rausgeboxt hat.«

Anne blickt vor sich hin, als ob sie sich selbst erst klarmachen müsse, was passiert war.

»Gestern Morgen kam Bruno in die Küche gestürmt und wollte wissen, was ich mir mit der Versteigerung gedacht habe. Ich habe ihm geantwortet, dass es die einzige Möglichkeit war, ihn aus dem Haus zu werfen. Und dann sagte ich noch: ›Ich werde das Haus renovieren lassen und vermieten – aber nicht an dich, Bruno!‹«

»Und dann?«

»Er hat von gerichtlichen Schritten gefaselt. Da habe ich gesagt, das Gericht könne dann auch gleich mal seine Stasi-Vergangenheit prüfen, ich hätte die Akte. – Du meine Güte, Katja, da hättest du ihn sehen sollen! Sein Gesicht wurde lila, so lila wie der Flieder draußen. Dann stotterte er los: ›Du – du hast die Akte?‹ – Er riss den Bücherschrank auf und schmiss alles auf den Teppich, was er zu fassen bekam. Er tobte, sag ich dir!« Anne zeigt auf das Tohuwabohu am Fußboden. »Als er die Akte nicht gefunden hat, ist er hinausgestürzt.«

»Na, Gott sei Dank«, sagt Katja.

»Das habe ich auch gedacht. Aber plötzlich hörte ich Lärm im Haus. Da Bruno alle Türen offen gelassen hatte, schallten vom Oberboden Schläge und ein lautes Knirschen über das äußere Treppenhaus herunter. Es klang, als ob er Möbel zertrümmerte. Oje, dachte ich, jetzt versucht er, die Truhe aufzubrechen!«

»Die Truhe, in der du deine Aufzeichnungen wegschließt, bevor du wieder nach Stuttgart fährst? Wieso wusste Bruno davon?«

»Ein Stasi weiß immer alles!« Anne reibt ihre Stirn und spricht mehr zu sich selbst als zu ihrer Tochter. »Ich hetzte die Treppe hinauf und sah Bruno über die Truhe gebeugt. Hinter ihm lagen die Axt und ein Brecheisen. Durch meinen Kopf zuckte die Wut wie Stromschläge. Ich nahm die Axt und schrie: ›Dreh dich um, Bruno, sonst hau ich dir die Axt ins Genick!‹«

»Oh nein, Mam!«, flüstert Katja kaum hörbar.

Annes Kinn zittert.

Katja streichelt ihre Hand und sagt: »Erzähl weiter, Mam.«

Als Anne wieder zu sprechen beginnt, werden die Pausen zwischen ihren Sätzen immer länger. Manchmal denkt Katja, ihre Mutter könne nicht mehr weiterreden, aber nach und nach drängt alles aus Anne heraus: »Bruno ist aufgesprungen und vor mir zurückgewichen. – Seine Augen waren voll Angst. Die Unterlippe hing herunter. Es spornte mich an, dass er Angst vor mir hatte. – Ich trieb ihn bis zur Treppe. – Er ging Schritt um Schritt rückwärts, wagte sich nicht umzudrehen, sondern tastete mit dem Fuß hinter sich nach der ersten Stufe.

Er muss abgerutscht sein, das Gleichgewicht verloren haben. – Wenn sich dieses morsche Geländer nicht gelöst hätte ...

Bruno schrie, als er stürzte. – Es klang, als ob ein Schrank die Stufen abwärts poltert.«

Anne sitzt still mit gesenktem Kopf und bebenden Schultern. Katja faltet die Hände, drückt sie zusammen, bis es schmerzt, und versucht zu verstehen, was sie gehört hat. Sie zuckt zusammen, als ihre Mutter den Kopf hebt und weiterspricht: »Ich hatte die Axt noch in der Hand. Blickte hinunter. Auf der untersten

Stufe lag Brunos Kopf, sein Körper noch auf der Treppe. Ich ...« Anne schluckt mehrmals und schweigt. Katja fühlt den Eisklumpen in ihrer Brust wachsen. Sie streichelt die Hand ihrer Mutter, weil sie nicht weiß, was sie sonst tun soll.

Dann hört sie Annes Stimme wieder, die von weit her zu kommen scheint: »Ich war unfähig, die steile Stiege hinunterzugehen, und rutschte schließlich auf dem Po abwärts. Das Schlimmste war, über Bruno wegzusteigen. Sein Hals ragte verdreht aus den Schultern. Die Arme waren wie haltsuchend seitlich ausgestreckt. Er hatte das Stück Geländer noch in der Hand. Ich kniete mich neben ihn, suchte seinen Puls und fand bestätigt, was ich schon wusste. Sein Gesicht war gelb wie Kernseife. Aber am meisten erschreckten mich seine Augen. Es waren seine Kinderaugen, sanft und entspannt, so wie er früher vor dem Klavier gesessen und Mozart gespielt hat.«

Die Pause, die nun folgt, erscheint Katja endlos lang. Sie denkt, ihre Mutter sei mit ihrem schrecklichen Bericht zu Ende.

Doch dann spricht Anne unerwartet weiter, noch leiser als vorher. »Irgendwann hatte ich die Kraft aufzustehen. Ohne zu wissen weshalb, nahm ich die Axt mit. – Mir ist nicht klar, wie ich ins Erdgeschoss gekommen bin. Ich saß plötzlich in der Küche und die Wände drehten sich um mich. Als ich wieder denken konnte, ging ich ins Kontor und wählte den Notruf.«

Anne presst die Lippen aufeinander und verschränkt die Arme fest vor der Brust. »Bevor der Rettungsdienst eintraf, fiel mir ein, dass die Polizei ins Haus kommen würde, sobald der Notarzt Brunos Tod bestätigt hätte. Deswegen ging ich ins Wohnzimmer und suchte die Mappe mit meinen Aufzeichnungen. Ich fand sie in dem Chaos vor dem Bücherschrank, nahm sie mit in die Küche und versteckte sie.«

»Im Eisschrank!«, sagt Katja.

Anne nickte.

»Nimm endlich einen Schluck Kaffee, Mam.«

Anne trinkt wie ein gehorsames Kind, stellt aber die Tasse so heftig ab, dass der Kaffee überschwappt. Sie starrt auf die braune

Lache, die sich auf dem Tischtuch ausbreitet, und spricht weiter: »Ich führte den Arzt zu Bruno. Hier hätte ich ihn gefunden, sagte ich. Als die Sanitäter Bruno von der Treppe zogen, drehte sich mein Magen um und ich lehnte mich ans offene Flurfenster. Da sah ich hinter einem Leichenwagen Lisas Auto in den Hof fahren. Ich weiß nicht, wo sie herkam. – Auf dem Dachfirst des Stallgebäudes sang eine Amsel. Sie schmetterte, als ob die ganze Welt an ihrem Jubel teilhaben sollte. – Über die Treppe stapften Männer. Sie trugen einen Zinksarg. – Die Amsel jubelte nicht mehr, sie schrie, sehr hoch und sehr schrill. Ich wusste nicht, dass ich es war, die schrie. Danach ist etwas in meinem Kopf zerrissen.«

Anne hält erschöpft inne und schwankt. Katja springt auf und stützt sie. »Hör jetzt auf, Mam«, sagt sie.

Aber Anne schüttelt den Kopf. »Lass mich zu Ende erzählen ... Als ich wieder zu mir kam, lag ich im Wohnzimmer auf dem Sofa. Vor mir stand ein Mann und sagte, er sei von der Mordkommission. Er war nicht unfreundlich, aber ich spürte sein Misstrauen. ›Geht es besser?‹, fragte er. Ich nickte und hörte ihn sagen: ›Sie haben geschrien und sind ohnmächtig geworden. Der Arzt hat Ihnen eine Beruhigungsspritze gegeben. Es waren nur die Nerven. Sonst ist alles in Ordnung.‹

Ich überlegte, was überhaupt noch in Ordnung sein konnte ... Was ich auf dem Oberboden tun wollte, fragte der Kommissar. Leider bin ich bei der Wahrheit geblieben und habe geantwortet, ich hätte Bruno daran hindern wollen, die Truhe aufzubrechen. Der Kommissar fragte weiter, und ich merkte, dass es bereits ein Verhör war.

›Wir müssen Sie aufs Revier mitnehmen‹, sagte er. ›Ihre Schwester, Frau Dobmaier, beschuldigt Sie des Mordes an ihrem Mann. Sie hätten ihn gehasst und mehrmals geäußert, ihn am liebsten umzubringen. Sie sind zur Tatzeit mit Bruno Dobmaier allein im Haus gewesen.‹

Ich presste die Faust auf den Mund, um nicht wieder zu schreien, dann fragte ich nach Lisa. Der Kommissar sagte, sie sei nach ihrer Aussage weggefahren.«

Anne schweigt und zieht den Zeigefinger um die Ränder des Kaffeeflecks auf der Tischdecke.

Katja rührt in ihrer Tasse und fragt: »Und dann haben sie dich mit aufs Revier genommen?«

»Ja. Aber ich sagte nichts mehr und verlangte, mit Martin Rose zu sprechen. Sie haben mich ins Untersuchungsgefängnis nach Jena gebracht. Nach einer schlaflosen Nacht gab ich gestern früh einer Beamtin deine Handy-Nummer und bat sie, dich zu benachrichtigen.«

»Und wie hat dich Martin Rose da rausgeboxt?«

»Er hat glaubwürdig beweisen können, dass Bruno gestürzt ist, weil sich das Geländer gelöst hat – und das stimmt ja auch.«

»Hast du jemandem von der Axt erzählt?«

»Nein. Nicht einmal Martin.«

»Gut«, sagt Katja. »Aber die Polizei hat doch sicher nach dem Werkzeug gesucht, mit dem die Truhe aufgebrochen worden ist?«

»Sie haben wahrscheinlich gedacht, Bruno hätte dazu das Brecheisen benutzt, das noch neben der Truhe lag.«

»Und wo ist die Axt jetzt?«

Anne zögert, als ob sie sich daran erinnern müsse. Dann sagt sie: »Ich glaube, sie ist in der Küche.«

»Komm, lass uns nachsehen.« Katja läuft voraus und durchsucht schon den Schrank unter dem Spülstein, als ihre Mutter nachkommt. Sie hebt die Herdringe ab und holt die Axt aus der Asche, hält sie in der Hand, als ob sie einen Zentner wöge, und legt sie auf den Küchentisch.

Katja verzieht das Gesicht, während sie auf die Axt blickt. Anne sieht weg, zum Fenster hinaus.

»Hast du Sandpapier, Mam?«

Anne findet welches in einer Küchenschublade, und Katja schmirgelt den Axtstiel ab. Dann wickelt sie die Axt in ein Handtuch und trägt sie über den Hof in die Werkzeugkammer. Als Katja zurückkommt, ist ihre Mutter dabei, die Reisetasche zu packen. »Ich halte es hier nicht mehr aus, Katja. Lass uns heimfahren.«

Nun braucht Mam den Mann, der sie ihr Leben lang gequält hat, nicht mehr zu fürchten, denkt Katja, aber sie leidet. Leidet stumm und still wie ein krankes Tier. Nun gehört ihr das Haus, aber sie kann sich nicht mehr darüber freuen. Vielleicht wird ihr besser werden, wenn Marek zurück ist.

»Nächste Woche kommt Marek«, sagt Anne, als hätte sie Katjas Gedanken gelesen. Und Katja beobachtet fasziniert, wie ihre Mutter bei dem Gedanken an Marek auflebt. »Er hat mir versprochen, das Haus umzubauen. Alle Etagen sollen wieder bewohnbar werden.«

»Und wer soll einziehen?«

»Tobias zum Beispiel. Er würde bestimmt gern mit seiner Familie in der Nähe seiner Arbeitsstätte wohnen.«

»Die Firma ist pleite, Mam! Tobias arbeitet in Jena im Lager vom Möbel-Maier.«

»Tobias ist entschlossen, die Fabrik wieder flottzumachen. Er wird es schaffen.«

»Das hört sich gut an«, sagt Katja. Ihr fällt es schwer, ihre Mutter zu quälen, aber eins will sie noch wissen: »Was wird aus Tante Lisa?«

»Sie bekommt ihren Anteil von der Versteigerungssumme«, sagt Anne. »Lisa wird sich zu helfen wissen. Sie hat die Gabe, immer einen leichten Weg zu finden. Womöglich versöhnt sie sich mit Norbert.«

»Meinst du, Norbert wird darauf eingehen?«

»Ich weiß nicht«, sagt Anne. »Ich weiß nur, dass er sie noch liebt.«

Im Auto fragt Katja: »Wo ist eigentlich die Stasiakte?«

»Sie lag in der Truhe. Die Polizei wird sie mitgenommen haben. Ich brauche sie nicht mehr. Niemand braucht sie mehr.«

Bis zur Autobahn fahren sie schweigend. Der Himmel schimmert flaschengrün. Über dem Horizont sitzen Wolkenhaufen wie schwarze Fabeltiere. An den Bäumen regt sich kein Blatt. Die Schwalben fliegen tief. Der erste Blitz!

Nach dem Donnerschlag, der drohend nachgrummelt, sagt Anne: »Ich wollte mich an Bruno rächen, aber ich wollte ihn nicht umbringen.«

Katja macht eine Kopfbewegung zum Rücksitz, auf dem die braune Mappe mit der Familiengeschichte liegt. »Ich habe alles gelesen. Bruno hat nichts anderes verdient. Vergiss es, Mam.«

Anna faltet die Hände im Schoß, als spreche sie ein Gebet. »Es geht doch nicht darum, dass es mein Haus ist. Jeder darf dort wohnen. Aber nie und nimmer Bruno! Ich selbst gehöre schon längst nicht mehr nach Birka. Dort habe ich nach Mamas Tod meine letzten Wurzeln ausgerissen. So wie sich meine Mutter in Birka verwurzelte, weil sie dort geliebt wurde und ihre Aufgabe gefunden hatte, so ging es mir mit Stuttgart. – Ich bin auf dem Weg nach Hause, nach Stuttgart zu Marek.«

Katja sagt: »Alea iacta est.«

»Was heißt das?«, fragt Anne.

»Der Würfel ist gefallen.«

Stammbaum der Familie Stanbek

Alfred Stanbek
*1878, †1917
Bildhauer

∞ 1907

Aline Arens
*1889, †1931

Ewald Stanbek
*1908, †1985
Fabrikant

∞ 1938
Charlotte Gerlinger
*1910, †1994
Verkäuferin

Rudolf Stanbek
*1911
Landwirt

∞ 1949
Wanda Schmid
*1925
Schneiderin

Heiner & Frieder Stanbek
*1913, †1944

Hanna Stanbek
*1916
Sekretärin

Tobias Stanbek
*1950
Töpfer

∞ 1977
Christel Kurz
*1955
Köchin

Anne Stanbek
*1938
Gartenarchitektin

∞ 1967, ⚮ 1974
Günther Läpple
*1935
Banker

Lisa Stanbek
*1945
Porzellanmalerin

I ∞ 1974, ⚮ 1989
Norbert Schnabel
*1940
Maurer

II ∞ 1989
Bruno Dobmaier
*1937, †1995
Stasi-beamter

Michael Stanbek
*1940, †1977
Sprengmeister

∞ 1989
Renate Baum
*1945, †1976

Katja Läpple
*1968
Tierärztin

Dirk Schnabel
*1974

Silke Schnabel
*1975

Herzlichen Dank

meinen Testlesern für ihre konstruktiven Anmerkungen und klugen Kommentare, namentlich Diplombibliothekarin **Inge Westermayer,** Prof. Dr. **Daniela Festi** und **Nika Schmalz,** die Frau mit Ost-West-Erfahrung.

Großen Dank schulde ich zahlreichen Menschen aus Deutschlands ehemaligen Ost- und Westteilen, speziell aus Jena und Stuttgart, die mich ermutigt haben, diesen Roman zu schreiben, und mir ihren Erfahrungsschatz zur Verfügung gestellt haben.

Herzlichen Dank auch dem **Team des Silberburg-Verlags** für die gute Zusammenarbeit, besonders meiner Lektorin **Gertrud Menczel,** die sich der Thematik dieses Romans einfühlend und mit viel Sachverstand angenommen hat.

Falls manche Leser in Anne Stanbek die Autorin zu erkennen meinen, muss ich sie enttäuschen. Ich habe Anne meinen Beruf geliehen, weil ich mich damit am besten auskenne und weil er gut zu Stuttgart passt, da diese Stadt trotz Feinstaub und Mammut-Baustellen immer noch mehr Grün als Grau zu bieten hat.

Auch alle anderen Personen sind fiktiv, was nicht ausschließt, dass es Vorbilder für diese gutmütigen oder bösartigen Charaktere gibt.

Die Stasiakte ist authentisch. Aus ihr und dem DDR-Problem *Wismut AG* entwickelte ich Michael Stanbeks Schicksal.

Jena und Stuttgart stehen für Ost und West im geteilten Deutschland. Die Handlung des Romans spielt vor der historischen Kulisse dieser Städte.